Stephan
Abarbanell

MOR GEN LAND

Roman

WILHELM HEYNE VERLAG
MÜNCHEN

Der Verlag weist ausdrücklich darauf hin, dass im Text enthaltene
externe Links vom Verlag nur bis zum Zeitpunkt
der Buchveröffentlichung eingesehen werden konnten.
Auf spätere Veränderungen hat der Verlag keinerlei Einfluss.
Eine Haftung des Verlags ist daher ausgeschlossen.

MIX
Papier aus verantwor-
tungsvollen Quellen
FSC® C014496

Verlagsgruppe Random House FSC® N001967

Taschenbucherstausgabe 03/2017
Copyright © 2015 der Originalausgabe by Karl Blessing Verlag, München,
in der Verlagsgruppe Random House GmbH
und © 2017 dieser Ausgabe by Wilhelm Heyne Verlag, München,
in der Verlagsgruppe Random House GmbH,
Neumarkter Straße 28, 81673 München
Umschlaggestaltung: Bauer + Möhring, Berlin,
unter Verwendung eines Motivs von © akg-images
Satz: Leingärtner, Nabburg
Druck und Bindung: GGP Media GmbH, Pößneck
Alle Rechte vorbehalten
Printed in Germany
ISBN 978-3-453-41990-2
www.heyne.de

 Dieses Buch ist auch als E-Book lieferbar.

Meinen Eltern

Es ist, als sei der Raum zwischen uns Zeit:
etwas Unwiderrufliches.

– William Faulkner
Als ich im Sterben lag

JAFFA ROAD

1

Sie hob den Kopf und streckte sich. Seit die Festung von Latrun hinter ihnen lag, blickte sie aus dem Fenster. Am Straßenrand kauerten zerschossene Jeeps, daneben stand ein ausgebrannter Lastwagen mit weit geöffneten Türen. An der Böschung entdeckte sie Reifenfetzen und stumpfes Metall, das sie für Geschosshülsen hielt. Die Küste tief unten im Tal war kaum mehr als ein dünner, wie mit Bleistift gezogener Strich. Dahinter erstreckte sich das Meer, das in seiner trügerischen Unendlichkeit so gar nicht zu dem kargen Streifen Land passen wollte, der unter der flimmernden Hitze zu schlafen schien, als läge er im Frieden.

Der Bus kroch zitternd die Straße hinauf, nahm Kurve um Kurve, wie Gewehrschüsse sprangen Steine unter seinem Reifen weg, durch sein Rückfenster war nichts zu sehen als eine Wolke aus Staub und Gestein.

Sie blickte von ihrem Sitz in der letzten Reihe über die Köpfe der Mitreisenden hinweg, sah Hüte, durchgescheuerte Hemdkragen, und in den Gepäcknetzen Koffer mit Aufklebern aus Rotterdam, Marseille, Valparaiso und Hamburg. Es roch nach Kampfer, schal gewordenem Eau de Cologne, Schweiß. Und Angst.

Es dämmerte bereits, als der Wagen an einer Senke zwischen Deir Ajub und Bab el-Wad hielt. Der Fahrer schlug mit der flachen Hand aufs Lenkrad, sprang von seinem Sitz und griff nach einem Kanister mit Wasser. Er riss die Haube des Dodge auf und versuchte mit einem Taschentuch den zischenden Kühler zu öffnen. Keiner der Reisenden sprach ein Wort. Nur das Geräusch von fächelnden Zeitungen und das Zirpen der Grillen durchbrachen die Stille. Fliegen hatten den Weg durch die geöffnete Tür gefunden und die Hitze, die sich in diesen Junitagen von der Erde zu lösen schien, als würde sie zu einem eigenständigen, körperlosen Wesen.

Sie blickte den Abhang hinauf und suchte die Felsen ab, das Gestrüpp, die wie Sterbende sich krümmenden Bäume. Schweiß lief ihr an den Schläfen herunter, sie umfasste mit der einen Hand ihre Haare und band sie mit einem ledernen Riemen zusammen. Dann griff sie wieder nach der Mütze, die sie auf den Schoß gelegt hatte. In der Ferne auf dem Kamm entdeckte sie einen Hirten mit seinem Sohn. Ein dürrer Hund mit fehlfarbenem Fell schlich um sie herum. Hirten waren Späher, hatte man ihr in der Ausbildung gesagt. Behalte sie im Blick, sie nutzen sie für ihre Zwecke.

Wenige Meter darunter, hinter einer aus Felssteinen aufgeschichteten Mauer, befand sich ein britischer Posten, immerhin. Aber bei einem Angriff wären die Engländer kaum rechtzeitig hier. Der erste Schuss, sie würden ihn dort oben kaum hören; beim zweiten würden sie aufwachen, beim dritten hätte endlich ein verschlafener Sergeant den Feldstecher hervorgefingert. Scharfstellen, Gucken. Warum war der Bus dort unten stehen geblieben? Dann der vierte Schuss, fünf, sechs, sieben. Welcher würde ihr gelten?

Die britischen Soldaten würden mit dem Karabiner im Anschlag ausrücken und den Abhang herunterkommen. Und nur noch die Toten zählen.

»Ein Leck im Kühler oder der Radiator. Egged sollte unsere Busse besser warten. Aber es fehlt ihnen das Geld. Und die Geduld.«

Der Mann saß neben ihr und hatte bis eben noch geschlafen. Er mochte ein wenig älter sein als sie, sie schätzte ihn auf Mitte zwanzig, und musste irgendwann zugestiegen sein.

»Ein paar weniger Waffen in den Händen der falschen Leute wären mir auch recht«, sagte sie und blickte wieder den Abhang hinauf.

»In Händen der Araber«, sagte er. »Und? Hast du da oben etwas entdeckt, Genossin, von dem auch ich wissen sollte?«

Nichts war zu sehen. Auch der Hirte war hinter der Kuppe verschwunden.

»Wir bräuchten einen Plan, wie wir aus diesem Gefährt wieder ein bewegliches Ziel machen könnten. Und zwar schnell«, sagte sie.

»Einen Plan. Gute Idee.«

Der Mann lächelte. Er hatte sie »Genossin« genannt.

Sie hatte ihn bislang nicht beachtet. Als der Bus am Carmel-Markt in Tel Aviv gehalten hatte und sie zugestiegen war, hatte sie die unbesetzte Reihe entdeckt und sich ausgebreitet: Rucksack, Mütze, eine Blechflasche mit Wasser, ein Buch aus der Kibbuzbibliothek. Alles war auf einmal so schnell gegangen. Wenig später waren ihr die Augen zugefallen. Hatte sie geschlafen? Durch die geschlossenen Augen hatte sie Licht gesehen, ein Flackern, wie ferne Leuchtzeichen, bei einem Gangwechsel war ihr Kopf gegen die Scheibe gestoßen.

Der Mann erhob sich, ging nach vorne und stieg aus. Durch die Frontscheibe sah sie, wie er mit dem Fahrer sprach, der, die Hände in die Seiten gestützt, vor der geöffneten Motorhaube stand. Der Fremde zog das Hemd aus der Hose, wickelte den Stoff um seine Hand und öffnete mit schnellem Griff den Kühler. Mit der anderen nahm er den Kanister. Kurz darauf sprang der Motor an. Der Bus setzte sich in Bewegung. Fahrtwind kam durch die Fenster, einer der Passagiere murmelte ein Gebet. Der Fremde setzte sich wieder neben sie. Er hatte helle

Zähne, einen dunklen, wüsten Schopf und ein schönes Profil. Er strich sich die nassen Haare aus der Stirn und rieb sich an der Hose die Hände ab.

»Shaul Avidan«, sagte er, »ich habe mich noch gar nicht vorgestellt. Ich hoffe, es war in Ordnung, dass ich dich einen Moment allein gelassen habe – mit unserem Plan.«

»Ich denke, und der Mann schraubt. So ähnlich hatte ich es mir gedacht«, sagte sie.

Der Fremde lachte.

»Und wie heißt die große Denkerin?«

»Lilya«, sagte sie und reichte ihm die Hand.

»Lilya, und weiter?«

»Wasserfall.«

Er betrachtete sie, als wartete er noch auf etwas. Wie oft hatte sie das erlebt? Bist du keine Hebräerin, keine von uns, würde er jetzt denken, keine mit einem richtigen Namen?

Sie seufzte.

»Lilya *Tova* Wasserfall.«

Er lächelte.

»Schöner Name. Passt.«

»Danke«, sagte sie.

Er blickte auf ihren Schoß. Erst jetzt merkte sie, dass sie die Mütze noch immer fest umklammert hielt. Sie versuchte die dunklen Flecken, fast schwarz waren sie, zu verdecken. Es war offensichtlich, dass es kein Schweiß war. Er zog ein sauberes, ordentlich gefaltetes Taschentuch aus der Hosentasche und reichte es ihr. Sie bedankte sich, drückte es an Stirn und Schläfen, dann rieb sie sich Hals und Haaransatz ab. Er schien sie dabei zu beobachten, nicht mit dem sehnsüchtigen, oft gierigen Blick, den sie von Männern kannte, eher neugierig und mit einer Art sachlichem Interesse, als wolle er prüfen, ob das Tuch seinen Dienst tat.

Der Bus nahm eine Gerade, die Steigung war jetzt sanfter,

immer wieder drehte der Fahrer den Kopf zur Seite, beugte sich mit dem Oberkörper vor und lauschte dem Motor.

»Und nun raus aus der Ackerfurche und hinauf in die heilige Stadt? Du kennst Jerusalem?«, fragte er und ließ das Tuch wieder in der Hosentasche verschwinden.

»Durchaus.«

»Wie wär's mit einem kleinen Rundgang, Genossin, und wir unterhalten uns ein wenig? Du wirst staunen, wie unsere Stadt trotz all der Gewalt wächst. Es gleicht einem Wunder.«

»Wunder sind etwas Schönes. Nur geschehen sie meist nicht da, wo man sie erhofft. Bis auf wenige Ausnahmen vielleicht ...« Lilya versuchte ihrer Stimme Leichtigkeit zu geben.

»Danke«, sagte der Fremde und lächelte.

Sie hatte es sehr wohl bemerkt, er hatte *unsere* Stadt gesagt, obwohl es doch nicht stimmte. Irgendwann, auch am Ende ihres Weges, würde es niemals nur *ihre* Stadt sein.

Der Fremde wandte sich ihr wieder zu und blickte auf ihre Stiefel, die voller Erde und Dreck waren.

»Die Idiotie des Landlebens. Geschichte wird in den Städten geschrieben. Wir scheinen das manchmal zu vergessen.«

»Karl Marx«, sagte sie. »Nur hatte der, soweit ich mich erinnere, nicht unsere Kibbuzim im Sinn, als er von der Unbildung der Landleute sprach.«

Der Mann formte mit dem Mund ein stummes »O!«

»Aber hätte er diesen Hort der Zukunft gekannt ...«

»... hätte die Weltgeschichte einen völlig anderen Verlauf genommen«, ergänzte sie, »und Stalin wäre heute Bananenpflücker in Ashkelon.«

Sie wusste nicht, was sie von diesem Shaul halten sollte; es gefiel ihr, mit ihm zu reden, sich ablenken zu lassen. Sie hätte das Gespräch gerne fortgesetzt, sich treiben lassen – Gedanken, Sätze, schwerelos wie der Wind dort oben über der Kuppe – und spürte zugleich, wie viel Anstrengung es sie kostete. Sie blickte wieder zum Fenster hinaus, die Sonne war fast gänzlich verschwunden. Zwischen den Hügeln tauchten die ersten Häuser auf, schwarz und schattenlos. Es war nicht mehr weit bis in die Stadt.

Der Mann sah wieder nach vorn. Sie versuchte einen Blick auf seine Hände zu erhaschen. Seit sie mit dem lebte, was sie mittlerweile ihren »Zustand« nannte, betrachtete sie Hände. Die Hände Fremder. Die Hände Shimon Ben Gedis, den sie in Tel Aviv aufgesucht hatte, die Hände des Busfahrers, die Hände des Mannes, der ihr angeboten hatte, den Rucksack in den Wagen zu tragen.

Der Bus wurde langsamer, der Fahrer hielt das Lenkrad mit gestrecktem Arm und zog es kraftvoll nach links, sie bogen in den Busbahnhof ein. Schon erhoben sich die Leute, zerrten an Koffern und Taschen, schoben, drängelten, wurden durch das Schaukeln des noch immer rollenden Fahrzeugs hin und her geworfen. Mit einem Ruck hielt der Wagen, ohne dass Lilya erkennen konnte, ob sie am Haltesteig angekommen waren. Noch einmal erzitterte der Motor, dann verstummte er. Der Fahrer stieß die Tür auf und sprang hinaus.

Lilya und der Fremde waren die Letzten, die den Wagen verließen. An der Tür angekommen, drehte er sich noch einmal zu ihr um. Sein Blick war jetzt verändert, seine Augen kalt wie Marmor.

»Shalom, Genossin, ich hoffe auf ein Wiedersehen«, sagte er, fixierte sie, wie ihr schien, eine kleine Ewigkeit, wandte sich ab und verschwand mit federndem Schritt im Gedränge.

Sie sah sich am Busbahnhof um, den Rucksack über der Schulter. Jetzt galt es wachsam zu sein, sie würde später darüber nachdenken können, wer dieser Shaul war und was der Hinweis auf ein Wiedersehen und dieser Blick zu bedeuten hatten. Über die am Boden hockenden Händler hinweg, die Falafel, Kaffee, Gewürze und Schmuck anboten, hielt sie nach den Uniformen britischer Patrouillen Ausschau. Zeitungsverkäufer fuchtelten mit den Abendblättern vor ihren Augen herum, arabische Kinder liefen mit ausgestreckten Händen neben ihr her. Der Geruch von Diesel, Ruß und verbranntem Hammelfleisch lag in der Luft. Geschichtenerzähler, Vorleser und fliegende Zahnärzte saßen am Straßenrand. Die schwach beleuchtete Jaffa Road führte Lilya in die Stadt.

Elias Lind. Morgen würde sie ihn treffen, die Sache hinter sich bringen und die Stadt wieder verlassen. Der vergessene Schriftsteller. Den Mann aufzusuchen, war ein Befehl von Shimon Ben Gedi. Sie hatte sich zu wehren versucht, ohne Erfolg. Es hatte ihr an Kraft gefehlt, und Ben Gedi hatte das gewusst.

Den Mahane-Jehuda-Markt ließ sie rechts liegen, wie abgehängte Theaterkulissen schienen die Stände, Buden und Ladentore auf den nächsten Tag zu warten. Katzen schnupperten an leeren Blechdosen. Beduinen aus der Altstadt kamen ihr entgegen, mit Körben und Taschen auf dem Weg zu ihrem Lager außerhalb der Stadt. In der Ferne suchte sie bereits den geflügelten steinernen Löwen hoch oben auf dem Dach der Generali-Versicherung. ASSIC V RAZIONI, hatte sie als Kind stets die Buchstaben vor dem Firmennamen gelesen, das wie ein V geschriebene U für irgendeine Art Trennzeichen gehalten. Vater hatte ihr abends vor dem Einschlafen immer wieder Geschichten vom Löwen Assic Razioni erzählen müssen. »Assic und ...« fingen seine Geschichten zumeist an, »der Wolf«, »der Sultan«, »der Dichter«, »der Zauberer«. »Der Löwe Assic und das lächelnde Kamel« war ihre liebste gewesen, weil der Löwe das kleine Kamel vor anderen Löwen beschützt hatte. Jetzt kamen ihr die Geschichten vor, als stammten sie aus einer fernen, fremden Welt und der steinerne Löwe thronte auf einem Mausoleum der Sicherheit, die es schon lange nicht mehr gab.

Hinter dem Generali-Bau und der Hauptpost fiel die Straße ab und führte auf die Altstadt und das Jaffa-Tor zu. Sie musste sich jetzt rechts halten. Die Wohnung war in einer Seitenstraße in Nahalat Shiva, es konnte nicht mehr weit sein. Vater hatte sie ihr beschrieben, kaum mehr als ein Wohn- und Esszimmer, hatte er gesagt, dazu ein Schlafraum. Sie lag in einem Hinterhof, der im Frühjahr nach Kühle und Fäulnis roch und in Sommernächten Fledermäusen ein Zuhause bot. Als ihre Eltern die Stadt verlassen hatten, um in Netanja ihr »neues Leben« zu beginnen, hatten sie dieses kleine Quartier für wenig Geld angemietet und es scheinbar wahllos mit Dingen aus ihrem großen Haus in Rehavia angefüllt. Alles, was sie in der Stadt zurücklassen wollten, Nützliches und Nutzloses, beherbergte nun diese kleine Wohnung. Ein Pied-à-Terre sollte sie sein, eine Anlaufstelle, Heimat und Speicher zugleich, und Lilya vermutete, dass ihre Eltern selbst bislang noch kein einziges Mal hier übernachtet hatten. »Unser Caidal«, hatte Vater mit hängenden Schultern gesagt und dabei ein wenig gelächelt, nachdem er am Tag vor ihrer Abreise den Mietvertrag mit einem Handschlag besiegelt hatte. Caidal, das Fest- und Königszelt der Beduinen, dieser Name, so unsinnig wie grotesk, war mit der unerklärlichen Beständigkeit des Vorläufigen geblieben. Sie selbst würde ein paar Nächte dort Unterschlupf suchen, in dieser Kaschemme mit königlichem Namen, und die Stadt dann wieder verlassen.

Der Schlüssel lag in dem verabredeten Versteck, und ihre Hände zitterten, als sie schließlich in der Dunkelheit das Schlüsselloch fand. Noch einmal zögerte sie, dann öffnete sie die Tür und ging hinein.

2

Sie zählte zehn, oder waren es zwölf? Das Morgenlicht fiel durch dünne Schlitze ins Zimmer und zeichnete helle Streifen an die Wand. Vom Bett aus konnte sie in die Küche sehen, irgendwann hatte sie auf der Seite liegend angefangen, die Balken zu zählen. Sie streckte die Finger aus, als wären es die Saiten eines Instruments. Fast war es eine Gewohnheit geworden, zunächst Unsinniges zu tun, wenn allzu Sinniges, Wichtiges, Ernstes, Unabwendbares auf sie wartete. Aber was war schon sinnig oder unsinnig? Die Dinge schienen mehr und mehr zu verschwimmen, ihre Konturen lösten sich auf, die Wahrheit war ein amphibisches Wesen, Menschen hatten recht und unrecht zugleich, sie war dabei, den Überblick zu verlieren. Mit der Wahrheit war es wie mit der Schuld. Trug sie Schuld, war Yoram schuldig geworden? Konnte man handeln, ohne sich schuldig zu machen? Nur Träumen war gefahrlos, Träume hatten immer recht, auch wenn sie trogen. Vielleicht war das Paradies nichts anderes als ein Garten für wandelnde Träumer, darin Bänke mit der Aufschrift: »Für Nichtträumer verboten«. Oder: »Handelnde unerwünscht.«

Sie richtete sich auf, strich sich das Haar zurück, spürte auf ihren Schultern die sanfte Berührung der Spitzen, für einen Moment waren es Hände, Lippen, ein wandernder Kuss. Sie setzte die Füße auf den Boden, er war kühl.

Sie versuchte ihre Uhr zu lesen, hielt sie gegen das Licht. Um zehn würde sie der Schriftsteller im Café Lewandowski erwarten. Elias Lind. Sie hoffte im Stillen, dass er vielleicht nicht kommen würde, obwohl Ben Gedi bei ihrer Begegnung gesagt hatte, auf diese Möglichkeit brauche sie erst gar nicht zu bauen. Er hatte sie in ein Geheimbüro nach Tel Aviv zitiert, was sie nach ihrer Flucht und all den Monaten im Norden gänzlich überraschte. Seine Nachricht war ein Zettel in einer Streichholzschachtel, nicht mehr. Sie hatte den Zettel gelesen und ihn verbrannt, ihre Sachen gepackt und den Kibbuz Hanita, ihr Versteck, verlassen. Noch einmal war sie an die höchste Erhebung gegangen, war dort auf den aus Beton gefertigten Eingang eines unterirdischen Bunkers geklettert, in ihrem Haar den Wind, in ihrem Rücken den Libanon, und hatte durch die Bäume hindurch weit unten das Tal gesehen, das Meer, auf dem die Sonne zu tanzen schien. Sie wollte nicht weg von hier, noch nicht. Sie hatte sich nach Yorams Tod in dieser Welt aus Feldarbeit, Liedern, Lagerfeuern und traumlosen Nächten eingerichtet, einem Leben ohne Zukunft und Vergangenheit, einem Kokon aus reiner Gegenwart. Sie wusste, nun würde er zerbrechen.

Die Fensterläden waren noch immer geschlossen, sie hörte einen Hund bellen und arabische Stimmen im Innenhof, irgendwo auf der Straße iahte ein Esel. Der Wind hatte zugenommen, sie spürte, der Chamsin würde kommen. Sie sah sich im Zimmer um. Am Abend zuvor hatte sie nur Konturen erkennen können, eine Welt ohne Tiefe. Eine Kerze hatte den Raum notdürftig erhellt, sie wollte nicht gesehen werden. Jetzt öffnete sie einen der Läden, Licht flutete herein. Das also war Vaters Caidal. Ein Tisch, sie kannte ihn aus der Küche ihres Elternhauses, eine Vitrine mit schadhaften, aber noch brauchbaren Tellern, Gläsern und zwei Karaffen, an der Wand ein Regal mit Büchern. Sie konnte nicht erkennen, nach welchem Prinzip ihre Eltern sie ausgewählt hatten, hebräisch-, englisch- und deutschsprachige standen ungeordnet nebeneinander. Vielleicht waren welche darunter, mit denen sie ihr Deutsch Mal um Mal verbessert hatte, *Tonio Kröger*, *Fabian*, den *Nachsommer* hatte sie nach wenigen Seiten weggelegt, Vicki Baum hatte sie verschlungen, *Menschen im Hotel*, *Tanzpause*, *Welt ohne Sünde*. Sie stand auf und berührte die Bücher. Sie waren mit einer Staubschicht bedeckt, die rau war wie Sand. War es das, was von ihnen, der Familie Wasserfall, in dieser Stadt geblieben war?

Hier ganz in der Nähe, in der King George Street, hatte sie mit ihren Eltern und Yoram gewohnt, bevor sie zusammen in das große Haus in Rehavia gezogen waren, das war 1934, und sie war zehn. Die neue Wohnung lag im ersten Stock, sie war groß und hatte hohe Decken. Das Haus in der Haran Street gehörte einem entfernten Onkel ihres Vaters, und er hatte es ihnen für eine bezahlbare Miete überlassen. Vater und Mutter waren stets frühmorgens aus dem Haus gegangen, beide arbeiteten als Ärzte für den Gewerkschaftsbund Histadrut. Sie stammten aus Posen, 1920 hatten sie die Alya gemacht, nachdem sich die Nachrichten von im Osten stattfindenden Pogromen wieder gemehrt hatten. Sie waren nach Palästina gekommen und hatten es zu etwas gebracht. Juden brauchten ein eigenes Land, sie sahen keinen anderen Weg. Zugleich dachten sie, von Herzls Ideen eines politischen Zionismus erfüllt, sie würden Europa einfach mitnehmen und es hier wieder auspacken.

Sie hatten das Haus von Anfang an geliebt, und doch überkam sie oft auch Wehmut, weil es so europäisch war, so gar nicht in dieses karge Land am Rand der Wüste zu passen schien; und sie empfanden Scham, da die Wohnung mit ihren vielen Zimmern voll Licht und Luft nicht ihren Idealen entsprach, und manchmal wollten sie Freunde und Kollegen, ärmere oder noch radikalere Sozialisten als sie selbst, nicht zu sich einladen, weil sie Privilegien wie diese, die andere einfach nur Glück genannt hätten, für so etwas wie Unrecht hielten.

Sie hatten bald gelernt, dass Palästina nicht Europa war, wenngleich auch nicht Arabien, sondern irgendetwas dazwischen. Aufgewacht waren sie wohl erst, als ihre Freunde, die Lippmans, 1931 bei einem Feuergefecht zwischen arabischen Kämpfern und der britischen Polizei ums Leben kamen. Sie waren unschuldig und ahnungslos in diese Sache hineingeraten, und Yoram Lippman, ihr Sohn, damals zehn, hatte es mit ansehen müssen und als Einziger überlebt.

Für ihre Eltern stand schnell fest, dass sie das Kind ihrer Freunde wie einen eigenen Sohn aufnehmen würden. Yoram war verstört und wortkarg, wollte kaum etwas essen, und jeden Morgen wechselte Lilyas Mutter seine eingenässten Laken. Er bekam ihre ganze Aufmerksamkeit, sie schleppten ihn zu dem greisen Seelenarzt Dr. Kitteler, der einst in Breslau ein berühmter Psychoanalytiker gewesen war und dem Knaben stumm lauschte, aber auch keinen Rat wusste. Yoram hier und Yoram dort, sie hatte es bald nicht mehr ertragen können. Ihre Eltern gaben ihr weiterhin alle Liebe, aber die Sorge – und die schien oft größer – gehörte ihrem neuen Bruder. Und mit den Ereignissen schienen Vaters Humor, seine Ironie und sein Sinn für die Komik des Lebens still zu welken, als fehle seiner Seele Wasser, Licht und frische Luft. Er wurde von Tag zu Tag ernster. Ihre Mutter, eine Melange aus Liebe, Wärme und pommerscher Gewissenhaftigkeit, neigte mehr und mehr zur Strenge; hatte sie Vater früher noch oft zu bremsen versucht, wenn er vor den Kindern wieder einmal Hitler oder Mussolini spielte oder Lilya abends am Bett absurde, komische, aus ihrer Sicht völlig unglaubwürdige Geschichten von zaubernden Mäusen, lächelnden Kamelen und geflügelten Löwen erzählte, so hatte sie sich mit den Jahren ganz auf die Seite der Vernunft und der zwingenden Beherrschbarkeit der Dinge und Lebensumstände geschlagen, auch der in ihrem Land. Dabei war sie klug genug, um zu wissen, dass gerade deren Unbeherrschbarkeit sie auf diesen trockenen Pfad der Rechtschaffenheit gelockt hatte. Nur selten noch hörte Lilya ihre Mutter lachen, und doch, was sie zu sagen hatte, war wohl erwogen und stets vom Herzen her gedacht.

Doch Yoram war hübsch, mit Verwirrung und später mit Neugier sah sie, wie er ein Mann wurde, las und lernte, Freunde gewann, mit der Sache Palästinas rang. Nur selten noch überkam ihn die Schwermut, und Lilya spürte immer öfter ein Ziehen im Bauch oder ein Kribbeln im Nacken, wenn er in ihrer Nähe war oder sie gar berührte. Sie mochte seine Verschlossenheit und hielt sie für Tiefe. Und irgendwann, die Männer und Jungen hatten längst begonnen, ihr mit der unstillbaren Sehnsucht von Hunden nachzublicken, war sie sich sicher, dass nur sie allein, Lilya Tova Wasserfall, in der Lage und dazu bestimmt war, diese Tiefe zu durchdringen und zu erschließen. Yoram war von einer Ernsthaftigkeit, die sie erregte. War es Liebe? Irgendwann ja. Eine Liebe ohne Erlösung, die sie zugleich für alle anderen Männer unsichtbar machen sollte.

Sie wollte den Gedanken Einhalt gebieten. Es wäre besser, jetzt aufzustehen, sich anzuziehen und zu gehen. Stattdessen sank sie auf das Kissen zurück, schloss die Augen und rollte sich zusammen. Leben. Vor, zurück, Stillstand. Leben. Tod.

Wie oft hatte sie in diesen Jahren in Rehavia versucht, ihre Empfindungen, die Bilder, Gerüche und Berührungen zu speichern, die sie mit Yoram verbanden, sie festzuhalten, irgendwo in ihrem Inneren, damit sie in den Zeiten der Dürre und des Wartens nach ihnen greifen, sie zu sich rufen konnte. Sie sah sich im Garten hinter dem großen Haus auf einer Decke liegen, vor sich ein Buch, das Kinn auf die Hände gestützt. Die Bäume hier waren kräftig und standen dicht beieinander, sie bildeten ein schützendes Dach. Irgendwo im Haus war das Klappern einer Schreibmaschine zu hören. Ärzte, Professoren und Künstler wohnten in der Haran Street, das aber war Vater an seiner Maschine. Unermüdlich formulierte er in seiner freien Zeit eine Petition, eine Eingabe, ein Konzept für den gemeinsamen Staat Palästina.

Aus dem Fenster des Nebenhauses drang Klaviermusik, wenig später war von der anderen Seite des Grundstücks der hohe Ton einer Violine zu hören. Läufe, Phrasen, Auftakte.

»Bach links, Debussy rechts. Das kann nicht gut gehen. Einer muss nachgeben«, sagte Yoram.

Er hockte neben ihr im Gras, vor ihm lag ein Stapel Zeitungen – *Palestine Post, Davar, Jedioth Achronoth, Haaretz* und die arabischsprachige *Al-Difa*. Mit einer großen Schere schnitt er Artikel aus.

»Und wer gewinnt?«, fragte sie.

Yoram lachte, ohne aufzusehen. »Der Bessere. Ofer, er ist der Größte.«

Das Klavier verstummte.

»So soll es sein«, sagte Yoram, »die Musen sind gerecht. Bach bleibt.«

Sie sah zu ihm hoch. Seine dunklen, fast schwarzen Haare hingen ihm ins Gesicht, sein Hemd war bis zur Hälfte aufgeknöpft und gab seine gebräunte Brust frei, seine schönen Hände fuhren mit der Schere geschickt um die ausgewählten Artikel herum. Er roch nach Leder und Zitrone. Die Sehnen seiner Rechten spannten sich. Wenn er aufblickte, würde er bemerken, dass sie ihn anstarrte. Bei dem Gedanken wurde sie rot. Vielleicht hatte er es längst bemerkt, zeigte es aber nicht.

Sie drehte sich auf den Rücken.

»Das schwarze und das weiße Buch ... Was machst du, wenn eins von beiden voll ist?«

»Ich besorge mir ein neues. Und noch eins, bis ...«

Yoram sammelte Artikel aus den Zeitungen, die Ehud gelesen und in einer Ecke des Hausflurs aufgestapelt hatte. Er blätterte darin, schnell und mechanisch, bis er gefunden hatte, was er suchte. Alle Artikel über Anschläge, Überfälle, Verhaftungen und Entführungen. Polizeireporte, Hintergrundberichte, Fahndungsaufrufe, Kommentare und Bilder von Autoexplosionen, eingestürzten Häusern, Verwundeten, Toten, Verstümmelten. Das schwarze Buch enthielt Artikel über Angriffe arabischer Gruppen, aber auch über Attacken, Razzien und Übergriffe der Engländer; das weiße Buch Artikel über die Aktionen von Irgun und anderen jüdischen Aktivisten. Er schnitt sie aus, klebte sie in ein Heft und schrieb das Datum dazu.

»Die Engländer wollen die Prügelstrafe in Palästina abschaffen«, sagte er. »Achtzehn Schläge und achtzehn Monate Haft, das war einmal. Stattdessen wollen sie achtundzwanzig Monate Haft, und zwar unter verschärften Bedingungen. Das nenne ich Gerechtigkeit.«

Sie konnte nicht heraushören, ob er wütend war oder nur auf verzweifelte Weise traurig. Beides, dachte sie. Und die Wut wird siegen.

Sie setzte sich auf und hob den Arm. Auch wenn sie wusste, dass es falsch war, strich sie ihm die Haare aus dem Gesicht. Er erstarrte. Ihr Herz pochte. Sie beugte sich vor.

Er erwiderte ihren Kuss, zaghaft, dann heftig. Fasste sie um die Taille, zog sie an sich. Ganz unvermittelt ließ er sie wieder los und wandte sich ab.

»Ich bin dein Bruder«, sagte er.

»Bist du nicht«, erwiderte sie.

»Lilya ...«

»Du bist Yoram Lippman.«

»Lippman gibt es nicht mehr. Ehud und Deborah sind meine Eltern, und du bist meine Schwester.«

Sie bemerkte ein leichtes Beben in seiner Stimme, eine Unsicherheit, und durch diese kleine Lücke schlüpfte Hoffnung. Er liebt mich, dachte sie, er wird mich, er muss mich lieben, es ist unser Glück.

Sie hatten nicht bemerkt, dass auch die Geige verstummt war.

Als Ofer Kis wenig später mit dem Geigenkasten unter dem

Arm in den Garten kam und nach Yoram rief, nahm sie schnell wieder ihr Buch zur Hand.

»Sie haben die Synagogen angezündet. In Deutschland, gestern Nacht«, sagte er ein wenig außer Atem, legte den Kasten ins Gras und ließ sich kraftlos neben sie fallen.

In einem der Schränke fand sie Tee, ein kleiner Gaskocher war schnell angeworfen. Sie streifte ihre Kleidung über – eine ausgediente Uniformhose und ein dazugehöriges Hemd aus dem Kibbuz – und nahm die Wohnung näher in Augenschein. Die Muschel. Zwischen zwei Buchstützen lag sie, fast bekam Lilya einen Schreck. Vorsichtig nahm sie die Muschel in die Hand, sie war leichter, als sie es in Erinnerung gehabt hatte, hielt sie sich unter die Nase und atmete tief ein. Damals, als sie Vater ihren Fund zum Dank geschenkt hatte, hatte sie nach Meer und Salz gerochen. Jetzt war dieser Duft verflogen.

Ganz allein war Ehud mit ihr gewandert, fünf Tage lang, *mi-jam le-jam,* von Meer zu Meer. Da war sie sechzehn gewesen, und Yoram hatte gerade das Haus verlassen, um in Haifa eine Ausbildung bei einer Bewässerungsfirma anzufangen. Mutter wollte intervenieren, hatte gesagt, es sei zu gefährlich und sie sollten zumindest die arabischen Dörfer meiden. Ohne Frage hatte sie recht gehabt, aber Vater hatte abgewinkt und sich schließlich durchgesetzt. Vom Kineret, dem galiläischen Meer, bis ans Mittelmeer waren sie gewandert, am Ende hatte sie schief gelaufene Schuhe. Sie redeten, schwiegen, sangen und lachten, nie zuvor und nie wieder danach hatte sie ihren Vater so für sich gehabt. Am letzten Tag lag der Karmel vor ihnen, und als sie auf dem höchsten Punkt angekommen waren, bevor das kleine Gebirge zur Küste hin abfiel, sahen sie das Meer. Sie umarmten sich, und Vater schien sie nicht wieder loslassen zu wollen. Südlich von Haifa gelangten sie ans Meer, dort fand sie im Sand eine besonders schöne Muschel, hell wie Marmor aus Carrara und mit dunklen Linien überzogen, als sei sie von Hand bemalt. Sie hob sie auf, sog ihren Duft ein und schenkte sie Vater.

Erst kurz vor ihrer Rückkehr musste sie mit einer gewissen Bitterkeit begreifen, dass ihr Vater mit dieser gemeinsamen Zeit auch Absichten verband, dass er sich wie ihre Mutter Sorgen um Yoram machte. Der hatte angefangen, an den Abenden nach der Arbeit an den Waffen zu üben und mit Leuten zu verkehren, denen die Ungeduld ins Gesicht geschrieben stand und die Ze'ev Jabotinskys kalten Lehren folgten. Wie dieser Zelot Menachem Begin, den Vater verachtete. Ein junger Mensch muss Hebräisch sprechen und eine Waffe tragen. Sonst nichts. Das war der Kern dieser sogenannten Lehre. Ob sie vorhabe, Yoram auf seinem Weg zu folgen, wollte ihr Vater wissen, ob auch sie irgendwann allein auf Gewalt setzen würde. Bald werde sie das Haus verlassen, um die Universität zu besuchen, dann werde vielleicht auch sie mit diesen Leuten in Kontakt kommen.

Um kurz vor zehn verließ sie die Wohnung, ging durch den Innenhof und trat hinaus auf die belebte Straße.

Das Café von Ascher Lewandowski lag am oberen Ende der Ben-Jehuda-Straße, ganz in der Nähe der King George Street. Das Haus, in dem es sich befand, war unter der Herrschaft der Osmanen gebaut worden und über die Jahre heruntergekommen. Die Scheiben waren schlierig, die Decken niedrig, und es war längst nicht so berühmt und gut besucht wie das wenige Hundert Meter entfernt gelegene Café Europa an der Jaffa Road im prächtigen Sansour-Haus oder das auch bei den Engländern beliebte und als bohemienhaft verschriene Atara, ebenfalls kaum einen Steinwurf entfernt. Es hatte sie nicht überrascht, dass Elias Lind gerade dieses Café für ihr Treffen gewählt hatte. Hier, am Ende der Straße, war die Zeit stehen geblieben. 1925, 1930, 1936, irgendwann vor dem Krieg. Sie schrieben jetzt das Jahr 1946, und eine Welt war untergegangen. Allerdings nicht im Café Lewandowski, dem Treffpunkt der Jeckes: Man sprach Deutsch, debattierte über Europa und Deutschland, Bamberg, Hamburg und Königsberg, versuchte die abgescheuerten Hemdkragen zu verdecken, die in Breslau oder Trier zum letzten Mal ausgebessert worden waren, nippte stundenlang an einer Tasse Filterkaffee, raunte und lauschte, hielt Vorträge über deutschen Kaffee und Schwarzbrot, über heimischen Kuchen und Krapfen und gab zum Besten, was man gehört hatte – das heißt, was Mendel erzählt hatte, der es von Levi wusste, der es wiederum aus sicherer Quelle habe.

In den vergangenen Monaten war es nichts Gutes gewesen. Auch wenn die Zeitungen vielleicht oft übertrieben, mochte manch einer denken, nun konnte man nicht mehr anders, als ihnen zu glauben. In der Buchhandlung Steimatzky hingen sie aus, auch die amerikanischen, englischen und französischen Blätter. Vieles hatte bittere Bestätigung erfahren, Eltern, Geschwister, Vettern und Cousinen, Freunde, Schulkameraden, sie waren tatsächlich verschwunden. Das ganze Ausmaß dessen, was in Deutschland und Europa geschehen war, wurde nach und nach deutlich, und das Wissen um die Ungeheuerlichkeiten brandete auch an die Eingangstür des Cafés. Aber dieses Wissen war noch immer zu unermesslich, man konnte es nicht fassen. Zeichne ein Ungeheuer auf einen Bierdeckel, und es bleibt immer noch ein daumengroßes Tier.

Sie ging die Ben Jehuda Street hinauf, es war jetzt sicher nicht mehr weit.

Gestern erst hatte sie den Auftrag erhalten, es kam ihr vor wie vor einer kleinen Ewigkeit. Sie sah Shimon Ben Gedi vor sich, er stand über einen Tisch gebeugt, als sie hereinkam. Das Geheimbüro lag in einem unscheinbaren Haus in der Hayarkon Street in Tel Aviv, oberhalb der Straße. Er hatte sich verändert seit ihrer Ausbildung, als er sie und die anderen darin unterrichtete, wie man mit redlichen Mitteln für die rechte Sache kämpft, mit List, Härte und aller Art Waffen. Nur kurz sah er zu ihr auf, und sein Blick schien zu sagen, ich wusste, dass du kommen würdest. Er begrüßte sie mit einem kurzen »Shalom«, dann beugte er sich wieder über die Papiere.

Sie betrachtete ihn. Seine Schultern wirkten hart und kantig, als hätte die Zeit an seinem Körperbau gearbeitet. Seine Wangenknochen schienen gewachsen zu sein, seine Augen lagen tief in den Höhlen, als wolle der Schädel sie verschlucken. Obwohl deutlich über vierzig, war er noch immer athletisch. Er trug ein offenes weißes Hemd, dessen Ärmel achtlos hochgekrempelt waren, und dazu Kakishorts. Zum Lesen brauchte er neuerdings eine Brille. Hatte sie ihn gemocht? Nicht sonderlich, aber sie hatte Ben Gedi stets respektiert, er war der Sache Palästinas hingegeben wie kaum ein anderer, mit Augenmaß, Beweglichkeit, Härte und Geschick. Und er war ihr ein guter Lehrer gewesen, vielleicht der beste, den sie hätte haben können. Wäre die Hagana eine richtige Armee, hatte sie oft gedacht, Shimon Ben Gedi wäre einer ihrer obersten Generäle. Die Engländer fürchteten ihn und suchten zugleich seine Nähe. Sie wussten, dass sie ihm nicht trauen konnten, aber in diesem Wissen um seine Unberechenbarkeit lag auch eine Art Verlässlichkeit, man wusste, woran man bei Ben Gedi war.

Der Tisch vor ihm war mit Stapeln von Papier bedeckt, irgendwelchen Akten, dazu Karten und Büchern. Es sollte, wenn es entdeckt werden würde, aussehen wie das Büro eines Anwalts oder Steuerprüfers, nicht wie der kahle, ungedeckte Tisch des Verrats und des Geheimnisses. Hinter dem halb geöffneten Fenster hörte sie das Meer, mit samtener Hand streichelte es das Ufer. In der Ferne erklang das Heulen einer Militärpatrouille. Eine feuchte, vom Meer gesalzene Hitze lag über Tel Aviv und ließ die Schwere und Unausweichlichkeit des nahenden Sommers erahnen.

Er bat sie, zu ihm an den Tisch zu kommen, betrachtete sie kurz, lächelte und sagte »Danke«. Dann wies er auf die vor ihm liegende Karte. »Deutsches Reich« stand oben rechts, darunter war ein Hakenkreuz. Im unteren Teil der Karte hatte Ben Gedi Kringel eingezeichnet, er tippte mit einem Bleistift auf das Papier. Deutschland sei ein großer Wartesaal, sagte er und wies auf die markierten Stellen. Vor allem Überlebende aus dem Osten retteten sich jetzt nach Bayern. In Landsberg, Feldafing und Föhrenwald seien große Flüchtlingslager entstanden. Es gebe in der Nähe von Wolfratshausen eine Wohnanlage der IG Farben, feste Häuser mit Zentralheizung, die von den Deutschen einst für die Arbeiter in der nahe gelegenen Munitionsfabrik gebaut worden waren. Die Lage spitzte sich zu. Aus Russland und Polen würden gravierende Vorfälle gemeldet, er befürchte eine weitere jüdische Massenflucht aus Osteuropa nach Deutschland. Die UNRRA bekomme keine neuen Leute, die Amerikaner seien willig, aber schwerfällig, es fehle an allem. Aber sie hätten in Palästina zu wenig Kenntnis, wie die Situation in den Lagern wirklich sei. Er benötige einen Bericht, und zwar aus dem größten Lager, aus Föhrenwald. Mit sehr konkreten Empfehlungen. Er erwarte, dass ihre Expertise mit dem Skalpell geschrieben sei. Wer sie lese, solle Schmerzen spüren.

Bericht, Expertise, Deutschland, Skalpell? Bevor sie recht verstanden hatte, worum es ging, und sie ihn fragen konnte, ob das heiße, dass er sie nach Deutschland schicken wolle, legte er einen Ausweis auf den Tisch. American JOINT Distribution Committee, kurz JOINT. Auf einem Foto von ihr bedeckte ein Stempel ihre halbe Wange wie eine Tätowierung. Sie starrte das Papier an.

»Herzlich willkommen beim JOINT, Commissioner Wasserfall«, sagte Ben Gedi.

JOINT war eine der wichtigsten Hilfsorganisationen für die

jüdischen Flüchtlinge und würde Lilya unter ihre Fittiche nehmen. »Alles legal«, erklärte er, »und bereits vorbereitet.« Und die Engländer würden sie aus Palästina ausreisen lassen, mit diesem Stempel als Abschiedskuss. In wenigen Wochen würde sie zurück sein, niemand würde es merken, und wer sie im Norden wähnte – er sah sie über die Brille hinweg an und beide wussten, dass ihre Eltern gemeint waren –, würde sie weiterhin gut und sicher aufgehoben wissen.

Am liebsten wäre sie aufgestanden und hätte den Raum verlassen. Auch wenn sie in ihrer Ausbildung gelernt hatte, dass Anweisungen der Vorgesetzten zu befolgen und nicht zu hinterfragen waren, weil ohne eine verlässliche Befehlsstruktur ihr Kampf nicht zu gewinnen war, fiel es ihr noch immer schwer, sich damit abzufinden. Sie wäre gern von Ben Gedi gefragt worden, ob sie überhaupt bereit war, nach Deutschland zu reisen, besonders nach allem, was geschehen war und was er von ihr wusste. Mit keinem Wort hatte er zudem erwähnt, was sie in den Tagen vor seiner Nachricht in ihrem Versteck im Norden für ihn erarbeitet und ihm über Boten hatte zukommen lassen. Konzepte, Entwürfe, Pläne für die Zeit nach der großen Aktion, von der sie dort gehört hatte: *Operation Markolet,* die Zerstörung aller Brücken und Zufahrtswege in Palästina, ein spürbarer Schlag gegen England. Sie war fest davon ausgegangen, dass er sie deswegen zu sich beordert, dass er ihr Material gelesen und für gut befunden hatte. Sie, die zukünftige Königin der Kommunikation, Expertin für Kassiber, Codes und Pamphlete, Manifeste und Eingaben, Kryptogramme und tote Fährten aus Papier und Buchstaben. Sie war eine Handwerkerin des Wortes, hatte er immer gesagt, es gäbe bald keine Bessere, wenn sie so weitermache.

Und nun wollte er sie, eine seiner Besten, nach Deutschland schicken, um sie einen »Bericht« schreiben zu lassen! Das hatte sie schnell entschlüsselt, auch ohne Chiffriermaschinen,

Lochwalzen oder ein Handbuch der Kryptografie. Klartext. Für die bevorstehende Operation hielt er sie offensichtlich noch für zu schwach. Nicht einsatzfähig, nicht hinreichend belastbar. Er ging davon aus, dass sie ein Verhör hinter britischen Mauern nicht überstehen würde. Er hatte sie aussortiert, zumindest vorübergehend. Lilya Tova Wasserfall war in seinen Augen ein zu großes Risiko!

Oder trieb auch ihn die Angst um, sie könne aus dem Norden statt Gelassenheit nur Wut, statt Trauer Hass, statt in den Nächten ausgearbeitete Papiere Konstruktionspläne für Bomben mitgebracht haben und ein Herz aus Stein?

»Setzen Sie sich, Sie sehen nicht gut aus«, hatte er gesagt, mit Mühe nur konnte sie ihm noch folgen. Er hatte ihr ein Glas Wasser gebracht, eine Pause gemacht, sie eine Weile angesehen. Sie hatte es verlernt, seinen Blick zu deuten. Es hatte einen Wortwechsel gegeben, sie konnte sich an Einzelheiten nicht mehr erinnern, irgendwann hatte sie das Wort »Befehl« vernommen, wie eine kalte Klinge zerschnitt es die Luft. Dann hatte er sich gesetzt, sie lange betrachtet und begonnen, ihr die »Sache Lind« auseinanderzusetzen.

Elias Lind hatte wenige Tage zuvor von zwei Vertretern der englischen Mandatsmacht die Nachricht erhalten, dass sein Bruder Raphael, ein renommierter Wissenschaftler, von den Nazis ermordet worden sei. Lind jedoch hatte Hinweise darauf, dass Raphael noch lebte. Die Nachricht vom Tod seines Bruders hatte ihn misstrauisch gestimmt, und er hatte Ben Gedi in Tel Aviv aufgesucht. Sie kannten sich noch von früher und waren sich in der Jewish Agency wieder begegnet.

»Treffen Sie sich mit Elias Lind«, hatte Ben Gedi schließlich gesagt, »vielleicht finden Sie in Deutschland etwas heraus, was wir gegen die Engländer nutzen können. Es könnte überaus hilfreich für unsere Sache sein, wenn wir wissen, was mit Raphael Lind tatsächlich passiert ist. Die Zeiten werden härter werden nach der *Operation Markolet*, wir werden neue Waffen brauchen, andere, ungewöhnliche, unsichtbare. Und Sie, Lilya, geben Sie uns vielleicht eine solche in die Hand.«

Nur wenige Meter vor dem Eingang des Café Lewandowski hörte sie laute Stimmen. Britische Polizisten kamen die Straße heruntergelaufen, ihr entgegen. Weitergehen, langsam, sieh nicht hoch, sagte sie sich. Passanten blieben stehen. Die Rufe in ihrem Rücken wurden lauter, es waren hebräische und englische Wortfetzen. Sie hatte das Café erreicht. Ein Jeep hielt auf der anderen Straßenseite, Soldaten mit Karabinern kletterten aus dem Fahrzeug. Sie stieß die Tür zum Café auf und zog sie gleich hinter sich zu, erst als sie im Gastraum stand, drehte sie sich um und spähte durch das Fenster hinaus. Die Soldaten verschwanden und kamen kurz darauf mit einem jungen Mann in Handschellen zu dem Jeep zurück. Er trug ein zerrissenes, offenes Hemd und blickte zu ihr herüber, die Hand eines Soldaten umfasste seinen Nacken. Sie erkannte ihn, es war Yorams Freund Ofer Kis, der Musiker. Er musste sie gesehen haben, hau ab, Lilya, und verschwinde, schnell, sagten seine Augen. Dann stießen sie ihn in das Fahrzeug.

Ascher Lewandowski stand hinter der Theke, ein Geschirrhandtuch über der Schulter, und sah sie an. Sie wandte sich ihm zu.

»Einfach so«, sagte sie, »sie nehmen ihn einfach mit. Ich kenne ihn. Er ist der beste Kumpel Beethovens. Sonst nichts.«

Ascher legte einen Finger an den Mund und sah sie mit fast väterlicher Sorge an.

»Und alle hier sehen dabei zu und unternehmen nichts. So ein stolzes Volk. Soll das immer so weitergehen? Weiter und weiter?«

Sie spürte, dass jemand hinter ihr stand.

»Ich folge Ihrer Betrachtungsweise, junge Frau. Nur in diesem

Moment, denke ich, können wir nicht viel ausrichten. Jedenfalls nicht mit unseren Waffen.«

Sie wandte sich um. Der Fremde war groß, vielleicht ein wenig älter als ihr Vater, sie schätzte ihn auf Mitte fünfzig, die Zeiten schienen ihn hager gemacht zu haben. Er hatte sie in Jeckes-Hebräisch angesprochen, die Konsonanten und Vokale quadratisch und zu handhabbaren Worteinheiten verfügt. Langsam und deutlich sprach er, als lese er aus einer Fibel. Er trug eine ungewöhnlich schwere Brille aus Schildpatt, seine Augen dahinter waren so groß, als blicke er durch die Böden von Milchflaschen. Aber sein Haar war voll, dicht und nur leicht ergraut. Der ein wenig abgetragene graue Anzug war etwas zu weit, von europäischem Schnitt und wohl einst maßgeschneidert worden. Er hielt einen Stock in der Hand, der selbst für einen Gang durch die Stadt zu dünn war, doch seine Haltung war aufrecht. Auf seinem Gesicht, das trotz der dicken Brille und der Furchen, die das Leid und die Jahre, die Wüstensonne und das einsame Ringen in der Schreibstube darauf hinterlassen hatten, von erstaunlicher Lebendigkeit war, hatte sich ein Lächeln ausgebreitet.

»Ich habe Ascher gebeten, uns Plätze am Fenster frei zu halten«, sagte er. »Ich brauche Licht, wissen Sie, viel Licht. Und Sie können von dort aus beobachten, ob die Straße ein Ort weiteren Unrechts wird. Ich fürchte allerdings, darauf werden wir nicht lange warten müssen.«

Lilya sah ihn wortlos an.

»Kommen Sie. Schließlich haben wir eine Verabredung. Der Kaffee ist schon bestellt.«

Elias Lind führte sie zu seinem Tisch am Fenster und berührte auf seinem Weg durch den Raum fast jeden Stuhl, besetzt oder nicht, mit dem Stock. Er streckte die Arme danach aus, als seien die Stühle Bojen in einem für sie unsichtbaren Meer, von Ascher Lewandowski zu seiner Orientierung ausgesetzt.

Er zog einen Stuhl vom Tisch ab, wartete, bis sie sich gesetzt hatte, und nahm ihr gegenüber Platz. Ascher brachte ihnen Kaffee und zwei Gläser Wasser. Elias Lind lehnte den dünnen Stock an den freien Stuhl neben sich, auf dem bereits eine schwarze Aktentasche lag.

»Mein drittes Auge. Doktor Abramssohn hat mir den Stab verschrieben. Er prognostiziert eine weitere, nicht unerhebliche Verschlechterung meiner Sehfähigkeit. Gewöhnen Sie sich an ihn, hat er gesagt, tasten, fühlen, klopfen Sie Ihre Umgebung damit ab.«

Er nahm ihn kurz zur Hand und klopfte gegen das Tischbein.

»Und? Was sagen Sie? Zeder? Vielleicht auch Föhre. Auf jeden Fall ein Nadelbaum. Ein Auge wird er jedenfalls nie werden.«

Lilya sah ihn aufmerksam an und war unschlüssig, was sie von ihm halten sollte. Das also war der große, heute fast vergessene Schriftsteller Elias Lind? Sie wusste, dass er als junger Mann vor vielen Jahren Deutschland verlassen hatte, nachdem er im ersten großen Krieg im Westen für sein Land gekämpft und sich danach, verwundet und verändert, von ihm abgewandt hatte. Ihre Eltern hatten ihr vor wenigen Jahren seinen *Joseph Sternkind* gegeben, nachdem sie ihn beide selbst gelesen hatten. Wochenlang hatte das Buch zwischen Landkarten, Schulheften und ihrem Tagebuch herumgelegen, und als sie den Roman schließlich eher beiläufig zur Hand genommen hatte, konnte sie ihn nicht wieder weglegen. Sie war in diesen traumdurchwirkten Wochen selber dieser Joseph gewesen, das Findelkind mit seinen seherischen Kräften, das durch die Heilige Stadt zog und kleine Wunder vollbrachte. Anderen Glück schenkte und doch nie selber von ihm besucht wurde.

»Das Holz der Libanon-Zeder hat übrigens fast keinen Geruch, allenfalls einen sehr schwachen, leicht aromatischen. Hier, riechen Sie mal.«

Er beugte sich vor und schnupperte am Holz der Tischplatte. Lilya neigte ebenfalls den Kopf, hielt aber auf halbem Weg inne, ohne dass Lind dies bemerkte.

»Und?«, sagte er und sah wieder auf. »Nicht viel, oder? Aber genug von alledem, lassen Sie uns jetzt über mein Anliegen reden. Bitte entscheiden Sie selbst, ob es zu unserem gemeinsamen Anliegen werden kann. Sie sind als freier Mensch gekommen und sollen als solcher auch wieder gehen.«

»Shimon Ben Gedi hat mir erzählt ...«

Er sah sie halb belustigt, halb ernst an und verzog die Mundwinkel.

»Ben Gedi, mein Gott ja, er hat natürlich sogleich einen Plan entwickelt, ein Konzept. Und es ist noch nicht einmal eine Woche her, seit ich bei ihm war, schon sitzen Sie vor mir. Ihn treibt dabei gewiss nicht Selbstlosigkeit an, aber er hilft mir, und dafür bin ich ihm dankbar und stelle keine weiteren Fragen.«

»Sie gehen davon aus, dass die Engländer Sie belogen haben, als sie bei Ihnen waren, mit der Nachricht von Ihrem Bruder?«

»Belogen? So würde ich es nicht nennen. Ich denke, sie haben ihre Wahrheit gesagt, und ich suche die meine«, sagte er.

»Aber es kann nur eine Wahrheit geben. Entweder Ihr Bruder Raphael ist tatsächlich umgekommen, wie die Engländer behauptet haben, oder er lebt noch. Irgendwo in Deutschland.«

Lind hob die Augenbrauen und lächelte Lilya nachsichtig an.

»1941 haben sie gesagt«, fuhr er fort, ohne auf Lilyas Bemerkung einzugehen, »im Oktober oder wenig später.«

Sie wartete darauf, dass er weitersprechen würde, aber er nahm die Aktentasche vom Stuhl, öffnete sie, zog ein flaches Päckchen heraus und legte es auf den Tisch. Umständlich versuchte er den Knoten der Schnur zu lösen, griff erneut in die Tasche und förderte eine Lupe von der Größe eines Walauges zutage. Die Lupe in der einen, den Faden in der anderen Hand, bekam er den Knoten gelöst.

»Von einer Freundin aus Deutschland«, sagte er und nickte in Richtung Päckchen, »sie hat mir einen reizenden Brief dazugelegt, ich fürchte nur, ich habe ihn auf meinem Schreibtisch vergessen. Amerikanischer Sektor, Berlin, dort hat sie ihn abgeschickt. Bitte, sehen Sie sich das Päckchen einmal an.«

Lilya wendete es hin und her. Die Adresse war mit großen, weit ausladenden Buchstaben geschrieben, Lilya musste an Blumen denken, irgendetwas Ornamentales. Sie zeugten von Leichtigkeit, Großherzigkeit und Selbstbewusstsein.

»Wie lange hat es gebraucht?«

»Keine drei Wochen.«

Sie pfiff anerkennend. »Darf ich hineinsehen?«

»Deswegen sind wir hier.«

In dem Papier lag ein dünnes, in schwarzes Leder gebundenes Buch, auf dem Einband befand sich ein goldenes Wappen. Sie fuhr mit dem Finger darüber. Eine Eule mit geschlossenen Augen hockte auf einem Postament, das aus drei aufgestellten Buchrollen bestand. Zu ihren Füßen stand in Großbuchstaben *C. F. LIND*.

»Das ist ein Exlibris von meinem Vater Chaim Friedrich Lind, er hat das Buch kurz nach dem Krieg in Auftrag gegeben. 1918 wurde es bei Scholem in Berlin gedruckt; später noch einmal in neuer Auflage, wenige Jahre vor seinem Tod, ich glaube, das war 1929. Ein Verzeichnis seiner Bücher. Sein *Buch der Bücher*. Sorgfältig gearbeitet und wohlbehütet. Vater nannte sein Reich *Alexandria*, und mit diesem Buch hat er es kartografiert. Dieses Reich lag in Berlin, am Spittelmarkt, dritter Stock, zur Straße hinaus. Ein Reich aus Papier, Bücher, Folianten, Schuber mit gesammelten Werken, Tausende davon. Und einige wertvolle Autografen, darunter ein Gedicht von Heine. Ein unendlicher Wert.«

Er hielt inne, als überlegte er, ob er weitersprechen solle. »Für mich war es irgendwann wertlos. Zugang verboten.«

»Warum das?«

Für einen Moment wirkte Elias Lind verlegen. »Das ist eine lange Geschichte. Mein Vater hat meinem Bruder Raphael alles vermacht, all seinen Besitz, auch *Alexandria*. Dieses *Buch der Bücher* gehört ihm. Aber schlagen Sie es auf, gleich auf der ersten Seite ...«

Sie öffnete es vorsichtig, das Leder knarzte.

Links unten auf der ersten Seite entdeckte sie einen Stempel, die Buchstaben *ERR,* darunter ein von Hand eingetragenes Datum. *18. Oktober 1941.*

Sie sah ihn wieder an.

»Nazi-Kauderwelsch, all diese grässlichen Abkürzungen. Aber dieser Stempel ist ein ganz besonderer«, sagte er.

»Sie müssen mir auf die Sprünge helfen.«

»Alfred Rosenberg und seine Leute. ERR steht für ›Einsatzstab Reichsleiter Rosenberg‹. Der Oberdenker des Führers. Zugleich aber sein größter Räuber. Mit den Truppen kam der Rosenberg-Stab und nahm alles mit, was von kulturellem Wert war, Bücher, Kunst, Musikinstrumente. Mit Dekret vom Größten Feldherrn persönlich.«

»Dieses Buch war Raubgut?«

»Der Stempel lässt kaum einen anderen Schluss zu.«

Sie fuhr mit den Fingern über die Seiten. Hunderte von Büchern waren dort verzeichnet. Katalogisiert, einmal nach Titeln, dann noch einmal nach Autoren. Sie legte den Finger auf den Stempel.

»Aber da steht ›ERR 18. Oktober 1941‹. Alles scheint zusammenzupassen. Sie haben Ihren Bruder Raphael abgeholt und mit ihm seine Bücher. Darunter auch dieses Verzeichnis.«

»Ich habe eine andere Vermutung ... nein, es ist weit mehr als das.«

Er hielt inne. Lilya schöpfte Hoffnung, dass ihre Annahme, Elias Lind sei ein Opfer seiner Vorstellungen und fixen Ideen, sei getrieben von Ahnungen und Wünschen und habe tatsächlich am Ende nichts Greifbares in Händen, richtig war. Jetzt kam es darauf an, ihm zuzuhören und ihn mit der Gelassenheit eines Blindenhundes an die richtige Tür zu führen und wieder hinaus ins Licht. Und Ben Gedi würde sie wissen lassen, dass er sie auf eine tote Fährte gesetzt habe und es ohnehin unsinnig und unpolitisch sei, allzu viel Energie in Einzelfälle zu stecken, dass es Lösungen nur im Ganzen geben könne. All ihre Pläne und Konzepte, die sie Ben Gedi geschickt hatte, gründeten auf dieser Überzeugung, und sie hatte auch, als die Sache Lind zur Sprache kam, darauf hingewiesen, doch Ben Gedi hatte davon nichts hören wollen. »Solange Sie brauchen«, hatte er stattdessen geantwortet, als sie ihn schließlich fragte, wie viel Zeit er ihr für diese Sache Lind geben wolle. Sie würde schneller zurück sein, als ihm lieb war.

Elias Lind hob den Kopf, als ahnte er, was in ihr vorging. Er beugte sich etwas zu ihr vor und sagte: »Große Entdeckungen werden erst erahnt, dann behauptet und dann bewiesen. Manchmal ist es mit den kleinen nicht anders. Dieses Wissen hat mich weit getragen. Auch wenn sich manch eine Erkenntnis am Ende höchstens als ein mit Hoffnung getränkter Irrtum erweist. Aber jede Idee zeichnet sich zunächst durch Kühnheit aus. Sie sind jung, Sie wissen, was ich meine.«

Er versuchte, sie für sich zu gewinnen, es war offensichtlich, aber sie hatte sich bereits auf den Weg gemacht, der sie aus dieser Sache wieder hinausführen würde, Kühnheit hin oder her.

»Ich fürchte, wir brauchen vor allem Fakten, wenn wir Erfolg haben wollen«, sagte Lilya. »Erzählen Sie, was Sie von Ihrem Bruder wissen, von seinen letzten Jahren. Wie war er, was hat ihn in Deutschland gehalten? Und wenn er tatsächlich noch leben sollte, warum gibt es kein Lebenszeichen von ihm?«

»Gewiss. Fakten«, sagte er und starrte auf das Buch, »aber was sind schon Fakten? Erst ihre Deutung, ihre Interpretation erschafft die Welt. Nun, sehen Sie sich erst einmal das hier an.«

Elias schob ihre Kaffeetassen beiseite und legte ein Foto vor sie auf den Tisch. Es war auf eine dünne Pappe geklebt, offenbar damit es keine Knicke und Risse bekam.

»Dieses Foto lag als Lesezeichen in dem Buch, es fiel heraus, als ich es öffnete.«

Lilya nahm es in die Hand. Das Bild zeigte ein großes Haus aus dunklem Holz, irgendwo am Rande eines Waldes. Aus seinem Schornstein quoll Rauch. Eines der Fenster stand offen, das Zimmer dahinter war hell erleuchtet, als hätte der Fotograf beabsichtigt, dass man hineinsah.

»Wo ist das?«

»Ich weiß es nicht. Interessanter ist die Rückseite.«

Lilya drehte das Bild um und versuchte das wenige, was sie erkennen konnte, zu entziffern. Die offenbar mit Bleistift geschriebenen Buchstaben waren verwischt oder abgerieben.

»Nun?«

Elias Lind sah sie aufmerksam an. Fast ungeduldig sagte er:

»Sehen Sie, die kleine Notiz dort unten.«

Er reichte ihr die Lupe. Sie war erstaunt, wie schwer sie war.

»Sind Sie sicher, dass dies die Schrift Ihres Bruders ist?«, fragte sie, während sie die Lupe über die Buchstaben und Zahlen hielt.

»Ohne Zweifel.«

Sie las die Ziffern 9–12–5: 50. Sie waren umrahmt von einem mit dünnem Strich gezeichneten Rechteck. Alles andere war unlesbar, vielleicht waren es weitere Zahlen oder auch Buchstaben, vielleicht Formeln.

»Ich hätte dieses Notat nie entdeckt, wenn ich nicht alles mit der Lupe lesen müsste, ständig in Sorge, mir würde irgendetwas entgehen. Ein Kasten. Eine Arca. Deutsch: Arche. Ein Arcanum. Sie wissen, was ich damit meine. Das ist schließlich Ihr Fach.«

Sie spürte, wie er sie abwartend ansah, während sie noch immer die Zeichen betrachtete.

»Unsere Arche trägt in ihrem Bauch ein Kürzel«, fuhr er fort, »das ist es, was mich auf die Spur gebracht und bereits einige Nächte gekostet hat.«

»Offene Geheimschrift«, sagte sie und sah auf.

Lind hob die Augenbrauen.

»Wenn man Zahlen und Buchstaben nimmt«, erklärte sie, »sie verdreht, versetzt, versteckt, schüttelt oder auf den Kopf stellt, damit sie einen geheimen Sinn ergeben, nennt man das offene Geheimschrift. Meist ein kleines Spionage-Haiku. Wenn ich mit meiner Vermutung recht habe, sollten wir jetzt den Klartext suchen.«

»Klartext, das Wort gefällt mir«, sagte Lind und schmunzelte, »genauso wie Fakten.«

Ascher kam an den Tisch und wollte wissen, ob sie mit allem zufrieden seien oder ob sie noch etwas bestellen wollten.

»Danke«, sagte Elias Lind, legte ihm kurz die Hand auf den Arm und wandte sich wieder Lilya zu.

Er schaute ihr durch seine dicken Brillengläser hindurch in die Augen und senkte die Stimme. »Meine Briefe, auch die an Raphael, habe ich stets mit *Eli* unterschrieben, so hieß ich damals zu Hause. Meine Eltern, Raphael, alle nannten mich so. Alles Weitere ist ein Spiel. Raphael liebte Formeln und Rätsel. Das, was er hier gemacht hat, ist noch ein verhältnismäßig einfaches Rätsel. Wenn man einmal verstanden hat, dass es eines ist.«

»Die Zahlen beziehen sich auf den Platz der Buchstaben im Alphabet, habe ich recht?«, fragte sie.

»Treffer, versenkt«, sagte er. »Nur dass er die Ziffernfolge auf den Kopf gestellt hat. 9–12–5. Nehmen Sie beides zusammen, dann lesen Sie ...«

»Eli«, sagte sie. »Offene Geheimschrift. Und die Fünfzig hinter dem Doppelpunkt? Ich hoffe, Sie haben auch dafür eine Erklärung?«

»Ich bin mir ziemlich sicher, dass sie sich auf meinen Geburtstag bezieht.«

»Der fünfzigste? Wann war der?«

»Im Juli 1944.«

Lilya lehnte sich zurück, sie hatte Sorge, den Überblick zu verlieren.

»Die Engländer behaupten, Ihr Bruder sei 1941 ums Leben gekommen.«

»Ich will mich dieser Möglichkeit nicht verschließen«, sagte er, »und vieles, sehr vieles spricht dafür. Aber sollte sich dieses Notat tatsächlich auf mich beziehen, dann stellt sich die Frage, warum mein Bruder Raphael es drei Jahre vor meinem Geburtstag zur Erinnerung aufgeschrieben haben sollte. Das ergibt keinen Sinn. Mein fünfzigster Geburtstag war 1944. So viel steht fest.«

»Sie gehen also davon aus, dass Ihr Bruder Raphael 1944 noch gelebt haben könnte und die Engländer Sie, aus welchen Gründen auch immer, belogen haben? Vielleicht wussten sie es nicht besser?«

Er beugte sich vor, legte die Arme auf den Tisch.

»Ich weiß nicht, ob sie mich absichtlich belogen haben, Tatsache ist, dass sie mich aufgesucht und mir die Nachricht von seinem Tod überbracht haben«, Elias Lind hielt kurz inne, »obwohl ich ganz und gar nicht damit gerechnet hatte, dass sie es wären, die mich in dieser Angelegenheit aufsuchen würden.«

Lilya sah ihn gespannt an und wartete auf eine Erklärung.

»Dazu muss ich wohl etwas ausholen«, sagte Lind matt. Über Raphael zu sprechen, schien ihn eine Menge Kraft zu kosten. Er lehnte sich wieder zurück.

»Ich habe Raphael seit fast fünfzehn Jahren nicht mehr gesehen, und wir standen uns nicht sehr nah. Ab und zu schrieb er eine Karte, zum Geburtstag oder zum neuen Jahr. Ich wartete darauf, dass er mich bat, ihm ein Visum für Palästina zu besorgen oder ihm dabei zu helfen, nach all dem, was man aus Deutschland hörte. Dann dachte ich, dass er dazu vielleicht zu stolz war. Irgendwann kamen nicht einmal mehr Karten. Ich befürchtete das Schlimmste und machte mir Vorwürfe, nicht selbst etwas unternommen zu haben. Ich versuchte mir einzureden, dass ihm seine Reputation als Wissenschaftler bestimmt einen rettenden Lehrstuhl in Cambridge oder Harvard eingebracht hatte. Aber hätte er sich nicht einmal dann bei mir gemeldet, um mir mitzuteilen, dass er in Sicherheit war und eine neue Adresse hatte? Um endlich Klarheit zu haben, stellte ich vor ein paar Monaten Suchanträge, bei der UNRRA, beim zentralen Suchdienst in Arolsen und bei anderen. Dann kam Desirées Päckchen, und gerade, als ich zu hoffen begann, dass Raphael noch lebt, standen die Engländer vor meiner Tür.«

»Und nicht Mitarbeiter der UNRRA oder einer der anderen Hilfsorganisationen«, sagte Lilya im Bemühen, eine Struktur in das Gespräch zu bringen.

»Richtig.«

Lilya legte das Bild wieder auf den Tisch und wartete. Lind schwieg.

»Aber was haben die Engländer mit Ihrem Bruder zu tun?«

Das habe er sich auch wieder und wieder gefragt, und keine Antwort darauf finden können. Dazu sei ihm Raphaels Zahlenrätsel nicht aus dem Kopf gegangen. Zwei Nächte habe er durchgehalten, dann habe er Ben Gedi aufgesucht. Und der sei sofort bereit gewesen, der Sache nachzugehen. Offensichtlich wittere er dahinter etwas Größeres.

Er sah ganz plötzlich auf.

»Ich schlage vor, dass wir für heute unser Konklave beenden. Ich habe Sie schon lange genug aufgehalten, und Sie wissen nun, was Sie wissen müssen, und können entscheiden, ob Sie mir dabei helfen wollen, etwas über meinen Bruder in Erfahrung zu bringen, über das, was mit ihm geschehen ist.«

Ohne ihre Reaktion abzuwarten, fuhr er fort, und sie spürte erneut, dass hinter dieser Girlande der Demut und Bescheidenheit ein unverrückbarer Wille lauerte, wenngleich von Ratlosigkeit und Verzweiflung geformt.

»Bevor wir gehen, möchte ich Ihnen noch etwas zeigen und mitgeben, auch wenn es mehr beschreibt als erklärt. Ich habe schon ein wenig vorgearbeitet.«

Er schob eine Mappe über den Tisch, die er unter der Aktentasche abgelegt gehabt hatte.

»Es ist mir nicht leichtgefallen und es ist gewiss nicht das geworden, was Sie von mir erwarten, von Fakten und Klartext kann man dabei sicherlich nicht sprechen.«

Lilya nahm das Konvolut zur Hand. Es enthielt eine Vielzahl längerer und kürzerer Texte, mit Durchschlägen auf der Schreibmaschine geschrieben.

»Orthografisch betrachtet ein Machwerk«, sagte er, »sehen Sie bitte darüber hinweg. Mit der Lupe zu schreiben ist wie Fliegen fangen bei Nacht. Und es ist nicht chronologisch geordnet, ich glaube, es beginnt sogar mit unserer letzten Begegnung.«

»Darf ich die Texte mitnehmen?«

»So hatte ich es mir gedacht.«

Noch einmal hielt er inne.

»Ich will Ihnen etwas gestehen, was ich bislang keinem anderen anvertraut habe, lange Zeit nicht einmal mir selbst.«

Seine Stimme hatte sich verändert, irgendein tieferer Ton war hinzugekommen.

»Ich spüre keinen wirklichen Schmerz. Keine Trauer um Raphael. Sondern eine tiefe Schuld. Es ist, als beobachte mich mein Bruder Tag und Nacht. Wenn ich morgens aufwache, weiß ich nicht, ob ich geschlafen und geträumt habe oder noch immer träume. Ich sehe Raphael stets vor mir, wie er mich stumm und fragend ansieht. Jeder Tag gleicht dem anderen, und es gibt keine Erlösung, keinen neuen Morgen mehr. Nur eine große,

schleichende Kälte, die aus der Höhle meiner Seele langsam auf-
zusteigen scheint. Leben braucht Gewissheit und Erlösung,
sonst ist es keines. Wir beide brauchen Sie, Raphael und ich.«

Seine Hände zitterten. Lilya hatte den Impuls, sie zu berühren. Aber sie tat es nicht.

»Ich werde die Papiere lesen«, sagte sie, »und dann sehen
wir uns wieder.«

»Danke«, sagte er, erhob sich und griff nach seinem Stock.

3

Hinter dem Jaffa-Tor tauchte sie in den Soukh ein, roch Kardamom, Kaffee, Gewürze, Fleisch und fauligen Abfall. Sie fühlte sich beobachtet. In diesem Land beobachtet jeder jeden, dachte sie. Die Araber die Juden, die Juden die Araber, die Engländer sowohl die Araber wie die Juden und beide ihrerseits die Engländer, ja selbst die Juden beobachteten sich gegenseitig, so viele unterschiedliche Kämpfer gab es für die Sache Palästinas.

Sie wollte vor ihrer Abreise noch einmal Mahmut Harouni sehen, wenn er sie vorließe. Er hatte allen Grund, es nicht zu tun. Sie hatte ihn immer verehrt, seitdem ihre Eltern sie zum ersten Mal in das verwunschene Haus in der Altstadt mitgenommen hatten. Für sie war er seit Kindertagen Onkel Mahmut, geachteter arabischer Anwalt, der seine Kinder Sari und Amal im Ostteil der Stadt aufs englischsprachige Arab College schickte und in seinem Haus in der Altstadt vor dem Löwentor so etwas wie einen politischen Salon geführt hatte. Araber, Briten, Juden, Militärs, Philosophen, Ärzte, die charmante Witwe Aleyna Bint Salih, auch der zauselhaarige David Ben Gurion waren unter seinen Gästen gewesen und einmal gar, wie ein ungekrönter König, Chaim Weizman. An diesen Abenden wurden Karten ausgerollt, Demarkationslinien gezeichnet, auf einem Bösendorfer-Flügel spielten aus Europa geflohene Musiker Beethoven und anschließend einheimische Virtuosen auf der Oud Werke des jungen ägyptischen Komponisten Mohammed Abdel Wahab.

Nur Yoram wollte von alldem nichts wissen. Selten konnte Lilya ihn überreden mitzukommen. Er mied das Haus Harounis. Und er zeigte ihr sehr deutlich, dass er ihre Zuneigung zu Mahmut und seinen Kindern nicht billigte, dass Ehud und Deborah, *ihre* Eltern, wie er sagte, den falschen Weg gewählt hatten. Sie wusste nicht, was sie an diesem Satz Yorams mehr geschmerzt hatte – dass er Ehud und Deborah, die ihn als Jungen wie ihr eigenes Kind aufgenommen hatten, ihn mit der gleichen unverbrüchlichen und bedingungslosen Liebe, mit Freiheit im Denken, auch der Freiheit, sich für den falschen Weg zu entscheiden, erzogen hatten, jetzt *ihre* Eltern nannte; oder dass er ihren Weg der Verständigung, der Vernunft, des Ringens um Ausgleich mit so viel Verachtung begleitete. Dass für ihn die Araber, Bewohner des Landes, keine Menschen waren, sondern Metaphern für das Böse, die Hinterhältigkeit, die Rückständigkeit, ja das Dunkle schlechthin. Wo hatte er all das her?

Niemals durfte Shimon Ben Gedi von ihrem Besuch in der Altstadt erfahren. Er hatte sie zu einer *Schaliach* gemacht, einer Gesandten für die Sache Palästinas, wenn auch wider Willen.

Das Haus der Familie Harouni glich einem kleinen Palazzo. Es lag ganz in der Nähe des Hauses, in dem der Dichter Khalil al-Sakakini gewohnt hatte, zu dem die Harounis einst freundschaftlichen Kontakt pflegten. Seine arabischen Gedichte waren immer wieder Stoff hitziger Familiendebatten gewesen, ebenso wie seine ambivalente Haltung zum arabischen Terror und seine Liebe zu Beethoven.

Vorbei war die Zeit, als sie an die Tür von Mahmuts Arbeitszimmer klopfen und hineinstürmen konnte. Fast immer, auch wenn er sehr beschäftigt war, hatte Mahmut ein Lächeln für sie übrig gehabt und ihr ein Stück wunderbar süßes Lokum gegeben, bevor er sie wieder hinausscheuchte. Jetzt musste sie sich anmelden.

»Da ist ja meine Lilith«, sagte er. »Komm, lass dich betrachten.

Wie schade, dass Amal dich nicht sehen kann. Sie ist noch immer in England.«

Er ging auf sie zu und gab ihr väterlich einen Kuss auf die Stirn.

»Abdul bringt uns gleich etwas zu trinken.«

Sie nahmen an einem Tisch Platz, auf dem Bücher, Zeitschriften, juristische Fachabhandlungen und das Jahrbuch des englischsprachigen Arab College lagen. Das Haus trug noch die Kühle des Frühjahrs in sich, Lilya fröstelte.

»Wie geht es Deborah und Ehud?«, fragte Harouni, »wir vermissen sie sehr in Jerusalem. Haben sie sich in Netanja eingelebt?«

»Sie wollen es versuchen.«

»Ohne sie ist das Leben bei uns öde und leer.«

Lilya biss sich auf die Lippen und atmete tief durch. Sie hatte Onkel Mahmut aufgesucht, jetzt musste sie das Gespräch auch fortführen.

»Das kleine Krankenhaus dort wächst und gedeiht«, sagte Lilya und versuchte ihrer Stimme Festigkeit zu geben. »Es ist ihr Kind, ihr Projekt. Sie reden von nichts anderem mehr. Als gebe es nur noch Gegenwart und Zukunft. Sie werden dort etwas Neues schaffen, da bin ich mir sicher, obwohl die Histadrut so viele Regeln aufstellt, dass sie manchmal gar nicht mehr weiterwissen. Wir haben keinen Staat, aber Gewerkschaften und Regeln und Vorschriften, als gebe es sonst keine Probleme. Sie machen sich Sorgen, wie all das weitergehen soll.«

»Es ist die Zeit der Trauer und der Sorgen, Lilya.«

Abdul kam herein und stellte zwei Gläser Tee mit frischer Minze auf den Tisch.

»All diese Feuerköpfe, die nach Yoram kommen werden, all diese Kämpfer – da beginnen die Sorgen. Aber da hören sie nicht auf. Viele schlagen den falschen Weg ein. Und unser Vertrauen in die Engländer ist restlos aufgebraucht. Sie haben sich selber aufgegeben. Der Krieg hat sie überfordert, sie werden die nächste Gelegenheit nutzen, um abzuziehen.«

»Sollen sie doch ...«

»Sollen sie, ja. Und dann? Kommen dann Yorams Leute? Das ist die Angst, die uns und unsere Freunde umtreibt.«

Er wartete, bis sie einen Schluck Tee getrunken hatte.

»Onkel Mahmut, ich werde für längere Zeit nicht im Land sein. Ich reise nach Deutschland, um mir dort ein Bild von den Lagern der Flüchtlinge aus dem Osten zu machen.«

Mahmut seufzte.

»Manchmal habe ich den Eindruck, wir Araber müssen für das bezahlen, was in Europa geschehen ist. Ich sehe mit tiefer Trauer auf Deutschland und auf die Juden dort. Aber es ist nicht unsere Angelegenheit.«

»Nein, ist es nicht. Aber wir können nicht wegsehen. Niemand darf das, auch nicht wir.«

»Aber Palästina kann nicht das einzige Camp für die Verfolgten sein. Unser kleiner Streifen Land. Das überfordert uns alle. Amerika ist so groß, so reich. Warum macht Amerika nicht seine Tore auf?«

Sie wollte etwas entgegnen, aber er hob die Hand.

»Erst war da der eine große Krieg gegen die Osmanen, die mit den Deutschen und ihrem Kaiser gekämpft haben, und sieh, was geschehen ist: Fremde Mächte ziehen danach einen Strich durch den Sand, als sei unser Land der Reitplatz von Windsor Castle. Kommissionen folgen den siegreichen Truppen, verfassen Berichte, halten flatternde Karten in den Wind, Zylinder und Bowler-Hüte tauchen in unseren Städten auf, Männer mit weißen Handschuhen und sorgenvollen Mienen über steifen Kragen, sie wischen sich mit Batisttüchern den Schweiß von der Stirn und schaffen Länder auf dem Papier, und Grenzen. Sie besetzen, versetzen, zerreißen, ohne Fragen zu stellen, ohne *uns* zu fragen. Nur einen kleinen Streifen Land haben sie vergessen, fingerbreit, unser Land, das du für *euer* Land hältst und das Lord Balfour, auf den ihr euch so sehr beruft, euch versprochen haben will. Aber kann er etwas verschenken, das nicht ihm gehört?«

Euer Land. So deutlich hatte er es noch nie gesagt. Die Juden und Zionisten auf der einen, die Araber auf der anderen Seite – wir und ihr.

»Onkel Mahmut, auch du hattest einmal einen Traum.«

»Einen Traum? Es war mehr als das. Es war ein Konzept. Ein Plan. Ausgereift und gut. Ein gemeinsamer Staat für Juden und Araber, Christen und Moslems. Ein Land. Eine Regierung. Und Jerusalem unter internationaler Verwaltung. Dahinten im Schrank liegen die Unterlagen dazu.«

»Und jetzt?«

»Kismet.«

»Kismet?«

»Das heißt wieder aufstehen, wenn man fällt. Kopf hoch, das Schicksal meint es gut, Allah ist mit uns.«

Der Diener Abdul stand in der Tür. »Herr, der Colonel ist eingetroffen. Colonel Trader und sein Fahrer.«

»Geleite ihn in mein Arbeitszimmer und biete ihm etwas an.«

Er wandte sich wieder Lilya zu. »Es wäre unhöflich und ganz und gar falsch, gleich hinzugehen. Zeit ist ein Ausdruck der Souveränität. Wenn er warten muss, weiß er, wir sind keine Fellachen, keine Bittsteller. Heute ist er einer.«

Er lachte, beugte sich näher zu ihr, sah sie verschmitzt an, und in seinen Augen blitzte für einen Moment die alte Vertrautheit auf.

»Außerdem geht es diesmal nicht um Politik, sondern um Liebe. Und das ist noch weit schlimmer. Denn den Frieden hätten wir in der Hand, wenn wir nur wollten. Aber die Liebe, die Liebe, sie macht mit uns, was sie will.«

»Der stolze Colonel. Er braucht wohl deinen Rat?«

»Die gute Aleyna Bint Salih lässt ihm keine Ruhe. Und ich soll ihm helfen, sie zu gewinnen. Er ist ganz närrisch ihretwegen, will den Dienst quittieren. Er, einer der Kommandierenden! Nur wegen unserer schönen, berühmten Witwe.«

Sie hörte Schritte, Stimmen, das Knarzen von Stiefeln. Er wurde wieder ernst.

»Trader ist sehr gesprächig. Oft mehr, als es der Sache guttut.«

»Die Witwe?«

»Andere Sorgen, weit größere.«

Ihr Onkel blickte auf sein halb volles Glas Tee, als könne er sich nicht entscheiden, ob er trinken oder fortfahren sollte. Für einen Moment fühlte sie sich an frühere Zeiten hier im Haus erinnert, wenn Onkel Mahmut und ihr Vater fast um die Wette Geschichten erzählten, um das Herz der Kinder zu gewinnen. Doch sie wusste zugleich, es war etwas anderes, was Onkel Mahmut ihr diesmal erzählen würde, keine Geschichte, kein Märchen.

»Die Engländer sind unter Druck. Nicht nur hier im Land. Der Krieg hat sie geschwächt, und sie haben Fehler gemacht. Das Empire zusammenzuhalten fällt ihnen zunehmend schwer, und überall werden die Kräfte stärker, die an ihm rütteln.«

»Was willst du mir damit sagen, Onkel Mahmut?«

»Dieser Mann, Ben Gedi, hat er dir diesen Auftrag erteilt?«

»Du kennst Shimon Ben Gedi?«

»Jeder in diesem Land kennt ihn, auch der, der ihn nicht kennt. Er hat mit den Engländern gekämpft, jetzt kämpft er gegen sie.«

»Er hat mich auch gebeten, mich vor der Abreise mit einem Mann zu treffen.«

»Ein Mann? Und, hat er auch einen Namen?«

Lilya musste lächeln.

»Elias Lind«, sagte sie. »Viele hier kennen ihn.«

»Lind? Euer Schriftsteller?«

»Ja. Aber es geht um seinen Bruder, Raphael Lind, von dem die einen sagen, er lebe nicht mehr, und andere ... nun, dass es auch ganz anders sein könnte.«

Mahmut beugte sich wieder zu ihr vor und betrachtete sie, als ginge etwas in ihm um.

»Kennst du die Geschichte von dem Affen und dem Fisch? Sie stammt aus Afrika und ist sehr alt.«

Sie schüttelte den Kopf.

»Als ein entlaufener Affe an einem Fluss entlangging, sah er einen Fisch. Oh, sagte er, er ist unter Wasser, ich muss ihn retten – und zieht ihn heraus. Der Fisch zappelt. Wie glücklich er ist!, ruft der Affe. Doch wenig später stirbt der Fisch, noch in seiner Hand. Der Affe wird ganz traurig. Wäre ich nur eher gekommen, sagt er, ich hätte ihn retten können!«

Mahmut Harouni sah sie abwartend an. »Wachheit und Umsicht. Gerade wer helfen will, sollte wissen, was er tut. Und sich ein eigenes Bild machen.«

»Was hat dir der Colonel erzählt?«

»Nun, er beklagt sich, er hat Angst, ist nervös, wie viele seiner Landsleute hier. Wenn die Engländer mit deinem Auftrag etwas zu tun haben, und so wie ich Ben Gedi kenne, geht er fest davon aus, solltest du auf der Hut sein. Vielleicht steckt mehr dahinter, als du denkst.«

Lilya hätte fast gelacht.

»Übertreibst du da nicht ein wenig, Onkel Mahmut?«

Harouni legte die Hand auf sein Herz. Noch immer war er ernst.

»Die Spuren des Lebens auf diesem Herzen, das Reinheit sucht und von Sünde umgeben ist. Ich habe sie zu lesen gelernt.«

»Der Colonel kommt zu dir wegen der Liebe, hast du gesagt?«

»Denkt er. Vielleicht kann ich ihn Vernunft lehren. Vielleicht auch nicht. Aber ich sehe schon, letztlich wird er genauso wenig auf mich hören wie alle anderen, und auch du, Lilya. Jeder von uns weiß ja schon immer alles. Nur wissen wir alle etwas ganz Verschiedenes.«

4

Er blickte von der anderen Straßenseite zu ihr hinüber. Unverhohlen. Sie sah seine hellen Zähne, die leuchtenden Augen. Der Fremde aus dem Bus, der Mann, der sich Shaul genannt hatte. Sie war sicher, dass er es war. Sie hatte gewusst, dass sie ihn noch einmal wiedersehen würde. Karren und Fuhrwerke versperrten ihm immer wieder den Blick, Lastwagen, Busse, Jeeps und Kamele. Er stand in einem Hauseingang. Dann war er wieder verschwunden. Sie ging weiter, die Mappe, die ihr Elias Lind bei ihrem Treffen am Vortag mitgegeben hatte, in der Hand. Sie wollte ihn in der Jewish Agency aufsuchen, um die Sache abzuschließen. Auf ihre Weise, sanft, aber bestimmt. Morgen wollte sie die Stadt wieder verlassen und, sobald sie auch Ben Gedi von der Unsinnigkeit seines Plans überzeugt hatte, zurück in den Norden.

Sie wusste, der Mann aus dem Bus würde ihr folgen, mit diesem athletischen, federnden Schritt. Er würde nicht mehr von ihr weichen, bis er gehört hatte, was er hören wollte. Warum hatte sie es nicht gleich begriffen? Er war einer von ihnen, von Yorams Leuten, und er war beauftragt, herauszubekommen, ob sie mit ihr rechnen konnten. Ob sie bereit war, ihren Weg zu gehen, auch ohne Yoram. Etzel hieß ihre Organisation, Irgun wurde sie von den Engländern genannt, und sie war deren wahrer Feind. Mit der Hagana, dieser geduldeten Armee, mit Ben Gedi und all den anderen, konnten sich die englischen Besatzer, zumindest von Fall zu Fall, arrangieren. Mit Etzel nicht. Niemand wollte mit ihnen zu tun haben, aber sie waren da, und sie waren stark. Das Wappen der Organisation drückte Kampfwille und Ungeduld aus, es zeigte die Umrisse des Landes, das sie erzwingen wollten, dazu ein Gewehr und zwei Ölzweige. Nicht ein Staat für die Juden war ihr Ziel, sondern ein jüdischer Staat, Land, Boden, Volk, eine Einheit. Und dahin, hatte Yoram irgendwann zu ihr gesagt, führe allein der Kampf, aus dem Untergrund, aus dem Hinterhalt, ein Kampf, der Schrecken schafft, und sie hatte angefangen zu frösteln. Die Hagana und auch der Palmach seien zu schwach, ließen sich einwickeln, Ben Gedi und all die anderen versuchten noch immer, mit einer Hand zum Gruße ausgestreckt, zu kämpfen. Yorams Augen hatten gefunkelt. Auch sie, hatte er gesagt, würde die Fruchtlosigkeit dieses Tuns irgendwann erkennen.

Er hatte ihr vorgeschlagen, gemeinsam auf den Ölberg zu gehen. Sie durchquerten das Kidron-Tal und den Garten Gethsemane, und als sie oben angekommen waren, setzten sie sich auf eine Mauer und blickten auf die Stadt hinab. »Sie gehört uns«, sagte Yoram, »uns allein.« Er hob die Hand, als wolle er die Dächer berühren. Ein honigfarbenes Licht lag über den Häusern, Gassen und Mauern, sie meinte noch hier oben, wo ein leichter Wind wehte, die Hitze der Steine zu spüren. Unter ihnen war die Kuppel des Felsendoms zu sehen und weiter oben, auf der anderen Seite der Stadt, das King David Hotel.

Sie wollte ihm widersprechen, aber sein Blick machte ihr Angst. Und seine Stimme. Nein, hatte sie sagen wollen, es ist zwar unsere Stadt, aber wir werden sie teilen mit denen, die bereits hier leben. Sie sah sich die Gaza-Straße und die King George Street entlanglaufen, vorbei an Pinien, Akazien, Oleander, Palmen, Zypressen und Bougainvilleen, sah sich auf der Terrasse des YMCA sitzen, direkt gegenüber dem King David Hotel, das in der abendlichen Sonne rotgolden schimmerte und in dem

55

englische Offiziere, herausgeputzte amerikanische Orientreisende, elegante Damen und geschäftige Emissäre der Jewish Agency mit dicken Aktentaschen in der Hand ein und aus gingen. Und Onkel Mahmut, eine Mappe mit Plänen in der Hand. Hoffnung. Kismet. Ein Herz voll Spuren.

Yoram hatte sie um das Treffen gebeten. Treffen? Ein grausames, dummes Wort. Sie wollte ihn wiedersehen, ihm nahe sein. Und was wollte er?

»Ich habe mich entschieden«, sagte er. »Ich werde mich Zwi anschließen, und Shaul und den anderen.«

Sie hatte verstanden, was er ihr damit sagen wollte. Er würde in den Untergrund gehen. Die Engländer würden ihn jagen, und Ben Gedi und seine Leute würden ihn hassen. Er würde von nun an versuchen, den Sieg zu erzwingen, mit Gewalt. Das war der falsche Weg, und doch wusste sie, dass sie ihn niemals davon würde abbringen können. Der Wind verschluckte seine Worte. Sie wollte ihm sagen, dass ihre Eltern diese Entscheidung niemals gutheißen würden und dass er im Begriff sei, all das, was ihnen wichtig war und was sie ihnen hatten vermitteln wollen, mit Füßen zu treten. Lilya, Ehud, Deborah, so dachte sie plötzlich, vielleicht waren diese drei Namen für ihn immer wie eine Festung gewesen, in die Yoram, der Hinzugekommene, der Verlorene, nie Einlass gefunden hatte und von deren Tor er sich nun endgültig abwandte.

Sie hatte fieberhaft überlegt, was sie sagen sollte. Du wirst sterben. Bleib bei mir, um unseretwillen. Tu es unseren Eltern nicht an. Aber sie biss sich auf die Zunge und schwieg. Sie hörte etwas von »keine Geduld mehr«, von »nur eine Sprache, die sie verstehen«, von »siedeln, ernten, unser Land«.

Dann hatte er sie gefragt, ob sie ihm folgen würde. Damit hatte sie nicht gerechnet. Sie wusste, dass es ihm nicht darum ging, sie in seiner Nähe zu haben, sondern allein um die Sache. Sie würde ihn verlieren, selbst wenn sie ihm folgte.

Und vielleicht ging es ihm nicht nur um die Sache, sondern darum, ihr zu entkommen. Vielleicht konnte er ihre Liebe und ihr Drängen nicht länger ertragen. Ihre Seele gefror bei dem Gedanken.

Er hatte den Arm um sie gelegt, strich mit den Fingern über ihren Nacken und vergrub sein Gesicht in ihrem Haar. Sie löste sich von ihm, blickte ihn an, baute sich vor ihm auf und begann ihn anzuschreien: Nur an sich würde er denken, er sei feige, habe nicht den Mut, sich zu ihr zu bekennen, er zerstöre alles. Dann schlug sie ihm ins Gesicht. Kurz und hart. Er rührte sich nicht. Sie sank nieder, kauerte im Staub und fing an zu weinen.

Sie hatte nicht bemerkt, dass hinter ihr zwei Männer standen. Erst als Yoram sich erhob und schweigend und ohne sich noch einmal umzudrehen mit ihnen wegging, zurück in die Stadt hinunter, wusste sie, dass es vorbei war.

Sie bog in die Ha-Neviim-Straße ein, ging am Haus der Äthiopier vorbei und wollte links im Viertel der Orthodoxen verschwinden. Mea Shearim, hier gab es hundert Tore, hundert Wege, sich zu verlieren. Abtauchen. Sie wollte sich ihnen nicht anschließen, wollte nichts mit ihnen zu tun haben. Mit Shaul zu sprechen würde bedeuten, wieder von vorne zu beginnen, erneut an all die schlummernden Erinnerungen zu rühren, die sie irgendwann auffressen würden, wenn sie nicht achtgab.

Zwei Männer kamen auf sie zu, Buchara-Juden, und schienen nicht ausweichen zu wollen. Sie machte einen Schritt zur Seite. Die beiden Bärtigen sahen nicht auf, für sie war sie gar nicht da. Händler hockten am Straßenrand auf dem Bordstein, boten Gemüse, Gewürze, Lederwaren und Messer an, der Ladentisch war oft kaum mehr als ein grober Sack, den sie über Kisten gespannt hatten. Von einem Balkon der in osmanischer Zeit gebauten Häuser sahen ihr Jungen nach, sie trugen Kaftane und dunkle breitkrempige Hüte.

Vor dem Geschäft eines Schuhmachers blieb sie stehen und versuchte im spiegelnden Schaufenster eine Bewegung zu erhaschen, einen Schatten, einen Schopf. War er ihr bis hierher gefolgt? In der Ausbildung im Negev hatten sie ihnen Spiegel gegeben, die an dünnen Stangen befestigt waren. Aus Gräben, Fenstern und Höhlen mussten sie blicken, um die Ecken von Häusern, hinein in fremde Straßen. »Haltet ihn so, dass die Sonne ihn nicht findet«, hatten sie gesagt.

Der Schuhmacher, er trug eine lederne Schürze über dem Kaftan, sah auf und lächelte sie an. Er war so alt, dass er diese junge, falsch gekleidete Frau ansehen durfte. Er ließ die Arbeit sinken und kam an die Tür. In seinen Schläfenlocken und im Bart hingen Reste brauner Späne. Hinter ihm an der Wand des Ladens entdeckte sie das gerahmte Bild eines Lehrers, Meisters, Wunderrabbis. Eine Fotografie, die an den Rändern bereits fleckig und verfärbt war. Im Hintergrund des Bildes waren die Balken eines Holzhauses zu erkennen, in Russland, der Ukraine, vielleicht auch in Witebsk, Kaunas, Wilna, Lodz. Litzmannstadt. Karl Litzmann. Mit achtzig Jahren hatte er sich den Nazis angeschlossen, sie hatten der Stadt den Namen geraubt und sie nach ihm benannt.

»Dort immer geradeaus, junge Frau«, sagte er. »Sie können den Ausgang nicht verfehlen.« Er wies mit der Hand die Straße hoch, grüßte und verschwand wieder in seiner Werkstatt.

Plötzlich tauchte neben ihr ein Schatten auf.

»Also doch ein kleiner Rundgang durch die Heilige Stadt, ich kann bei dem Tempo kaum mithalten. Warum hast du mich nicht eingeladen?«

Sie drehte sich um. Es war Shaul Avidan, sie hatte sich nicht geirrt.

»Weil unser gemeinsamer Weg kein gemeinsames Ziel hätte«, sagte sie und wandte sich wieder der Straße zu.

»Halt, halt, wir sind ja noch nicht einmal losgegangen.«

Sie wusste, er würde jetzt nicht mehr lockerlassen. Sie dachte an die Entschlossenheit in seinen Augen, als er sich an der Bustür verabschiedet hatte. Begin und seine Kombattanten brauchten Nachwuchs, denn viele der Anführer kamen aus Osteuropa und waren nicht mehr jung. Vor Jahren schon hatte sich die Gruppe Lechi von der Irgun abgespalten, und Jabotinsky war tot. Hatte Yoram seine Genossen dazu ermutigt, Lilya abzuwerben, noch bevor er und drei weitere Kämpfer das Leben verloren, sinnlos, nutzlos, aus Achtlosigkeit oder weil das Material nichts taugte, beim Bau einer Bombe, in irgendeinem tiefen Keller.

Shaul schlug ihr vor, ihn bis zum Jaffa-Tor zu begleiten und ihm erst einmal zuzuhören, ohne Fragen zu stellen, damit er ihr seine Sache, die sie ja aus bester Quelle kenne, noch einmal in Ruhe darlegen könne. Dann würde er schweigen, und sie sollte frei entscheiden.

Sie zögerte kurz. »Nein, ohne mich«, sagte sie und war erschrocken über die Schroffheit in ihrer Stimme.

Er rang sich ein Lächeln ab. »Ist denn das hier schon das Jaffa-Tor?«, fragte er.

Seine Augen schienen jetzt zu glühen.

»Es ist auch unser Kampf, vergiss das nicht. Wir werden aus *Markolet*, der Idee der Hagana, einen wirklichen Krieg machen. Einen, den sie allein nicht führen kann. Ich werde dir alles erklären und ich weiß, du wirst es verstehen.«

Die Brücken. Die Sprengung. Sie wusste das alles. Und sie wusste auch, dass Ben Gedi diese Leute auf Teufel komm raus nicht dabeihaben wollte. Yorams und Shauls Leute, die erbarmungslos gegen die Engländer und die Araber kämpften und vor wenigen Jahren nicht einmal vor der Überlegung zurückgeschreckt waren, mit Deutschland zu paktieren, gegen England.

Ihre Hände zitterten. Auf der anderen Straßenseite, kaum hundert Meter entfernt, bewegte sich langsam ein Jeep in ihre

Richtung, offenbar eine Patrouille. Ein Fahrer und zwei Soldaten saßen darin, vor sich zwischen den Beinen hatten sie Karabiner aufgestellt. Shaul blickte kurz in die andere Richtung, die Straße hinunter, nahm Maß. Nur wenige Meter neben dem Geschäft des Schusters war ein Mauerdurchbruch, dahinter ein kleiner Stichweg.

»Deine Freunde«, sagte er und wies mit dem Kopf in Richtung Jeep, und bevor sie antworten konnte, war er mit drei, vier Schritten bei dem Mauerdurchbruch angekommen und darin verschwunden.

Sie wandte sich um und ging. Erst langsam, dann immer schneller. Sie hörte, wie der Jeep wendete und sich entfernte.

An der Hazanowich Street gelangte sie zum Hauptsitz der Histadrut und verlangsamte allmählich den Schritt, über die Ha Neviim würde sie auf die Jaffa Road gelangen und dort in der Menschenmenge untertauchen. Sie würde etwas trinken, sich sammeln und dann den Weg Richtung Agency einschlagen.

Sie war erleichtert, dass sie den Fremden losgeworden war. Ein weiteres Mal würde sie ihn nicht so nahe an sich herankommen lassen.

Als sie in einem Café in der Jaffa Road an der Bar Platz genommen hatte, um ein Glas kaltes Wasser zu trinken, dachte sie an Elias Lind und spürte erneut eine Anspannung. Vielleicht wollte sie ihm nur ihren Entschluss nicht zumuten und sich selbst seine Enttäuschung über ihre Absage ersparen. Sie stellte sich vor, dass er sie durch seine dicken Brillengläser ansehen und so etwas sagen würde wie: »Immerhin haben Sie mich aufgesucht, haben mir keinen Brief geschrieben oder sind einfach abgetaucht.«

Sie war fest entschlossen, ihm die Texte zurückzubringen und ihm zu empfehlen, daraus sein nächstes Buch zu machen. Linds Papiere hatten ihr einen Eindruck von dessen großem Bruder

Raphael vermittelt und auch von ihm selbst und der Welt, der die beiden, jeder auf seine Weise, abhandengekommen waren. Sie konnte nachvollziehen, was beide verbunden und doch so deutlich getrennt hatte, konnte sich ein Bild von Berlin machen und davon, was der Fortschritt und der unbedingte Glaube an ihn für das Leben der beiden bedeutet hatte. Dass er die Goldader war, die das alte mit dem neuen Jahrhundert verband und die freizulegen und freizuhalten die große Aufgabe für ihre Generation war. Auch eine jüdische Aufgabe, weil nur der Fortschritt sie aus den düsteren Zeiten hinausführen würde. Das war die Idee. Lilya ging es jedoch um etwas anderes, um eine mögliche Spur zu dem Verschollenen. Diese konnte sie aber in Linds Ausführungen nicht entdecken. Deswegen war eine Reise nach Deutschland ein sinnloses Unterfangen.

Das Hauptgebäude der Jewish Agency hatte etwas von einer Burg. In einem Halbrund umfasste es einen großen Vorhof und machte den Eindruck eines aus der wehrhaften Stadtmauer Jerusalems herausgetrennten Stücks Selbstbehauptung und Zukunft: heller Stein, der in großen, sauber geschnittenen Quadern verfugt war, über dem Eingang ein von quadratischen Säulen getragenes Vordach und darauf eine Terrasse und eine Ausbuchtung für Redner und Proklamationen. Eine Zufahrt führte mitten durch zwei halbmondförmige Flächen aus verdorrtem Rasen auf den Eingang zu.

Sie stieg ein paar Stufen hinauf und war in der Eingangshalle. Drinnen war es kühl. Ein Wachmann, kaum älter als sie, mit breiten Schultern und einem kantigen Gesicht, saß hinter einem Holzpult. Er legte seine Zeitung zusammen, erhob sich und sah sie an.

»Ich suche Doktor Lind«, sagte sie.

»Er erwartet Sie?«

»Ja.«

Seine Blicke tasteten sie ab. »Irgendwelche Waffen?«, fragte er.

Sie tat, als müsse sie selber nachsehen und fuhr mit den Händen um ihren Gürtel herum.

»Denke nein«, sagte sie.

Er verließ das Pult und kam auf sie zu. »Denken Sie, gut, gut«, sagte er und lächelte.

»Sie tragen diese Mappe da ja schon wie ein Schießgerät. Ich sehe davon ab, Sie abschließend zu durchsuchen.«

»Das ist nur Papier, Unterlagen für die Bildungsabteilung, nicht mehr, ich bring sie zurück«, erklärte sie.

Noch immer trug sie die kakifarbene Hose und die groben Schuhe, ihre Haut war dunkel von der Sonne auf den Feldern, ihre Hände rau.

»Ich wusste gar nicht, dass ihr im Kibbuz auch lesen könnt.«

»Können wir nicht, deswegen bringe ich diese Hieroglyphen ja zurück. Wir schreiben noch immer mit der Schaufel.«

Der Wachmann lächelte und schlurfte etwas zu lässig, wie sie fand, zu einer Anzeigentafel, die neben dem Treppenhaus hing. Er war weit größer, als sie gedacht hatte, und roch nach kaltem Zigarettenrauch und einem Hauch von Schweiß.

»Lind, hatten Sie gesagt? Da ganz hinten im linken Flügel.«

Er nannte die Zimmernummer, legte seinen ausgestreckten Zeigefinger auf die Tafel, etwas länger als notwendig, blickte dann auf die Uhr.

»Um diese Zeit empfiehlt es sich, leise bei ihm einzutreten«, sagte er. »Oder Sie warten hier, kein Problem, geht auch.«

Wieder tasteten seine Augen sie ab, diesmal ohne nach Waffen zu suchen.

Was immer er mit *um diese Zeit* meinte, sie wollte nicht warten, nicht hier in seiner Gegenwart, und sich weiter von diesem Mann anstarren lassen. Denn das würde er, auch wenn er so täte, als wäre er wieder in die Zeitung vertieft. Als sie jünger war, war sie irgendwann auf den Gedanken gekommen, dass Schönheit auch so etwas wie ein Makel war, der sich nicht verbergen ließ. Der sie ausstellte vor den anderen, als hätten sie das Recht, sie zu betrachten, zu begutachten, ihre Willigkeit zu taxieren oder über sie zu reden, über ihre Augen, ihren Körper, ihre »karamell-farbene« Haut. Sie fand, dass andere Mädchen, Ofers Schwes-ter Bosmat zum Beispiel, Schulkameradinnen oder Onkel Mah-muts Tochter Amal, weit schöner waren als sie, aber sie war es, die die Blicke auf sich zog. »Für die großen Männer nicht zu klein und für die kleinen nicht zu groß«, hatte Bosmat einst über sie gesagt, »und wenn du lachst, bleibt für einen unmerk-lichen Moment die Zeit stehen.«

Yoram hingegen hatte nie ein Wort über ihr Haar, ihren Mund, ihre Hüften oder Hände verloren. Für Leute wie ihn wa-ren nur Gedanken wirklich schön, Sätze, Formeln, Argumente und Ideen, und wenn man Glück hatte, lag auf dem Gesicht des-sen, der sie aussprach, der verstohlene Abglanz dieser eigentli-chen Schönheit. Sie war nicht das, was man an sich trug oder zeigen konnte, sondern was sich einstellte, ganz plötzlich, wie der Sonnenglanz, der einen umgab, wenn man aus einer dunk-len Gasse trat.

Sie dankte dem Wachmann, der sie mit gespielter Enttäuschung ansah, und ging, mit den Unterlagen ihre Brust verdeckend, zur Treppe. In den Gängen im ersten Stock nahm sie das Geräusch ihrer Stiefelsohlen auf dem Fußboden wahr. Türen gingen auf und wieder zu, eine junge Frau schob einen quietschenden Wa-gen mit Umlaufakten durch den Flur, sie sah kaum zu Lilya auf. Zwei Männer in Anzügen und mit Aktentaschen kamen aus einer Tür. Sie hörte Stimmen, Schritte, hinter verschlossenen Tü-ren das Klappern von Schreibmaschinen. Uniformierte in kurzen Hosen und Gamaschen kamen ihr entgegen. In einem überfüllten Konferenzraum, dessen Tür weit offen stand, drängten sich Män-ner und Frauen um einen großen Tisch, darunter zwei hochran-gige britische Offiziere. Auf Stühlen aufgestellte amerikanische

Vortalex-Ventilatoren bewegten wimmernd die heiße Luft. Die Stimmung schien gereizt.

»Don't you dare to ...«

Ein paar Meter weiter wurde es ruhig, die Gänge waren jetzt leer. Am Ende des Flurs, hatte der Wachmann gesagt. Sie blickte sich um, niemand war zu sehen. Hier musste es sein.

Sie las das Schild mit seinem Namen und einer unentzifferbaren Zahlenfolge. Die Tür des Büros war angelehnt. Durch den Spalt spähte sie hinein, sah Fußspitzen und auf dem Boden ein Paar Schuhe.

Lautlos und behutsam öffnete sie die Tür. In der Mitte des Zimmers standen drei Stühle um einen Tisch herum, auf dem stapelweise Papier, Mappen, Zeitungsausschnitte, eine Ersatzbrille und eine Lupe lagen. Trotz des geöffneten Fensters stand noch immer die Hitze des schwindenden Tages im Raum. In den Regalen entdeckte sie Bücher, mit einer Schnur zusammengehaltene Akten und das Außenlager einer Hausapotheke – Tropfen, Tinkturen, ein Stapel frischer Taschentücher und ein geöffnetes Brillenetui.

Elias Lind lag mit geschlossenen Augen auf einem Kanapee und hatte trotz der Hitze eine karierte Decke über dem Bauch. Die schwere Brille ruhte wie ein großes schlafendes Insekt auf einem Stuhl neben ihm. Lilya betrachtete seine hohe Stirn, den langen Hals und zum ersten Mal die Augenpartie ohne den milchigen Paravent aus Glas. Unter den Brauen hatte er Narben. Auch seine Hände hatten helle Flecken, als wäre er mit Bleiche in Berührung gekommen. Er war im Krieg gewesen, sie wusste das von Ben Gedi, hatte an der Front in Belgien gekämpft und war 1917 gezeichnet zurückgekommen. Wenige Jahre später, nach Studium und Promotion über Moses Hess in Berlin, hatte er sein Land verlassen, voll Hoffnung auf ein neues Leben hier. Zunächst hatte er sich in Berlin noch ein paar Jahre mit Bildungsaufträgen und Unterrichtsstunden im Freien Jüdischen Lehrhaus durchgeschlagen und am Abend Versammlungen des Jung Juda Bundes organisiert, war schließlich beim zwölften Zionistenkongress in Karlsbad dabei gewesen, den Nachum Sokolov geleitet hatte, einst Vorsitzender der hebräischen Literaturkommission und der Erste, der auf einem offiziellen Kongress nur Hebräisch sprach. Verändert, ein festes Ziel vor Augen, musste Lind damals nach Berlin zurückgekommen sein.

Er stöhnte, schien aber nicht zu erwachen. Es war nicht richtig, sich hier einfach hereinzuschleichen und den schlafenden Mann zu betrachten, dachte sie. Und wenn er die Augen öffnete, würde er vielleicht erschrecken. Sollte sie wieder gehen?

Irgendetwas hielt sie davon ab.

»Ich habe den Brief gefunden. Sie wissen doch, der in dem Paket aus Deutschland lag.«

Lilya fuhr zusammen. Seine Stimme war rau und brüchig vom Schlaf. Ohne sie sehen zu können, musste er gewusst haben, dass sie es war.

»Aber geben Sie mir erst einmal die Brille, bitte.«

Sie hielt sie ihm hin, er hob den Kopf, und etwas umständlich fingerte er sie sich auf die Nase, wobei er die Bügel einzeln hinter jedes Ohr klemmte. Seine Gesichtszüge entspannten sich.

»Ich bitte um Nachsicht, dass ich Sie hier wie der arme Poet begrüße. Üblicherweise reicht eine Viertelstunde Schlaf, aber mir war nicht wohl heute Mittag. Ich weiß nicht, ob es am Chamsin liegt oder am Leben selbst. Manchmal sind Gedanken wie Bakterien, die durch den Körper spazieren und ihn schwächen. Ist es in Ordnung für Sie, wenn ich noch ein wenig in dieser nicht eben gastgebergerechten Körperhaltung verweile?«

»Ich wollte nicht unhöflich sein. Die Tür stand offen ...«

»Höflichkeit ist etwas für ruhige Zeiten. In diesem Land wird sie noch ein paar Jahrzehnte auf sich warten lassen. Zudem war es nicht unhöflich von Ihnen, einfach hereinzukommen, nur ausgesprochen praktisch.«

Er richtete sich ein wenig auf. »Ich befürchte, Sie sind nur gekommen, um sich zu verabschieden und mir meine Unterlagen zurückzubringen? Ich würde Ihnen das nicht übel nehmen und verstehe Ihren Standpunkt sehr gut: Sie denken politisch, strategisch, wollen sich nicht mit Einzelfällen aufhalten. Dieses Land braucht Aufbau, junge Leute, Masseneinwanderung, eine große Lösung. Da hält die Suche nach einem alten Wissenschaftler, der sein Land hätte rechtzeitig verlassen sollen, nur auf.«

»Das ist es nicht, ich denke nur, dass wir nicht genügend Anhaltspunkte haben, die eine Suche tatsächlich aussichtsreich erscheinen ließen. Auch das Foto mit dem Haus im Wald, wo immer es aufgenommen wurde, wirft mehr Fragen auf, als es Antworten gibt.«

»Fakten. Vermutungen. Dazwischen gibt es nichts. Hypothesen sind keine Fakten, das hat Daliah auch immer zu mir gesagt. Sie beide hätten sich gewiss gut verstanden.«

Er setzte sich weiter auf und räusperte sich.

»Seitdem meine Frau nicht mehr lebt, fehlt mir oft der Kurs, die Richtung, ja, auch der Mut. Wir haben nicht wirklich etwas in der Hand, sagen Sie, und vielleicht haben Sie recht. Dabei hatte ich schon einen ganz anderen, verwegenen Gedanken.«

Er sah sie mit einem Mal verschmitzt an.

»Wenn Sie tatsächlich in unserem Land ohne Namen etwas finden sollten, würde ich aufbrechen und Ihnen dorthin folgen. Und mit meinem Stock in den Trümmern herumstochern, um Raphael zu finden.«

»Ein Stock wird es da nicht tun«, sagte sie.

Er sah sie mit festem Blick an. *Ohne Kurs, ohne Mut,* hatte er eben noch gesagt, ganz offenbar hatte er dabei auch ein wenig kokettiert.

»Wir wären dann immerhin zu zweit. Ihre Augen und meine Erinnerung. Was für ein Trupp! Unaufhaltsam.«

Jetzt hieß es dagegenhalten. »Sie würden tatsächlich nach Deutschland reisen?«

Er zögerte, blickte kurz zu Boden und sah wieder auf. »Nein. Das könnte ich nicht. Aber lesen Sie den Brief, den ich Ihnen angekündigt habe.« Er wies auf den Umschlag, den er auf dem Tisch bereitgelegt hatte. »Ich muss Sie warnen, er ist in weiten Teilen recht privat, aber die Sache verlangt, dass Sie ihn kennen. Bitte lesen Sie ihn und entscheiden nach der Lektüre, ob Sie mir helfen wollen. Und sehen Sie sich den feinen Umschlag an. Das war einmal Berlin!«

Berlin, 26. Mai 1946

Mein lieber Elias,

wer weiß in diesen Zeiten, ob Du diesen Brief jemals in Händen halten wirst. Ob Du Dich meiner überhaupt erinnerst oder erinnern magst. Es ist alles so lange her, und eine große schwarze Wand trennt uns von all dem, was einmal gewesen ist. Auch zwischen uns. Aber dieses Buch, Du musstest es bekommen. Als es mir in die Hände fiel, stand mein Entschluss fest.

Ich habe dieses Exlibris bei einem Händler (einem Schwarzmarkthändler, ohne sie geht das Leben hier zu Ende) entdeckt. Es war reiner Zufall. Und doch kann es keiner sein! Für den Händler hatte dieses Buch nahezu keinen Wert, für mich war es wie ein Ruf. Alexandria, die Bibliothek Eures verehrten Vaters und ein Teil von dessen so einseitig vererbtem Besitz.

Es war nicht einfach, Deinen Aufenthalt in Erfahrung zu bringen, ich war schon drauf und dran, »Elias Lind, Palestine« auf den Umschlag zu schreiben, es ist ja ein so kleines Land, aber ein befreundeter Offizier der Alliierten hat mir geholfen und das Paket mit der Post des Militärs auf den Weg gebracht. Du musst wissen, dass mir meine Haltung in den hinter uns liegenden Jahren bei den

Alliierten so etwas wie Sympathie eingetragen hat. Dabei bin ich nur froh, dass mir und uns Plötzensee und all das, was nach unserem 20. Juli über uns hereinbrach, wie durch ein Wunder erspart geblieben ist.

Das Buch stammt aus Raphaels Besitz, die Sache ist eindeutig. Du weißt, Dein Bruder und ich waren sehr enge Freunde und zeitweilig mehr als das, wenngleich auch das nicht von Glück gesegnet war, das mussten wir schnell einsehen. Ich weiß, Ihr beide wart es nicht, Brüder, vom Leben in eine unfreiwillige Gemeinschaft gezwängt, kaum mehr. Mich hat das immer geschmerzt, und doch muss ich Raphael, Gott hab ihn selig, einen großen Teil der Schuld an dieser Lebensmalaise zuschreiben.

Nun also dieses Buch. Wie oft habe ich mich gefragt, was mit Raphael in den Jahren nach seinem Verschwinden geschehen sein mag? Seit dem Tag, an dem sie in sein Haus in Dahlem kamen. Ich war zu Besuch, wir waren schon lange wieder gute Freunde.

Am Nachmittag des 8. Oktober 1941 erschienen zunächst Beamte der Geheimen Staatspolizei. Das Eingangstor zum Grundstück war besetzt. Mehrere Wagen warteten auf der Straße. Von Aka, der Haushälterin, war eigentlich für uns zum Fünfuhrtee gedeckt, Raphael war im Garten, um noch einmal nach den Rosen zu sehen, aus Sorge vor frühem Frost. Sie forderten ihn auf, Listen seiner Habe zu erstellen. Vor allem wollten sie eine Aufstellung seiner Bücher, Aufsätze und Vorträge, und all seiner Unterlagen, wie sie sagten. Sie würden wiederkommen.

Jeden Morgen ab halb fünf hat er von diesem Tag an mit Anzug und Krawatte an seinem Schreibtisch gesessen und auf sie gewartet. Aber sie kamen nicht.

Du musst das Land verlassen, vielleicht gelingt es noch, habe ich ihm gesagt, du hast Geld, Verbindungen, noch ist es vielleicht nicht zu spät. Aber er wollte das nicht hören.

Er hatte beschlossen zu bleiben, ich hatte eine Ahnung, warum, doch er hatte mir ein Siegel auf die Lippen gelegt, das mich bis heute bindet.

Ich habe mich selbst aufgemacht, ohne seine Einwilligung, habe Erkundigungen eingeholt, Behörden aufgesucht, vor Kassen, Zollfahndungsstellen, Devisenstellen, Devisenüberwachungsstellen angestanden, habe mit Beamten, Unterbeamten und Unterunterbeamten verhandelt, im Palästinabüro in der Meinekestraße die Gesichter der Verzweifelten gesehen, hörte etwas von Berechtigungsscheinen und Exportvergütungsabgaben, Auswanderungsabgaben, Abgaben aller Art.

Am Telefon herrschte er mich an. Ich solle aufhören. Er wisse, was er tue. Was richtig sei und was recht. Ich habe angefangen zu weinen, aber nichts mehr gesagt.

Wenige Tage später war er verschwunden. Sie mussten ihn in der Nacht aus dem Haus geholt haben. Lastwagen fuhren vor und nahmen seine Bücher mit. Alle, in Kisten verpackt und beschriftet, als reise er aus nach Amerika. Die große wertvolle Bibliothek, dazu Laboratoriumsjournale, Notizhefte, Dissertationen, Habilitationsschriften, Sonderdrucke, Monografien, Zeitschriftenserien und die Entwürfe von unveröffentlichten Forschungsberichten. Sein ganzes Leben.

Ausgelöscht.

Wie sehr würde es mich freuen, wenn Du dieses Buch erhalten würdest, es wieder zu Hause ankommt. Dort, wo es hingehört. Bitte schreib mir, ob meine Flaschenpost zu Dir gelangt ist. Und wie es Dir ergangen ist. Solltest Du jemals wieder den Weg in diese tote Stadt finden, lieber Elias, so bist Du mir mehr als willkommen. Ich wohne noch immer am Kleinen Wannsee, das Haus hält sich wacker, obwohl es für mich nun wirklich viel zu groß ist. Und sollte mir etwas passieren bis dahin, meine Nichte weiß, was Du mir bedeutest.

Sei umarmt von Deiner

...

»Desirée von Wallsdorff. Darf ich Ihnen gestehen, dass ich sie vor meiner Auswanderung über die Maßen verehrt habe, vielleicht zu sehr. Sie konnte es nicht erwidern, gehörte zu *seinem* Freundeskreis. Sie war schön, klug, von großer Weltläufigkeit und Leichtigkeit. Sie verkörperte in diesen Jahren Berlin, die Stadt bei Tag und in der Nacht und die der frühen Morgenstunden, wenn die Zeitungsverkäufer bereits ausschwärmten, die S-Bahn mit ihrem Quietschen und Rattern im goldenen Morgenlicht in die Tunnel tauchte, Plakatkleber mit Orodont oder Mampe auf ihren dünnen Leitern standen und der Milchmann, manch einer mit Pferd und Wagen, von Haus zu Haus ging und es mit einem Schulterzucken quittierte, wenn sich die Nachtschwärmer an ihm vorbei ins Haus drückten, als fürchteten sie das Licht. Raphael hatte eine Affäre mit Desirée, und doch, sie passte so gar nicht zu ihm und seinen Allüren.«

Er hielt einen Moment inne.

»Aber sie wollte ihn, nicht mich. Vielleicht wollte ich sie mit meiner hilflosen Liebe befreien. Aber sie brauchte keine Befreiung. Sie war immer frei. Was für eine Frau!«

Ein wenig versonnen wiegte er den Kopf hin und her.

»Das Foto, das Haus im Wald, sie hat es in ihrem Brief nicht erwähnt. Mit keinem Wort«, sagte Lilya.

»Sie wird es nicht entdeckt haben.«

»Es wäre gut gewesen, ihre Deutung zu hören.«

»Ja, wäre es. Vielleicht wären wir dann einen Schritt weiter. Vielleicht auch nicht.«

Als sie die Agency verließ, begann sie zu laufen. Shaul Avidan, Ben Gedi, der Schuster und Elias Lind, sie alle verfolgten sie, auch der junge Wachmann, er hatte jetzt das Gesicht von Yoram und hielt ein Papierflugzeug in der Hand. »Waffen, Waffen«, rief er, fast war es ein Weinen. Sie blieb stehen, bekam keine Luft mehr. Langsam bog sie in die Jaffa Road ein. Der Zustand. Aber diesmal war es anders. Statt Tränen kam nur ein trockenes kaltes Würgen. Sie lehnte sich an eine Mauer und hielt sich den Bauch.

Die Sonne begann hinter den Dächern zu verschwinden, Händler zogen mit ihren Kamelen vom Markt aus der Altstadt herauf, wie durch eine Wand aus Mull hörte sie das Rufen und Schnalzen der Treiber. Metallene Gitter rasselten vor den Geschäften und Werkstätten zu Boden. Das Echo der Rufe eines Muezzins hallte über die Dächer, verlor sich zwischen den Mauern und Gassen, auf die schon die Nacht ihre Hand gelegt hatte.

Sie spürte einen Krampf, als packe jemand mit stählernen Fingern ihren Magen, und übergab sich.

In der Ferne hörte sie das ungeduldige Hupen eines Wagens, der seinen Weg durch das Gedränge der Straße zu suchen schien. Seine Scheinwerfer erhellten kurz das Innere eines Kurzwarengeschäftes auf der gegenüberliegenden Straßenseite. Dann erfassten sie ihr Gesicht. Sie schloss die Augen.

»*Joseph Sternkind*, was für ein Buch!«, hatte sie zum Abschied zu Elias Lind gesagt. »Warum lassen Sie uns so lange warten? Die Geschichte muss weitergehen. Alles ist angelegt. Wir haben einen Anspruch darauf.«

»Haben Sie einmal versucht, ein Buch zu schreiben?«, hatte er geantwortet.

»Texte, Aufsätze, kleinere wissenschaftliche Abhandlungen. Ein Buch, nein.«

»Dabei ist *alles angelegt*.«

»Wie meinen Sie das?«

Elias Lind sah sie mit einem hintergründigen Lächeln an.

»Denken Sie einmal nach. Stellen Sie sich vor, Sie würden einen Roman schreiben. Eine junge, hübsche Kämpferin stößt dank eines fast blinden Mannes auf eine Spur, die Leben retten kann. Wessen Leben, werden Sie fragen. Nun, das hängt letztlich von Ihrer Geschichte ab, wäre die Antwort.«

»Glauben Sie tatsächlich auch, dass wir damit am Ende etwas gegen die Engländer in der Hand hätten, so wie Ben Gedi?«

»Stellen Sie sich vor, es wäre so, aber Sie hätten es nie auch
nur erwogen und damit eine Chance vertan. Sie müssen der Sache übrigens nicht nachgehen, um mir einen Gefallen zu tun.
Auch nicht für sich selbst, wenn das so schwer ist, aber vielleicht
für ... vielleicht fällt Ihnen jemand ein.«

Er lächelte sie an, schmunzelte. »Versuchen Sie es, danach
sehen wir uns wieder.«

WHITEHALL

1

Die Bremsen seufzten. Die Türen flogen auf. Marble Arch. Endlich.

An der Erdoberfläche arbeitete ihr Ortssinn perfekt. Hier unten, tief unter der Stadt, versagte er. Wenige Minuten nachdem die Battersea Power Station wie eine Burg rechts am Fenster aufgetaucht und der Zug der Londoner Central Line in den Tunnel geglitten war, hatte ihr innerer Kompass ausgesetzt. Die Wände links und rechts der Waggons schienen immer näher zu kommen, fast meinte sie ein Schleifen zu hören, Metall an Stein, so eng waren die Tunnel.

Lilya drängte aus dem Waggon, atmete tief aus und suchte auf dem überfüllten Bahnsteig den Aufgang ins Freie. Ein stickiger und warmer Luftzug kündigte an dem gegenüberliegenden Bahnsteig das Nahen eines Zuges an. Der Geruch verbrannter Kabel lag in der Luft und vermischte sich mit dem Duft von Rasierwasser. Männer in Anzügen, Anwälte womöglich oder Geschäftsleute, schoben sich an ihr vorbei. Irgendwo schrie ein Kind.

Sie blickte die steil nach oben führende Rolltreppe hinauf. Oxford Street. Dort musste sie sein.

Die Adresse von Dr. Albert Green hatte sie sich eingeprägt. Von der U-Bahn-Station aus war es nur ein Fußweg von wenigen Minuten. Zielperson, Zeuge, tote Spur, sie wusste nicht, worauf sie sich einstellen sollte, ob sich der Weg zu Green überhaupt lohnen würde. Aber irgendetwas war an der Sache dran. Sie hatte in der British Library begonnen, nach Raphael Lind zu forschen, hatte die Tage in London vor der Überfahrt nach Deutschland nutzen und sich ein Bild von ihm machen wollen, von dem Forscher und Wissenschaftler, der auch in England publiziert hatte – und war dabei auf den Namen Albert Green gestoßen. Wenig später hatte sie eine Hypothese. Eine etwas verwegene.

Große Entdeckungen werden erst erahnt, dann behauptet ... und dann bewiesen, hatte Elias Lind gesagt.

Albert Green. Professor, Biochemiker und Arzt. In Deutschland hatte die Familie noch Grün geheißen, das war lange her. Mit Ende des ersten großen Krieges hatten sie in London, wo sie seit 1910 lebten, ihren Familiennamen angepasst. Battenberg wurde zu Mountbatten, Grün zu Green. Sie waren nicht die Einzigen gewesen, die damals Deutschland aus ihrem Namen hatten tilgen wollen.

Grüns frühe wissenschaftliche Aufsätze, noch auf Deutsch verfasst, waren Jugendwerke, Greens englische Publikationen hingegen hatten sie neugierig gemacht. Mehr als das: Sie hatte darin eher zufällig etwas gefunden, was sie sich nicht erklären konnte. Es musste eine Verbindung zwischen Raphael Lind und Albert Green geben. Das war ihre Hypothese. Um herauszubekommen, ob sie richtiglag, hatte sie sich von ihrem Quartier in Clapham, am Rande der Stadt, auf den Weg gemacht.

Busse, groß wie die Häuser in der Jaffa Road, schoben sich durch die Oxford Street. Schwarze Limousinen, Taxis und Armeefahrzeuge drängten sich durch die Straße. Sie ließ den Eingang zum Hyde Park und den marmornen Triumphbogen linker Hand liegen. Für Kutschendurchfahrten zum Buckingham-Palast waren sie zu klein gewesen und deshalb hierherversetzt worden, hatte sie gelesen. Mit dem Auge nahm sie Maß: Unsinn, Legende, dachte sie.

Sie war froh, wieder festen Boden unter den Füßen zu haben. Seereisen waren ihre Sache nicht. Fahrten in scheppernden Blechbehältern durch von Menschen getriebene Stollen unter der Erde ebenso wenig. Aber sie hatte den Weg über London nehmen müssen.

»Warum nach England?«, hatte sie Ben Gedi gefragt.

Er hatte gelacht.

»Kein Problem. Zu Hause benehmen sich die Briten recht ordentlich. Ist ansatzweise so etwas wie eine Demokratie.« Zudem gebe es keine direkte Verbindung von Palästina nach Deutschland.

Sie solle dort sogleich im Londoner Büro des JOINT vorsprechen, hatte er gesagt, und als frisch gebackene Mitarbeiterin den Transfer nach Deutschland organisieren lassen. Meist gehe nach wenigen Tagen ein Schiff, oder sie dürfe fliegen. Die US Air Force habe eine Shuttle-Verbindung über den Kanal eingerichtet. Offiziere, Offiziersfrauen oder solche, die dafür gehalten werden wollten, Schwarzmarktgewinnler, Truppenmusikanten, Kongressabgeordnete, Mediziner, Leute aus der Buchstabensuppe der internationalen Hilfsorganisationen, deutsche Raketenwissenschaftler mit einem One-Way-Ticket nach Fort Bliss, alle nutzten diese Verbindung. Sie werde sich gut unterhalten. Und, hatte er angefügt, sie solle die Zeit in der Hauptstadt sinnvoll nutzen, um zu recherchieren und dabei zugleich ein wenig ihre englischen Freunde zu studieren. Sie hätten ihnen in Palästina immerhin den »Führer« vom Hals gehalten, hätten als Einzige noch gekämpft, als er Europa nahezu komplett in seiner Hand gehabt habe. Sie hätten für diese Sache Blut, Schweiß und Tränen gegeben und auch sehr gute Piloten in den Hawker Hurricanes und Spitfires geopfert, man müsse dies mit Respekt konzedieren. »Ohne die Engländer wären wir tot, und mit ihnen können wir nicht leben. Unser jüdisches Schicksal«, hatte Ben Gedi gesagt. Falls sie ihm folgen könne. Sie konnte.

Die Überfahrt mit dem Schiff von Haifa aus hatte Lilya wie einen bösen Traum erlebt. Im Hafen von Limassol hatten sie für eine Nacht angelegt. Sie durfte das Schiff nicht verlassen. Britische Soldaten standen die ganze Nacht vor der Gangway. Irgendetwas wurde zugeladen oder ausgeladen, sie hatte vor dem dunklen Himmel Kräne mit Kisten aus Holz gesehen. Scheinwerfer glitten über das Schiff, Händler brüllten zu ihnen herauf und boten Ware feil, Lastwagen fuhren an den Kai und rumpelten wieder davon. Das Rufen der Schauerleute, das Fluchen des Lademeisters, sie begriff schnell, dass es die ganze Nacht so gehen würde. Ihre Kabine lag direkt neben den Kojen der Mannschaft und war wenig größer als ein Schrankkoffer. Es war unerträglich heiß unter Deck, trotz des geöffneten Bullauges hatte sie Angst zu ersticken.

Als sie am Morgen das Glasen vernahm, die Kommandos und kurz darauf das Vibrieren der anlaufenden Turbinen spürte, kletterte sie an Deck. Die Sonne lugte über den Horizont, am Himmel war keine Wolke zu sehen. Der Frachter schien eine Ellipse zu fahren, er neigte sich zur Seite, als sei er unschlüssig, ob er sich erneut aufs offene Meer wagen solle, das wie ein glatt gezogenes Tuch vor ihnen lag. Sie sah hinter sich in der Ferne die Hafenmole von Limassol, einen dünnen Strich auf dem Wasser, die fremde, am Meer gelegene Stadt, die alte Festung und dahinter die Berge. Erst jetzt wurde ihr endgültig klar, dass sie ihr Land tatsächlich verlassen hatte. Sie würde alles dafür tun, es so schnell wie möglich wiederzusehen.

»Man muss seine Heimat hinter sich lassen, um sie neu zu entdecken. Ist meine Erfahrung, vielleicht nicht maßgeblich, aber sie stimmt.«

Der Fremde war plötzlich neben ihr aufgetaucht und blickte wie sie über das Meer. Sie stand am Heck des Schiffes an der Reling und versuchte mit der Hand ihre Augen vor der grellen Junisonne zu schützen. Der Fahrtwind griff ihr in die Haare. Sie war sich nicht sicher, ob er sie angesprochen hatte oder nur laut vor sich hin redete. Er war außer ihr der einzige Passagier auf dem Frachter und hatte seine Kabine bislang nur für die Mahlzeiten verlassen. Stumm und ohne aufzublicken hatte er in der Messe seine Suppe gelöffelt oder in einem farblosen Stew herumgestochert, das Brot mit einem scharfen Messer in Scheiben geschnitten. Danach rieb er das Messer mit einem Taschentuch ab, prüfte mit dem Finger die breite, gezackte Klinge und ließ es in einem ledernen Futteral verschwinden. Schließlich warf er das geschnittene Brot, das er neben dem Teller aufgetürmt hatte, in die Suppe, als würde er Tiere füttern. An der Linken trug er einen Handschuh aus dünnem, braunem Leder, aber er schien ihn nicht zu behindern, denn der Fremde benutzte beide Hände gleichermaßen geschickt. Ihr war sein Eigenbrötlertum, seine Zurückgezogenheit nur recht gewesen, dennoch hatte sie immer wieder das Gefühl gehabt, dass er sie aus dem Augenwinkel beobachtete, so als hätte sie irgendeine Frage in ihm ausgelöst.

Er wandte sich ihr zu und sah sie an. »Sie sagen ja gar nichts.«

»Ich war mir nicht sicher, ob Sie mit mir gesprochen haben.«

»Hab ich«, sagte er. »Wenigstens weiß ich jetzt, dass Sie sprechen können.«

Sie hoffte, damit wäre das Gespräch beendet. Tatsächlich, der Fremde schwieg und blickte wieder aufs Meer hinaus. Er trug einen etwas zu weiten grauen Anzug, war klein und kräftig, hatte fast schwarzes, kurz geschnittenes Haar, sie schätzte ihn auf Mitte vierzig. Und der Handschuh? Vielleicht ein Hautekzem.

Eine Möwe, die in der Hoffnung auf Futter dicht an sie herangeflogen kam, ließ er gewähren, bis sie es wagte, seiner ausgestreckten Rechten gefährlich nahe zu kommen. Blitzartig griff er nach ihr, bekam aber nur die Spitze ihres Flügels zu fassen. Die Möwe flog mit einem Schrei davon. Er lachte, sodass sie seine Zähne sehen konnte. Es waren Raucherzähne, und vorne rechts fehlte ein Schneidezahn. So unerwartet, wie er gekommen war, ging er wieder. Als er die Treppe erreicht hatte, blickte er noch einmal zu ihr herüber, dann verschwand er im Bauch des Schiffes.

Am kommenden Tag suchte Lilya, unbeobachtet, wie sie hoffte, wieder den Weg zum Heck. An einen porösen, viele Male überstrichenen Rettungsring gelehnt, blickte sie aufs Meer hinaus. Mittlerweile war kein Land mehr zu sehen. Das Blau des Himmels und das Blau des Wassers trafen sich hier in stiller Übereinkunft.

»Hab mir gedacht, dass ich Sie hier finde.«

Lilya wandte den Kopf. Wieder war der Fremde unerwartet neben ihr aufgetaucht.

»Sie mögen diesen Platz. Der Wind plärrt nicht ganz so heftig wie am Bug, und man sieht auf das, was man hinter sich lässt. Glaube, ich habe mich noch gar nicht vorgestellt, Colm O'Madden«, sagte er und sah sie von der Seite an. »Aus Irland. Und Sie?«

Lilya nannte ihren Namen und hatte sogleich das Gefühl, einen Fehler gemacht zu haben. Aber er blickte sie an, als wisse er längst, wie sie hieß, vielleicht hatte er mit Leuten von der Besatzung gesprochen.

»Dieser Orient«, sagte er und sah an ihr herunter, »ich will Ihnen nicht zu nahe treten, ist einfach meine Erfahrung: Er taugt nichts. Eine große Enttäuschung, Sand und Hitze, verrückte Vorgesetzte und Leute aus den verschiedensten Ecken, die ständig gegeneinander anrennen. Nichts wie weg.«

Er fingerte eine Zigarette aus der Schachtel, wollte sie anzünden und bat Lilya um Windschutz. Sie versuchte, sich nicht anmerken zu lassen, dass er sie verunsicherte, nahm ihm die Schachtel ab, zog, einer gelernten Routine folgend, die Schublade mit den Streichhölzern zur Hälfte heraus und hielt das angefachte Holz in den windgeschützten Hohlraum. Sie forderte ihn auf, schnell die Zigarette hineinzuhalten. O'Madden sah sie erstaunt an.

»Ist praktisch«, sagte sie. »Und Sie geben so bei Dunkelheit kein Ziel ab. Wo die Zigarette glimmt, sitzt auch der Kopf.«

O'Madden zog kräftig, blies durch die beiden Nasenlöcher eine gewaltige Wolke aus.

»Ordentliche Ausbildung«, sagte er.

»Der Tipp von Freunden ...«

»... die es gut mit Ihnen meinen.«

Am folgenden Tag setzte er sich in der Messe ungefragt neben sie und schenkte ihr Wasser ein. Wie es in England mit ihr weitergehe, wenn sie es tatsächlich schaffen würden, dort einmal anzukommen, und was sie dort vorhabe, wollte er wissen. Sie war überrascht von seiner Direktheit.

In England? »Nichts«, sagte sie.

Ob sie dann weiterreise, vielleicht nach Deutschland? Er begann wieder, mit seinem Messer das Brot zu zerschneiden.

Wie kam er darauf? Er sah sie erwartungsvoll an, und als sie nicht gleich antwortete, wurde sein Blick kälter. Die Adern an seinen Schläfen traten hervor, als ringe er mit etwas. Sie beschloss, den Spieß umzudrehen. Ob er schon einmal dort gewesen sei oder gar gegen Deutschland gekämpft habe, fragte sie und schaute ihn mit großen Augen an.

Er zögerte einen Moment, schob ein Bein unter dem Tisch hervor und zog das Hosenbein nach oben. »Durchschuss, am Unterschenkel, mit einer Läsion am Knochen, Sommer 1940«, sagte er, »als Bordschütze der RAF.« Danach sei der Krieg für ihn vorbei gewesen.

Sie betrachtete die Narbe. Für eine Verwundung, wie sie O'Madden beschrieben hatte, war sie eigentlich zu klein. Ein MG-Treffer an Bord hätte ihm das halbe Bein wegreißen müssen. Und die Hand, die Linke mit dem Handschuh? Vielleicht auch das ein Kriegssouvenir?

»Nach dem Lazarett noch ein paar Wochen Fronttheater«, sagte er, dort habe er in einer einzigen Szene Hitler, Montgomery, Roosevelt und Clark Gable geben müssen, selbst für ihn und seine Stimme eine ziemliche Herausforderung. Schließlich habe er den Dienst quittiert. Im Mandatsgebiet, so habe man ihm geraten, könne er Arbeit finden. Also sei er in Palästina gelandet. Bis er sich vor wenigen Tagen anders entschlossen und das Land verlassen habe. Wie sie ja offenbar auch.

Das war ihr letztes Gespräch. Für den Rest der Reise gelang es ihr, O'Madden aus dem Weg zu gehen. Als sie Southampton erreichten und der Fremde in der Menschenmenge am Kai verschwand, atmete sie auf. Sie würde ihn, so hoffte sie, nicht wiedersehen. Sie griff nach ihrem Rucksack, sah sich noch einmal um und ging in Richtung Gangway.

Sie hatte sich vor ihrer Abreise noch zweimal mit Elias Lind getroffen und ihn erzählen lassen. Von seiner Zeit in Berlin, der Kindheit unter dem Kaiser, von Chaim Friedrich Linds Reich, seinem *Alexandria*, das nach seinem Tod zu Raphaels *Alexandria* geworden war. Mit dem Bruder habe ihn kaum mehr verbunden als die gemeinsame Herkunft, betonte Lind noch einmal, nach dem Krieg seien ihm dann auch seine Eltern und ihre deutschen Ideale, ihr Glaube an eine Zukunft in jenem Land, fremd geworden. Für ihn lag die Zukunft allein in Palästina. Nachdem er dort angekommen war, hatte er Daliah kennengelernt, sich in sie verliebt und mit ihr bis zu ihrem viel zu frühen Tod kinderlos und glücklich zusammengelebt. Danach hatte er zu schreiben begonnen und doch nie verstanden, warum sein *Joseph Sternkind* so ein Erfolg geworden war.

Lilya hatte ihm aufmerksam zugehört, sich Notizen gemacht, Fragen gestellt und immer wieder den Finger auf die Lücken in seinen Erzählungen gelegt. Oft waren sie so groß, dass ihr Auftrag mühelos darin hätte verschwinden können. Sie hatte einen

Fragenkatalog auf den Tisch gelegt, den sie an den einsamen Abenden in der kleinen Wohnung ihrer Eltern ausgearbeitet hatte. *Raphael Lind: Besondere Kennzeichen, körperliche Merkmale, die letzte Adresse, Kontakte, Titel aus der Bibliothek des Hauses Lind, Forschungsgegenstände, Freunde, eine Freundin oder Lebensgefährtin, Auffälligkeiten, sprachliche Eigentümlichkeiten.* Es war kaum der Mühe wert gewesen, denn ihre Ausbeute sollte sich als dürftig erweisen. Linds Erinnerungen boten nur sehr wenige Anhaltspunkte für ihre Suche.

Immerhin hatte er ihr ein Foto mitgegeben, auf dessen Rückseite der Vermerk »Berlin, 1932« zu finden war. Es war fast fünfzehn Jahre alt, doch besser als nichts. Die beiden Brüder waren darauf zu sehen, sie blickten, jeder auf seine Weise, fragend in die Kamera. Raphael trug einen dunklen, maßgeschneiderten Anzug nach der neuesten Mode dieser Zeit, aus der Westentasche lugte die Kette einer Uhr. Er war groß wie Elias, hatte das gleiche volle, schwarze Haar, nur war es mit Brillantine zurückgekämmt. Vor einem Auge klemmte ein Monokel, in seinem Blick lagen zugleich Stolz und Selbstgewissheit, vielleicht gar eine herablassende Strenge. Er wirkte, als wollte er allein das Bild füllen. Sein Bruder, dessen grauer Anzug etwas zu weit war, stand mit leicht hängenden Schultern neben ihm, wie um seine Größe zu verbergen oder als wäre er ohne Absicht in dieses Bild geraten und hätte sich versteckt. Selten hatte sie zwei so ungleiche Geschwister gesehen.

Sie würde mit der Tatsache leben müssen, dass Elias Lind nur wenig über seinen Bruder wusste und sich die beiden Männer immer fremd waren. Sie war bei ihren Erkundungen also auf sich gestellt und würde sich auf das verlassen müssen, was sie selber herausfand.

Bei ihrem letzten Treffen hatte er ihr das Konvolut mit seinen Texten noch einmal in die Hand gedrückt. Sie waren nun zusammengeheftet und wirkten sortiert. Er habe noch einmal »an der Sache« gearbeitet, sagte er, ihr eine Art Reisebegleiter zusammengestellt. Eingeteilt eher in Etappen als in Kapitel. »Lesen Sie, wann immer Sie irgendwo angekommen sind«, empfahl er ihr. »Auf Ihre Fragen werden Sie aber in diesen Texten, so fürchte ich, kaum Antworten finden.«

In London hatte sie nun nach ihrer Ankunft ein paar Tage und Abende in der British Library zugebracht, sich in dem großen, von einer Kuppel überwölbten Lesesaal vergraben. Sechs Tage Warten bis zum nächsten freien Flug, hatte man ihr beim JOINT gesagt, mindestens. Officer Cordelia Vinyard, die sie in die Arbeit einweisen sollte, hatte ihre Papiere durchgesehen, sie freundlich angelächelt und sie dann lange von oben bis unten betrachtet, als nehme sie Maß. So war es auch. Die Kleiderkammer war im Nachbarhaus und enthielt allerlei Uniformen, Röcke, Hemden, Stiefel und Krawatten, die längeren für die Männer und die kürzeren für die Frauen. An den Ärmeln der Uniformjacken war unübersehbar, fast grob, ein dunkles Schild mit den großen Buchstaben A.J.D.C. aufgenäht. Cordelia stellte eine gut sitzende Kombination zusammen, die aussah wie neu, und als Lilya angezogen war, half sie ihr mit sicherer Hand beim Binden der Krawatte.

Wenig später betrachtete sie sich im Spiegel, und ihr kam der Gedanke, diese Uniform sei einst womöglich samt Bluse und Strümpfen für Cordelia selbst hergestellt worden. Sie kam sich in dieser Verkleidung fremd vor, in Palästina hatte sie Krawatten als bourgeoises, antizionistisches Relikt kennengelernt, das nur die Besatzer trugen, aber Cordelia sagte, Dienstkleidung sei mit Beginn ihrer Reise auf den Kontinent für sie Pflicht. Dann blickte sie fast vorwurfsvoll auf Lilyas Hände und Fingernägel.

»Landluft macht rote Backen«, sagte Cordelia mit einem Augenzwinkern, »aber nahezu alles andere, was uns ziert, geschieht von Menschenhand.«

Sie hatte den Wink verstanden. Am Ende hatte Cordelia

Vineyard sie kurz umarmt und versprochen, wegen des Transfers nach Deutschland schnell von sich hören zu lassen. Sie freue sich auf die Zusammenarbeit, sagte sie, und Lilya müsse sie vorher unbedingt noch einmal besuchen, denn es gebe so vieles, was Lilya noch wissen sollte, und sie würde ihr gerne die Stadt zeigen.

Lilya fühlte sich von der Offenheit und Herzlichkeit der Amerikanerin ein wenig bedrängt, nahm aber ihr Angebot mit einem Lächeln an. Die Uniform unter dem Arm, die sie in einen eilig herbeigesuchten Stoffsack mit dem Aufdruck *Wellington Hotel* gestopft hatten, verabschiedete sie sich.

»Vielleicht reisen wir zusammen«, rief Cordelia ihr noch hinterher. »Ich warte wie Sie auf den nächsten freien Flug nach Deutschland. Und Sie halten dann meine Hand. Ich habe noch immer furchtbare Angst vor dem Fliegen. In wenigen Jahren werde ich dreißig, dann hört das gewiss auf, irgendetwas muss ja besser werden, wenn man älter wird.«

Nach dem Treffen mit Cordelia hatte Lilya sofort mit ihrer Recherche begonnen: Lind, Raphael. Fachaufsätze, Bücher, Forschungsbeschreibungen, Gutachten. Sie ließ sich alle greifbaren Ausgaben von *Die Naturwissenschaften* kommen und studierte sie im fahlen Licht des Lesesaals der British Library. Sie war einst die Antwort auf *Nature* gewesen, das angesehene englische Wissenschaftsjournal.

Lilya nahm sich *Die Naturwissenschaften* jahrgangsweise vor und notierte sich alle Aufsätze, die von Raphael Lind stammten. Dann bestellte sie *Nature*, um nach Aufsätzen zu suchen, die er vor dem Krieg darin veröffentlicht hatte, und dabei machte sie ihre Entdeckung. Eher zufällig, aber auch dank ihres geschulten Blickes. Ihr war der Name Albert Green aufgefallen, denn dieser schrieb immer wieder über dieselben Themen wie Raphael Lind: Biochemie, Proteinforschung, Resistenzforschung, vor allem aber gasförmige Verbindungen. Doch nicht nur das, einige Formulierungen und sprachlichen Wendungen glichen denen von Raphael Lind, als hätte der eine vom anderen abgeschrieben. Konnte das sein?

Zunächst verwarf sie diese Möglichkeit. Aber sie stieß immer wieder auf diese stilistischen und strukturellen Ähnlichkeiten. Als stammten viele der Aufsätze aus ein und derselben Feder. Aber für diese Vermutung schien es keine plausible Erklärung zu geben, so sehr sie auch über die Sache nachdachte. Vielleicht würde Professor Green ihr eine liefern. Doch dazu musste sie ihn aufsuchen.

Auf gut Glück probierte sie es mit dem Londoner Telefonbuch, in dem der Name »Albert Green« an die dutzendmal auftauchte. Doch einen Prof. Dr. Albert Green, Arzt für Allgemeinmedizin, gab es nur einmal, und dass er der Mann war, den sie suchte, erschien ihr recht wahrscheinlich. Seine Praxis war nur wenige Schritte vom Great Cumberland Place entfernt. Als sie dort angerufen hatte, um sich einen Termin als Patientin geben zu lassen, war es ihr vorgekommen, als habe Greens Praxisangestellte Order, Patienten abzuwimmeln, anstatt ihnen zu helfen. Nein, der Herr Professor nehme keine neuen Patienten mehr auf. Dann war Lilya das Wort »akut« eingefallen. Das klang nach Notfall. Da durfte der Arzt nicht Nein sagen.

Sie verließ den Bahnhof Marble Arch und bog rechts in die Oxford Street ein. Ein beinamputierter Zeitungsverkäufer auf einem kleinen hölzernen Wagen rollte neben ihr her: *Republik Italien ausgerufen!, Übergangsregierung in Indien an Kongresspartei gescheitert!*

Plötzlich war ihr, als würde ihr jemand folgen. Sie blieb vor einem Schaufenster stehen und versuchte aus dem Augenwinkel in die Oxford Street zu spähen. Anschließend wechselte sie zweimal die Straßenseite. Wer mochte das sein?

Niemand. Sie hatte sich getäuscht. London war nicht Jerusalem.

Sie versuchte dennoch, den Schritt nicht zu beschleunigen, ließ die belebte Straße hinter sich und blieb nach wenigen Metern vor einem großen, aus hellem Sandstein gebauten Haus stehen. Ein behelmter Ritter sah von der Traufe auf sie herab.

Nachdem sie sich noch einmal umgesehen hatte, betrat sie die Eingangshalle. In dem hohen, von verzierten Säulen gehaltenen Raum war es kühl und still. Nur das Knattern eines Mopeds hallte herein. Der Drahtkorb des Aufzugs schien, einer Voliere gleich, auf sie zu warten. Danke, nein. Die Praxis von Dr. Green lag im dritten Stock.

Sie nahm die Treppe, roch Lavendel und gebratenen Fisch, ließ die an der Wand angebrachten Bilder der griechischen Göttersagen an sich vorbeiziehen, wie die Bilder der Laterna magica einer fremden Kindheit. Dionysos mit Trinkkrug und Weintrauben, Hermes mit Flügelhelm, Artemis, die Pfeil und Bogen trug, und schließlich Apollon mit seiner Leier und dem Lorbeerkranz. So musste es bei den Linds ausgesehen haben, vor dem ersten großen Krieg in Berlin, Spittelmarkt. Sie stellte sich zwei Jungen mit ledernen Schulranzen, kurzen Hosen und verrutschten Strümpfen vor, die die Treppe hinaufstürmten. Der tägliche Wettlauf, den ohne Frage stets Raphael, der ältere, für sich entschied.

In der Mitte einer in die Wand eingelassenen großen Messingschale fand sie einen abgegriffenen Löwenkopf und klopfte. Die Sprechstundenhilfe, eine nicht mehr ganz junge, nach Veilchenwasser duftende Frau, begrüßte sie kühl. Die Stimme vom Telefon.

Irgendwo hörte sie eine Standuhr ticken. Im Flur stand ein Schrank mit Glastüren, in dem Tassen, Porzellanfiguren und Karaffen aufgereiht waren. Eine halb geöffnete Schiebetür gab auf der rechten Seite den Blick in eine Bibliothek frei. All das wirkte nicht wie die Praxis eines Arztes.

Green stand mit dem Rücken zu ihr vor einem deckenhohen Bücherregal, als sie den Raum betrat, den die Angestellte als »Sprechzimmer« bezeichnet hatte.

Sprechzimmer. Also gut, dachte sie, wir werden sehen.

Green drehte sich zu ihr um. Da er auf seinen Händen einen Stapel Bücher balancierte, hielt er ihr den Ellbogen zum Gruß hin.

»Nichts ist beständiger als Provisorien«, sagte er. »Wenn Sie umziehen, machen Sie alles sofort. Die Sachen raus aus den Kisten, sonst wird es ein Lebensprojekt.«

Er deponierte den Bücherstapel auf einer hölzernen Trittleiter, ging zu seinem mit Papieren, Statuetten und Pfeifenutensilien bedeckten Mahagonischreibtisch und forderte sie auf, sich zu setzen. Vor dem Tisch stand ein mit dunkelgrünem Leder bezogener Armsessel. Der Behandlungsstuhl.

»Sie kommen das erste Mal zu mir?«, fragte er und sah Lilya an, während er auf seinem Schreibtisch nach einem Füllfederhalter und einer unbeschriebenen Karteikarte kramte.

Er war klein, hatte dünnes, fast weißes Haar und sprach mit einem deutschen Akzent, der seinen Worten harte Kanten gab. Jeckes-Englisch.

»Sie sind ja noch ganz außer Atem. Der Fahrstuhl, Mrs. Richards wird gleich den Hausmeister ...«

Sie winkte ab.

Mrs. Richards brachte ein Glas Wasser und stellte es vor sie auf den Tisch.

»Was kann ich für Sie tun?«

»Ich komme aus Jerusalem zu Ihnen«, sagte sie.

Sie hatte lange überlegt, wie sie die Sache angehen sollte. Am Ende hatte sie sich entschlossen, mit der Tür ins Haus zu fallen, ihre Hypothese als Tatsache zu behaupten, um dann zu sehen, was passierte. Lind und Green mussten sich gekannt haben, vielleicht sogar gut. Da konnte sie ansetzen.

»Es ist ein weiter Weg nach Europa. Und der Krieg hat das Reisen noch beschwerlicher gemacht«, sagte Green etwas ungeduldig. »Sie haben *akute* Schmerzen?«

Lilya richtete sich auf.

»Ich bin gesund, so weit man das als Laie von sich sagen kann. Ich bin aus einem anderen Grund zu Ihnen gekommen. Weniger zu dem Arzt als zu dem Wissenschaftler Albert Green.«

Er hob die Augenbrauen.

»Vorab möchte ich Ihnen Grüße übermitteln. Elias Lind hat mich darum gebeten.«

»Ich bedaure, aber einen Elias Lind kenne ich nicht. Und nach Jerusalem hat mich mein Weg noch nicht geführt. Ich fürchte, es liegt eine Verwechslung vor.«

»Elias Lind ist der Bruder von – Raphael Lind.«

Dr. Green schien für einen Lidschlag wie erstarrt, fing sich aber sogleich wieder.

»Lind? Wir waren Kollegen, für eine gewisse Zeit. Er war ein großer Forscher. Ich wusste nicht, dass er einen Bruder hatte. Wir haben so gut wie nie über private Dinge gesprochen.«

»Elias Lind hat vor wenigen Wochen die Nachricht erhalten, dass sein Bruder nicht mehr am Leben ist.«

»Das hatte ich, offen gestanden, schon befürchtet. Bitte richten Sie ihm mein aufrichtiges Beileid aus«, sagte Green.

»Ich bin auch in der Hoffnung hier, dass Sie mir und seinem trauernden Bruder etwas über Raphael Lind erzählen können. Seine letzten Jahre. In Palästina sind wir nahezu von allem abgeschnitten.«

Green nahm die Brille ab, sah sie mit festem Blick an.

»Was wollen Sie von mir?«

»Ihre Hilfe. Ich suche Spuren von Professor Linds letzten Jahren. Was hat er zuletzt gearbeitet, womit war er beschäftigt, wann musste er die Arbeit einstellen? Ich weiß, Sie müssen mir all das nicht erzählen, aber …«

»Meine Hilfe?«, unterbrach er sie. »Erst schleichen Sie sich als akuter Krankheitsfall bei mir ein, dann übermitteln Sie mir Grüße eines Fremden, und nun wollen Sie mit mir noch durch die deutsche Wissenschaftsgeschichte marschieren. Alles, was ich zu sagen habe, ist veröffentlicht, Sie finden es in den einschlägigen Bibliotheken. Wenn Sie das gelesen haben, können wir uns gerne wieder treffen, zu einem Fachgespräch.«

»Ich habe Ihre Arbeiten gelesen«, sagte Lilya.

»Bitte?«

»Nicht alle, aber viele. Ihre und auch die englischen Aufsätze von Raphael Lind.«

»Und nun sind Sie ganz und gar enttäuscht, weil Aufsätze keine Autobiografien sind. Sie reden zur *Sache*. Nicht über Freundschaft, Lebenswege und von mir aus Irrwege. Sie folgen der Straße der Vernunft.«

Green stand unvermittelt auf.

»Lind und ich haben in den Jahren des Krieges keinen Kontakt mehr gehabt.«

Jetzt galt es aufzupassen, sie durfte keinen Fehler machen. Der Professor war kurz davor, sie hinauszukomplimentieren.

»Professor Green, ich war in der Bibliothek, mehrere Tage lang. Ich kann nicht behaupten, dass ich allzu viel von dem verstanden hätte, was ich gelesen habe; Formeln, Verbindungen, Aggregatszustände, nützliche Stoffe, gefährliche Stoffe, was weiß ich, ich bin keine Naturwissenschaftlerin. Dennoch hatte ich eine interessante, ich möchte fast sagen, spannende Lektüre.«

»Das freut mich. Ich habe mich stets bemüht, so zu schreiben, dass auch der mit der Materie nicht vollauf vertraute Leser mit Gewinn aus der Sache herausgeht.«

Lilya hielt einen Moment inne. Dann setzte sie nach.

»Was mich am meisten erstaunt hat, war die Tatsache, dass

Sie und Lind mit Ihren Forschungsergebnissen so auffallend nah beieinanderlagen.«

»Wissenschaftler sind keine fensterlosen Monaden. Forschen heißt kommunizieren. Austausch, manchmal auch belebende Konkurrenz.«

»Ich hatte weniger den Eindruck eines wissenschaftlichen Wettlaufs zwischen Ihnen, als vielmehr den einer recht eng aufeinander abgestimmten Forschungsgemeinschaft.«

»Forschungsgemeinschaft? Ich hätte nichts mehr begrüßt als das. Nur die Zeiten waren nicht danach. Zwischen Deutschland und uns gab es keine Kommunikation mehr. Schon gar keine Forschungsgemeinschaft. Es war Krieg, und ich bin Engländer. Und Jude. Zudem hat Lind ab Mitte der Dreißigerjahre nicht mehr offiziell arbeiten dürfen. Wie hätten wir das hinbekommen sollen?«

»Hätte er rechtzeitig nach England gehen können?«

»Ich habe ihn eingeladen, die Society for the Protection of Science and Learning, der auch ich angehört habe, hat ihm immer wieder Angebote gemacht. Es gibt sogar, so meine ich, einen persönlichen Brief unseres Vorsitzenden Cecil Roth. Die Tür stand ihm weit offen. Er wäre ein Gewinn für England und unsere Forschung gewesen.«

»Warum hat er nicht angenommen?«

Green sah sie prüfend an. Er wollte gewiss nicht noch mehr erzählen, sondern das Gespräch möglichst schnell beenden. Aber irgendetwas trieb ihn voran, gegen seinen Willen. Sie sah in seinen Augen, dass er auf unbestimmte Weise Angst hatte und zugleich Orientierung suchte. Er seufzte, hob die Hände und ließ sie wieder auf den Schreibtisch sinken.

»Ich habe keine Antwort auf diese Frage. Ich habe sie mir selbst immer wieder gestellt.«

»Er hat bis zuletzt an Deutschland geglaubt?«

»Raphael war nicht naiv.«

»Er hätte sein Leben retten und in Freiheit weiterforschen können.«

Green richtete sich auf und beugte sich leicht vor.

»Ich würde nicht sagen, es gehöre zu meinem unmittelbaren Erfahrungsschatz, aber als jemand, der das Leben gesehen hat, weiß ich, dass es die unterschiedlichsten Motive gibt, warum ein Mensch etwas tut, was so offensichtlich seinen Interessen zu widersprechen scheint, ihn einer Gefährdung aussetzt, die ihn nahezu unausweichlich einholt.«

Sie wollte fragen, wie er das meine, aber Green setzte bereits wieder an.

»Manch einer will etwas wiedergutmachen, seine *Motive*, wenn Sie wollen, sind Scham, Schuld oder Liebe oder, mein Gott ja, vielleicht auch all das zusammen. Aber wie ich sagte, Raphael Lind und ich standen in diesen Jahren nicht einmal mehr in wissenschaftlichem Austausch.«

»Umso erstaunlicher ist, dass Ihre Aufsätze bis 1941 so klingen, als hätten Sie Ihre und die Arbeit Raphael Linds, vorsichtig ausgedrückt, aufeinander abgestimmt. Aber das dürfte, so wie Sie es beschrieben haben, kaum möglich gewesen sein.«

»Abgestimmt? Was führt Sie zu dieser irrwitzigen Annahme?«

»Meine Lektüre. Die Ähnlichkeit in der Textstruktur. Lind und Green. Green und Lind. Zwei Seiten einer Medaille. Ich habe keine Erklärung.« Sie machte eine kurze Pause und suchte Greens Blick. »Aber ich hoffe immer noch, dass Sie mir helfen können und wollen. Es geht mir nicht um Sie, es geht um Raphael Lind und was mit ihm geschehen ist. Ja«, sie zögerte für den Bruchteil einer Sekunde, ob sie es sagen sollte, »manchmal frage ich mich, ob er vielleicht noch am Leben ist.«

Green wurde blass. Er stützte sich mit der Hand auf den Schreibtisch, stand auf, ging durch das Zimmer und schloss die große Flügeltür. Dann trat er ans Fenster und blickte, ihr den

Rücken zugewandt, auf die Straße hinaus. Lilya hörte etwas wie ein dumpfes Summen und sah, wie Green ein Taschentuch herauszog und sich schnäuzte.

»Es ist ... «, sagte er. Dann brach er wieder ab.

Das Telefon auf Greens Schreibtisch läutete. Er schien es nicht zu hören.

»Lind hat in den Dreißigern für uns geschrieben und in *Nature* veröffentlicht«, sagte er leise, noch immer zum Fenster gewandt. »1937 wurde die Zeitschrift in Deutschland verboten. Auch aus den Universitätsbibliotheken im Reich wurde sie verbannt. Sie stand auf dem Index. Das Ministerium Rust in Berlin und seine Leute hatten das veranlasst. Es hieß, die englische Wissenschaft habe die deutsche angegriffen und beleidigt. Lachhaft.«

Er wandte sich ihr wieder zu.

»Etwa zwei Jahre danach, Anfang 1939, erhielt ich überraschend eine, sagen wir, *offizielle* Aufforderung, Raphael Lind weiterhin Zugang zu *Nature* zu verschaffen. Aber er durfte unter seinem Namen nicht mehr veröffentlichen. Weder in Deutschland noch in England. Ich habe gefragt, wie dies gehen solle, auch wenn wir seine Forschungsergebnisse nur zu gerne genutzt hätten.«

Green schnäuzte sich erneut und setzte sich wieder an den Schreibtisch. »Sie bestanden darauf und sagten, sie würden mir seine Arbeiten aus Berlin zukommen lassen. Dort gebe es jemanden, der den Kontakt zu dem Professor halten würde. Und so begann Raphael, mit meinem Einverständnis unter meinem Namen zu veröffentlichen. Seine Themen, seine Thesen, seine Erkenntnisse. Man wollte, dass er in England unerkannt weiter veröffentlichte, es war eine Art Signal.«

»Aber wer hat Sie damals dazu aufgefordert? Wer waren ›sie‹?«

»Wenn ich darauf eine Antwort hätte! Jedenfalls niemand aus der wissenschaftlichen Welt. Es müssen Leute von ganz oben gewesen sein, aus der Bakerstreet oder Whitehall, ich weiß es nicht. Ich machte, was sie mir sagten, es war Krieg, und England stand bis Ende 1941 allein gegen Deutschland. Niemand wusste, wie lange wir noch durchhalten würden. Was hätte ich tun sollen? Ich betrachtete es als meine Pflicht. Und erntete schließlich Anerkennung und Glückwünsche. Für Raphaels Ideen und Gedanken! Es war schrecklich.«

»Ich fürchte, ich verstehe das alles nicht.«

»Es gab Leute, die brauchten Raphaels Forschungsergebnisse. Und ich war sein Sprachrohr.«

»Was meinen Sie damit?«

» *Über die bei der Bestrahlung des Urans mittels Neutronen entstehenden Erdalkalimetalle,* sagt Ihnen das etwas? Wir sind im Jahr 1939.«

Lilya war erstaunt, Green deutsch sprechen zu hören.

»Nein, ich fürchte nicht.«

»Ich helfe Ihnen auf die Sprünge. Das ist der Titel einer wegweisenden Abhandlung von Otto Hahn und Fritz Straßmann. Januar 1939. Der Weg zur deutschen Bombe. In dem Artikel wurde er beschrieben. Das Erstaunliche war nur, dass alle Welt darüber lesen konnte und vielleicht auch sollte. Konkret: mit veranlasst von Paul Rosbaud, dem Bruder des jungen Dirigenten Hans Rosbaud. Rosbaud war einer der leitenden Mitarbeiter von *Die Naturwissenschaften*, und er wusste, was er tat. Aber man konnte ihm nichts nachweisen, zudem galt er als Nazi und der Sache ergeben.«

»Tarnung?«

»Lassen Sie mich es so sagen: Wer lesen konnte, so Rosbaud, sollte verstehen, wo die Deutschen standen, wohin der Weg gehen könnte. Einstein und viele andere im Ausland waren alarmiert, als sie den Aufsatz lasen. Sie hatten verstanden.«

Einen Augenblick sah er Lilya prüfend an, als wolle er in ihrer Miene lesen.

»Mein Vater, Aaron Grün, war der Vertreter einer großen Hamburger Reederei, und die Familie blieb in England, mutierte 1917 von Grün zu Green. Aber das alles hat mit der Sache, um die es hier geht, nicht viel zu tun. Wenn man von der unbedeutenden Tatsache absieht, dass ich als deutscher Jude meiner neuen Heimat in besonderer Weise zeigen musste, wo ich stehe. Also, Raphael Lind und die hehre englische Wissenschaft. Vielleicht habe ich Ihnen jetzt ein wenig geholfen. Wenn ja, dann mehr, als ich es jemals hätte tun dürfen.«

»Sie selbst haben der Wissenschaft den Rücken gekehrt?«

Green lachte bitter.

»Nach dem Krieg, als ruchbar wurde, dass ich unter meinem Namen das Wissen eines Kollegen veröffentlicht hatte, wurde mir geraten, auf alle akademischen Ehren und Privilegien zu verzichten, mit dem Ausdruck des Bedauerns. Ich hatte mich mit fremden Federn geschmückt, hatte betrogen. Aus welchen Gründen auch immer.«

Mit leerem Blick sah er Lilya an.

»Es war nicht meine Idee gewesen, aber das musste ich für mich behalten. Seitdem betreibe ich diese Praxis hier.«

Er erhob sich. »Was fangen Sie jetzt mit alledem an?«

»Ich weiß es nicht. Noch ist das alles recht verwirrend für mich. In jedem Fall bin ich Ihnen für Ihre Offenheit dankbar.«

»Offenheit? Wer nichts mehr zu verlieren hat, ist frei. Und dennoch, lassen Sie sich das von einem Mann sagen, der viel gesehen hat: Manchmal ist es besser, die Dinge ruhen zu lassen. Was geschehen ist, ist geschehen. Wir müssen nach vorne blicken, einen Weg zurück gibt es nicht. Niemals.«

Green geleitete sie zur Tür. Dort angekommen, blieb sie noch einmal stehen. »Können Sie mir sagen, wann Sie das letzte Mal direkt, ich meine persönlich Kontakt mit Raphael Lind gehabt haben?«

Green antwortete so schnell, als hätte er auf diese Frage gewartet. »Noch vor Ende des *Blitz*.«

»1941?«

»Es muss im Sommer gewesen sein. Eine Karte aus Berlin. Ein Gruß zum Geburtstag. Ohne Unterschrift. Aber ich kannte seine Schrift. Ein paar Wochen später wurde mir dann das letzte Mal ein Artikel von ihm zur Veröffentlichung unter meinem Namen zugespielt.«

Lilya griff in ihre Tasche und holte das Foto mit dem Haus im Wald hervor. Sie zeigte ihm die Rückseite und fragte, ob er jenseits der Zahlen noch etwas erkennen könne.

Green ging zu seinem Schreibtisch und kam mit der Lesebrille auf der Nase zurück. »Beim besten Willen nicht lesbar. Als hätte jemand die Buchstaben hingeschrieben und dann wieder wegradiert. Keine Chance.«

»Können Sie mir wenigstens sagen, ob das seine Schrift ist? Ich meine, die lesbaren Zahlen darauf.«

Er nahm die Brille wieder ab und hielt die Karte auf Armeslänge von den Augen weg. »Sie sollten es zumindest nicht ausschließen.«

Wissenschaftler, dachte sie. Suchen, solange es geht, einen begehbaren Pfad zwischen Falsifizieren und Verifizieren, zwischen Richtig und Falsch. »Ist das ein Ja oder ein Nein?«

»Ein Ja-aber ...«

»Aber?«

»Das empirische Material ist zu dünn, um darauf eine Hypothese aufbauen zu können. Mit anderen Worten: Es ist gänzlich unleserlich.«

»Was sagt Ihnen Ihr Herz?«

Green sah sie hintergründig an. »Das schweigt.«

»Elias Lind ist sich sicher, dass dies die Schrift seines Bruders ist.«

Green gab ihr mit einem Lächeln das Bild zurück. »Dann glauben Sie ihm. Aber im Grunde tun Sie das längst, sonst wären Sie nicht hier.«

Erschöpft fand sie sich auf der Straße wieder. Sie hatte mit ihrer Vermutung recht gehabt. Und dennoch, nach diesem Gespräch erschien es ihr noch einmal unwahrscheinlicher, dass Lind noch lebte. Auch Green hatte seit 1941 nichts mehr von ihm gehört. War ihr Treffen mit Green also nichts weiter gewesen als ein zeitraubender und kräftezehrender Umweg auf dem Weg zurück nach Hause? Denn seit dem Treffen mit Ben Gedi war ihr Vorsatz: so schnell wie möglich nach Föhrenwald, Fragen stellen, zuhören, beobachten, den Bericht abfassen – und zurückkehren nach Palästina.

Plötzlich kam ihr ein ganz anderer Gedanke: Shaul Avidan – hätte sie die Gelegenheit nutzen, ihm folgen und verschwinden sollen? Er hatte ihr immerhin zu verstehen gegeben, dass er sie im Kampf um seine Sache dabeihaben wollte, vor Ort. Im Gegensatz zu Ben Gedi, der sie, als in Palästina entscheidende, unabänderliche Dinge geschehen sollten, kurzerhand mit einem recht aussichtslosen Auftrag nach Europa schickte. Kein Ben Gedi, kein Lind, stattdessen Männer und Frauen, die Yoram verehrten, ihm gefolgt waren. Aber sie war Ben Gedi gefolgt, der sie aus dem Land haben wollte, hatte sich auf die Sache Lind eingelassen, die sie auffressen würde, wenn sie jetzt nicht vorsichtig war. Sie überlegte, ob sie noch einmal ins Büro des JOINT gehen und mit Cordelia Vinyards Hilfe ein Telegramm aufsetzen sollte, adressiert an die Jewish Agency, Jerusalem, letzte Tür hinten rechts, Ärmelschonerflur. Als hätte ihr Gespräch mit Green einfach nie stattgefunden.

Bedaure + stop + Suche gänzlich ergebnislos + stop.

Sie stellte sich vor, wie Elias Lind bei halb geöffnetem Fenster in seinem Büro saß und sich mit der Lupe in der Hand über das Telegramm beugte. Warme Luft strömte herein, der Duft von Pinien, Blüten, die Geräusche der Stadt, ganz fern eine Polizeisirene, das Rattern von Panzerketten. Ungläubig würde er den Kopf schütteln.

Sie hatte plötzlich auch all das vor Augen und im Ohr, was nicht zu sehen und zu hören war vor der großen Aktion *Marko-let*, von der Ben Gedi sie ausgeschlossen hatte: wie die Boten des Palmach ausschwärmten, wie sich die Kämpfer wortlos verständigten, geräuschlos die Pläne der Waffenlager vernichteten, Uhren verglichen, und wie die Kolonnen mit schwarz bemalten Gesichtern durch die Dunkelheit marschierten, wie die Drahtrollen mit den Zündschnüren sirrten, sie spürte den in Jacken und Hosen eingenähten Sprengstoff, die Kassiber, es war die Stunde der Spezialisten, der Späher, Funker, Sprengmeister, Saboteure und politischen Strategen. Es war *ihre* Stunde.

Sie verscheuchte den Gedanken an das Telegramm wieder, blieb kurz stehen und atmete tief durch. Sie hatte ein Versprechen gegeben, und sie würde es halten. Bereits in London die Suche nach Elias Linds Bruder aufzugeben schien ihr unredlich und falsch. Und das Gespräch mit Green hatte endgültig ihre Neugier geweckt.

Sie wechselte die Straßenseite, sah das Grün des Hyde Park und suchte die Weite nach einer Bank ab. Plötzlich begann ihr Körper zu zittern. Am Speakers' Corner flatterten Tauben auf wie nach einem Schuss, und sie hörte die fernen und zugleich ganz nahen Schreie eines Rufers, sah eine Figur auf einem Podest wild gestikulieren, als der Boden unter ihr zu schwanken begann. Dann spürte sie den harten Griff eines Fremden, der sie am Arm festhielt. Undeutlich nahm sie eine dunkle Uniform und einen Helm wahr. Es war ein Polizist, er sprach mit ihr. Sie versuchte zu antworten, brachte aber kein Wort heraus.

Der Mann setzte sie auf einer Bank ab und sagte, sie solle sich beruhigen.

»Ich danke Ihnen«, sagte sie endlich. »Mir geht es gut.«

Der Bobby schüttelte den Kopf und ging.

Sie hielt die Augen geschlossen. Schritte entfernten sich oder kamen näher, von irgendwoher drangen Geräusche wie aus ferner Zeit – das Klappern von Hufen, das *Soh-Hoh, Soh-Hoh!* der Kutscher königlicher Korsos und Paraden durch den Hyde Park, dazu Salutschüsse, die kalte Stille der heimlichen Duelle im Morgengrauen, die Schreie derer, die am Tynburn Tree hingerichtet werden sollten. Sie sah König Karl II., der den in Westminster Abbey exhumierten Leichnam Cromwells vor einem schaudernden Publikum ausstellen ließ, seinen morschen Kopf auf eine Lanze gespießt. Doch es war Yorams Kopf. Mit leerem Blick sah er sie an.

Sie öffnete die Augen.

»Es war nicht einfach, Sie zu finden.«

Ein Mann saß neben ihr auf der Bank.

»Ich musste Ihnen eine ganze Weile folgen«, sagte er, »um sicher sein zu können, dass Sie es wirklich sind. Ich weiß, dass das nicht besonders zuvorkommend war. Aber es ging nicht anders. Geht es Ihnen besser?«

Er hatte eine auffällig gerade Nase, eine fast jungenhafte Stimme und trug einen leichten grauen Anzug und einen Hut. Mit übereinandergeschlagenen Beinen saß er neben ihr, wandte ihr seinen Oberkörper zu und reichte ihr eine Karte:

Major Desmond Terry, Mitarbeiter im Außenministerium.

»Wir würden Sie gerne einladen. Nach Whitehall.«

Lilya sah den Fremden fragend an. Major Terry lächelte ein wenig herablassend. Sie spürte, wie ihre Kraft zurückkehrte. »Und was verschafft mir die Ehre, Major?«, fragte sie.

»Ein Freund Ihres Freundes würde Sie gerne kennenlernen.«

»Ich wüsste nicht, dass ich Freunde hätte, die Kontakte zum britischen Außenministerium haben.«

Der Fremde lachte. »Ihr Freund Ben Gedi hatte viele Jahre die besten Verbindungen zu Sir Lucious Honeywell. Und der würde Sie gern auf einen Tee treffen.«

»Mit oder ohne Handschellen?«

Er lächelte erneut und lehnte sich auf der Bank zurück. »Mit Zucker, und wenn Sie Ihren Tee englisch mögen, ein wenig Milch.«

»Wann?«

»Morgen. Ein Wagen wird Sie in Clapham abholen. Von dort ist es nur ein Katzensprung in die Stadt. Sagen wir um zehn?«

»Könnte ich ablehnen?«

»Gewiss.«

»Und dann?«

»Kommt morgen um zehn ein anderer Wagen. Ohne Lederpolster und Chauffeur. Sir Lucious Honeywell kann außerordentlich hartnäckig sein, ich kann ein Lied davon singen.«

2

Sie löschte das Licht und schlief ein, wachte nach kurzer Zeit wieder auf und lauschte dem Rattern der Züge. Sie versuchte, die Waggons zu zählen, die in Clapham Junction über die Weichen rollten. Wie ferne, unverständliche Klopfzeichen kamen ihr die Geräusche vor, als wollte ihr jemand eine Botschaft zukommen lassen. Der Mond warf ein kaltes Licht auf den Boden. Die Wände schienen sich zu neigen, und eine silberne Schale mit Lavendelblüten auf dem Tisch sah aus wie eine im Mondlicht schimmernde Unke. Das Zimmer lag im ersten Stock in einer engen Straße nicht weit vom Bahnhof entfernt. Laura Todd war Witwe und brauchte wie viele in diesen Zeiten Geld. Lilya hatte ihren Aushang an einem Baum entdeckt, ein kleiner Zettel in einer sorgfältigen Handschrift, die wirkte wie das Versprechen von Plätzchenduft, welkenden Blumen und einem Ort uneingeschränkter Ruhe. Hier, in der Eckstein Road, zwischen engen Häuserzeilen und vom Ruß geschwärzten Schornsteinen, würde sie keiner vermuten, hatte sie gedacht, und das Zimmer nach kurzen Verhandlungen genommen.

Wie spät mochte es ein? Sie zog die Decke höher, fröstelte, ließ die Gedanken treiben und lag wieder in dem Zelt in der Wüste, wo sie auf Yoram wartete, ohne zu wissen, ob er überhaupt kommen würde. Damals hatte er sich noch nicht mit Zwi und den anderen zusammengetan, damals war er der

Hagana und ihrer Kampfgruppe, dem Palmach, noch treu ergeben gewesen, und es hieß, er würde einmal Ben Gedis Nachfolger werden.

Es war eine tiefblaue Nacht, der Himmel war wolkenlos und voller Sterne, die Luft klar und kalt. Sie hörte, wie Shoshana neben ihr atmete. Durch einen Spalt konnte sie die Umrisse der anderen Zelte, die Hügel, die Felsen und die wenigen Bäume erkennen, sie hätte sie zeichnen können. Wie viele Stunden mochten es noch sein bis zum Morgen? Eine Lampe gab es nicht im Zelt. Ihr Schein hätte sie verraten.

An ihrem Feldbett lehnte ein Stock, der bei den Übungen statt eines richtigen Gewehrs ihr ständiger Begleiter war. Sie durfte ihn nicht verlieren, musste in der Lage sein, zu rennen, zu klettern, zu robben und sich anzuschleichen, ohne ihn fallen zu lassen. Wenn es doch geschah, musste sie zur Strafe noch einmal exerzieren.

Bei Anbruch der Dämmerung würden drei Ausbilder vom Palmach zu ihnen stoßen und Sten Guns mitbringen, die sie von den Engländern erbeutet oder nachgebaut hatten. Damit würden sie zum ersten Mal Schießübungen machen, erst ohne Munition, dann mit, die Gewehre auf Einzelschuss gestellt.

Seit sie davon gehört hatte, konnte sie nicht mehr schlafen. Würde er dabei sein?

Früh am Morgen sahen sie, wie sich unten im Tal eine Staubwolke näherte. Es war der Wagen der Ausbilder vom Palmach. Die Sonne kletterte über den Hügelkamm, in einer Stunde würde hier eine Gluthitze herrschen.

Die Männer kamen auf sie zu. Shimon Ben Gedi, Yoram und ein weiterer, der Udi hieß. Yorams Haare waren kurz geschnitten, seine Schultern breiter geworden, und um den Hals trug er ein hellblaues verwaschenes Tuch. Shmuel, der das Camp leitete, wies auf eine Senke hinter dem Zeltlager. Ein Wadi. Yoram nickte. Ben Gedi und Udi gingen zum Wagen, um die Waffen zu holen. Komm, hilf ihnen tragen, sagte Yorams Blick.

Sie roch das Öl, mit dem die Gewehre eingerieben waren, als sie, auf die Unterarme gestützt, auf dem Boden lag. Er zeigte ihr Kimme und Korn, den Entsicherungshebel, mit dem man auf Einzelschuss oder Dauerfeuer, bis zu fünfhundert Schuss pro Minute, stellen konnte. Die Munition würden sie später ein-füllen. Zwei Magazine waren für diesen Tag vorgesehen, mehr nicht. Ben Gedi stand mit dem Fernglas auf einem Felsvor-sprung und suchte die Landschaft ab. Englische Patrouillen fan-den zwar nur selten den Weg hierher, aber sie mussten sicher-gehen.

Wie selbstverständlich legte Yoram seine Hand auf die ihre, führte sie zum Abzug, erklärte ihr alles. Sie spürte die Wärme seiner Haut, seinen Atem in ihrem Nacken, wollte ihre Hand vom Gewehr lösen und ihn berühren. Nur für einen Moment, damit sie ihn fühlen konnte und nicht das kalte Metall. Klack, machte das Gewehr.

»Halt es nachher noch fester in der Hand, sonst beginnt es zu tanzen«, sagte er, richtete sich auf und ging hinüber zu Shoshana.

Sie hörte die beiden lachen. Shoshana legte den Kopf auf den Stein, damit die anderen es nicht bemerkten. Ihre Freundin wusste von ihm und ihr, sie hatte es ihr erzählt. Aber sie würde nicht erfassen können, wie es schmerzte, ihm so nah zu sein, ohne ihn berühren, sich an ihn schmiegen zu dürfen.

Bis auf die Mittagszeit, als es fast unerträglich heiß war, lagen sie unter einem wolkenlosen Himmel in der Senke, dann muss-ten sie mit den Gewehren in der Hand losrennen, sich zu Bo-den werfen und auf ein unbewegliches Ziel schießen. Bevor die Dämmerung hereinbrach, als fiele ein schwarzes Tuch über die Hügel, schossen sie mit scharfer Munition aus unterschiedlichen Winkeln auf einen toten Baumstamm. Ihre Schulter pochte, aber sie hatte getroffen, gleich mehrmals. Sie standen im Kreis um den Baumstamm herum, um die Ergebnisse der Übung auszuwerten. Ben Gedi hielt eine knappe Rede, warnte, lobte und übergab dann Yoram das Wort. Sie hätten es gut gemacht. Sehr gut, sagte er.

Beim Abendessen, das aus auf einer Decke vor ihnen ausgebreiteten getrockneten Früchten, und einem Kanister Wasser bestand, spürte sie seinen Blick. Am kommenden Morgen würden die Männer wieder aufbrechen. In dieser Nacht würde sie keinen Schlaf finden.

Ben Gedi hatte die Hälfte der Gruppe zu einem Nachtmarsch abkommandiert. Erst mit dem Morgengrauen würden sie zurück sein. Sie durfte bleiben. »Glück gehabt«, sagte Shoshana und schulterte ihren kakifarbenen Rucksack.

Sie lag in ihrem Zelt, Shoshanas Bett war leer. War das Schlaf? Sie schwebte und fiel zugleich, stürzte. Niemand fing sie auf.

Dann hörte sie ein Geräusch, Schritte, ganz leise, und merkte, dass ihre Decke leichter wurde. Sie lag mit dem Gesicht zur Zeltwand. Plötzlich spürte sie seine Berührung, er schob sich unter die Decke und legte seinen Arm um ihren Bauch. Ganz vorsichtig. Dann lag er da, ohne sich zu regen. Sie spürte sein Geschlecht, roch seine Haut, seinen Atem und legte ihre Hand auf die seine, mit der er sie hielt.

»Yoram«, flüsterte sie.

»Ja«, sagte er.

Sie wollte sich umdrehen, sich ihm zuwenden, seinen Mund suchen, ihm das geben, was er sich nicht nehmen wollte. Ihr Körper schauderte, als drängte ein Strom feuchter Wärme aus ihrem Inneren nach draußen, suchte ihre Poren und benetzte ihre Haut. Er hielt sie mit sanfter Kraft fest.

»Es ist gut so«, sagte er leise, drückte seine Lippen an ihren Hals, »lass uns schlafen …«

»Miss Wasserfall, Frühstück!« Aus der Küche im unteren Stockwerk ertönte die BBC-Fanfare »Music while you work«. Ein Sprecher kündigte Henry Hall an, »Teddy Bear's Picnic«, und einen Song von Les Paul und Mary Ford.

»Danke, Mrs. Todd«, rief sie durch die geschlossene Zimmertür. Sie hörte Schritte und das Knarren der Treppe.

Eine Tasse Ersatzkaffee und zwei hauchdünn mit Meadow-Lea-Margarine und Kunsthonig bestrichene Scheiben Brot warteten auf einem Tablett vor ihrer Tür. Butter, Käse, Zucker, Milch und Fleisch gab es nur in geringen Wochenrationen und in Läden, in denen man sich erst als Kunde registrieren lassen musste. Eier waren Mangelware. Aber wenn man Glück hatte, bekam man eine Büchse Mullins-Eipulver aus Amerika. Oder Milchpulver, das *Sweettoday* hieß und in New York von der Lost Company hergestellt wurde. Auf dem sinkenden Stern des großen Empire war fast alles nur noch auf Marken zu erhalten, sogar das Brot, das braune, mit Kalzium versetzte, fade schmeckende *National Loaf,* von dem Mrs. Todd ihr zwei dünne Scheiben auf den Teller gelegt hatte.

»Wie mache ich aus einem Ei vier?«, krähten zwei Frauen aus dem Radio in der Küche. Die Rezepte hielt Laura Todd in einem kleinen, mit Fettflecken übersäten Buch fest, das sie nach dem Ernährungsminister James Woolton ihre *Woolton-Bibel* nannte und Lilya am ersten Abend stolz gezeigt hatte.

Über dem Fenster ihres Zimmers hing noch immer der dicke Filz, den Bernard Todd zu Beginn des Krieges dort zur Verdunkelung angebracht hatte, bevor er am Strand von Dünkirchen sein Grab fand. Auf einem schwarz gerahmten Foto, das im Hausflur hing, hatte sie ihn entdeckt. Er trug die eng anliegende Uniform eines Sergeants, und auf seiner jungen Stirn zeichnete sich bereits das Erstaunen über die neue Rolle ab, die ihm der frühe Tod antragen würde. Ein stummer Gast in einem einsamen Haus.

Sie werden Palästina aufgeben, dachte sie an diesem Morgen. Wer kein Brot mehr hat für die eigenen Leute, der wird keine Kriege mehr führen wollen. Oder können. Aber was würde passieren, wenn die Engländer über Nacht abzögen, während sie noch in Europa war? Das würde Krieg bedeuten, und was sollte sie dann tun? Sie hatte die Stimme Onkel Mahmuts im Ohr: *Sie haben sich selber aufgegeben. Der Krieg hat sie überfordert, sie werden die nächste Gelegenheit nutzen, um abzuziehen. Und dann? Kommen dann Yorams Leute?*

Und dennoch, was wollten die Engländer jetzt von ihr? Warum diese ungewöhnliche Einladung? Und der Hinweis auf Ben Gedi? Sie musste an Green denken. Kaum hatte der ihr erzählt, dass er vermute, Leute von ganz oben steckten hinter der *Nature*-Sache, saß auch schon einer von Whitehalls schattenlosen Mitarbeitern neben ihr auf einer Bank im Hyde Park und lud sie zu einem Teegespräch ein. Wenn man es denn als Einladung bezeichnen wollte. Ging es ihnen um das Treffen mit Green? Oder tatsächlich um Lind? Das würde dann auch erklären, warum es Engländer waren, die seinem Bruder die Todesnachricht überbracht hatten.

Sie legte die Papiere des JOINT bereit, die sie im Zweifel schützen sollten, prüfte noch einmal den Ausweis und blickte auf die Uhr. Um zehn sollte der Wagen kommen. Sie goss Wasser in die Schüssel und begann, sich das Gesicht zu waschen. Das kalte Wasser tat gut. Sie sah in den Spiegel, betrachtete sich. Hatte sie sich verändert? Ihre Haut war etwas heller geworden, und sie sah müde aus. Sie schob ihr Hemd nach oben, drehte sich zur Seite, um das Profil ihrer Brüste zu betrachten. Dann streckte sie sich, nahm den Kamm und flocht sich das Haar zu einem Zopf.

Als sie sich angezogen hatte, spähte sie aus dem Fenster. Der Kaffee war kalt geworden und schmeckte bitter. Sie aß eine Scheibe Brot und rührte den Kaffee noch einmal mit einem Löffel voll Kunsthonig um, aber er wollte sich nicht auflösen.

Niemand war zu sehen. Kein Wagen mit Lederpolstern. Es war erst neun Uhr.

Sie hatte noch Zeit zu lesen und nahm die Texte von Elias Lind zur Hand. »Etappe eins« stand in großen, windschiefen Buchstaben auf dem ersten Blatt. Den Text selbst hatte er mit der Maschine geschrieben. Er war eine Annäherung an sein früheres Leben und an seinen Bruder, das hatte Lilya beim Durchblättern schnell erkannt. Ein Versuch, zu verstehen, auf welchen Pfaden das eigene Leben und das Raphaels verlaufen war, eine Selbstverortung, zugleich eine Skizze aus dem Leben der Familie Lind. Lilya war sich nach den Treffen mit Elias Lind darüber im Klaren, dass sie von ihm wenig Handfestes, kaum Fakten erfahren würde. Mit Plänen, Konzepten, einer sachlichen und strukturierten Vorgehensweise bei der Lösung von Problemen konnte er wenig anfangen. Er ging anders an die Sache heran, emotional und intuitiv. Er war offenbar der Ansicht, dass man nur erzählend die Welt verstehen und erobern konnte. Sie hatte seinen *Joseph Sternkind* nicht vergessen. Aber jetzt ging es nicht um Fiktion und Erfindung, um Wunder und Heilung, sondern um Leben und Tod. Lilya begann zu lesen.

Vielleicht befinden Sie sich jetzt irgendwo auf dem Meer. Sie stehen an einer Reling, die Sonne steht noch tief am Horizont, und Ihr Blick geht zurück, dorthin, wo Sie hergekommen sind; vielleicht aber schon nach vorne. Auf das, was die Zukunft ist und damit für uns unsichtbar, was sich nur ertasten lässt. Auch von dem, der eigentlich sehen kann. Möwen begleiten das Schiff noch für kurze Zeit, drehen dann aber ab und fliegen zurück an Land. Sie sind allein, zudem noch immer unschlüssig, ob Sie das Richtige tun. Dieses Gefühl wird Sie so bald nicht verlassen. Es ist mir über die Maßen vertraut. Jeder Schritt, den wir tun, ist ein Schritt zwischen zwei Ewigkeiten, der Erinnerung und der Hoffnung. Wo gehören wir hin?

Oder sind Sie gar schon in Englands Hauptstadt angelangt, die ich nie gesehen habe?

Dann sitzen Sie auf einer Bank im Hyde Park oder in einem kleinen Zimmer auf der Kante eines Bettes, Sie hören im unteren Stockwerk Ihre Vermieterin, vielleicht besitzt sie ein Radio, Musik schallt zu Ihnen herauf. Hier in London könnte Ihre Suche beginnen. Unsere Suche. Wenn sie nicht schon längst begonnen hat, was ich, halten Sie mich bitte nicht für übermütig, als den wahrscheinlicheren Fall erachte.

Alle Weisheit beginnt mit einer Frage. Und jede Suche auch. Doch jede Antwort gebiert eine neue Frage. Oftmals viele zugleich, darunter gänzlich neue, zuvor ungewusste, ungeahnte, unerwartete. Man kann sich zwischen ihnen verlaufen, wenn man nicht achtgibt. Ich will versuchen, es Ihnen leicht zu machen. Ich werde Ihnen keine Antworten geben.

Unsere erste Etappe wird bereits so etwas wie eine letzte sein: mein Treffen mit Raphael im Oktober 1932 in Berlin. Ich habe ihn danach nie wiedergesehen.

Im Juni 1932 erhielt ich ein Telegramm mit der Nachricht vom Tode unseres Vaters; wenige Wochen später, Berlin lag unter einer Glocke von Hitze, Staub und Ungewissheit, ein weiteres. Mutter. Unsere Eltern waren schnell und unerwartet gestorben, kurz nacheinander, als wären sie vor dem geflohen, was in Deutschland allmählich seine Konturen zeigte.

Wie betäubt hatte ich die Tage danach verbracht. Schlafwandlerisch lief ich durch die Straßen Jerusalems, wartete auf Tränen. Sie wollten nicht kommen. Nur ein harter, fester Knoten hatte sich in meinem Bauch gebildet. Ich wollte das für Trauer halten, begann mich zu schämen, dass ich nicht verzweifelter war. Irgendetwas hielt mich davon ab, das zu empfinden, was ein Sohn zu empfinden hat.

Im Herbst beschloss ich, nach Deutschland zu fahren. Vielleicht würde ich in Berlin, an der Seite meines Bruders, trauern können.

Auch hatte ich im Stillen die Hoffnung, der Tod unserer Eltern würde uns vielleicht einander wieder näher bringen.

Raphael hatte in der Zwischenzeit alles Notwendige arrangiert, die Anzeigen, die Trauerfeier, die Dankesschreiben für die Kondolenzbriefe. Die Wohnung unserer Eltern am Spittelmarkt hatte er verkauft. Als Pied-à-Terre in der Innenstadt sei sie für ihn zu groß. Als ich ihn bitten wollte, damit bis zu meinem Besuch zu warten, war es bereits zu spät. Es war allein seine Entscheidung, schließlich gehörte sie nun ihm.

Die Bibliothek unseres Vaters hatte er mit keinem Wort erwähnt. Alexandria. Für ihn war dieser Raum eine Burg, eine Kirche, ein Tempel gewesen. Sein Heiligtum.

Auch die Bibliothek war allein Raphael zugefallen, und mit ihr das Buch der Bücher, das auf ganz eigenen Wegen zu mir zurückgekommen ist und das ich nun in Ihrer Obhut weiß. Das bittere Vermächtnis, das Vater 1925 vor meiner Auswanderung mit bebender Hand geschrieben und beim Notar Dr. Schlesinger hinterlegt hatte, entfaltete nun seine ganze Kraft: Raphael allein war der Erbe unseres Besitzes. So hatte unser Vater es festgelegt, so stand es in seinem Testament.

In Hamburg ging ich von Bord und nahm einen Zug nach Berlin. Telegrafenmasten flogen vorbei wie Streichhölzer im Wind, die Wiesen waren grün, Bäume, Felder, ein Knick, Höfe wie mit der Laubsäge gefertigt. Es standen Wahlen bevor, aus den Fenstern hingen Fahnen.

Am Lehrter Bahnhof holte Raphael mich ab. Er sah so elegant aus wie eh und je, nur ein wenig stämmiger war er geworden, trug einen Anzug aus feinem Stoff. Am Knopf seiner Weste hing die goldene Kette einer Taschenuhr. Vaters Uhr. Die Narbe an der Wange, die er sich bei einem kindischen Duell als junger Mann zugezogen hatte, leuchtete rot. Erst kurz vor der linken Oberlippe endete sie.

Wir gaben uns die Hand. Plötzlich zog er mich zu sich heran, als wollte er mich umarmen, hielt aber unvermittelt in der Bewegung inne und schob mich wieder weg.

Ein Gepäckträger baute sich mit seinem hölzernen Wagen vor uns auf. Raphael schickte ihn mit einer fast herablassend wirkenden Geste davon.

Wenn ich das nächste Mal nach Berlin käme, könne ich die Strecke mit dem Fliegenden Hamburger in nur anderthalb Stunden hinter mich bringen, sagte er. Vielleicht noch vor den Reichstagswahlen im November sei es so weit. Wissenschaft und Technik machten es möglich.

Ich hatte lange überlegt, ob ich in Schwarz reisen sollte. Ich hätte einen Anzug kaufen müssen, nur für diese Reise, aber dazu hatte mir das Geld gefehlt. Daliah wollte mir ein Teil ihres Ersparten geben, aber ich lehnte ab. Daliah sollte ihr Geld für spätere Zeiten aufbewahren.

Raphael war mit seinem neuen Wanderer zum Bahnhof gekommen, einem schwarzen Cabriolet mit einer holzbraunen Bordüre und ledernen Sitzen und, so fand ich, übertrieben großen Scheinwerfern.

Er fädelte sich in den Verkehr ein, fuhr die Invalidenstraße in Richtung Weißensee hinunter und erklärte, dass der Wagen so gut wie neu sei, nur die Scheinwerfer habe er zugunsten dieser größeren Modelle auswechseln lassen, weil Berlin in der Nacht ein finsterer Ort sei. Er lachte, dann wechselte er den Ton.

»Es ist schön, Eli, dass du es geschafft hast. Früher wäre besser gewesen, gewiss, aber nun gut«, sagte er.

Er wartete meine Antwort nicht ab, wollte vielmehr wissen, wie die Reise aus dem »Morgenland« gewesen sei, ob es an der hebräischen Universität – er sagte: »an eurer Universität« – auch eine naturwissenschaftliche oder gar biochemische Fakultät gebe. Der Publikationslage nach zu urteilen müsse sie ja eher rudimentär sein. Chaim Weizman allerdings sei ohne Frage ein bedeutender Forscher, in der Naturwissenschaft mit Sicherheit weit größer als in

dem Fach, das er nun auszufüllen versuche: der Staatspolitik. Schieß-
pulver aus Ammoniak, seine Erfindung, die Engländer müssten ihn
doch auf Händen nach Palästina getragen haben, unseren König
der Juden. Er habe ihren Sieg gegen Deutschland 1918 mit möglich
gemacht.

Ich blickte aus dem Fenster. Für mich kam dieser Sieg zu spät, du
weißt das, Raphael, musste ich denken. Ypern. Fast hätte ich mein
Augenlicht verloren durch das Gas der eigenen Truppen. Die neue
unsichtbare Waffe.

Auf einem Platz stand eine Menschenmenge, ein uniformierter
Mann hielt auf der Ladefläche eines Lastwagens eine Rede, Polizisten mit Tschakos auf dem Kopf standen teilnahmslos am Rand.

Raphael hatte meinen Blick auf diese Szene bemerkt und sagte
übergangslos, es würde alles nicht so schlimm werden, gute Wissen-
schaftler brauche jede Regierung. Auch eine schlechte. Juden seien
gute deutsche Wissenschaftler. Otto Warburg, Richard Willstätter,
Fritz Haber, Otto Stern und all die anderen. Sein Platz sei hier, in
Dahlem, das Kaiser-Wilhelm-Institut sei für ihn wie eine Familie.
Regierungen kämen und gingen, so sei es in diesen Zeiten, aber die
Wissenschaft bleibe.

Wir stellten den Wagen am Eingang des Friedhofs ab. Raphael
bat einen der uniformierten Angestellten, ihn im Blick zu behalten,
bis wir zurück seien, und drückte ihm etwas Geld in die Hand. Wir
gingen durch Alleen mit hohen Bäumen, das neunzehnte Jahrhundert zeigte sich in seiner ganzen friedlichen Ahnungslosigkeit. Auf
den Gräbern lagen Steine. So war es Tradition. Auf Vaters Grab in
großer Zahl.

»Immer, wenn ich hierherkomme, nehme ich zwei Steine mit.
Einen für mich und einen für dich«, sagte Raphael.

»Warum für mich?«

»Um ihnen zu zeigen, dass du sie nicht verlassen hast, Eli.«

»Ich, sie verlassen? Das ist doch lachhaft. Immerhin war es Vater,
der damals ...«

»Es ist gut, Eli. Lass uns jetzt nicht darüber reden.«

Plötzlich hatte Raphael Tränen in den Augen, seine Mundwinkel verzogen sich. Er nahm ein Taschentuch und wischte sich über die Augen. Es überraschte mich, ihn so zu sehen, und gleichzeitig hatte ich das Gefühl, dass es nicht nur die Trauer um unsere Eltern war, die in ihm umging. Für einen Moment meinte ich eine Verlegenheit zu spüren, als gebe es etwas, das er mit sich herumtrug, aber mir nicht – oder: schon gar nicht mir – würde erzählen wollen. Und ich wagte nicht, ihn zu fragen.

Wortlos gingen wir zum Wagen zurück. Er hatte sich schnell gefangen, federnden Schrittes und erhobenen Hauptes, wie es immer seine Art gewesen war, lief er neben mir her, und doch war ihm immer noch eine große Anspannung anzumerken.

»Lass uns ein Foto machen«, sagte er und versuchte, seiner Stimme Leichtigkeit zu geben. »Wir müssen unser historisches Wiedersehen festhalten. Wer weiß, wann das nächste Mal sein wird.«

Das Fotogeschäft Baumüller lag in der Alten Schönhauser Straße. Hier hatte Raphael immer wieder Bilder anfertigen lassen für Freunde und Familie, aber vor allem für Kongresse und Fachzeitschriften. Als Doktorand bei Fritz Haber, noch im schwarzen Anzug mit Stehkragen am Katheder, später dann im Kittel, ein Mikroskop neben sich auf dem Tisch, in seinem Labor. Wissen verändert die Welt. Wissen ist Fortschritt und Aufbruch. Wissenschaft führt in eine neue Zeit. Das Foto werde er mir mitgeben oder schicken.

Als wir im Wagen saßen, machte ich ihm einen Vorschlag, obwohl ich befürchtete, dass Raphael sich nicht darauf einlassen würde. Aber ich wollte irgendetwas retten, irgendwo anknüpfen. Auch wenn ich nicht recht wusste, wo.

Wir waren schon immer gänzlich unterschiedlich gewesen. Raphael war vier Jahre älter als ich und hatte in unserem kleinen Kinderreich immer das Sagen. Er war der geborene Anführer, stets zielgerichtet und entschlossen, ich hatte kaum eine andere Wahl ge-habt, als mich unterzuordnen oder mich in meine eigene Welt zu-rückzuziehen, die tief in meinem Inneren lag und die niemand außer mir betreten konnte. Später dann, als wir zu jungen Männern her-anreiften, sich unsere Horizonte weiteten und wir begannen, an Gesellschaften teilzunehmen und junge Frauen zu treffen, flogen Raphael alle Herzen zu. Er war humorvoll und charmant, hatte, was Kleidung und Umgangsformen anging, beachtlichen Stil und darüber hinaus eine großartige Karriere vor sich, die schon jetzt wie eine ferne Sonne ihr Gold auf seine Stirn malte. Junge Frauen aus gutem Hause, wie Desirée, die ich doch selbst so sehr liebte, suchten zwar meine Nähe und das Gespräch mit mir, gaben ihm als Mann aber den Vorzug. Ich war Raphael Linds kleiner Bruder. Dennoch war er mir auf gewisse Weise treu, er nahm mich mit, wollte mir die Welt zeigen, auch wenn es seine Welt war. Und ich bewunderte ihn, wollte ihm gefallen. Vielleicht suchte ich nicht seine Liebe, aber sei-nen Respekt. Und seine Nähe.

Im Sommer 1914 kam der Krieg, und nichts war mehr wie zuvor. Vater zeichnete Kriegsanleihen und stand mit Raphael am 1. August mit dem Hut winkend in der jubelnden Menge vor dem Kronprin-zenpalais Unter den Linden. Raphael gab seiner Forschung am Kaiser-Wilhelm-Institut eine neue, wie er sagte, patriotische Rich-tung. Und ich? Auch ich wollte meinen Beitrag leisten und meldete mich freiwillig. Und jetzt, so viele Jahre später, bei diesem Treffen in Berlin, wollte ich es einfach nicht glauben, dass wir die Vertrautheit der Kinderjahre und unserer Jugend, selbst wenn sie eine dis-tanzierte gewesen war, für immer verloren hatten. Wozu hatte ich diese weite Reise gemacht, die ich mir im Grunde nicht leisten konnte?

Mein Vorschlag war ebenso lachhaft wie aussichtslos. Mir war der Eiserne See eingefallen und der Luna Park in Halensee. Auf dem Eisernen See fuhren kleine elektrische Autos, man bewegte sich im Kreis, versuchte nicht zu kollidieren. Der See war aus Stahl. Es gab

Lokale, ein Hippodrom und die berühmte Shimmy-Treppe, auf der ein Gebläse die Röcke der Damen in die Höhe wehte.

Als wir Kinder waren, hatte Vater sich stets geweigert, mit uns dorthin zu fahren. Unsere Mutter jedoch war nach langem Betteln zu gewinnen. Sie zog ihre Sportkleidung, wie sie es nannte, an, einen dunkelblauen Anorak, unter dem ihr weiter, feiner Rock eigenartig fremd aussah, als gäbe es zwei Mütter, die untere und die obere. Die obere lachte und kreischte, wenn sie auf der Shimmy-Treppe stand und das Gebläse einsetzte oder sie mit den elektrischen Wagen, ihre Söhne links und rechts von sich, um Haaresbreite einer Karambolage entging.

»Nach Halensee? Zum Nuttenaquarium! Ohne mich«, sagte Raphael. Er müsse ins Institut. Schließlich seien sie keine Kinder mehr. Zum Abendessen würde man sich wiedersehen.

Ich blieb drei Wochen in Berlin und wohnte im Gästezimmer von Raphaels Haus in Dahlem, ganz in der Nähe des Instituts. Er hatte einen großen Salon mit Wintergarten, drei Schlafzimmer, ein eigenes Badezimmer für Gäste, ein Dienstmädchenzimmer. Er hatte angefangen, Rosen zu züchten, und führte mich stolz durch seinen Garten. Die meiste Zeit war er allerdings im Institut, und ich sah nur wenig von ihm – ich muss gestehen, dass mir das nicht ganz unrecht war, und wahrscheinlich ging es ihm ebenso. Unser Umgang war bemüht und angespannt. Schon immer war Raphael konzentriert und arbeitsam, jetzt aber wirkte er getrieben, rastlos, fast kam er mir in diesem Herbst 1932 vor wie ein Wanderer allein auf freiem Feld, der in der Ferne dunkle Wolken sieht und den Donner hört. Ein paarmal gingen wir zusammen aus, trafen alte und neue Freunde Raphaels. Einmal war darunter eine auffallend schöne junge Frau, eine Dänin, Desirées Nachfolgerin, wie ich vermutete. Sie umgab eine Aura der Melancholie, was sie umso interessanter machte. Raphael war nicht der Typ für ernsthafte Beziehungen oder gar für die Ehe, dazu war er viel zu sehr in sich gefangen und viel zu wenig kompromissbereit. Und niemals hätte er sich in aller Öffentlichkeit zu einer Frau bekannt. Aber die Art, wie er sie ansah, wie er ihre Nähe suchte, ließ keinen Zweifel, dass sie mehr war als eine Bekanntschaft.

Ich lief viel durch Berlin in dieser Zeit, besuchte ein paar ehemalige Kommilitonen und Leute, die ich noch von der zionistischen Jugend oder aus dem Freien Jüdischen Lehrhaus kannte, und mit denen ich verkehrt und teils engen Umgang gehabt hatte, bevor ich nach Palästina ausgewandert war. Die Stadt hatte sich verändert, sie wuchs, war noch lauter, menschenreicher und betriebsamer geworden, und Uniformierte prägten das Straßenbild. Ich spürte schon bald ein stechendes Heimweh nach Jerusalem und wusste nun endgültig, dass ich dort hingehörte und nicht mehr nach Berlin.

Als wir uns eines Morgens am Bahnsteig verabschiedeten, nicht ohne Erleichterung, gab er mir das Buch. Das Verzeichnis, Alexandria, ich sollte es mit in mein Land nehmen. Ich konnte nicht verstehen, warum er das tat. »Bitte, Eli«, sagte er, und ich bemerkte ein Zucken um seine Mundwinkel. Er drückte es mir in die Hand, zog mich kurz an sich und ging.

Wenige Wochen später habe ich es ihm zurückgeschickt. Ich wollte es nicht. Es war Vaters Buch gewesen, und nun gehörte es Raphael und nicht mir. Eingeschlagen in Zeitungen und gut verschnürt brachte ich es zur Post in der Jaffa Road.

Sie legte den Text zur Seite, nahm ihren Fragenkatalog heraus und schrieb unter der Rubrik Kennzeichen: Narbe(!), linke Seite, rot, endet vor dem Mundwinkel. Nachdem sie die Papiere wieder in ihrem Rucksack verstaut hatte, spähte sie erneut hinaus.

Ein großer schwarzer Wagen wartete vor dem Haus.

Reden, ohne etwas zu sagen, lautete ihre Devise. Sie hatte Angst vor der Begegnung und war zugleich neugierig. Whitehall war nicht der Tower, und sie hatten nichts in der Hand gegen sie. Tov, sagte sie und zog die Zimmertür hinter sich zu.

Am Steuer des Wagens, in dessen Frontscheibe sich blasse

Wolken spiegelten, saß ein Fahrer in chauffeurgrauer Montur, seine behandschuhten Hände ruhten auf dem Lenkrad. Ein kleiner, etwas rundlicher Mann mit Glatze stand neben dem Wagen und schaute auf die Uhr.

»Miss Wasserfall?«, sagte er. »Mason mein Name, vom Fahrdienst des Empire. Steigen Sie bitte ein.«

Er öffnete die hintere Tür des Wagens, ließ Lilya im Fond Platz nehmen und kletterte hinterher.

Lautlos setzte sich der Humber in Bewegung. Ein Auto ohne Motor, dachte Lilya. Sie fuhren an der Station Clapham Junction vorbei. Frauen mit Taschen, Körben, Rucksäcken und ausgedienten Kinderwagen standen in einer langen Schlange vor einer Bäckerei und hielten Lebensmittelkarten in der Hand. Der Wind hatte nachgelassen, und die sandgraue Silhouette Londons, die Straßen, Ladenfronten, Schornsteine, Garagen, Kirchen, Lagerhallen, Postämter und Krankenhäuser schienen mit einem leichten Schimmer von Technicolor überzogen.

»Ein großer Wagen«, sagte Lilya, nachdem sie bemerkt hatte, dass Mr. Mason sie mit schlecht verborgener Neugierde betrachtete.

»O ja«, antwortete Mason. »Vor dem Krieg hat England noch Autos gebaut.«

Sie fuhren über eine Brücke. Auf der rechten Seite tauchten die Houses of Parliament auf. Im Dach klaffte ein großes Loch.

»Die Deutschen«, erklärte Mason.

Sie ließen die Westminster Bridge rechts liegen und bogen vor einem großen Kenotaph links ab, an dessen Vorderseite Lilya im Vorbeifahren *The Notorious Dead* las, überstrahlt von einer steinernen Gloriole. *Den berüchtigten Toten.* Am Torbogen der King Charles Street mussten sie halten, ein Wachposten grüßte durch die Scheibe und winkte sie, nachdem er einen kurzen Blick in den Wagen geworfen hatte, hinein.

Als sie den großen, weißen Bau des britischen Außenministe-
riums betreten hatten, führte Mason sie durch Wandelhallen
und Flure und ließ sie schließlich in einer großen Vorhalle allein.
Sie musterte die Ölgemälde an den Wänden. Sie zeigten See-
schlachten, Schiffsparaden, Hafenansichten. An einer Wand
standen fünf mit rotem Samt bezogene Stühle so abweisend, als
hätte man Kordeln zwischen ihre Armlehnen gespannt.

Sie vernahm ein Geräusch. Eine Tür ging auf. Im Halbdunkel
standen zwei Männer vor einem runden braunen Tisch und sahen sie erwartungsvoll an. An dem Diener vorbei, der die Tür
geöffnet hatte, ging sie in den Saal.

Einer der Männer war Desmond Terry, der sie im Hyde Park
angesprochen hatte, er trug wieder denselben, gut sitzenden
grauen Anzug. Der andere musste Sir Lucious Honeywell sein.
Der Mann war hager, groß und etwa im Alter Ben Gedis. Er
hatte eine rote spitze Nase und funkelnde kleine Augen, trug
eine beigefarbene Hose, dazu ein graues Jackett aus Donegal-
Tweed, aus dessen Tasche ein dunkelgrünes Einstecktuch lugte,
und Schuhe mit so dickem Profil, als nutze er sie sonst, um wie
ein Lord seine Ländereien abzuschreiten oder in einem abgele-
genen Teil seines Parks Heckenrosen zu beschneiden. Honeywell stellte sich vor, reichte ihr die Hand und wies mit dem ver-
haltenen Schwung des Aristokraten auf einen der Stühle am
Tisch.

Desmond Terry sah sie auffordernd an. Er wartete, bis sie
Platz genommen hatte, und setzte sich dann selbst.

»Ich hoffe, wir haben Ihnen nicht allzu große Unannehmlichkeiten bereitet«, sagte Honeywell, der Lilya nun gegenüber-
saß. »Aber es wäre uns ganz und gar unhöflich erschienen, Sie
nicht einzuladen.«

Lilya sah sich um. An der einen Langswand waren Bücher-
regale, die bis zur Decke hinaufreichten, davor standen zwei
Ledersessel und ein etwas zu groß geratener Globus auf einem

hölzernen Löwenfuß. Zwischen den Büchern hing das Porträt eines Mannes mit einer altertümlichen Perücke, und im hinteren Teil des länglichen Raumes stand ein Schreibtisch, lediglich mit einer ledernen Schreibunterlage bedeckt, als würde er nicht genutzt.

»Das Auto war bequem und die Fahrt recht kurz«, sagte sie. »London ist eine beachtliche Stadt.«

»Sie sind das erste Mal im Königreich?«

Sie nickte.

Lilya war gespannt, ob die beiden Herren sie nach dieser Ouvertüre der Höflichkeit nun in eine bereits choreografierte Verhörsituation zu lotsen beabsichtigten. Leicht wollte sie es ihnen nicht machen.

Der Diener schenkte allen dreien Tee aus einer silbernen Kanne ein, die er auf einem Tablett mit zwei kunstvoll ineinandergeflochtenen Antilopenhörnern als Griffen hereingebracht hatte. Milch und Zucker stellte er auf den Tisch und war so schnell, als hätte ihn jemand mit dem Schnippen eines Fingers aus dem Bild getilgt, wieder verschwunden.

Honeywell ließ mit einer Zuckerzange drei Würfel in seinen Tee fallen und schien ihnen für einen Moment nachzublicken, dann sah er auf. »Uns ist an einem Austausch mit Ihnen gelegen«, sagte er. »Deswegen haben wir Sie, ich räume es ein, vielleicht ein wenig zu sehr *par force*, zu uns eingeladen.«

Er machte eine Pause, als müsse er noch einmal prüfen, ob der Ausdruck *par force* in seiner Deutlichkeit vielleicht die geplante Wohlabgewogenheit ihres Gesprächs störte.

»Palästina gibt uns immer wieder Rätsel auf«, sagte er schließlich. »Vielleicht können Sie uns dabei helfen, das Land und seine Bewohner besser zu verstehen.« Honeywell setzte ein abwartendes, etwas angestrengtes Lächeln auf und nippte an seinem Tee.

»Ihr Freund Ben Gedi macht uns zudem ein wenig Sorgen«,

ergänzte Terry, ohne sie zu Wort kommen zu lassen, was ihm einen strafenden Blick seines Vorgesetzten eintrug.

»Das tut mir leid für Sie«, sagte sie kühl, blickte Major Terry in die Augen und wandte sich wieder Honeywell zu.

»Wenn unser Major hier von Sorgen spricht«, erklärte Honeywell, »meinen wir in erster Linie die Ausgestaltung unseres Zusammenlebens im Mandatsgebiet. Insbesondere wenn wir auf die nahe Zukunft blicken. Wir alle wären besser beraten, uns zu arrangieren. Nichts zu überstürzen.«

»Ich bin in Europa«, sagte sie, »Sie sind mit Ihrem Anliegen, was immer es sein mag, bei mir an der falschen Adresse.«

»Wir haben den Eindruck, oder nennen wir es eine Vermutung, dass Ben Gedi wieder einmal einen Plan hat, diesmal mit der ganzen zionistischen Untergrundgesellschaft im Schlepptau, obwohl sie sich untereinander doch eigentlich spinnefeind sind. Ich kenne Ben Gedi, er denkt bei allem, was er tut, drei Züge voraus. Kaum ist der Krieg in Europa vorüber und sind die Leichen gezählt, sieht er schon die Nationalfahne auf dem Zionsberg flattern und lässt für die Feier der Staatsgründung von einer eilig zusammengestellten Blaskapelle die Hatikwa üben.«

Operation Markolet. Hatten sie von der Sache Wind bekommen? Oder warfen sie nur einen Stein ins Wasser, so wie sie es oft taten, wenn sie keine Ahnung hatten, um zu sehen, wie hoch die Wellen schlugen?

»Ich weiß von keinem Plan«, sagte sie. »Und Shimon Ben Gedi scheinen Sie weit besser zu kennen als ich.«

»Soweit man ihn überhaupt kennen kann«, sagte Honeywell, lachte kurz auf und blickte zu Terry, der ihm ein müdes Lächeln schenkte. Er saß mit überschlagenen Beinen zurückgelehnt auf seinem Stuhl und musterte Lilya interessiert.

»Nun, ich sehe schon, Sie haben wenig Lust, mit uns über Ben Gedi und seine Pläne zu plaudern«, sagte Honeywell, »und

ich als alter Soldat und Patriot habe dafür vollstes Verständnis.«
Wieder nahm er einen Schluck Tee, setzte die Tasse, den kleinen
Finger abgespreizt, ab und lehnte sich zurück.

Terry holte ein silbernes Zigarettenetui aus der Tasche seines
Jacketts, klappte es auf und bot Lilya eine Zigarette an. Sie lehnte
dankend ab, aber ihre Hände zitterten, vielleicht hätte sie zu-
greifen sollen.

Als sie auf Honeywells Bemerkung nicht einging, sprach er
weiter. »Nun, vielleicht wollen Sie stattdessen ein wenig mit
uns über Ihre Reise plaudern. Man erzählt sich, Sie sind auf dem
Weg nach Deutschland?«

Er hielt inne und sah sie mit prüfendem Blick an. Ein abrup-
ter Kurswechsel. Er wusste also, was sie vorhatte.

»Richtig, dorthin, wo die Not am größten ist«, sagte sie.

»Verstehe. Ihr Land braucht Leute dort, die zupacken können, die Not ist unübersehbar. Und auch Leute *von* dort, solange sie ein Gewehr halten können oder eine Schaufel, nicht
wahr?«

Er stand auf und ging zum Bücherregal. Als er gegen den Rahmen des Bildes mit dem Perückenmann drückte, glitt es wie auf
einer Schiene zur Seite, und zum Vorschein kam eine kleine Bar,
Gläser, Flaschen, Mixer und Rührstäbe.

»Darf ich Ihnen etwas anbieten, das uns ein wenig den Tag
verkürzt?«, fragte er und drehte sich zu Lilya und Terry um.
»Nicht? Major? Auch nicht? Mein Gott, was hat uns dieser Krieg
alle ernst gemacht«, sagte er kopfschüttelnd. Und während er sich
ein Glas Sherry einschenkte, bemerkte er beiläufig: »Ich nehme
an, Albert Green hat Ihnen auch ein wenig von seiner alten Heimat erzählt?«

Lilya fuhr zusammen und hoffte, dass die beiden Männer es
nicht bemerkt hatten. Sie wartete einen Moment, bevor sie antwortete. »Nein, eigentlich nicht. Es ging um meine Nebenhöh-
len«, sagte sie.

Terry musste ein Lachen unterdrücken. Honeywell hielt kurz inne und runzelte die Stirn, dann nahm er wieder ihr gegenüber Platz und lächelte, seine Miene war nun fast väterlich.

»Sie reisen allein in ein Land, das zu erobern es vieler Armeen bedurft hat. Sie machen sich kein Bild, wie es da jetzt aussieht. Überschätzen Sie sich nicht. Es ist nicht auszuschließen, dass Sie sich in Deutschland mit Umständen, fast möchte ich sagen: Gefahren, konfrontiert sehen, von denen Sie in Ben Gedis Planspielen nichts gehört haben.«

Schon wieder änderte Honeywell seine Strategie, er versuchte, mit allen Mitteln an sie heranzukommen. Lilya verwies auf JOINT, wo man sich ihrer Belange bislang bereits sehr gut und umsichtig angenommen habe, sie habe im Notfall immer eine Anlaufstelle.

»Nun, falls Sie sich über Ihre Reise nach Deutschland doch noch einmal mit uns austauschen möchten«, sagte Honeywell, »oder wir Ihnen in irgendeiner Art behilflich sein können, zögern Sie nicht, sich zu melden. Sie haben ja Major Terrys Karte.« Er stand auf, schob das leere Glas in die Mitte des Tisches und reichte Lilya die Hand.

Terry brachte sie bis zur Schranke mit den beiden Wachhäuschen. Er wollte den Wagen herbeiwinken, der schon bereitstand. Sie dankte höflich, ihr sei eher nach Laufen zumute.

»Eine gute Entscheidung«, sagte Terry und gab Mason, der gerade aus dem Wagen klettern wollte, ein Zeichen. Dann verabschiedete er sich, drehte sich um und ging zurück ins Gebäude.

Als sie wieder auf der Straße war, blieb sie, nachdem sie sich ein paar Meter entfernt hatte, stehen und lehnte sich gegen einen schmiedeeisernen Zaun, der den Gehweg säumte. Sie atmete tief ein und wieder aus, holte ein Tuch aus ihrer Umhängetasche und wischte sich damit über Stirn und Nacken. Langsam löste sich die Anspannung der letzten Stunde.

Sie blickte in Richtung Trafalgar Square und erkannte jetzt, was auf dem Kenotaph von Whitehall stand: *The Glorious Dead.*

Den ruhmreichen Toten.

3

Als Lilya die Wartehalle betrat, umfingen sie Stimmen, Flüche und Lachen. Einige Reisende schliefen aufrecht auf den Bänken sitzend, an ihren Schläfen hatten sich Schweißperlen gebildet. Die Luft war stickig und feucht. Ein Deckenventilator pflügte durch Wolken von Zigaretten- und Pfeifenqualm. Die Halle füllte sich, und das Gedränge wurde immer größer.

Das Gewitter war wie eine Erlösung gekommen. Aber sie saßen fest. Sie stellte ihren Rucksack vor sich ab und sah sich um. Eine Angestellte der US Army drängte sich mit einem Klemmbrett in der Hand durch die Wartenden. »Wiesbaden Airbase, neue Abflugzeit neunzehn Uhr«, rief sie, dann noch einmal für die Armeeangehörigen: »Neunzehnhundert! Den Wartebereich bitte nicht mehr verlassen.«

Die Antwort war ein Raunen.

»Achtung!«, rief jemand am Eingang. Ein General der US Army betrat mit zwei Adjutanten die Wartehalle, sah sich prüfend um, als inspiziere er ein Feldlager. Er zwängte sich auf einen Sitz zwischen zwei hoch gewachsene Offiziere der Militärpolizei, den ein rothaariger GI für ihn freigab. Die MPs, die sich das Schiffchen unter die Schulterklappe geklemmt hatten, standen auf, salutierten und setzten sich wieder, den Blick geradeaus gerichtet.

Cordelia Vinyard saß, in ein Buch vertieft, auf einer der dem

Rollfeld zugewandten Bänke. Lilya war erleichtert, die Amerikanerin zu sehen. Zweimal noch hatten sie sich in London getroffen, einmal im Büro des JOINT, um Einzelheiten der Reise
zu besprechen, und auch, um Lilya mit der sich täglich ver-
schlimmernden Lage in Föhrenwald vertraut zu machen. »Grund-
kurs Deutschland« hatte Cordelia ihre kleine Lagebesprechung
genannt. Sie riet Lilya, sich nach ihrer Ankunft in München nicht
nur im Büro des JOINT anzumelden, sondern auch im Außen-
büro der UNRRA in Bogenhausen. Letztlich sei die UNRRA,
die Hilfs- und Wiederaufbauorganisation der Vereinten Nationen, für die Lager verantwortlich, und nur hier liefen alle Informationen zusammen. Das Büro für Südbayern werde seit wenigen
Wochen von dem amerikanischen Offizier David Guggenheim
geleitet, über den man vieles und sehr Unterschiedliches höre.
In jedem Fall rede man über ihn, und das sei gut und schlecht
zugleich.

Das andere Mal hatte Cordelia sie nach Camden mitgenommen, auf den Markt, »um das Elend der Sieger zu besichti-
gen«, wie sie sagte. Lilya hatte schnell gemerkt, dass sie sich
ohne viele Worte verstanden. Als in Camden vor ihren Augen
einer der Marktstände zusammenbrach und der Händler dazu
nur ungerührt »Jesus!« rief, halfen sie dem Mann gemeinsam
dabei, den Tisch wieder aufzurichten. Aber kaum hatten sie
sich ein paar Schritte von ihm entfernt, fing Cordelia an zu lachen und sagte, *Jesus* sei dank ihrer Hilfe wieder auferstanden.
Lilya fiel sofort in ihr Lachen mit ein, sie mussten beide stehen
bleiben, krümmten sich, rangen nach Luft, und die Tränen liefen ihnen übers Gesicht. Und immer wenn sich die eine gerade
ein wenig beruhigt hatte, rief die andere wieder »Jesus!«, und
es gab kein Halten mehr. Dann hakte sich Cordelia bei Lilya
unter und zog sie in einen Pub. Sie waren die einzigen Frauen
und spürten die neugierigen Blicke der Männer. Cordelia bestellte an der Theke zwei Gläser Lager, ohne Schaum und bis an

den Rand gefüllt, die sie mit an einen kleinen, von Ascheresten übersäten Tisch nahmen. Der Wirt sah ihnen argwöhnisch nach.

»Frauen trinken kein Bier. Schon gar nicht in der Öffentlichkeit«, sagte Cordelia mit einem Augenzwinkern und hob ihr Glas. »So ist die Welt. Wir zeigen den Kerlen hier, dass sie sich irren. Immerhin retten wir die Welt, die sie kaputt gemacht haben. Auf Jesus und unsere Reise auf den Kontinent der Nacht.«

Lilya bahnte sich einen Weg durch das Gedränge in der Wartehalle zu Cordelias Platz. Ein dicker Mann bot ihr seinen Sitz neben Cordelia an.

»Danke«, sagte Cordelia leise zu Lilya, ohne von ihrem Buch aufzublicken.

»Bitte«, antwortete Lilya erstaunt und setzte sich neben sie. Durch die Scheiben, an denen Regentropfen herabliefen, blickte sie auf das Rollfeld hinaus. Noch immer peitschte der Regen wie Gischt über die Maschine, die, wie Gulliver bei den Liliputanern, an Tragflächen und Heck mit Seilen am Boden befestigt war. Aber das Gewitter schien abzuziehen, der Horizont begann sich zu lichten. Der Donner war nur noch ein fernes Grollen. Die Crew der silberfarbenen DC 4 stand, in Regencapes gehüllt, bereits draußen unter dem Vordach der Wartehalle.

»Dick Troutman ist ein Kongressabgeordneter aus Dakota und ein schrecklich aufdringlicher Mann«, sagte Cordelia. »Deswegen habe ich nicht aufgesehen, als er den Platz frei machte. Als wir in Washington lebten, ging er eine Zeit lang bei uns ein und aus. Das ist schon lange her. Damals trug ich noch Zöpfe, Affenschaukeln. Er legte immer seine Finger hinein und wippte mit ihnen hin und her. Bis Vater wütend wurde und es ihm verbot. Troutman hat mich nicht erkannt. Dank meiner Uniform. Sein Glück.«

Cordelia sah sie an, in ihrem Blick so etwas wie Stolz auf die Verwandlung, die sie Lilya hatte angedeihen lassen. Die Uniform des JOINT mit den Schulterzeichen A.J.D.C. saß auch bei ihr wie angegossen und machte eine fast kleidhafte Taille, ohne Frage war sie maßgeschneidert. Sie duftete, Lilya konnte nicht sagen, wonach, irgendwie amerikanisch, frisch, hell, kraftvoll und aufregend fremd.

»Einmal hat mich Troutman, ich war noch recht jung, ›Daddys kleines Souvenir‹ genannt. Ich wusste nicht, was er damit meinte. Vater hat ihn daraufhin rausgeworfen. Natürlich konnte jeder sehen, dass ich anders aussah als die weißen, blauäugigen Mädchen, mit denen ich zur Schule ging, dass ich irgendwo aus dem fernen Südostasien stammte. Meine Mutter habe ich nie kennengelernt. Sie ist kurz nach der Geburt gestorben. So wurde ich ein Soldatenkind. Als General hatte Vater Verbindungen und Geld, er konnte mich fast überallhin mit hinnehmen oder nachholen. Bis ich mitten im Krieg in Harvard Wirtschaft zu studieren begann. Er hat einmal gesagt, wenn der Krieg noch länger gedauert hätte, hätte er mich gern als Quartiermeisterin angestellt, ich hätte für ihn arbeiten können wie Mary Churchill für ihren Vater in Potsdam während der Konferenz. Ich sollte seine Mary Churchill sein. Sein Aide de Camp. Und alle sollten sehen: Das ist meine Tochter!«

Sie blickten auf das Flugfeld. Noch immer tat sich nichts.

»Dad ist schließlich Berater des Oberkommandierenden geworden. Als ich ihm bei Kriegsende sagte, ich würde mich dem JOINT anschließen, weil ich helfen und nach Europa fahren wollte, hat er mir eine Liste seiner Kameraden und Kontakte in Deutschland in die Hand gedrückt. Meist hochrangige Offiziere, Leute der neuen Verwaltung, der Wirtschaft oder Mitarbeiter des Vizegouverneurs Clay. Ich bin sicher, dass er auch das eine oder andere Kabel abgesetzt hat. Dann hat er mich vor der Abreise in den Arm genommen und etwas gesagt, was ich noch nie zuvor von ihm gehört hatte: Viel Glück, mein Herz. Ich bin stolz auf dich.«

»Zu Recht«, sagte Lilya und lächelte Cordelia an.

»Ich bin froh, dass Sie im Flugzeug neben mir sitzen«, fuhr Cordelia fort. »Menschen können eigentlich gar nicht fliegen, wir vergessen das nur immer wieder.«

Sie klappte das Buch zu. *Schau heimwärts, Engel.* Es sei von einem sehr begabten jungen Mann geschrieben, sagte Cordelia. Nur leider lebe er nicht mehr. Sie schloss die Augen, als übe sie schon ihre Haltung während des Fluges. »Bevor ich im Flugzeug neben Ihnen schwitze und schweige, müssen Sie mir erzählen, was Sie in Deutschland vorhaben. Ich meine, außer mit unserer tätigen Mithilfe einen Bericht zu schreiben und unsere Weltnationen ein wenig unter Druck zu setzen, damit sie in Palästina die Tore aufmachen.« Cordelia sah sie auffordernd an. »Da ist doch noch etwas außer der großen Politik. Ich spüre das. Also, los, Commissioner Wasserfall, raus damit. Oder ist es ein Mann?«

Lilya errötete. Bevor sie antworten konnte, baute sich ein Sergeant vor ihnen auf, nahm Haltung an. »Miss Vinyard, General Brendon würde sich glücklich schätzen, wenn Sie ihn mit Ihrer Anwesenheit beehren würden.«

Cordelia sah zu dem General hinüber, der nun statt der beiden MPs seine Adjutanten neben sich hatte und rauchte. »Das ist sehr freundlich, aber ich unterhalte mich gerade«, sagte sie. »Abtreten, Sergeant. Und grüßen Sie mir den General.«

Der Sergeant machte eine leichte Verbeugung und ging.

»Vater hat ihn einst, da war Seymour Brendon noch Major, vor dem Kriegsgericht rausgehauen. Jetzt will er sich dankbar zeigen. Alles nur ein Spiel. Und ich habe den Ball ins Aus befördert. Dafür wird er mich küssen. Aber gut, dass er nach Deutschland reist. Vielleicht werden wir ihn noch brauchen können. Also, schießen

Sie los. JOINT hilft Ihnen, ich helfe Ihnen, ich habe einen Anspruch auf Ihre Geschichte. Ich bin für diesen Abschnitt Ihres Lebens so etwas wie Ihre Vorgesetzte.«

Cordelia richtete sich ein wenig auf, wandte Lilya den Oberkörper zu und sah sie erwartungsvoll an.

Reden, ohne etwas zu sagen. Sie sah Ben Gedis kantiges Gesicht vor sich. Es wäre ein klarer Regelverstoß, wenn sie Cordelia von ihrem Auftrag erzählte. Es fiel ihr nicht leicht, sich gegenüber der Amerikanerin zu verstellen, zumal sie sich nur zu gerne mit jemandem über all die Dinge, die sie bisher erlebt hatte, ausgetauscht hätte. Es war ja alles verwirrend genug: der eigenartige Fremde auf dem Schiff, ihr Besuch bei Green, schließlich die Einladung nach Whitehall, die Erkenntnis, dass Honeywell von ihrem Besuch bei Green wusste. Dass Whitehall Interesse an ihrer Suche nach Lind hatte, war nun kaum mehr von der Hand zu weisen, auch weil es Briten gewesen waren, die Elias Lind die Nachricht vom Tod seines Bruders überbracht hatten; und schließlich die Bestätigung ihrer Vermutung, dass Green ein paar Jahre in Kontakt mit Lind gestanden hatte. Aber was genau hinter alldem steckte, wollte sich ihr nicht erschließen.

Die kluge und weltgewandte Cordelia wüsste vielleicht eine Antwort auf ihre Fragen oder hätte zumindest eine Idee. Sie schien ihr die Richtige zu sein, um gemeinsam mit ihr eine Zwischenbilanz zu ziehen. Und sie hatte Verbindungen in Militärkreise, von denen Lilya profitieren könnte. Trotzdem, sie musste umsichtig vorgehen und durfte auf keinen Fall in einer überfüllten Wartehalle zu viel ausplaudern, zumal sie nach all den Ereignissen nun sicher war, dass Onkel Mahmut recht gehabt hatte und ihr Auftrag keineswegs so harmlos war, wie sie anfangs gedacht hatte.

»Je länger Sie schweigen, desto neugieriger machen Sie mich«, riss Cordelia sie aus ihren Gedanken.

Lilya begann mit Yorams Tod, berichtete von ihrer Zeit in Hanita, im Norden, der Landarbeit und den Nächten voll schwerer Träume. Sie erzählte von dem Befehl, der sie nach all den Monaten nach Tel Aviv gebracht hatte, von Ben Gedis Auftrag und dem Bericht über Föhrenwald. Sie verschwieg nicht, wie enttäuscht sie gewesen war, dass Ben Gedi sie außer Landes geschickt hatte, jetzt, wo in Palästina so vieles in Bewegung kommen würde und sich eine eigene Zukunft abzeichnete.

Cordelia hörte ihr zu. Nur hin und wieder fragte sie nach, wenn sie etwas nicht verstanden hatte oder genauer wissen wollte. Dann sah sie Lilya abwartend an und fragte mit zur Seite geneigtem Kopf und einem Lächeln: »Und weiter, ist das wirklich alles?«

Lilya überlegte, wie weit sie sich vorwagen konnte, und beschloss nach kurzem Zögern, noch einen Schritt zu tun. Ben Gedi habe sie außerdem gebeten, in Deutschland nach einem verschollenen jüdischen Wissenschaftler zu suchen, fügte sie knapp hinzu. Cordelia schien hellhörig zu werden.

»Eine Familienangelegenheit«, sagte Lilya und senkte die Stimme. »Die Briten behaupten, er sei tot, sein Bruder in Jerusalem hat aber Hinweise, dass er noch leben könnte.«

»Die Briten behaupten, er sei tot? Was hat ein in Deutschland verschollener jüdischer Wissenschaftler mit den Briten zu tun?«, fragte Cordelia fast im Flüsterton.

»Das frage ich mich auch. Und ich will versuchen, es herauszubekommen.« Lilya machte eine kurze Pause, rückte dann noch ein Stück näher an Cordelia heran. »Vor allem, seit ich vor ein paar Tagen nach Whitehall eingeladen wurde.«

»Das wird ja immer interessanter«, sagte Cordelia und hob die Augenbrauen.

»Sie haben auf Ben Gedi angespielt«, fuhr Lilya fort und spürte, wie es sie erleichterte, dass sie mit Cordelia über all das sprechen konnte, »und später haben sie mir sehr deutlich zu zeigen versucht, dass ich unter Beobachtung stehe. Sie hatten wohl gehofft, ich würde einen Fehler machen und anfangen zu plaudern. Und sie wollten mir sagen, egal was du hier machst, wir finden es heraus, und wir wissen, dass du hier bist.«

»Das alles gefällt mir nicht«, sagte Cordelia, griff in ihre Tasche und holte ein schwarzes, von einem großen Gummiband zusammengehaltenes Notizbuch hervor. Zwischen einzelnen Seiten glitzerten Büroklammern.

»Ich bin ein Soldatenkind, und das entwirft, bevor es irgendetwas beginnt, einen Plan. Bislang haben Sie recht geschickt mit Intuition und Instinkt gearbeitet, was Ihr Gespräch in Whitehall angeht. Aber das wird in den kommenden Wochen vielleicht nicht reichen.«

Sie schlug das Buch auf. Es war ein alphabetisch geordnetes Adressenverzeichnis, aber schon ein kurzer Blick zeigte Lilya, dass es nicht nach Namen geordnet war. Cordelias Finger lag wie zufällig auf H. Darunter stand Honolulu.

Sie erklärte, dass sie es immer für unbarmherzig gehalten habe, ihre Freunde alphabetisch aufzulisten. Sie habe sie daher nach Orten und Themen sortiert. Dieses Buch sei so etwas wie die Landkarte ihres Lebens. In Honolulu seien ihr Vater und sie von 1937 bis 1939 gewesen, hier seien also lauter Jugendfreunde vermerkt. Und unter B wie Bücher fänden sich ihre wenigen lesebesessenen Freundinnen.

Die Seiten mit dem Buchstaben L waren von einer Büroklammer zusammengehalten, als seien sie mit einem Schloss abgesichert. Cordelia lächelte. »Und?«

»L wie Männer«, sagte Lilya.

»Nur die besten, und nur ganz wenige. Jeff Clinton hätte ich auch unter K ablegen können, denn er gab mir im zarten Alter von dreizehn in Virginia den ersten Kuss. Aber er hat es bis zum

L gebracht, der Königsdisziplin des Lebens. Mein Gott, war er schön. Er roch nach Mandelöl.«

Lilya hätte gern das Thema gewechselt, sie fühlte sich unbehaglich.

Unter V stünden die Kontakte von General Vinyard, Cordelia schrieb einige auf ein Stück Papier. Offiziere, hochrangige Mitarbeiter von SHAEFT und USFET, dem militärischen Oberkommando der Amerikaner. Armeeärzte, Vertreter von Hilfsorganisationen wie Care. Sie könnten ihr alle von Nutzen sein, so Cordelia, wenn sie bei ihrer Arbeit in Deutschland Hilfe brauche und dabei auf den General und sein »asiatisches Souvenir« verweise. Aber nur, wenn es wirklich ernst sei, sagte sie und klappte das Buch mit einem Lächeln zu.

Jetzt tat sich draußen etwas, die Seile am Flugzeug wurden von Männern des Bodenpersonals gelöst, der Bordingenieur lief um die Maschine herum, blickte in den Motor und prüfte die Rotorblätter. Dann kam der Aufruf, sich zum Ausgang zu bewegen. Aus den Pfützen des Vorfeldes stieg Dunst auf, die Sonne stand nun niedrig und klar am Himmel.

Cordelia hielt während des Fluges die Augen geschlossen. Lilya saß neben ihr am Fenster und blickte auf das schwindende Land unter sich. Felder, Kirchtürme, die Küste, dann das graue, vom Wind noch aufgeraute Meer. Für einen Moment hoffte sie, das Flugzeug würde abdrehen und Kurs nehmen in Richtung Süden, über ein anderes Meer. Sie sah es alles vor sich, Zypern, dann der Sinkflug an der Küste entlang, der Schatten der Tragflächen über dem Blau des Wassers. Und dann der Wind vom Meer oder aus der Wüste, wie eine seidige Hand an ihrer Wange, wenn sich die Kabinentür öffnete. Den Boden berühren. Die Erde, das geliebte, ruhelose Land.

Sie musste eingeschlafen sein. Als die Maschine ihre Flughöhe verließ, öffnete sie die Augen, die Dämmerung setzte ein, und sie sah im sinkenden Licht zum ersten Mal das fremde

Land. Wiesen, Wälder, Gehöfte, der Kamm eines Mittelgebirges, eine Straße, die sich bergauf wand, kaum ein Licht, alles in tiefem Frieden. Das sollte Deutschland sein?

Über Frankfurt setzte der Pilot zum Landeanflug an, und mit einem Mal sah sie es, fast konnte sie es berühren, das Skelett einer Stadt.

»Schauen Sie genau hin«, sagte Cordelia, ohne die Augen zu öffnen. »Sie werden es nicht mehr vergessen. Nie mehr.«

Lilya starrte aus dem Fenster. Cordelia hatte recht. Noch nie hatte sie ein solches Ausmaß an Zerstörung gesehen.

CAMP FÖHRENWALD

1

Die Villa lag oberhalb der Stadt. Unter einer ausladenden Buche hielten sie. Lilya blickte durch das Wagenfenster, betrachtete die Bäume und die wundersam großen und unzerstörten Häuser, »München-Bogenhausen«, hatte Cordelia gesagt, als sei dies eine Stadt neben der Stadt. »Jerusalem-Rehavia«, dachte sie und spürte einen Stich. Sie gab sich einen Ruck und stieg aus.

Ein kurzer Kiesweg führte zum Haus, das durch einen hohen schmiedeeisernen Zaun von der Straße getrennt war, dessen metallene Spitzen hatten etwas von Korkenziehern oder geronnenen Flammen. Lilya musterte das Haus, das ihr wie ein kleines Schloss vorkam, abweisend und einladend zugleich. Einen Moment zögerte sie, dann ging sie zwischen zwei steinernen Pfeilern hindurch auf das Grundstück. Das Tor selbst musste während des Krieges jemand herausgebrochen haben, nur die Scharniere hingen noch nutzlos an den eingemauerten Stiften.

Die Tür zur Villa stand offen, *UNRRA Team – South-Bavaria* stand auf einem improvisierten Holzschild neben dem Eingang. Sie hörte das Klappern von Schreibmaschinen, das Klingeln eines Telefons, irgendwo im hinteren Teil des Hauses Stimmen. Aus dem großen, mit hohen Bäumen bestandenen Garten hinter dem Haus drangen Vogelgezwitscher und ein Quietschen, wahrscheinlich von einer Schaukel, die an schlecht geölten Stahlringen hin- und her- schwang. Lilya ging ins Haus.

Lev Ancel, der ihr am Tag zuvor von der Lagerverwaltung in Föhrenwald zur Seite gestellt worden war und sie nach München gefahren hatte, wollte am Wagen auf sie warten. Er wirkte unruhig. Vor Einbruch der Dämmerung solle sie zurück sein, rief er ihr nach, wegen der Ausgangssperre, und, er räusperte sich, die Hand auf einen der Scheinwerfer des Wagens gelegt, auf diesen hier sei kein Verlass. Sie begriff, dass es weit mehr als ein defektes Licht war, was ihn umtrieb, er hatte Angst, auf dem Rückweg durch die Dunkelheit zu fahren.

Durch Cordelias unsichtbare Hand hatte sie gleich nach ihrer Ankunft vom Wolfratshausener US-Kommando ein kleines, unter dem Dach gelegenes Zimmer zugewiesen bekommen, ganz in der Nähe der Stadtbrücke über der Loisach, in einem von der Army requirierten Haus. Es war nicht mehr als eine Kammer, kaum größer als ihre Schiffskoje, aber mit einem Fenster zur Straße hin. Das Lager Föhrenwald war ganz in der Nähe.

In Wiesbaden am Flugplatz hatten sich ihre und Cordelias Wege getrennt. Cordelia hatte nach der Landung die Augen geöffnet, sich zu ihr herübergebeugt und sie umarmt. Sie hoffe, dass sie sich bald wiedersehen würden, sagte sie, und Lilya solle von sich hören lassen und sie auf dem Laufenden halten, was ihre »Mission« angehe, wobei Cordelia, nun wieder ganz sie selbst – schon beim Ausrollen hatte sie sich die Lippen mit einem dunkelroten Stift nachgezogen und die Haare in Form gebracht –, diesem Wort einen Unterton verlieh, der offenbar nicht auf das abzielte, was Lilya ihr erzählt, sondern was sie ihr nicht erzählt hatte.

Lev Ancel hatte sie bereits an der Loisachbrücke erwartet, als sie nach einer Fahrt in einem überfüllten Zug von Wiesbaden nach München und schließlich mit der Isartal-Bahn in Wolfratshausen angekommen war. Er war klein, um die fünfzig, hatte leicht gebogene Beine. Unter seiner Schiebermütze verbarg er eine große Narbe, sie hatte sie entdeckt, als er bei der Begrüßung die Mütze kurz lüpfte. Sie begann gleich oberhalb der Stirn und war mehrere Zentimeter lang. Er rieb mit der Hand über seine Hose, streckte sie dann aber nicht zum Gruße aus. Er wirkte verlegen und unsicher und sprach sie sogleich auf Jiddisch an, der *Lagersprache*, wie er sagte. Hebräisch könne er nicht hinreichend, entschuldigte er sich, aber Russisch, Rumänisch oder ... Sie einigten sich schnell auf Deutsch, das Lev ebenfalls mehr als leidlich beherrschte. Er schnaufte schwer, als er Lilyas Rucksack die steile Treppe zu ihrer Kammer hinauftrug, doch ihr schien es, als sei es eine andere, unsichtbare Last, die seine Beine gebogen und seinen Körper erdwärts gedrückt hatte.

Oben angekommen, stellte er den Rucksack ab und sah sich mit unverhohlener Neugier, fast mit Erstaunen in diesem Raum um.

Es roch nach Bohnerwachs oder einem scharfen Reinigungsmittel. In dem kleinen Zimmer standen nicht mehr als ein Bett, ein Schrank, ein Tisch, ein Stuhl, über dessen Lehne zwei ordentlich gefaltete frische weiße Handtücher hingen. Auf dem Flur einen Stock tiefer hatte sie im Vorbeigehen das Bad entdeckt. Neben dem Schrank hing ein Bild von Präsident Truman, das diesem kargen Raum unter dem Dach etwas Amtliches und zugleich auf beruhigende Weise Exterritoriales gab.

Lev schien sie dabei zu beobachten, wie sie sich im Zimmer umschaute, und nestelte dabei an seinen Hosennähten. Vieles, was sie über die »Überlebenden« wusste, kannte sie nur aus Erzählungen, Artikeln oder Berichten. In Palästina gab es sie und auch wieder nicht. Natürlich sah man sie überall, an Straßenecken, in Läden, Cafés oder im Bus, neben abgestoßenen Koffern und zerschlissenen Taschen, aber viele von ihnen schienen nicht so richtig in dieses Land zu gehören. Für manch einen waren sie zudem die verkörperte Scham oder gar Schande,

Epiphanien eines Schreckens, der zu groß war, um ihn ertragen zu können. Oder sie wurden schweigend verachtet, wie von Yoram und den Seinen, die ihnen ihr Leid nicht verzeihen konnten, weil sie mit ihrer Wehrlosigkeit bestätigt zu haben schienen, was man immer über dieses Volk der Juden gesagt hatte.

Wie lange sie bleiben werde, wollte Lev wissen, und sie sah, wie sein Blick durchs Zimmer wanderte. Dann berührte er den Tisch, strich über seine Oberfläche, zog die Hand wieder zurück und befühlte erneut seine Hosennaht.

»Ich weiß es noch nicht«, sagte sie, alles hinge davon ab, wie schnell sie Zugang zum Lager bekommen und wie ausführlich ihr Bericht werden würde.

Er habe den Auftrag, sie am kommenden Tag nach München zu fahren, sagte er, damit sie im UNRRA-Regionalquartier den Zugang zum Lager beantragen könne, ohne Genehmigung gebe es keinen Weg hinein. Der Wagen stünde jedoch erst am Nachmittag zur Verfügung. Lilya dankte ihm und sagte, sie hoffe, ihm nicht zu viele Umstände zu machen.

Er hob die Hände, als suchten sie etwas in der Luft, was sie wegschieben könnten. »Morgen um fünf«, sagte er, lüpfte noch einmal die Mütze und ging.

Sie öffnete das Fenster, atmete tief durch, blickte hinaus und lauschte. Was war das? Dann begriff sie, dass es das Wasser war, das aus den Bergen kam, noch nie zuvor hatte sie dieses Geräusch gehört. Eine Weile hielt sie inne und gab sich ganz dem fremden Rauschen hin.

Pünktlich um fünf Uhr stand der Wagen am kommenden Nachmittag vor der Tür. Ihre Papiere hatte sie dabei, den Ausweis, den ihr Ben Gedi in Tel Aviv auf den Tisch gelegt hatte, und die Bestätigung des JOINT-Büros in London, dass sie in Föhrenwald »befristet für administrative Belange« eingesetzt werden solle. Nach dem, was ihr Cordelia über das Lager erzählt hatte, war ihr klar, was dieser Vermerk bedeutete. Selbst wenn man ihr Zugang verschaffte, der von Cordelia erwähnte Chef David Guggenheim sein Einverständnis erklärte, war sie eine von denen, die nicht lange blieben, die nur kamen, um Fragen zu stellen, Notizen zu machen und dann schnell wieder abreisten. Sie gehörte keiner Regierungsdelegation an, und sie würde auch keinen *Harrison-Report* schreiben, der anschließend dem amerikanischen Präsidenten zugeschickt werden und in einem wütenden Brief an den Oberkommandierenden der Streitkräfte münden würde. *Ergreifen Sie Maßnahmen, Dwight, und zwar schnell.* Sie schrieb für Ben Gedi, für eine Schublade in dessen Geheimbüro in Tel Aviv.

Wenn die Kommissionen, nachdem sie wochenlang in den Lagern herumgestanden und Fragen gestellt hatten, ihre Berichte nach ganz oben schickten, weil sie von dort erbeten worden waren, hatte Cordelia erklärt, könnten sie tatsächlich manchmal kleine Wunder bewirken: Dann wurden Lebensmittel aus amerikanischen Beständen freigegeben, neue Wohnungen bereitgestellt und weitere Arbeitsplätze für die Bewohner eingerichtet, ausgestattet mit fabrikneuen deutschen Maschinen; der Fußballclub *Makabi* bekam einen Satz nagelneuer Bälle, die Druckerpresse der Lagerzeitung *Bamidbar* wurde überholt, und Pässe für die Ausreise in ein neues Leben kamen um Wochen schneller, als man zu hoffen gewagt hatte. Gott ist groß, aber manchmal ist Präsident Truman noch größer, würden die Bewohner des Lagers dann denken. Zumindest ist er schneller als Gott, der, in seiner Ewigkeit gefangen, keine Menschenuhr besaß, keine Transportmaschinen und keine Stempel für die Freiheit.

Sie würde trotzdem ihr Bestes geben, schließlich war es ein Auftrag. Aber all das, was sie, Lilya Tova Wasserfall, hier abfasste, würde vor allem dann Wirkung haben, wenn sie es in einen größeren Zusammenhang rücken könnte. So sehr sie sich auf das einstellte, was sie die »Mechanik der Hilfe« nannte – notwendig, notlindernd, mal effektiv, mal ergebnislos –, so sehr war es eine Schande, was sie im Lager erwartete, politisches Versagen über ein Jahr, nachdem Deutschland niedergerungen war. Das würde sie deutlich machen, mit allem Nachdruck. Ein Bericht ohne eine Vision war nur Papier. Vielleicht würde sie den Menschen hier kein Brot bringen und keine neuen Betten, dafür aber etwas weit Größeres an die Wand zeichnen können: das Wort *Zukunft*.

Lev Ancel wartete neben dem Gefährt, seine rechte Hand war mit dem Türgriff beschäftigt, als wollte sie ihn erkunden. Die ersten Kilometer fuhren sie schweigend. Ohne jede Verlegenheit, fast kam es ihr vor, als hätten sie eine stille Übereinkunft getroffen, die beiden Raum gab für all das, was in ihnen umging. Die Straße führte über sanfte Hügel. Im sinkenden Licht leuchteten die Wiesen und Weiden in einem Grün, wie sie es nie zuvor gesehen hatte. Unterhalb der Straße im Flusstal lag ein Kloster. Ein schiefes Holzschild wies die Straße hinab, es zeigte sein wie von Kinderhand gemaltes Abbild mit verrutschten Proportionen. Die Farbe blätterte bereits ab. *Schäftlarn*. Was für ein eigenartiges Wort, hatte sie richtig gelesen? Lilya merkte schnell, dass Lev mit dem Auto wenig vertraut war und es seine ganze Konzentration erforderte. Manchmal meinte sie, er hätte etwas zu ihr gesagt, doch dann, wenn sie sich ihm zuwandte, stellte sie fest, dass er nur leise mit sich selber sprach. »Zwischengas!«, hörte sie ihn murmeln, dann wieder »Gas!«, wenn er die Kupplung trat und den Gang wechseln wollte.

Er habe erst vor wenigen Wochen im Lager fahren gelernt, erklärte er knapp und hielt das Lenkrad fest umklammert, als sie eine lange, geradeaus führende Straße erreicht hatten und München nicht mehr fern war. Er solle jede Gelegenheit nutzen, um »Praxis zu gewinnen«, habe man ihm gesagt. Doch

diese »Praxis« hatte sich bislang ganz offenbar noch nicht einstellen wollen.

Schließlich erreichten sie das Standortquartier der UNRRA in
der Siebertstraße oberhalb der Stadt. Lev schaltete den Motor aus
und seufzte. Wie zwei freigelassene Tiere wirkten seine Hände
jetzt, da sie nicht mehr von der Fixierung ans Lenkrad gebändigt
waren.

Der Flur im unteren Stockwerk war breit und hoch. Zwei Frauen
in ausgeblichenen Kleidern saßen in einem mit dunklem Holz
getäfelten Raum. Vielleicht war er einst die Bibliothek oder das
Herrenzimmer gewesen, heute diente er als Warteraum. Die
Frauen waren beide hager, hatten hohle Augen und trugen abge-
tretene Schuhe. Ihnen gegenüber saßen Männer auf im Raum
verteilten Stühlen, der jüngste war wohl kaum achtzehn, der
älteste um die siebzig. In der Nähe der Tür wartete dicht aneinan-
dergedrängt ein Ehepaar. Die beiden hatten schwarze Trauer-
binden am Arm und schwiegen.

»Familie Nathanson!«

Die Tür öffnete sich, ein Offizier lugte heraus und bat sie hinein. Durch den Raum ging ein Wispern, jiddisch, russisch, polnisch. Dann erstarb es wieder.

Sollte sie hier ebenfalls Platz nehmen und warten? Als eine
uniformierte Mitarbeiterin durch den Flur lief, ging sie auf diese
zu, erklärte ihr, wer sie sei, und hielt ihr die Papiere und den Ausweis hin. Die Frau betrachtete ihre Uniform und brachte Lilya
in einen großen, zum Garten hin gelegenen Raum, der wohl einmal das Wohnzimmer dieser herrschaftlichen Villa gewesen
war. Niemand war dort. Auf einem Sessel lagen Mappen mit
Dokumenten, die von groben Bindfäden zusammengehalten
wurden. An einem Kleiderständer, der hier nicht hinzugehören
schien, hing eine Uniformjacke, und es roch, als hätte jemand
kürzlich in dem Raum geraucht. Auf dem Wohnzimmertisch

fanden sich Stifte, ein zerbeulter Kaffeebecher aus Blech, ein Aschenbecher. Und das Foto einer Frau, das mitten auf dem Tisch an eine leere Blumenvase gelehnt war, Lilya schätzte sie auf Mitte zwanzig. Sie war blond, trug ein gut geschnittenes Kleid aus dunklem Stoff mit hellen weißen Punkten. Auf den Lippen hatte sie ein vorsichtiges, fast anmutiges Lächeln. Eine ungewöhnlich schöne Frau.

Lilya wartete ein paar Minuten, ging im Raum auf und ab, zögerte, sich hinzusetzen.

Durch die offen stehende Terrassentür hörte sie wieder das Quietschen. Sie beschloss, in den Garten zu gehen. Hinter einer Hecke entdeckte sie tatsächlich ein Schaukelgerüst, die hin- und herschwingenden Seile. Über dem Grün lugte der helle Schopf eines Mannes hervor und verschwand gleich wieder.

Bei der Schaukel angelangt, hörte sie seine Stimme, »Eins, zwei, drei und flieg!«, ein maisblonder Junge in kurzen Hosen und ohne Schuhe, kaum älter als sechs, löste sich vom Brett, flog durch die Luft, landete in der Hocke, machte eine Rolle vorwärts und lachte. Beide hatten Lilyas Kommen nicht bemerkt.

Als der Junge sie sah, lief er davon, zwängte sich durch den Gartenzaun, winkte und verschwand auf dem Nachbargrundstück. David Guggenheim wandte sich ihr zu. Seine Augen waren von einem himmelfarbenen Blau, doch machte sie darauf sofort einen leisen Schatten aus. Guggenheim trug eine weite olivgrüne Hose, ein offenes weißes Hemd und wirkte nur wenige Jahre älter als sie. Seine Haare waren dunkelblond, er hatte sie mit Makassaröl oder Brillantine gebändigt und strich sie aus der Stirn zurück, bevor er ihr zur Begrüßung die Hand drückte.

»Hannes besucht mich hin und wieder«, sagte er. »Sein Vater löffelt in Nürnberg Gefängnissuppe, seine Mutter ist spurlos verschwunden. Nur das Kindermädchen ist noch da. So ist es

wohl: ›Die Eltern essen saure Trauben, und den Kindern werden die Zähne stumpf.‹«

»Ezechiel 18«, sagte sie. »Aber ich denke, es dürfte etwas
mehr als Sauerobst gewesen sein, was seinen Vater nach Nürnberg gebracht hat.«

»Ja, er war wohl einer der Großen. Arzt, Versuche mit Unter-
kühlung. Hannes wird ihn nie wiedersehen. Vergessen wird er ihn
wahrscheinlich trotzdem nicht, und ob das gut ist oder schlecht,
wer vermag das zu sagen.«

In seiner Stimme lag eine Beiläufigkeit, vielleicht auch Selbstgewissheit, die sie nervös machte.

Noch einmal blickte er dem Jungen nach, obwohl er längst
außer Sicht war. Dann wandte er sich wieder zu ihr um. »Lassen
Sie uns in mein Büro gehen«, sagte er. »Sie haben gewiss wenig
Zeit.«

Erneut taxierte er sie, sie konnte seinen Blick nicht deuten,
dann ging er wortlos in Richtung Haus. Sie folgte ihm durch
den Garten. Er war mittelgroß und von der Sonne gebräunt,
sein Gang lässig und zugleich kraftvoll. Sie stellte sich vor, wie
er zu Hause in Amerika über einen sonnenbeschienenen Col-
lege-Campus lief, David Guggenheim jr., Ivy League, Ost-
küste, ein Einser-Zertifikat in der Hand, den Blick auf das
Footballfeld gerichtet, wo er als Quarterback für das Team seiner Universität Trophäen und Urkunden erkämpft hatte. Und
nach dem Abschluss dann die gute Tat, Europa, US Army, mit
Kriegsende Transfer zur UNRRA als Helfer und Retter der
Welt, wie es sich für einen guten Jungen aus gutem Hause
gehörte. Mit Hannes hatte er nahezu akzentfrei deutsch gesprochen, jetzt hatte er ins amerikanische Englisch gewechselt.
Perfekt.

»Sie waren in dem Raum mit den Härtefällen. Die Nathan-
sons kommen fast jede Woche«, sagte er und bat sie, an der
Terrassentür angekommen, ins Haus. »Sie wollen zurück nach

Russland, wissen aber nicht, was das bedeutet. Also halten wir sie hin. Wir lügen sie an, um ihr Leben zu retten.«

Er bat sie, auf einem der Stühle an dem großen Tisch Platz zu nehmen, und ließ das an die Vase gelehnte Foto in einem Ordner verschwinden, so schnell, als wollte er es verbergen. Dann stellte er den halb vollen Aschenbecher auf die Fensterbank und setzte sich ihr gegenüber. Er sah sie an, als bedürfe es keiner Frage, dass sie nun erzählte, was sie zu ihm führte. Ihm, der doch schon so vielen Menschen zugehört hatte.

All das, was sie im Stillen an Cordelia bewundert hatte, diese Aura der Unangreifbarkeit und Weltläufigkeit, machte sie bei David Guggenheim, kaum hatte sie ihn gesehen, auf unerklärliche Weise wütend. Noch mehr aber die Tatsache, dass Leute wie er es schafften, sie überhaupt wütend zu machen mit ihrem amerikanischen Frieden, ihrer Selbstzufriedenheit und ihrem lupenreinen Weltrettergewissen. Es verstellte ihnen den Blick auf das, was wirklich zählte, worum es ihr ging. Selbst wenn sie bis zum Abend oder bis zum Jüngsten Tag mit ihm sprechen würde, er würde nie verstehen können, wo sie herkam und was sie wollte. Und möglicherweise wollte er es auch gar nicht verstehen.

Es kostete sie eine Menge Kraft, sich all das nicht anmerken zu lassen, als sie ihm in knappen Worten erzählte, warum sie hier war. Dass sie von ihm und der UNRRA für die kommenden Tage als Vertreterin des JOINT Zugang zum Lager erbitte. Sie legte ihren Ausweis auf den Tisch.

Er würdigte ihn kaum eines Blickes, seine Augen glitten kurz über das Foto, und sie ärgerte sich über den zu groß geratenen Stempel, der ihre rechte Gesichtshälfte bedeckte.

In Palästina sei man besorgt über die Lage in Föhrenwald und in den anderen amerikanischen Camps im Süden Deutschlands, fuhr sie fort.

Guggenheim hörte ihr wortlos zu, wurde jedoch merklich

unruhiger, je öfter sie das Wort »Bericht« wiederholte, von »möglichen Missständen« sprach, »Unterversorgung« erwähnte und auf die daraus resultierenden »politischen Notwendigkeiten« zu sprechen kam. Er stand auf, ging auf und ab, blieb mitten im Raum stehen, zündete sich eine Zigarette an.

»Sie wollen also tatsächlich helfen!? Mit einem weiteren Bericht? Einer Ihrer Chefs in der Wüste will es offenbar noch einmal ganz persönlich wissen, wie schlecht die Lage und was für ein Saftladen die UNRRA ist. Dass wir Amerikaner nicht in der Lage sind, die britische Mandatsmacht so unter Druck zu setzen, dass die Tore in Palästina aufspringen wie frisch geölt. Papier, Papier! Große Ideen! Dabei brauchen wir jede Hand. Geld und Decken. Und Medikamente und dann irgendwann auch eine politische Lösung.«

Er machte eine Pause.

Sie holte tief Luft, und war überrascht von diesem Ausbruch und der Heftigkeit seiner Worte. »Was uns beschäftigt, ist, dass ein Jahr nach Kriegsende noch immer Menschen hinter Zäunen gehalten werden«, sagte sie. »Darunter Kinder, die noch nie die Freiheit gesehen haben. Es geht uns vor allem darum, dass diese Menschen eine Heimat finden und dass die Gemeinschaft der Staaten endlich aufwacht und diesem Elend ...«

Er sah zum Garten hinaus. Hörte er ihr überhaupt zu? »Gemeinschaft der Staaten? Schöne Idee. Nur wegen Renovierungsarbeiten gegenwärtig geschlossen«, sagte er und ging weiter auf und ab, die Zigarette in der Hand. »In drei Jahren können Sie mir damit wieder kommen oder in fünf, dann sieht die Sache vielleicht besser aus.«

Er wandte sich ihr wieder zu. »Wenn Sie wirklich wissen wollen, wie die Lage ist, sollten Sie den Stift weglegen und ein paar Monate bleiben, so wie viele Ihrer Kolleginnen vom JOINT, die hier unentbehrlich sind. Sie sind herzlich eingeladen. Aber wenn wir hier bald nicht mehr weiterwissen, weil

sich mehr und mehr Überlebende aus dem Osten nach Föhrenwald retten, sind Sie schon wieder über alle Berge. Und Ihr Bericht liegt ordentlich abgeheftet in der Jewish Agency in Jerusalem, was weiß ich, irgendwo in einer Registratur am Ende des
Flurs. Vielen Dank, Miss Wasserfall, eine wirklich vorzügliche
Arbeit. Und Ihr weitsichtiger Ausblick, wahrhaft bedenkens-
wert!«

Lilya war noch immer überrascht, wie sehr sich Guggenheim
ereiferte. Einen Moment schien er zu zögern, als hätte er selbst
gemerkt, dass er zu weit gegangen war. Sie war sich sicher, dass
für ihn das Gespräch damit beendet war und er sie hinausbitten
würde. Doch er setzte sich wieder.

»Ezechiel 2,1«, sagte er unvermittelt und lächelte.

In ihrem Kopf arbeitete es, dann glaubte sie gefunden zu haben, was er meinte.

»›Du Menschenkind, tritt auf deine Füße, so will ich mit
Dir reden.‹ Ezechiels Beauftragung.«

Wieder lächelte er, in seinem Blick lag jetzt eine gewisse Neugier. »Hier ist mein Angebot: Sie bekommen von mir ungehin-
derten Zugang zum Lager. Sehen Sie sich alles an. Kommen Sie
in unsere Konferenzen, stecken Sie die Nase in alles, was stinkt.
Sie werden gewiss viel finden! Schreiben Sie alles auf, machen
Sie sich Notizen. Reden Sie mit den Leuten, auch mit Ihren
eigenen. Und wenn Sie am Ende mit ihrem Bericht doch ein
Wunder bewirken, es mag so klein sein, wie es will, dann komme
ich als Büßer nach Palästina und suche Sie auf.«

Sie wollte ihm etwas entgegnen, aber sie schwieg, obwohl es
sie reizte, weiter mit ihm zu streiten. Sie hatte erreicht, was sie
wollte. Und es war nicht ihre Entscheidung gewesen, hierherzu-
kommen, bewaffnet mit einem Stift.

Er unterschrieb das Papier, blickte ihr in die Augen, als wolle
er herausbekommen, ob er ihr trauen konnte, erhob sich und
brachte sie zur Tür.

Auf dem Flur warteten Uniformierte der UNRRA, zwei Offiziere der US Army und ein Mann in Zivil mit einer braunen Aktentasche unter dem Arm und drängten sich an ihr vorbei.

»Meine Herren, ich danke Ihnen für Ihr Erscheinen«, hörte sie Guggenheim mit metallener Stimme sagen. Dann schloss sich hinter ihr die Tür.

2

Am kommenden Morgen wollte sie sogleich das Lager aufsuchen. Lev würde sie am Schlagbaum erwarten. Immer die Straße entlang, neben der Gleise verliefen, ging sie von Wolfratshausen auf die Berge zu, die ihr eigenartig nah vorkamen. Der Weg führte sie an einem Wald vorbei, und bald schon sah sie einen hohen, nicht enden wollenden Zaun aus Maschendraht und dahinter Häuser. Der Eingang zum Lager lag jenseits der Gleise und wurde von Soldaten der US Army bewacht. Auf der anderen Seite des Schlagbaums standen Männer, darunter einige mit Armbinden der freiwilligen jüdischen Lagerpolizei. Sie rauchten und debattierten laut. Einer ohne Armbinde sah schließlich zu ihr herüber. Es war Lev, er winkte ihr zu. Über den Feldern lag der Duft frisch gemähter Wiesen, die Berge waren jetzt zum Greifen nah. All das kam ihr fast unwirklich vor.

Mit ihren Papieren erhielt sie schnell Einlass, Lev kam auf sie zu und sah sich noch einmal verstohlen zu den anderen Männern um, als sei es ihm unangenehm, dass diese hübsche junge Frau mit ihm verabredet war.

»Willkommen in Föhrenwald«, sagte er.

Auf einem Stück Pappe hatte er einen Lagerplan aufgemalt, den Zaun, die Straßen und Plätze, die Verwaltung, die Krankenstation, die Synagoge, das Kino, das Sportfeld, die verschiedenen Läden und die Fläche für den Markt. Sie solle das Stück Pappe behalten, sagte er.

Umringt von einer Gruppe Kindern, die wie aus dem Nichts aufgetaucht waren, barfuß, dünnbeinig und mit tief liegenden Augen, gingen sie los, und Lev scheuchte die kleine Schar sanft vor ihnen her, bis die Kinder die Lust verloren und wieder davonstoben.

Sie las die Straßenschilder, Michigan-Straße, New-Jersey-Straße, Connecticut-Straße, New-York-Straße.

»Früher Adolf-Hitler-Platz«, sagte Lev. »Jetzt Roosevelt Square.« Man müsse mit der Zeit gehen.

Es war das erste Mal, dass er eine gewisse Leichtigkeit erkennen ließ, so als gäben ihm das Lager und seine Aufgaben hier so etwas wie Sicherheit. Immer wieder grüßte Lev Bekannte, lüpfte die Mütze und beantwortete geduldig Fragen. Sie spürte, dass manch einer sie grüßte oder in ein Gespräch verwickelte, weil er sie betrachten wollte, weil ihn Levs fremder Gast neugierig gemacht hatte. In dieser Neugier lag zugleich Hoffnung und Skepsis. Eine junge Frau in Uniform, die einen Block und einen Stift dabeihatte, konnte vieles bedeuten, vielleicht auch den Weg hinaus in eine neue Welt.

Die Straßen waren eng, aber die Häuser aus Stein gebaut, nur der Putz bröckelte an vielen Stellen ab. Karren, Leiterwagen und Kinderwagen dienten den Bewohnern als Transportmittel, sie waren mit Holz, Rüben oder Kartoffeln gefüllt und am Sonntag auch mit Dingen, die sie auf dem Lagermarkt feilboten, erklärte Lev.

Ein Mann, der eine lederne Umhängetasche trug, kam ihnen mit schnellem Schritt entgegen, grüßte kurz und eilte weiter. Das sei Ezer, der Postbote, sagte Lev. Dieser Postbote habe Macht, über Leben und Tod, Zukunft und Ausreise, Freiheit oder Lager, so sagten die Leute. Ezer würde einen wissen lassen, ob man nun allein sei auf der Welt oder ob es Hoffnung gebe. Die Leute hätten Angst vor ihm und würden doch jeden Tag auf seine Ankunft warten und ihm enttäuscht nachblicken, wenn er an ihrem

Haus vorbeiging. Lilya hatte schnell verstanden, dass Lev bei alledem auch von sich selbst erzählte.

Lev klopfte an eine der Türen, und sie gingen hinein. Sie solle sich eine der Wohnungen, die alle von gleichem Schnitt seien, ansehen. Sie betraten einen kargen, dunklen Flur, rechts ging eine Küche ab, links ein Bad und am Ende schließlich ein größerer Raum, der in der Mitte durch eine mit groben Haken an den Wänden befestigte Pferdedecke abgetrennt war. Es standen Feldbetten darin, drei auf der einen Seite und zwei auf der anderen, und es war kaum Platz, um zwischen ihnen hindurchzukommen. Auf der rechten Seite saß ein alter Mann mit langem weißem Bart auf einem Stuhl, der Kopf war ihm auf die Brust gesunken, er schlief. Er hielt eine Zeitung auf den Knien. Man erwarte die Fußballmannschaft aus Feldafing, keiner sei zu Hause, sagte Lev. Außer Scholem Ljeib, der Dichter, der nicht mehr dichte. Einst sei er der Held der Schtetl gewesen, mit dem Pferdewagen sei er von Lesung zu Lesung gefahren und stets mit einem Segensgruß des örtlichen Rebbe empfangen worden. Er schlafe nur noch oder lese die Lagerzeitung *Bamidbar*, mache an den Artikeln mit einem kleinen Bleistift Korrekturen, verschiebe Satzzeichen, ziehe Kringel um Druckfehler und sich ihm nicht erschließende Zeilenumbrüche. Als überarbeite er ein Gedicht.

Mehrere Stunden lang führte Lev sie weiter durchs Lager, ihr *Schtetl*, wie er sagte. Er zeigte ihr die Bäckerei, wo es oft frische Bagels gab, die Florida Bar in der Florida-Straße gleich hinter der Synagoge, Kaffee und Soda dort seien vorzüglich. Zum Markt an den Sonntagen kämen auch die Deutschen aus dem Umland. Hier gebe es nahezu alles, sogar Jeans aus Amerika, erzählte Lev und fragte, ob sie diese neumodischen Hosen kenne, die hier alle ganz närrisch machten.

Er zeigte ihr die Schneiderei, für die er, er sagte es nicht ohne Stolz, hin und wieder Kurierfahrten übernehme. Kaum waren sie in dem großen Raum angekommen, setzte er sich sogleich an eine der offenbar fabrikneuen Maschinen, in die noch kein Zwirn oder Faden eingespannt war, trat auf das gusseiserne Pedal und bat Lilya, sich das Wunderwerk anzusehen.

»Lev, eine Nähmaschine ist kein Auto«, sagte die Leiterin der Schneiderei, eine rundliche Frau mit polnischem Akzent, die sie vom Nachbarraum aus gehört haben musste und jetzt herein kam.

An einer Stange hingen Hosen, Kleider, Blusen, Kopfkissenbezüge. Und ein Kleid, in dessen Saum noch Nadeln steckten und das offenbar für ein Mädchen gedacht war. Lilya betrachtete es.

Lev stand plötzlich neben ihr und berührte den Stoff, fuhr mit der Hand immer wieder über den Saum des Kleides. »Ruth«, sagte er, fast wie zu sich selbst.

»Es ist wunderschön«, sagte Lilya, berührt von Levs Geste. Sie stellte sich in dem Kleid ein Mädchen vor, das, mit dem Strohhut in der Hand, einen Weg neben einem gelben, unergründlichen Rapsfeld entlangging, während am Himmel ein Vogel seine Kreise zog. Er sank und stieg, und seine Schwingen waren wie zum Gruß geöffnet. Lilya sah Lev an und erschrak. Er war bleich, wandte sich ab und ging wortlos hinaus.

»Seine Tochter, Ruth«, sagte die Leiterin der Schneiderei. »Er hatte lange gehofft, sie würde einmal dieses Kleid tragen. Die andere hieß Hannah, beide ... er weiß, dass es keine Hoffnung mehr gibt.«

Sie gingen schweigend die New-Jersey-Straße zurück, die hier nur *Njerwskie* genannt werde, wie Lev erklärte. Er hatte sich wieder gefangen und wollte ihr nun das Sportfeld zeigen, denn heute sei ein besonderer Tag, und nahezu jedermann sei auf den Beinen. Heute müsse es klappen.

Am Rande des Ortes, dort, wo der Wald begann, drängten sich bereits die Menschen an den Längsseiten eines improvisierten

Spielfeldes. Die Mannschaft aus dem Lager Feldafing war mit einem Bus der US Army eingetroffen, der mit geöffneten Türen etwas abseits in der sengenden Sonne parkte. Neben den Lagerbewohnern hatten sich Mitarbeiter der UNRRA, des JOINT und US-Soldaten eingefunden und standen grüppchenweise am Rand des Spielfeldes. Lev schob Lilya durch die Menge, keiner schien sie zu beachten, alle warteten darauf, dass die Mannschaften einliefen.

Die Bewohner des Lagers Föhrenwald riefen mit einem Mal *Ma-ka-bi!, Ma-ka-bi!* und klatschten rhythmisch in die Hände. Ihr Team betrat den Platz, Männer zwischen sechzehn und Ende dreißig, schätzte sie. Auf der gegenüberliegenden Seite erscholl daraufhin wie bei einem Wechselgesang der Ruf *Re-prez-en-tak!* Die Spieler des DP-Camps Feldafing liefen auf den Platz, hüpften auf der Stelle, dehnten sich, klatschten sich gegenseitig die Hände. Lev erklärte ihr – er musste dabei brüllen –, dass Föhrenwald schon oft gegen das Lager Feldafing gespielt habe, bislang ohne einen einzigen Sieg. Eine Schande sei dies, und heute werde man das Blatt wenden. Zehn Vereine gebe es in der Ersten Bayerischen Lager-Liga, und er zählte sie nahezu alle auf. Makabi Föhrenwald, Hapoel Bad Reichenhall, Nordija Eggenfelden, Makabi Freimann, Hakoah Gabersee, Ichud Landsberg und einige mehr.

Immer mehr Schaulustige drängten an den Spielfeldrand, das Spiel hatte begonnen. Abseits stand eine Gruppe Bärtiger im Kaftan, die dem Spiel den Rücken zugewandt hatte, als ginge sie das alles nichts an, überzeugt, dass weltliche Freuden wie diese zwar vom Ewigen, gelobt sei sein Name, geduldet, aber durch seine huldvolle Hand keinerlei Förderung erhalten würden.

Das Spiel begann, der Ball flog über das Spielfeld und landete sogleich im Strafraum von *Makabi*. Die Menge heulte auf. Hin und her ging das Spiel, und es schien, was Kräfte und Geschick anging, zunächst recht ausgeglichen.

Lilya blickte zu einer Gruppe Uniformierter, die sich vom Spielfeld entfernt hatten und auf einer Wiese standen. Sie ließ ihren Blick über ihre Köpfe schweifen und ertappte sich dabei, dass sie nach David Guggenheim Ausschau hielt.

Lev tippte sie von hinten an. »Die tägliche Lagebesprechung, im Lagerkino«, sagte er. »Gehen Sie hin, hören Sie sich die Sache an. Auch die UNRRA wird vertreten sein. Kommen Sie, ich begleite Sie.«

Die Uniformierten brachen auf, und Lev folgte ihnen mit Lilya an seiner Seite. Er würde sie später wieder abholen und zum Spiel zurückbringen.

Der Raum war nur schwach beleuchtet, er musste einst so etwas wie ein Gemeindesaal gewesen sein, jetzt war er das Lagerkino und fast beliebter als die Synagoge, erklärte Lev und ging. Auf einem Bühnenpodest vor der Leinwand standen Stühle. Männer von der selbstständigen Lagerverwaltung hatten sich im Zuschauerraum eingefunden. Ein Arzt der US Army, der die Krankenstation unter sich hatte, mehrere Vertreter vom JOINT und der Ausbildungsorganisation ORT sowie ein Bote der Bricha, die als Fluchthilfeorganisation im Osten Europas tätig war. Er war direkt aus Russland nach Föhrenwald gekommen. Das Lagerkomitee wurde durch eine junge Frau namens Lisa Straßburger vertreten, der irgendjemand eine Decke auf einen Stuhl in der ersten Reihe gelegt hatte.

Ein junger Offizier der Army, der Lilya freundlich zugenickt hatte, kletterte auf die Bühne und hob zu einem kurzen Vortrag an. Die Lage werde sich in den kommenden Wochen drastisch verschlechtern, genaue Zahlen kenne man nicht, aber es sei ein weiterer, erheblicher Ansturm von Überlebenden aus dem Osten zu erwarten. Dann bat er den Mann von der Bricha nach vorne. Der sprang nahezu aus dem Stand auf das Podest und stellte sich neben den Offizier. Wer nicht über Stettin den Weg nach Berlin suche, sagte er, komme nach Bayern, und dies sei inzwischen der Großteil der Flüchtenden. Die meisten wollten in die amerikanische Zone, Übergriffe gegen Juden hätten im Osten zugenommen. Einige, die in ihr altes Zuhause zurückkehren wollten, fänden dieses bewohnt und besetzt. Sie würden vertrieben. Juden würden überfallen und ausgeraubt. Jeder noch so kleine Vorfall spreche sich herum und führe zu panikhaften Reaktionen. Eine Massenflucht nach Deutschland und vor allem nach Bayern sei zu befürchten.

»Föhrenwald ist darauf nicht hinreichend vorbereitet«, sagte der Offizier. »Unsere Kapazitätsgrenze ist schon jetzt bei Weitem überschritten.« Auch wenn die meisten weiter nach Palästina wollten, zunächst würden sie hierbleiben, auf unbestimmte Zeit.

Die Tür war aufgegangen, während der Bricha-Mann redete, drei Männer in Uniform hatten den Saal betreten. Einer von ihnen war David Guggenheim.

Der Offizier bat sie zu sich auf die Bühne und gab dem Leiter der UNRRA das Wort.

»Danke, Ben, und danke Ihnen allen für die Einladung zu Ihrer Lagebesprechung«, sagte Guggenheim. »Ja, es wird ernst.« Er reckte kurz den Kopf und sah sich im Dunkel des Raumes um. Hatte er sie entdeckt?

»Sie werden sich fragen, was die UNRRA als für das Lager Verantwortliche jetzt tun wird. Nur eine Vielzahl von Maßnahmen kann uns in dieser Situation helfen. Die Gefahr von Hunger, Typhus, Tbc wächst, wir müssen mehr Leute außer Landes bringen, um neue aufnehmen zu können«, erklärte er. »Ich bitte Sie um Überprüfung der Lagerbestände, Essen, Kleidung, Kindernahrung, Decken, Medikamente, ich werde noch einmal mit den Sanitätseinheiten der 7. US Army sprechen und sie ordentlich unter Druck setzen. Neue Feldbetten sind auf dem Weg.«

Lilya sah, wie Lisa Straßburger sich Notizen machte und der

Bricha-Mann Guggenheim von der Seite betrachtete, während dieser sprach.

»Und wir werden die Ausbildung verstärken müssen«, fuhr Guggenheim fort. »Wir müssen die neuen Bewohner so schnell wie möglich auf ein Leben außerhalb des Lagers vorbereiten. Wir brauchen Bücher, ich versuche noch einmal, mit dem Depot in Offenbach Kontakt aufzunehmen. Bisher beiße ich da trotz bester Beziehungen auf Granit. Bitter, aber so ist es.«

Der junge Offizier, den Guggenheim Ben genannt hatte, blickte in die Runde. »Irgendwelche Fragen?«

»Warum unbedingt Bücher, wenn die Leute nicht genügend zu essen haben?«, fragte einer der Mitarbeiter.

Guggenheims Blick suchte den Raum nach dem Mann ab, der sich zu Wort gemeldet hatte. »Auch Bücher sind Nahrung«, sagte er, »und wir alle kennen Lisas Arbeit hier.«

Lilya betrachtete Guggenheim genauer. Und wieder stieg die Wut in ihr auf. Würde es etwas geben, auf das dieser Mann keine Antwort hatte? Sie wollte etwas rufen, aber es gelang ihr zu schweigen.

Die junge Frau, Lisa Straßburger, hatte ihren Block weggelegt, sich die Decke um die Beine gewickelt und hielt die Arme verschränkt, als wolle sie so ihren Oberkörper wärmen. Sie schien dem Dialog gelassen und aufmerksam zu folgen.

»Ohne Bildung und Ausbildung werden die Menschen in Palästina oder wo immer sie sich einrichten wollen keine Chance haben«, sagte Guggenheim. »Niemand wartet auf sie. Sie müssen etwas mitbringen. Unsere Schulen und Abendschulen sind ebenso wichtig wie Essen, Kleidung und« – er machte eine kurze Pause – »Waffen.«

»Danke«, sagte Ben, ließ seinen Blick noch einmal über die Anwesenden schweifen und wollte die Konferenz beenden.

»Bücher sind keine *Waffen*.«

Stille.

Sie hatte doch etwas gesagt. Sie hatte es nicht sagen wollen.

Guggenheim blickte zu ihr herüber. »Was schlagen Sie vor?«

»Decken, Medikamente, Feldbetten und Bücher helfen, lindern, ohne Frage, aber sie reichen nicht aus«, sagte sie. »Ohne einen politischen Ansatz werden Sie langfristig keine Lösung hinbekommen.«

Ein Raunen ging durch den Saal. Lilya war unbehaglich zumute.

Ben bat um Ruhe. »Lassen Sie die Kameradin ausreden«, sagte er.

Guggenheim ignorierte ihn, und seine Stimme wurde hart. »Ich bin gern bereit, Ihre Theorien mit Ihnen zu erörtern und mir Ihre politischen Vorschläge anzuhören«, sagte er an Lilya gewandt. »Kommen Sie in mein Büro. Den Weg kennen Sie ja. Meine Tür ist stets offen für ein gutes Argument, für ein qualifiziertes, wohlgemerkt.«

Guggenheim wartete keine weitere Entgegnung ab und sprang von der Bühne. Lilya wollte auf diese Zurechtweisung reagieren, aber Ben sagte: »Danke, Sitzung beendet.«

Mit zusammengekniffenen Augen traten sie hinaus in die Sonne, Ben an ihrer Seite. Er legte ihr die Hand auf den Arm. »Auch wenn Sie vielleicht recht haben, in manchen Situationen ist das, was richtig scheint, genau das Falsche«, sagte er. »Aber ohne David wären wir nicht da, wo wir heute sind. Er ist manchmal schwierig, hart und vielleicht nicht immer gerecht. Aber wir können mit unseren Mitteln nur das Notwendige tun, und all das, was er an Einfluss hat, nutzt er auch.«

»Und, Ben, wie steht das Spiel?« Guggenheim stand plötzlich neben ihnen. Er schien sie nicht zu beachten.

»Vor unserer Besprechung unentschieden.«

»Vielleicht schaffen wir es vor Ende des Spiels dort zu sein und sehen noch das eine oder andere Tor«, sagte er. Er wandte sich ihr zu. »Commissioner Wasserfall, begleiten Sie uns? Das könnte etwas für Ihre Expertise sein, schwitzende, kämpfende Juden, und dabei glücklich.«

Für einen Moment war sie überrascht. »Ganz wie bei uns zu Hause«, sagte sie.

Guggenheim lachte, und für einen Moment schien sich seine Anspannung zu lösen.

3

»Was ist, Lev?«

»Eine Nachricht«, sagte er.

Er hatte an der Tür geklopft, war wortlos ins Zimmer gekommen und hatte sich auf die Kante ihres Bettes gesetzt, ohne darüber nachzudenken. Er hielt ein zusammengefaltetes Papier in der Hand. Wenige Tage war sie jetzt in Föhrenwald, und doch glaubte sie, ihn gut zu kennen. Sie mochte ihn und vertraute ihm.

Am Tag nach ihrem ersten gemeinsamen Rundgang hatte sie das Lager allein erkundet. Sie war in der Krankenstation gewesen und in der Schule, war über den zwischen Lagereingang und Gleisen gelegenen Markt gegangen und hatte dort Lev getroffen, der mit seinem Wagen Kleider aus der Schneiderei des Lagers zu einem der Verkaufsstände gebracht hatte. Er hatte sich gefreut, sie zu sehen, zum ersten Mal sah sie ihn lächeln, und sie hatte mit angepackt, ein Bündel Blusen aus seinem Wagen gehoben, sie dann gefaltet, ordentlich und gewissenhaft wie in der Ausbildung, und sie auf einem Brett zwischen zwei Holzständern aufgereiht. Lev hatte ihr gedankt und der Händlerin nicht ohne Stolz zu verstehen gegeben, dass er und die fremde junge Frau sich kannten.

Lev starrte mit dem Papier in der Hand auf den Boden, dann begann er es zwischen seinen Fingern zu reiben, wie um herauszufinden, ob er seinen Inhalt ertasten konnte.

Ganz unvermittelt gab er es ihr, es war ein Telegramm. Sie setzte sich auf einen Stuhl ihm gegenüber.

»Ezer hat es mir gegeben«, sagte er. »Kaum sind Sie ein paar Tage hier, sind Sie schon eine von uns. Nun war er auch bei Ihnen.«

Sie öffnete das Telegramm, es war von Shimon Ben Gedi. Die Botschaft war ebenso kurz wie irritierend.

Bitte unverzüglich um Bericht und Kontaktaufnahme+stop+.

Bei ihrem letzten Treffen, es lag inzwischen gut drei Wochen zurück, hatte er sie noch aufgefordert, alle verwertbaren Informationen über die Sache Lind in ihren Bericht über das Lager »einzuweben, mit unsichtbarer Nadel«. Sodass die Dechiffrierer der Baker Street ohne Rumpeln mit den Fingern über die Zeilen fahren könnten, wenn sie diese in die Hände bekamen. Keine Unebenheiten, keine Untiefen, nur das übliche Gejammer von Juden über das Elend der Juden.

Albert Green, *Nature,* Whitehall, Terry, Sir Lucious Honeywell: Ben Gedi würde staunen und Elias Lind aufsuchen. Aber warum jetzt diese Eile? Irgendetwas musste vorgefallen sein.

Lev saß noch immer auf dem Bett, aber er schien in sich zusammengesunken, als hätte ihn soeben eine Nachricht ereilt, eine kaum fassbare. Zweimal hatte Lev sie nun durchs Lager geführt, aufrecht und entschlossen, und doch hatte sie immer wieder seine Unruhe gespürt und die Arbeit seiner Hände beobachtet. Sie bewegten sich ständig, als seien sie dazu ausgesandt, die Welt zu erkunden, ihm dabei zu helfen, sich ihrer zu vergewissern. Einer Welt, deren Materialität, Solidität und Beschaffenheit ihm nach dem, was er erlebt haben musste und von dem sie bislang nichts wusste, zweifelhaft geworden war. So als treibe ihn die Sorge um, dass der Stoff einer Hose mit einem Mal zu Leder, das Holz des Tisches zu Stahl und die Oberfläche eines Apfels die kalte Haut einer Toten werden konnte.

Lev sagte immer noch kein Wort.

»Es ist nichts allzu Ernstes, nur die Nachricht eines Freundes, der mich offenbar vermisst und will, dass ich mich melde«, sagte sie und faltete das Telegramm wieder zusammen.

Lev reagierte nicht. Noch immer machte er keine Anstalten, sich zu erheben. Sie setzte sich neben ihn.

»Eine Nachricht«, sagte er, und seine Hände ruhten mit einem Mal in seinem Schoß. Ohne eine Frage abzuwarten, begann er zu erzählen. Zuerst leise und stockend, dann immer fließender. Von seinem Leben in einem Dorf in der Nähe von Czernowitz, seiner Frau Rivka, seinen Töchtern Ruth und Hannah, von den Ruthenen, Russen, Rumänen, Ukrainern und Deutschen, mit denen sie dort gelebt hätten. Immer wieder seien neue Herren gekommen, sie hätten über die Jahre so viele Nationalitäten angenommen, und seien doch immer *Juden* geblieben. Gut sei es ihnen gegangen und schlecht, mal sehr schlecht, wie das Wetter sei es hin und her gegangen, bis die Deutschen kamen und damit das Ende. Sie seien geflohen, hätten sich nach wenigen Tagen getrennt, er habe erkunden wollen, ob er mit seiner Frau und seinen beiden Töchtern bei fernen Verwandten in Russland Unterschlupf finden würde. Gegen viel Geld hätte er sie in einem Dorf zurückgelassen.

Als er nach wenigen Wochen mit guten Nachrichten in das Dorf zurückgekommen war, waren alle Häuser und Hütten verlassen gewesen. Er hatte Lastwagenspuren entdeckt, der Geruch frischen Erdreichs hing in der Luft, und am Dorfausgang auf dem Feldweg hatte er Reste von Kalk gefunden.

Er sei daraufhin immer weiter nach Osten geflohen, zumeist in der Nacht, jeder Schritt habe ihm das Herz zerrissen. Er habe sich versteckt, sei wieder weitergewandert, bis er bei einem Holzfäller Unterkunft und Arbeit gefunden habe. Immer wieder habe er versucht, Erkundigungen über »seine Mädchen«

einzuholen. Man riet ihm, nicht zu laut zu fragen, wenn er seine Arbeit behalten wolle.

Als der Krieg vorbei gewesen sei, habe er sich nach Westen durchgeschlagen. Auf diesem Weg habe jemand ihn im Wald überfallen und erschlagen wollen, er wisse nicht wer, doch er habe überlebt und sich weitergeschleppt.

Er hob kurz die Mütze und beugte sich vor, damit sie die Narbe sehen konnte. In Polen schließlich sei er, schwach und ohne jede Lebenskraft, auf Leute der Bricha gestoßen, sie hätten ihn mit dem Nötigsten versorgt und die Orte *Föhrenwald* und *Bayern* genannt. Und für ihn Erkundigungen eingeholt, bis sie schließlich mit einer Nachricht gekommen seien. Keine Hoffnung. Sie hatten ihm einen Zettel in die Hand gedrückt, auf dem dreimal der Name Ancel stand, Hannah, Rivka, Ruth.

Er verstummte.

Lilya legte eine Hand auf seine Schulter. Sie hörte das Rauschen des Flusses, ein Fuhrwerk ratterte über die Brücke.

»Es ist besser, Gewissheit zu haben«, sagte er in die Stille hinein. »Man kann die Dinge danach langsam abtragen. Ungewissheit hingegen wächst und wächst, und wenn man nicht achtgibt, begräbt sie einen bei lebendigem Leibe.«

Ganz unvermittelt richtete er sich wieder auf. Was sie jetzt vorhabe, nach ihrer Nachricht, wollte er schließlich wissen. Seine Hände begannen wieder zu arbeiten, er strich über die Bettdecke. Dann hatten seine Finger den Holzrahmen des Bettgestells gefunden und tasteten seine Unterseite ab.

Sie werde Ben Gedi ein Telegramm schicken und den Bericht für die kommenden Tage ankündigen. Nur über das Büro der UNRRA in München konnte sie schnell und sicher mit ihm kommunizieren. Dazu werde sie David Guggenheim aufsuchen müssen und ihn um Hilfe bitten. Sie spürte eine leichte Anspannung, als sie an den Besuch in der Siebertstraße dachte. Aber es gab keinen anderen Weg. Sie fragte Lev, ob er bereit wäre, sie am kommenden Tag zu fahren.

»Praxis«, antwortete er, und sein Gesicht hellte sich wieder auf.

David Guggenheim war nicht im Haus, als sie am darauf folgenden Mittag in München eintrafen. Wann er zurück sei, fragte Lilya die Frau in Uniform, die sie wiedererkannte und erstaunt schien, dass sie noch im Land war. »Erst gegen Abend«, antwortete sie. Man wisse es bei ihm nie so genau.

Sie war unentschlossen, ob sie auf ihn warten sollte.

Lev erklärte, dass er den Wagen zurückbringen müsse, er werde in Föhrenwald gebraucht. Allerdings könne sie wieder den »Jerusalem Express« nehmen. Sie blickte ihn erstaunt an. Den Zug durchs Isartal, sie kenne ihn doch. Alle im Lager würden ihn so nennen.

Sie beschloss zu bleiben, sich die Stadt anzusehen und am späten Nachmittag noch einmal im UNRRA-Büro vorzusprechen. Lev fuhr mit dem Wagen davon, und sie schlug den Weg zum Englischen Garten ein und traf dort auf Leute mit Ziehwagen, Rucksäcken und Kinderwagen, die Holz sammelten für den nächsten Winter. Eine Schulklasse saß auf einer der großen Wiesen, die Lehrerin war eine Nonne.

Aus dem Haus der Kunst wurden Kisten herausgetragen, eine Delegation um eine junge Soldatin beaufsichtigte den Vorgang. Es werde eine Ausstellung zum Jugendbuch geben, um die Räume »zu reinigen«, hörte sie im Vorbeigehen die junge Frau sagen. Um sie herum standen Soldaten, Schaulustige, vielleicht internationale Kunstexperten. Ein Mann hielt sich etwas abseits, und sie rätselte für einen Moment, ob er zu der Gruppe gehörte oder hier aus Neugier stehen geblieben war. Sie verlangsamte den Schritt.

Die Augen des Mannes ruhten länger auf ihr, als Anstand

oder Takt es erlaubten, dann wandte er sich wieder der Gruppe zu. Er trug einen grauen, etwas zu weiten, abgetragenen Anzug und einen dunklen, breitkrempigen Hut, der einen Teil seines Gesichts verbarg. Er war kräftig und klein und hatte einen Vollbart. Als sie sich näherte, wandte er sich nochmals ihr, dann wieder der jungen Soldatin zu.

Hinter einem der wenigen am Bordstein parkenden Wagen, einem alten Modell aus der Zeit vor dem Krieg mit Stoffverdeck, wechselte sie die Straßenseite. Sie lief weiter, ohne sich umzusehen, erst vor der Feldherrnhalle blieb sie stehen. Bomben hatten ein Loch in die Decke der Theatinerkirche gerissen, fast schief wirkte sie, als hätte sie das Gleichgewicht verloren. Das Klostergebäude, das sich einmal daneben befunden hatte, war verschwunden. Jetzt standen dort Gerüste, und eine Gruppe Jugendlicher, Frauen und älterer Männer schichtete Steine aufeinander. Ein Kran, aus dessen Schornstein schwarzer Ruß kam, hob große Blöcke auf und setzte sie an einer anderen Stelle wieder ab. Der Geruch von Mörtel und Staub lag in der Luft.

Bevor sie weiter in Richtung Marienplatz ging, blickte sie sich um. In der Ferne streckten die vier Löwen der Quadriga, die nach ihrem Sturz vom Siegestor die Bavaria unter sich begraben hatten, ihre Beine in die Luft. Der Eingang des Hofgartens war hinter Halden von Schutt und Steinen verborgen. Dort stand ein Mann mit Hut, er hatte ihr den Rücken zugewandt und blies Rauch in die Luft. War ihr der Fremde vom Haus der Kunst gefolgt? Aber warum? Sie entschied, auf Nummer sicher zu gehen.

In ihrer Ausbildung hatte sie gelernt, dass es jetzt zwei Möglichkeiten gab. Die erste war, von hier aus einen möglichst unsinnigen Weg zu wählen, nicht direkt zum Marienplatz zu gehen, sondern durch Seitenstraßen und Hinterhöfe und dabei mehrfach abzubiegen, um zu sehen, ob ihr jemand folgen würde.

Die zweite war, auf den möglichen Verfolger zuzugehen und zu beobachten, ob er Anstalten machte, ihr auszuweichen.

Man konnte auch beide Methoden nacheinander anwenden. Das war aufwendig, brachte aber am Ende ein valides Ergebnis.

Sie ging die wenigen Schritte auf die Schneise zwischen den Schutthaufen vor dem Eingang des Hofgartens zu, als wollte sie die Feldherrnhalle noch einmal aus anderer Perspektive betrachten. Dort, wo eben noch der Fremde gestanden hatte, hatte sich jetzt ein Schwarzmarkthändler in einem weiten Mantel postiert. Er sprach sie an und hielt ihr aufgefächert Postkarten hin, auf denen ein Spalier Uniformierter in ledernen Schaftstiefeln zu sehen war, die auf die Feldherrnhalle zumarschierten.

Der Mann im grauen Anzug war verschwunden.

Also gut, sagte sie sich. Zweiter Anlauf, die Gegenprobe.

Sie hätte im Nachhinein nicht mehr sagen können, wie viele Haken sie geschlagen, wie viele Straßen und Gassen sie genommen, hinter welchen Mauervorsprüngen, Baugerüsten und Ladeneingängen sie mit einem geschulten Blick die Welt hinter sich abgemessen hatte, nur in einem Punkt war sie sich sicher: Der fremde Mann blieb ihr, ohne Frage mit Geschick und über Jahre erlernter Routine, auf den Fersen. Hinter einer Ruine harrte sie schließlich so lange aus, bis sie sicher war, dass er sie verloren oder aufgegeben hatte. Wer war das? Ein Spanner oder Schwarzmarkthändler? Oder doch einer von Whitehalls Schnüfflern? Sie hatte die Worte dieses Major Terry nicht vergessen. *Ich musste Ihnen eine ganze Weile folgen ... Sie wohnen in Clapham, Eckstein Road.* Und dass sie bei Green gewesen war, hatten sie auch herausgefunden. Wenn sie inzwischen wussten, dass sie auf der Suche nach Raphael Lind war – vielleicht hatten sie Green aufgesucht –, und nun hinter ihr her waren, bestand kein Zweifel mehr an Onkel Mahmuts Vermutung.

Oder war es tatsächlich jemand ganz anderes, jemand, vor

dem die steifleinenen Briten in ihrem Brokatimperium, Sir Lucious und sein kleiner Major, umgeben von Kronleuchtern, Schlachtengemälden und verborgenen Schränken, sie hatten warnen wollen? Konnte man ihr Verhalten auch so interpretieren? Nur wer sollte das sein?

Sie wartete noch eine Weile, spähte über einen Mauervorsprung, nichts geschah. Es würde ihr guttun, unter Menschen zu sein. Vor dem nahezu unzerstörten Rathaus standen Stühle und Tische, beschattet von fadenscheinigen Sonnenschirmen. Die Gäste hielten dort ihre bleichen Gesichter ins Licht, es waren fast alle Tische besetzt. Sie ging die Treppe in die *Ratstrinkstube* hinunter, deren Fenster mit Ziegelsteinen zugemauert waren, und trat in den dunklen Kellersaal. Weit hinten in diesem an einen Bunker erinnernden Raum saßen zwei Männer unterschiedlichen Alters, der eine trug ein schwarzes Gewand, vielleicht war er ein Priester. Sie hatten Papiere vor sich ausgebreitet, vielleicht auch Fotos. Der jüngere Mann schien kurz in ihre Richtung zu blicken. Sie war nahezu sicher, dass es David Guggenheim war, und spürte ein Pochen im Hals. Mit einem Glas Limonade ging sie wieder hinaus und setzte sich an einen der frei gewordenen Tische. Sollte sie ihn, sobald er herauskäme, ansprechen? Vielleicht war es besser, ihn seinen Dingen nachgehen zu lassen und es später noch einmal in seinem Büro zu probieren, so wie sie es vorgehabt hatte. In ihrer Tasche waren die Texte von Elias Lind. Erneut sah sie sich um, doch es war niemand zu sehen, und sie schlug das Konvolut auf.

ETAPPE ZWEI

Vielleicht ist auch alles ganz einfach (wenngleich dadurch nicht weniger schrecklich), und Raphael hat wie so viele aus unserem Volk den Tod gefunden. Ich sollte beginnen, mich an diesen Gedanken zu gewöhnen. An all das, wovon wir in diesem gärenden Land nichts wissen und nichts hören wollen. Die Menschen hier sollen stark sein, die Devise lautet »Aufbau, Kampf und Jugend«, die Demütigung der Qual und Vernichtung wollen wir nicht sehen. Wir wollen nicht in diese fahlen Gesichter mit den erloschenen Augen blicken, die Geschichten aus einem fernen Land erzählen, die nicht unsere sind. So denken wir.

Auch ich war einst jung und voller Kraft, wie auch Daliah, von der ich seit unserem Treffen in Ascher Lewandowskis Refugium vor ein paar Tagen jede Nacht geträumt habe, und immer wieder ist am Morgen die Hoffnung zerstört, sie würde noch leben. Damals, als ich, wenige Jahre nach dem großen Krieg, in dieses Land kam, wollte ich das Alte hinter mir lassen und nur nach vorne sehen in Erwartung eines neuen Morgens.

Im Mai 1923 habe ich Vater verkündet, ich würde nach Palästina gehen. Es war eine richtige kleine Rede, ich hatte mich über Wochen auf diesen Tag vorbereitet. Wir saßen im Wohnzimmer in zwei Sesseln. Vater hatte sich zurückgelehnt, und ich saß aufrecht auf der Kante. Im Hintergrund tickte unsere große Standuhr, nichts anderes nahm ich wahr.

Er hörte mir zu, schweigend, ohne eine Frage zu stellen oder mich zu unterbrechen. Als ich geendet hatte, sackte sein Kopf nach vorne. Dann erhob er sich, richtete sich auf, trat an das sonnenbeschienene hohe Fenster und blickte, mit dem Rücken zu mir, wortlos auf die Straße hinaus. Fast symmetrisch hingen die großen Stores links und rechts von ihm, wie ein Schauspieler sah er aus, der darauf wartet, dass sich der Vorhang schließen möge. Ich konnte gegen das Licht nur seine Umrisse erkennen, die große Statur, die kantigen Schultern, die auf dem Rücken miteinander ringenden Hände, die das Reden übernommen zu haben schienen.

»Eli, ich bin entsetzt.«

Er wandte sich um und sah mich an. Ich versuchte, seinem Blick standzuhalten.

»Ich kann dieses Vorhaben nicht gutheißen«, begann er, »weil du damit alles zerstörst. All das, was wir aufgebaut haben.«

Über Jahrhunderte hätten sie für Anerkennung und Gleichberechtigung gekämpft, sagte er, und seine Stimme zitterte, sie hätten gelitten, weil man sie nirgends haben wollte, seien geschlagen worden, weil sie Fremde waren, man hätte sie vertrieben, weil sie zu nichts und niemand gehörten.

»Doch jetzt, Eli, jetzt endlich sind wir angekommen«, sagte er und zeigte auf das Fenster. »Schau dir unsere Stadt an. Schau dir Raphael und seine Erfolge an. Jetzt werden wir als diejenigen wahrgenommen, die wir sind. Deutsche jüdischen Glaubens. Patrioten. Erben Schillers und Goethes. Wissenschaftler, Anwälte, Ärzte, Bankiers. Keine Wanderjuden, Talmudjuden, Ghettojuden. Und auch keine neuen Bauern, die zwischen Fellachen den kargen Wüstenboden Arabiens bestellen! Die Wüste liegt hinter uns, Eli. Nicht vor uns.«

Diese Argumente hatte ich schon oft gehört. Seine Worte hatten Gewicht, und Vater sprach, als ginge es um sein Leben, um unser aller Leben. Ich hätte ihn unterbrechen sollen, weil ich wusste, dass er irrte. Die Wüste lag nicht hinter uns. Sie lag vor uns. Aber ich wagte es nicht.

Gewiss, von dem, was auf uns zukommen sollte, hatte ich damals nichts gewusst. Und hätte es mir jemand vorhergesagt, ich hätte es nicht geglaubt. Es war vielmehr das Gift der kleinen Demütigungen, das ich spürte. Und davon begann ich nun Vater zu erzählen. Genauso wie von all dem, was mir in der Armee und an der Universität widerfahren war und täglich wieder geschah und was er nicht sehen wollte. Von der ständigen Angst, dass alles ganz schnell wieder vorbei sein könnte, den Blicken, dem Getuschel, dem untrüglichen Gefühl, gelitten, aber nie wirklich wohlgelitten zu sein.

»Guten Morgen, Herr Dr. Lind, Glückwunsch zu Ihrer Doktorarbeit. Großartig«, sagten die Professoren im Vorbeigehen zu mir.

Und kaum hatte ich mich abgewandt, hörte ich sie einander zuflüs-
tern: »So ein kluger netter Mann und so kultiviert. Wenn sie nur
alle so wären, man könnte mit ihnen leben. Aber im Grunde wollen
sie es ja gar nicht, sie tun nur so, um Vorteile zu gewinnen. Eigent-
lich bedauerlich, dieser außerordentliche junge Mann und sein
wirklich liebenswerter Vater. Und erst der Bruder, Raphael Lind,
eine Kapazität. Kaiser-Wilhelm-Institut! Und dass Juden so groß
werden können, was für riesige Jungen, erstaunlich, wer hätte das
gedacht?«

Vater hörte mir zu, und ich war mir sicher, dass er mich ver-
stand. Aber ich durfte nicht recht haben, denn ich hatte mit all
dem, was ich gesagt hatte, sein Leben infrage gestellt. Unser Leben.
All das, wofür er stand. Ich hatte mich außerhalb der Familie ge-
stellt.

Vater sah mich noch einmal an und sagte, er werde darüber
nachdenken, was zu tun sei, und forderte mich auf, »meine Sa-
che« – das Wort »Auswanderung« wollte er nicht in den Mund
nehmen – mit Raphael zu besprechen. Schließlich sagte er: »Nimm
dir ein Beispiel an deinem Bruder, er weiß, wo er hingehört und
dass Juden nicht mehr weglaufen ...« Diesen Satz werde ich nie
vergessen, und es schnürt mir noch heute die Kehle zu, wenn ich da-
ran denke.

Über die Papiere hinweg blickte Lilya zum Eingang. Niemand
war zu sehen. Sie nahm die Texte wieder zur Hand.

Danach traf ich Raphael. Vater musste mit ihm gesprochen
haben.

Raphael hatte mich gebeten, ins Romanische Café zu kommen.
Ich habe diesen Ort nie besonders gemocht, doch für Raphael war
er ein zweites Zuhause. Er war damals in Berlin einer der pro-
minentesten Treffpunkte für Künstler und Schriftsteller. Es gab
zwei Räume, das Bassin der Nichtschwimmer, wo die Novizen

verkehrten, die künstlerische Ambitionen hatten und hofften, im Romanischen Café bereits etablierte Fürsprecher und Mentoren zu finden, und das der Schwimmer. Das war die Zone der Arrivierten, die sich irgendwann hierher zurückgezogen hatten, um nicht ständig von den Novizen gestört zu werden. Hier hing der Dünkel im Raum wie der Nebel aus Pfeifen- und Zigarettenrauch.

Raphael war Schwimmer, und immer wenn ich mich mit ihm durch den kleinen, nur zwanzig Tische fassenden Raum zu seinem Stammplatz am Fenster hindurchzwängte, wurde ich von den Anwesenden argwöhnisch beäugt, während Raphael in alle Richtungen grüßte, an jedem zweiten Tisch eine Hand schüttelte, auf eine Schulter klopfte oder sich charmant lächelnd vor einer mit Perlenketten behangenen Dame verbeugte, um ihr die Hand zu küssen.

Schon als wir uns setzten, hatte ich das Gefühl, dass Raphael gelöster war als in den vergangenen Wochen. Er war längere Zeit nicht ins Institut in Dahlem gegangen, und immer wenn er in unser Elternhaus kam, lastete eine beklemmende Stille in den Räumen. Vater wirkte niedergedrückt.

Am Tag zuvor war eine große Unruhe im Haus gewesen. Vater kam vorzeitig aus dem Büro und nahm Raphael in den Arm, dann verschwanden sie in seinem Arbeitszimmer. »Raphael ist glücklich heute«, sagte Mutter. »Er darf wieder arbeiten.«

Raphael winkte dem Kellner und bestellte für uns je einen Kaffee und einen Cognac. Dann holte er eine Zigarette aus seinem Etui, zündete sie sich an und blickte mich auffordernd an.

Ich wollte kein Gespräch mit ihm und wäre am liebsten gleich wieder gegangen. Ich wollte Raphael lediglich meinen Entschluss mitteilen. Denn ich wusste, wenn ich anfing mit ihm zu diskutieren, würden wir im Niemandsland enden.

»Palästina?«, rief Raphael und lachte kurz auf, nachdem ich ihm meinen Plan dargelegt hatte. »Was für ein Unsinn! Was für ein kolossaler Unsinn!« Dann beugte er sich über den Tisch und sah mich eindringlich an. »Vater wird dich rauswerfen. Achtkantig«, sagte er jetzt ruhiger. »Überleg es dir noch einmal, Eli.«

Ein Mann kam an unseren Tisch, Raphael schien ihn zu kennen. Er erhob sich kurz, und der Mann drückte ihm die Hand. »Gratuliere«, sagte er. »Weiß Haber es schon?«

»Ja, morgen fangen wir wieder an«, sagte Raphael und lächelte. Dann wies er auf mich. »Mein kleiner Bruder.«

»Guten Tag, junger Mann«, sagte der Fremde und murmelte seinen Namen, Steinbach, Steinert oder Steinberg.

Ich wollte mich ebenfalls erheben, doch er legte mir die Hand auf die Schulter. Dann ging er wieder.

»Ein fabelhafter Mann«, sagte Raphael. »Und ein ausgezeichneter Wissenschaftler.«

Ich wollte wissen, worum es sich zwischen ihnen handele. »Um die Zukunft«, sagte Raphael, »Wilhelm und ich arbeiten zusammen.«

Als der Kaffee und der Cognac serviert wurden, kam er wieder auf mein Vorhaben zurück, und ich machte ihm unmissverständlich klar, dass ich bei meinem Entschluss bliebe. Mit allen Konsequenzen.

Raphael machte noch ein paar Anläufe, um mich vom Gegenteil zu überzeugen, er argumentierte wie Vater. Aber ich blieb hart, ich wusste, was ich tat. Nach und nach verlor Raphael alle Gelassenheit. Er schien mit dieser ihm gänzlich unvertrauten Entschiedenheit nicht gerechnet zu haben. Noch nie hatte ich meinen Bruder so verunsichert gesehen.

»Dann geh. Von mir aus. Geh in Gottes Namen, Eli«, sagte er schließlich und stürzte seinen Cognac hinunter. »Aber es ist falsch, du wirst sehen.« Dann wandte er sich plötzlich zum Fenster, und ich meinte zu hören, wie er mit erstickter Stimme hinzufügte: »Alles ist falsch ...«

Lilya bemerkte, wie der Mann in dem schwarzen Gewand, der Priester, aus dem Keller der *Ratstrinkstube* ins Sonnenlicht trat und die Augen zusammenkniff. Ihm folgte David Guggenheim. Er kramte seine Sonnenbrille aus der Uniformtasche und setzte sie auf. Die Männer gaben sich die Hand, und der Priester ging.

Sie war noch immer unschlüssig, ob sie ihn ansprechen oder später in seinem Büro aufsuchen sollte. Doch Guggenheim kam auf ihren Tisch zu. Unmöglich, dass er sie so schnell entdeckt hatte. Vielleicht hatte er sie vorhin doch bemerkt und aus irgendeinem Grund damit gerechnet, dass sie noch hier war.

»Darf ich mich setzen?« Es klang nicht wie eine Frage.

»Bitte«, sagte sie und schob ihre Unterlagen zusammen.

»Verzeihen Sie, wenn ich Sie bei Ihrer Lektüre gestört habe. Der Bericht?«

Er legte die Uniformmütze, seine Sonnenbrille und eine Packung Zigaretten auf den Tisch.

»Nein, eher eine Art Flaschenpost«, sagte sie. »Privat. Ich habe mich leichtsinnigerweise bereit erklärt, wo ich schon einmal in Deutschland bin, einem Freund zu helfen. Er selbst kann nicht mehr reisen.«

»Großherzigkeit«, sagte Guggenheim und lächelte sie an. »Oder wahre Liebe?«

»Weder noch. Nennen wir es eher Not. Aber es ist eine lange Geschichte.«

»Die Sie nicht erzählen wollen?«

»Offen gestanden, nein, wir würden sonst morgen noch hier sitzen.«

»Vielleicht wäre es einen Versuch wert«, sagte er und lehnte sich, die Hände hinter dem Kopf verschränkt, zurück. Lilya ging nicht darauf ein.

Eine Kellnerin kam und fragte, ob sie noch etwas trinken

wollten. Sie wies auf ihr noch halb volles Glas, und Guggenheim lehnte dankend ab.

Er beugte sich wieder vor. »Was ist Ihr Eindruck von dieser Stadt und diesem Land? Werden wir ihm jemals verzeihen können?«

Sie war von dem abrupten Themenwechsel irritiert. »Ich denke, dass andere Fragen weit drängender sind.«

Er sah sie erwartungsvoll an.

»Mich interessiert weniger, was aus diesem Land hier wird. Nach dieser kurzen Zeit hier kenne ich es ohnehin nicht gut. Mir geht es darum, was mit dem Land wird, das jetzt entstehen muss. Nach allem, was passiert ist.«

»Und mit dessen neuen Bürgern, die hier hinter meinem Zaun hocken und warten, dass sie endlich ausreisen dürfen?«

»Keiner muss nach Palästina, aber viele wollen es, und England verwehrt ihnen ihr Recht auf die Einreise. Mit Waffengewalt. Und Amerika sieht dabei zu und unternimmt nichts.«

»Höre ich daraus einen Vorwurf?«

»Nicht gegen Sie persönlich. Sie tragen die Verantwortung für das Lager, und die ist groß genug. Und sie wird, wenn ich es richtig verstanden habe, in den kommenden Wochen noch wachsen.« Sie bemerkte, wie Guggenheim unruhig wurde.

»Große Politik ist etwas für Satte«, sagte er, und sie hätte ihn nur zu gern unterbrochen. Diese Diskussion hatte sie vermeiden wollen. »Meine ist vielleicht eher übersichtlich, aber man kann ihre Ergebnisse sehen und berühren. Deswegen rede ich auch mit Deutschen, wie dem Pfarrer. Er leitet Suchanfragen weiter, mit dem nötigen Nachdruck und dem Vertrauen auf die Wege Gottes, von denen er sagt, sie seien unergründlich. Und das, obwohl er die letzten Monate des Krieges in Flossenbürg verbracht hatte, ohne zu wissen, was mit ihm passieren würde.«

»Er hilft Ihnen und den Menschen im Lager?«

»Ja«, sagte Guggenheim und sah sie an. »In *Einzelfällen.*«

Nach der Szene im Lagerkino hatte sich Lilya vorgenommen, nicht mehr auf die Sache einzugehen. Es fiel ihr nicht leicht. Sie nahm einen Schluck Limonade.

Guggenheim schien zu überlegen, ob er das Gespräch fortführen wollte, er sah mit einem Mal müde aus, und doch hatte das Blau seiner Augen noch immer einen Schimmer von Stahl.

»Ich habe großen Respekt vor dem, was ich hier sehe«, sagte Lilya und senkte die Stimme. »Vor all dem, was Sie und Ihre Leute leisten. Ich habe vieles aufgeschrieben und ich bin Ihnen und Ihren Leuten für die Offenheit, ja Freundlichkeit, die Sie mir entgegengebracht haben, dankbar. Nur: Seife reinigt, schafft aber den Dreck nicht ab. Darum geht es mir.«

»Sie würden die Lager am liebsten morgen auflösen?«

»Ich schätze außerordentlich, was Sie und die UNRRA leisten. Nur: Sie verwalten das Elend ohne jede politische Perspektive.«

»Wir sind keine Regierung, sondern eine Hilfsorganisation.«

»Sie sind Amerikaner. Sie haben alle Druckmittel in der Hand.«

»Ach, wenn es doch nur so einfach wäre. Sie denken, Onkel Sam muss nur einmal mit dem Finger schnippen, und schon gibt es kein Elend mehr auf dieser Welt? Und wenn er es nicht tut, wird er seiner Verantwortung nicht gerecht?! Finden Sie nicht, Sie fordern ein bisschen viel? Der Krieg ist erst ein Jahr zu Ende.«

Sie spürte, dass er erregt war und zugleich die aufsteigende Wut niederzukämpfen versuchte. Fast hatte sie es wieder geschafft, ihn aus der Reserve zu locken, und aus irgendeinem Grund wollte sie in seiner heilen Lebenswelt, die sie sich wie eine immerwährende Tombola beim Benefizdinner im elterlichen Country-

173

Club vorstellte, während hinter dem Pool die Sonne unterging und über einem goldfarbenen Drink Pläne für das große Leben ausgerollt wurden, Unruhe stiften. Auch wenn dieses Gespräch genauso ergebnislos enden würde wie ihr erstes in der Villa. Irgendein unnennbarer Impuls trieb sie nun doch und wider besseres Wissen voran. »Ich versuche letztlich nur das, was ich hier sehe, in einen größeren Zusammenhang zu stellen«, sagte sie. »Ich zähle keine Feldbetten.«

Ihr Spiel schien aufzugehen. »Natürlich nicht!«, sagte Guggenheim und hob die Stimme. Ein paar der Menschen an den Nebentischen drehten sich um.

Er beugte sich zu ihr herüber. Sie konnte die Adern an seinem Hals sehen und ahnte die Wärme seines Körpers. »Stattdessen hocken Sie in Ihrem Elfenbeinturm aus bedrucktem Papier und grübeln über die großen Zusammenhänge nach in der Hoffnung, Sie könnten mit einem wohlformulierten Bericht die Welt verändern. Anstatt ganz unten anzufangen! Dort, wo die Not mit Händen zu greifen ist.«

War sie zu weit gegangen? David Guggenheim hatte ihr nichts getan, er hatte sie frei arbeiten lassen, sie konnte zu Papier bringen, was immer sie wollte und für richtig hielt. Er hatte nicht einmal gefordert, dass er den Bericht über »seine« Arbeit vor der Abgabe einsehen konnte. Am Ende wollte sie ihn gar nicht überzeugen, sondern ganz etwas anderes. Sie setzte noch einmal an und nahm dabei den Druck aus ihrer Stimme. »Vielleicht reden wir ja nur über eine vernünftige Arbeitsteilung.«

Er sah sie überrascht an.

»Ich meine, dass jeder von uns seinen Teil dazu beiträgt, dass sich die Situation ändert. Vielleicht können wir uns darauf einigen. Feldbetten *und* Politik.«

»Die Friedenspfeife?«, sagte er und griff nach den Zigaretten.

»Vorübergehend. Ohne Qualm, was mich angeht.«

»Auch ohne Feuer?«

»Kommt auf die Betrachtungsweise an«, sagte sie.

Beide mussten lachen.

Guggenheim lehnte sich zurück. »Also gut, Angebot angenommen«, sagte er und bot ihr noch einmal eine Zigarette an.
Sie lehnte in gespielter Empörung ab.

»Haben Sie alles gesehen, was Sie sehen wollten? Bevor Sie
weiterziehen oder heimwärts reisen?«

»Für meinen Bericht genug.«

»Ich meine hier in der Stadt. München muss einmal sehr
schön gewesen sein.«

»Mit einer Menge Fantasie habe ich die eine oder andere Kirche wieder zusammengebaut«, sagte sie.

»Hoffentlich fällt sie nicht gleich wieder zusammen, sobald
Sie sich abwenden.«

»Dann kommen die Amerikaner mit Schaufel und Bagger.«

»Und Sie halten den Bauplan.«

Wieder mussten sie lachen.

»Arbeitsteilung, ich könnte mich an dieses Konzept gewöhnen«, sagte er und tat einen tiefen Zug.

Sie schwiegen eine Weile. Dann sagte sie, vielleicht auch um
die Stille zu überbrücken: »Ich wollte Sie aufsuchen, in Ihrem
Büro. Sie waren nicht da. Um mir die Zeit zu vertreiben, habe
ich mir die Stadt angesehen, danach wollte ich es noch einmal
versuchen.«

»Was versuchen?«

»Sie um Hilfe bitten. Ein Telegramm. Es muss auf dem
schnellsten Weg nach Palästina. Die Sache ist dringend.«

Ein Jeep fuhr vor. Am Steuer saß der junge Offizier aus der
Lagebesprechung, den Guggenheim Ben genannte hatte, er
stoppte ohne den Motor abzustellen und winkte zu ihnen hinüber. Sie spürte Erleichterung und zugleich Enttäuschung darüber, dass ihre Begegnung damit beendet war. Guggenheim

bot ihr an, sie mitzunehmen, damit sie in der Siebertstraße ihre Sache erledigen konnte. Sie gingen zum Wagen, und der junge Offizier bat sie mit unverhohlener Neugierde im Blick einzusteigen.

4

Lilya saß an ihrem kleinen Tisch unter dem Dach, Präsident Truman sah sie von der Seite schweigend an, das Fenster war weit geöffnet. Sie blickte, den Stift in der Hand, auf das Papier, das vor ihr lag. Es war Zeit, Bilanz zu ziehen nach einer guten Woche in Föhrenwald. Cordelia hatte sie bereits in Offenbach im »Haus der Bücher« angekündigt, ohne dass Lilya ihr gesagt hatte, warum sie dorthin wollte. Die US Army hatte unmittelbar am Main das *Offenbach Archival Depot*, kurz OAD, eingerichtet und sammelte in einer Fabrikanlage gerettetes Raubgut, Millionen von Büchern lagerten dort. Und Lilya wollte herausfinden, ob es über das in Leder gebundene Verzeichnis von *Alexandria* vielleicht eine Spur zu Lind gab. Morgen würde sie packen. Und, falls sie in Offenbach nicht weiterkommen sollte, schließlich nach Berlin reisen, um Desirée von Wallsdorff aufzusuchen.

David Guggenheim hatte sie seit ihrem unerwarteten Zusammentreffen in der *Ratstrinkstube* vor ein paar Tagen nicht mehr gesehen. Er gehörte ohnehin nicht in ihre Bilanz. Dennoch ließ er sie nicht los. Manchmal hatte sie sich dabei ertappt, dass sie während ihrer Gänge durch das Lager, ihrer Befragungen und Erkundungen gehofft hatte, ihn zufällig zu treffen. Ein Blick, ein kurzer Wortwechsel, nichts von alledem war geschehen.

Sie hatte Gespräche geführt, den Mitgliedern der Bildungsorganisation ORT bei ihrer Arbeit zugesehen und die Krankenstation besichtigt, ständig umringt von Kindern, die an ihrem Hosenbein zogen. Sie hatte Listen einsehen können und Statistiken gewälzt, sie hatte erfragt, wie es mit der deutschen Bevölkerung im Umland des Lagers ginge und was in den kommenden Wochen zu erwarten sei. Nichts Gutes, hatte sie immer wieder gehört, Hunderttausende würden aus dem Osten nach Deutschland und vor allem nach Bayern fliehen, um von hier aus Europa verlassen zu können. Sie erfuhr, dass das Lager auf zweitausend Bewohner ausgelegt war, man sich aber allein in Föhrenwald jetzt schon den sechstausend nähere.

Als sie sich bei Lev erkundigte, ob es irgendwo im Lager auch einen Ort gebe, an dem an den Waffen geübt wurde, wies er verstohlen auf einen Platz oberhalb des Lagers in der Nähe des Waldes, der einst von der Hitlerjugend genutzt worden war, und raunte ihr hinter vorgehaltener Hand »Hagana« zu.

Sie hatte all das notiert und sogleich versucht, die Fakten, die sie gesammelt hatte, in einen größeren Zusammenhang einzuordnen. Ben Gedi hatte ihr einen Auftrag gegeben, und sie würde ihn mit der Schärfe ihres Urteils überraschen. Der Bericht war abgeschlossen, sie würde ihn vor ihrer Abreise in die Post geben. Ab heute ging es um das, was aller politischen Vernunft zuwiderlief, die Sache Lind.

Wenn sie an ihren Besuch in Whitehall dachte, der nun etwa zwei Wochen zurücklag, spürte sie eine leichte Anspannung, doch ob es dort tatsächlich um die Sache Lind gegangen war, vermochte sie weiterhin nicht zu sagen. Der Faktenlage nach sah es bisher jedenfalls nicht so aus, als könnte sie Ben Gedi etwas gegen die Engländer in die Hand geben. Und sie würde es als eine willkommene Bestätigung ihrer Vermutungen erfahren, wenn es dabei bliebe.

Andererseits wusste sie nun, dass Raphael Lind im Krieg für die Briten gearbeitet, seine Forschung England zur Verfügung gestellt hatte und sein Wissen mithilfe Albert Greens gewaschen und legalisiert worden war. Die Wäscherei hieß *Nature*. Hatte Raphael Lind damals gewusst, was er tat? Er war ein Verräter, wenn auch für die richtige Sache. Hatten die Deutschen das herausbekommen und ihn deswegen irgendwann abgeholt, gefoltert, verhört, bis auf den letzten Tropfen ausgequetscht und schließlich an die Wand gestellt? Erklärte das sein Verschwinden, ohne auch nur einen Flecken Tinte in der deutschen Verwaltung hinterlassen zu haben? *Ausgebucht.* Waren seine Bücher und sein Wissen konfisziert worden? Sie stellte sich vor, wie der Professor in einem Kellerraum der Gestapo saß, den schwarzen Anzug und das weiße Hemd zerrissen, die Manschetten gelöst, auf dem Boden eine zerschlagene Taschenuhr, eine Pfütze von Blut und Kot, hebräische Wortfetzen, ein Gebet. Ein Befehl, ein Schuss.

Sie hob den Kopf und blickte aus dem Fenster. Ihr fiel das Foto mit dem Haus am Wald wieder ein. Vielleicht würde sie im Lager vor ihrer Abreise noch jemanden finden, der die verwischte Schrift auf der Rückseite des Fotos lesbar machen konnte. Ein Schriftenexperte oder ein Chemiker mit Pipettenaugen.

Mit dem Stift zwischen den Lippen lehnte sie sich zurück. Durch das Dachfenster sah sie am Himmel einen Raubvogel von der Größe eines Adlers. Er ließ sich vom Wind tragen, verlor kreisend an Höhe und stieg dann, die Flügel weit geöffnet, wieder auf. Keine Wolke war zu sehen, nur der Vogel setzte einsam seine Bahn fort, sank und stieg, dann war er nicht mehr zu sehen. Das Konvolut mit den Texten von Elias Lind lag vor ihr auf dem Tisch, es schien sie anzustarren. Sie schlug die Mappe auf.

ETAPPE DREI

Ich war in meinen Krieg gezogen und er in seinen. Als deren Wege sich kreuzten, hätte mich dies fast das Leben gekostet.

Sie werden vielleicht wissen wollen, warum ich mich für diese Sache gemeldet hatte. Darauf gibt es eine einfache Antwort: Weil ich Jude war. Weil ich Deutscher war. Weil ich Vaters Sohn war. Weil ich Raphaels Bruder war. Weil ich zu jung und zu dumm war, um zu begreifen, dass dies kein unvermeidlicher, gar notwendiger Krieg war, sondern eine Sache von Ehre und Eitelkeit, falsch verstandenem Stolz und politischer Unfähigkeit. Aber das verstand ich erst, als ich wieder zurück war, zu Hause in Berlin, verändert, ein anderer.

Eines Abends waren Fremde im Haus. Ich hörte von meinem Bett aus, an das ich gefesselt war, ihre Schritte. Sie schoben irgendetwas Schweres den Flur entlang, auf Rollen. Ich spürte die Vibration, die das Bett übertrug. Über die Wochen hatte ich in meiner Dunkelheit gelernt, mit dem Bett zu hören. Jedes Geräusch im Haus: Am Knarren des Parketts im Salon erkannte ich irgendwann, ob ein Mann oder eine Frau sich dort aufhielt. Die Standuhr am Ende des Flurs schien jedes Mal zu seufzen, bevor sie zu schlagen begann. Die Galoschen von Herrn Kotowski, der Vater chauffierte – stets strich er sie zweimal ab, bevor er die Wohnung betrat. Die Taubenschritte meiner Mutter, wenn sie am Morgen, nachdem sie dem Hauspersonal Anweisungen gegeben hatte, in ihr Atelier hinaufging. Sie öffnete dann eins der Mansardenfenster, und die kühle Luft des nahenden Herbstes strömte herein, ich konnte sie hören, bevor ich spürte, wie sie über meinen Körper strich.

Ich kannte den schleifenden Gang von Frau Bergemann, die ich nie gesehen habe. Vater hatte sie in der Staatsbibliothek kennengelernt und für die Abendstunden angeworben, wenige Monate nachdem der Krieg begonnen hatte. Sie sollte ein Verzeichnis seiner Bibliothek erstellen. Alle seine Bücher, all sein Wissen, zusammengefasst in einem Band. Sein Buch der Bücher.

Gegen sechs würde wie jeden Abend die Schwester kommen, die sie nur für mich angestellt hatten. Sie wusch mich, gab mir zu essen und erzählte von ihrer Familie. Sie stammte aus Böhmen. »No«, sagte sie, wenn sie mich berührte, mit kurzem o. No. Sie rieb sanft mit einem feuchten Lappen über meine Stirn, dann den Körper hinab.

Aber dieses Mal war es nicht die böhmische Schwester, die ich auf dem Flur hörte, es waren mehrere Stimmen. Dann plötzlich ein dumpfer Aufprall, als sei ein Stapel Zeitungen zu Boden gefallen. Irgendjemand zischte: »Ruhe, bitte.«

Ich wollte nicht, dass sie in mein Zimmer kamen, wer immer es war. Ich wollte gar nichts mehr. Nichts sollte geschehen. Ich hatte es mir mühsam beigebracht, nichts mehr zu wollen. Ich fragte mich nicht einmal mehr, ob ich jemals wieder würde sehen können. Ich hatte Angst vor der Antwort auf diese Frage.

»Wir wissen nicht, ob wir sein Augenlicht retten können, verlangen Sie nicht zu viel von uns«, hatten die Ärzte im Lazarett hinter Ypern zu den Offizieren gesagt, als feststand, dass ich überleben würde. Selbst der vom Stab hinzugezogene Spezialist, der eigens aus Mons gekommen war, hatte vor meinem Bett gestanden und leise zu seinem Kollegen gesagt, er habe zu wenig Erfahrung mit einer solchen Verwundung, diese Art Krieg sei für alle neu, man könne nur warten und hoffen.

»Wer denkt sich so etwas bloß aus«, hatte er nach kurzem Schweigen hinzugefügt.

»Es bringt den Krieg schneller zu Ende«, sagte der Stabsarzt. »Die Wissenschaftler haben es versprochen.«

»Die Wissenschaftler! Sehen Sie doch, die eigenen Leute, es trifft die eigenen Leute!«

Ich war in einen Giftgaseinsatz geraten, der eigentlich dem Feind gegolten hatte. Sie hatten mich auf den Rücken gebettet. Unter meinen Achseln hatten sich große braune Blasen gebildet, sie wuchsen mir wie ein Kranz um die Oberarme. Ich hatte es einmal bei einem Kameraden gesehen, wenige Tage bevor es wieder in die Gräben ging. Als sei das Gedärm durch den Körper nach oben gewandert und dringe dort durch die Haut. Auch an den Händen hatte ich Blasen, nur kleinere. Auf meine Augen hatten sie Mull gelegt. Wenn sie die Verbände wechseln wollten, warteten sie, bis es dunkel war, damit das Licht meine Augen nicht endgültig zerstörte.

Nach zwei Wochen war ein Vorgesetzter erschienen, ein Ober-leutnant. Wir hatten uns in den Kampfpausen oft über Bücher un-terhalten, er war einer der wenigen gewesen, der gebildet war und las. George, Rilke, die Brüder Mann.

»Das Beste wird sein, wir bringen Sie nach Hause«, sagte er. »Die Ärzte hier im Feld können nichts mehr für Sie tun. Sie müs-sen jetzt Geduld haben. Die Papiere liegen schon bereit.«

An die Fahrt mit dem Lazarettzug von Belgien nach Berlin hatte ich keine Erinnerung mehr. Nur der Geruch aus den Gräben wollte mich nicht verlassen, nistete in den Schleimhäuten. Senf und Knoblauch.

Seit Wochen lag ich nun in meinem Zimmer. Die Schwester achtete darauf, dass die Vorhänge zugezogen blieben. Die Fenster dahinter hatte sie angelehnt, frische Luft sei wie Medizin, behaup-tete sie.

Ich hörte Fuhrwerke durch die Straße rattern, das Klappern von Hufen, hin und wieder das Schnaufen eines Autos. Ich sah die Rei-ter im Berliner Tiergarten vor mir, Generaldirektoren, Kommer-zienräte. Sie ritten durch die langen Schatten der Morgensonne, grüßten sich, indem sie ihren Körper leicht nach vorn beugten und mit zwei Fingern die Hutkrempe berührten. In der Ferne hörte ich das Quietschen und Ächzen der Stadtbahn, mit der ich immer die Stadt erkundet hatte. Meine Stadt. Jetzt war es für mich nur noch irgendeine Stadt. Sie war mir fremd und fern.

Wenn Vater morgens ins Büro ging, klopfte er von außen an die Tür, als spiele er Triolen, und sagte: »Masel Tov, Eli.« Seit ich aus dem Krieg zurück war, benutzte Vater immer wieder jiddische und hebräische Ausdrücke, Redewendungen, Halbsätze, als gäbe diese Sprache seiner Seele etwas von der Leichtigkeit zurück, die sie verlo-ren hatte.

Vorher hätte Vater lieber Chinesisch gesprochen als Jiddisch, die Sprache des Ghettos und der schwarzen Zeit, die nun hinter ihm lag. Aber jetzt schien er sich von ihr etwas zu leihen, nahm bei ihr

Zuflucht wie in einem Gebet, weil das Wissen und die Vernunft nicht erklären konnten, was er empfunden haben musste, als der jüngere seiner beiden Söhne, auf einer Trage und in weiße Tücher gewickelt, in sein Haus gebracht wurde.

Es war jetzt still vor der Tür. Waren sie wieder gegangen? Oder warteten sie noch auf irgendetwas?

Mein Bruder hatte mich nur ein einziges Mal besucht. Raphael sei Tag und Nacht im Institut, hatte Mutter gesagt. Er habe sich sogar ein Zimmer in Dahlem genommen, nur um dort zu schlafen und schnell wieder an die Arbeit zu kommen. »Es ist immer noch Krieg, Eli.«

Raphael musste tatsächlich völlig überarbeitet gewesen sein, als er zu mir ins Zimmer kam. Nichts von der erlernten Vertrautheit war zu spüren, in der wir uns miteinander eingerichtet hatten. Er sprach kurz und sachlich, als sei er schon wieder im Labor und studiere einen Befund.

Wie es mir gehe, fragte er mich, und froh solle ich sein, dass ich dem Krieg entkommen sei. Für mich sei er nun zu Ende, und bald für alle anderen auch. Dafür und nur dafür arbeite er im Institut. Aber er klang anders als sonst, irgendwo in seiner Stimme verbarg sich Unsicherheit, Verlegenheit, etwas Dunkles, nicht Fassbares.

Nicht einmal zum Musizieren komme er mehr, geschweige denn zum Komponieren, hatte Mutter später gesagt. So als müsse sie Raphael rechtfertigen, irgendetwas erklären; als bringe auch mein älterer Bruder sein Opfer für den Krieg, obwohl sie ihn nicht eingezogen, sondern für die Forschung freigestellt hatten. Er sprach nicht über die Forschung. Er durfte es nicht. Aber alle sagten, er habe eine große Zukunft.

Als Raphael wieder gegangen war, sprach ich noch einmal mit ihm. Nur für mich. In meiner Dunkelheit konnte ich andere Dinge denken und sagen. Als hätte mich das Nicht-sehen-Können befreit. Ich sagte Raphael, ich würde Deutschland verlassen, wenn ich wieder gesund sei. Schilderte ihm die Judenzählung an der Front:

Lind, Elias, Jude, registriert. Abtreten. Der Krieg sei gewiss bald vorbei. Aber all das würde bleiben. Judenzählung. Registriert. Abtreten.

Irgendjemand hatte jetzt die Hand auf die Klinke gelegt. Das Bett summte, spannte sich. Die Tür flog auf, die Vorhänge schleiften im Wind über den Boden, jemand schlug mit einem Stock zweimal auf Holz. Dann erklang ein lang gezogener tiefer Ton, Geigen, Bratschen, ein Cello, darüber legte sich eine Melodie, die langsam abfiel, eine Klarinette stimmte mit ein, im Takt eines langsamen Marsches, dann ein Klavier, jetzt löste sich eine Geige, schien über allem zu schweben. Ich erkannte Raphaels Geige, was sollte das, warum tat er mir das an? Das Klavier und die Streicher trugen ihren Klang wie auf Flügeln, es war schön. Zu schön.

Eine Stimme setzte ein, ganz nah, erst leise, dann immer kräftiger und wurde zu einem Schrei. Laut und hart, mit dem Mut der Dunkelheit brüllte ich:

»Raphael! Hört auf! Geht!«

Die Musik verstummte.

Als Raphael und die anderen das Zimmer verlassen hatten, kam die Schwester herein. »Es ist gut«, sagte sie, »no, alles wird gut«, nahm das feuchte Tuch und begann wie jeden Abend mit meiner Stirn ...

»Pfaff!«, rief Lev, kaum dass er im Zimmer stand. »Ein ganzer Lastwagen voll. Aus Kaiserslautern. Direkt aus dem Werk.«

Sie sah ihn fragend an.

»Sie haben sie in einer Lagerhalle gefunden, und David Guggenheim hat sie hierherschaffen lassen. Einfach so, ohne jemanden zu fragen. Mit den Nähmaschinen können wir einen kleinen Betrieb gründen und die Sachen, die wir herstellen und die im Lager nicht gebraucht werden, im ganzen Land verkaufen! Und ich bekomme endlich auch einen Anzug, wie es sich gehört für einen Chauffeur.«

»Das freut mich, Lev, und ich werde Ihre Dienste, wo und wann immer wir uns wiedersehen werden, gerne in Anspruch nehmen.«

Seine Gesichtszüge veränderten sich, er wurde ernst, hatte sie etwas Falsches gesagt?

»Sie wollen tatsächlich ...« Er brach ab und schien zu überlegen. »Sie werden also tatsächlich ... abreisen. Hab ich Sie richtig verstanden?«

»Es ist an der Zeit, was für mich hier zu tun war, habe ich getan. Fast. Eine Sache liegt mir noch auf dem Herzen.«

»Ich fahre Sie überallhin.«

Sie musste lachen.

»Ich habe diesmal eine ganz andere Bitte. Ich habe ein Foto dabei, dessen Rückseite mir Rätsel aufgibt. Es gehört einem Freund, und er hat mich um Hilfe gebeten, es zu entschlüsseln. Aber ich bin ratlos, und nun bitte ich Sie um Ihre Hilfe, Lev.« Sie ging zu ihrem Rucksack und zog das »Buch der Bücher« heraus, in dem sich das Foto befand. Lev schien das Buch mit dem ledernen Einband und dem goldenen Exlibris zu interessieren, er kam näher und blickte ihr über die Schulter.

Lilya erklärte ihm, dass es sich um das Verzeichnis einer Bibliothek handele, deren Bücher verschollen seien, und sie die verbleibende Zeit in Deutschland nutzen wolle, etwas über diese Bibliothek herauszubekommen.

Sie gab ihm das Buch in die Hand, er strich mit den Fingern über seine Außenhaut und tastete die goldene Prägung ab. Dann öffnete er es, blätterte darin. Er wollte es gerade wieder zuschlagen, als er innehielt. Irgendetwas musste er entdeckt haben, er schien zu überlegen.

»Das Zeichen, ich kenne es.«

Lilya wies auf den Stempel FRR, und er sagte, genau dieses Zeichen, er habe es hier im Lager gesehen, es sei ihm aufgefallen und habe ihm doch nichts gesagt. Wieder schien er zu grübeln, und erst als Lilya den Namen Lisa Straßburger erwähnte, sagte er, dort in einem Nebenraum der Lagerbibliothek habe er es gesehen. Wenn sie wolle, bringe er sie dorthin. Aber vorher solle sie ihm das Foto geben.

»Ich suche jemanden, der den Text wieder sichtbar machen und entschlüsseln kann«, sagte sie und hielt es ihm hin.

Sie habe gerade zwei Aufträge gleichzeitig formuliert, sagte er und lächelte, eine Schrift wieder lesbar machen und den Text entschlüsseln. Aber es gebe für alles Experten hier in Föhrenwald, sogar dafür, die Schrift danach wieder unlesbar zu machen. Lev nahm ihr die Karte ab und steckte sie in die Jackentasche.

»Ich werde sehen, was ich tun kann«, sagte er. »Morgen haben Sie ein Ergebnis.«

Mit dem Wagen war es nur ein kurzer Weg zum Lager. Lev führte sie sogleich zur Tarbut Szul, der Main Camp School. Er hoffe, sie würden Lisa Straßburger dort antreffen. Sie sei nicht nur für die Schule und die Bibliothek verantwortlich, sagte Lev, sondern ein führendes Mitglied im Lagervorstand.

Lisa Straßburger saß an einem Schreibtisch in der Bibliothek über Listen gebeugt und blickte auf, als sie nach kurzem Klopfen den Raum betraten. Sie hatte rötliches Haar und ein zurückhaltendes, aber zugleich gewinnendes Lächeln. Trotz der Wärme trug sie Wollstrümpfe, eine Wolljacke, nur die Handschuhe oder Pulswärmer fehlten, sie passte so gar nicht in diese Jahreszeit. Lilya hatte von Menschen gehört, die nach einem einschneidenden Erlebnis nicht mehr hätten aufhören können zu frieren, und jeder Luftzug war für sie, als berühre sie eine Klinge aus Stahl. All das stand in einem so auffälligen Gegensatz zu der Wärme in ihrer Stimme, als sie die beiden freundlich begrüßte. Lev war ihr vertraut, und an Lilya konnte sie sich erinnern.

»Willkommen in meinem Waffenlager«, sagte sie schmunzelnd und spielte damit auf den unsinnigen, von Lilya angezettelten Disput bei der Konferenz im Kino an, dem sie damals wortlos gelauscht hatte.

Lev erklärte ihr, warum sie gekommen seien, und erzählte von dem schwarzen Buch und dem Stempel darin.

Lisa seufzte und bat sie, ihr zu folgen.

In einem Nachbarraum, einem Lager für Papier, Schreibutensilien und unbrauchbare Bücher, standen in einer Ecke zwei Kisten auf dem Boden. An einer entdeckte Lilya das Zeichen ERR.

Lev begann wieder, mit seinen Fingern an der Hosennaht auf und ab zu fahren.

»Darf ich hineinsehen?«, fragte Lilya.

»Bitte«, sagte Lisa.

In dem Karton waren Buchstützen aus Metall, Buche, Ebenholz, Eiche, Teak, einige schlicht, andere reich an Verzierungen oder mit Intarsien, einige wenige sahen fast aus wie Skulpturen. Sie waren in zerknülltes Papier gebettet, als hätte sie jemand sorgfältig und mit Bedacht verpackt und dann vergessen.

Lilya wandte sich um. »Wo haben Sie die her?«

»Ich vermute aus Offenbach. Aber genau weiß ich es nicht, als ich vor wenigen Monaten angefangen habe, war der Karton schon da.« Lisa Straßburger schlang die Arme um den Körper, als gäbe es auf einmal Zugluft. »Aber was sollen wir mit Buchstützen, wenn wir keine Bücher haben?«, sagte sie.

Viele Male schon hätte sie in Offenbach im Buchdepot der Amerikaner um Unterstützung für die Lagerbibliothek gebeten. Ohne Erfolg.

Sie seufzte. »Wir haben die UNRRA um Hilfe gebeten, sie ist schließlich für uns verantwortlich. Ich denke, David Guggenheim hat sein Bestes gegeben. Aber sobald er für unsere Schule und die Lagerbibliothek dort um Bücher bittet, die wir so dringend brauchen, stellen sie sich taub oder fangen an, rechtlich zu argumentieren. Anträge, Anträge, und doch kommen wir keinen Schritt weiter. Irgendwann schicke ich ihnen die Buchstützen mit einem bösen Gruß zurück.«

Lev wurde unruhig, Lilya spürte, dass er sich jetzt einschalten wollte. »Vielleicht können Sie etwas erreichen.«

Lisa Straßburger sah Lilya verblüfft an. »Haben Sie vor, ins Depot nach Offenbach zu fahren?«

Lilya erzählte in groben Umrissen, was sie vorhabe und dass Offenbach in der Tat ihre nächste Station sein werde. Wenn auch nur für einen kurzen Aufenthalt.

Lisa schlug den Kragen hoch. »Vielleicht können Sie es für uns versuchen?«, sagte sie.

»Warum sollten sie auf mich hören?«

Lisa lächelte. »Weil Sie auf besondere Weise glaubhaft machen können, dass Palästina keinen dummen Juden gebrauchen kann.«

Gemeinsam gingen sie hinaus in die Sonne. Lisa wandte sich Lev zu, der nicht ohne Stolz vorangegangen war.

»Es war gestern ein schöner Abend, Lev«, sagte sie, »und die Bewohner haben viel von Ben Lewis gelernt. Einige von ihnen wollen jetzt nicht mehr nach Palästina, sondern nach Pennsylvania.«

»Vielleicht kann Miss Wasserfall die Dinge wieder zurechtrücken?«, sagte Lev und blickte Lilya verschmitzt an.

»Das wäre wunderbar«, sagte Lisa. »Einmal in der Woche erzählen Leute der UNRRA, des JOINT, der anderen Hilfsorganisationen und der Army von ihren Heimatländern. Wir können uns vor Andrang kaum retten. Lev hat uns einen jungen amerikanischen Offizier beschafft, Ben, vielleicht kennen Sie ihn, es war wunderbar. Und morgen ist es wieder so weit.«

»Und was soll ich tun?«, fragte Lilya.

»Erzählen Sie von sich, von Ihrem Zuhause. Von Ihrer Familie, wie lebt sie, was macht sie? Haben Sie Geschwister? Einen Bruder vielleicht, den Sie anhimmeln? Unsere Leute werden an Ihren Lippen hängen. Und sie haben ein sicheres Gespür dafür, ob das, was Sie erzählen, stimmt. Ohne Schönfärberei. Man hat sie lange genug belogen und betrogen. Es wäre wunderbar, wenn Sie kommen würden.«

Lilya griff nach Levs Arm und sah zum Himmel empor. Der Vogel war wieder da.

»Denken Sie nicht lange darüber nach. Sagen Sie einfach Ja«, sagte Lisa. »Morgen, um sechs Uhr im Kino. Und danach reisen Sie ab und haben hier etwas sehr Gutes getan.«

Lev sah sie an, von der Seite, abwartend, sie wollte Nein sagen, aber sie sagte: »Ja. Ich werde da sein.«

In der Wisconsin-Straße spielten Jungen Fußball. Sie trugen kurze Hosen und liefen barfuß, mit nacktem Oberkörper, roten Köpfen und dreckverschmierten Gesichtern durch den Staub. Ihre abgelegten Hemden dienten als Torpfosten. Eine Frau rief den Jungen auf Polnisch etwas zu und fuchtelte mit dem Besen herum. Lilya verstand nur den Namen Jerzy. Als sie Lev sah, winkte sie.

Sie waren auf dem Weg zu Jehuda, dem sie das Foto zeigen wollten. Wenn einer die verwaschene Schrift auf seiner Rückseite wieder lesbar machen kann, dann er, hatte Lev gesagt. Der Ball flog über ihre Köpfe hinweg und landete im Gestrüpp.

»Ein Dorf«, erklärte Lev. »Wie jedes andere auch. Menschen streiten, arbeiten, hoffen, betrügen, bekommen Kinder, planen, sterben – und haben Angst, dass ihnen ein Ball durch die Fensterscheibe in ihre Suppenschüssel kracht. Oder auf den Kopf.«

Er fingerte den Ball aus dem Grün, legte ihn vor sich hin und versuchte ihn zu den Jungen zurückzuschießen. Aber er flog steil in die Luft, verharrte dort einen Moment und rauschte fast lotrecht vom Himmel auf Lev zu, er musste einen Satz zur Seite machen, um auszuweichen. Die Jungen brüllten vor Lachen, und Lev stimmte in ihr Gelächter mit ein. Es war ein hohes Lachen, fast ein Wiehern, man hätte es auch für Weinen halten können.

Sie gingen weiter bis zum Independence-Platz. Auf einer Bank vor dem Haus fanden sie Jehuda, einen jungen Mann mit Drahtbrille und wirren dunkelbraunen Haaren. Lev bat Lilya, einen Moment zu warten. Er ging alleine weiter, das Foto in der Hand. Sie sah, wie der junge Mann die Brille abnahm, den Brillenbügel in den Mundwinkel steckte und das Bild dicht unter seine Augen hielt. Dann hielt er es gegen die Sonne, als wolle er es durchleuchten, und ließ es in seiner Jackentasche verschwinden. Lilya konnte nicht hören, worüber sie sprachen. Lev kam wieder zu ihr zurück.

»Er findet die Arbeit, die JOINT in Föhrenwald leistet, gut und will versuchen, uns zu helfen.«

Ihr war nicht wohl dabei, das Foto einem Fremden zu überlassen. Aber hatte sie eine Wahl?

Als sie gingen, blickte ihnen der junge Mann nach und schien Lilya zu taxieren.

»Sie scheinen ihm sympathisch zu sein«, sagte Lev.

»Er kennt mich doch gar nicht.«

Lev lächelte. »Jeder kennt Sie hier«, sagte er.

»Wie kommen Sie darauf?«

»Die Leute sind neugierig. Hier bei uns tut man nichts unbeobachtet. In unserem Dorf.«

»Und was denken denn die Leute über mich?«

Lev zögerte.

»Raus damit, Lev.«

»Dies und das.«

»Verstehe«, sagte sie und stieß Lev sanft in die Seite.

»Dass Sie hübsch sind.«

»Ist das alles?«

»Und dass Sie ihnen mit Ihrem Bericht vielleicht helfen können. Und ... dass Sie traurig sind.«

»Traurig, ich? Wie kommen Sie darauf?«

Wieder zögerte Lev.

»Das ist schwer zu sagen«, begann er, »vielleicht, weil ein Mann ...«

»Was ist mit einem Mann?« Sie spürte, dass Lev Mühe hatte, weiterzusprechen. Aber er hatte die Sache angefangen.

»Die Leute haben Sie zusammen mit Mr. Guggenheim gesehen«, sagte er. »Und nun denken sie, dass Sie und Mr. Guggenheim, dass Sie nicht so richtig, also, dass er sehr unhöflich zu Ihnen war und Sie deswegen vielleicht ... Es tut ihnen leid für Sie.«

»Unsinn. Was denken Sie selbst, Lev?«

»Nichts.«

Sie stieß ihn erneut. »Man kann nicht nichts denken.«

»Hat Rivka auch immer gesagt. Jeder Mensch denkt immer, Lev. Wer sagt, er denkt nicht, macht sich und anderen etwas vor.«

»Ihre Frau hatte recht.«

»Vielleicht.«

»Bestimmt. Also ...?«

»... dass Sie auf der Suche sind. Sie sind stark, aber irgendwie auch schwach – Sie wollen hier nicht sein und wissen doch nicht, wo Sie hingehören. Natürlich, nach Palästina, wie wir alle, aber das meine ich nicht. Man kann auch in Palästina unglücklich sein. Traurig. Ohne Ziel.«

»Weiter, Lev, was sehen Sie noch?«

»Viele Männer.«

»Wie meinen Sie das?«

»Ich weiß es auch nicht. Nun ... Alle wollen etwas von Ihnen.«

»Lisa, die will, dass ich von Palästina erzähle, ist eine Frau.«

»Und Sie haben zugesagt.«

»Das habe ich. Aber ich gehe nur hin, wenn ein Mann mich

begleitet«, sagte sie und schaute Lev von der Seite an. Er schien Haltung anzunehmen und lächelte.

»Ich werde Sie nicht im Stich lassen«, sagte er.

Lev bot ihr nach der Versammlung am kommenden Abend, ihrem letzten in Föhrenwald, einen Spaziergang an. Er machte ihr Komplimente und beglückwünschte sie zu ihrem Vortrag. Doch er wirkte ernst. Sie verließen das Lager und fanden einen Weg durch den Wald, die Abendsonne fiel durch die Kronen, als zersplittere Glas. Auf einem Feld hinter dem Waldrand sahen sie einen Bauern mit einem Pflug, ein dürres braunes Pferd zog ihn.

Der Abend im Kino war ein Erfolg. Sie hatte von Jerusalem erzählt, ihrer Heimat, Stadt der Hoffnung und des Hasses, gebaut aus Stein und doch nicht von dieser Welt, ein windiges Dorf in den Bergen abseits der großen Routen, Provinz und Welttheater; von ihren Eltern, die in Netanja ein neues Krankenhaus aufbauten, von der Hoffnung auf ein Land für alle, von Plänen, Diskussionen, Versammlungen, von der Notwendigkeit des Kampfes und der Politik. Sie hatte von ihren Eltern Ehud und Deborah ein liebevolles Bild gezeichnet und hatte die Menschen mitgenommen in die Straßen Rehavias. Yoram hatte sie nicht erwähnt.

All das hatte sie Kraft gekostet. Nur die gespannten und offenen Gesichter der Zuhörer hatten sie getragen. Lev hatte neben ihr gestanden und ins Polnische und Russische übersetzt. Sie hatte ihren eigenen Worten gelauscht, aus Levs Mund klangen sie auf eine tröstliche Weise fremd, vielleicht hätte sie es wagen und auch Yorams Namen aussprechen und von ihm erzählen sollen. Sie hätte hören können, wie er seinen Namen in den Fluss ihrer Rede aufnahm, ganz natürlich, selbstverständlich, Yoram hat ... Yoram wollte ... Als wäre nun noch zu erzählen, wie es ihm heute ging. Was er für Pläne hatte.

Als Lilya mit ihrem Vortrag zu Ende war, bat Lisa, die sich

nun zu ihr und Lev gestellt hatte, die Zuhörer um Fragen. Vorher war es still im Saal gewesen, jetzt flogen die Finger hoch. Wie sie die Zukunft sehe? Was sie von der Politik der Engländer halte? Ob man im See Genezareth baden könne und ob das, was man über die Wunderkraft des Toten Meeres sage, stimme? Ob sie einen Mann habe, ob sie es für richtig halte, in Palästina Kinder zu bekommen? Ob die Früchte an den Bäumen so groß und wohlschmeckend seien, wie man sich erzähle? Was sie über das Lager in Föhrenwald zu schreiben gedenke?

Lev wies mit dem Finger auf eine Lichtung. »Unser Exerzierplatz. Nichts mehr für mich, aber für all die Jungen, die laufen, springen und hüpfen können.«

Sie sah Spuren im Sand, abgebrochene Äste, Markierungen, die mit groben Messern in die Bäume geritzt waren. Eine ausgehobene Kuhle.

Sie blieb stehen. »Lev, was ist, irgendetwas wollen Sie mir doch sagen, stattdessen sprechen Sie von jungen Kämpfern und loben mich nach diesem Abend über den grünen Klee. Das macht mich hellhörig.«

Lev blieb ebenfalls stehen und sah zu Boden. »Sie haben ein Telegramm bekommen, aus Palästina. Mr. Guggenheim hat mich gebeten, es Ihnen zu übergeben.« Er zog einen Umschlag aus der Tasche.

Das Telegramm war von Shimon Ben Gedi. Wahrscheinlich die Bestätigung, dass er ihre Nachricht erhalten hatte und nun dringend ihren ausführlichen Bericht erwarte. Während sie las, wurde Lev neben ihr zusehends unruhiger. Er fuhr mit den Fingern an seiner Hosennaht entlang, an seinen Schläfen bildeten sich kleine Schweißperlen.

Mission erfüllt+ stop+ Befehl zur sofortigen Rückkehr und mündl. Berichterstattung+ stop.

»Werden Sie zu Hause noch immer vermisst?«, fragte Lev.

»Ja«, sagte sie. »Mission erfüllt, steht da.«

Sie ließ das Telegramm sinken.

»Will Ihr Freund, dass Sie zurückkehren?«

»Ja.«

Lev seufzte.

Der Befehl kam überraschend. Offenbar war in Palästina etwas geschehen, das ihre Anwesenheit dort unabdingbar machte. Sie hatte in den Tageszeitungen aus aller Welt, die in der Lagerbibliothek auslagen, wenngleich oft veraltet, immer wieder verfolgt, dass nach der großen Aktion die Reaktion der Engländer nicht lange hatte auf sich warten lassen. Es hatte den »Schwarzen Sabbat« gegeben, eine Razzia im ganzen Land, die größte bislang, mit Verhaftungen, Schießereien, Standgerichten. Darauf folgten Anschläge aus dem Untergrund. Irgun und all die anderen. Es war nicht anders zu erwarten gewesen. Lilya dachte an ihre Eltern. Waren sie auch sicher in ihrem neuen Zuhause? Hatten die britischen Soldaten sie aufgesucht, weil sie Yorams Eltern waren?

Sie sah Ehud und Deborah vor sich, Uniformierte brachten sie nach einem Verhör wieder zurück in ihr Haus, übernächtigt und hungrig, und sie begann zu frösteln. Wie der Jeep zurücksetzt und davonfährt, Vater und Mutter durch ihr Haus gehen – die Eingangstür aufgestemmt, die Schubladen herausgerissen, die Betten zerwühlt, Bücher liegen auf dem Boden verstreut, Wäsche, Papiere, ihre Kinderbücher, Yorams Schuhe, die ihre Eltern, bevor sie aus Jerusalem fortzogen, geputzt hatten, eine Stunde lang, als wollten sie nie mehr damit aufhören, um sie dann in seinen Schrank zu stellen und die Tür zu verschließen.

Sie schluckte und versuchte die Bilder zu verjagen. Vielleicht war auch Ben Gedi unter Druck, und ihm wurden die Leute knapp? Und nun rief er sie zurück. Sie hatte nicht weggewollt, jetzt bot Ben Gedi ihr einen fliegenden Teppich nach Jerusalem an. Das, worauf sie immer gehofft hatte.

Am Abend zuvor hatte ihr Lev das Foto zurückgebracht. Der junge Mann mit der Drahtbrille hatte es innerhalb eines Nachmittags geschafft, die für jedermann unlesbaren Buchstaben auf der Rückseite zu entschlüsseln, und hatte sie sorgfältig mit einem Stift nachgezogen. Nun konnte sie den Text zwar lesen, verstand ihn aber nicht. Es waren weder Zahlen noch Formeln, es war ein Satz.

Det bugter sig i bakke, dal

Was für eine Sprache war das? Was hatte Raphael Lind sich auf diese Weise notiert?

»Das heißt, Sie kehren nach Palästina zurück und fahren nicht nach Offenbach?«, sagte Lev.

Sie sah hoch, suchte über den Bäumen den Himmel ab, wo war der Vogel?

»Doch«, sagte sie. »Mein Freund wird noch eine Weile auf mich warten müssen. Ich bleibe in Deutschland und setze meine Reise fort, wie ich es geplant habe.«

Lev ging schweigend ein paar Schritte. Dann sah er sie wieder von der Seite an. »Was ist, wenn es jemanden gibt, der Sie daran hindern will?«, sagte er.

Wie kam er darauf? »Wissen Sie etwas, das ich wissen sollte?«

Er schien etwas verlegen. »Ein Gefühl, nicht mehr. Wir leben noch immer in unruhigen Zeiten ... Seien Sie vorsichtig, Lilya.«

Sie wandte sich ihm zu. »Ich werde Sie vermissen, Lev.«

Er nahm sie in den Arm, ganz unerwartet, hielt sie kurz, dann schob er sie wieder weg. »Sprechen Sie mit Mr. Guggenheim«, sagte Lev. »Er sollte wissen, dass Sie in Deutschland bleiben.«

»Warum, Lev? Ich habe den Eindruck, dass ihn meine Anwesenheit eigentlich nur reizt, und es dauert meist nicht lang, bis er mir gegenüber ungehalten wird. Ich möchte ihn nicht weiter mit meiner Nähe belasten. Wirklich, ich will keine weiteren ... ich ...«

»Das ist es nicht«, sagte Lev.

Er sah sie von der Seite an. »Weit schlimmer wäre es für ihn, denke ich manchmal, er wüsste Sie in der Ferne«, sagte er mit einem Lächeln, und sie traten im schwindenden Licht den Rückweg zum Lager an.

DAS HAUS
DER BÜCHER

1

Sie schlängelte sich an zugewachsenen Bombenkratern vorbei, musste immer wieder absteigen und das Fahrrad schieben, das ihr Sergeant Harvey Ladenbruck für diesen Tag überlassen hatte. Er hatte ihr den Weg beschrieben. Immer am Main
entlang, hatte er gesagt, sie könne das OAD gar nicht verfehlen,
nur müsse sie auf die Sachsenhausener Seite hinüber. Wenn sie
Glück habe, sei eine der Behelfsbrücken offen.

Abseits der alten Straßen hatte sich ein neues Wegenetz über
die Stadt gelegt. Trampelpfade, Schneisen durch Gärten und
Hinterhöfe führten vorbei an hohlen Fassaden, Geröllhaufen,
verbogenen Stahlträgern und blinden Fenstern. Frauen in Kit-
teln und Kopftüchern klopften den Mörtel von den Steinen
und schichteten sie zu kleinen Haufen oder Mauern auf. Ein
greises Paar in feldgrauen Mänteln zog einen Handkarren, auf
dem sich Holzkisten, ein alter Spiegel, und ein geflochtener
Wäschekorb stapelten. Darin lag, auf einem Haufen aus Klei-
dungsstücken, ein kleines Mädchen und schlief. Grün wuchs
aus den Mauerstümpfen und Fassaden, Gras, Farn, Moos und
Klee.

Über den Römerberg – einsam standen dort drei Fassaden,
deren Treppengiebel wie ein Gerippe aussahen – gelangte sie an
den Main. Die gebrochenen Stahlarme des Eisernen Stegs ragten aus dem Wasser, auf der anderen Uferseite sah Lilya Arbeiter
mit Schaufeln, denen sich schnaufend ein Bagger näherte.

Sie spürte, wie in ihr die Unruhe wuchs, als sie auf einem Fähr-boot, das kaum größer war als ein Nachen, einen Platz für sich und das Fahrrad ergattert hatte. Würde sie über das Haus der Bücher und das Verzeichnis von *Alexandria* eine Spur zu Lind finden?

Lev hatte sie mit dem Auto zum »Jerusalem Express« ge-bracht, der am Bahnhof von Wolfratshausen abfuhr. Das UN-RRA-Büro hatte sich bei der Lagerverwaltung in Föhrenwald gemeldet und ihn als Ersatzfahrer angefordert, der hin und wie-der den Chef fahren sollte. Eine gute Nachricht. Beim Abschied auf dem Bahnsteig hatte Lev die Mütze abgenommen und sie über dem Kopf hin und her geschwenkt. Immer kleiner wurde er, als der Zug sich in Bewegung setzte, und Lilya hatte einen Kloß im Hals gehabt.

In Offenbach hatte sie ein Quartier bei dem US-Sergeant Harvey Ladenbruck zugewiesen bekommen, Cordelia, unsicht-bar und doch wirkungsvoll, schien weiterhin ihre Hand über sie zu halten. Ladenbruck arbeitete seit seiner Kriegsverletzung in den Ardennen als Lagerist im PX Store, der eigens vom ameri-kanischen Verteidigungsministerium eingerichteten Ladenkette der Army. Seine Welt bestand aus Leitern und Listen, Corned Beef, Mais, Erbsen, French's Mustard, Bier, Trockenei, Kaffee und Milchpulver der Lost Company.

Er kam eine Leiter herunter, als sie ihn dort aufsuchte, wischte sich die Hände an der Uniformhose ab und musterte Lilya. Er stand leicht schief, als könne er nur ein Bein belasten,

»Na, dann«, sagte er nach einer Weile. »Aus dem Planqua-drat General Vinyard ist schon was durchgesickert. Bis hier in mein Dosenimperium hinein. Also, Ihr Name?«

»Lilya.«

Er lächelte und reichte ihr die Hand. »Harvey«, sagte er, »Lilya, und wie noch?«

»Wasserfall.«

»Na, dann los.« Er hatte dunkle Augen und sprach schnell.

»Sie tragen eine Uniform, noch nie gesehen, das Ding. Also gut, kommen Sie, Miss.«

Harveys Fahrrad stand am Ausgang des PX-Geländes. Er werde es schieben, bis in die Liebigstraße sei es nicht weit. Die Stadt roch nach Staub und rostigem Eisen. An der Ecke Feldbergstraße und Liebigstraße stand die Fassade eines Eckhauses, das sie aus schwarzen Augen ansah. Die Fensterrahmen waren herausgerissen, und noch immer wehten Fetzen von Verdunkelungspapier im Wind. Davor lagen abgebrochene Masten von Straßenlaternen, Berge aus Schutt und verbogenen Rohren und in seinem Innenhof ein großer Steinhaufen, als hätte das Haus sich umgedreht und erbrochen.

Eine Frau verließ gerade das Haus, als sie Harveys Quartier erreichten. Sie war wohl Ende zwanzig, etwas zu stark geschminkt, trug ein enges Kleid, das aussah wie selbst genäht, und darunter helle, hohe Strümpfe mit einem Loch am Knie, das sie mit einem andersfarbigen Faden gestopft hatte. Sie sah Harvey an, mit geübtem Blick, der irgendeine stumme Übereinkunft, ein mit der Nacht geteiltes Wissen voneinander verriet. So sei es fast immer, sagte Harvey, nachdem sie ins Haus gegangen waren. Wenn er abends komme, gehe sie. Anita Renneberg, ihr Mann sei verschollen, gefallen oder irgendwo in Gefangenschaft. Das Haus gehöre ihrer Mutter, die unter dem Dach in einer Mansarde hause, diese aber nicht mehr verlasse.

Harvey stellte das Fahrrad in den Flur und schloss es mit einer schweren Kette ab. »Kriegswichtig«, sagte er und streichelte den Sattel.

Durch das enge Treppenhaus, von dessen Wänden der Putz abblätterte, stiegen sie in den ersten Stock hinauf. Dort stieß Harvey die Tür zu seinem Zimmer auf.

Zwei Gitarren standen auf Holzständern, Kabel lagen daneben, auf einem der Stühle stand ein Radio mit schwarzem Bakelitgehäuse, seine Rückwand war abgeschraubt. Mundharmonikas unterschiedlicher Größe und Tonhöhen lagen auf dem Boden, ein Mikrofon, das aus einem deutschen Rundfunkstudio stammen musste, Neumann, stand an der Seite. Noten, Handbücher für Elektrik und unterschiedliche Werkzeuge wie Schraubenzieher, Kneifzangen und Metallsägen waren im ganzen Raum verteilt, und auf der Bettdecke lagen Nadel und Faden. Der Zwirn war blau wie der an Anita Rennebergs gestopfter Strumpfhose. Harvey nahm die Sachen und warf sie in einen Karton.

»Les Paul«, sagte er und wies auf die Gitarre. »Er hat mir den Weg gewiesen zu einer völlig neuen Musik. Kennen Sie ihn?«

Lilya verneinte.

»Von Hitler zu Hillbilly lautet mein Motto. Und den Volksempfänger führen wir endlich seiner eigentlichen Bestimmung zu. Aber jetzt los nach oben. Ich zeig Ihnen Ihr Zimmer.«

Er griff nach einem Schlüssel, der auf einer mit handgeschriebenen Noten übersäten Kommode lag, öffnete die Tür und ließ ihr mit einer galanten Armbewegung den Vortritt.

Lilyas Zimmer lag im zweiten Stock mit Blick auf den Hinterhof. Ein Bett, ein Stuhl, in der Ecke auf dem Boden zwei im Wohnzimmer abgeschraubte Kronleuchter. Das Zimmer war geräumig und ansonsten leer. Sie hörte im Hof, wie ein Ball gegen die Mauer prallte, dann das Geschrei von Jungen. Im Nachbarhof wimmerte eine singende Säge.

»Scheußliches Ding«, sagte Harvey und verabschiedete sich. Falls sie etwas brauche, sie wisse ja, wo sie ihn finde. Aber Lilya war sofort aufs Bett gefallen und eingeschlafen.

Am Morgen war sie schließlich mit Harveys Fahrrad aufgebrochen. Das *Offenbach Archival Depot* lag an einer Biegung des Flusses. Als sie die zerstörten Hafenanlagen von Offenbach hinter sich gelassen hatte, sah sie in der Ferne zwei Lastwagen an einem Kai, Soldaten trugen vor einem der Wagen Kisten zu einem Flussschiff. Dort angekommen, stieg sie vom Rad.

»Vorsicht, bitte!«, hörte sie einen Mann rufen, der ein Klemmbrett mit Listen in der Hand hatte. Sie lehnte ihr Fahrrad an einen Baum.

»Bücher der Alliance Israélite Universelle aus Paris. Denken Sie an gutes teures Porzellan, meine Herren.«

Der Mann trug einen weißen Kittel, wie ein Arzt oder Chemiker, und redete auf die Soldaten ein, die mit den Kisten an ihm vorbeikeuchten. Jeden einzelnen ermunterte er, sprach ihn an, dankte, so sei es gut, nur Vorsicht, ja, weiter so. Er war klein, bewegte den Oberkörper vor und zurück, wenn er sprach, und trug eine Brille mit Drahtgestell. Sie schätzte ihn auf sechzig.

Ein Offizier kam dazu und blickte Lilya an. »Es wäre schön, wenn auch Sie weiter mit anfassen würden.«

Lilya war überrascht. Der Mann mit dem Klemmbrett musterte Lilya und zwinkerte ihr zu. Sie wollte auf den Irrtum hinweisen, aber der Blick des Mannes war so entschieden und zugleich auf eigenartige Weise sanft, dass sie zu einer der geöffneten Lkw-Ladeflächen ging, eine Kiste entgegennahm und sie zum Schiff trug, wo sie ihr ein Schauermann mit nacktem Oberkörper abnahm und im Bauch des Schiffes verschwinden ließ. Sie half, bis auch der zweite Wagen geleert war. Lilya war nun völlig durchgeschwitzt. Die Julisonne stand bereits am späten Vormittag hoch am Himmel. Sie wischte sich mit dem Oberarm über die Stirn.

Der Offizier, der sie zum Mithelfen aufgefordert hatte, baute sich vor der Gruppe auf.

»Das ist für uns alle ein bewegender Moment. Eine Heimkehr, ein Stück Versöhnung. Die Bücher reisen zurück nach Paris.«

Er legte dem Mann mit dem Kittel eine Hand auf die Schulter: »Und Platz brauchen wir hier auch. Wir platzen aus allen Nähten.« Dann sagte er zu Lilya: »Sie können jetzt wieder an

Ihren Schreibtisch zurückkehren«, und ging. Lilya blickte ihm erstaunt nach, als ihr schließlich der Mann mit dem Kittel die Hand reichte.

»Willkommen in der Arche Noah«, sagte er. »Eine etwas unerwartete Begrüßung, nehme ich an. Mein Name ist Nathan Westmann, ich bin für die Identifizierung der Bücher verantwortlich. Sie wurden mir bereits angekündigt. Und Ihren kurzen Brief habe ich auch gelesen.« Er wies mit dem Finger nach oben.

Cordelia, musste Lilya denken, und ihr Vater, der General, sie schienen tatsächlich weiterhin die Hand über sie zu halten.

»Kann ich mir irgendwo die Hände und das Gesicht waschen?«

»Kommen Sie, ich zeig Ihnen alles«, sagte er. »Captain Bernstein wird es nicht mehr lernen, Abzeichen und Schulterklappen zu lesen. Jedes Exlibris auf der Welt kann er entschlüsseln, fast besser als ich. Aber Dienstgrade und Truppenzugehörigkeiten, Fehlanzeige. Wissenschaftler! Sie hätten Nein sagen können, Sie unterstehen dem JOINT, wenn ich das Wasserzeichen an ihren Ärmeln richtig deute. Nehmen Sie das Fahrrad besser mit. Diese Dinger dematerialisieren sich in diesen Zeiten schneller, als Sie gucken können.«

Lilya begleitete Westmann durch das von zwei GIs bewachte Tor. Das Gebäude des OAD war mehrstöckig und hatte von Metallrahmen gehaltene Fenster. Es war solide gebaut, und der Haupteingang bestand aus einer schweren, stählernen Tür, hinter der einst die Fertigungshalle gelegen hatte.

»Hier war einmal alles Chemie«, sagte Westmann. »IG Farben. Ich weiß nicht, was die in diesen Hallen hergestellt haben. Jetzt wohnen unsere Bücher hier.«

Lilya blieb gleich hinter dem Eingang vor einem Stapel mit Kisten aus grobem Holz stehen, an deren Seite in großen Buchstaben NIRO stand.

»Wir leben hier von Kürzeln, und gelegentlich verliere selbst ich den Überblick. NI heißt Niederlande und RO Bibliotheca Rosenthaliana. Geht zurück nach Amsterdam. Wir haben diese außerordentlich wertvolle Bibliothek in einem Versteck in Hungen gefunden, hier ganz in der Nähe. Einst eine Stiftung von dem reichen Amsterdamer Bürger Leeser Rosenthal an seine Stadt.« Er legte seine Hand auf eine der Kisten, als wolle er sie berühren oder beruhigen vor ihrer langen Fahrt. »Kommen Sie, wir gehen in den ersten Stock, dort ist auch das Büro von Direktor Bernstein. Jetzt stelle ich Sie noch einmal richtig vor.«

Als sie an einer Tür vorbeigingen, an der ein Pappschild mit der Aufschrift *Torah Room* hing, blieb sie stehen.

»Wollen Sie hineinsehen?«, fragte Westmann. Er öffnete die Tür und schaltete das Licht ein. Sie sah Regale, die deckenhoch mit Thorarollen vollgestopft waren. Man hatte sie übereinandergestapelt wie Stoffballen in einer Schneiderei, ihre hölzernen, oftmals verzierten Griffe ragten aus den Regalen heraus. In einem Karton lagen Yads, Thorazeiger, aus Holz oder Silber, ihre Spitzen waren geformt wie Hände oder Zeigefinger.

»Unser Heiligtum«, erklärte Westmann. »Aber das alles wird Sie wenig interessieren, Sie gehören ja nicht zu einer dieser Kommissionen, die einen Bericht für ferne Vorgesetzte an unaufgeräumten Schreibtischen schreiben. Wenn ich richtig verstanden habe, hat das Büro von General Vinyard Ihnen hier Zutritt verschafft. Sie werden mich bestimmt noch genauer einweihen, um welche staatstragende Angelegenheit es sich handelt.«

Sie gingen weiter. Das *Offenbach Archival Depot* sei eine der zentralen Sammelstellen der Amerikaner, erklärte Westmann. Als die Rothschild-Villa in Frankfurt nicht mehr ausgereicht habe – er selber habe dort zunächst gearbeitet –, hätten die Amerikaner dieses Gelände requiriert. IG Farben. Es sei perfekt, habe einen Kai mit Verladeeinrichtungen, einen Kran, eine Rampe und zwischen Fluss und Gelände Eisenbahnschienen.

Der Raum im vierten Stock, den sie jetzt durchquerten, war nur schwach beleuchtet. Durch die Fenster drang fahles Licht. Tausende von Büchern lagen lose gestapelt in groben Holzkisten. Stille herrschte in dem Raum. Niemand arbeitete hier.

»Das sind unsere wirklichen Sorgenkinder«, sagte Westmann.

»Wir haben sie nicht aufgegeben. Unsere Stempelsucher haben sie alle durchgesehen, wieder und wieder ... nichts.«

Lilya nahm ein Buch in die Hand, hielt es, wog es, als könne sie über das Gewicht seinen Wert ermitteln oder ihm durch Wiegen etwas über seine Herkunft und sein Leben entlocken. Sie stellte es sich in einer großen ehrwürdigen Bibliothek vor, *Alexandria*, wo es nach Leim, Leder, Papier und Staub roch, wo das Klappern von Hufen und der Ruf eines Zeitungsverkäufers von der Straße herauf zu hören war, die Dielen knarrten und Chaim Friedrich Lind zur Tür hereinkam und gravitätisch und mit gemessenen, fast feierlichen Bewegungen eine Brille aufsetzte und ins Regal griff.

»Halten Sie es für einen Moment. Die Wärme Ihrer Hand wird ihm guttun«, sagte Westmann. »Alle Werke Mozarts. Ludwig von Köchel, Breitkopf & Härtel, Leipzig 1862. Erstausgabe. Sehen Sie mal nach, KV 525.«

Lilya blätterte.

»Eine Kleine Nachtmusik«, erklärte Westmann, »nur kein Exlibris, keine persönlichen Notizen, kein Hinweis auf seinen Besitzer, nichts. Gar nichts. So ist es bei allen diesen Büchern hier.«

Captain Isaac Bernstein saß in seinem Büro an einem großen Schreibtisch aus dunklem Holz, im rechten Winkel zu ihm seine Sekretärin, die eine Underwood-Schreibmaschine vor sich hatte, groß wie ein Chriffriergerät. Sie blickte kurz auf, ein angedeutetes, fast konspiratives Lächeln, mein Gott, unser Chef, ich weiß, umspielte ihre Lippen, dann vertiefte sie sich wieder in ihre Korrespondenz.

»Ich muss mich bei Ihnen entschuldigen«, sagte Bernstein und erhob sich.

Er hatte eine sonore, angenehme Stimme. Die Krawatte hatte er abgenommen und auf den Tisch gelegt.

»Einer meiner Untergebenen hat mich auf meinen Irrtum hingewiesen. Aber Sie haben die Kisten getragen wie eine von uns.«

»Ich habe tragen gelernt«, sagte sie.

»Wo, wenn ich fragen darf?«

»Im Kibbuz in Palästina. Wer da lebt, kommt ohne Tragen nicht davon.«

»Unruhige Gegend. Keiner weiß, wie es dort weitergehen soll. Umso mehr hoffe ich, dass wir Ihnen helfen können. Nur viel Zeit werden wir Ihnen nicht schenken können, Sie sehen ja, was hier los ist. Immer mehr Bücher kommen zu uns und müssen sortiert und zurück zu ihren Besitzern geschickt werden, dazu verlangen sogar die DP-Camps jetzt laut nach Büchern. Wollen Bibliotheken aufbauen! Doktor Westmann wird Ihnen bei Ihrem Anliegen zur Seite stehen. Wenn er Ihnen nicht helfen kann, kann es keiner.«

Er brachte sie zur Tür, Westmann hatte dort auf sie gewartet.

»Kommen Sie«, sagte er, »Sie haben noch längst nicht alles gesehen.« Stolz lag in seiner Stimme.

Im dritten Stock standen lange Tische, und überall im Raum waren Wäscheleinen gespannt. Ein junger Soldat, die Ärmel hochgekrempelt, rührte Klebstoff in einer Schüssel an.

»Hier werden die Bücher wieder aufbereitet, die beschädigt sind. Wir versuchen sie zu restaurieren, soweit es in unserer Macht steht.«

Nathan Westmann ging zu dem jungen Soldaten und kniff ihm kameradschaftlich in den Arm. »Der Leiter unserer Ambulanz, er erweckt die Toten wieder zum Leben. Reinigen, trocknen, kleben, ausbessern, neu binden. Dazu sind die Leinen da, an ihnen werden die Seiten zum Trocknen aufgehängt.«

Sie begann sich zu fragen, wie lange Westmanns Schlossführung noch dauern würde. Nicht dass sie seinen Erklärungen und Beschreibungen nicht mit Aufmerksamkeit, Neugierde und Anteilnahme gefolgt wäre. All das interessierte sie. Aber sie wollte auch wissen, ob sie hier richtig war oder ob sie in Berlin besser aufgehoben wäre. »Dr. Westmann«, sagte sie, »wann können wir über mein Anliegen sprechen?«

»Morgen, bringen Sie alles mit, was Sie haben. Und dazu Geduld. Sie finden mich bei den Stempelsuchern hier oben im zweiten Stock. Oder Sie kommen um neun Uhr in unsere Morgenkonferenz. Ich werde Sie bei Mr. Bernstein anmelden.«

Am Morgen darauf stand Lilya vor der weit geöffneten Tür zu dem Konferenzraum im ersten Stock des OAD. Die Mitarbeiter hockten auf Stühlen, Trittleitern, auf der Kante von Bernsteins Schreibtisch, nicht wenige standen. Einer der Offiziere aus dem Stab führte Protokoll, auf seinem Schoß lag ein Schreibblock.

Als Westmann sie vor der Tür entdeckte und bemerkte, dass sie zögerte, winkte er sie herein. Er stand neben Captain Bernstein und wies auf einen freien Platz neben dem Fenster. »Guten Morgen, Soldaten«, sagte Bernstein, »rühren, und machen Sie es sich bequem.«

Ein großer und kräftiger GI, der jetzt neben ihr stand, flüsterte ihr zu: »Standardbegrüßung.«

Bernstein bat um Ruhe. Der Soldat neben ihr löste sich von seinem Platz und trat vor. Er hielt jetzt einen Zettel in der Hand.

»Die Heizung wird noch einmal überholt«, sagte er, »drei Fenster im obersten Stock sind ausgewechselt, der Schutthaufen neben dem Gebäude wird heute noch beseitigt. Das Wachpersonal wird noch einmal um zwei MPs aufgestockt, und wir haben, Stand gestern« – er blickte auf das Papier –, »hundertneunundvierzig Mitarbeiter, Freiwillige und Angehörige der Streitkräfte, acht Liaison-Offiziere und, das Übliche, Gäste.«

Er sah zu ihr herüber und zwinkerte.

»Danke, Sergeant. Später dazu mehr. Doktor Westmann, bitte.«

Nathan Westmann stand auf, ein Papier in der Hand, das ihm Bernsteins Sekretärin überreicht hatte. »Eingang: achthundertdreiunddreißig Kisten, Holz, Standardformat, circa zweihundert Tonnen«, sagte er, ohne einen Blick darauf zu werfen, »Transport aus Hirzenhain, Herkunft unterschiedliche europäische Länder, besonders Holland und Belgien, neben jüdischem Schrifttut Bücher der Freimaurer, Material in sehr bedauernswertem Zustand.«

Er machte eine Pause, sah sich um, ob die Versammelten ihm folgen konnten. »Alle Bücher, die noch in der Frankfurter Stadtbücherei zwischengelagert sind, sind im OAD zur Sichtung eingetroffen, zwanzig Lastwagen zu circa zweieinhalb Tonnen. Thorarollen und andere Bücher des Kultus sind aus Wiesbaden auf dem Weg hierher. Sichtung anberaumt. Ausgang: sechzig Holzkisten der Bibliotheca Rosenthaliana, Zielort Amsterdam, verladen und verschifft. Noch keine Eingangsbestätigung. Bibliothèque Israélite Universelle, Paris. Verschiffung abgeschlossen. Bestätigung durch Officer Raymond Weinberg vor Ort kommende Woche.«

»Danke, Doktor Westmann. Insbesondere für die umsichtige Verladung. Auch an diejenigen, die mit angepackt haben. Nun die Großwetterlage: Sie alle wissen, die Bestätigung durch das Büro Clay liegt vor, Offenbach wird ab sofort der zentrale und einzige Sammelpunkt für das Bücherraubgut sein.«

Er hielt einen Moment inne. »Fragen? Ich sehe: keine. Die Zahl der angekündigten oder bereits eingetroffenen Besucher ist wieder groß. Die Liste wird Ihnen gleich ausgehändigt. Ich bitte, sich für anstehende Gespräche in meinem Büro bereitzuhalten.«

Der Sergeant las die Liste laut vor. Lilya hörte Namen von Russen, Franzosen, Niederländern, Engländern. Sie stutzte.

»Guggenheim, David, UNRRA München«. Einen Moment hatte sie Angst, sich verhört zu haben. »Bibliothek für das Displaced-Persons-Camp Föhrenwald.«

Nachdem Bernstein die Runde aufgelöst hatte, bat er Lilya, ihn in sein Büro zu begleiten. Dort händigte er ihr einen Brief aus, er war von Cordelia.

»Wir sind zwar nicht die Post«, sagte er, »aber wir helfen, wo wir können.« Er setzte sich hinter seinen Schreibtisch. »Auch wenn es uns manchmal schwerfällt und wir es gar nicht dürfen, die DP-Camps rufen nach Büchern wie nach Seife und Milchpulver. Sie kommen gerade aus einem dieser Lager, deswegen würde mich Ihre Meinung dazu interessieren: Wenn wir aus den geretteten Beständen etwas in die Camps schicken, bewegen wir uns rechtlich in einer Grauzone. Denn damit verlieren wir die Kontrolle über das, was wir treuhänderisch verwalten für die Überlebenden, die Hinterbliebenen, die rechtmäßigen Besitzer. Und dennoch, wir werden mehr und mehr bedrängt und sind gezwungen, eine Haltung dazu zu entwickeln.«

Sie sah die leeren Regale im Schulhaus vor sich, Lisa Straßburgers hilfloses Lachen und die Kiste mit den Buchstützen aus den Beständen des ERR. Und an Lev, der auf die Kiste zeigte und sie erwartungsvoll ansah.

»Ich denke, wer Buchstützen hat, sollte auch Bücher bekommen«, sagte sie.

Bernstein blickte auf. »Eine interessante Theorie«, sagte er. »Aber ich fürchte, ich verstehe Sie nicht ganz.«

Lilya erzählte von dem Besuch in der Bibliothek von Föhrenwald und dem Karton mit dem Aufdruck ERR.

»Noch heute kommen Leute aus Bayern, ich soll sie also nicht mit leeren Händen wieder wegschicken?«

»Wenn Sie wirklich meine Meinung dazu wissen wollen: Das sollten Sie nicht.«

Bernstein sah sie herausfordernd an. »Und warum?«

Lilya erzählte von der Not in den Lagern, vom Hunger nach Leben und davon, dass Bildung für einen Neuanfang unerlässlich sei, auch eine »Waffe« im Kampf für die Freiheit. Mehr und mehr Kinder würden in den Lagern aufwachsen, die man mithilfe von Büchern aufs Leben vorbereiten müsse. Es sei die Pflicht aller zu helfen, sagte sie. Ohne Bildung könne es keine Hoffnung geben.

Sie hielt inne und staunte über sich selbst, wie sehr sie sich für die Sache eingesetzt und mit welchem Nachdruck sie gesprochen hatte. Bernstein hatte die Brille abgenommen, als könnte er sie besser verstehen, wenn er sie nicht sah.

Er setzte sie wieder auf und blinzelte. »Ihre Expertise gefällt mir, sie ist so überzeugend wie unwissenschaftlich und rechtlich kaum vertretbar. Aber gut. Ich werde mich ab sofort auf Sie berufen.«

Er sah sie mit fast väterlicher Heiterkeit an, dabei war er wahrscheinlich nur ein paar Jahre älter als sie.

»Unwissenschaftlichkeit hin oder her«, sagte sie, »sie muss ja nicht vor einem Dissertationsausschuss bestehen.«

»So ist es«, erwiderte Bernstein. »Heute Abend kommt ein Mitarbeiter der UNRRA aus München, ein mir ebenso vertrauter wie hartnäckiger Bursche. Ich werde ihn mit Ihrer Meinung konfrontieren. Bin gespannt, wie er reagiert. Noch überlegt er sicher fieberhaft, wie er seine Ansprüche und die der Lager rechtlich geltend machen kann.«

Sie musste aufbrechen, Westmann wartete auf sie. Gern hätte sie Bernstein noch etwas entlockt über den Gast, den »hartnäckigen Burschen«, irgendetwas, ob er allein komme, wie lange er bleibe, wo er wohne, ob er wisse, dass sie hier in Offenbach sei. Schlag es dir aus dem Kopf, sagte sie sich, und ging.

Bevor sie Westmann aufsuchte, öffnete sie den Brief.

Liebe Freundin,
wenn Jesus dank unserem beherzten Eingreifen auferstanden ist, wird uns Größeres möglich sein. Fliegen ohne Angst? Schlaf ohne böse Träume? Liebe ohne Leiden? Oder zumindest: ein Wiedersehen in Berlin? Falls Sie Ihre Mission nach Berlin führen sollte, sind Sie herzlich dazu eingeladen, während Ihres Aufenthalts bei mir zu wohnen. Ich erwarte Sie und freue mich auf ein Wiedersehen.
C.
PS. Sind Sie gut in Offenbach angekommen? Ich hoffe, man kümmert sich dort angemessen um Sie.

Darunter hatte Cordelia ihre Adresse geschrieben, Berlin, Winterfeldtplatz und die Hausnummer. Lilya war froh, in Berlin eine Anlaufstelle zu haben, und freute sich darauf, die Amerikanerin zu sehen. Sie steckte den Brief ein und machte sich auf den Weg zu Westmann.

Mit Lupen und Lampen saßen die Stempelsucher an langen Tischen und beugten sich über die Bücher. Sie arbeiteten emsig und schweigend. Nathan Westmanns Arbeitsplatz war in einer Nische untergebracht und bestand lediglich aus einem Schreibtisch, auf dem eine große Lupe, eine Pinzette, eine Schere, ein Radiergummi und ein aufgeschlagenes Buch lagen. In dem Buch waren die unterschiedlichsten Exlibris eingeklebt. Aus der Schublade zog er ein Formular. Er schien sich zu freuen, sie wiederzusehen. »Ich würde Ihnen sehr gerne einen Platz anbieten«, sagte er mit gedämpfter Stimme, »aber Sie sehen ja, wie es hier aussieht. Ziehen Sie sich eine der Kisten heran. Ich werde mir alles aufschreiben, was Sie wissen, und Sie werden mir zur Auswertung hierlassen, was Sie haben.«

Lilya legte das Buch auf den Tisch, das ihr Elias Lind mitgegeben hatte.

Westmann nahm es in die Hand, hielt die Lupe über die goldene Prägung auf dem Deckel und öffnete es. Eine Weile blätterte er darin und las den einen oder anderen Eintrag, dann schlug er es wieder zu. Er griff nach dem Verzeichnis mit den Exlibris, dann wanderte sein Blick zurück zu Linds Buch.

»Ein Katalog, sehr sorgfältig gearbeitet«, sagte er und legte seine Hand auf das Verzeichnis. »Aus Berlin, haben Sie gesagt?«

»*Alexandria*, so nannten sie die Bibliothek.«

»Wenn ich Ihren Brief richtig verstanden habe, geht es Ihnen weniger um die Bücher selbst als um eine Spur, die diese Bücher hinterlassen haben könnten. Sie hoffen, mit meiner Hilfe das Ende eines Ariadnefadens zu fassen zu bekommen, der Sie hinaus ans Licht bringt. Mit anderen Worten: Sie suchen jemanden, der verloren gegangen ist. Denjenigen, dem dieses Buch gehört und all das, was darin so sorgfältig und umsichtig verzeichnet ist.«

»Ja«, sagte sie, »so ist es.«

Er lehnte sich zurück, als müsse er ausholen.

»Es gibt zunächst einfache Fälle: Bei uns tauchen Bücher auf, wir wissen, wem sie gehören, und die Besitzer leben noch. Rückgabe, auf dem schnellsten Weg.« Er machte eine kurze Pause. »In den meisten Fällen leben die Besitzer jedoch nicht mehr, und damit fangen die Probleme an. Aber immerhin haben wir dann wenigstens den Besitz retten können, und wir suchen nach Erben oder Institutionen, die ihn übernehmen können. Aber nahezu aussichtslos ist es, wenn wir nicht einmal Bücher haben.« Er sah sie prüfend und zugleich freundlich an. »Ich habe das Gefühl, dass Sie mir gerade einen derartigen Fall antragen wollen. Hab ich recht?«

»Wir haben immerhin dieses Buch, einen Namen und ...«

Er nahm einen Stift und beugte sich über das Formular.

»Also, wen suchen wir?«

»Lind, Raphael, Berlin-Dahlem«, sagte sie. »Professor, Kaiser-Wilhelm-Institut für physikalische Chemie, vermutlich 1941 oder 1942 ermordet.«

Sie stutzte. Westmann hatte den Stift wieder aus der Hand gelegt. Alle Farbe war aus seinem Gesicht gewichen. Warum schrieb er nicht weiter?

»Lind?«, sagte er und starrte auf das Buch.

»Ja.«

»Wilna«, sagte Westmann, leise, als spräche er zu sich selbst. Er sah wieder auf

»Sagt Ihnen das etwas? Wilna.«

»Ein Ort der jüdischen Kultur und des Schreckens ...«

»Schrecken, ja.« Westmann erhob sich. »Lind kam mit den deutschen Truppen in die Stadt. Als schließlich alles vorbei war, folgten ihnen die Einsatzgruppen.«

Lilya sah ihn erstaunt an und wollte ihn fragen, woher er das wisse, aber Westmann, noch immer bleich im Gesicht, hielt ihr die Hand hin.

»Holen Sie mich morgen Abend um sechs am Tor unten ab«, sagte er. »Dann will ich versuchen, Ihnen weiterzuhelfen. Aber machen Sie sich nicht allzu große Hoffnungen. Vieles ist geschehen, und vieles ist nicht geschehen.«

2

NEW SESSION, NEW MUSIC!
The magnificent ALLIES
Come and get ELECTRIFIED
at the legendary Senkenburg.

Die *Stars and Stripes* hatten das Konzert angekündigt. Auf der Straße vor dem Lokal standen US-Soldaten, Angehörige der Army, Leute der Zivilverwaltung und deutsche Frauen, vielleicht einsam und auf der Suche nach einem neuen Leben. Sie alle warteten auf Einlass, etwas abseits neben einem Jeep saßen Militärpolizisten, dazu abgestellt, die Szene im Blick zu behalten.

Harvey hatte sie eingeladen, zu einem ganz besonderen Konzert, wie er gesagt hatte. Er hatte bereits am Nachmittag das Haus verlassen. Als sie vom OAD zurückkam, zog er gerade mit einem zweirädrigen Handkarren davon, beladen mit seinen Gitarren und allerlei technischem Gerät.

Lilya war mit Musik aufgewachsen. Ihr Vater Ehud hatte ein Grammofon, Schubert, Brahms und Bach waren seine Heroen, und wenn er ihre Musik hörte, schien er in eine andere Welt einzutauchen. In der Jugendorganisation und im Kibbuz hatte sie am flackernden Lagerfeuer zur Gitarre getanzt, obwohl sie diese »jüdische Folklore« nie wirklich gemocht hatte. Ofer Kis spielte

Geige, und bei Onkel Mahmut hatten Flüchtlinge mit dürren Fingern die Tastatur eines Bösendorfer-Flügels vermessen. Trotzdem hatte sie nur eine vage Vorstellung, worauf sie sich jetzt einließ, unter Harveys neuartiger Musik konnte sie sich kaum etwas vorstellen. Vielleicht klang seine Gitarre ein wenig wie die Oud von Mohammed Abdel Wahab. Eine Oud mit Strom.

Sie konnte den kommenden Tag und ihr Wiedersehen mit Westmann kaum abwarten. Und eigentlich kam es ihr unangemessen vor, nach dem, was immer sie in Westmann ausgelöst haben mochte, in ein Konzert zu gehen. Aber irgendetwas trieb sie. Harveys einladender Blick vielleicht, irgendeine wie ein Pfeil ins Blaue zielende Hoffnung oder auch nur der Reiz, diese neue Musik nun wirklich einmal zu hören und sich zusammen mit anderen, Unbekannten, fallen zu lassen in eine Welt aus Lärm, Rhythmus und Rausch. Eine Welt jenseits von Wilna.

Nahezu alle Tische waren bereits besetzt, als Lilya sich an einer Menschentraube vorbei durch die Tür gezwängt hatte und den Saal betrat. Wie ein Geist über den Wassern schwebte eine Wolke aus Rauch im Raum, Kellnerinnen trugen Bier an die Tische, und es war laut. Sie sah das Rot von Lippenstiften und das Wasserstoffblond hochgesteckter Haare, Uniformen, an denen die unterschiedlichsten Rangabzeichen der US Army zu lesen waren. Über der Bühne war eine mit Splittern von Spiegeln beklebte Kugel angebracht. Darunter ragte Harveys »Turm« auf, zwei mit Kabeln verbundene und aufeinandergestapelte Volksempfänger, die brummten und blinkten. In einer Ecke des Saales meinte sie Anita Renneberg zu entdecken. Ein Soldat hatte den Arm um sie gelegt und küsste sie aufs Ohr. Sie warf den Kopf zurück und lachte, löste sich dann aber von ihm und wies auf die Bühne.

Die *Allies*, Harvey voran, sprangen auf die Bühne, Applaus setzte ein, einer der Musiker hockte sich ans Schlagzeug und begann ein Solo. Alle wollten Harveys Gitarre hören, Buhs und Pfiffe ertönten, Bierdeckel flogen auf die Bühne. Anita Renneberg stand auf, klatschte und rief Harvey etwas zu. Endlich setzten die anderen ein, und Lilya hatte das Gefühl, der Saal begänne zu schaukeln wie ein Schiff.

Gespannt und aufgewühlt lauschte sie dem ersten Set aus drei Stücken. Ein GI, der mit einer Gruppe von Leuten aus der Army an einem Tisch vor ihr saß, hatte ihr ein Bier gereicht. Es schmeckte bitter und wie halb gebackenes Brot, aber sie fühlte sich leichter, meinte sich auf die Schwingungen des Schiffs einlassen zu können, ganz zaghaft. Noch einmal nahm sie einen Schluck.

In der Pause verließen einige die Tische, andere kamen dazu. »Wachwechsel«, sagte der GI vor ihr und prostete ihr erneut zu.

David Guggenheim musste in diesem Moment den Saal betreten haben. Sie sah, wie er in Begleitung eines groß gewachsenen, dunkelhaarigen Captains auf einen Tisch hinter einer der Säulen in der Mitte des Raums zusteuerte. Sie setzten sich und holten Zigaretten heraus. Offenbar hatten sie kein Feuer, denn Guggenheim drehte sich zum Tisch hinter ihnen um und ließ sich Streichhölzer geben. Guggenheims Begleiter war Captain Bernstein, der Chef des US-Buchdepots. Ohne seine Brille hatte sie ihn nicht gleich erkannt.

Sie war sich nicht sicher, ob die Männer sie nicht entdeckt hatten oder ob sie keine Veranlassung sahen, sie zu begrüßen oder gar an ihren Tisch zu bitten. Sie musste an das Foto mit der schönen Frau darauf denken, das in Guggenheims Arbeitszimmer an einer Vase gelehnt hatte.

Ein Soldat, der neben ihr aufgetaucht war, kleiner als sie, bat sie um Feuer und bot ihr zugleich eine Zigarette an, aber sie lehnte dankend ab. Sie kramte aus der Uniformtasche Streichhölzer hervor. Im Licht der Flamme bemerkte sie, dass er goldene Zähne hatte.

»Die Army dankt«, sagte der Soldat und wandte sich wieder zur Bühne.

Die *Allies* stimmten erneut die Instrumente, und Harvey zog auf seiner Gitarre eine neue Saite auf. Es entstand eine kurze Pause. Sie ließ den Blick durch den Saal schweifen und bemerkte, dass Guggenheims Stuhl leer war.

»Ihre Expertise hat ein kleines Wunder vollbracht. Ich möchte Ihnen danken.« Lilya fuhr zusammen und wandte den Kopf. Neben ihr stand Guggenheim, lächelte sie an und wies auf den Tisch, von dem aus Captain Bernstein ihr zuwinkte und einen Stuhl zur Seite zog.

Sie folgte Guggenheim durch den Saal, spürte das Bier. Nicht der Boden schwankte, sie selbst war es. Er erklärte, Captain Bernstein sei ein alter Freund und dennoch oder gerade deswegen ein schwieriger Verhandlungspartner. Bernstein gab ihr die Hand, lachte und zwinkerte ihr zu.

Zwei weitere GIs zwängten sich an den Tisch, aber schon die Begrüßung ging in den ersten Tönen des »Tiger Rag« unter.

Die Stimmung stieg, die Musik wurde immer lauter und treibender, das Bier floss, und die ersten Paare begannen auf der kleinen Fläche vor der Bühne zu tanzen. Sie drehten sich, berührten sich, ließen wieder los, beschrieben Kreise und machten mit den Beinen, wie Lilya fand, knicksartige, zuckende Bewegungen.

In der Pause zwischen zwei Nummern wandte sich Bernstein ihr zu.

»Schön, Sie wiederzusehen«, sagte er. »David ist Ihnen überaus dankbar. Er hat sich schon Sorgen gemacht.«

»Sorgen?«

»Dass Sie abreisen würden, ohne dass er die Gelegenheit hatte, sich bei Ihnen zu bedanken. David hatte nicht mehr damit gerechnet, dass mich irgendetwas oder irgendwer umstimmen könnte, und unsere Freundschaft stand vor einer harten

Probe. Jetzt versuchen wir es einfach – morgen werden die Kisten gepackt.«

»Worüber redet ihr?«, fragte Guggenheim mit gespielter Strenge.

»Über Literatur und Erleuchtung, Bücher und wasserdichte Gutachten, und darüber, dass du uns hier auf dem Trockenen sitzen lässt.«

Guggenheim drehte sich um und nahm einer Kellnerin, die sich am Tisch vorbeizwängte, drei Flaschen Bier vom Tablett und legte einen Dollarschein darauf.

Die *Allies* begannen mit einem langsamen Stück im Dreivierteltakt, und Lilya bemerkte, dass Bernstein David einen Blick zuwarf. Dann neigte er sich wieder zu ihr herüber. »Er ist ein guter Tänzer, nur macht er nichts daraus«, sagte er. »Neuerdings tanzt er nur noch mit dem Ernst des Lebens.«

»Das heißt? Keine Frau?« Sie hatte die Frage nicht stellen wollen und biss sich auf die Zunge.

Bernstein sah sie mit gespieltem Ernst an und wies mit dem Daumen nach unten.

»Niente«, sagte er.

Guggenheim beugte sich zu ihnen hinüber. »Ich fürchte, ich muss euren Diskurs über das Leben unterbrechen«, sagte er, stand auf und zog Lilya, ohne sie zu fragen, auf die Tanzfläche, als hätte sie keine andere Wahl, als ihm zu folgen.

Er legte ihr eine Hand auf die Hüfte, die andere auf die Schulter. Behutsam, mit stiller Energie, begann er sich mit ihr zu drehen, sie über die Tanzfläche zu führen, dann wieder löste er sich von ihr. Sie bewegten sich durch einen Dschungel aus Armen, Beinen, Körpern, glänzenden Augen, und Harveys Gitarre schien nicht zu jaulen, sondern zu singen. »Just a-sittin' and a-rockin'.«

»Wie haben Sie das angestellt?«, sagte er. Sie spürte seinen Atem an ihrem Ohr. »Bernstein ist wie verwandelt. Wenn Ihr

Bericht über Föhrenwald die gleiche Kraft hat, haben morgen alle Lagerbewohner ein Visum. Wir können es auflösen, und ich werde meinen Bußgang nach Jerusalem antreten.«

Sie musste lachen. Ihr Bericht war gerade auf dem Weg nach Palästina. Sie hatte ihn, so gut es ging, verschlüsselt, aber deutlich gemacht, dass sie Ben Gedis Befehl nicht folgen würde.

»Sagen Sie lieber der guten Lisa Straßburger einen Gruß, ich habe es vor allem für sie getan, für ihre Arbeit. Zudem war es allein die Entscheidung Ihres Freundes. Bernstein wollte Ihnen und Föhrenwald immer helfen, es war nie anders, ich habe es ihm sogleich angesehen und ihm nur einen Vorwand geliefert. All das ist kein Wunder, nur Taktik und ein wenig Glück.«

»Glück?«

»Nennen Sie es, wie Sie wollen.«

»Ich bleibe bei Glück. Glück gefällt mir«, sagte er und zog sie dichter an sich heran.

»Just a-sittin' and a-rockin' ... all day ... if I don't find her ...«, sang Harvey, er hatte eine schöne Stimme.

Guggenheim machte eine Drehung. Sie kamen an ihrem Tisch vorbei, und Bernstein winkte ihnen, als seien sie Reisende. An ihrer Hüfte spürte sie die Wärme von Guggenheims Hand.

Er habe erst jetzt von Bernstein erfahren, dass Föhrenwald, seine Arbeit und die der UNRRA dort nicht der eigentliche Grund ihrer Reise sei. Und er habe offen gesagt mit einer gewissen Erleichterung davon gehört, dass es ihr in Deutschland auch um andere, offenbar weit wichtigere Dinge gehe.

Sie spürte den Impuls, ihm ihr Vorhaben zu erzählen, ähnlich wie bei Cordelia vor ein paar Wochen. Doch sie hielt sich zurück. Ein Tanz macht noch keine Freundschaft, und eigentlich hatte sie Cordelia schon zu viel wissen lassen.

Das Stück war zu Ende, aber Guggenheim hielt sie noch einen Moment im Arm.

»Kurze Pause!«, rief Harvey.

»Ich denke, ich werde meinem Freund auf der Bühne kurz Hallo sagen«, sagte sie. »Kommen Sie, ich stelle Ihnen Harvey vor.«

Guggenheim folgte Lilya zur Bühne, und auf einen Wink erhob sich auch Captain Bernstein und gesellte sich dazu. Die Männer begrüßten sich, Harvey beugte sich von der Bühne herunter, reichte den beiden Offizieren die Hand und rief den Mitgliedern seiner Band zu, sie sollten herkommen. Hände wurden kreuz und quer gereicht, Lilya verlor den Überblick, wer wen vorstellte, merkte nur, dass sie dicht neben Guggenheim stehen geblieben war. Harvey schielte vor Erschöpfung und war zugleich überglücklich.

»Die Musiker müssen sich jetzt ausruhen für das letzte Set«, entschuldigte sich Harvey und griff nach einem Glas Bier, das neben seinem Stuhl auf dem Boden stand. Dann tippte er sich mit zwei Fingern an die Schläfe und wandte sich wieder seiner Band zu.

Lilya, Guggenheim und Bernstein gingen zum Tisch zurück und setzten sich. Sie bemerkte, dass Guggenheims Stimmung unmerklich gekippt war. Möglicherweise hatte sie sich ihm zu sehr aufgedrängt? Oder war er verärgert, weil sie ihm nichts erzählen wollte? Er griff nach seiner Uniformmütze und erklärte, er brauche ein paar Minuten frische Luft. Sie wollte etwas erwidern, doch Bernstein legte ihr die Hand auf die Schulter. »Lassen Sie ihn gehen«, sagte er. »Es ist das Beste, sich ihm nicht in den Weg zu stellen. Und er wird gleich wieder zurück sein.«

»Er hat sich so verändert, seitdem er in Deutschland ist«, fuhr Bernstein fort, nachdem Guggenheim gegangen war. »Sie hätten ihn im College sehen sollen: diese Leichtigkeit, dieser Charme, dieser aus dem Nichts kommende Ehrgeiz ohne jegliche Verbissenheit. Alle Herzen flogen ihm zu. Aber dieses Land lässt ihm keine Ruhe.«

»Dieses Land?«

»Hat er Ihnen nicht erzählt, warum er nach Deutschland gekommen ist?«

»Um zu helfen. Er ist bei der UNRRA ein wichtiger Mann.«

Bernstein wurde ernst. »Manchmal denke ich, dass er das, was er für andere leistet, selbst am nötigsten braucht.«

»Wie meinen Sie das?«

Bernstein nahm einen Schluck Bier und stellte das Glas behutsam wieder ab, als wolle er noch einmal in sich gehen. »Er ist auf der Suche. Nach Antworten, nach Sicherheit. Rastlos ist er, ruhelos, verbissen, manchmal ist er mir ganz fremd.«

»Er hat es mir nicht leicht gemacht in München. Ich hatte nach meiner Ankunft in seinem Büro auf ihn gewartet und bin schließlich zu ihm in den Garten gekommen, ich weiß, ungefragt. Irgendetwas hat ihm daran nicht gepasst.«

»Haben Sie das Foto bemerkt und es sich vielleicht näher angesehen?«

»Es war nicht zu übersehen. Eine hübsche, besondere Frau.«

»Seine Mutter«, sagte Bernstein. »Er hat sie nie kennengelernt. Das Foto ist das Einzige, was er von ihr hat. Sie hat es ihm damals nach seiner Geburt in die Wiege gelegt oder, genauer, den Leuten anvertraut, die ihn aufgenommen haben. Gleich nach seiner Adoption sind sie mit ihm von Deutschland nach Amerika gegangen, wo er aufgewachsen ist. Als er Soldat wurde und in den Krieg nach Deutschland zog, haben sie ihm das Bild mit auf den Weg gegeben, er hatte es nie zuvor gesehen. Seitdem begleitet es ihn Tag und Nacht. Als der Krieg schließlich zu Ende war, wollte er unbedingt in Deutschland bleiben und bot sich der UNRRA an. Einen Mann wie ihn haben sie dort natürlich mit Kusshand genommen.«

»Er wurde in Deutschland geboren?«

»Seine Adoptiveltern sind fabelhafte Menschen. Aber die Mutter bleibt die Mutter. Ja, in Deutschland. Er will die Hoffnung nicht aufgeben, sie hier irgendwo zu finden. Nur dieses Bild hat er. Sonst nichts. Keinen Namen, keine Adresse, keinen weiteren Anhaltspunkt. Im Grunde aussichtslos. Aber wir können uns nicht aussuchen, worin unsere Erlösung liegt.«

Das Konzert war zu Ende, der Saal leerte sich. Sie hatte Harvey hinter der Bühne aufgesucht und angeboten, auf ihn zu warten. Aber als er sagte, sie solle vorausgehen, er würde noch aufräumen und sie dann später einholen, war sie fast erleichtert. Sie würde allein sein, und das war ihr nur recht. Bernstein, Guggenheim und die anderen Soldaten hatte sie nach einer kurzen Verabschiedung im Gedränge verloren und danach nicht mehr gesehen.

Draußen war es finster, es gab keine Straßenbeleuchtung. Der Stumpf einer Laterne schien Wache zu halten über die Nacht. Auf der Straße vor dem Lokal standen noch vereinzelte Grüppchen von Soldaten, Zivilangestellten und deutschen Frauen, die lachten und gemeinsam eine Zigarette rauchten, gegenüber lehnten die MPs an ihrem Jeep.

»Das nächste Mal sind wir dran, und ihr bleibt draußen«, rief einer der Militärpolizisten einem Sergeant zu, der sogleich über die Straße ging und dem MP eine Zigarette anbot. In ihrem Rücken hörte sie die beiden lachen. Andere begannen noch einmal zu singen, »Just a-sittin' and a-rockin' ... all day ... if I don't find her ...«

Die Stimmen wurden leiser. Wenn es so etwas wie den Inbegriff von Nacht gab, dann war es die in den deutschen Städten nach dem Krieg, dachte sie. Sie fröstelte. All das, was Captain Bernstein ihr über David Guggenheim gesagt hatte, arbeitete in ihr, obwohl es kaum mehr als Andeutungen gewesen waren.

Aus der Ferne hörte sie, wie eine Flasche zu Bruch ging, dann ein übermütiges Kreischen und schließlich die Stimmen der MPs. Sie ging weiter. Stille.

Bis zum heutigen Abend hatte sie sich mit Erfolg dagegen

gewehrt, allzu viel über David Guggenheim nachzudenken, ihn in ihr Innerstes vorzulassen. Vielleicht hätte sie Nein sagen sollen, als er sie zum Tanz aufgefordert hatte. Jetzt drängte er sich in ihre Gedanken und auch in ihr Herz, immer wieder, ungefragt. Sie spürte seine Hand, seinen Atem, doch wollte und konnte sie das nicht zulassen. Er gehörte nicht in ihr Leben, und ihr Leben gehörte nicht hierher.

An einer Kreuzung zwischen Bergen von Schutt und am Wegesrand aufgeschichteten Straßenbahnschienen, deren Oberseite im schwachen Schein des Mondes blau schimmerte, blieb sie stehen. Sie hatte die Orientierung verloren. Sollte sie noch einmal zurückgehen, Harvey entgegen? Sie beschloss, es linker Hand zu versuchen. Die Straße war eng, und die Fassaden der Häuser standen dort verlassen, grau und stumm. Langsam tastete sie sich durch die Dunkelheit.

Von einem der Schutthaufen hinter ihr musste sich ein Stein gelöst haben, sie hörte ihn aufs Pflaster schlagen. Sie hielt den Atem an. Waren da Schritte?

Lilya ging weiter, wie in einen schwarzen Tunnel hinein, so kam es ihr vor. Sie spürte, dass ihr jemand folgte. Weitergehen. Irgendwann würde diese Straße wieder auf eine größere führen, eine Kreuzung, wo vielleicht Menschen waren.

Sie sträubte sich bis zuletzt gegen den Gedanken, doch schließlich war sie sicher, dass jemand ganz dicht hinter ihr war. Sie blieb stehen, drehte sich um und sah die Umrisse eines Mannes vor sich. Er war so nah, dass sie sein Haarwasser riechen und seinen Atem spüren konnte. Ein Griff. Fest wie eine Drahtschlinge. Er drehte ihr den rechten Arm auf den Rücken. Sie versuchte, sich loszureißen, aber es war aussichtslos. Mit schmerzverzerrtem Gesicht ging sie vor dem Mann in die Hocke.

Mit der Linken, die frei war, und ohne den Oberkörper zu bewegen tastete sie vorsichtig den Boden ab, fühlte Sand, Dreck, einen Stock, berührte etwas Hartes, Kantiges. Ein Ziegelstein? In jedem Fall ausreichend schwer. Sie bekam ihn zu fassen.

Sie hatte nur einen Versuch.

Lilya schnellte hoch, versuchte im Dunkel den Kopf des Fremden auszumachen und schlug mit aller Kraft zu.

Irgendwo am Hals musste sie ihn getroffen haben, nicht am Kopf, er taumelte kurz, konnte sie aber weiterhin festhalten. Sein Atem ging schwer, dann lockerte sich für einen Moment sein Griff. Sie riss sich los, stieß ihn heftig von sich, er schien zu wanken und stieß einen unverständlichen Fluch aus. Sie ließ den Stein fallen und drängte an ihm vorbei, hinein ins Dunkel.

Sie lief, ohne zu wissen, wohin, immer weiter. Nach einer Weile war sie sicher, dass er ihr nicht gefolgt war, und blieb stehen. Sie legte die Hände auf die Knie und verschnaufte, als sie schließlich die Straße wiedererkannte. Glauburgstraße. Die Lichter im Saal waren fast alle aus, aber zwei Offiziere standen noch immer rauchend auf der Treppe der Senkenburg. Die MPs saßen abfahrbereit im Jeep.

Lilya erkannte die Silhouette David Guggenheims, er musste sie gesehen haben. Ob sie noch etwas vergessen habe, dann aber schnell, bevor hier alles dunkel würde, rief er. Der andere Offizier hob kurz die Hand und ging. »Nein«, sagte sie keuchend. Es musste wie ein Schrei geklungen haben.

Einer der MPs kletterte aus dem Wagen, eine Taschenlampe in der Hand. Guggenheim kam die Treppe herunter und ging auf sie zu. Im Licht der Lampe schien er sie von oben bis unten zu betrachten, warf die Zigarette weg und zog ein Taschentuch aus seiner Jackentasche.

»Ihr Gesicht«, sagt er, »darf ich?« Behutsam rieb er ihr den Dreck von der Stirn.

»Erzählen Sie, was passiert ist. Was machen Sie überhaupt noch hier?«

»Unsichere Zeiten, Miss«, bemerkte der MP, leuchtete kurz

in die Straße hinein und schaltete dann die Lampe aus. Wenn sie wolle und der Offizier hier nicht auf einem nächtlichen Sommerspaziergang mit ihr bestehe, könne er sie mitnehmen und sicher absetzen.

»Nehmen Sie uns beide mit«, sagte Guggenheim, und kaum hatten sie im Wagen hinten Platz genommen, legte er ihr seine Uniformjacke über die Beine. Erst jetzt merkte sie, dass sie zitterte.

»Und jetzt erzählen Sie mir, was Sie wirklich hier machen, und zwar alles, was ich wissen muss. Diesmal akzeptiere ich keine Widerrede.«

3

Sie schreckte hoch und öffnete die Augen. Draußen war es bereits hell. Sie schob den Ärmel ihres Nachthemds nach oben und besah ihren Unterarm. Er war blau wie nach einer heftigen Prellung. Was gestern Abend geschehen war, kam ihr jetzt unwirklich vor. Erst der unerwartete Tanz mit David Guggenheim, der viel zu schnell zu Ende gewesen war; dann die Attacke des Fremden, der sie nur mit Mühe hatte entkommen können. Und schließlich die gemeinsame Heimfahrt im Jeep, als sie Guggenheim, dessen wärmende Jacke über ihren Knien lag, von ihrem Auftrag, Lind zu finden, erzählt hatte. War sie dabei zu weit gegangen?

Ihr Verfolger hatte gewusst, wo und wer sie war, so viel stand fest. Er musste sie abgepasst haben. Wie der Fremde in München, der ihr gefolgt und ganz plötzlich verschwunden war. War er einer von den Leuten aus Whitehall?

Noch immer spürte sie den Schreck, der aus der Dunkelheit gekommen war. Sie zog sich an, und nach einem hastig getrunkenen Kaffee brach sie auf.

Nathan Westmann wartete bereits vor dem Tor, als sie beim OAD ankam. Auf seinen Schultern lag trotz der Wärme ein heller Mantel.

»Wir werden einen kleinen Spaziergang machen, nicht weit«, sagte er, nachdem er sie begrüßt hatte.

Sie gingen an der Verladerampe vorbei hinunter an den Main,

nahmen den Weg zwischen Fluss und Gleisen. Ein Schlepper zog Lastkähne an stählernen Seilen, ein Schwimmkran bewegte sich in Richtung Frankfurt, aus seinem Schornstein quoll schwarzer Rauch. Sie gingen schweigend flussabwärts nebeneinanderher.

Vor einem imposanten Bau aus Muschelsandstein blieb Westmann stehen. Das Haus hatte eine große Kuppel und war unzerstört.

»Die Nazis haben ein Kino daraus gemacht. Ruttmann hieß der Betreiber, er nannte es das ›Nationaltheater‹. Propagandafilme, Durchhaltefilme, Parteiveranstaltungen. Jetzt soll die jüdische Gemeinde den Bau wieder als Synagoge nutzen können, aber es gibt keine Juden mehr.«

Westmanns Ton hatte sich verändert, er wirkte kraftlos, als spräche ein anderer. In seiner Stimme lag kaum mehr etwas von der Verbindlichkeit und Zugewandtheit, die sie am Vortag wahrgenommen hatte.

An der Goethestraße bogen sie ab. Nach wenigen Metern klopfte Westmann an eine Tür. Sie lauschten. Schritte näherten sich, und ein Mann um die dreißig öffnete, er trug eine Uniformhose der US Army, an der Hosenträger herunterhingen, und ein Unterhemd. An seinen Händen entdeckte Lilya Tinte oder Farbe. Er schien erstaunt und zugleich erfreut, Westmann zu sehen, und bat sie herein.

Der Mann führte sie in eine Art Werkstatt. Auf einem Tapeziertisch lagen Zeichnungen und Stifte, im Regal ein Stapel *Stars and Stripes*, und an der Wand standen auf dem Fußboden Farbtöpfe mit rostigen Deckeln und abgeblätterten Etiketten, daneben eine Leiter und ein abgehängtes Ladenschild mit der Aufschrift »Fehlberger bringt die Farbe«. Über dem Tisch hingen drei hell leuchtende Glühbirnen.

»Die Blätter?«, fragte er. Er blickte zu Lilya und dann wieder zu Westmann.

»Ja, bitte, Jeff ...«

Der Mann stieg auf die Leiter, zog aus dem oberen Regal einen Karton und nahm eine große schwarze Mappe heraus.

Jeff Tulitz sei Zeichner bei der Army, Pressekorps, erklärte Westmann, und zu Hause eine Berühmtheit. Er habe den Geschichten des Krieges ein Gesicht gegeben. Westmann forderte Lilya auf, sich die Blätter anzusehen. Jeff zündete sich eine Zigarette an, Rauch kräuselte sich über den Bildern.

Die Zeichnungen waren mit schwarzem Stift gefertigt: eine Dorfstraße, ein Mond, ein Hund, Soldaten in deutschen Uniformen. Bücher, eine Höhle, ein Versteck hinter einem Schrank, Handkarren, Feuer, Gesichter, verzerrt, mit weit aufgerissenen Augen. Dann Gassen, Häuser aus Holz, Russland, Galizien, irgendwo dort musste es sein, ein Graben, darinnen Menschenkörper. Ein Mann mit einem Kittel stand dort, neben ihm ein Offizier in deutscher Uniform, eine Pistole am Halfter. Sie blätterte weiter, und als sie alles durchgesehen hatte, begann sie wieder von vorne.

»Die Rosenberg-Leute saßen in der Sigmuntstraße«, sagte Westmann. »Das Kulturhaus war in der Straschunstraße, es beherbergte das Museum, die Bibliothek mit Lesesaal, das Archiv und das statistische Amt. Und die Sammelstelle.«

Westmann hielt inne, schluckte. »Hier hatten sie uns eingesetzt.«

Wieder holte er tief Luft und setzte seine Erzählung fort: »Vierundsiebzig Kisten haben sie von Wilna nach Deutschland geschickt, zwanzigtausend Bücher, der Rest ging in die Makulatur, zur Naj-Wilejker Papierfabrik, für neunzehn Mark die Tonne. Auch ein Lederhändler war dabei, fünfhundert Thorarollen schafften sie in eine Schuhfabrik, um Stiefelfutter daraus zu machen. Die Deutschen kamen mit einem ganzen Stab, sie hatten Leute dabei, die Hebräisch und Jiddisch sprachen. Und – Wissenschaftler.«

»Wissenschaftler, wofür?«, fragte sie. Was hatten sie mit ihnen vor? Lind war zudem Biochemiker, kein Thoraexperte, Sprachkundler, Buchhändler oder Numismatiker.

»Sie haben ihm ausgewählte Bücher gebracht, er sollte etwas suchen. Keiner wusste, was es war. Einmal hat Lind gesagt, ich habe es mitbekommen: ›Das Wissen nährt die Falschen.‹«

Lilya nahm noch einmal ein Blatt zur Hand, auf dem der Mann mit dem Kittel zu sehen war. Er war groß, rechts und links von ihm hatten sich Wehrmachtsoldaten mit Karabinern aufgestellt, sie standen vor einem Anhänger. Sie konnte nicht erkennen, was er geladen hatte.

»Ist das Lind?«

»Das ist kein Foto«, sagte Jeff, er hatte sich eine weitere Zigarette angezündet. »Ich habe gezeichnet, was Nathan mir erzählt hat.«

Sie sah Westmann an.

»Dass er stattlich, groß gewesen sein muss«, fuhr Jeff fort, »zugleich bitter und getrieben, als sei es richtig, dass er mit den Deutschen hier war.«

Sie bemerkte, dass Westmann ihrem Dialog aufmerksam lauschte.

»Sie hatten Respekt vor ihm«, sagte Jeff. »Obwohl er ihr Gefangener war.«

Jetzt schaltete sich Westmann ein. »Sie haben danach alle Juden und alle Zeugen erschossen«, sagte er, »vor der Stadt. Sie haben ihre Malinen ausgehoben, die selbst gebauten Verstecke. Haus für Haus. Die Stadt wurde liquidiert. Nur wenige konnten fliehen … nur …« Er zitterte und sah sich nach einem Stuhl um.

»Ich denke, für heute ist es genug, Nathan«, sagte Jeff. Er schloss die Mappe und legte sie wieder in den Karton.

Westmann entschuldigte sich, um kurz an die Luft zu gehen, und sie hörte, wie die Tür hinter ihr zufiel.

Jeff Tulitz wandte sich Lilya zu. »Er hat noch nie jemanden mitgebracht, hier in meine Werkstatt, ich dachte immer, nur mit mir und nur über die Bilder, die ich für ihn gezeichnet habe, kann er sich den Dingen, die er in Wilna erlebt hat, nähern. Sie sind zu groß, zu schwer. Er hat überlebt, es gleicht einem Wunder, er war einer der wenigen.«

Lilya wollte mehr über die Bilder wissen. Jeff zündete sich eine weitere Zigarette an. Es sei nicht allzu viel, was er wisse, denn Westmann habe ihm vor allem einzelne Szenen beschrieben, ihm aber nie eine zusammenhängende Geschichte erzählt.

Westmann stamme aus Berlin, so viel wisse Tulitz, wie sein Kollege Raphael Lind, der Chemiker, den sie auf dem Bild entdeckt habe. Sie hatten in streng geheimem Auftrag für die Deutschen arbeiten müssen, in einem Haus mitten in der Stadt, und sollten aus den geraubten Büchern offenbar ganz spezielles Wissen zusammentragen, jeder in seinem Fachgebiet. Nathan war es anschließend gelungen, vor den Erschießungen nach Osten zu fliehen. Er schaffte es fast in den Ural. In einem kleinen Dorf war er von einer Familie gefunden und aufgenommen worden.

»Er ist überzeugt davon, dass er als Einziger überlebt hat«, sagte Tulitz. »Für ihn eine kaum erträgliche Gewissheit. Ich denke, indem er mir von den Dingen erzählt, die er gesehen hat, und ich sie aufzeichne, kann er beginnen, sie loszulassen. Lind und er gehörten zu irgendeiner Gruppe, ich habe den Namen vergessen, er hat ihn nur einmal erwähnt. Der Name Rosenberg ist allerdings gefallen und so etwas wie ›Einsatzstab‹. Auf so ein Wort können auch nur die Deutschen kommen!« Einsatzstab. Jeff lachte, es klinge wie der Teil einer Maschine. »Bestimmt aus Metall und sehr hart. Reichen Sie mir bitte den Einsatzstab, so, gut verschraubt, alles fest? Deutsche Arbeit.«

Er wurde wieder ernst. »Gehen Sie behutsam mit Nathan um. Er ist stark, alle schätzen ihn im OAD, aber da ist diese ganz andere Seite, seine Geschichte.«

Als sie wieder am Main waren, ging Westmann festen Schrittes, er wirkte fast gelöst. »Jeff hat Ihnen gewiss ein wenig von unserer gemeinsamen Arbeit erzählt«, sagte er. »Sie hilft mir sehr. Jeff malt die Bilder und verbannt sie so aus meinen Träumen. Sie liegen jetzt in einem schwarzen Karton in seiner Werkstatt, und nur zu zweit betrachten wir sie hin und wieder.«

Er machte eine Pause.

»Und nun sind wir zu dritt«, sagte er schließlich. »Hätten Sie Raphaels Namen nicht erwähnt, es wäre nie dazu gekommen. Aber so ist es besser, viel besser.«

Lilya wusste nicht recht, was sie antworten sollte.

»Irgendwann fahre ich noch einmal nach Berlin, wenn das hier alles erledigt ist. Ich werde mich noch einmal umsehen in dieser Stadt und dann das Land verlassen. Aber vorher müssen Sie dorthin fahren, und zwar schnell.« Er blieb stehen. »Ich denke nicht, dass ich Ihnen hier in Offenbach wirklich weiterhelfen kann. In unseren Archiven finden sich – bislang – keine Bücher aus dem Hause Lind. Ich kenne die Listen, ich habe alles noch einmal durchgesehen, obwohl ich das Ergebnis kannte. Und sollte sich daran etwas ändern, werden Sie und Elias Lind in Jerusalem die Ersten sein, die davon erfahren.«

Er setzte sich wieder in Bewegung. »Fahren Sie nach Berlin, und ich sage Ihnen, wen Sie dort aufsuchen müssen. Ich bin sicher, dass Doktor Durlacher Ihnen helfen kann. Lassen Sie uns in mein Büro gehen, und ich werde Ihnen erzählen, was Sie wissen müssen.«

4

Der Wagen wendete und blieb nicht weit vom Tor des Depots stehen. Der Motor stotterte, dann war er aus. Durch die Frontscheibe meinte sie zu erkennen, dass der Fahrer mit dem Gefährt sprach.

Die Tür öffnete sich, und Lev stieg aus, setzte mit langsamen Bewegungen eine Mütze auf. Es war eine andere als die, die sie von ihm kannte. Er richtete sie korrekt aus und sah zu ihr herüber. Sie ging zu ihm und streckte ihm freudig ihre Hand entgegen. Lev schüttelte sie feierlich. Er trug eine Uniform, dazu schwarze, gewissenhaft geputzte Stiefel, die aussahen wie neu, war rasiert und duftete etwas zu stark nach einem würzigen Eau de Cologne. Auf dem Fahrersitz entdeckte sie ein Paar Lederhandschuhe.

»Mein Auftrag lautet, Sie mitzunehmen, Ma'am«, sagte er, wobei er den offiziellen Army-Ton zu imitieren suchte und ihm das Ma'am doch eher zu einem ziegenhaften Määhm geriet.

»Von wem stammt denn dieser Auftrag, Sir?«, sagte sie. »Und außerdem bin ich, sollte mir nicht etwas Wichtiges entgangen sein, immer noch eine Miss und fühle mich in diesem Zustand ganz wohl.«

Beide lachten, froh über das unerwartete Wiedersehen. Sie hätte sich denken können, dass David Guggenheim nicht allein gekommen war. Wozu hatte er seinen neuen Fahrer?

»Föhrenwald, Offenbach, und heute geht's wieder zurück«,

sagte Lev. »Er will ganz offenbar herausbekommen, wie gut ich bin. Unser Chef.«

»Praxis«, sagte sie. »Man kann gar nicht genug davon bekommen.«

Lev schien mit einem Mal verlegen. »Er hat mir erzählt, was Sie für ihn, nein, für uns alle getan haben. Wollen Sie uns nicht begleiten? Es gibt noch so viel mehr zu tun.«

»Für mich geht es in die andere Richtung. Nach Berlin«, sagte sie.

»Ihre Reise ist also immer noch nicht beendet?«, fragte Lev. In seiner Stimme lag Neugier.

»Nein.«

Lev trat von einem Fuß auf den anderen. Plötzlich hellten sich seine Gesichtszüge auf. »Ich habe eine Idee. Ich begleite Sie«, sagte Lev. »Was halten Sie davon?«

Sie lachte. »Das wäre wunderbar, Lev, aber unser Chef wird da nicht mitspielen.«

»Wenn Sie ihn fragen, wird er es sich überlegen.«

David Guggenheim kam mit einem Koffer in der Hand und in Begleitung von Captain Bernstein durch das Tor. Sie unterhielten sich angeregt, dann blickte Guggenheim zu Lilya herüber, sprach aber weiter mit dem Captain, so als redete er über sie.

Er gab Bernstein die Hand und ging auf das Auto zu. Sie mochte seinen Gang, nur die Art, wie er sich die Haare aus der Stirn strich, fand sie collegehaft, man müsste sie einfach mal schneiden. Aber das war nicht ihre Angelegenheit.

»Hat Lev Ihnen vorgeschlagen, dass wir Sie auf unserem Weg nach Föhrenwald in Berlin absetzen?«, fragte Guggenheim und schmunzelte, nachdem er am Wagen angekommen war. »Die paar Hundert Meilen Umweg sind kein Problem. Das jedenfalls war sein Plan, als wir hierherfuhren.«

Lev nahm seinen Koffer und schüttelte den Kopf.

»Lev würde auf diese Weise so viel Fahrpraxis bekommen, dass er in einem Jahr den ersten Präsidenten von Palästina kutschieren kann«, sagte er. »Wir sollten also darüber nachdenken.«

»Israel«, sagte sie.

»Ganz wie Sie meinen. Hauptsache, es wird ein richtig schöner Staat. Getragen von der Verfassung Wasserfall.«

»Alle Menschen werden Brüder, das ist mein Motto. Aber damit stehe ich noch ziemlich allein da. Ich würde mich freuen, wenn Sie auch dazustoßen und mir Gesellschaft leisten würden. Die Einladung jedenfalls steht. Wir müssen ja nicht unbedingt über Politik reden.«

Guggenheim lachte.

Lev setzte sich ans Steuer, zog sorgfältig die Handschuhe über und ließ den Motor an. Guggenheim forderte sie auf, mit ihm hinten einzusteigen, und öffnete ihr die Tür. Am Abend zuvor, als er sie nach dem Vorfall in der Liebigstraße abgesetzt hatte, hatte er gesagt, er wolle am Tag ihrer Abreise wenigstens dafür Sorge tragen, dass sie ihren Zug nicht verpasste. Sie solle auch nicht wie ein Hamsterer auf dem Dach reisen müssen und schließlich wohlbehalten in Berlin ankommen. Über die Army hatte er für sie einen Platz in einem für die Truppen reservierten Abteil gebucht.

An einem Bretterverschlag auf dem Vorplatz des Bahnhofs kaufte Guggenheim ihr einen Kaffee. Lev hatte sich bereits verabschiedet und wartete im Wagen, der Duft seines Parfüms lag aber immer noch auf ihrer Wange, und sie versuchte, ihn mit einem Taschentuch abzureiben. Straßenbahnen krochen zögerlich um den Platz, als müssten sie das Fahren erst wieder lernen, sie hörte das Schleifen ihrer Räder. Der Kaffee war bitter und dünn und schmeckte nach Zichorie. Tauben lauerten vor ihren Füßen. Ein Mann öffnete wenige Meter entfernt seinen Mantel und zeigte Passanten die amerikanischen Zigaretten, die in seinem Futter steckten.

»Nach einer Weile riechen Sie es nicht mehr«, sagte Guggenheim. »Ich habe ihm schon auf der Fahrt hierher gesagt, dass wir hier nicht ankommen wollen wie ein rollendes ...«

»Etablissement«, sagte sie.

»So ähnlich. Wir sind schließlich in offizieller Mission unterwegs und kein Ausflugsdampfer.«

Guggenheim war offenbar gut gelaunt, und sie wollte nicht ausschließen, dass er sich darüber freute, ein wenig mit ihr allein sein zu können.

»Warum meint Lev, es wäre besser, wenn er mich nach Berlin begleitet?«

Guggenheim schien erstaunt über diese Frage.

Das Ereignis gestern Nacht, sagte er, der Fremde, der ihr nachgestellt und sie attackiert habe. Er habe auch Bernstein und Westmann davon erzählt. Zudem habe sie ja gestern im Jeep eine ganze Reihe Puzzlesteine vor ihm ausgebreitet, und inzwischen – immerhin habe er eine ganze Nacht gehabt oder zumindest eine halbe um darüber nachzudenken – ergäben diese ein Bild. Und das gefalle ihm nicht. Sein Ton war ernst geworden.

»Es scheint in dieser Sache, Ihrer Suche, sehr unterschiedliche Interessen und auch Wahrheiten zu geben, all das riecht zudem nach großer Politik. Ich fürchte, dass Sie auf dem besten Weg sind, zwischen diese Wahrheiten zu geraten, die alle scharfe Kanten haben.«

Geduldig hörte sie ihm zu. Sie war sich nicht sicher, ob er sich wirklich Sorgen um sie machte oder nur den zweiten Teil eines Geschäftes abwickelte. Sie hatte ihm geholfen, nun musste er sich revanchieren. Noch immer schmerzte ihr Arm von dem Übergriff von letzter Nacht, und die Aussicht, nicht alleine weiterziehen zu müssen, war ebenso verlockend wie unsinnig. Doch es blieb dabei, was sie jetzt unternehmen würde, war allein ihre Sache, und sie wollte und musste nach Berlin.

»Ich werde auf mich aufpassen«, sagte sie.

Guggenheim seufzte. »Ich werde Sie ohnehin nicht davon abhalten können, das Ihre zu tun. Aber ich erwarte ...«

»Abgemacht«, sagte sie.

»Kleinen Moment! Dass Sie mich wissen lassen, wie es Ihnen geht, und sollte es gefährlich werden, umso mehr und umso schneller.«

Sie deutete eine Verbeugung an, als hätte sie einen Befehl entgegengenommen. Er musste lächeln und blickte auf die Uhr. Dann zündete er sich eine Zigarette an. Seine Züge entspannten sich, und er sah ihr in die Augen, als suche er etwas darin. »Gestern ...«, sagte er. Er machte eine Pause. »Ich habe lange nicht mehr getanzt.«

Sie war überrascht von dem abrupten Themenwechsel. »Man verlernt es nicht, oder?«

»Aber man kann die Lust daran verlieren.«

»Ich habe gestern Abend nichts davon bemerkt«, sagte sie.

Er blickte zu Boden. Dann sah er wieder auf. »Gestern ... das war etwas anderes.«

Erneut lag der Anflug eines Lächelns auf seinem Gesicht. »Zudem mag ich Harvey«, sagte er, als wolle er die Situation überspielen. »Und die Art, wie er Musik macht. Das ist so wild und neu, und eine Gitarre mit Strom habe ich noch nie zuvor gehört. Ich weiß allerdings nicht, ob dieses Experiment eine Zukunft hat. Sie ist so laut.«

»Sie zwingt einen dazu zu schweigen, vielleicht ist das der tiefere Sinn der Sache.«

Er lachte.

Sie betrachtete seine Hände, die er neben der Tasse auf den Tisch gelegt hatte, so wie sie auch. Mit einem Finger berührte er die Spitze ihres Zeigefingers. Eine Welle der Wärme ging durch ihren Körper bis in die Fußspitzen hinein.

»Der tiefere Sinn«, sagte er. »Vielleicht ist es das. Eine

Frage, die uns wohl immer umtreiben wird, ohne dass wir darauf je die Antwort finden. Aber vielleicht ist schon die Frage falsch.«

»Oder die Annahme, es gebe darauf nur eine einzige Antwort.«

»Oft denke ich, eine könnte schon die Welt verändern.«

Er blickte erneut auf seine Uhr. Sollte sie, durfte sie ihn auf das ansprechen, was ihr Bernstein über seine Mutter erzählt, was ihn eigentlich nach Deutschland gebracht hatte? Doch bevor sie ansetzen konnte, machte Guggenheim Anstalten aufzubrechen.

»Es ist Zeit, Ihr Zug ›heim ins Reich‹ wartet nicht«, sagte er. Er griff nach ihrem Rucksack und schulterte ihn. Als sie durch die Halle gingen, berührte er noch einmal ihre Hand. Dann nahm er sie in seine beiden Hände und drückte sie, ließ sie aber gleich wieder los.

»Es ist besser so«, sagte er.

»Ja«, sagte sie und wusste doch, dass es nicht stimmte.

Am Waggon angekommen, sie hatten sich durch Massen von Ankommenden und Abfahrenden drängen müssen, sodass sie Sorge hatte, sie würden sich verlieren, wuchtete er ihren Rucksack auf die Plattform. Sie kletterte die metallenen Stufen hinauf und wandte sich noch einmal zu ihm um.

»Gute Fahrt, und« – er hob die Hand – »lassen Sie von sich hören. Erzählen Sie von der großen Stadt.«

Er wandte sich ab und ging davon. Zum ersten Mal sah sie ihn fast verlegen.

Sie hatte einen Fensterplatz. Zwei amerikanische Offiziere, mit denen sie sich das Abteil teilen würde, sahen sie freundlich an, einer hievte ihren Rucksack ins Gepäcknetz. Sie schob das Fenster nach unten und sah noch einmal hinaus. Nicht weit entfernt entdeckte sie im Gedränge David Guggenheim. Von hier oben wirkte er kleiner, irgendwie handlicher, berührbarer – fast zerbrechlich. Wenig später ertönte ein doppelter Pfiff, die Türen schlugen zu, und der Zug fuhr an. Ohne sich noch einmal umzudrehen, verschwand Guggenheim in der Menge.

BERLIN, WINTERFELDTPLATZ

1

Mit Taschen, Körben und Handwagen drängten die Menschen auf den Platz, schoben sie beiseite, zeigten auf ein Ei oder ein gerupftes Huhn, zogen etwas aus den Taschen und boten es zum Tausch. Einen Silberlöffel, einen Füllfederhalter, einen Kamm aus Elfenbein. Aus der Ferne hatte der Markt ausgesehen wie eine Szene aus einem in matte Farben getauchten Stummfilm.

Die Marktstände waren aus grobem Holz. Bauern hatten schüttere Haufen aus Eiern, Lauch, Kartoffeln und Rüben vor sich ausgelegt. Ein Buchhändler saß hinter seinem Tisch und las, trotz der Wärme trug er einen Wollschal um den Hals. Ein Mann hängte Kleider und Anzüge aus der Zeit vor dem Krieg an ein zwischen zwei Bäumen gespanntes Seil, dazwischen baumelten Uniformen, deren Rangabzeichen abgetrennt oder herausgerissen waren. Militärpolizisten gingen rauchend auf der Straße auf und ab. Vor einer halb zerstörten Kirche standen Menschen mit Taschen und Körben an. Auf der Suche nach Cordelias Haus blickte Lilya die Fassaden hinauf. Irgendwo hier am Markt musste es sein.

Die Reise nach Berlin hatte nicht enden wollen, fast vierundzwanzig Stunden lang war Lilya unterwegs gewesen. Immer wieder hatte der Zug halten müssen, und es war nicht weitergegangen. Sie hatte die Landschaft betrachtet, endlose gelbe Felder, die aussahen, als verglühten sie in einem nicht vergehen wollenden Abendlicht. In Kassel und in Magdeburg hatte sie umsteigen müssen und jedes Mal gab es einen stummen, zähen Kampf um die Plätze. Aber Guggenheim hatte auch hier vorgesorgt, immer wieder fand sie einen für sie reservierten Platz. Die Gesichter der Menschen im Waggon waren ernst, als hätten sie den Blick nach innen gekehrt, um nach der Person zu suchen, die sie einmal gewesen waren. Dann wieder spürte sie ihre verstohlenen oder teilnahmslosen Blicke, als betrachteten sie die fremde Frau und sähen sie doch nicht. Lilya konnte diese Menschen nicht mit dem zusammenbringen, was sie über »die Deutschen« gehört hatte. Entweder es gab sie nicht mehr, oder diese hier waren keine. Ben Gedi hatte ihr gesagt, versuchen Sie nicht, sie zu verstehen. Fragen Sie nicht, wer von ihnen dabei gewesen war. Keine Fragen, kein Mitleid, keine Wut. Nur der Auftrag. Sonst nichts. Bisher war es ihr gelungen, sich daran zu halten.

Sie hatte die Zeit im Zug genutzt und gelesen. Raphael und Elias. Elias und Raphael. Und als es hell wurde, hatte sie sich Notizen gemacht, so etwas wie ein Konzept entworfen. Einen Plan für Berlin. Soldatenplan. Und je näher sie Berlin kam, desto intensiver spürte sie Cordelias fragenden Blick.

Sie wollte versuchen, Desirée von Wallsdorff zu finden und mit ihr zu sprechen. Außerdem hatte sie vor, Doktor Erich Durlacher aufzusuchen, der Raphael Lind gekannt hatte und ihr vielleicht weiterhelfen könnte. Westmann hatte ihr Durlachers Adresse gegeben. Danach würde sie Kontakt mit Elias Lind aufnehmen. Es war an der Zeit, ihm ein Lebenszeichen zukommen zu lassen, einen ersten Bericht.

Sie fand Cordelias Haus, im zweiten Stock hatte sie ihr gesagt. An der Haustür hing ein Zettel. *Bei Hausmeister Gertig klingeln. C.*

Ein Mann, an einer Hand fehlten ihm drei Finger, öffnete ihr, sah sie prüfend an und gab ihr einen Schlüssel.

Cordelia hatte Lilya eines ihrer beiden Zimmer überlassen. Ein Schrank stand darin und ein Bett. Es war mit einem gestärkten

Laken bezogen, auf dem eine bauschige weiße Bettdecke lag. Auf dem Kissen hatte ihr Cordelia ein nach Lavendel duftendes Handtuch hinterlassen. Durch das Fenster zum Winterfeldtplatz hinaus, schien die Morgensonne.

Als sie sich das Handtuch vor das Gesicht hielt, spürte sie ganz plötzlich Tränen aufsteigen. Ein weißes, sauberes, nur für sie gemachtes und vorbereitetes Bett. Irgendetwas schien sich in diesem Moment zu lösen, als wäre eine alte Sehnsucht von ihr abgefallen und eine neue, noch nicht fassbare breite sich in ihr aus. Vielleicht war sie auch einfach nur erschöpft nach der langen Reise.

Auf dem kleinen Nachtkästchen neben dem Bett lagen ein abgegriffener Stadtplan und ein Zettel: *Bis heute Abend! C.*

Nach kurzem Schlaf schreckte sie hoch und sah sich in dem fremden Zimmer um. Wo war sie? Im Halbschlaf hatte sie Stimmen und Schritte im Treppenhaus gehört. Lev?, hatte sie gedacht, er kommt und will mich holen.

In der Küche fand sie ein Stück Brot, dazu Margarine und Milch. Sie wollte sich die Stadt erlaufen, sich ein erstes Bild machen und am Nachmittag die Suche nach Durlacher beginnen.

Vor dem Reichstag war Schwarzmarkt. Die Kuppel war ausgebrannt, ihre Stahlkonstruktion saß auf der Ruine wie ein verrutschter Hut. Pockennarbig waren die frei stehenden Häuserwände, nur die goldene Viktoria schien in der Ferne über Berlin zu leuchten.

Sie passierte den Tiergarten. Parzelle an Parzelle gruben die Menschen auf dem baumlosen Terrain, hackten, pflanzten, gossen. Ein Junge umkreiste sie mit seinem Fahrrad und fragte nach Zigaretten.

Erich Durlacher habe vor dem Krieg in der Schlüterstraße gewohnt, hatte Westmann gesagt. Er hatte ihr zudem einen eng beschriebenen Schreibmaschinendurchschlag mitgegeben. Einige

Wörter darauf waren mit Bleistift markiert. Orte, Namen, Fundstellen von Raubgut. *Hungen, Schloss Schlesiersee, Berlin, Pleikershof, Niemes, Altaussee, Neu Pürstein, Böhmisch Leipa, Hauska, Schloss Banz ...*

Zwei Einträge, *Eisenacher Straße 11* und *Emser Straße 12/13,* hatte Westmann markiert und dahinter *BERLIN!* und *Durlacher* geschrieben.

Hinter dem Savignyplatz hielt sie Ausschau nach der Schlüterstraße. Durlacher lebte vor dem Krieg im Rückgebäude eines der Häuser, hatte Westmann erklärt.

Sie fand das Haus. Der zur Straße gelegene Teil war unversehrt; Engel, Stuck und Karyatiden verzierten die Front und die darin eingelassenen Balkone. Durch eine Toreinfahrt ging sie in den Hof. Er war eingefasst von grob verputzten Wänden, grau und rissig. Mülltonnen standen vor der Tür, und in dem kleinen Karree zwischen dem Vorder- und dem Rückgebäude entdeckte sie Kartoffelstauden.

Sie sah sich um, suchte nach einem Klingelschild. Verwaschene Pappen steckten neben der Tür, nur wenige waren zu lesen. *INGE, bitte melde dich, wir leben! Deine Eltern,* hatte jemand mit Kreide an die Wand neben der Tür geschrieben. Darunter stand eine Adresse in Berlin-Friedenau. Noch einmal las sie die Schilder. Den Namen Durlacher fand sie nicht.

Eine Frau in einem zerschlissenen Kittel kam mit einer Hacke in der Hand aus dem Haus und ging zu den Stauden. Vielleicht konnte sie ihr weiterhelfen. »Ich suche jemanden, der hier gewohnt hat ...«

»Sie werden doch nicht Inge sein ...«

Lilya erwähnte den Namen Durlacher.

Die Miene der Frau verhärtete sich. »Wir haben genügend eigene Sorgen.«

Lilya machte einen neuen Anlauf. Sie wolle lediglich wissen ... er solle hier vor dem Krieg ...

Die Frau legte die Hacke aus der Hand, lehnte sie an einen Zaun und verschränkte die Arme vor der Brust.

»Was wollen Sie? Hat er Sie geschickt oder sein Anwalt? Wir haben die Wohnung rechtmäßig erworben, gehen Sie zum Grundbuchamt. Alles ist dokumentiert, oder sprechen Sie mit meinem Mann ...«

»Es geht mir nicht um die Wohnung, ich suche Doktor Durlacher, um ihm eine Nachricht zu überbringen.«

»Da sind Sie bei mir falsch. Und sagen Sie ihm, falls Sie ihn finden, er und seine ganze Mischpoche sollen uns in Ruhe lassen. Sie sind schon die Zweite heute, die nach ihm fragt.«

Lilya wollte gerade aufgeben, aber der letzte Satz ließ sie aufhorchen.

»Ich bedaure, wenn ich Ihnen Unannehmlichkeiten bereite«, sagte sie und versuchte ihrer Stimme Wärme zu geben. »Vor allem wenn schon einmal jemand heute ...«

»Ich hab ihm nichts gesagt. Er suchte auch nicht den besagten Herrn, er wollte nur wissen, ob sich jemand heute nach ihm erkundigt hat.«

»Wissen Sie vielleicht noch, wie er ausgesehen hat?«

»Mein Gott, Sie können Fragen stellen, ich weiß es nicht. Kräftig war er. Ich denke nicht, dass Sie das wirklich etwas angeht.«

Lilya dankte ihr und ging. Auf der Straße sah sie sich um. Niemand war zu sehen. Auf der gegenüberliegenden Seite entdeckte sie ein Friseurgeschäft. Der Laden war leer, der Inhaber saß mit einer Zeitung auf dem Schoß auf einem der Stühle und schlief. Eine Glocke schellte, als Lilya die schwere Tür aufschob. Der Mann sah auf, legte die Zeitung zusammen und erhob sich.

»Was kann ich für Sie tun?« Er sah Lilya eigenartig starr an. Ihr dämmerte, dass er ein Glasauge hatte. Es gehe ihr um eine Auskunft, erklärte sie und nannte den Namen Durlacher.

Er schien zu überlegen.

»Der Professor?«, fragte er. »Üble Sache. Was haben diese Leute alles mitmachen müssen.«

Er nannte ihr ein Haus in der Leibnizstraße. Aber gänzlich sicher wäre er nicht. Sie dankte und ging.

Wer war das, der sich vor ihr heute in der Schlüterstraße nach Durlacher erkundigt hatte? David Guggenheim hatte sie gewarnt, und Lev hatte sie nach Berlin begleiten wollen. Vielleicht war alles nur ein Zufall, allerdings, Durlacher war Wissenschaftler, sie war schließlich nicht die Einzige, die seinen Kontakt und seinen Rat suchte. Dennoch: Die Sache gefiel ihr nicht. In München war sie sich sicher gewesen, dass der fremde Mann vom Haus der Kunst ihr gefolgt war, in Offenbach hatte ein Mann sie im Dunkeln attackiert. War sie tatsächlich dabei, an eine Sache zu rühren, die durch ein unausgesprochenes Gentleman's Agreement ins Reich der Geschichte verbannt werden sollte? Onkel Mahmut hatte sie gewarnt, auch vor Ben Gedi. Hatte Ben Gedi gewusst, in welche Gefahr er sie bringen würde, und, als es tatsächlich brenzlig wurde plötzlich kalte Füße bekommen? Was auch immer dahintersteckte, jetzt war sie hier, und sie hatte es nicht anders gewollt.

Sie fand das Haus in der Leibnizstraße. *E. D.* stand auf einem Schild im Erdgeschoss.

Eine Klingel gab es nicht. Sie hielt kurz inne, sah sich noch einmal um und klopfte. Jemand machte sich am Spion zu schaffen und schob die kleine Klappe zur Seite.

»Er empfängt heute keine Studenten mehr«, sagte eine Frauenstimme hinter der Tür. Wenig später hörte Lilya sich entfernende Schritte und das Klappern einer Schreibmaschine.

Sie versuchte es erneut und zwängte ihren Ausweis vom JOINT durch den Briefschlitz. Ein Schlüssel schepperte und die Tür öffnete sich.

Eine Frau mittleren Alters in einem beigen Wollkleid sah sie prüfend an. Um ihren Hals hing eine Brille an einem groben Bindfaden.

Lilya erklärte, dass sie von Amts wegen hier sei, erwähnte ihren »Bericht«, das »OAD« und Doktor Westmann.

Sie erwarte den Doktor gegen drei, sagte die Frau ohne jede Regung.

Lilya sah auf die Uhr, bedankte sich und ging zurück auf die Straße, wo sie in der Nähe des Hauses warten wollte.

Gegen drei Uhr entdeckte sie in der Ferne einen Mann, der sich zielstrebig dem Haus näherte, und wusste sofort, dass er Doktor Erich Durlacher sein musste. Wenige Minuten nachdem der Mann durch die Toreinfahrt verschwunden war, klopfte sie wieder bei *E.D.* Die Frau, die ihr geöffnet hatte, kam ihr im Treppenhaus entgegen, offenbar war sie auf dem Weg nach Hause.

»Er erwartet Sie«, sagte sie.

Als sie die Wohnungstür erreicht hatte, stand Erich Durlacher bereits im Flur und begrüßte sie freundlich, fast warmherzig. »So, so, Sie sind also die Berichterstatterin. Da leben Sie gefährlich, wenn Sie den Finger zu tief in eine Sache stecken. Kommen Sie herein. Ich kann Ihnen Tee anbieten oder Tee. Der eine schmeckt wie der andere.«

Sie gingen durch einen kurzen dunklen Gang in sein Wohnzimmer, dessen niedrige Wände gesäumt waren von übervollen Bücherregalen. Als sie an einem zerschossenen Spiegel vorbeikamen, sah sie kurz hinein. Vom Wohnzimmer führte eine Tür in die Küche.

Durlacher mochte an die sechzig sein. Er ging mit kleinen energischen Schritten voran, etwas schief, als sei ein Bein länger als das andere oder als habe er eine Verletzung. Er bat sie, Platz zu nehmen.

»Vielen Dank, dass Sie sich Zeit für mich nehmen«, sagte Lilya und setzte sich.

»Sie sprechen vorzügliches Deutsch. JOINT nimmt offenbar nur die Besten«, sagte Durlacher und ging in die Küche.

Durch die offene Tür sah sie, wie er dort ein Brikett in den Herd schob, der Kessel mit Wasser dampfte bereits.

»Erstaunlich für jemanden, der in Palästina aufgewachsen ist. Die Eltern?«, hörte sie ihn aus der Küche.

»Ja. Und die Literatur.«

»Sie lesen gern? Das ist schön. Wer wagt das noch in diesen Zeiten!«

Durlacher goss den Tee auf und kam wieder ins Wohnzimmer. »Nathan hat Sie mir angekündigt.«

»Doktor Westmann?«

»Er war sich nicht sicher, ob Sie tatsächlich kommen, es bis hierher schaffen würden, bei unserer derzeitig wenig einladenden Verkehrslage. Sein Telegramm war an meine ehemalige Wohnung in der Schlüterstraße adressiert, aber der Postbote weiß Bescheid.«

»Sie wissen also, worum es mir geht?«

»Um Raphael Lind, den ich unter eher besonderen Umständen kennengelernt habe. Es ist eine lange Geschichte oder auch eine ganz kurze, wenn man auf das blickt, was Sie interessieren dürfte. Sie wollen ja nicht seine Biografie schreiben, nehme ich an. Ich habe Lind zum letzten Mal im Frühsommer 1942 gesehen.«

Sie erzählte von ihrer Begegnung mit Elias Lind und seiner Vermutung, sein Bruder Raphael sei bis mindestens 1944 am Leben gewesen. Durlacher sah sie aufmerksam und zugleich ohne erkennbare Regung an.

»Gut«, sagte er. »Wie viel Zeit geben sie mir?«

»So viel sie brauchen.«

Er lehnte sich zurück, blies in die Tasse, nippte und setzte sie wieder ab. »Sie müssen wissen, wer wir waren, wenn Sie verstehen wollen, wie wir zu denen wurden, die wir heute sind. Wir alle, auch Lind, kommen von den Sonnenwiesen des neunzehnten Jahrhunderts, die heute schon so unendlich weit weg zu sein scheinen. Wir haben an dieses Zeitalter geglaubt. Seine Zukunft, den Fortschritt. An die Emanzipation, auch die der Juden. Die Institute in Dahlem, sie waren der Stein gewordene Fortschritt. Das Kaiser-Wilhelm-Institut für Biochemie. Der Kaiser als Patron! Hier wurde Weltwissen erarbeitet. Dann kam die Republik, und sie war noch einmal mehr unsere Heimat. Unser Wissen ging um die Welt.«

Er nahm einen Schluck Tee, hielt in der Bewegung inne und blickte unvermittelt zum Fenster. Ein Schatten glitt vorbei. Durlacher schien einen Moment zu überlegen, ob er nachsehen sollte, wer sich hinter dem Haus zu schaffen machte.

»Eigenartig«, sagte er. »Es wird der Hausmeister sein.«

Aber es wollte ihm keine Ruhe lassen. Noch einmal sah er zum Fenster, dann fuhr er fort. Jetzt war auch Lilya abgelenkt. Immer wieder suchten ihre Augen das Fenster, aber niemand war zu sehen. War ihr tatsächlich erneut jemand gefolgt?

Spätestens Mitte der Dreißigerjahre seien sie alle entlassen worden, erzählte Durlacher weiter. Einige wenige unter ihnen, die in Deutschland geblieben seien, hätten noch ein paar Jahre an Privatinstituten geforscht, auf unbestimmte Zeit in einem halb geschützten Raum. Sie hätten zwar weitergelebt, aber wie abgeschnitten vom gesellschaftlichen und kulturellen Geschehen. Umso mehr hätten sie sich der Forschung hingegeben. In einem toten Winkel der Weltgeschichte hätten sie gehockt und gewartet, dass irgendetwas passieren, es für sie wieder besser werden würde. Sie wärmten sich an einer kleinen Flamme, die Hoffnung hieß und im Schutz dieses Winkels vor sich hin flackerte.

Einmal in der Woche hatten die Rositzkys in der Nähe der Neuen Synagoge zum »Freitisch« gebeten. Ladislaus Rositzky und seine Frau Marja, die damals schon lange in Deutschland gelebt hatten und aus einem alten polnischen Adelsgeschlecht

stammten, luden dazu ein. Katzleson, Liliencron, Lewy, Reiche-
now, Esslinger, Lind und einige andere hatten sich dort eingefunden. Bis kurz davor waren sie noch führende Vertreter der
deutschen Wissenschaft gewesen – Enzymologen, Juristen, Biochemiker, Materialwissenschaftler, Proteinforscher, Resistenz-
forscher, Physiker und Brennstoffexperten –, jetzt waren sie auf
die Hilfe von Freunden angewiesen, um nicht Hunger zu leiden.
In anderen Zeiten hätten diese Zusammenkünfte bei den Rositzkys wissenschaftliche Kollegien sein können, doch unter den
gegebenen historischen Umständen waren sie kaum mehr als
ein gemeinsames Mahl in einer improvisierten Suppenküche.

Einige hatten die einst herrschaftliche Wohnung betreten, als
wäre sie ihre Praxis, die Universität oder ihr Institut. Lind trug
stets einen Dreiteiler, mit silberner Taschenuhr und passendem
Zigarettenetui, Dinge, die manch anderer längst versetzt hatte.
Liliencron hatte immer eine Aktentasche dabei, als wäre er auf
dem Weg ins Auditorium und würde nur kurz auf einen Sprung
vorbeischauen.

Lilya hörte gebannt zu. Sie stellte sich Raphael Lind vor, wie
er auf dem gemeinsamen Foto mit Elias aus dem Jahr 1932 in die
Kamera blickte – nur wenige Jahre, bevor ihn das Berufsverbot
ereilte und er auf die Rositzkys angewiesen war.

Durlacher erhob sich und verschwand in der Küche. Sie
hörte, wie er sich schnäuzte, dann kam er zurück und setzte
sich wieder.

»Was für einen Eindruck hatten Sie von Lind in diesen
Tagen?«

»Er wurde von Mal zu Mal schweigsamer. Manchmal war er
für mehrere Tage verschwunden, und jedes Mal haben wir gedacht, jetzt hätten sie auch ihn abgeholt. Dann tauchte er aber
plötzlich wieder auf, blass, steif, und doch mit einer großen Entschlossenheit in den Augen. Gerüchte machten die Runde. Er
habe Kontakte zum Ausland, sagten die einen. Er träfe sich mit

einer Frau, die anderen, und einige wenige behaupteten, er habe sich *ihnen* angeboten. Das Letzte war das Schlimmste, ich habe das nie glauben wollen.«

Im Frühsommer 1941 schließlich seien die Rositzkys verhaftet worden – und auch einige ihrer Gäste.

»Mich haben sie auch mitgenommen«, sagte er und blickte zu Boden. Es schien ihm schwerzufallen, weiterzusprechen. Liliencron habe unter dem Tisch eine Kapsel aus seiner Pillendose geholt, doch er habe ihn noch davon abhalten können, sie zu schlucken. Jetzt stelle er sich oft die Frage, ob es am Ende vielleicht besser für Liliencron gewesen wäre, er hätte sie genommen.

»Ich dachte, jetzt ist es vorbei«, sagte Durlacher. »Doch sie brachten mich in die Kurfürstenstraße. Ich sollte in Berlin bleiben und bekam eine Arbeitskarte des Reichssicherheitshauptamtes. Offiziell war ich ihnen von der ›Reichsvereinigung der Juden‹ zur Verfügung gestellt. Ich hatte fest damit gerechnet, umgesiedelt zu werden.«

Und dann hätte die Zeit in der Eisenacher Straße begonnen. Durlacher und weitere Wissenschaftler – Juristen, Bibliothekare, Kunstgeschichtler, Lehrer und Musiker – hatten dort, in einem ehemaligen Logenhaus der Freimaurer, das Kulturgut, das die Gestapo und der Einsatzstab aus den Häusern, Bibliotheken, Gemeindehäusern und Laboren der Juden konfisziert hatte, auswerten und entschlüsseln müssen, insbesondere die hebräischen Texte. Sie, die »Gruppe Durlacher«, wie die SS sie bald nannte, sollten aus diesem Raubgut heraussuchen, was besonders wertvoll war und Wissen enthielt, das sie nutzen konnten. Judenwissen. Geheimwissen. Weltwissen. Viele Bücher seien sogleich nach Guben in Brandenburg in die Papiermühle gebracht worden, die wertvolleren wurden über Händler und Antiquare verkauft.

»Wir waren zu zehnt, dann kam irgendwann Lind dazu«, sagte Durlacher.

»Können Sie sich noch erinnern, wann das war?«

»O ja, Esslinger, einen der Besten, hatten sie vor der Tür abgefangen, wir haben ihn nie wiedergesehen. An diesem Tag Anfang November 1941 kam Lind. ›So sehen wir uns also wieder‹, sagte er zur Begrüßung. Er war dünn geworden in den wenigen Monaten, die seit unserem letzten Treffen bei den Rositzkys vergangen waren, und ich hatte den Eindruck, dass auch seine Haare weißer und seine ganze Erscheinung ungepflegter war – aber nun, eine gewisse Veränderung hatten wir alle durchgemacht.«

Lilya umschloss ihre Teetasse mit beiden Händen. Sie fröstelte ein wenig. Durlachers Wohnzimmer war düster, das einzige Fenster lag zu einer Hausmauer hin. Wie er wohl früher gelebt haben mochte? Sie nahm einen Schluck Tee.

»Ich musste ihn einweisen, ihm unsere Regeln erklären oder besser: unsere Überlebensregeln«, fuhr Durlacher fort. »Sie waren im Grunde einfach: Man musste morgens eine Visitation durch die SS über sich ergehen lassen, abends noch einmal. Das Gelände war von einem großen Zaun umgeben. Wir durften mit niemandem außerhalb unserer Gruppe sprechen, schon gar keinen von den Bewachern berühren. Man hatte uns sogar eine eigene Toilette zugewiesen, und bei Bombenalarm mussten wir weiterarbeiten oder wurden in einen Keller mit Waffen und Munition gesteckt.«

Durlacher hielt kurz inne, fingerte mit zitternder Hand ein Taschentuch aus seinem Jackett und wischte sich damit über die Stirn. Im Gegensatz zu Lilya schien ihm heiß zu sein. Er stand auf, ging ein paar Schritte in dem engen Wohnzimmer auf und ab, sein Atem war schneller geworden. Wieder wischte er sich mit dem Taschentuch über die Stirn und holte sich aus der Küche ein Glas Wasser. Als er sich wieder setzte, wirkte er etwas ruhiger und erzählte, dass Lind sofort und ausschließlich für die Auswertung der wissenschaftlichen Bücher und Bibliotheken zuständig gewesen war. Seine Berichte seien gesondert abgelegt und abends von einem Kurier abgeholt worden und wohl an einen wichtigen SS-Mann gegangen.

»Und wie lange blieb Lind bei Ihrer Gruppe?«

»Bis zum Frühsommer 1942. Dann wurde er vom ERR abgeholt. Leute vom Einsatzstab gingen hier ein und aus, aber diese waren hier bislang nicht aufgetaucht. Sagt Ihnen das etwas?«

»Ich habe diese Abkürzung in den vergangenen Wochen immer wieder gehört: Einsatzstab Reichsleiter Rosenberg. Chef der besetzten Ostgebiete und Chefräuber des Führers.«

Durlacher nickte. »Jedenfalls war es das letzte Mal, dass ich Lind gesehen habe.«

»Wahrscheinlich wurde Lind damals nach Wilna gebracht, zumindest hat Doktor Westmann ihn dort im Frühjahr 1942 getroffen.«

»Ja, er hat mir davon berichtet. Aber damals hatten wir natürlich keine Ahnung, was mit Lind passieren würde. Wir hatten unsere Mutmaßungen, aber die gingen in eine andere Richtung.«

Lilya richtete sich auf. »Und zwar?«

Durlacher seufzte.

»Ich weiß es nicht genau. Es gab Gerüchte, nicht mehr. Man munkelte über ein Projekt, für das Rosenberg oder irgendwelche Leute von ganz oben verantwortlich waren.«

»Hatte es einen Namen? Wissen Sie irgendetwas darüber, was mir weiterhelfen könnte?«

Er zögerte. »*Operation Feuersee.*«

»Klingt ungewöhnlich.«

»Nazilyrik. Es ging um Forschung. Fakten, Wissen, Vorsprung, Macht. Vernichtung. Sie hatten in Frankfurt ein ›Institut zur Erforschung der Judenfrage‹ errichtet. Rosenberg und seine Leute. Dieses ›Institut‹ sollte Wissen sammeln, um herauszubekommen, warum die Juden weltumspannend so erfolgreich waren. Wie sie dachten, was sie dachten und: was sie wussten. Wir vermuteten, sie hätten ihn vielleicht dahin gebracht und dass die *Operation Feuersee* dort Unterstützung erfahren sollte. Aber all das war nie mehr als eine Vermutung.« Seine Stimme klang bitter.

»Was hatte es mit der *Operation Feuersee* auf sich? Wissen Sie vielleicht Genaueres?«

»Nein. Raphael hatte einen besonderen Auftrag, davon können wir ausgehen.«

»Haben Sie einen Verdacht, worum es dabei ging?«

»Lind war Biochemiker. Er hat im Ersten Weltkrieg mit Haber in der Giftgasforschung gearbeitet. Ich nehme an, Sie haben seine Texte gelesen.«

Das hatte sie. Und sie wusste, dass Raphael einen hohen Preis für seine Forschung bezahlt hatte: Das von ihm entwickelte Gas hatte seinen Bruder fast das Leben gekostet, und ihn hatte man nach dem Krieg für ein paar Jahre mit einem Berufsverbot belegt. Hatten die Nazis Raphaels Wissen nutzen wollen? Jüdisches Wissen für den Sieg?

Durlacher erhob sich, ging an einen Schrank und kam mit einer Mappe zurück.

»Das geht nach Nürnberg«, sagte er. »Zusammen mit meinem Bericht. Täglich wird er länger und auch unser Gespräch könnte Eingang in das Papier finden, wenn Sie damit einverstanden sind. Oder gar das Ergebnis Ihrer Suche, das auch mich zu interessieren beginnt. Ich will, dass diese Leute, auch mit meiner Hilfe, gefunden und vor Gericht gestellt werden. Auch wenn es niemals Gerechtigkeit geben wird. Sie ist so flüchtig wie die Wahrheit. Lesen Sie das. Hauspost aus dem Reichssicherheitshauptamt. Jemand hat mir diese Kopie zugespielt, wohl dritter Durchschlag, aber noch immer gut lesbar. Auch für Sie nicht ohne Wert.«

Er reichte Lilya das Schreiben und setzte sich wieder.

An IV B 4

z. Hd. v. SS-Sturmbannführer Eichmann

im Hause

Betr.: Jüdische Bibliothekare.

Vorg.: Mündliche Rücksprache v. 14.10.41 zwischen

SS-Stubaf. Eichmann, H.stuf. Steindorf und Dr. Wartenberg

Aufgrund der von SS-Hauptsturmführer Wartenberg vorgenom-
menen Prüfung der von IV B 4 zur Verfügung gestellten Juden
sind folgende Juden als brauchbar für die hiesige Arbeit festgestellt
worden:

1. Dr. Julius Israel Lewkowitz, 65 Jahre
   wohnhaft Berlin NW 87, Jagowstr. 23

2. Dr. Erich Israel Schlesinger, 57 Jahre
   wohnhaft Berlin-Charlottenburg, Schlüterstr. 52

3. Dr. Ernst Israel Friedmann, 40 Jahre
   wohnhaft Berlin-Charlottenburg, Gustloffstr. 11

4. Dr. Nathan Israel Braunstein, 55 Jahre
   wohnhaft Berlin-Schöneberg, Bahnstr. 2

5. Dr. Raphael Israel Lind, 51 Jahre
   wohnhaft Berlin-Dahlem, Königin-Luise-Straße 123

6. Dr. Berthold Israel Landauer, 59 Jahre
   wohnhaft Berlin-Charlottenburg, Elisabethstr. 22

7. Jakob Israel September, 51 Jahre ...

Die oben genannten Juden sind zunächst für 1/2 Jahr bei V 11 A 1 zu
verwenden und sollen ihre Tätigkeit am Montag, den 3. November
1941 beginnen. Die Juden werden ganztägig von 8–1/2 5 Uhr beschäftigt für sachliche Arbeiten an jüdisch-hebräischem Schrifttum,
für das keine anderen Kräfte mehr zur Verfügung stehen. Die unter
1, 2, 3, 4 und 7 aufgeführten Juden erhalten ihre Bezüge weiterhin
von der Reichsvereinigung der Juden.

Der unter 7 aufgeführte Jude erhält als früherer Staatsbeamter seine gesetzliche Pension.

Der unter 5 aufgeführte Jude lebt nach seiner Aussage von eigenen Mitteln. Gegebenenfalls könnte dieser Jude von der Reichsvereinigung eine Entschädigung erhalten, falls er eine solche fordert.

Die Juden werden vor Arbeitsantritt auf ihre Schweigepflicht aufmerksam gemacht und arbeiten in einem Raum, der ihnen keinen Einblick in den übrigen Geschäftsgang des Hauses ermöglicht. Sie haben eine eigene Toilette und stehen unter der direkten ständigen Aufsicht von SS-Hauptscharführer Fechter. In ihrer sachlichen Arbeit unterstehen sie der Aufsicht von Dr. Kummler. Nach Beendigung ihrer täglichen Arbeit haben sie sich bei der Wache einer Visitation zu unterziehen.

VII A 1

StSS-Standartenführer

Gez. Steindorf

Nachdem Lilya das Papier gelesen hatte, gab sie es Durlacher zurück.

»Sie hatten etwas von Gerüchten erwähnt. Linds tagelanges Verschwinden, als sie noch zum Freitisch gingen. Hatten Sie damals auch in Erwägung gezogen, dass Lind das Land verlassen hatte? Wäre ihm das möglich gewesen?«

»Natürlich. Er war in England ein angesehener Forscher und wäre dort sicher willkommen gewesen.«

»Ich habe herausgefunden, dass er nach seiner Entlassung aus dem Kaiser-Wilhelm-Institut weiterhin eng mit London zusammengearbeitet hat. Bis 1941, vielleicht darüber hinaus.«

»Nicht möglich!«

»Diese Zusammenarbeit war anderer Art, als Sie vielleicht denken.«

Durlacher sah sie erstaunt an.

Sie erzählte von Albert Green, *Nature*, von der »Forschungs-gemeinschaft« und den heimlichen Veröffentlichungen, nach-dem Lind verboten worden war, für *Die Naturwissenschaften* zu schreiben.

»Eine wichtige Zeitschrift, ich weiß«, sagte Durlacher, »Paul Rosbaud, wir alle kannten ihn gut und hatten doch bis Kriegs-ende keine Ahnung, was er im Stillen geleistet und gewagt hat. Wir haben alle zu lange an Deutschland geglaubt und auf die Vernunft gesetzt und sind schließlich in die Falle gegangen. Ich vermag mir durchaus vorzustellen, dass Lind, der in allem doch so unbeirrbar und gradlinig war, sich auf so eine Sache eingelas-sen hat, sein Wissen an die Engländer weiterzugeben. Sie kön-nen sich gewiss vorstellen, wie oft ich bereut habe, dass ich ge-blieben bin und gezwungen war, für diese Leute zu arbeiten. Was mochte Lind gedacht, gefürchtet haben, als sie ihn schließ-lich abholten? Nicht auszudenken. Diese bodenlose Angst.«

»Es gibt zudem Gerüchte, dass Lind wegen einer Frau geblie-ben ist«, sagte Lilya und wartete Durlachers Reaktion ab.

Er erhob sich, wirkte mit einem Mal unendlich erschöpft und wollte ganz offenbar das Gespräch beenden. »Darüber weiß ich nichts. Menschen tun unvernünftige Dinge aus den unter-schiedlichsten Gründen«, sagte er.

2

*W*ie sehr hoffe ich, Sie fänden Desirée von Wallsdorff gesund und wohlbehalten vor. Sie wissen, was sie mir bedeutet hat. Und je länger ich hier sitze und grübele, desto näher drängt selbst die allzu ferne Vergangenheit heran und greift nach mir.

Das, was ich Ihnen jetzt erzähle, entstammt unserer Kindheit. Es ist lange her und ist doch so etwas wie ein Lebensmotiv geblieben.

Sommer 1906. Wir waren im Harz. Vater, Mutter, Raphael und ich. Die von Wallsdorffs hatten ein Hotel ganz in unserer Nähe bezogen. Die Töchter waren schön, Desirée wie eine Blume. Theodora, die jüngere, war noch ein Kind.

Ich war erst zwölf, doch ich liebte Desirée. Immerzu musste ich sie anschauen. Sie war ein paar Jahre älter als ich und hatte natürlich eher Augen für meinen älteren Bruder. Ich muss ihr vorgekommen sein wie ein Kind.

Trotzdem versuchte ich immer, in ihrer Nähe zu sein, an Theodora hatte ich kein Interesse. Ich streifte ganze Tage lang mit Desirée und Raphael durch den Wald. Die Wege waren steil, und wir konnten das Rascheln der Wildschweine hören. Raphael hatte einen Kompass dabei und ging voran. Mit dem Messer ritzte er Markierungen in die Bäume. Er nahm Blätter in die Hand, rieb sie zwischen seinen Fingern, hielt sie uns unter die Nase und sagte: »Riecht.« Er konnte die Formeln der Stoffe aufsagen, die er durch das Reiben freigesetzt hatte.

Wir erreichten eine Lichtung. Ein Trupp Soldaten hockte im Gras, ihre Karabiner waren wie Garben zusammengestellt.

Ein junger Offizier näherte sich uns. Er hatte einen Grashalm im Mund. Raphael ging auf ihn zu. Sie sprachen miteinander, mein Bruder nickte, dann schlug er vor, wir sollten auf dem Weg hinunter in die Stadt Versteck spielen.

Jeder sei einmal dran, sagte er. »Eli, du zuerst. Und nicht mogeln!« Ich musste die Augen schließen und zählte bis zehn. Dann rief ich, und meine Stimme hallte durch den Wald. Ein Vogel antwortete von irgendwo. Ich zog los, suchte, lauschte, schritt einen kleinen Stichweg ab, ging wieder zurück. Ich lief einen Kreis um das Mal, wo Raphael oder Desirée abschlagen sollten, wenn ich sie entdeckt hatte. Immer wieder blieb ich stehen, horchte. So ging es eine ganze Weile. Nichts.

Dann hörte ich das Knacken von Ästen und ein leises Rascheln oben am Hang. Ich wartete. Setzte mich in eine Kuhle. Würden sie irgendwann die Geduld verlieren und mich auslösen?

Das Rascheln kam näher, auch von weiter links hörte ich etwas. Jetzt auch rechts. Ich wagte nicht, noch einmal zu rufen. Irgendetwas kroch auf mich zu. Jetzt hörte ich es auch unterhalb, dort, wo der Weg ins Tal hinunterführte. Er war versperrt.

Ich bekam Angst.

Ich duckte mich in die Kuhle hinein, neben mir war der Eingang eines Fuchsbaus. Ich hörte ein Wispern. Ein Schatten breitete sich über mir aus. Dann packte mich eine Hand und zog mich hoch.

»Raphael!«, schrie ich. Es war der Offizier, er sah mich mit grimmigen Augen an. »Was machst du hier?«, fragte er. »Das ist gefährlich. Ich hatte deinen Bruder gewarnt.« Er nahm eine Trillerpfeife heraus. Zwei kurze Stöße. Überall im Wald erschienen Köpfe, der Offizier hielt mich weiterhin am Kragen.

»Ein Spion!«, rief er und die Soldaten lachten. Der Wald nahm ihr Gelächter auf und gab es zurück. Ich zitterte.

Der Offizier wies mir den Weg nach unten. »Freies Geleit für den jungen Mann! Lauf, Moses«, sagte er. »Bevor dein Gott es sich anders überlegt.«

Mutter war außer sich, als ich im Hotel ankam, nass, voll Dreck und noch immer bleich im Gesicht. Vater saß mit Raphael am Kamin.

Wo ich gewesen sei, fragte sie mich. Raphael sah zu mir herüber. Ich verstand sofort. »Hinter dem Haus«, sagte ich. »Am Hang. Ich habe versucht, auf einen Baum zu klettern.«

Desirée habe nach mir gefragt, erzählte Mutter, sie sei ganz aufgelöst gewesen und habe sich mit Raphael gestritten. Mutter wollte wissen, ob etwas zwischen uns vorgefallen sei.

»Nichts«, sagte ich. »Ich wollte nur ein wenig klettern.«

Nach dem Abendessen erhielt ich ein Billet. Raphael sah mahnend über den Tisch zu mir herüber.

»Briefgeheimnis«, sagte Vater über die Brille hinweg, als er Raphaels Blick bemerkte. »Eine der Errungenschaften unseres Landes.« Ich las.

»Es war meine Schuld, ich hätte ihn abhalten müssen. Habe mir solche Sorgen um Dich gemacht. Werde diese Nacht wach verbringen. Ich habe Schlimmeres verdient.

Morgen sehen wir uns, Eli. Bitte vergib mir.

Deine D.«

Das Haus lag am Kleinen Wannsee. Sie öffnete die Pforte und ging durch den Vorgarten. Es gab keine Klingel, nur einen dicken metallenen Türklopfer. Sie sah am Haus hinauf, große Bäume bewachten es links und rechts, Moos und Kiefernnadeln bedeckten in großer Höhe die Schindeln des Daches.

Eine Frau öffnete ihr, sie war um die dreißig und schlank, ihr blondes, halblanges Haar hatte sie achtlos oder in Eile zurückgesteckt.

»Wie schön, dass Sie da sind«, sagte sie, schüttelte Lilyas Hand und lächelte sie an, »der Freund meiner Tante hatte Sie schon brieflich angekündigt, und sie hatte so gehofft, dass Sie kommen würden. Ich bin Janne.«

Lilya folgte ihr in die große Halle. Dort blieb Janne stehen und wandte sich zu ihr um. Sie schien unschlüssig.

»Meiner Tante geht es heute nicht so gut«, sagte sie. »Ich weiß nicht, ob sie in der Lage ist, Sie zu empfangen.«

Lilya bot an, ein anderes Mal wiederzukommen.

»Nein, bitte kommen Sie herein, immerhin haben Sie den weiten Weg aus der Stadt hierher gemacht. Ich werde noch einmal nach ihr sehen.«

Janne führte Lilya in einen weiträumigen Salon. Ein Flügel stand dort, Bücher bedeckten die hohen Wände, das Fenster gab den Blick auf einen großen Garten frei. Dahinter sah sie das Flimmern des Sees. Irgendwo im Haus krächzte ein Vogel.

Lilya hörte die dumpfen Schritte der jungen Frau, als liefe sie über einen dicken Teppich, sie war auf dem Weg nach oben.

»Hugo«, rief der Vogel. Dann plapperte er irgendetwas vor sich hin.

Sie versuchte auszumachen, von wo das Tier rief. Je höher die Frequenz, desto einfacher die Ortung, das hatte sie in ihrer Ausbildung gelernt. Tiefe Töne waren ein Problem.

»Mein Vater hieß Hugo«, sagte Janne, als sie wieder in den Salon kam. »Wir hatten dem Kakadu andere Dinge beibringen wollen, Mutter versuchte es mit Mozart und ich mit Proust. Mozart hat er nicht angenommen, und Proust hat Vater verboten, aus dem Munde des Biests, wie er ihn nannte, klinge es am Ende wie Prost. Ein zweifelhaftes Wort, fand er. Vater hat ihn, ohne uns zu fragen, mit Hugo traktiert, bis der Vogel aufgegeben hat. Vater ist vor zwei Jahren gestorben. Mutter und ich wollten ihn weggeben, *Hugo!,* wir konnten es nicht mehr ertragen. Tante Desireé hat ihn aufgenommen, wie so viele schon in ihrem Leben.«

Die junge Frau schien unschlüssig, ob sie Lilya einen Platz anbieten sollte.

»Ich denke, ich komme heute ungelegen«, sagte sie und blickte in Richtung der Tür.

Janne ergriff ihre Hand. »Nein, nein, das ist es nicht. Kommen Sie, sehen Sie einmal kurz bei ihr hinein. Dann weiß sie, dass Sie tatsächlich gekommen sind. Es war ihr so wichtig!«

Über einen weichen roten Teppich gingen sie nach oben, vorbei an Familienporträts, Jagdszenen und kerzenlosen Leuchtern aus angelaufenem Messing.

Vorsichtig schob sie die Tür zu einem großen, abgedunkelten Raum auf.

Desirée von Wallsdorff lag, auf zwei große Kissen gestützt und mit einem feuchten Lappen auf der Stirn, in einem Himmelbett. Sie schien zu schlafen. Auf dem Nachtkästchen stand ein Glas Wasser, daneben lag eine Dose Aspirin. Über einem Stuhl hing ein feiner, roter Morgenmantel. Es roch im Zimmer nach frischen Blumen.

»Tante, dein Besuch ...«, flüsterte Janne.

Desirée von Wallsdorff öffnete ein Auge, schloss es wieder, lächelte, wackelte zum Gruß mit einem Finger und drehte sich zur Seite.

»Sie ist ein wenig schwach heute«, sagte Janne. »Kommen Sie morgen wieder, vielleicht am Nachmittag, sie wird nicht weglaufen.«

Am Tag darauf trug Janne ein anderes Kleid und wirkte gestärkt, ihre Haut hatte Farbe angenommen. Sie bat Lilya herein, führte sie aber nicht nach oben, sondern in einen Raum, den sie die »Eremitage« nannte und der an den »Salon« angrenzte und ebenfalls zum Garten hin gelegen war. Sie sei im Aufbruch, ihrer Tante gehe es heute gut. Im Haus roch es nach Zigarettenrauch und frischem Kaffee, eines der Fenster stand offen, und ein älterer, buckliger Mann in einem grünen Kittel hantierte im hinteren Teil des Gartens mit einer großen Gießkanne.

In dieser »Eremitage« standen zwei im rechten Winkel zu-einander angeordnete Sofas, die Wände waren wie im Salon gesäumt von Regalen. Alte Bücher waren darin aufgereiht, teilweise in Pergament gebunden, dazwischen standen kleine Figurinen, Skulpturen und chinesisches Porzellan. Neben den Sofas gab es zwei Beistelltische und einen großen Ohrensessel mit Fußbank, halb schräg zum Fenster und zum Garten hin ausgerichtet. An der gegenüberliegenden Wand hing ein gro-ßes Bild, das Porträt einer jungen Frau. Nach vorne gebeugt und mit leicht auseinandergestellten Beinen saß sie auf einem Stuhl, ein Stirnband um ihren Kopf schmückte eine Feder, und sah den Betrachter herausfordernd an. Über dem Ohren-sessel kräuselte sich Rauch. Irgendwo in der Ferne hörte sie *Hugo!*

Lilya vernahm das Rascheln einer Zeitung, dann eine dunkle, vom Rauch belegte Stimme.

»Janne? Bist du noch da?«

Die Nichte führte Lilya zu dem Sessel, beugte sich zu ihrer Tante hinunter, gab ihr einen Kuss und ging.

Desirée von Wallsdorff war schlank und hatte blondiertes Haar, das an der einen Seite mit einer goldenen Spange zusam-mengehalten wurde. Sie trug einen roten Morgenmantel mit Samtkragen und flache, vorn spitz zulaufende Pantoffeln, die Lilya an die Schuhe türkischer Paschas erinnerten. Sie duftete nach einem schweren Parfüm und hielt eine lange, aus Meer-schaum gefertigte und mit einem bernsteinfarbenen Mund-stück versehene Zigarettenspitze in der Hand. Als Lilya vor ihr stand, erhob sie sich langsam, wobei sie sich an der Lehne des Sessels abstützen musste, schwankte ein wenig und lächelte sie an. Ihr Lippenstift war am linken Mundwinkel etwas ver-schmiert. Sie musste Mitte fünfzig sein und war von einer rei-fen, herben Schönheit. Ihre Augen wirkten zwar etwas müde, erstrahlten aber in einem beunruhigend hellen Blau, als suche der Himmel in ihnen sein Spiegelbild. Sie war die Frau auf dem großen Bild.

»Lassen Sie sich betrachten, junges Kind«, sagte sie, legte eine Hand auf Lilyas Oberarm und musterte sie von oben bis unten. »Gestern habe ich Sie nur durch die Schießscharten meines Alters betrachten können, aber ich habe mich nicht getäuscht. Meine Sinne mögen wankelmütig sein, aber der für die Schönheit einer Frau bleibt, und ihn werde ich erst als letzten und dann an der Pforte des Himmels abgeben.«

Sie schwankte wieder etwas, und Lilya hoffte, sie würde sich setzen. Stattdessen löste sie sich von der Lehne und öffnete die Arme.

»Ich freue mich ganz aufrichtig, dass Sie gekommen sind. Elias hat Sie angekündigt, Sie hätten hören sollen, mit welchen Worten! Ich bitte um Nachsicht für meine Unpässlichkeit gestern, ich hatte am Abend zuvor Gäste und bin wohl als Letzte gegangen. Das Leid und zugleich das Privileg der Gastgeber. Die Vögel haben mich schließlich ins Bett geschickt.«

Sie bat Lilya, auf einem Stuhl ihr gegenüber Platz zu nehmen, ließ sich wieder in den Sessel sinken, ganz langsam und doch mit einer gewissen Grazie. Auf einem Beistelltisch neben dem Sessel entdeckte sie ein Papier, das Desirée von Wallsdorff offenbar bereitgelegt hatte.

»Ich hoffe, Sie haben ein wenig Zeit mitgebracht. Und erzählen Sie, wie geht es Elias? Einiges hat er geschrieben, aber Männer neigen, was ihre Empfindungen und ihr Erleben – freilich nicht ihre Leistungen – angeht, eher zur Kürze. Bei Männern zählt das Erreichte, Frauen reicht das Erzählte, war das nicht dieser Kraus, der das gesagt hat. Also, spannen Sie mich nicht länger auf die Folter.«

Lilya berichtete von ihren Begegnungen mit Elias, ihren Gesprächen und seinem Buch, dem *Joseph Sternkind*, das sie als Mädchen verschlungen habe. Von seiner Arbeit in der Bildungsverwaltung der Agency, seiner Liebe zu Daliah und ihrem Tod vor wenigen Jahren. Von dem Auftrag, seinen Bruder zu suchen, und von seinem Gefühl der Schuld, nicht genug für Raphael getan zu haben.

Desirée hörte ihr aufmerksam zu, nur bei dem Wort Schuld kniff sie die Augen zusammen, als wollte sie sagen, was für ein Unsinn.

»Es hat ihn viel gekostet, damals, als sein Entschluss feststand. Sein Vater hatte ihn enterbt, und sein einziger Bruder trug auf enervierende, ich möchte sagen: demütigende Weise sein Unverständnis für diesen Schritt in die Welt hinaus. Und dabei hatte Elias so viel Hoffnung. Er glaubte an ein neues Land, an den Aufbau, einen Staat für die Juden. Und er hatte recht, oder!? Nur erfüllten sich diese Hoffnungen nicht ganz so schnell, wie er gedacht hatte. Vielleicht hat Ihre Generation mehr Glück.«

Sie bot ihr Kaffee an, der auf dem Tisch unter einer bestickten Wärmehaube bereitstand, und griff nach dem Papier. Darauf hatte sie sämtliche Daten, Namen und Fakten, die Lilya bei ihrer Suche nützlich sein konnten, festgehalten. Sie schob es Lilya hin, griff dann wieder nach ihrer Zigarette, die eine Weile im Aschenbecher vor sich hin gequalmt hatte und sagte mit fester Stimme: »Ich möchte Ihnen sehr gerne helfen, und zugleich habe ich ein ungutes Gefühl dabei. Denn vielleicht ist es ein Treuebruch, gar ein Verrat, wenn ich Ihnen alles, was ich über Raphael weiß, erzähle. Allerdings fühle ich mich auch Elias gegenüber in Liebe und Respekt verpflichtet. Es ist immer dasselbe, wenn es um die Brüder Lind geht – schon seit meiner Kindheit bescheren sie mir Loyalitätskonflikte.«

Sie seufzte, wie um den letzten Satz zu unterstreichen, und betrachtete Lilya kurz, als wollte sie erkunden, wie viel sie über Desirée und Elias, ihre »asymmetrische Liebe« wusste, was er ihr vielleicht erzählt hatte über die frühen Jahre, als sie letztlich Raphael den Vorzug gegeben hatte.

»Ich muss Ihnen nicht erklären, wie nah mir Raphael war. Wie sehr ich aber immer wieder auch an ihm gezweifelt habe. Manchmal, so denke ich, haben wir es Elias nicht leicht gemacht.«

Sie seufzte. »Ich wusste, wir würden nie ein Paar werden. Und dennoch habe ich mich auf Raphael eingelassen. Nach nur einem Jahr haben wir uns mit einem Kuss getrennt. Das war unmittelbar vor dem Krieg, im Frühjahr 1914. So leicht getrennt, dass ich mir sicher war, Raphael habe mich nie geliebt, und mir dachte, er könne vielleicht gar nicht richtig lieben. Sie sind eine Frau, Sie werden das vielleicht verstehen. Männer wie er sind so mit sich selbst beschäftigt, dass sie nur eine Frau in ihre Nähe lassen, in die Nähe ihres Herzens, die sie bei diesem Perpetuum mobile der Selbstliebe nicht stört und ihnen neue kinetische Energie zu geben bereit ist.«

Sie griff nach der Zigarettenspitze, zog den kalten Stummel heraus und fingerte aus einer silbernen Dose, deren Deckel eine nur mit einer Ranke bedeckte Eva zierte, eine neue Zigarette hervor. Etwas umständlich, mit zitternden Händen, steckte sie sie in das Mundstück. Lilya reichte ihr ein silbernes, leicht abgegriffenes Feuerzeug vom Beistelltisch. Desirée sog den Rauch tief ein und blickte zur Decke. Dann wandte sie sich wieder Lilya zu. »Und dann ist es passiert! Mein Gott, war sie hübsch. Und dieser kleine, fast unmerkliche Akzent, als striche ein leichter Wind über die Laute aus ihrem Mund.«

Lilya sah sie gebannt an.

»Raphael und Vivien haben sich 1921 kennengelernt. Er war in diesen Tagen in schrecklicher Verfassung, wartete, dass er wieder arbeiten und forschen durfte. Ich versuchte, ihn abzulenken, denn als Freund war er mir auch nach unserer Trennung erhalten geblieben. Wir waren oft in Bars und Varietés, ich entführte ihn in den Grunewald und die Potsdamer Schlösserlandschaft, ich hatte einen großen Wagen und Geld. Mein Gott, ja, das war unsere Zeit. Traurig und wild.«

Wieder nahm sie einen tiefen Zug. »Vivien war wegen ihres zukünftigen Mannes aus Dänemark nach Berlin gekommen und zehn Jahre jünger als Raphael, die Olsens waren in Kopenhagen eine reiche und angesehene Familie. Vivien war hübsch, nein, betörend schön, sie konnte lachen, dass sich die Bäume schüttelten. Man musste sie einfach gernhaben. Oft bekam sie aus Kopenhagen Pakete mit gesalzener Butter.«

Desirée senkte die Stimme, als käme nun die schlechte Nachricht. »Sie war verlobt, wollte Bert heiraten. Bert von der Lohe, er war groß gewachsen, charmant, national gesinnt, hatte nach dem Krieg in Kurland ein Freikorps kommandiert, dieses später als Fehler eingesehen. Bert arbeitete in einem der Ministerien dieser neuen, unverstandenen Republik. Später bei der Reichsbank. Sie waren ein besonderes Paar, und wenn sie zusammen auftraten, sahen sich alle nach ihnen um. Und jeder beneidete Bert um diese Frau.«

Sie sah Lilya an, ob sie ihr folgen konnte. »Raphael war Vivien verfallen, über Nacht muss es geschehen sein, nachdem er sie nur einmal gesehen hatte! Völlig untypisch für ihn. Ich habe ihn kaum wiedererkannt. Oder soll ich sagen, es war Liebe auf den ersten Blick? Ich sage das so leichthin und weiß, es klingt für alle, die ihn gut kennen, wenig glaubhaft. Raphael war oft abweisend und in sich gekehrt, unzugänglich, allein der Forschung und seinem Ego monumentale hingegeben und dem, was er den Fortschritt nannte. Natürlich hatte er Affären, er war eine faszinierende Persönlichkeit. Aber das Tempo und den Grad an Nähe bestimmte immer er. Bei Vivien war es anders. Zumindest am Anfang.«

Sie blickte in den Garten hinaus, doch ihre Augen schienen nach innen zu sehen oder in diese ferne, nie vergessene Zeit.

»Wissen Sie, Raphael war zudem musisch begabt, das Leben hatte ihn mit einer ungebührlichen Menge Talenten gesegnet. Er spielte blendend Geige, verbrachte viele Abende in der Oper und in der Philharmonie, komponierte sogar, und zwar bei Weitem nicht so weltabgewandt und mechanisch wie diese Neutöner unserer Generation, die mit ihren Noten, Vorzeichen und Zahlen auch ein Schiffshebewerk hätten bauen können, sondern mit Schmelz.«

Sie blickte durch die weit geöffnete Tür in den Salon, wo der Flügel stand, so als vermute sie Raphael dort an dem Instrument. »Mit einer Gruppe Gleichgesinnter spielten sie abends in Salons, gelegentlich auch in meinem Haus, übten im Institut zwischen Vitrinen und Formeln und Phiolen. Vivien musste ihn an einem dieser Abende gehört haben. Immer wieder kam sie danach zu den Proben und kleinen Konzerten. Bert hatte für die Musen kein Ohr, doch für Vivien öffnete sich eine neue Welt. Raphael hatte sie in seinen Bann gezogen. Männer mit entschiedenem Auftreten und musischer Neigung können unwiderstehlich sein. Ich gönnte ihm diese Liaison und wusste doch bei alledem nicht, dass es weit mehr als das sein sollte. Viel mehr. Deswegen sitzen wir hier.«

Desirée deutete mit der Zigarettenspitze auf Lilyas Tasse, die leer war, aber Lilya winkte dankend ab.

»Dann erwartete Vivien ein Kind von ihm. Sie begannen zu überlegen, ob sie es Bert, ihrem Verlobten, unterschieben sollte. Bert war im Auftrag der Reichsbank für viele Monate im Ausland, und Vivien beschloss, es auszutragen und, sollte Bert vorzeitig zurückkommen, zu ihrer Familie nach Dänemark zu gehen und von dort aus die Verlobung aufzulösen. Es war ein Junge. Sie nannte ihn Hans. Viviens Vater hieß so, Hans Olsen.«

Desirée hielt kurz inne und zog den Morgenmantel enger um sich, als fröstelte sie.

»Raphael drang darauf, dass sie das Kind zur Adoption freigeben sollte. Er sah sich angesichts seiner beruflichen Situation nicht in der Lage, sie zu heiraten und es großzuziehen. Eitel, wie er war, hätte er es jedoch genauso schlecht ertragen können, dass

Viviens zukünftiger Mann sich für den Vater hielt, dass es Berts Kind sein sollte.«

Sie drückte ihre Zigarette aus, fingerte sofort die nächste aus ihrer Dose, steckte sie in die Spitze und zündete sie an.

»Es war eine schreckliche Zeit, und ich redete auf Raphael ein, dass er sich seiner Verantwortung stellen sollte. Es ist dein Kind, sagte ich ihm immer wieder. Vergebens. Gleich nach der Geburt im Mai 1922 gab Vivien das Kind frei, noch im Krankenhaus. Es kam in die Obhut einer Familie, die das Land verlassen wollte. Sie hatten Geld und alle Möglichkeiten und würden ihm gute Eltern sein. Mehr wussten wir nicht. Raphael und Vivien bestanden darauf, dass die neuen Eltern, ohne sie je gesehen zu haben, ihm die Bar-Mizwa geben würden, wenn es so weit sei. Das war alles.«

Lilya bemerkte, dass Desirées Augen schimmerten. Sie zog ein Taschentuch aus dem Ärmel ihres Morgenmantels und tupfte sich ein paar Tränen weg. »Vivien hat sich von Bert getrennt, ohne dass er nach seiner Rückkehr je den wahren Grund erfahren hätte«, fuhr sie mit erstickter Stimme fort. »Und Raphael? Sie haben es wohl zusammen versucht, es ging ein paar Jahre so, aber Vivien konnte nicht mehr lachen, die Bäume blieben reglos, es lag von diesem Tag an etwas zwischen ihnen, das sie nicht überwinden konnten.«

Wenig später sei dann die dunkle Zeit gekommen, 1934 habe Raphael seine Professur verloren, Vivien sei zurück nach Kopenhagen gegangen, nur gelegentlich hätte sie ihn in Berlin besucht, aber schließlich sei sie ganz wiedergekommen. »Ich hatte den Eindruck, sie konnten trotz alledem nicht voneinander lassen.«

Desirée wirkte auf einmal sehr müde. Sie sank ganz in den Sessel zurück, sah plötzlich klein und zerbrechlich aus. »Raphael fand eine Stellung bei Neubergers privatem Chemisch-Technischem Labor und schien mehr denn je zu arbeiten. Nur selten hatte er Zeit für mich, und er hatte sich verändert. Das Arbeitsverbot hatte ihn verbittert, und tief in seinem Inneren machte es ihm Angst, wie uns allen, auch wenn er das nie zugegeben hätte. Er wirkte gehetzt, kurz angebunden, unkonzentriert, als sei er in ein großes Projekt verbissen, was aber nicht sein konnte. Wo er früher mit Charme und Vehemenz überzeugt hatte, wurde er nun rechthaberisch. Er schrieb eine Menge Artikel, ich fragte mich, für wen und wofür, da er nicht mehr veröffentlichen durfte. Den Rest der Geschichte kennen Sie, Elias wird Ihnen meinen Brief gezeigt haben.«

Noch einmal hielt sie inne, das Taschentuch zu einem unförmigen Ball zerdrückt, in ihrer Hand. »Als er im Oktober 1941 in seinem Haus in Dahlem abgeholt wurde, machte wenige Tage später eine schreckliche Nachricht die Runde. Eine Frau sei tot am Wannsee gefunden worden, in keiner Zeitung fand sich eine Notiz. Man sprach von Selbstmord. Nur ich allein wusste: Es war Vivien Olsen.«

Sie hatte die Augen geschlossen, während sie das sagte, eine Träne lief ihr über die Wange, aber sie bewegte sich nicht. »Wissen Sie, Vivien war mir über die Jahre eine Freundin geworden, Raphael muss manchmal gedacht haben, wir hätten uns gegen ihn verbündet. Ihr Tod schmerzt mich genauso wie sein Verschwinden. Innerhalb von ein paar Tagen habe ich damals die beiden Menschen verloren, die mir in dieser gottvergessenen Zeit am nächsten standen.«

Lilya löste das Taschentuch aus ihrer Hand und wischte ihr die Träne vorsichtig ab.

»Danke«, sagte Desirée kaum hörbar.

Ihre Haut war nun kalkhell, alle Kraft schien aus ihr gewichen zu sein, und Lilya fürchtete, sie müsse sie nach oben in ihr Zimmer tragen.

Sie dankte Desirée für ihre Offenheit, zog das Foto aus der Tasche und legte es vor ihr auf den Tisch. Dann erzählte sie, dass

Elias es in dem Exlibris gefunden und den Hinweis auf seinen fünfzigsten Geburtstag im Jahre 1944 entdeckt hatte, von Raphael in geheimer Zahlenfolge festgehalten. Lilya drehte das Foto um und zeigte auf das Zahlenrätsel. Desirée nahm das Bild kurz in die Hand und fixierte es. Sie habe es nie zuvor gesehen, sagte sie. Lilya las den Satz auf der Rückseite laut vor.

Det bugter sig i bakke, dal

Desirée seufzte, nein, das sage ihr nichts. Es sei ein schönes Haus, und gewiss nicht hier aus der Gegend.

Lilya spürte, dass es Zeit war, zu gehen. Sie solle sie bald wieder besuchen, sagte Desirée beim Abschied und drückte ihr das Papier mit ihren Notizen in die Hand. Kurz stand sie auf, doch als Lilya sagte, sie würde allein hinausfinden, sank sie zurück in den Sessel und schloss die Augen. Lilya nahm an, sie setzte nun den Fuß in das Reich der Erinnerung, jetzt wieder mit hellerem Licht beschienen, aus dem sie auch nach dem Erwachen niemand mehr vertreiben konnte.

3

Der Wagen kam aus der Friedrichstraße. Er fuhr schnell und hatte große Scheinwerfer. Sie hatte ihn zu spät gesehen. Der Aufprall war hart. Die Häuser schienen zu stürzen, sie sah nur noch Himmel. Endloses Blau. Ihr Körper fühlte sich dumpf an, als sammele er alle Kraft für den aufsteigenden Schmerz. Etwas Warmes, Tröstliches lief ihr über die Schläfe. Sie spürte unter sich die Hitze des von der Sonne aufgeladenen Asphalts. Lachhaft, dass es nun doch noch passiert war. Hier. In Berlin. Eine Hand berührte ihren Hals. Irgendwer schob ihr etwas unter den Kopf. Sie hörte Stimmen, es klang wie eine Frage. »Yoram«, sagte sie. Dann senkte sich ein großes schwarzes Tuch über sie.

Der Geruch von Medizin. Green, eine Praxis. Desirée, sie lag mit ihr in einem Himmelbett, der Nachttisch voller Medikamente. Wo bin ich? Wortfetzen, Hände glitten über ihren Körper, ein stechender Schmerz durchfuhr ihren Arm, ihr Kopf dröhnte.

»Gleich hört es auf«, sagte jemand, dann war wieder Nacht.

Cordelia hatte rote Lippen, sie bewegten sich. »Doktor Valentin ... es hätte ganz anders ... eine schwere Gehirnerschütterung und eine Platzwunde, Prellungen, nicht unerheblich ... keine Brüche. Valentin ... Freund der Familie ... kümmern ... verlegen ... noch einmal Glück gehabt.«

Sie konnte Cordelias Parfüm riechen. Dr. Valentin? Noch

einmal Glück gehabt? Sie versuchte sich auf das Gehörte zu konzentrieren, aber sie verstand es nicht. Dann fielen ihr wieder die Augen zu.

Als sie erwachte, war Cordelia immer noch da. Aber sie hatte ein anderes Kleid an. Heller, freundlicher. Lilya schaute sie an.

Als Cordelia bemerkte, dass Lilya aufgewacht war, lachte sie erleichtert auf. »Herzlich willkommen zurück«, sagte sie und nahm Lilyas Hand.

»Welcher Tag ist heute?«, wollte Lilya wissen.

»Mittwoch.«

Sie überlegte. »Am Sonntag war ich in der Stadt.«

»Doktor Valentin hat Sie schlafen lassen. Er hat ein wenig nachgeholfen. Die beste Medizin.«

Cordelia trat einen Schritt zurück, ein Mann im Kittel beugte sich über sie. Er trug eine Brille, die am Bügel gebrochen und geklebt war. Er hatte nur einen Arm, oder konnte sie den anderen nur nicht finden, nicht sehen? Ihr Kopf schmerzte, jede Bewegung versetzte ihr einen Stich. Er sei Hellmuth Valentin, ihr Arzt.

»Ein paar Tage noch, und Sie können hier raus. Sie haben großes Glück gehabt«, sagte er.

Die Wunde an ihrer Schläfe pochte. Sie hob die Hände, zählte die Finger, führte die Zeigefinger aufeinander zu und war erleichtert, als sie sich trafen.

Der Arzt sprach leise mit Cordelia. Die beiden hatten sich von ihr abgewandt, und Lilya konnte nicht verstehen, was er sagte. Er wirkte ernst. Cordelia schaute immer wieder zu ihr herüber, sie sah besorgt aus.

Lilya meinte zu hören, wie Dr. Valentin etwas von »umbringen« sagte. Cordelia legte sogleich einen Finger auf den Mund und sah ihn streng an. Dann verabschiedete sie sich mit einem freundschaftlichen Dankeschön von »Hellmuth«.

»Er ist ein alter Freund unserer Familie«, sagte Cordelia und setzte sich wieder zu Lilya ans Bett. »Ich habe ihn sofort hierher in den Zoobunker gelotst, als ich gehört habe, was passiert ist. Sie sind einfach nicht nach Hause gekommen, am Sonntagabend, und ich habe vom Büro aus noch angefangen, in den Krankenhäusern Erkundigungen einzuholen. Allzu viele gibt es ja nicht mehr. Ich war in großer Sorge um Sie, Lilya.«

Erst jetzt merkte Lilya, dass sie nicht alleine in dem Raum lag, links und rechts von ihr waren Betten, eine Frau neben ihr stöhnte. An der Decke verliefen Rohrleitungen, es gab kein Fenster, die Luft war kühl und feucht.

Aus der Polizei sei nicht viel rauszubekommen, sagte Cordelia am kommenden Tag. Der Wagen sei mit hoher Geschwindigkeit weitergefahren, ohne anzuhalten. Das Militär fühle sich nicht zuständig. Man müsse von einem »Unfall« ausgehen. Sie wolle den Teufel nicht an die Wand malen, aber genauso gut könne man einen »Vorsatz« vermuten, sagte Cordelia.

Am Freitag setzte die Schwester Lilya zum ersten Mal auf. Sie biss die Zähne zusammen.

»Sie haben viel geschlafen«, sagte die Schwester zu ihr. »Und Sie sprechen im Schlaf, so viele Namen! Es ist Besuch für Sie da, ein Mann.«

Mit einer groben Bürste fuhr ihr die Schwester durchs Haar und flocht es zu einem losen Zopf. »Schön sehen Sie aus«, sagte sie. »Wo kommen Sie her?«

»Palästina.«

»Nie gehört. Ein Land, in dem man Deutsch spricht?«

»Einige, ja, andere die Landessprache. Und Englisch. Die Engländer haben …«

»Dann kommt Ihr Besuch von dort.«

Ein kleiner Mann, er mochte um die vierzig sein, stand neben ihrem Bett. Die Schwester schob ihm einen Stuhl hin und zog sich zurück.

»Darf ich mich setzen?«

Sie hob zustimmend die Hand.

Er sprach ein gewähltes, federndes Englisch, schien jedes Wort abzuwägen, bevor er es aussprach. Er hatte eine auffällig gerade Nase, eine fast jungenhafte Stimme und trug einen leichten grauen Anzug. Den Hut hatte er abgenommen und hielt ihn in der Hand.

Seine Stimme kam ihr bekannt vor.

»Ich bin gekommen, um nach Ihnen zu sehen und Ihnen meine Genesungswünsche zu überbringen.« Er sah sie eindringlich an. Ihr fiel auf, was für ein schönes Gesicht er hatte. Wo hatte sie es nur schon einmal gesehen?

»Und um Ihnen meine Hilfe anzubieten«, sagte er und beugte sich auf dem Stuhl vor. Er hob die Hand, als wollte er sie auf ihre Schulter legen, hielt dann aber inne. Er lehnte sich wieder zurück und sah sie nachdenklich an.

»Aber kommen Sie erst einmal wieder zu Kräften«, sagte er nach einer kurzen Pause und erhob sich. »Sobald Sie zu Hause sind, sehen wir uns wieder.«

Zu Hause, was meinte er? In Palästina? Eine Welle von Schmerzen erfasste ihren Körper und wischte alle Gedanken weg. Als der fremde Besucher fast außer Sichtweite war, wusste sie wieder, wer er war. Major Terry. Es war Wochen her, seit sie in London seiner Einladung zu diesem Honeywell hatte folgen müssen. Ohne es zu wollen. Aber was machte er in Berlin, und was wollte er von ihr?

Wenige Tage später, Doktor Valentin hatte einen Transport für sie organisiert, ihr aber weitere Bettruhe verordnet, stand Terry vor der Tür zu Cordelias Wohnung. Lilya war allein zu Hause. Als sie öffnete, lächelte er. Was für ein hartnäckiger Mensch. Er schlug ihr sogleich vor, gemeinsam nach draußen zu gehen und sich auf eine Bank zu setzen. Sie ließ sich darauf ein, hatte keine Kraft, ihn abzuweisen, und sie würde auf diese Weise erfahren, was er eigentlich von ihr wollte und warum er in Berlin war.

Er hakte Lilya unter und half ihr die Treppe hinunter. Sie fanden eine Bank auf dem Winterfeldtplatz, Bäume spendeten dort Schatten. Lilya hatte in den vergangenen Tagen wieder zu gehen gelernt, Schmerzen hatte sie noch immer. Und auch das Gefühl, ihre Knochen seien nicht am richtigen Ort, ihr Körper gleiche einem Sack voller Kieselsteine, hatte sie seit dem Aufprall noch nicht wieder losgelassen.

Sie setzten sich. Major Terry blickte in das Grün der Bäume über ihnen. Vögel zwitscherten, ein dreirädriger Wagen knatterte über den Platz. Jungen schossen Murmeln gegen eine Hauswand und stritten sich dabei laut.

»Sie sehen schon viel besser aus, und Miss Vinyard ist Ihnen offenbar eine gute Freundin«, begann Terry. Er zündete sich eine Zigarette an. »Wir scheinen beide einen Hang zu Bänken zu haben«, sagte er und blies Rauch in die Luft, »zuerst im Hyde Park und nun hier, in dieser faustischen Stadt.«

Terry schaute sich um, dann stand er auf, als könne er so besser den Platz überblicken, wandte sich ihr wieder zu und sah sie nachdenklich an. Sie hatte nicht die Kraft und die Geduld, dieses Spiel ohne Ziel weiter mitzuspielen.

»Major«, sagte sie, »ich fühle mich durchaus geehrt, dass Sie mich in die Sonne gelockt haben, um Zeit mit mir zu verbringen. Aber es wäre mir lieber, Sie kämen jetzt zur Sache und sagten mir, was Sie von mir wollen. Ich habe Schmerzen und fühle mich im Bett besser aufgehoben. Also, worum geht es?«

Einen Moment schien Terry von der Deutlichkeit ihrer Stimme überrascht, er blieb vor ihr stehen, jedoch ohne etwas zu sagen. Lilya sah ihn abwartend an.

Er setzte sich wieder und rückte ganz nah an sie heran. Offensichtlich wollte er keine Mithörer haben.

»Wir wissen, dass Sie auf der Suche nach Raphael Lind sind«, sagte er. »Wir hatten bereits eine erste Vermutung, als Sie ein paar Tage nachdem wir Elias Lind die Todesnachricht überbracht hatten, plötzlich bei Ben Gedi in Tel Aviv aufgetaucht sind und sich mit Lind getroffen haben, in diesem Café, wie heißt es noch ...? Als Sie dann in London Albert Green aufgesucht haben, gab es keinen Zweifel mehr.«

Whitehall war also tatsächlich an Raphael Lind interessiert. Ben Gedi und Onkel Mahmut hatten recht gehabt.

»Sir Lucious hat mich gebeten, Sie im Auge zu behalten«, fuhr Terry fort, »nachdem Sie London verlassen hatten, ohne noch einmal Kontakt mit uns aufzunehmen.«

Lilya spürte plötzlich so etwas wie Unsicherheit. Oder war es Angst? Terry hatte bisher nicht gewirkt, als wollte er ihr etwas tun oder ihr auch nur drohen, aber konnte sie sicher sein? Wollte er vielleicht nur zu Ende bringen, was der Mann in München, in Offenbach und vielleicht auch der Autofahrer hier in Berlin nicht geschafft hatten? Sie schaute über den Platz. Genügend Zeugen gab es hier, um sich einigermaßen sicher fühlen zu können. Sie schob ihre Besorgnis beiseite und richtete sich auf.

»Sie also waren das?«, sagte sie. »Seit ich in Europa bin, habe ich das Gefühl, ich hätte einen Schatten. Willkommen also an meiner Seite, Major. Oder sind es Ihre Männer? Dann sagen Sie ihnen, dass Sie sich etwas diskreter verhalten sollten.«

»Schatten, da haben Sie ohne Frage recht. Obwohl ich die Sache etwas anders sehe – möglicherweise sind wir eher der Schatten Ihres Schattens.«

Lilya sah ihn fragend an.

Major Terry rückte etwas zu Seite, legte seine Hand auf ihre Schulter und sah sie mit festem Blick an.

»Wir müssen davon ausgehen, dass Sie jemand umbringen oder Ihnen zumindest eine deutliche Warnung zukommen lassen wollte. Es gibt kaum eine andere Erklärung.«

»Selbst wenn es so ist, warum sollte es für Sie und Sir Lucious in London von Interesse sein?«

Major Terry nahm die Hand wieder weg und seufzte. »Nun …« Er hielt noch einmal inne. »Weil es in dieser Sache zwischen uns ab jetzt um Kooperation gehen sollte, nicht um Konfrontation. Sie sind in Gefahr, und wir können Ihnen helfen.«

Er ließ seinen Blick über den Winterfeldtplatz schweifen und fixierte dann wieder sie. Lilya spürte, dass noch etwas kommen würde. »Aber Sie können auch uns helfen«, sagte er.

Das also war es. »Ich wüsste nicht, wie. Und warum sollte ich Ihnen trauen? Sie sind Engländer, und Sie stellen mir ganz offenbar nach.«

Terry wurde unruhig, er schien Mühe zu haben, die angelernte Freundlichkeit beizubehalten. »Wir hatten Kontakt zu Lind«, sagte er, »Rosbaud hatte ihn hergestellt, der Herausgeber von *Die Naturwissenschaften*. Linds Wissen war für uns von großer Relevanz.«

Er war also die Verbindung zu Green.

»Ich selbst war in den Dreißigern an der britischen Botschaft in Berlin«, fuhr Terry fort, »ich sollte ein Netz aus Kontaktmännern aufbauen. Lind war bis zu seinem Berufsverbot ein Spezialist für das, was die Deutschen Resistenzforschung nannten. Im Ersten Weltkrieg hatten sie Kampfgas eingesetzt, eine gefährliche, unberechenbare Waffe. Sie hatten damit nicht nur dem Feind, sondern auch ihren eigenen Leuten geschadet. Gegengift, verbesserter, chemisch basierter Gasmaskenschutz, Therapie: An diesen Dingen arbeiteten Leute wie Lind, damit so etwas nicht wieder passierte. Unser Interesse an dem, was die Deutschen planten und woran sie forschten, war groß. Als im September 1939 der Krieg ausbrach, umso größer. Würden die Deutschen irgendwann wieder Kampfgas einsetzen? Darauf mussten wir vorbereitet sein.«

Terry nahm eine weitere Zigarette aus seinem silbernen Etui und zündete sie an. Lilya fiel es zunehmend schwer zu sitzen. Die Hüfte tat ihr weh, und eine große Abschürfung an ihrem Ellbogen begann unter dem Verband wieder zu brennen. Aber jetzt wollte sie alles wissen.

»Hatten Sie selber Kontakt zu Raphael Lind?«

»Nur für sehr kurze Zeit«, sagte Terry und nahm einen tiefen Zug von seiner Zigarette, »ich musste Ende 1939 die britische Botschaft in Berlin verlassen, nach Kriegsbeginn wurde die Sache zu gefährlich. Einer unserer Agenten sollte Kontakt zu Lind halten und seine Artikel an Green weiterleiten. Doch der verschwand später spurlos. Wir nahmen an, dass die Deutschen ihn gefasst hatten, und er kam nach kurzer Zeit auf unsere ›Liste der Verlorenen‹, das Verzeichnis unserer stillen Helden, gefallen an der unsichtbaren Front.«

»Warum haben Sie Lind nicht einfach eine Stelle in Cambridge angeboten und ihn zu sich nach England geholt? Wäre das nicht der bessere Weg gewesen?«

»Haben wir. Ohne Erfolg. Er hat sich geweigert auszureisen, als es noch möglich gewesen wäre. Weil wir aber befürchteten, dass er deportiert werden würde, fassten wir sogar den Plan, ihn zu entführen. Ihn zu ... retten.«

Terry lachte bitter, warf seine Zigarettenkippe auf den Boden und trat sie aus.

»Das Unternehmen scheiterte«, fuhr er fort. »Jemand musste die Deutschen gewarnt haben. Für uns ein Desaster und für mich eine persönliche Niederlage. Manch einer in Whitehall sprach von Versagen. Lind war schließlich unser Mann. Und er wurde von der Gestapo abgeholt, bevor wir zuschlagen konnten. Dann kam die Eisenacher Straße, Durlacher hat Ihnen sicher davon erzahlt. Was danach mit Lind geschehen ist, wissen wir nicht. Aber es gibt keinen Hinweis darauf, dass er noch lebt. Keinen.«

Deswegen haben sie Elias Lind in Jerusalem aufgesucht,

wurde Lilya jetzt klar. Um Raphael Lind und damit den gescheiterten Rettungsversuch für immer in den Akten verschwinden zu lassen. Sie wollten verhindern, dass jemand Nachforschungen anstellte und an dieses Versagen rührte, diese für die Engländer so beschämende und strategisch folgenreiche Panne ans Licht brachte.

Lilya überlegte, ob sie Terry auf diese Vermutung ansprechen sollte. Nein. Sie würde sich diese Erkenntnis für Ben Gedi aufheben. Sollte er entscheiden, ob sie eine geeignete Waffe für ihn darstellte. Jetzt ging es ihr um etwas anderes.

»Ihre Aktion wurde verraten, haben Sie gesagt? Sie vermuten also ein Loch in Ihrem Spionagenetz?«, sagte Lilya. »Und Sie gehen davon aus, dass es demjenigen, der damals hinter Ihrem Rücken die Deutschen gewarnt und Sie und Whitehall hintergangen hat, ganz und gar nicht passt, dass ich nach Lind suche?«

»So wird man es sagen können.«

»Und wer ist das, Major? Dieser Mann. Mein Schatten?«

Terry zögerte, bevor er weitersprach. »Wir haben zunächst alle überprüft, die während des Kriegs oder danach aus Deutschland nach England zurückgekehrt sind, viele von ihnen arbeiten noch immer für uns – alle sauber. Danach die, die wieder hier sind. Ebenfalls sauber. Bleibt also unsere ›Liste der Verlorenen‹, und die ist lang. Wir sind sie immer wieder durchgegangen, aber zu einem greifbaren Ergebnis sind wir bislang nicht gekommen – hier gibt es niemanden, den wir noch überprüfen oder befragen könnten.«

Die Sache wurde immer komplizierter, jetzt galt es, einen klaren Kopf zu behalten. »Selbst wenn das alles stimmt, was Sie sagen. Und selbst wenn tatsächlich einer Ihrer Leute die geplante Entführung Linds vereitelt hat, warum sollte er es jetzt auf mich abgesehen haben? Und woher soll er überhaupt wissen, dass ich nach Lind suche?«

Terry blickte über den Platz, als suchte er zwischen den Bäumen und Hausmauern nach einer Antwort. »In Whitehall wissen nur Honeywell und ich von Ihrer Suche. Vielleicht sollten Sie einmal in sich gehen und überlegen, mit wem Sie auf Ihrer Exkursion gesprochen haben. Oder ob Sie jemand belauscht hat? Ist Ihnen irgendetwas aufgefallen?«

Seine Stimme hatte mit einem Mal eine gewisse Härte. Nachdem Terry sich so gesprächig und offen gezeigt hatte, hatte Lilya fast vergessen, dass er immer noch Engländer war, einer aus Whitehalls dunklen Kammern, ein versierter Geschäftsmann auf dem unsichtbaren Markt aus Information und Gegeninformation. Dass er ihr jedoch den Anfängerfehler unterstellte, ihren Auftrag wo auch immer ausgeplaudert zu haben, machte sie wütend. Sie wollte ihm etwas entgegnen, doch Terry legte ihr beschwichtigend die Hand auf die Schulter.

»Wer immer es ist«, sagte Terry jetzt wieder etwas sanfter, »der Mann, der hinter Ihnen her ist, will offenbar um keinen Preis, dass Sie den Professor irgendwo zwischen diesen Schutthalden auftreiben und ihn befragen.«

»Ich denke, Ihr ganzes Konzept beruht darauf, dass Raphael Lind nicht mehr lebt?«

»Unseres ja, aber offensichtlich nicht das Ihres Schattens. Sollte der Professor leben und Sie finden ihn, könnte er Ihnen erzählen, zu wem er auf britischer Seite Kontakt hatte. An wen er sein Wissen, seine Artikel weitergegeben hat. Wer dieser Mann war. Mit diesem Wissen könnten Sie ihn als Verräter entlarven und uns informieren. Und auf Hochverrat steht in Großbritannien die Todesstrafe.«

Der dreirädrige, jetzt mit Kohle beladene Wagen knatterte wieder vorbei. Jungen in kurzen Hosen liefen hinter ihm her in der Hoffnung, er würde etwas verlieren, und sie könnten es auflesen. Der Fahrer, er hatte einen roten Kopf, auf dem eine verdreckte Gefreitenmütze saß, lehnte sich aus dem Fahrerhäuschen hinaus und brüllte die Kinder an.

»Für uns ist Ihr Verfolger ebenso interessant wie für Sie«, fuhr Terry fort und gab seiner Stimme den Anflug von Freundlichkeit. »Es gibt zwischen uns, ob es Ihnen passt oder nicht, eine nicht unerhebliche Kongruenz der Interessen.«

Sie hatte verstanden, was er ihr sagen wollte. »Sie wollen also, dass ich Sie zu Ihrem Verräter führe? Ich soll für Sie den Lockvogel spielen?«

Terry atmete tief ein, lehnte sich zurück, verschränkte die Arme vor der Brust und seufzte. »Nun, so würde ich es nicht nennen. Sagen wir, wir laden Sie dazu ein, mit uns zusammenzuarbeiten.«

Sie ließ all das auf sich wirken, wollte nicht zu schnell reagieren. Lassen wir den Major ein wenig zappeln, dachte sie und schloss die Augen, als müsse sie überlegen. Er würde sie jetzt sicher von der Seite betrachten, sein Blick würde an ihr hinabgleiten, sie hatte Terrys Interesse an ihr durchaus bemerkt. Sie öffnete wieder die Augen. »Was ist, wenn ich Nein sage?«

Terry rutschte auf der Bank hin und her. Sie bemerkte, wie seine Gesichtsmuskeln sich spannten. Er schien die Geduld zu verlieren, schließlich war er ganz offenbar gekommen, um ein Ergebnis mitzunehmen. Und nicht ein Bündel offener Fragen und Lehrbeispiele taktischer Manöver einer jungen, politisch schwer kalkulierbaren Frau.

»Dann sind Sie sich selbst überlassen. Und wir sehen, was passiert.«

Sie atmete schwer. Der Zustand? Nein, ihr Körper blieb ruhig, nichts geschah. Nur ihre Schmerzen wurden wieder heftiger. Sie wusste, dass sie kaum eine Wahl hatte. Terry würde ihr, so gut es ging, weiter auf den Fersen bleiben, und ihr Verfolger mit Sicherheit auch. Sie konnte es ihnen schwerer machen, aber dass es ihr gelingen würde, sie tatsächlich abzuschütteln, erschien ihr zweifelhaft nach all dem, was passiert war. Und vielleicht konnte sie ja auch von Terry und seinen Kontakten profitieren?

»Denken Sie nach«, versuchte es Terry noch einmal freundlicher, »wenn Sie mit uns kooperieren, können wir Sie auch
schützen.«

Lilya sah Terry eindringlich an. »In Ihrer Geschichte fehlt
aber noch ein kleines, nicht ganz unwichtiges Detail.«

Sie wartete einen Moment. »Es gab eine Frau in Raphael
Linds Leben. Sie hieß Vivien Olsen, und sie hatte ein Kind
mit Raphael. Sie hat sich umgebracht, als Raphael abgeholt
worden war. Im Wannsee. Ich denke, dass Sie von der Sache
wissen.«

Terry sah sie abwartend an.

»Finden Sie Viviens Familie für mich«, setzte Lilya nach,
»ich bin sicher, Sie verfügen über die nötigen Kontakte. Liefern Sie mir die Informationen, an die ich selbst nicht heran-
komme, und ich führe Sie zu Ihrem Mann.«

Terry schien für einen Moment zu überlegen, was er sagen
sollte. »Die Familie lebt in Dänemark. Und das Kind war illegi-
tim, gut möglich, dass die Familie gar nichts davon weiß«, sagte
er, aber sie hörte in seiner Stimme wenig Widerstand.

»Trotzdem will ich es versuchen. Ich möchte lediglich wissen, ob von den Olsens noch jemand lebt«, sagte sie, »vielleicht
kann mir die Familie irgendwie weiterhelfen. Na los, Major, Ihr
König spendiert Ihnen doch einen Orden, wenn Sie – mit meiner Hilfe – Ihren Verräter finden. Kooperation, nicht Konfrontation haben Sie gesagt? Dann lassen Sie uns beginnen, oder
hatten Sie dabei etwa nur an mich gedacht?«

Lilya lächelte ihn herausfordernd an. Terry schien verärgert.
Er ließ wieder seinen Blick über den Platz schweifen. Die Jungen mit den Murmeln waren verschwunden. Aus einem Fenster
kam Radiomusik. Eine Frau rief zum Essen.

Der Major seufzte, erhob sich und streckte die Hand aus.
Dann lächelte er. »Also gut, ich betrachte das nunmehr als unsere Verabredung.«

Er zog sie hoch, hakte sie unter, und vorsichtig, Schritt für Schritt, gingen sie über den Platz zurück zum Haus.

»Ich muss zugeben, ich bin beeindruckt«, sagte Terry nach einer Weile, und sie spürte, wie er sie enger an sich zog. »Wo haben Sie nur all diesen Starrsinn her?«

4

Cordelia hatte Decken über die Betten gelegt und von Hausmeister Gertig Stühle aus dem Keller bringen lassen. Gläser unterschiedlicher Größe standen auf dem Tisch in der Küche, als Aschenbecher dienten leere Konservendosen. Das Motto des Abends laute *Back to Life*, hatte Cordelia gesagt. Sie hatte Freunde und Kollegen eingeladen, um Lilya wieder hinauszustoßen in die Welt. Mit einer kleinen »Willkommensfeier«. Nach anderthalb Wochen Quarantäne sei es langsam an der Zeit, sagte sie mit gespielter Strenge.

Lilya hatte sich gewehrt, sie fühlte sich noch immer nicht vollständig gesund und war nicht eingestellt auf Konversation, Lachen und Trinken.

Aber Cordelia hatte sich nicht von ihrer Idee abbringen lassen. In einem hellen, eng anliegenden Kleid und mit einer weißen Schleife in ihrem schwarzen Haar stand sie am weit geöffneten Fenster. Sie rauchte und blickte auf den Winterfeldtplatz hinaus, um zu sehen, wer die ersten Gäste sein würden. Der Duft ihres Parfüms füllte die Räume.

Philip Bookman und Matt Brinker winkten zum Fenster herauf. Sie seien Mitarbeiter des RIAS, des von den Amerikanern neu gegründeten Rundfunks ganz in der Nähe des Winterfeldtplatzes, erklärte Cordelia, als sie mit Lilya zur Tür ging. Sie werde ihnen gefallen. Und wenn nur einem von ihnen, sei das auch schon ein guter *score*, wie sie sagte.

»Hier ist die freie Stimme der freien Welt!«, rief Philip Bookman und breitete die Arme aus, um Cordelia zu begrüßen. Matt Brinker stand lächelnd hinter ihm, wickelte eine Flasche Whiskey aus einer Zeitung aus und überreichte sie Cordelia. Er war mittelgroß, hatte breite Schultern, und seine Haare waren so dunkelbraun wie seine Augen. Als er Lilya die Hand gab, sah sie in seinen Augen so etwas wie eine unwiderrufliche Entschlossenheit, ihr an diesem Abend nicht mehr von der Seite zu weichen.

Mitarbeiter des JOINT, der Army und der Militärverwaltung trafen ein, Männer und Frauen vom Rundfunk, in kurzer Zeit war die Wohnung übervoll mit lachenden, redenden, rauchenden Menschen. Lilya konnte sich all die Namen nicht merken. Jeder hatte etwas mitgebracht, Essen, Whiskey, Bier, Zigaretten, der Leutnant eines Signal Corps der Army einen geräucherten Fisch. Den Mann, der als Letzter dazustieß und mit vorsichtigem Lächeln die Runde machte, kannte sie. Er hatte ein kantiges, zugleich feines Gesicht, eine am linken Bügel geklebte Hornbrille und nur einen Arm. Es war Dr. Valentin, der Arzt.

Nachdem alle eingetroffen und die Gläser gefüllt waren, klopfte Cordelia mit ihrem Ring ans Glas und bat um Ruhe.

»Haben alle etwas zum Anstoßen? Ich möchte euch meine Freundin und Kollegin Lilya vorstellen ...«

Alle Blicke richteten sich auf sie.

»... und mit euch feiern, dass wir sie wiederhaben. Sie muss den schlechtesten Eindruck von Berlin haben, und ich finde, wir sollten ihn etwas korrigieren. Mein und unser Dank gilt vor allem Doktor Valentin« – sie wies auf den Arzt, der, anstatt einen Schritt vorzutreten, fast zurückwich –, »er hat ein kleines Wunder vollbracht.«

Beifall, einige riefen »Hoch!«. Lilya errötete. Matt Brinker, der neben ihr stand, drückte ihr wortlos ein Glas in die Hand. Es war halb gefüllt, die Flüssigkeit darin leuchtete bernsteinfarben und verlockend. Alle hoben ihr Glas und tranken auf Lilyas Gesundheit.

Sie nahm einen großen Schluck, spürte ein heftiges Brennen und wenig später eine wohltuende Wärme, die sich in ihrem ganzen Körper auszubreiten schien.

»Vielleicht etwas mehr Wasser?«, sagte Brinker und sah sie prüfend an. Er gab etwas Soda dazu. »Zur Sicherheit«, fügte er hinzu und schmunzelte.

Lilya schüttelte viele Hände und musste wieder und wieder anstoßen. Lilya bewunderte die Leichtigkeit, mit der Cordelia die Gäste miteinander ins Gespräch brachte, hörte immer wieder ihr Lachen aus der einen und dann wieder anderen Ecke der Wohnung, beobachtete sie dabei, wie sie auf- und abtrug und sich mit selbstsicheren, fließenden Bewegungen durch die Gästeschar bewegte. Sie ließ sich berühren und umarmen, ganz natürlich, hielt Freunden die Wange zum Kuss hin, küsste selber Wangen und Philip Bookman sogar vor allen Leuten mit spitzen Lippen auf die Nase, die von ihrem Lippenstift nun einen roten Fleck hatte.

Lilya wollte Doktor Valentin danken, er stand in Gedanken versunken am Fenster. Die letzten Sonnenstrahlen lagen auf den Dächern. Er trug einen etwas zu weiten Anzug, dessen linker Ärmel unterhalb der Schulter abgenäht war. Er hatte wache und zugleich sehr traurige Augen. »Aber ja,«, sagte er, »das war doch eine Selbstverständlichkeit.«

Dann kam er etwas näher an sie heran, als wolle er vermeiden, dass ihn jemand hörte. Er wirkte ernst. »Ich bin sehr erleichtert, dass Sie wieder auf den Beinen sind. Ihr Zustand war offen gestanden besorgniserregend. Sie haben drei Tage lang geschlafen, ich befürchtete schon, Sie würden nicht mehr aufwachen. Aber jede Krankheit sucht sich ihren Weg, und der Aufprall war nicht unerheblich.«

»Sie denken, es war kein Unfall?«

Er seufzte. »Cordelia hat mich das auch gefragt, und dieser Engländer, der kleine Major mit dem grauen Anzug. Er glaubt nicht an die Unfalltheorie. Ich ehrlich gesagt auch nicht, das Auto muss direkt auf Sie zugehalten haben. Aber zu einer Theorie gehören, wollen wir sie zu einer Tatsache machen, ein paar mehr Indizien – und ein Motiv. Sie sind hier, um sich ein Bild der Lage in Deutschland zu machen, wer sollte Sie daran hindern wollen? Gar um den Preis Ihres Lebens.«

»Vielleicht zählt ein Leben nicht allzu viel in diesen Zeiten.«

Er seufzte, den Blick wieder aus dem Fenster gerichtet. »Das muss endlich aufhören. Es ist genug. Zu vieles ist kaputtgegangen, wir brauchen einen Neubeginn.« Er hielt für einen Moment inne. »Aber versuchen Sie nicht, allzu viel über den Vorfall nachzudenken«, sagte er schließlich, »seien Sie froh, dass es Ihnen wieder besser geht. Die Welt braucht Sie noch, gerade in diesen Zeiten.«

Cordelia kam dazu, sie hatte sich bei Matt Brinker untergehakt. Lilya bemerkte, dass er seine Jacke abgelegt hatte und seine dunklen Brusthaare durch das oben aufgeknöpfte Hemd zu sehen waren. Cordelia hatte die weiße Schleife aus dem Haar genommen, sie wirkte gelöst und rundum glücklich. Brinker blieb vor Lilya stehen, füllte ihr Whiskey nach und sah sie herausfordernd an. Cordelia strich ihr im Vorbeigehen über den Oberarm und sagte, sie solle in die Küche gehen und etwas essen, der Whiskey sei nicht zu unterschätzen.

Brinkers Blick schien zu sagen: »Gute Idee, lassen Sie uns hier verschwinden.« Dann spürte sie seine kräftige breite Hand an ihrer Hüfte, und er führte sie in die Küche.

Wenig später, ihr Glas war schon wieder leer, hörte sie im Nachbarzimmer Musik, irgendwer musste ein Grammofon mitgebracht haben. »Tommy Dorsey«, sagte Brinker, der mit ihr am Küchentisch lehnte. Ihre Körper berührten sich, Lilya spürte seine Wärme, die etwas Animalisches hatte. Als die Musik lauter wurde, krempelte er die Ärmel hoch und sah sie auffordernd an. Ein neues Stück hatte begonnen, »Let's Paul«, sagte sie und Matt Brinker lachte, sie verstand nicht, warum, sie hatte die Wahrheit gesagt, nichts als die verdammte dumme Wahrheit. Sie kenne sich offenbar gut aus in der Musik von heute, bemerkte er und zog sie mit sich. »Let's Paul«, wiederholte er, lachte noch immer und drückte sie an sich. Sie verstand das alles nicht. »Und das hier ist Let's Dorsey«, flüsterte er ihr ins Ohr, »und jetzt *let's dance*.«

Schon nach wenigen Drehungen musste sie sich setzen und am Stuhl festhalten. Cordelia war am anderen Ende der Küche im Gespräch mit Philip Bookman und sah mahnend zu Matt Brinker herüber. Ob sie jemals wieder würde aufstehen können? Aber warum auch? Sitzen war schön, die Musik war schön, alles war schön, wenn nur die Wände nicht ständig schwanken würden. Frische Luft würde ihr guttun, sagte Matt Brinker, nahm ihre Hand und zog sie vom Stuhl hoch. Erst wollte sie sich wehren, aber wehren war nicht schön, Matt Brinker hingegen war sehr schön, sie folgte ihm, fast hätte sie einen Schuh vergessen, den sie unter dem Stuhl ausgezogen hatte.

Der zum Garten hinausgehende Balkon war leer, nur eine halb ausgedrückte Zigarette qualmte in einem Glas. Sie lehnte sich gegen das Geländer, die Musik war jetzt ganz fern. Sie streckte zu beiden Seiten die Arme aus, um sich am Geländer festzuhalten und schloss die Augen. Nur für ein paar Sekunden, gleich würde es wieder gehen. Sie spürte die Kühle des Abends in ihrem Rücken, den leichten Wind, und ihr wurde noch schwindeliger. Sie atmete tief ein, wollte die Abendluft in sich aufsaugen, doch es ging nicht, da war nur ein warmer Luftstrom, er schmeckte nach Alkohol, irgendetwas hatte sich ihr auf den Mund gelegt, und ein kleines Tier, warm und geschmeidig, suchte zwischen ihren Zähnen Einlass. Sie dachte, Konzept, etwas tun, aber schon spürte sie ein zweites Tier unter ihrem Rock, tastend und zugleich beharrlich, wendig, es konnte lautlos vorangleiten, und als es am Scheitel innehielt und sich gleichmäßig zu bewegen begann, war ihr, als ob sie einen elektrischen Schlag bekommen hätte. Ihr entfuhr ein Stöhnen. Sie wandte den Kopf zur Seite, bewegen konnte sie sich nicht, ihr Körper spannte sich unter dem Druck des anderen Körpers, der sie zu halten schien, damit sie nicht fiel, das Tier begann sich wieder zu regen, suchte, fand, eine Welle heißer Lava flutete hoch, wieder stöhnte sie, mehrmals, irgendetwas trieb sie immer weiter voran. Als die Welle sie gänzlich erfasste und ein Schrei sich lösen wollte, spürte sie eine Hand auf ihrem Mund. Sie atmete schwer, öffnete die Augen und schob Matt Brinker behutsam von sich weg. Er atmete schnell, gab aber sofort nach und zog den Arm zurück, und ihr Rock fiel wieder. Er machte noch einmal einen Schritt auf sie zu, küsste sie auf den Hals, er schien zu schwanken, und seine Härte berührte ihren Schenkel. Er flüsterte etwas, aber sie verstand ihn nicht. Dann löste er sich ganz von ihr, lächelte sie an, und sie drängte sich an ihm vorbei. Kraftlos, nach Halt suchend und überwältigt taumelte sie zurück ins Zimmer.

Sie war dem Stuhl dankbar, unendlich dankbar, dass er sie wieder hielt, trug, schützte, dass er da war, dass … die Musik wo ist die Musik geblieben? Glück, kein Glück, wo war er? Harveys Gitarre war stumm, noch eine Drehung, seine Hand, die Wärme seines Körpers … ja, es ist besser so … besser … sich ihm nicht in den Weg stellen … David, was machst du für Sachen …

Sie hörte die Spülung im Badezimmer und Schritte im Flur. Noch immer spürte sie den Stuhl unter sich. In der Wohnung war es vollkommen still.

»Lilya, Sie gehören ins Bett! Im Sitzen kann man nicht schlafen.«

Cordelia? Wo waren sie alle? War er auch gegangen? Durch das Fenster drang Licht herein, grell, schmerzhaft, die Sonne warf lange Bahnen auf den Holzboden, die Vögel lärmten in den Bäumen, das Zimmer hörte nicht auf, sich zu drehen.

Als sie in ihrem Bett erwachte, war alles ruhig. Cordelia hatte das Haus bereits verlassen. In Lilyas Kopf arbeitete Doktor Valentin mit tausend silbernen Zangen. Im Hof klopfte jemand einen Teppich, dumpfe Schläge, die sie im ganzen Körper spürte. Sie rollte sich aus dem Bett, kroch über den Flur ins Badezimmer, hielt den Kopf über die Kloschüssel und übergab sich. Schwer atmend blieb sie auf dem Boden hocken und lehnte sich an die Wand. Bilder stiegen in ihr auf, aber sie ergaben keinen Sinn, hatten keinen Zusammenhang. Ein bitterer, pelziger Belag lag auf ihrer Zunge. Sie putzte sich, auf den Rand des Waschbeckens gestützt, viele Minuten lang die Zähne, bis sich ein roter Faden in das Weiß des Schaums mischte, und beschloss, ein Bad zu nehmen. Dazu musste sie nur den Ofen neben der Wanne mit Holz füttern, Feuer machen und warten.

Bis über die Schultern tauchte sie ins Wasser ein. Hier war Frieden, Wärme, Entspannung. Aber mit der Wärme kam die Erinnerung, ihr Körper hatte nichts vergessen. Sie glitt mit den Händen daran hinunter, die Augen noch immer geschlossen, Matt saß mit nacktem Oberkörper auf dem Wannenrand, er trug David Guggenheims olivgrüne Hose, sie wusste, dass er da war, seine Hand suchte sie, fand sie. Niemand würde sie jetzt hören.

Nach dem Bad zog sie sich an und ging in die Küche. Dort türmten sich Gläser und Teller im Abwaschbecken, und aus dem Mülleimer drang der Geruch kalter Asche. Jedes Glas war ein Projekt, sie hatte Mühe, sich aufrecht zu halten, aber sie wollte sich nützlich machen, alles wieder hergerichtet haben, wenn Cordelia am Abend nach Hause kam.

Es klingelte. Sie legte das Geschirrhandtuch weg und ging durch den Flur zur Wohnungstür. Durch das Guckloch sah sie einen grauen Stoff. Sie zog die Kette ab und öffnete. Es war Major Terry, sie machte einen Schritt zur Seite und bat ihn herein.

Zielstrebig ging er ins Wohnzimmer, wartete, bis Lilya sich gesetzt hatte, und nahm ebenfalls Platz. Er blickte sich im Zimmer um. »Ich hoffe, Sie hatten eine schöne Feier gestern Abend«, sagte er angestrengt lächelnd, seine Finger spielten mit der Krempe seines Hutes, den er beim Eintreten abgenommen hatte.

Er sah sie an, als treibe ihn irgendeine Frage um, dann stand er abrupt auf und verschwand in der Küche. Lilya hörte, wie er den Wasserhahn auf- und wieder zudrehte. Er kam zurück und setzte sich wieder. Er wirkte angespannt.

»Fließend Wasser, haben Sie ein Glück. Sie sehen ein wenig blass aus. Ist wohl spät geworden gestern? Nun, ich hoffe, Sie sind auf Ihre Kosten gekommen.«

Lilya unterdrückte ein Gähnen. Terry holte wieder sein silbernes Zigarettenetui hervor und hielt Ausschau nach einem Aschenbecher. Er entdeckte einen auf der Fensterbank, holte ihn und setzte sich wieder. Lilya wurde ungeduldig.

»Nun, Major ...?«

Nach einem ersten Zug von seiner Zigarette schien er sich ein wenig zu entspannen. Er räusperte sich. »Wir haben ihn gefunden.«

Unwillkürlich beugte sie sich nach vorn. Hatte sie richtig gehört? Sie hatten ihn gefunden? Es war noch nicht einmal eine Woche her, dass sie Terry zuletzt gesprochen hatte. Sie musste zugeben, dass die Engländer schnell arbeiteten.

»Es war nicht einfach – haben Sie eine Ahnung, wie oft es in Dänemark den Namen Olsen gibt. Als würden Sie hier einen Hans Müller suchen. Aber unser Mann hat ordentlich gearbeitet. Über den Namen seiner Tochter haben wir Olsen schließlich gefunden.«

»Und?«, brach es aus Lilya heraus, »weiß er, dass seine Tochter ein Kind hatte, hat er irgendetwas dazu gesagt? Weiß er von Raphael Lind?«

Terry legte die Zigarette in den Aschenbecher und zog das Jackett aus. Schweißperlen liefen ihm an den Schläfen herunter.

»Ja und nein.« Er holte ein Taschentuch aus der Hose und wischte sich die Stirn ab.

»Geht es ein wenig konkreter?«

»Er weiß es. Aber er hat damit abgeschlossen. Er hat zu lange versucht, seine Tochter zu verstehen – warum sie sich überhaupt mit Lind eingelassen hat, warum er sie nicht heiraten wollte, warum sie das Kind weggegeben hat, was mit dem Kind geschehen ist. Jetzt sei er alt, und all das liege hinter ihm.«

»Wirklich? Sie wollen mir erzählen, dass es ihm gleichgültig ist, was mit seiner Tochter oder seinem Enkel geschehen ist.«

Terry zuckte mit den Schultern und schaute aus dem Fenster. »Manchmal ist die Resignation die einzige Überlebensmöglichkeit, wenn keine Hoffnung mehr da ist. Man kann sich in ihr einrichten.«

Sie schwiegen.

»Ich habe einfach die Hoffnung noch nicht aufgegeben«, begann Lilya erneut, »dass Vivien mit ihm bis zum Schluss Kontakt hatte, dass sie ihm irgendeinen Hinweis zu Lind oder ihrem Kind hinterlassen hat«, sagte Lilya.

»Vergessen Sie's.«

»Geben Sie mir Olsens Adresse.«

»Wozu? Sie wollen ihn doch nicht etwa in Dänemark aufsuchen?« Das hatte sie tatsächlich erwogen. Doch hielt sie es für sinnvoller, erst einmal brieflich Kontakt zu ihm aufzunehmen.

»Nein, aber ich möchte ihm schreiben. Vielleicht finde ich etwas heraus, was auch für ihn wichtig sein könnte.«

»Glauben Sie mir, das ist eine kalte Spur.« Terry stand auf. Er zögerte kurz und legte dann eine Karte auf den Tisch.

»Von mir haben Sie die nicht, verstanden?« Er sah ihr in die Augen.

Sie dankte ihm und brachte ihn zur Tür. Er wandte sich noch einmal zu ihr um.

»Und haben Sie für mich Neuigkeiten?«

Lilya tat, als wisse sie nicht, worauf er hinauswollte.

»Sie wissen noch immer nicht, wem Sie sich vielleicht zu sehr anvertraut haben?«, sagte er.

Sie war dieser Frage seit ihrem letzten Treffen immer wieder nachgegangen, war Stück für Stück ihren Weg abgeschritten, von der ersten Begegnung mit Ben Gedi in seinem Geheimbüro in Tel Aviv, der Fahrt mit dem Bus, Shaul, London, Föhrenwald, Offenbach, bis zu diesem Tag – ohne Ergebnis. David Guggenheim hatte sie ihre Geschichte in Offenbach erzählt, Cordelia erst nach ihrem Unfall. Immer wieder hatte ihre Freundin darauf gedrängt, alles zu rekapitulieren, wollte jedes noch so kleine Detail ihres Auftrags, jeden Namen wissen. Es war absurd, sich vorzustellen, dass einer der beiden mit der Sache zu tun hatte. Außerdem war ihr der Verfolger schon längst auf den Fersen gewesen, bevor sie sich den beiden geöffnet hatte.

»Nun gut«, sagte Terry und griff nach dem Türknauf.

Auf einmal kam ihr ein Name in den Kopf. »Haben Sie den Namen O'Madden schon einmal gehört? Colm O'Madden?«, fragte sie.

Der Major sah sie überrascht an. »Nein«, sagte er.

»Es ist nur so eine Idee. Wir haben uns ein paarmal auf dem Schiff nach Southampton unterhalten, nachdem wir Zypern hinter uns gelassen hatten. Er hat immer wieder versucht,

mich in ein Gespräch zu verwickeln, ich hatte Mühe, ihm auszuweichen.«

Terry hob die Augenbrauen. »Colm O'Madden hieß der Mann,
sagten Sie? Und er kam mit Ihnen aus Palästina?«

Sie nickte.

»Danke«, sagte Terry und trat ins Treppenhaus. Er drehte
sich noch einmal um. »Wir werden der Sache nachgehen.«

5

Lagerpost ...«

Sie bat ihn, das Wort zu wiederholen.

»... hier ... das genannt, was mehr ist als ... Gerücht.«

Gerücht? Die Verbindung war schlecht, aber immerhin, sie war zustande gekommen.

Cordelia hatte sie am Abend wissen lassen, dass sie für den kommenden Tag ein Telefongespräch mit der UNRRA in München verabredet habe. Sie war durch die beiden Zimmer ihrer Wohnung gegangen, hatte sich erstaunt umgesehen und sich mehrmals bei Lilya bedankt, alles sehe wieder aus wie neu. Als sei nichts gewesen. Bei dem Telefonat am kommenden Nachmittag würde Lilya nun endlich auch ihren Arbeitsplatz sehen, ihr neun Quadratmeter kleines, aber doch sehr praktisches JOINT-Büro in Dahlem. Sie erwarte dort um drei den Anruf aus München.

Lilya hatte gehofft, dass Cordelia ihr diesen kleinen, wortlosen Kommentar ersparen würde, aber dann zwinkerte sie ihr doch noch zu. Ganz kurz. Lilya seufzte und zuckte mit den Schultern. L wie Männer.

David Guggenheim klang ernst. »Die Leute sagen, der Mann habe für Rosenberg gearbeitet, ich kann nicht garantieren, dass das stimmt ... keine Ahnung ... Spur ... gut, Sie sollten es einmal gehört haben ...«

»Wissen Sie, wo er lebt?«

»Im Norden von ...ünchen, ich ... noch einmal nach.«

Es knackste in der Leitung, Lilya hielt unwillkürlich den Hörer von sich weg. Es folgte ein Rauschen und schließlich wieder Guggenheims Stimme – jetzt klar und deutlich.

»Hallo?«, sagte er.

»Ja, ich bin noch da. Wissen Sie Genaueres über diesen Mann?«

»Die zuständige Militärpolizei hat ihn offenbar noch nicht gefunden, wir hatten bisher keinerlei Hinweise in seine Richtung.«

»Aber gibt es einen Namen oder irgendeinen anderen Anhaltspunkt?«

Die Leitung war für einige Sekunden stumm, aber sie stand noch, dann hörte sie es rascheln.

»Sind Sie noch da?«

»Moment, ich habe den Zettel gefunden ...«

»Und?«

»War ...«

Stille.

Lilya hielt den Hörer dichter ans Ohr. Cordelia machte eine beschwichtigende Geste. Geduld.

»Wartenberg ... sagt Ihnen das irgendetwas?«

»Wartenberg ... auf Anhieb, nein, ich muss nachdenken ...«

»Ich dachte mir, es wäre gut, Ihnen den Namen ...«

»Ja ... Ohne Frage. Danke für diesen Hinweis.«

Wieder Stille. Sie wollte noch nicht auflegen, wusste aber nicht, was sie sagen sollte. Bilder vom vorgestrigen Abend tauchten auf. Der Tanz, der Balkon, der Wind, der Geschmack von Whiskey, der Morgen danach. Sie spürte, wie ihr das Blut in den Kopf schoss. Vielleicht wäre es besser, das Gespräch jetzt zu beenden. Sie wollte sich gerade verabschieden, da räusperte sich Guggenheim kurz und sagte: »Man hat mir erzählt, Sie hatten einen Unfall?«

»Ja, ich habe den Wagen zu spät gesehen.«

»Fühlen Sie sich wieder wohler? Brauchen Sie irgendetwas?«

In seiner Stimme lag eine Wärme, die ihr guttat. Wie auf der Rückbank des Jeeps in Offenbach. »Nein, ich hatte Glück – und ich bin in besten Händen und nahezu gesund.«

Sie spürte, dass Guggenheim sich mit dieser Antwort nicht zufriedengeben würde.

»Wirklich? Was ist, wenn es kein Unfall war? Mir gefällt das Ganze nicht.«

Lilya wollte ihn beruhigen, doch die Leitung war wieder unterbrochen.

»Lassen Sie ... wissen, was ich für ... und Sie jetzt unternehmen werden ... Bitte.«

Das war das Letzte, was sie hörte, dann war die Muschel stumm. Sie blickte noch eine Weile auf das Telefon.

Wartenberg. Jetzt war sie sicher, dass sie den Namen schon einmal gehört hatte. Nur in welchem Zusammenhang? Es musste hier in Berlin gewesen sein. Sie würde am kommenden Tag noch einmal Erich Durlacher aufsuchen.

In der Leibnizstraße waren noch immer Pfützen, es roch nach frischem Mörtel und feuchter Pappe. Einige wenige Wolken, Nachhut der Nacht, zogen zwischen den Häuserzeilen über den Himmel.

Lilya hatte den Regen kommen hören und den Wind gespürt, lange bevor er einsetzte. Sie hatte wach gelegen und in die Dunkelheit hineingelauscht, bis es krachte und der erste Donner ein heftiges Gewitter ankündigte. Es hatte bis in die Morgenstunden geregnet. Seit dem Unfall war eine Veränderung in ihrem Körper vorgegangen, als hätte der betäubende Schlag neue Sinne geweckt.

Elias Lind hatte ihr erzählt, dass seine Knochen Barometer, Hydrometer, Seismografen seien, als mache die fortschreitende Erblindung ihn auf diese andere, nutzlose Weise sehend. Der

Chamsin, ein Ziehen im linken Bein. Nahenden Frost kündig-
ten die Gelenke der Hände an. »Das Skelett, eine Messstation«,
hatte er gesagt und gelacht.

Erich Durlacher war wieder nicht zu Hause. Auch dieses Mal
öffnete ihr die Frau, die für ihn arbeitete, und erkannte Lilya sogleich wieder. Der Doktor habe am Nachmittag das Haus verlassen und leider nicht gesagt, wann er zurückkommen werde.
In ihrer Stimme lag Ungeduld, vielleicht auch Unsicherheit. Sie
blickte hinter sich auf die Schreibmaschine.

Lilya konnte nicht ausmachen, ob die Frau wirklich allein
war. Sie meinte ein Knarren in der Wohnung zu hören, als liefe
jemand über die Holzdielen.

Die Frau sah zur Decke. »Es ist die Hölle«, sagte sie. »Spiel-
hagens über uns, drei Kinder und dazu noch Einquartierung.
Und da soll man arbeiten!«

»Sie schreiben an seinem Bericht?«

»Nein, er hat ihn mitgenommen. Ich tippe Briefe, Eingaben
und eine ermüdende Korrespondenz mit dem Grundbuchamt.
Die Wohnung in der Schlüterstraße. Ich habe ihm immer wieder gesagt, er solle sich einen Anwalt nehmen. Einen braunen
oder einen schwarzen?, sagt er dann immer. Die besten seien
ohnehin alle tot.«

»Der Bericht ist also abgeschlossen?«

»Mehr oder weniger. Ein Mann war kürzlich da, er hat gesagt, er würde ihn prüfen und gleich übersetzen lassen, damit
Doktor Durlacher ihn an die zuständigen Behörden nach Nürnberg schicken könne.«

Lilya stutzte. »Was war das für ein Mann?«

»Mein Gott, es kommen in letzter Zeit so viele. Ich glaube, er
sagte, er sei von der britischen Militärbehörde, hat aber sehr gut
Deutsch gesprochen.«

Lilya fragte, ob sie für einen Moment hereinkommen dürfe.

»Bitte«, sagte die Frau und führte sie durch den Flur ins

Wohnzimmer. Aber sie habe nichts da, was sie ihr anbieten könne, außerdem müsse sie weiterarbeiten.

Lilya folgte ihr in das kleine Arbeitszimmer und fragte, ob sie den Mann genauer beschreiben könne.

»Ich habe ihn nur zur Tür herein gelassen, dann habe ich mich wieder an meine Arbeit gemacht«, sagte sie kurz angebunden. Sie nahm einen Stapel Papier vom Schreibtisch und legte ihn in ein Regal. Dann besann sie sich offenbar. »Also, lassen Sie mich überlegen – er war klein, kräftig, ordentlich angezogen und hatte eine angenehme Stimme. Fast wie ein berühmter Schauspieler.«

»Kennt ihn Doktor Durlacher von früher?«

»Ich glaube nicht, der Mann hat ihm einen Ausweis gezeigt. Sie sind mit dem Auto weggefahren, der Mann hatte es im Hof geparkt, ich habe es durchs Fenster gesehen.«

»Wie hat der Wagen ausgesehen?«

»Wie Autos aussehen, Räder, ein Dach, schwarz, ich glaube, es war aus Stoff, nur eine Lampe war beschädigt, mir ist das aufgefallen, weil die Scheinwerfer so übertrieben groß waren.«

Lilya blickte durch das Fenster in den Hof. Ihr war ein wenig schwindelig, und sie bat, sich einen Moment hinsetzen zu dürfen.

Die Frau wies auf einen Sessel, Erich Durlachers Leseplatz, wie sie sagte. Lilya könne gerne hier warten, doch könne es dauern, bis der Herr Doktor zurückkomme. Die Frau setzte eine Brille auf und begann wieder zu tippen.

Lilya sah auf die Uhr. Eine Stunde würde sie warten. Sie schloss die Augen. Sah ein Auto auf sich zukommen, spürte wieder den dumpfen Schmerz des Aufpralls und das warme Blut an ihrer Schläfe, dann schreckte sie hoch. Das Geräusch eines Motors drang herein, und an der Tür hörte sie Schlüssel klappern. Sie stemmte sich aus dem Sessel hoch, mit ein paar Sätzen war sie am Fenster, doch das Auto war bereits verschwunden.

Durlachers Sekretärin hatte die Hände von der Maschine genommen und sah Lilya über ihre Brille hinweg prüfend an.

Durlacher schien guter Laune zu sein, er pfiff ein Lied, als er
die Wohnungstür hinter sich schloss. Er wollte gerade etwas sagen, da erblickte er Lilya. Sofort breitete sich ein Lächeln auf
seinem Gesicht aus, er schien erfreut, sie zu sehen.

»Noch immer in der Stadt?«, sagte er. »Allmählich geht es
hier etwas voran. Ich konnte mir gerade selbst ein Bild machen,
bei einer Autofahrt. Nur mein Englisch! Ein Abgrund. Gut
nur, dass der freundliche Mann so gut Deutsch spricht, fast akzentfrei, stellen Sie sich vor, sonst wäre das ein netter Ausflug
geworden.«

Er bat Lilya, ihm ins Wohnzimmer zu folgen. Dort ließ er
sich in seinen Sessel fallen. Die Aktentasche hatte er auf den
Tisch gelegt.

»Frau Marbach«, rief er ins Arbeitszimmer hinüber, »was
können Sie uns außer Papier anbieten?«

Frau Marbach kam herein und hob die Hände. »Das Wasser
ist abgestellt, und Milch gibt es erst morgen wieder.«

»Dann nehmen wir Champagner«, sagte Durlacher.

Frau Marbach seufzte und ging zur Garderobe, um sich ihren
Mantel zu holen.

Nachdem sie sich verabschiedet hatte, wollte Durlacher von
Lilya wissen, was sie zu ihm führe und ob ihre Suche nach Lind
Fortschritte mache.

»Ja«, sagte sie, »deswegen bin ich hier. Es ist nur eine kleine
Sache, aber sie lässt mir keine Ruhe, dabei weiß ich offen gesagt
gar nicht, ob ich bei Ihnen richtig bin. Die vergangenen Wochen waren sehr turbulent, und ich bringe vielleicht ein paar
Dinge durcheinander, ich ...«

»Genug der Vorrede«, unterbrach er sie.

»Mir geht es um einen Namen, ich meine, dass Sie ihn erwähnt
haben: Wartenberg.«

»Erwähnt? Ich kann mich nicht entsinnen. Aber Sie haben ihn gelesen. Auf dem Schreiben, das ich Ihnen gezeigt habe. Moment ... ich habe Frau Marbach gebeten, Abschriften davon anzufertigen ...«

Er erhob sich, ging zu seiner Aktentasche, drehte sich zum Bücherregal um, schien zu überlegen. Dann verschwand er im Nachbarzimmer und kam mit einem Papier in der Hand wieder zurück. Lilya nahm es und erkannte es sofort wieder. Er hatte recht, da stand »Wartenberg« am Anfang des Schreibens.

»Es gibt Vermutungen, dass Wartenberg noch lebt, irgendwo versteckt in Bayern«, erklärte sie.

Durlacher horchte auf und hielt das Papier hoch. Der Wert dieser »Aktie« sei, wenn das stimme, mit dieser Nachricht erheblich gestiegen, sagte er.

Lilya fragte ihn, ob er noch irgendetwas über diesen Wartenberg wisse, welche Art von Verbindung er zu Raphael Lind gehabt habe. Schließlich, so das Papier, habe er Lind für die Mitarbeit im Raubdepot ausgewählt.

»Ich habe ihn nur ein einziges Mal gesehen«, sagte Durlacher. »Der Mann war klug, groß gewachsen, hatte Manieren, und ich hätte ihn eher der Wehrmacht, einer Offiziersriege von Adeligen, zugeordnet als diesem Pack der Partei. Gesprochen habe ich mit ihm nicht. Er war bei der SS, und es kursierten Gerüchte über ihn.«

»Was für Gerüchte?«

»Dass er die *Operation Feuersee* leitete. Möglicherweise war er es, der Raphael Lind angefordert hat und aus der Eisenacher Straße hat abholen lassen. Aber das ist Spekulation. Er war nur ein einziges Mal bei uns im Depot. Und wenn die hohen Herren kamen, war es besser, sie nicht anzusehen, sich auf die Arbeit zu konzentrieren, den Blick auf den Fußboden zu richten.«

Durlacher hielt inne und sah sie fast verschmitzt an. Es sei schon eigenartig, sagte er, dass sich plötzlich so viele Leute für ihn interessierten und in seiner sonst so stillen Wohnung ein und aus gingen. Als er Lilyas Gesicht sah, wurde er wieder ernst.

»Doktor Durlacher, Sie sind mir natürlich keine Rechenschaft schuldig, aber mögen Sie mir sagen, wie dieser Engländer heißt, mit dem Sie zusammenarbeiten? Ich habe in den vergangenen Wochen ebenfalls ein paar Engländer kennengelernt, und vielleicht gibt es hier gewisse Überschneidungen«, sagte sie.

Durlacher sah sie erstaunt an. »So, so. Seltsam. Er hat sich mir als Major Burnside vorgestellt, oder war es Turntide? Vielleicht war es auch ein ganz anderer Name.«

Er hob den Kopf, wandte sich in Richtung Küche.

»Frau Marbach, können Sie sich erinnern, wie der Name dieses freundlichen Engländers war ...?«

Er stutzte, als er Lilyas Blick sah. Frau Marbach hatte sich vor wenigen Minuten verabschiedet.

»Was hat er Ihnen angeboten?«

»Rechtliche Unterstützung. Eine Übersetzung meines Berichtes, ein Gespräch mit einem Militärankläger. Ich habe ihm heute eine Kopie meines Berichts zur Übersetzung und Auswertung übergeben.«

Lilya spürte, wie sich ihr Körper anspannte. »Wie ist dieser Major Turntide, oder wie immer er heißt, überhaupt auf Sie gekommen?« Durlacher blickte sie an, als habe man ihn bei irgendetwas ertappt. »Oh. Das ist eine gute Frage, darüber habe ich mir offen gestanden keine Gedanken gemacht.« Er hielt kurz inne. »Und Sie haben recht, wenn Sie jetzt sagen, ich hätte es tun müssen.«

»Immerhin haben Sie äußerst wertvolle und mühsam zusammengestellte Informationen an ihn weitergegeben. Informationen, die nicht jedem gefallen dürften.«

Durlacher wirkte verlegen. »In diesen Wochen kommen so viele Leute zu mir und tauschen sich mit mir aus, Engländer, Amerikaner, Russen und Franzosen, ehemalige Kollegen,

Berichterstatterinnen« – Durlacher lächelte sie Hilfe suchend an, als hoffe er weiterhin auf ihre Wertschätzung und unausgesprochene Komplizenschaft –, »ich bin auf meine alten Tage offenbar noch zu einem kleinen Zentrum des Wissensaustauschs geworden, wenn Sie so wollen. Da kann man den Überblick verlieren.«

Er blickte zu Boden, als müsse er nachdenken. Dann sah er wieder auf.

»Vielleicht hieß er doch Burnside ...«, sagte er.

6

Die Frau am anderen Ende der Leitung war ebenso freundlich wie entschieden: Major Terry sei nicht erreichbar.

Lilya spürte Wut in sich aufsteigen. Wie sonst sollte sie Terry
erreichen – vielleicht, indem sie in Whitehall anrief und sich
von dort nach Berlin durchstellen ließ?

Sie hatte nach dem Besuch bei Durlacher eine Weile gebraucht, bis alle Puzzlesteine zusammengesetzt waren. Irgendetwas in ihr hatte sich dagegen gewehrt, dass es so war, wie es
war, auch nach den Gesprächen mit Major Terry. Aber sie
musste sich eingestehen, dass sie alle recht gehabt hatten. Onkel
Mahmut, David, Lev, Cordelia und auch Terry. Es war ernst. Alles, was Durlacher über seinen neuen englischen Freund erzählt
hatte, deutete daraufhin, dass es sich bei ihm um ihren Verfolger
handelte, der auf Durlacher gekommen war, weil er sich wieder
an ihre Fersen geheftet hatte. Ihr kam erneut der Wagen in den
Sinn, der Aufprall, der dumpfe Schmerz, und sie schauderte.
Terry hatte ihr seinen Schutz angeboten, jetzt war er nicht erreichbar.

Lilya sah zu Cordelia hinüber. Ihre Freundin saß, die Beine
auf den Schreibtisch gelegt, auf ihrem Stuhl und rauchte. Durch
das Fenster des Büros hinter ihr konnte Lilya das Lager sehen.
Düppel, Durchgangsstation, Wartesaal, rettender Hafen für die
Juden aus dem Osten, die zumeist über Stettin den Weg nach
Berlin gefunden hatten. Das Fenster stand offen, Bewohner

gingen vorbei und grüßten. Cordelia stand auf, ein Mann mit einer Krücke und nur einem Bein ließ sich von ihr eine Zigarette geben.

Sie würde es noch einmal versuchen. Cordelia kam ihr zuvor und legte die Hand auf Lilyas, als sie wieder nach dem Hörer greifen wollte.

»Lassen Sie mich das machen«, sagte sie. »Wozu habe ich einen Vater und seine ganze Entourage mit den allerbesten Verbindungen.«

Sie wählte eine Nummer und sprach dann offenkundig mit einem Mann, Lilya hörte immer wieder ein krächzendes *Yes* aus der Muschel. Nach ein paar Minuten legte sie auf und lächelte Lilya an.

»Geben Sie Derek ein paar Minuten, und dann klopfen Sie noch einmal beim Königreich Seiner Majestät an.«

Beim zweiten Versuch hatte sie kaum ihren Namen gesagt, da bat die Dame, die Major Terry eben noch verleugnet hatte, sie um etwas Geduld. Kurz darauf hörte sie seine Stimme.

»Bitte verzeihen Sie«, sagte er. »Mein Fehler. Ich hätte Ihren Namen hinterlegen sollen. Dann hätten Sie nicht den gesamten Apparat des amerikanischen Generalgouverneurs in Bewegung setzen müssen. Sie hätten mich auch gleich am Pariser Platz vor dem Brandenburger Tor ausrufen lassen können. Jetzt wissen alle über uns Bescheid.«

Lilya ignorierte Terrys Vorwurf. Für einen weiteren Schlagabtausch war jetzt keine Zeit. »Ich habe Neuigkeiten«, sagte sie. »Sie dürften Sie interessieren.«

Sie erzählte in Stichworten von Durlacher, dem Besuch des Engländers, dem Ausflug, seinem Angebot, den Bericht an sich zu nehmen, und von dem Wagen, mit dem er gekommen war.

Terry schwieg.

»Sie sagen ja gar nichts.«

»Ich denke nach.«

»Haben Sie einen Verdacht, wer dieser Engländer gewesen sein könnte?«

»Nicht am Telefon.«

Um drei trafen sie sich am Winterfeldtplatz.

Terry sah sich um, und sie setzten sich auf ihre Bank. Wieder wirkte er angespannt und rückte an sie heran.

»Was diesen Colm O'Madden angeht: Ich habe herausgefunden, dass er für kurze Zeit der Fahrer von Sir Thomas Trader in Jerusalem war.«

Terry machte eine kurze Pause und sah Lilya an. »Sie seien immer gut miteinander ausgekommen, behauptete Trader«, fuhr er fort, »und er hätte ihn gern behalten, er sei ein hervorragender Fahrer. Umso überraschter war Trader, als O'Madden kündigte.«

Lilya überlegte. »Ich war zwei oder drei Abende vor meiner Abreise aus Jerusalem bei einem alten Freund, Mahmut Harouni. Kurz bevor ich mich verabschiedete, kündigte sein Hausangestellter Colonel Trader und seinen Fahrer an. Möglicherweise war O'Madden damals im Haus und hat uns belauscht?«

Terry wandte sich Lilya zu und sah sie gespannt an. Sie biss sich auf die Lippen und blickte zu Boden. Warum war sie nur so unvorsichtig gewesen? Aber wie hätte sie die Gefahr ahnen sollen?

Terry schien zu merken, wie Lilya mit sich rang, und legte seinen Arm hinter ihr auf die Lehne der Bank.

»Ich habe mit Mahmut Harouni über Lind und meinen Auftrag, den Professor zu finden, gesprochen, allerdings höchstens in Andeutungen«, sagte sie. »Ich kenne Mahmut Harouni seit meiner Kindheit, er ist ein Freund meiner Eltern, und ich vertraue ihm ohne Wenn und Aber.«

»Gut«, sagte Terry und schlug sich mit der Hand auf den Oberschenkel, »da sind wir doch schon einen Schritt weiter.

Das ist immerhin eine Hypothese. Und ich habe auch eine. Wir werden sehen, ob sich diese beiden zu einer Tatsache vereinen lassen: Auf unserer Liste in Whitehall steht kein Colm O'Madden, allerdings hätte der Mann schon sehr nachlässig gehandelt, wenn er sich Colonel Trader oder Ihnen mit seinem richtigen Namen vorgestellt hätte. So viel steht fest: Der Mann, der mich nach meiner Abreise aus Berlin bei Kriegsbeginn in der Sache Lind abgelöst hat und wenig später spurlos verschwunden ist, könnte nach allem, was wir wissen, infrage kommen. Er wurde bei uns unter dem Namen Everett Harp geführt. Wir sollten in Betracht ziehen, dass er und O'Madden ein und dieselbe Person sind.«

»In Betracht ziehen?«, sagte sie beinahe empört.

»Wir stehen erst am Anfang. Die Sache ist so.« Terry schien ausholen zu wollen.

Harp sei 1899 unter dem Namen Ernst Hartmann in Hannover geboren worden, seine Mutter sei Engländerin, sein Vater Deutscher gewesen, deswegen beherrsche er beide Sprachen akzentfrei – eine recht günstige Voraussetzung für eine Karriere als Spion. Als Junge hatte er in Hannover einen Straßenbahnunfall gehabt, zusammen mit seiner Mutter. Diese war dabei gestorben, ihm fehlten seither an der linken Hand – vielleicht auch an der rechten, die Unterlagen waren hier nicht präzise – zwei Fingerkuppen. Der Vater war gewalttätig, deswegen war Harp nach dem Tod der Mutter bald zu einem Onkel nach Chester gekommen, wo er aber wegen seiner deutschen Herkunft ständig angefeindet wurde. Als junger Mann war er nach Deutschland zurückgekehrt und hatte in Berlin als Chauffeur, Bote und Statist gearbeitet und als zuverlässig, verschwiegen, geduldig und geschickt gegolten. Whitehall war nach der Machtübernahme der Nazis auf ihn aufmerksam geworden.

»Sie sollten wissen«, sagte Terry, »das Bemerkenswerte an Harp ist, dass er nicht auf hohem Niveau dumm ist – wie so viele unserer Anwerbungen –, sondern auf niedrigem Niveau intelligent. Das macht ihn umso unberechenbarer.

Lilya versuchte im Kopf das Bild, das Terry von Harp zeichnete, mit O'Madden und ihrem unbekannten Verfolger in München und Offenbach abzugleichen. Sie hatte nicht vergessen, dass er an einer Hand einen Handschuh trug.

»Im September 1941«, fuhr Terry fort, »ist Harp ganz plötzlich von der Bildfläche verschwunden. Wie gesagt, wir nahmen an, dass die Deutschen ihn geschnappt hatten. Seither keine Spur von ihm. Jedenfalls, kurz nachdem er für uns verloren war, verschwand Lind ebenfalls, und unsere so sorgfältig geplante Rettungsaktion war geplatzt.«

»Kannte Harp Lind persönlich?«, fragte Lilya.

»Davon müssen wir ausgehen. Auch wenn die Kette der Übermittler von deutschen Dokumenten aus Sicherheitsgründen oft lang war. In Nazi-Deutschland war höchste Vorsicht geboten. Wir arbeiteten zum Teil auch mit dem deutschen Widerstand zusammen. Wenige kannten den Namen des anderen, man hinterließ irgendwo einen Umschlag, jemand nannte ein Codewort, nahm ihn mit, reichte ihn weiter. Auch Harp hatte unter einem Decknamen gearbeitet. Aber gut möglich, dass er das letzte Glied in der Kette zu Lind war.«

»Sein Deckname war nicht zufällig Turntide?«, sagte Lilya.

Terry sah sie erstaunt an. »Doch ... woher wissen Sie ...?«

Lilya wurde blass. »Ich habe Ihnen von meinem letzten Treffen mit Doktor Durlacher erzählt – so nannte sich der Angehörige der britischen Militärbehörde, der Durlachers Bericht übersetzen lassen wollte. Durlacher hat seinen Ausweis gesehen.«

Terry stieß einen leisen Pfiff aus.

»Respekt, Miss Wasserfall. Sieht ganz so aus, als würden Sie gerade einen der *cold cases* des britischen Geheimdienstes lösen.«

»Ich hoffe nur, ich bin noch in der Lage, mit Ihnen zu feiern, wenn sich herausstellt, dass dieser Turntide oder Harp oder wen immer Sie noch aus dem Hut zaubern, tatsächlich mein Verfolger war und am Ende noch dieselbe Person wie Colm O'Madden.«

Es gab viele Möglichkeiten, abzutauchen. Eines hatten alle gemein: Es musste lautlos geschehen. Sollte sie Cordelia einweihen? Und wann war der richtige Zeitpunkt? Sie wollte diesen Wartenberg finden und aufsuchen, und zwar allein. Ohne Schatten.

Eine Sache war noch zu erledigen. Sie wartete auf eine Antwort von Hans Olsen aus Kopenhagen. Je nachdem, was er schrieb, würde sie Richtung Norden oder Richtung Süden aufbrechen. Doch rechnete sie nach allem, was Terry erzählt hatte, kaum damit, dass Olsen sich mit ihr treffen würde. Die Wartenberg-Spur erschien ihr zudem vielversprechender. Und die Aussicht, David Guggenheim wiederzusehen, ja, so war es, verlockend.

Sie hatte Olsen auf Englisch geschrieben. Seine Antwort kam auf Deutsch. Die Schrift geradlinig und klar, die Botschaft ebenso. Er wusste nichts Neues und schien nach Jahren der Selbstvorwürfe und der Trauer um seine Tochter seinen Frieden mit deren und seinem Schicksal gemacht zu haben. Zwischen den Zeilen konnte sie lesen, wie viel Kraft es ihn gekostet hatte, den Schmerz hinter sich zu lassen, keine Fragen mehr zu stellen, weiterzuleben, all die Wut und die Verzweiflung über das abzulegen, was mit Vivien geschehen war, was Raphael Lind, dieser ferne Mann, dem sie nie begegnet war, ihr angetan hatte.

Ich danke Ihnen, dass Sie die Suche wieder aufnehmen, an der ich gescheitert, ja, fast zerbrochen bin, und es tut mir leid, dass ich Ihnen dabei keine Hilfe sein kann. Ich wünsche Ihnen viel Glück und hoffe für Sie, dass Sie die Antworten finden, die Sie suchen.

So endete der Brief. Und Lilyas Weg stand damit fest.

Sie hatte allen erzählt, dass sie in drei Tagen noch einmal Erich Durlacher aufsuchen werde. Dass sie »neue, wichtige Informationen« hätte. Damit hatte sie gut drei Tage Vorsprung. Genug Zeit, um unbemerkt nach Bayern in die amerikanische Zone zu gelangen.

KIBBUZ NILI

1

Der Kopf fiel ihr immer wieder auf die Brust, aber sie fand keinen Schlaf. Lilya hatte in einem Waggon dritter Klasse einen Platz entdeckt und saß, eingezwängt zwischen Koffern und Taschen, am Fenster. Die Sonne brannte durch die Scheibe, im Abteil war es stickig und heiß. Ihren Körper hatte eine fast schmerzhafte Müdigkeit erfasst, doch innere Unruhe hielt sie vom Schlafen ab. Gedanken kamen und gingen, Szenen, Bilder und Gesprächsfetzen aus diesen drei Wochen in Berlin. Seit dem Unfall, den Gesprächen mit Terry, nach all dem, was sie erfahren und erlebt hatte, war eine Veränderung in ihr vorgegangen. Sie war froh, die Stadt hinter sich zu wissen. Sie hatte sie fast das Leben gekostet. War diese Unruhe am Ende nichts anderes als Angst? Sie würde David Guggenheim wiedersehen, bald, und sie hatte nicht vergessen, wie froh sie gewesen war, ihn nach der Attacke in Offenbach an ihrer Seite zu wissen. Seine Stimme, seine Nähe, die Sorge eines Mannes um eine Frau. Sie meinte seine Hand zu spüren, und ihr Körper spannte sich.

Sie sah aus dem Fenster. In der Ferne entdeckte sie eine Burg. Sie fuhren ein in eine zerstörte Stadt, die unterhalb dieser Festung lag. Auf dem Stationsschild las sie, halb verdeckt, *rnberg*. Dann ertönte ein langer Pfiff, es gab einen Ruck, und der Zug setzte sich erneut in Bewegung. Sie schloss wieder die Augen.

Am Münchner Hauptbahnhof kämpfte sie sich durch die Masse der Menschen in Richtung Ausgang. Noch immer lagen die zerborstenen Stahlträger des Daches neben den Gleisen, die erst seit wenigen Monaten für den Zugverkehr wieder freigelegt und gerichtet waren, und die Eingangshalle war weiterhin ein Trümmerfeld. Auf dem Platz vor dem Bahnhof entdeckte sie einen Jeep der US Army. Zwei Soldaten standen an das Fahrzeug gelehnt rauchend in der Sonne. Sie zog die Uniformjacke glatt, strich sich die Haare zurück und ging auf den Jeep zu.

Sie habe Anspruch auf Militärtransport, hatte ihr Guggenheim gesagt. Die Soldaten, offenbar froh über die Abwechslung, waren sogleich bereit, sie ins UNRRA-Büro zu fahren. Sie warfen ihre Zigaretten weg, einer hielt ihr die Tür auf und forderte sie auf, hinten einzusteigen.

Der Beifahrer, ein Schwarzer aus Louisiana, drehte sich immer wieder zu ihr um und wollte sich mit ihr unterhalten, aber nur Wortfetzen kamen bei ihr an, und bald gab er lachend auf.

Sie war erleichtert, als der Jeep in die vertraute Straße einbog und unter den großen Bäumen hielt, es war tatsächlich wie eine kleine Heimkehr. Sie spürte ein Pochen im Hals, Vorfreude, Ungeduld, aber auch Unsicherheit, wie würde es sein, ihn wiederzusehen? Und wie würde David Guggenheim sie empfangen?

Durch das Haus ging sie in den Garten, die Schaukel war abgehängt, und das Gerüst stand verlassen da. David Guggenheim saß auf der Terrasse, zündete sich gerade eine Zigarette an und lehnte sich in seinem Korbstuhl zurück. Auf einem runden Tisch neben ihm waren Papiere ausgebreitet, die er mit Steinen, seinem Feuerzeug und einem Tintenroller beschwert hatte. Er schien nicht zu bemerken, dass sie sich näherte.

»Oh«, sagte er und blickte auf, als sie vor ihm stand.

Auf seinem Gesicht las sie Erstaunen, Freude, vielleicht auch einen Hauch von Verlegenheit, die sie bei ihm noch nie bemerkt hatte.

»Geschafft«, sagte sie.

Er stand auf, sie wussten beide nicht recht, wie sie sich begrüßen sollten, und gaben sich schließlich die Hand.

»Entkommen, aus der großen, gefährlichen Stadt?«

Er betrachtete Lilya. Sie konnte seinen Blick nicht deuten.

»Sie stehen etwas schief. Der Unfall?«

»Ja, aber auch ich habe inzwischen aufgehört, an die Unfalltheorie zu glauben.«

Er schob die Papiere zusammen und wies auf einen Stuhl.

»Darüber werden wir noch reden. Und ich werde nicht lockerlassen. Aber setzen Sie sich erst einmal. Ich werde Ihnen einen Kaffee holen. Einen richtigen.«

Sie stellte den Rucksack ab und setzte sich an den Tisch. Ein Glas Wasser würde ihr genügen, sagte sie und griff nach einer Karaffe, die auf dem Tisch stand. In der Buche über ihrem Kopf stritten zwei Vögel und schossen aus dem Geäst.

Guggenheim sah nach oben. »So geht das schon die ganze Zeit«, sagte er, »während ich versuche zu arbeiten.«

Sie hatte das Gefühl, irgendetwas sagen zu müssen, damit kein Schweigen aufkam. Sie zeigte auf die Papiere. »Sieht nach einer Menge Arbeit aus. Weitere Berichte zur Lage?«

Ihre Sorge schien unberechtigt. Guggenheim war offenbar guter Dinge.

»Die Akte *Berichte und Wunder* ist geschlossen. Ohnehin Ihr Fachgebiet. Das hier sind Abrechnungen, Petitionen und Anträge aller Art. Suchaufträge. Je mehr Menschen nach Föhrenwald kommen, desto weiter müssen wir für sie ausschwärmen.«

»Auch Material vom Pater?«

»Ohne wirkliches Ergebnis. In vielen Fällen hat er helfen können, Familien zusammengeführt, Totgeglaubte wieder lebendig gemacht, Verschollene aus irgendeinem Weltwinkel gezerrt. Nur hier ...« Er legte die Hand auf das oberste Blatt.

»Ein besonders komplizierter Fall?«

Er zögerte einen Moment. »Ich würde eher sagen, von durchschnittlicher Grausamkeit und zeitgemäßer Hoffnungslosigkeit.«

Er lachte, aber sie konnte spüren, dass hinter diesem Lachen eine große Anstrengung lag. Er zog die Hand wieder zurück, als wolle er das Thema wechseln. Sie zögerte, ob sie weiter nachfragen sollte, beschloss dann aber, es zu wagen. »Es ist Ihr Fall, hab ich recht?«, fragte sie mit gesenkter Stimme.

Guggenheim schien zu versteinern. War sie zu weit gegangen? Würde er gleich aufstehen und sie bitten zu gehen? Oder selber unter irgendeinem Vorwand verschwinden? Er konnte ganz unvermittelt eine Mauer um sich errichten, sie hatte es mehrfach erlebt. Doch sie wollte noch nicht aufgeben.

»Es geht um Ihre Mutter, hab ich recht? Der Pfarrer hilft Ihnen?«

Er sah sie erstaunt an. »Hat Bernstein Ihnen das erzählt? Damals, als wir in der Senkenburg waren?«

Sie nickte.

»Ich suche sie, seitdem ich auf diesem Kontinent bin. Der Pfarrer hilft mir und viele andere auch, die ich für meine Sache einspanne. Auch wenn es mehr und mehr aussichtslos erscheint.«

Mit dieser Offenheit hatte sie nicht gerechnet. »Was wissen Sie von ihr? Hat sie in Deutschland gelebt?«, fragte Lilya.

»Ja. Und das ist auch schon alles, was ich wirklich weiß.«

»Und was ist mit Ihrem Vater?«

Er blickte kurz zu Boden und sah dann wieder auf. »Den gibt es nicht. Es gibt keine, aber auch gar keine Anhaltspunkte. Vielleicht bin ich das Produkt einer Affäre, einer längst vergessenen Nacht. Und auch die, die diese Nacht längst vergessen haben, sind Vergangenheit geworden.«

»Und Ihre Eltern in Amerika? Haben sie Ihnen nichts sagen können?«

»Nichts. Es war eine anonyme Adoption, Deutschland war

ein ordentliches Land. Sie haben meine leiblichen Eltern oder auch nur meine Mutter nie gesehen, wissen nicht, wer sie waren, wo sie gelebt haben, unter welchen Umständen ich auf die Welt gekommen bin.«

»Das ist gewiss bitter.«

»Nicht mehr.«

Seine Züge hellten sich auf. »Ich liebe meine Adoptiveltern, ich verdanke ihnen alles. Und ich hatte die beste Kindheit, die man haben kann. Ich bin in New Jersey aufgewachsen und war mit meinem Vater oft in New York, das ist seine Stadt. Jeden Morgen fuhr er mit dem Zug in seine Kanzlei ganz in der Nähe des Times Square. Sie liegt im dreiundzwanzigsten Stock, und der Fahrstuhl ist schnell wie ein Geschoss. Als ich größer wurde, nahm er mich in den Ferien oft mit, und ich verbrachte den Tag in der Stadt, während er arbeitete. Am Abend kam Mutter dazu, sie war Tag und Nacht mit dem Aufbau ihres *County-Museum für örtliche Kunst* beschäftigt, und wir gingen ins feine Tishman & Fry. Dort aßen wir Steak und frittierte Kartoffeln, dick wie Finger. Die Kellner dort trugen weiße Uniformen wie Schiffsoffiziere mit goldenen Sternen am Revers, jeder Stern bedeutete fünf Jahre Zugehörigkeit. Einer der Kellner hatte fünf Sterne. Ich war ganz enttäuscht, als ich erfuhr, dass es die Herren Tishman und Fry nie gegeben hat, dass der Inhaber, der alte Mr. Ginzburg, sich irgendwelche Namen aus seinem Freundeskreis ausgesucht und für seine Zwecke genutzt hatte.«

Er lächelte und schien mit den Gedanken ganz in New York zu sein.

»Aber Ihre leibliche Mutter hat Ihnen damals ein Foto von sich mit auf den Weg gegeben.«

»Ja, als eine Art Beipackzettel. Ein klarer Verstoß gegen die deutsche Ordnung.« Er lachte ein wenig verschämt, wie jemand, der es nicht gewohnt ist, allzu viel über sich selbst und die eigenen Gefühle zu sprechen.

»Nun ist das Bild mit mir zurückgereist. Mutter und ich haben schon einen langen Weg hinter uns, und manchmal spreche ich mit ihr darüber. Aber sie antwortet nicht. Dann sage ich, vielleicht bist du ja gar nicht meine Mutter, und sie sieht mich streng an und fängt dann an zu lachen. Ich glaube, sie könnte mir nie böse sein.«

»Und Sie ihr?«

Er zögerte einen Moment.

»Nein. Sie wird ihre Gründe gehabt haben, damals.«

Sie ließ ein paar Sekunden verstreichen. »Darf ich das Bild sehen?«

»Aber Sie kennen es doch bereits.«

»Nur flüchtig.«

Er griff in die Aktentasche, die neben seinem Korbsessel stand, und holte einen großen Briefumschlag hervor. Behutsam zog er das Foto heraus.

Die Frau war noch schöner, als Lilya sie in Erinnerung gehabt hatte. Das Foto war in einer Bibliothek oder einem Wohnzimmer aufgenommen worden, sie stand vor einem Bücherregal, das nahezu das ganze Bild ausfüllte. Ihr Kopf war zur Seite geneigt, und um ihre großen hellen Augen lag ein stiller Zug von Traurigkeit.

Guggenheim nahm das Bild wieder an sich, ließ es in den Umschlag gleiten und richtete sich auf. Es war eindeutig, dass er diesen Teil des Gesprächs beenden wollte. Es sei an der Zeit, über die wirklich wichtigen Dinge zu reden, sagte er. Über die Arbeit und ihre sichtbaren Fortschritte im Lager. Föhrenwald habe den ersten großen Ansturm von Flüchtlingen überstanden, und Lisa Straßburger habe die Leitung vor Ort übernommen, sodass er sich mehr um die Politik, die Behörden und die Kontakte zu Armee und Zivilverwaltung kümmern könne. Lev chauffiere ihn nun souverän herum und habe doch tatsächlich aufgehört, mit dem Wagen zu sprechen. Er sei ihm eine große

Hilfe, auch auf persönlicher Ebene, und oft habe er den Eindruck, diese Aufgabe helfe Lev dabei, wieder ins Leben zu finden.

Guggenheims Anspannung schien sich nun vollständig gelöst zu haben, und Lilya überlegte, was sie tun konnte, damit diese Plauderlaune, die auch ihr guttat, anhielt. In seiner Stimme lag eine Wärme, die sie im Gespräch mit ihm bisher nur selten wahrgenommen hatte.

Er lächelte sie an, beugte sich zu ihr und berührte mit der Hand ihre Schulter. »Aber ich erzähle hier und extemporiere, dabei gibt es weit wichtigere Dinge. Ich möchte vor allem wissen, wie es Ihnen geht. Ihr Unfall, der ja angeblich keiner gewesen ist, geht mir nicht aus dem Kopf. Es ist schön, Sie wohlauf zu sehen, aber ich denke, es gibt etwas Neues?«

»Vielleicht wollte mich jemand umbringen.«

Wie leicht sich das sagen ließ. Dabei war sie sich nach wie vor nicht sicher.

»Sie sagen das so ohne Umschweife. Ohne Zögern.«

Guggenheim beugte sich zu ihr vor.

»Gibt es noch eine andere Erklärung, die« – er hielt kurz inne – »wahrscheinlicher ist als Ihre Mordtheorie?«

Sie hatte Sorge, er würde nun wieder in einen offizielleren Ton verfallen, in die Rolle des gewissenhaften, sachlichen und strategisch denkenden Offiziers wechseln, der keinen Fehler machen, nichts übersehen wollte. Aber er schwieg und sah sie weiter an.

»Wenn wir einen Unfall tatsächlich ausschließen«, sagte sie, »und das sollten wir, dann reden wir über Vorsatz. Es könnte nichts anderes als der Versuch gewesen sein, mich hier in Deutschland von weiteren Schritten abzuhalten. Sagen wir, eine Art deutliche Warnung.«

Er betrachtete sie und bat sie, etwas genauer zu sein.

Sie erzählte von ihren Treffen mit Terry, dem Loch im britischen Spionagenetz und ihrer Abmachung mit dem Major, von ihren Gesprächen mit Durlacher und dessen geheimnisvollem englischen Freund, der mit hoher Wahrscheinlichkeit derselbe Mann sei, der für die Briten mit Lind Kontakt gehalten hatte, bevor er spurlos verschwunden war. Und der ihr nach dem Leben trachtete, ohne dass sie wusste, wie er überhaupt auf sie gekommen war.

Guggenheim lehnte sich zurück. Seine Augenbrauen zogen sich zusammen, es schien in ihm zu arbeiten. »Und dennoch setzen Sie die Reise fort. Ich muss Ihnen nicht sagen, was für ein Risiko Sie damit eingehen.«

Er erhob sich und fingerte eine Zigarettenschachtel aus der Hosentasche. »Ich frage mich, ob es das wert ist, Lilya. Sie scheinen da an eine Sache zu rühren, die vielleicht zu groß ist. Und, ich will offen zu Ihnen sein, auch Ihre Abmachung mit dem britischen Major gefällt mir nicht. Haben Sie einmal darüber nachgedacht, die Sache nicht weiter voranzutreiben, sondern ruhen zu lassen?«

Natürlich hatte sie das, in den vergangenen Tagen sogar wiederholt, und doch war das Ergebnis immer wieder dasselbe gewesen. »Ich bin bereits so weit gekommen, eine Umkehr gibt es für mich nicht. Zu spät.« Sie zuckte mit den Schultern und hob die Augenbrauen.

Guggenheim zündete sich mit gespielter Beiläufigkeit eine Zigarette an. Er blies das Streichholz aus und schnippte es in den Garten. Dann sah er sie wieder an: »Auch in Palästina macht man sich Sorgen um Sie.«

Wie kam Guggenheim darauf?

»Mich hat vor wenigen Tagen ein Mann namens Ben Gedi kontaktiert. Er schrieb, Sie hätten meinen Namen in Ihrem Bericht erwähnt.«

»Shimon Ben Gedi?«

»Ja. Er wollte wissen, ob Sie noch in München sind, ob ich Kontakt zu Ihnen habe. Fast hatte ich den Eindruck, er sucht Sie wegen Befehlsverweigerung oder eines anderen Delikts. Er sähe Sie wohl lieber in Palästina, und dies auf dem schnellsten Weg.«

»Was hat er genau gesagt?«

»Er bäte um Nachricht, wenn Sie hier auftauchen sollten.«

»Bin ich hier denn aufgetaucht?«

Guggenheim musste lachen. »Das weiß ich noch nicht.«

Sie wurde wieder ernst. »Für das, was Ben Gedi mit mir vorhat, muss er sich bis auf Weiteres jemand anderes suchen. Ich habe mich entschieden. Ich bleibe hier und suche weiter nach Raphael Lind. Nicht wegen Ben Gedi, der seinen Auftrag vergessen zu haben scheint, sondern weil ich es Elias Lind versprochen habe. Wenn ich jetzt aufgebe, wäre alles umsonst gewesen.«

»Und wie wollen Sie mit der Tatsache umgehen, dass Ihnen Ihr Verfolger noch immer auf den Fersen ist und Sie vielleicht wiederfinden wird? Auch hier, oder wo immer Sie sich aufhalten. Mir gefällt diese Vorstellung gar nicht.«

»Ich denke nicht, dass er mich hier vermutet. Ich habe in Berlin überall herumerzählt, dass ich Durlacher in den kommenden Tagen noch einmal treffen werde, um mir so einen Vorsprung zu verschaffen.«

Sie machte eine kurze Pause und schmunzelte. »Es sei denn, Sie wollen mir etwas mitteilen, Lieutenant Guggenheim …«

Guggenheim lächelte.

»Aufgeflogen«, sagte er. »Ich wollte Sie einfach nicht aus den Augen verlieren, deswegen habe ich Ihnen jemanden nachgeschickt, nur ist das Ganze etwas aus dem Ruder gelaufen. *Es ist nicht gut, dass der Mensch allein sei …*«

»*… und bist du nicht willig, so brauch ich Gewalt.*«

»Richtig«, sagte er. »Alles nur zu Ihrem Besten.«

Er setzte sich wieder. »Das Ganze ist kein Spaß, Lilya. Und weil ich das alles nun weiß und noch immer Soldat bin, werde ich irgendwann auch handeln müssen.«

Lilya schlug vor, vor dem Handeln erst einmal weiter zu reden. Sie sei mit dem, was sie wisse, noch nicht fertig. Durlacher habe ihr nämlich bestätigt, dass ein Mann namens Wartenberg mit Raphael Lind zu tun hatte. Es sei mehr als wahrscheinlich, dass er es war, der Lind aus der Eisenacher Straße hatte abholen lassen. Durlacher habe ihr ein Dokument gezeigt, auf dem der Name Wartenbergs stehe.

»Die Lagerpost sagt, er sei einer der Großen gewesen, im Stab von Rosenberg, Reichssicherheitshauptamt oder auch Heereswaffenamt, so genau konnten sie ihn nicht zuordnen«, sagte Guggenheim.

»Sagt die Lagerpost auch, wo dieser Große zu finden ist?«

Guggenheim lehnte sich zurück und sah sie prüfend an. »Das habe ich mir gedacht. Sie wollen ihn besuchen und fragen, wie es so im Dritten Reich war. Und können Sie mir vielleicht sagen, wo all die Juden geblieben sind? Vor allem einer, der mir so am Herzen liegt.«

»So in etwa«, sagte sie. »Nur mit anderen Worten.«

»Haben Sie schon einmal vom Pleikershof gehört? Ist heute ein Kibbuz, Kibbuz Nili. War das Gehöft von Julius Streicher in Franken, dem Herausgeber des *Stürmer*. Eine Zeit lang auch Gauleiter von Nürnberg, bis die Nazis ihn abgesetzt haben. Er war selbst ihnen, man muss wohl sagen, zu radikal. In diesem Kibbuz auf guter deutscher Erde arbeitet einer der Überlebenden, der den Namen Wartenberg in Zusammenhang mit dem ERR erwähnt hat. Einem Genossen gegenüber.«

»Jetzt kommt das Aber ...«

»Er weigert sich, mit uns zu sprechen, und gibt uns deutlich zu verstehen, dass er Deutschland lieber heute als morgen verlassen möchte.«

»Das heißt, er würde reden, wenn wir ihm eine Perspektive bieten könnten?«

»Können wir nicht. Selbst wenn wir dazu in der Lage wären,

wir wissen nicht, wie verlässlich seine Aussage ist. Vielleicht will er nur um jeden Preis ein *permit* in die Freiheit.«

»Er kann den Namen Wartenberg nicht erfunden haben, das belegt das Dokument, das Durlacher mir gezeigt hat. Irgendetwas muss an der Sache dran sein.«

Der Mann, von dem der Tipp komme, heiße Jossi Schierlinger, an ihn sollte sie sich halten. Vielleicht könne er ihr Zugang zu der Quelle verschaffen. Vielleicht auch nicht.

Guggenheim schien mit einem Gedanken zu ringen. »Zwei Tage«, sagte er.

Sie sah ihn überrascht an.

Zwei Tage könne er Lev und seinen Wagen entbehren, länger nicht. »Mir ist wohler, wenn Sie nicht alleine fahren«, sagte er und sah ihr in die Augen. »Überlegen Sie sich die Sache.«

2

Mit ausgestrecktem Arm hielt Lev das Lenkrad fest. Sie hatten auf dem Hof geparkt, der Motor war bereits abgestellt. Zuletzt waren sie eine lange, nicht enden wollende Landstraße entlanggefahren, bis sie hinter einem wie zum Gruße aufgestellten Spalier von Birken das Gehöft entdeckt hatten und schließlich in den Pleikershof eingebogen waren. Es war ein riesiger Vierseithof, der aus einem Wohn- und drei Wirtschaftsgebäuden bestand, die Dächer von Scheunen und Ställen waren tief nach unten gezogen, die Mauern von Fachwerk gehalten. Von Guggenheim wusste sie, dass das Landgut vermutlich schon im vierzehnten Jahrhundert existiert hatte. Lilya war erstaunt über seine Größe, kein Kibbuz in Palästina konnte sich, was Dimension und Schnitt der Gebäude anging, mit Kibbuz Nili messen. Aber diese Kibbuzim waren Produkte der Freiheit, und dieser hier war einer der Niedertracht und der Not. Lilya entdeckte landwirtschaftliches Gerät, eine Egge, einen Pflug, das noch von der Bewirtschaftung unter Julius Streicher stammen musste. Vor dem Wohngebäude standen lange Reihen von Tischen und Bänken. Vielleicht hatte es auf dem Hof erst kürzlich eine Feier gegeben. Von den Bewohnern des Kibbuz war niemand zu sehen, doch zwei große, zottelige Hunde hatten ihre Ankunft bemerkt und liefen jetzt laut bellend um das Auto herum. Lilya fiel auf, wie Lev die Tiere aus dem Augenwinkel beobachtete. Sie wollte die Tür öffnen.

»Nicht, bitte!« In seiner Stimme lag Angst. Er hielt weiterhin das Lenkrad umklammert.

Lev und sie waren am Mittag in München aufgebrochen und hatten gut vier Stunden bis Fürth gebraucht. Als sie die Stadt hinter sich gelassen hatten, ging es über Land. Sie war angespannt und hatte Lev einmal sogar angeherrscht, als er einen Traktor auf dem Seitenstreifen nicht rechtzeitig sah.

Sie wollte herausfinden, wo Wartenberg wohnte. Und dann? Was dann? Guggenheim hatte sie ermahnt, von nun an nichts mehr zu unternehmen, ohne mit ihm Rücksprache gehalten zu haben.

Die Sonne brannte auf das Autodach, und der Schweiß lief ihnen den Hals hinunter. Plötzlich hörten sie einen Pfiff. Einer der Hunde trottete davon. Der andere schnupperte an Levs Tür.

»Rasso, Platz!«

Die Stimme kam aus dem Haus. Dann wieder ein Pfiff.

Lev war auf seiner Flucht Richtung Osten immer wieder von Hunden gejagt worden. Sie verfolgten ihn durch die Wälder, und erst wenn er einen Fluss erreichte, konnte er sie abschütteln. Es waren die Hunde russischer Bauern, die den Hof bewachten, auf den er sich geschlichen hatte, weil er verzweifelt nach Nahrung suchte; die Hunde der Häscher, der deutschen Soldaten und Lagerwachen, und die seiner früheren Nachbarn, die nicht zulassen wollten, dass er in sein Dorf zurückkehrte. Er hatte es ihr erzählt, wie hatte sie es vergessen können.

»Ich steige aus und sehe zu, dass die Tiere verschwinden«, sagte sie.

Ein Junge kam aus dem lang gestreckten Haupthaus über den Hof auf sie zu. Er hielt einen Stock in der Hand und pfiff erneut. Kurz bevor er den Wagen erreichte, schleuderte er den Stock weg. Die Hunde jagten ihm nach.

Lev rührte sich nicht. Lilya stieg aus.

Der Junge, er mochte sechzehn sein, hob die Hand, als die Tiere zurückkamen. Sie machten vor ihm Platz. »Beseder. Die deutschen Hunde verstehen die Sprache der Juden«, sagte er. »Ich heiße Giora.«

Er gab ihr die Hand und blinzelte sie aus wachen Augen an. Dann scheuchte er die Hunde vor sich her ins Haus, vorbei an den Tischen und Bänken.

Die Tür des Wagens öffnete sich, und Lev kletterte heraus.

»Wir hatten gestern eine Hochzeit«, sagte Giora, nachdem er zurückgekommen war, zwei Gläser mit Wasser in den Händen, und bat Lilya und Lev, an einem der Tische Platz zu nehmen.

Lilya setzte sich, lehnte sich mit dem Rücken gegen die Hausmauer und entdeckte über sich ein großes Holzschild mit der Aufschrift. *Ohne eine Lösung der Judenfrage gibt es keine Lösung der Weltfrage.* Offenbar hatte es der ehemalige Gauleiter anbringen lassen, und die neuen Bewohner hatten es nicht entfernt. Und auch die Hunde hatten sie von ihm übernommen.

Durch die Bäume der Allee, die zum Hof führte, streifte der Wind. Die Wiesen waren hier von einem fast unwirklichen Grün. Lilya hörte, wie sich das Tuckern eines Treckers näherte. Das Gefährt bog in den Hof ein und kam unweit von Levs Wagen zum Stehen. Ein Mann sprang mit einem Satz vom Sozius und winkte dem Fahrer hinterher, der eine Kurve nahm und wieder in die Felder hinausfuhr. Der Mann, er war groß und kräftig, verschwand in einem Schuppen.

»Was kann ich für euch tun?«, fragte Giora.

»Wir würden gern mit Jossi Schierlinger sprechen«, antwortete Lilya. »Wir hoffen, wir sind hier richtig.«

Der Junge lächelte. »Jossi? Den haben Sie gerade gesehen.«

Giora machte ein paar Schritte in Richtung Scheune und rief mit erstaunlich kräftiger Stimme: »Jossi! Besuch für dich!«

Hinter der verschlossenen Haustür bellten die Hunde, Levs

Körper spannte sich. Der Mann kam aus dem Schuppen, lief auf sie zu, wischte sich die Hände an der Hose ab und gab ihnen die Hand.

»Sie sind vom JOINT, wie ich sehe. Ich hoffe, Sie sind nicht gekommen, um wieder einen dieser Berichte zu schreiben, die ohnehin nicht allzu viel ausmachen. Sonst würden wir nämlich schon längst die Negev bewässern anstatt hier die deutsche Scholle.«

Er wandte sich um, blickte über die Felder. Dann bat er sie in den neben dem Wohnhaus gelegenen Garten, in dem ein großes Kräuter- und Gemüsebeet die selbstverständliche Fruchtbarkeit des fränkischen Bodens zur Schau stellte. Lilya musste daran denken, wie schwer es in den ersten Jahren gewesen war, dem Boden in ihrer Heimat eine Ernte abzutrotzen, während der Kibbuz ständig der Gefahr von Überfällen und Angriffen durch arabische Gruppen ausgesetzt war. Doch schließlich war die Ernte ein überwältigender Erfolg gewesen, besonders im Norden. Lilya überkam Heimweh nach Palästina und dem harten, aber geordneten Leben, das sie für ein paar Monate im Kibbuz an der Grenze zum Libanon geführt hatte. Lev stand neben ihr, seine Finger rieben wieder an seiner Hosennaht, und Lilya sah, wie sein Blick Jossi verfolgte und erst von ihm abließ, als er hinter ihnen die Pforte geschlossen hatte.

»Ich hoffe, Giora hat Sie ordentlich empfangen. Er kümmert sich um unsere Küche. In wenigen Monaten werden die Leute in der Dizengoff Street in Tel Aviv vor seinem Restaurant Schlange stehen.«

Er bat sie, an einem schweren, hölzernen Gartentisch Platz zu nehmen, der im Schatten einer alten Linde stand. Eine Karaffe mit Wasser und fünf Gläsern stand bereit. Sie setzten sich.

»Wenn Sie mögen, kann ich Ihnen auch frische Milch bringen. Die beste nördlich von Haifa«, sagte Jossi.

Lilya und Lev lehnten dankend ab. Die Sonne stand schon im

Westen, doch es war immer noch brütend heiß. Es roch nach Stroh und frischer Erde, Grillen hatten begonnen zu zirpen, und eine Wespe kreiste über ihren Köpfen.

Jossi lehnte sich in seinem Stuhl zurück, kramte in der Brusttasche seines Hemdes und bat Lilya zu erzählen, was sie in ihre Einöde führe. Während er ihr zuhörte, holte er einen Tabakbeutel und eine Pfeife mit einem abgekauten Mundstück hervor und begann sie zu stopfen. »Ich fürchte, Sie haben die Reise umsonst gemacht. Alles, was ich weiß, hat Mr. Guggenheim schon aus mir herausgequetscht. Wartenberg dürfte nicht der Einzige sein, der sich hier irgendwo versteckt hält. Wenn Sie in Bayern untergetauchte Nazis einsammeln wollen, wird Ihr kleiner Wagen nicht reichen. Sie hätten mit einem Reisebus kommen sollen. Einsteigen bitte, One-Way-Ticket nach Nürnberg. Nicht so drängeln, jeder findet einen Platz, und ein zweiter Bus ist schon auf dem Weg...«

»Der Mann, den ich suche, war nicht irgendein Nazi«, sagte sie.

»Keiner von denen war überhaupt ein Nazi.«

Jossi erzählte, einige von ihnen hätten es sich nach ihrer Befreiung zur Aufgabe gemacht, Nazis zu finden. Um sie zu ertränken, zu erwürgen, zu vergiften, zu erschießen.

Er hielt inne und blickte auf die Pfeife, die er gestopft, aber noch nicht angezündet hatte.

Obwohl nach alledem Rache ihr einziger Gedanke gewesen war, hätte kaum einer von ihnen es geschafft, Nazis, die sie aufgespürt hatten, Gewalt anzutun. Sie hätten nicht die Kraft dazu gehabt, es nicht über sich gebracht. Er hielt ein brennendes Streichholz in den Pfeifenkopf und zog an der Pfeife.

»Schlomo, einer unserer Genossen hier auf dem Hof, hat Wartenberg zufällig auf dem Markt in Erding entdeckt, er war dort für uns hingefahren wegen einer größeren Lieferung von Saatgut. Wartenberg stand vor der Post, zusammen mit einer blonden Frau. Als sie gingen, konnte Schlomo ihnen unbemerkt folgen, bis zu einem großen Gutshof außerhalb der Stadt. Er lebt dort im Gesindehaus, mit dieser Frau.«

Jossi nahm einen tiefen Zug aus seiner Pfeife. »Er hat ihn eine Weile belauert, sonst nichts. Er hätte ihn umbringen können, oder zumindest anzeigen, stattdessen ist er nach einer Nacht und einem Tag dort vor dem Haus auf den Pleikershof zurückgekehrt. Voll Scham. Ein Feigling sei er gewesen, hat er schließlich gesagt.«

Jossi zuckte mit den Schultern und blinzelte in die Abendsonne. Dann wandte er sich wieder Lilya zu. »Und was wollen Sie von dem Mann, warum gerade er?«

»Er weiß etwas, was ich gern wissen würde«, antwortete Lilya.

»Sie wollen ihn also nicht verhaften lassen?«

»Ich will ihn befragen.«

»Und Sie glauben, Sie spazieren da so rein, und er breitet alle seine Schurkereien vor Ihnen aus?«

»*Eine* würde reichen.«

»Sie machen mich neugierig.«

»Ich bin auf der Suche nach einem verschollenen jüdischen Wissenschaftler, zu dem Wartenberg mit großer Wahrscheinlichkeit Kontakt hatte. Über diese Sache will ich mit ihm sprechen.«

»Ich bewundere Ihre Unbefangenheit. Ich hoffe, Sie haben etwas im Gepäck, das ihn zum Reden bringt.«

Jossi sah sie prüfend an, dann erhob er sich und rief nach Giora. Sie sprachen miteinander, dann verschwand Giora wieder. Sie würden sich ein wenig gedulden müssen, sagte Jossi und ging ebenfalls.

Wenig später kamen Männer und Frauen von den Feldern zurück. Die Sonne verschwand hinter dem Haus, und der Geruch nach brennendem Holz drang vom Hof herüber. Über einem Holzblock schächtete ein Mann Hühner.

Lilya und Lev saßen gut eine Stunde unter der Linde und beobachteten das Treiben auf dem Pleikershof. Die Wasserkaraffe hatten sie inzwischen geleert. Schließlich kam Jossi über den Hof wieder auf sie zu. Er hatte sich gewaschen, seine Haare waren noch nass. Hinter ihm trottete ein junger Mann her, die Hände in den Hosentaschen, den Kopf mit den zerzausten Locken gesenkt.

Lev und Lilya standen auf, um dem jungen Mann, der sich als Schlomo vorstellte und noch immer nicht wagte, den Kopf zu heben, die Hand zu schütteln.

»Danke, dass Sie uns helfen wollen«, sagte Lilya, »Sie können uns tatsächlich sagen, wo wir Wartenberg finden?«

Er reichte ihnen wortlos einen Zettel, den er wie ein zerknülltes Taschentuch aus der Hose zog. Dann blickte er auf und sah fast Hilfe suchend Lev an, der von einem Bein auf das andere trat. »Den Tod, den hätte er verdient – ohne Prozess. Ohne ...«

Er sah wieder auf den Boden und schob die Hände zurück in die Hosentaschen. »Übergeben Sie ihn den Amerikanern. Sagen Sie ihnen, wer Ihnen geholfen hat. Und den Engländern. Wenn wieder ein Kontingent Flüchtlinge nach Palästina reisen darf, denken Sie an mich.«

»Ich verspreche Ihnen, dass ich alles tun werde, was ich kann, aber ich befürchte, Sie überschätzen die Macht des JOINT«, sagte sie.

»Aber nicht die Macht des guten Willens und der Hoffnung«, fiel Jossi ein und legte Schlomo die Hand auf die Schulter. »Von David Guggenheim haben wir gehört, Sie könnten gelegentlich kleine Wunder bewirken. Wenn Sie wollen.«

»Er verwechselt politischen Willen mit Wundern.«

Lilya faltete den Zettel auseinander und hielt ihn ins Licht. *Herrmannshof* stand dort und eine Adresse in der amerikanischen Zone, unweit der Stadt Erding.

»Danke«, sagte sie und lächelte Schlomo an, von dessen Schultern eine Last genommen schien.

»Überlegen Sie es sich gut, wie Sie die Sache anstellen«, sagte Jossi. »Wenn man den Fuchs in seinem Bau stellt, sollte man gut vorbereitet sein.«

Vor allem dann, wenn man den Wolf bereits an den Fersen hat, dachte sie, als sie wenig später mit Lev zurück zum Wagen ging.

3

Sie hielt den Brief gegen das Licht und fuhr mit dem Finger über seine Rückseite. Er schien ungeöffnet von fremder Hand bei ihr angekommen zu sein. Der Absender war Elias Lind, Jaffa Road, Jerusalem. Irgendwer hatte den Brief vor ihrer Rückkehr vom Pleikershof auf ihren Tisch gelegt. Für die kurze Zeit in München bewohnte sie ein kleines Gästezimmer unter dem Dach der Villa in der Siebertstraße, das ihr David Guggenheim angeboten hatte.

Sie musste schlucken, als sie den Namen ihrer Stadt las, hielt den Brief an die Nase und atmete tief ein. In Föhrenwald hatte sie, ohne eine Träne zu vergießen, von Jerusalem erzählen können, vor all den Menschen, jetzt kam etwas über sie, das sie nicht kontrollieren konnte.

Sie setzte sich aufs Bett und spürte eine grenzenlose Kraftlosigkeit. Sie horchte in ihren Körper hinein, Erschöpfung war der Vorhof der Hölle. Würde sie wieder in den »Zustand« geraten? Sie war so weit gekommen und musste weiterhin durchhalten. Schwäche konnte sie sich nicht erlauben. Und dennoch, mit der Erinnerung an Jerusalem war auch Yoram wieder da, so nah, als sei er eben noch mit ihr in diesem Raum gewesen.

Die Trauer, hatte sie einmal gehört, sei wie eine Katze – sie komme und gehe, wann sie wolle. Sie sah wieder Ofer Kis vor sich, der sie in einem Zimmer, nicht größer als dieses, aufgesucht hatte, Yorams blutbefleckte Mütze in der Hand.

Sie versuchte die Tränen herunterzuschlucken, sie musste weitermachen, stark sein, doch es gelang ihr nicht. Sie begann zu weinen, legte den Brief auf ihren Nachttisch und rollte sich auf dem Bett zusammen. Hoffentlich würde jetzt niemand kommen und sie so sehen. Sie spürte, wie das Kissen unter ihr nass wurde, ein Schwamm für ihre Tränen. Es war, als würde zugleich etwas aus ihr hinausströmen und fortgespült werden, das nicht mehr zu ihr gehörte.

In ihrem Versteck im Norden hatte sie in den ersten Wochen stumm und mechanisch begonnen, alte Texte zu lesen, die Thora, den Talmud, Psalmen, Gebete. Um zu verstehen, was mit Yoram geschehen war, und um eine Orientierung zu finden in dieser neuen Welt, in die sein Tod sie gestoßen hatte. Um zu erkunden, ob es noch eine Brücke zu ihm gab, eine Tür. Dann hatte sie es aufgegeben. Was sie in Händen hielt, waren Texte und Worte, von Menschen verfasst, die noch lebten. Wie konnten diese wissen oder behaupten zu wissen, was sie hinter der Grenze zum Tod erwartete? Nur die Toten konnten zu den Lebenden sprechen, da war sie sich plötzlich sicher, nur sie waren glaubwürdig, weise und wussten sie zu trösten. Aber Yoram hatte ihr keine Antwort gegeben, sooft sie ihn auch rief. Es gab keine Tür, keine Brücke zu ihm.

Wollte er, dass sie ihn vergaß? War das die Botschaft ihrer Tränen?

Irgendwann fiel sie in einen tiefen, luftigen und traumlosen Schlaf. Als sie erwachte, hörte sie durch das geöffnete Fenster Vögel singen und Autos, die auf der Straße über das Kopfsteinpflaster rumpelten. Die Morgensonne schien herein, und Lilya setzte sich auf, strich das Kissen glatt und streckte sich. Auf dem Nachttisch lag noch immer Elias Linds Brief.

Er hatte ihn wie verabredet an die UNRRA in München adressiert, der Text war in Druckbuchstaben geschrieben. Wie Straßen mit schiefen Häusern sahen die Zeilen aus. Dabei hatte er mit dem Füller so stark aufgedrückt, dass die Buchstaben auf der Rückseite dunkelblaue Flecken hinterlassen hatten. Sie stellte sich vor, wie er, über das Papier gebeugt, dasaß, die Lupe in der einen, den Stift in der anderen Hand.

Liebe Lilya,

rechnen Sie es bitte nicht meiner Ungeduld oder gar meiner Undankbarkeit zu, wenn ich Ihnen schreibe, bevor ich von Ihnen Nachricht habe. Shimon Ben Gedi, der mich nach Ihrem Bericht aufgesucht und mir erzählt hat, was Sie in London und Föhrenwald erlebt und herausgefunden haben, hat mich gleichfalls dazu ermutigt. Nachdem er für einige Wochen nichts gehört hatte, hat er mit einem Mr. Guggenheim bei der UNRRA in München Kontakt aufgenommen und über ihn in Erfahrung gebracht, dass Sie in Berlin sind und einen Unfall hatten, der möglicherweise gar keiner war.

Am gestrigen Tage erhielt ich einen Brief aus Berlin. Desirée von Wallsdorff. Sie werden ermessen können, wie sehr er mich bewegt hat. Es war so etwas wie ein Lebenszeichen meines Bruders, überraschend, unerwartet, als würde er mit mir sprechen. Eine tiefe Scham überkam mich. Wie ahnungslos war ich! Hätte ich etwas tun können, wenn ich gewusst hätte, in welcher unauflösbaren Lebenssituation Raphael gewesen ist, neben all der Bedrängnis durch die Vertreter dieser neuen Zeit? Vivien Olsen. Ich hatte diesen Namen nie zuvor gehört. Raphael wollte Deutschland aus Liebe zu einer Frau nicht verlassen. Und er hat den Mut aufgebracht, gegen dieses schandbeladene Reich zu arbeiten.

Vor wenigen Tagen sah ich auf der Straße die Umrisse eines Mannes, er stand wohl vor einem Schaufenster auf der anderen Straßenseite, mir den Rücken zugewandt. Raphaels Statur, die aufrechte Haltung, der etwas steife Hals, das Haar, ich glaubte, ihn zu sehen. Ich verspürte den Impuls, die Straßenseite zu wechseln, ich wollte das Gesicht des Mannes betrachten. Es wird Sie

wundern, was ich tat. Ich nahm meinen Stock, setzte ihn auf, ging
weiter. Ich drehte mich nicht einmal um. Bog an der nächsten
Kreuzung ab.

Mir wurde etwas klar, schmerzhaft und zugleich unendlich er-
leichternd: Ich weiß nun genug über meinen Bruder, um ihn loslas-
sen zu können.

Vielleicht war es von Beginn an nicht richtig, Sie in die Sache
eines alten Mannes hineinzuziehen. Jetzt ist es, nach all dem, was
ich aus Deutschland höre, unverantwortlich!

Geben Sie die Suche nach Raphael auf und kommen Sie zurück.
Ich bitte Sie darum. Sie werden hier weit dringlicher gebraucht. Ich
kann nun mit dem leben, was ich weiß. Niemals jedoch könnte ich
es mir verzeihen, wenn Sie noch tiefer in Gefahr gerieten, Ihnen
etwas zustieße.

Sie legte den Brief wieder auf den Nachttisch, stand auf und
ging zum Fenster.

Vielleicht hatte er recht? Sie sah die Straßen Rehavias vor
sich, ahnte den Wind, der mit der Leichtigkeit einer Feder über
ihre Haut strich, die von Bäumen gesäumten Alleen, ein schützendes Dach vor der Sonne und der Welt. Sie suchte den Blick,
den man im Abendlicht vom Skopusberg aus auf die Stadt
hatte, auf Steine und Mauern, braun wie gebackenes Brot, und
zur anderen Seite hin auf die Wüste, schroff und zerklüftet, von
flimmernden Sonnenbänken bewacht. In der Ferne konnte
man sogar den Graben des Toten Meeres erahnen, tief und ge-
heimnisvoll.

Aber es wäre falsch, die Sache jetzt abzubrechen. Sie wusste,
dass sie an Raphael Lind dichter denn je herangekommen war
und dass ihre Suche Dinge in Bewegung gesetzt hatte, die sie
niemals geahnt hätte. Sie hatte Menschen kennengelernt, war
ihnen nahegekommen, hatte sie, wie Lev, lieb gewonnen, hatte
die Spuren zahlreicher Schicksale gelesen, die alle auf die eine

oder andere Weise mit Raphael Lind verknüpft waren. Es waren Menschen, die wie sie Antworten suchten. Sie hatte nicht mehr nur mit Elias Lind eine Abmachung – sondern auch mit Major Terry, mit Durlacher und Westmann, mit Desirée und Lev, mit Schlomo und Jossi. Und auch eine mit Raphael Lind. Sie war ihm so nahegekommen in den letzten Wochen, diesem unbekannten, ihr in vielem fremden Mann, dass sie nun alles daransetzen wollte, ihn zu finden und ihm zu helfen – wenn er noch am Leben war.

Und dann war da David Guggenheims Gesichtsausdruck, als sie im Garten vor ihm stand und er *Oh!* sagte. Einen Moment hatte er sie angesehen, als wolle er den Blick nicht wieder von ihr abwenden. Ginge sie jetzt, würde sie ihn nie wiedersehen.

Sie faltete den Brief zusammen und schob ihn vorsichtig in den Umschlag zurück. Dann setzte sie sich an den Tisch, um Lind zu antworten.

Ich bin nun so weit gegangen und stehe, wie so oft, an einem Scheideweg. Aber ich weiß, welchen Pfad ich von hier aus nehmen muss. Und wenn es danach nicht weitergeht, dann fahre ich zurück nach Hause.

Sie könnten es sich nicht verzeihen, wenn mir etwas zustoßen würde, haben Sie geschrieben. Und ich es mir nicht, wenn ich jetzt aufgeben würde. Sie wissen genug über Raphael, sagen Sie. Ich will alles wissen. Verstehen Sie das?

So endete ihr Brief.

4

Sie richtete sich auf und bat Lev, langsamer zu fahren. Die Straße führte durch ein Waldstück hinaus auf offene Felder. Es war früh am Morgen. Bodennebel lag über dem Erdinger Moos, Vögel stiegen daraus auf und tauchten wieder ein wie in einen schwebenden See. Sie schloss die Augen. Bilder zogen an ihr vorüber, wie durch ein Licht erhellt, und fielen wieder ins Dunkel zurück. Wie bei dem Diorama, das in ihren Kindertagen ein fliegender Schausteller in die Stadt gebracht hatte. Es zeigte in wechselndem Licht Szenen aus dem Jerusalem zur Zeit Salomos, noch wochenlang hatten sie diese in ihren Träumen verfolgt. Jetzt sah sie einen Mann mit einer dicken Brille, der sich die Augen rieb. Whitehall mit einer Zugbrücke, behelmten Wachen und Rundtürmen auf dem Dach. Einen schwarzen Wagen, der unter einem fahlen Licht am Straßenrand abgestellt war, und den Schemen eines Mannes, dessen Kopf auf dem Lenkrad lag. Desirée von Wallsdorff, die stumm vor Schreck mit einem Papier in der Hand im Wohnzimmer auf und ab ging. Elias Lind, der sich weinend über ein Buch beugte. Ein verlassenes Kind, das nach seiner Mutter schrie. Ofer Kis mit einer blutigen Mütze in der Hand.

Sie fuhr hoch. »Hab ich geschlafen, Lev?«

»Sie haben sich gesammelt«, sagte er. »Und dabei gesprochen.«

»Haben Sie etwas verstanden?«

»Dies und das.«

»Und zwar?«

»Irgendwelche Namen. Hebräische, englische, deutsche, als würden Sie eine Liste vorlesen.«

Er lächelte sie von der Seite an. »Meiner war nicht dabei.«

»Sie scheinen darüber froh zu sein?«

»Die Gesellschaft hat mir nicht gefallen, die Sie da versammelt haben.«

Sie näherten sich einem Dorf, Bauern hockten mit Körben voll Gemüse und Kartoffeln am Straßenrand. Eine Kolonne von Lastwagen der US Army stand auf einem Seitenweg. Am Rande des Feldes waren Panzerspuren und ein ausgebrannter deutscher Kübelwagen zu sehen. Hinter dem Ort weitete sich die Landschaft wieder, Lilya war, als führen sie in eine große Einsamkeit.

Lev lenkte den Wagen an den Straßenrand, stieg aus und verschwand hinter einem Gebüsch. Auf dem Weg zurück zum Wagen fingerte er aus der Hosentasche eine Zigarettenschachtel hervor.

»Es kann nicht mehr weit sein«, sagte sie.

Sie lehnten an der Tür, bis er aufgeraucht hatte. Die Sonne wurde kräftiger.

David Guggenheim hatte ihr Lev und den Wagen noch einmal überlassen. Aber er wollte diesmal noch genauer wissen, wo sie hinfahre, wann sie dort sein wolle, wie lange sie bleiben würde. Was um Himmels willen sie genau dort vorhatte.

»Wir sollten ihn verhaften lassen und dann befragen. In aller Ruhe, nach unseren Regeln«, hatte Guggenheim gesagt. In seiner Stimme war mehr als der mahnende Ton eines Vorgesetzten, der eine junge Frau von unüberlegten Handlungen abhalten wollte.

»Der Mann ist ein Verbrecher und gefährlich.«

»Entweder Wartenberg wird reden, oder er wird mich gar nicht erst vorlassen«, sagte sie. »Er wird nicht mit einer geladenen Schrotflinte am Fenster auf mich warten.«

»Er ist Teil eines Systems, und das System hat sich nach der Niederlage auf Schweigen, Leugnen, Relativieren verlegt. Jeder, der diese Mauer zu durchbrechen wagt, muss damit rechnen, dass …«

»Was?«

Guggenheim hob die Hände, als wolle er sich ergeben.

»Finden Sie nicht, dass Sie etwas übertreiben?«, sagte Lilya.

»Also gut, ich kapituliere. Und werde Sie von jetzt an nur noch Lilith nennen.«

»Lilya gefällt mir besser.«

»Lilith passt besser.«

»Weil?«

Guggenheim legte die Hände hinter seinen Ohren an den Kopf.

»*Es werden Wildkatzen auf Schakale treffen, ein ziegenbehaarter Dämon wird seine Gefährten rufen, und dort wird auch die Lilith verweilen* … Jesaja. Da steht es. Der Mann war ein Prophet. Also Lilith.«

Lilya blickte auf seine wackelnden Hände und lachte. »Lassen Sie es mich zumindest versuchen. Lev wird mich begleiten. Und ich werde sofort im Dickicht verschwinden, wenn mir irgendetwas seltsam vorkommt. Dann können Sie mit der Militärpolizei anrücken, ihn mitnehmen und verhören. Ich denke nur, ich bekomme allein und ohne Handschellen und Waffen mehr aus ihm heraus. Entweder er wird sprechen oder nicht.«

Guggenheim nahm ihre Hand, ganz unerwartet, und betrachtete sie, als wäre ihm selbst nicht klar, was er gerade tat. Sie spürte seine Wärme und ihr Herz.

»Wir hatten eine Verabredung«, sagte sie und wollte ihre Hand zurückziehen. Aber er hielt sie fest.

»Vielleicht können wir unsere Verabredung ein wenig erweitern«, sagte er.

»Was schwebt Ihnen vor, Lieutenant Guggenheim?«

Er zog sie an sich, legte seine Arme um ihren Körper und berührte mit seinen Lippen ihren Mund. Lilya glaubte zu fallen, ihr Körper entspannte sich, die Welt um sie herum verlor ihre Konturen. Dann ließ er sie los, legte kurz seine Hand an ihre Wange und sah sie an. In seinem Blick lag mit einem Mal ein ganz anderer Ernst.

»Ich weiß, ich sollte das nicht tun. Sie sind mit all dem, was Sie umtreibt, vergeben, besetzt, ich spüre das, und wir werden in diesem kleinen Weltausschnitt, in dem sich unsere Wege gekreuzt haben, nicht bleiben können. Wir müssen weiter, die Welt retten. Sie Ihre und ich meine. Aber manchmal kommt mir der Gedanke, wie es wohl wäre, wenn wir uns zu einer anderen Zeit und an anderem Ort kennengelernt hätten. Wenn Sie zum Beispiel bei Tishman & Fry an einem der Nachbartische gesessen, mich angelächelt und Ihr Glas gehoben hätten. Und an der Garderobe hätte ich Ihnen in den Mantel geholfen, und wir wären gemeinsam gegangen.«

»Ich trinke nicht mehr. Damit bin ich durch«, sagte sie. Guggenheim lachte.

Bevor er antworten konnte, sagte sie: »Ich höre jedoch aus diesen Überlegungen heraus, dass Mr. Guggenheim from New York der Gedanke an sich nicht zu schrecken scheint«, sagte sie.

Er schien nicht lange überlegen zu müssen. »Nein, Lilya«, sagte er. »Und wie ist es mit Ihnen?«

»Ich habe eine lange Autofahrt vor mir, um darüber nachdenken zu können.«

»Werden Sie mich das Ergebnis wissen lassen?«

»Alles, was ich auf meiner Fahrt in die Hölle herausfinden werde, sollen auch Sie wissen.«

Sie hatte ihre Tasche genommen, mit ihrer Wange die seine berührt und war gegangen.

Lev entdeckte das Hinweisschild zu spät. Er bremste scharf und setzte zurück. Von der Landstraße nach Markt Schwaben führte rechts eine ansteigende Zufahrt zu dem Gehöft hinauf. *Herrmannshof.* Das Holzschild war verwittert, kaum leserlich und hing schief an einer alten Linde. Sie bogen ab, und ein Vierseithof tauchte auf, mit angrenzenden Wohngebäuden für die Mitarbeiter und ihre Familien. Fast ein Schloss. Der gelbe Anstrich war abgeblättert, auf dem Dach fehlten Schindeln, und dem Wetterhahn war ein Teil des Schwanzes abhandengekommen, er drehte sich um die eigene Achse, als würde er ihn hinter sich suchen.

Lilya ließ Lev beim Wagen zurück, bat ihn, die Augen offen zu halten, und ging das letzte Stück zu Fuß. Hühner kreuzten ihren Weg, auf einer der Mauern zu den Stallungen schrie ein Pfau. Sie trug Zivil, ein hochgeschlossenes einfaches Kleid. Die Uniform des JOINT hatte sie in München gelassen.

Wartenberg lebe außerhalb des Schlosshofes, in einem der Wirtschaftshäuser, hatte Schlomo gesagt.

Sie fand das Haus, strich ihr Kleid glatt und hielt das schwarze Notizbuch, das sie in der Buchhaltung der UNRRA hatte ausleihen können, vor die Brust gepresst. Ihre Hände zitterten. Sie atmete tief durch und schellte.

Hinter der Tür näherten sich Schritte. Eine Frau öffnete, sie hatte hellblondes, im Nacken zusammengestecktes Haar und blaue Augen. Lilya schätzte sie auf Anfang vierzig.

Im Flur hinter ihr erschien ein Mann. Er war vielleicht zwanzig Jahre älter als die Frau, groß und schlank, mit korrektem Scheitel und wachen Augen. Über der sorgfältig gebügelten Anzugshose trug er ein weißes Hemd und einen grauen Pullunder, die Hemdsärmel hatte er bis zu den Ellbogen hochgekrempelt.

»Ich komme im Auftrag der amerikanischen Militärbehörde«, sagte Lilya, »ich schreibe einen Bericht über die Versorgungslage der Bevölkerung im Süden Bayerns und würde Ihnen, wenn Sie erlauben, gern ein paar Fragen stellen. Auf meiner Liste stand für dieses Haus der Name Wartenberg.«

Der Mann schob sich an der Frau vorbei, blickte aus der Tür rechts und links über den Hof und zur Straße, dann winkte er sie herein.

»Sie sind Jüdin, ihrem Akzent nach zu schließen aus Palästina«, sagte er. »Ich hoffe, Sie kommen allein.«

Lilya war überrascht.

»Ich habe allen Respekt vor Ihrer Rasse«, fügte er hinzu und schloss hinter ihr die Haustür. »Sie hat mich immer interessiert. Kommen Sie, folgen Sie mir.«

Wartenberg ging voran. Die Decke im Flur war niedrig, aus der Küche kam der Duft von Kaffee aus Zichorie. An der Wand neben dem Eingang hatte einmal ein Kruzifix gehangen. Geblieben war ein vom Sonnenlicht gezeichneter Umriss. Im Wohnzimmer, das zugleich als Ess- und Arbeitszimmer diente, räumte er ihr einen Stuhl frei.

»Was wir zu besprechen haben, können wir auch im Stehen erledigen«, sagte Lilya.

Wartenberg sah sie an. Er kniff die Augen zusammen. »Sagen Sie mir, was Sie von mir wollen. Sie sind doch nicht gekommen, um die Kartoffeln in unserer Speisekammer zu zählen?«, sagte er.

»Karl, bitte«, sagte die Frau, die ihnen ins Wohnzimmer gefolgt war, und legte ihre Hand auf seinen Oberarm.

»Ich suche nach Lebensspuren von Professor Raphael Lind«, sagte Lilya.

Sie hatte auf dem Weg zu Wartenberg lange überlegt, welche

Strategie sie wählen sollte, damit der Mann reden würde, und am Ende beschlossen, die Sache, hatte Wartenberg sie einmal vorgelassen, direkt anzugehen. Das hatte sich bewährt.

Wartenberg stieß einen leisen Pfiff aus. »Es gefällt mir, wenn Leute gleich auf den Punkt kommen, ohne Pirouetten zu drehen und im Konditionalis zu sprechen.«

»Mir auch«, sagte Lilya und schlug ihr Notizbuch auf. Dann sah sie ihn wieder an.

Wartenberg stand noch immer regungslos vor ihr, aber es schien in ihm zu arbeiten. »Wie kommen Sie darauf, dass gerade ich Ihnen bei dieser Suche helfen kann?«

Lilya sah in das Notizbuch, als wolle sie etwas nachlesen oder überprüfen. »Sie erinnern sich sicher an Doktor Durlacher«, sagte sie. »Er hat mir ein Dokument gezeigt, vom Reichssicherheitshauptamt, mit Ihrem Namen darauf. Und auch dem Namen Lind. Raphael Lind.«

Wartenberg schob seine Hände in die Hosentaschen und wandte sich zum Fenster. »Gute Arbeit, junge Frau«, sagte er und drehte sich dann wieder zu ihr um. »Also gut, wir werden sehen, ob ich Ihnen tatsächlich helfen kann. Aber lassen Sie uns unseren Austausch für einen kleinen Spaziergang nutzen. Um diese Zeit ist die Luft noch klar, und der morgendliche Ausflug in unsere Wälder ist mir zu einem lieb gewonnenen, ja fast unausrottbaren Ritual geworden. Man sieht die Dinge danach klarer.«

Er blickte an Lilya hinunter.

»Haben Sie die richtigen Schuhe an? Wir hätten noch welche aus Wehrmachtbeständen«, sagte Wartenberg und wandte sich an die blonde Frau, »bestes Material.«

Lilya lehnte dankend ab. Sie zögerte, ob sie sich auf den Weg in den Wald einlassen sollte. Mit geübtem Blick musterte sie Wartenberg und stellte schnell fest, dass er keine Waffe trug. Er wirkte sportlich, fast athletisch, wie jemand, der in den Bergen und Wäldern zu Hause war.

Gleich hinter dem Haus bogen sie in einen Feldweg ein. Er führte am Waldrand entlang. Sie hätte Lev Nachricht geben müssen. Er musste wissen, wo sie war, was sie unternahm. Doch Lev würde jetzt nichts ahnend bei heruntergekurbeltem Fenster im Auto sitzen, ein Nickerchen halten und zwischen zwei Träumen eine Zigarette rauchen.

Wartenberg ging voran und wies auf einen Hochsitz. »Die Landschaft im Norden Münchens kann sich mit der im Süden nicht messen«, erklärte er. »Wenn Sie dennoch einen Blick darauf werfen wollen, klettern Sie hinauf. Sie müssten bis Thalkirchen schauen können, die Kirche dort ist berühmt für ihre Deckenmalereien. Sie hat uns eine Zeit lang gute Dienste geleistet.«

»Als Raubdepot?«, sagte Lilya.

»Nein«, sagte Wartenberg, »Werterhaltung! Aus Verantwortung für unser deutsches Kulturgut. Wir mussten es vor dem alliierten Terror in Sicherheit bringen.«

Sie ärgerte sich, dass sie ihn hatte reizen wollen. Noch immer konnte sie nicht ausmachen, für wen Wartenberg sie hielt, ob er wirklich bereit war, offen mit ihr zu reden. Im Grunde wunderte es sie, dass sie überhaupt so weit gekommen war. Irgendetwas führte Wartenberg im Schilde, von irgendeiner Absicht ließ er sich ganz offenbar leiten, er hätte sie schnell und mit leichter Hand abweisen können. Auf jeden Fall hatte er unmerklich die Führung übernommen, sie musste auf der Hut sein.

Hinter dem Hochsitz führte ein Weg in den Wald. Lilya entdeckte Hufspuren, die sich im Laub verloren. Es wurde kühler, die Feuchtigkeit des Morgens lag noch in der Luft. Auf den Farnen glänzte der Tau. Lilya fröstelte. Wartenberg musste es bemerkt haben. »Ein kleines Stück noch«, sagte er, »dann sind wir an der Lichtung. Dort haben Sie die Sonne wieder. Nicht Ihre Wüstensonne, zwar, aber auch unsere deutsche Sonne macht ordentlich was her, wenn sie will.«

Die Lichtung war kreisrund, als sei sie von Menschenhand

angelegt worden. In der Mitte war eine Senke mit einer Feuerstelle. Verkohltes Holz und etwas, das sie für Tierknochen hielt, lagen dort. Ein leichter Wind ging über die Wipfel, der Himmel war nun gänzlich blau.

Wartenberg setzte sich auf einen umgestürzten Baum und forderte sie mit einer Handbewegung auf, neben ihm Platz zu nehmen. Er blickte in den Wald und bedeutete ihr, nicht zu sprechen. Er hob den Kopf. Seine Augen suchten den Rand der Lichtung ab.

»Ich kann davon ausgehen, dass Ihnen niemand gefolgt ist?«, sagte er.

»Niemand«, antwortete sie.

Er legte den Finger auf den Mund. »Haben Sie das auch gehört? Dieses Knacken? Vielleicht ein Tier.«

Lilya richtete sich auf. Es war tatsächlich unwahrscheinlich, dass ihr jemand gefolgt war. Und doch, irgendetwas nagte an ihr, vielleicht auch nur die Erfahrung, die sie gelehrt hatte, dass das Unwahrscheinliche im Handumdrehen das Wahrscheinliche werden konnte. Der Mann, den Terry Everett Harp genannt hatte, hatte sie gefunden. Und zwar immer wieder.

Noch einmal lauschte Wartenberg. Nur der Wind war zu hören, das Zwitschern der Vögel, und weit über ihnen das Rauschen der Blätter. Er wandte sich wieder Lilya zu.

»Ich bin nicht naiv. Es ist nur eine Frage der Zeit, bis Ihre Freunde kommen, um mich abzuholen. Ich war beim Reichssicherheitshauptamt, dann Offizier fürs Heereswaffenamt. Die meisten meiner Kameraden sind tot oder warten in Nürnberg auf ihren Prozess. Sie können sich vorstellen, dass ich kein Interesse habe, ihnen dort Gesellschaft zu leisten.«

Lilya verstand nicht, worauf Wartenberg hinauswollte.

»Auch mir ist, nachdem Sie hier aufgetaucht sind, sehr daran gelegen, dass Sie Raphael Lind finden«, fuhr er fort, »denn ich habe ihn beschützt, mir hat er zu verdanken, dass er noch lebt, wenn er denn noch lebt. Ich habe ihn gerettet. Und ich kann mir vorstellen, dass das ein entschieden anderes Licht auf meine Causa werfen wird, sollten Richter mich befragen wollen.«

Lilya hob die Augenbrauen. So war das also. Noch einer, der sie für seine Zwecke einzusetzen versuchte. Doch sie hatte keine Wahl, Wartenberg bot eine einzigartige Spur. Und er würde reden. Und im Stillen hoffte sie, dass ihn das auch nicht retten würde.

»Sie schickt wirklich der Himmel, junge Frau, wenn es denn einen gibt«, sagte Wartenberg.

Sie hatten Lind vor allem für die Resistenzgasforschung gebraucht, erklärte Wartenberg, ohne Forschung kein Sieg. Auf der Basis von Haber, Lommel, Steinberg und den anderen war es ihnen gelungen, Tabun zu entwickeln, und wenig später ein noch viel giftigeres Gas, Sarin. Ihre Leute hatten auch mit Chlortrifluorid, einer Interhalogenverbindung, experimentiert, N-Stoff genannt. Hochgiftig und zudem so entzündlich wie keine andere Verbindung. Dagegen hätte selbst Benzin die Brenneigenschaften von Wasser. Sogar das Meer könne man damit anzünden, fuhr Wartenberg fort, den Kanal, und so mit Feuer und Schwert nach England ziehen, davon seien die Forscher überzeugt gewesen.

»*Operation Feuersee*«, sagte Lilya.

Wartenberg sah sie erstaunt an, dann mischte sich Anerkennung in seinen Gesichtsausdruck. »Ich sehe, Sie haben Ihre Hausaufgaben gemacht.« Noch einen Moment ruhte sein Blick auf ihr, dann fuhr er fort. »Doch es gab ein Problem: Wir konnten diese Waffen nicht einsetzen.«

Lilya dachte an eines ihrer Gespräche mit Terry. Der Einsatz von Kampfgas im Ersten Weltkrieg hatte gelehrt, dass es nicht nur eine Gefahr für den Feind, sondern auch für die eigenen Leute darstellte. Denn die Antwort auf Gas war Gas. Man brauchte Gegenmittel, Schutz – und so kam Lind ins Spiel.

In dieser Phase hätten sie überraschend einen Hinweis bekommen, sagte Wartenberg. Ein Mann habe sich bei ihnen gemeldet, der behauptete zu wissen, wer ihnen helfen könnte. Er habe mit leichtem Akzent gesprochen, den Namen Lind genannt und ihnen gegen Geld, viel Geld, verraten wollen, wo sie ihn finden könnten.

»Ich hatte keine Ahnung, dass Lind überhaupt noch im Lande war. Ein Wissenschaftler von seiner Reputation! Oder ob er überhaupt ...«

»... noch am Leben war«, sagte Lilya. »Was Ihnen, so wie Sie und Ihre Leute sich aufgeführt haben, eher unwahrscheinlich erschienen sein dürfte.«

Lilya biss sich auf die Zunge, doch Wartenberg ging nicht auf ihre Bemerkung ein.

»Wissen Sie, wer es war, der Ihnen den Professor angeboten hat, und haben Sie ihn für diese Information bezahlt?«

Wartenberg lachte auf. »Ich bitte Sie. Lind war unser Mann, wieso hätten wir für ihn bezahlen sollen. Für unsere Leute war es ein Kinderspiel, herauszufinden, wo er sich aufhielt. Ein paar Aktenabgleiche, ein paar Telefonate, ein paar Nachfragen. Innerhalb kürzester Zeit hatten wir ihn gefunden. Er wohnte noch immer in seinem Haus in Dahlem.«

»Der Informant ging also leer aus?«

»Selbstverständlich. Er hatte telefonisch zu uns Kontakt aufgenommen, und wir machten ihm schnell deutlich, dass er das in Zukunft unterlassen solle«, sagte Wartenberg. »Doch dann passierte Folgendes: Um den Druck zu erhöhen und vielleicht doch noch an Geld zu kommen, versuchte er es noch einmal, auf andere Weise. Der Mann sagte, er wisse aus sicherer Quelle, dass britische Agenten planten, Lind zu entführen. Ihn nach England zu verbringen. Da hatten wir Lind aber schon zu uns geholt.«

Lilya horchte auf.

Nachdem er auf Lind aufmerksam geworden sei, habe Wartenberg sofort Kontakt mit Rosenberg aufgenommen. Im Oktober 1941 sei Lind in seinem Auftrag aus Dahlem abgeholt worden, einschließlich seines gesamten Forschungsmaterials. Der ERR habe ihn dann der »Gruppe Durlacher« zugestellt und ihn ganz in der Nähe in einem Zimmer untergebracht. Mit dem Rosenberg-Stab hätten sie ihn auch nach Wilna geschickt, und zwar vor den Einsatztruppen. Feldforschung. Wartenberg sei nicht wohl bei der Sache gewesen, er habe vom Büro Himmler Garantien verlangt. Lind sei für ihn wertvoll gewesen wie kein anderer, und er habe ihn nicht, kaum gewonnen, wieder verlieren wollen.

Hohläugig, dürr und verstört sei Lind schließlich aus Wilna zurückgekehrt. Von dem selbstsicheren, aufrechten und auch oft abweisend wirkenden Wissenschaftler, den Wartenberg kennengelernt hatte, sei nichts mehr übrig gewesen.

»Ich suchte ihn in der Eisenacher Straße auf«, erklärte Wartenberg. »und sagte ihm, was wir von ihm erwarteten. Forschung für den Sieg.«

Was waren das für Brüder, musste Lilya denken. Während Elias, halb blind, vom Giftgas versehrt und von der Familie abgewandt, im fernen Palästina einen Roman schrieb, der ihn dort für kurze Zeit berühmt machen sollte, ließ sich der ältere, Raphael, von den Nazis für ihre Sache einspannen. Zugleich war er Spion und Zuträger der Engländer, unentdeckt, unglücklich liebend, und so oder so, was immer er tat – verloren. Lilya wollte wissen, wie es weiterging.

»Als die Angriffe auf Berlin heftiger wurden, musste ich Lind und seine Apparaturen in Sicherheit bringen. Das war im Sommer 1943«, sagte Wartenberg.

In Lobenberg am See, nicht weit von Berlin, habe er damals ein altes Gutshaus gefunden. Es lag im Wald, das Anwesen war kaum einsehbar. Das Bootshaus sei in ein Labor umfunktioniert worden, es wurde sogar ein Trafo herbeigeschafft. Und auch ein Auto habe Lind bekommen, seinen Wanderer habe er verkaufen müssen, wie er erzählte. Sie hatten versucht, ihm seinen Aufenthaltsort so angenehm wie möglich einzurichten, hatten seinen Schreibtisch bringen lassen, sogar seine Geige überarbeitet und gestimmt. Nur habe er das Gebiet des Gutes, seine Waldungen und Felder nicht verlassen dürfen.

Wartenberg sah sie mit einem hintergründigen Lächeln an und machte eine kurze Pause. Nicht ganz ohne Stolz sagte er, Lind sei bald so etwas wie der heimliche Leibarzt des Führers geworden. Denn Wartenberg hatte bis in die obersten Ebenen gestreut, Lind stünde kurz vor der Entdeckung eines Therapeutikums gegen Krebs. Nicht irgendeinen Krebs, Kehlkopfkrebs. Er hätte nur darauf zu warten brauchen, bis diese Nachricht den Führer erreichte. Seit einem Kehlkopfinfekt hatte Hitler in Angst gelebt. Der Tod Kaiser Friedrichs III., der 1888 an unheilbarem Kehlkopfkrebs gestorben war und Hitler regelrecht verfolgte, hatte Wartenberg dabei in die Hand gespielt. Lind habe schließlich auf geheimen Befehl des Führers weiterforschen dürfen, obwohl die deutschen Truppen an der Ostfront bereits zurückgedrängt wurden und ein Feuersturm auf England schon lange nicht mehr oberste Priorität hatte. Aber Gas war nach wie vor eine Waffe und eine Option.

Eines Tages sei dann der Sicherheitsdienst nach Lobenberg am See gekommen, um Lind abzuholen. Wartenberg hatte sofort versucht Himmler zu informieren, der sich aber verleugnen ließ. Über Karl Brandt, vom Führer zum Generalbeauftragten für die medizinische Forschung ernannt, hatte er auch Hitler in Kenntnis setzen wollen.

Als Wartenberg Lind schließlich in der Prinz-Albrecht-Straße gefunden habe, seien sie gerade mitten in der Befragung gewesen. Es ging um Auslandskontakte, die Weitergabe von Informationen, doch es fehlten die nötigen Beweise. Und so hatte

Wartenberg es geschafft, Lind mit Verweis auf den Führer zurück nach Lobenberg zu bringen. Er sei nun rund um die Uhr von der SS bewacht worden.

»Ende 1944 wurde die Giftgasforschung eingestellt«, schloss Wartenberg seinen Bericht, »aber ich wollte nicht aufgeben und sagte Lind nichts von alledem. Die SS dachte, er forsche noch immer an einem Mittel gegen Krebs. Im April 1945 starb der Führer, und ich wusste, dass es nun an der Zeit war, mich um mich selbst zu kümmern.«

»Wissen Sie, was die Vermutung der Abwehr war, als sie Lind abholen ließen?«, fragte Lilya.

»*Nature*«, sagte Wartenberg, »Sie kennen die Zeitschrift? Es gab Hinweise, dass Lind in den Dreißigern auch nach dem Verbot in Deutschland mit diesen Leuten zusammengearbeitet hat. Aber man konnte es ihm nicht nachweisen. Auch ich ging der Sache nach, und in diesem Zusammenhang fiel mir auch der Informant am Telefon wieder ein. Ich war mir plötzlich sicher, dass er mit der Sache, wie auch immer, zu tun haben musste. Woher hätte der Fremde am Telefon sonst wissen sollen, was Lind wusste und dass sein Wissen für uns von so hohem Wert war?«

»Und Sie haben nichts weiter unternommen?«, sagte Lilya.

»Nein. Zwischen uns war eine Art Freundschaft entstanden«, erwiderte Wartenberg.

»Wie ergreifend«, sagte Lilya, »ich glaube weit eher, Sie waren von der Idee besessen, mit Linds Hilfe noch einmal den Ausgang der Weltgeschichte zu wenden. Immerhin hatten Sie mit großem Risiko und persönlichem Einsatz das Labor am See eingerichtet. Sind Sie schon einmal auf den Gedanken gekommen, dass Lind auch Ihre Geheimnisse verraten hat? Ihre Forschungsergebnisse in Sachen Giftgas?«

Er lächelte. »Seit dem Vorfall in der Prinz-Albrecht-Straße hatte Lind bestimmt keinen Kontakt mehr ins Ausland. Er wurde ja rund um die Uhr bewacht. Und davor? Ich weiß es nicht. Doch um etwas zu unternehmen, war es ohnehin zu spät.«

»Wissen Sie heute, wer dieser Informant war?«, sagte Lilya. Bisher stimmte alles, was sie von Wartenberg zu hören bekam, mit dem, was Green ihr erzählt und Terry kombiniert hatte, überein. Vielleicht würde sie durch Wartenberg nicht nur Lind finden, sondern auch noch ihren Verfolger identifizieren können.

»Nein«, sagte Wartenberg, »aber ich vermute, dass es ein Überläufer aus Whitehall gewesen sein könnte, jedenfalls spricht einiges dafür – der Akzent, die *Nature*-Theorie, die geplante Entführung. Da gab es einen, der eine englische Mutter und einen deutschen Vater hatte und angeblich irgendwann von den Russen angeheuert worden ist, die besser bezahlten als die Engländer und ihm eine große Zukunft in Stalins Reich versprachen. All das würde passen.«

Everett Harp. Colm O'Madden. Major Turntide. Terry würde staunen.

»Glauben Sie, Lind hat gewusst, dass er irgendwann sein Wissen an die falschen Leute weitergab? An Abtrünnige, Verräter, Geschäftemacher?«

»Er gab es an die Engländer weiter, mehr dürfte er nicht gewusst haben«, sagte Wartenberg.

Mittlerweile war es wärmer geworden, die Sonne stand hoch über den Wipfeln. Lilya hatte keine Ahnung, wie lange sie schon hier saßen. Und zu dem ihr wichtigsten Punkt waren sie noch immer nicht gelangt: Wann hatte Wartenberg Lind zum letzten Mal gesehen?

Sie wollte wieder ansetzen, Wartenberg kam ihr jedoch zuvor. »Und Sie sagten, Sie hätten mich über Doktor Durlacher gefunden? Darf ich fragen, woher Sie ihn kennen?«

»Ich habe bereits eine lange Reise hinter mir. Aber was mich schließlich auf den Weg hierher gebracht hat, war ein Buch«, sagte Lilya.

»Sein Buch der Bücher? Ich kenne es, Lind hing sehr daran. Das Verzeichnis seiner väterlichen Bibliothek. Sie umfasste Tausende von Bänden, wir haben alle konfisziert. Dass ich ihm das Buch mit dem goldenen Exlibris gelassen habe, hätte mir eine Menge Ärger bereiten können, wenn Rosenberg davon erfahren hätte. Aber es gab Phasen, da musste ich irgendetwas tun, was den Professor wieder aufbaute.«

»Wie meinen Sie das?«

»Er hatte einen schweren Verlust zu verkraften«, sagte Wartenberg und hielt kurz inne.

»Vivien Olsen? Lind hat also von ihrem Tod erfahren? Wie hat er reagiert?«, sagte Lilya.

»Ich habe es ihm erst sehr viel später gesagt, ich glaube 1943, und damit unser Projekt stark gefährdet. Aber er hat immer wieder nach ihr gefragt, er wollte sie sehen, wissen, wie es ihr geht. Er muss sie sehr geliebt haben. Nachdem ich ihn die Wahrheit hatte wissen lassen, fürchtete ich, dass er sich etwas antun würde. In dem Buch lag ein Foto, er hatte es wohl irgendwann darin vergessen. Es zeigte ein Haus im Wald. Nichts Besonderes, aber er nahm es immer wieder zur Hand und betrachtete es.«

»Und was ist mit Lind geschehen, nachdem Sie beschlossen hatten, dass Sie sich jetzt um sich selbst kümmern mussten?«, fragte Lilya.

Wartenberg erhob sich und vergrub seine Hände in den Hosentaschen. Sein Blick schweifte über den Rand der Lichtung. »Er sollte erschossen werden. Liquidiert. Und mit ihm all sein Wissen. Ich sollte das erledigen.«

Lilya stand ebenfalls auf und schaute ihm in die Augen. »Aber Sie haben es nicht getan.«

»Nein! Ich habe ihn gerettet. Und zwar gleich mehrfach. Er wurde immer schwermütiger, und vielleicht ging er irgendwann fest davon aus, ich würde ihn erschießen. Jedenfalls hat er versucht, sich zu vergiften. Ich fand ihn gerade noch rechtzeitig.

Ich wusste nicht, was ich tun sollte, die Rote Armee stand nicht mehr weit vor Berlin, der Führer war tot, ich musste zusehen, dass ich irgendwo untertauchte. Aber Lind war mir nahe. Ich habe ihn zum Bahnhof geschleppt und in einen der Züge Richtung Westen gesteckt. Es war ein Evakuierungstransport, er ging, glaube ich, nach Belsen.«

Lilya atmete auf. »Das ist alles? Danach haben Sie nichts mehr von ihm gehört?«

»Nein. Umso mehr würde es mich freuen, wenn Sie ihn finden würden.«

Schweigend verließen sie die Lichtung und gingen zurück durch den Wald, der jetzt heller wirkte. Beim Hochsitz, das Haus war schon in Sichtweite, hörten sie das Geräusch von Motoren. Wagen näherten sich dem Gut.

Als sie das Haus erreichten, fuhren zwei Jeeps der US Army auf den Hof und bremsten scharf. Militärpolizisten sprangen heraus. Im vorderen Wagen saß ein Offizier. Er stieg aus und kam auf das Haus zu, begleitet von zwei Soldaten. Der andere Jeep fuhr hinter das Haus und blieb dort mit laufendem Motor stehen.

Der Offizier und seine beiden Männer kamen auf Lilya und Wartenberg zu.

»Mr. Wartenberg«, sagte der Offizier, »mein Name ist Jonathan Lustig, Captain der 7. US Army. Ich muss Sie bitten, uns zu begleiten.« Sein Deutsch war nahezu akzentfrei.

Wartenberg nahm Haltung an und warf Lilya einen vielsagenden Blick zu. Sie wusste, was in ihm vorging. *Niemand*. Niemand sei ihr gefolgt. Das hatte sie gesagt.

In der Tür war die blonde Frau aufgetaucht, die Angst stand ihr ins Gesicht geschrieben.

»Sie werden gewiss erlauben, dass Frau Stock und ich noch ein paar Dinge einpacken. Ich nehme nicht an, dass wir heute Abend schon wieder zurück sein werden«, sagte Wartenberg.

Der Offizier nickte, einer der Soldaten begleitete die beiden mit dem Gewehr unter dem Arm ins Haus. Wartenberg blickte noch einmal zu Lilya, dieses Mal schien er sagen zu wollen: *Finden Sie Lind!*

5

Können wir reden, oder muss ich mit meiner standrechtlichen Erschießung rechnen?«

»Erst das eine, dann das andere«, sagte sie und nahm einen Schluck aus dem Wasserglas, das sie in der Hand hielt.

David Guggenheim hatte sich von der Seite genähert. Sie saß auf einer Bank im hinteren Teil des Gartens der Villa. Der Morgen bei Wartenberg steckte ihr noch immer in den Knochen, die Anspannung vor dem Treffen, die schleichende Unsicherheit während des langen Gesprächs mit ihm – bis zum Schluss hatte sie mit der Frage gerungen, ob Wartenbergs Verhalten nur eine Falle war. Sie hatte Kopfschmerzen, und ihr war noch immer übel von der schnellen Fahrt. Nun stand Guggenheim vor ihr, aber es stand auch etwas zwischen ihnen. Er hatte sich nicht an ihre Abmachung gehalten, sondern die MP geschickt, bevor sie nach München zurückgekehrt war. Vielleicht hätte sie noch mehr aus Wartenberg herausholen können, aber der vorschnelle Einsatz hatte das vereitelt.

»Es gab keine Alternative«, sagte er. »Es mag nicht der richtige Zeitpunkt gewesen sein, aber nachdem Sie so lange ausgeblieben waren, musste ich handeln. Zudem habe ich durch unsere Aktion meine Pflicht verletzt, ich hätte ihn gleich verhaften lassen müssen, nachdem ich seinen Aufenthaltsort wusste. Stattdessen habe ich Ihnen einen Vorsprung gelassen.«

»Sie sind kein Soldat, sondern Mitarbeiter der UNRRA. Einer Hilfsorganisation.«

»Wir sind der Army unterstellt. Und ich bin Amerikaner.«

Sie seufzte. Auch wenn es ihr ganz und gar nicht passte, Guggenheim hatte recht. Wäre die Situation mit Wartenberg außer Kontrolle geraten, wäre sie um Guggenheims Pflichtbewusstsein froh gewesen.

Er stand vor ihr, die Hände in den Hosentaschen, den Kopf zu ihr geneigt, und lächelte sie an.

»Na gut«, lenkte sie ein, »mildernde Umstände für den Stab Guggenheim. Aber ich hätte mir durchaus zu helfen gewusst.«

»Kampferprobt, ich weiß. Das hat Ihnen in Berlin aber auch nicht wirklich geholfen.«

Bevor Lilya etwas erwidern konnte, setzte er sich neben sie auf die Bank und legte den Arm um ihre Schultern.

»Ich weiß, was Sie geleistet haben, und ich kenne kaum jemanden, der so weit gekommen wäre wie Sie, Lilith. Aber manchmal denke ich, Sie sind sich noch immer nicht der Tragweite dessen, worauf Sie sich da eingelassen haben, bewusst. Der britische Geheimdienst, ein Nazi mit einem Führungszeugnis, das mit Blut und Lügen geschrieben ist, ein unbekannter Verfolger, der Ihnen nachstellt, das sind alles Leute, die jeder auf seine Weise vor nichts zurückschrecken.«

Guggenheims Argumente waren nicht von der Hand zu weisen, aber das machte es nicht besser. Es war ihre Sache, und sie wusste, was sie tat. »All das ist mir nicht neu. Seitdem ich unterwegs bin, lebe ich mit diesem Wissen. Und ich lebe.«

Guggenheim stand auf und begann, vor der Bank auf und ab zu gehen. Kurz darauf blieb er abrupt stehen und wandte sich ihr zu. »Dann hören Sie auf, die einsame Heldin zu spielen. Ich will Ihnen helfen, nur darum geht es mir!« Er betrachtete sie von oben bis unten. »Wo haben Sie nur all den Starrsinn her?«, sagte er und schüttelte den Kopf.

Lilya musste lachen. Genau das hatte sie von Major Terry gehört. Sie stand auf und griff nach seiner Hand. »Also gut, David, aber dann müssen Sie mir versprechen, dass Sie sich auf keine Abmachungen mehr einlassen, von denen Sie von vornherein wissen, dass Sie sie nicht einhalten können oder wollen – ob aus Fürsorge oder Pflichtgefühl oder was auch immer.«

»Gut.« Er führte ihre Hand an seine Lippen und küsste sanft ihre Fingerspitzen. Sie setzten sich beide wieder auf die Bank. »Dann werde ich Ihnen jetzt erzählen, was ich über Wartenberg herausgefunden habe.«

Lilya war erstaunt.

»Die Sache hat mir keine Ruhe gelassen, und ich habe ein paar Akten einsehen können. Ich wollte ganz genau wissen, mit wem Sie es da zu tun bekommen. Wartenberg war in Wilna dabei, hat nach der Auflösung des Ghettos die Erschießungen überwacht. Vielleicht auch mitgemacht. Wir suchen noch nach Belegen, Zeugenaussagen, Dokumenten. Und er hat Zwangsarbeiter beschäftigt. Häftlinge aus den KZs mussten seine Wunderbomben mit Gas befüllen. Tabun. Er wusste von den Versuchen Karl Brandts, Hitlers Teufelsdoktor, hat die Menschen mit ausgewählt, die bei seinen Kampfgasversuchen eingesetzt werden sollten. Ihm musste klar sein, dass wir das alles wissen.«

»Mir hat er eine weit positivere Geschichte erzählt, die vom guten Soldaten. Aber er hatte ganz offenbar großes Interesse daran, dass ich Lind finde.«

Guggenheim sah sie überrascht an.

»Er behauptet, ihn gerettet zu haben, indem er ihn für die Resistenzgasforschung einsetzte. Er sagte, er habe ihn vor der SS geschützt, und Lind würde, wenn ich ihn fände, ohne Frage zu seinen Gunsten aussagen.«

»Lachhaft!«

»Allerdings. Aber Wartenberg scheint darin seine einzige

Chance zu sehen, wenn ihm in Nürnberg der Prozess gemacht wird, und damit muss er nun rechnen. Deswegen war er überaus auskunftsfreudig, hat mir nicht nur Dinge erzählt, die Terrys und Greens Vermutungen belegen, sondern auch, wann und unter welchen bizarren Umständen er Lind zum letzten Mal gesehen hat.«

»Jetzt bin ich gespannt.«

Lilya lehnte sich zurück und streckte die Beine aus. »Als sich die Rote Armee Berlin näherte, hat Lind, weil er sicher war, er würde nun liquidiert werden, sich zu vergiften versucht. Und hat, wohl mithilfe Wartenbergs, überlebt. Der hat ihn, so behauptet er, anschließend in einem der letzten Evakuierungszüge untergebracht, die nach Westen gingen.«

»Hat er auch gesagt, wohin genau?«

»Zielort Bergen-Belsen.«

Guggenheim griff nach der Zigarettenschachtel, sie sah, dass seine Hände unruhig waren. »Eine weitere Spur, gut.« Er zündete die Zigarette an, blies ganz langsam den Rauch aus. »Geben Sie mir ein paar Tage, dann wissen wir, ob diese Spur zum Ende der Geschichte führt.«

Sie hatte nicht mit Captain Lustig gerechnet. Er saß mit Guggenheim in dessen Büro, vor ihnen auf dem Tisch lagen Landkarten ausgebreitet, auf denen sie handschriftliche Vermerke erkennen konnte. Durch die geöffnete Tür zum Garten drang Vogelgezwitscher, das Schaukelgerüst lugte über die Hecke. Eine große, silberne Kanne mit Kaffee stand auf dem Tisch, daneben entdeckte sie halb volle Tassen. Zucker war achtlos auf dem Tisch verstreut, und der Aschenbecher quoll über.

Guggenheim sah von den Karten auf und lächelte. Er kam auf sie zu und führte sie zum Tisch.

Captain Lustig war ebenfalls aufgestanden und begrüßte Lilya mit einem Händedruck. Er wollte etwas sagen, doch Guggenheim kam ihm zuvor. »Jonathan und ich kennen uns schon viele Jahre, er ist ein guter Freund und ein glänzender Soldat.«

»David, ich denke, dass Miss Wasserfall keine Lobreden hören will, sondern Fakten. Zumal: Wenn all das stimmt, was ich vermute, sollten wir uns sputen.«

Erst jetzt nahm sie wahr, dass Lustig kaum größer war als sie. Er hatte braune, wache Augen und dunkles, borstiges Haar. Sie setzten sich. Guggenheim schob eine Tasse zu ihr hinüber, aber sie wollte keinen Kaffee.

»Captain Lustig hat einen Plan«, sagte Guggenheim und sah mit dem Anflug eines Lächelns zu Lilya, »und zwar einen ziemlich guten, wie ich finde. Jonathan?«

»Eine Vielzahl von Transporten ging in der Schlussphase des Krieges ins Innere des Reichs, zunächst aus den Konzentrationslagern in Frontnähe, später auch aus dem Osten und Süden des Landes. Die Nazis nannten sie Evakuierungstransporte ...«

»Evakuierungstransporte? Todesmärsche waren das und Todeszüge«, unterbrach ihn Guggenheim.

»So ist es«, bestätigte Lustig und fuhr dann fort, »Bergen-Belsen war eine der Anlaufstationen. Das wusste Wartenberg, als er beschloss, den Professor nicht zu töten oder töten zu lassen.«

Lilya spürte, dass sie unruhig wurde. »Wie groß ist die Wahrscheinlichkeit, dass der schwer geschädigte Lind diese Reise überstanden hat?«, fragte sie.

»Schwer zu sagen«, antwortete Lustig. »Aber ich fürchte, gering. Selbst wenn er die Fahrt überlebt hat, in Belsen herrschte im Frühjahr 1945 die Apokalypse. An die sechzigtausend Gefangene, gut zehntausend Leichen, als die Engländer dort eintrafen. Das Lager war nur auf einige Tausend ›Bewohner‹ ausgelegt.«

»Nehmen wir einmal an, Lind hat es bis dorthin geschafft. Besteht irgendeine Aussicht, im Lager eine Spur von ihm zu finden?«

Lustig sah sie an.

»Ich könnte es mir leicht machen: Suchen Sie das Bein eines Flohs in einer Scheune. Ohne Licht und bei Nacht.«

Sie merkte, dass er noch etwas sagen wollte.

Lustig zündete sich eine Zigarette an und lehnte sich zurück. »Allerdings ...« Er machte eine Pause. »Ich hab mich ein wenig vor Ort erkundigt.«

Guggenheim stieß einen Pfiff aus, als wollte er sagen: Achtung, jetzt kommt's.

Die Tür ging auf. Einer der Mitarbeiter Guggenheims kam herein und reichte ihm ein Telegramm. Er dankte, warf einen kurzen Blick darauf und gab es Jonathan Lustig. Dessen Züge hellten sich auf.

»Doktor Alfred Caposi. Unser Mann. Hat mit General Glyn Hughes zusammengearbeitet.«

Lilya sah ihn prüfend an.

»Glyn Hughes, Brigadegeneral«, erklärte Lustig, »oberster Sanitätsoffizier der zweiten britischen Armee. Er war zusammen mit Caposi 1945 als einer der Ersten am Ort. Sie haben die medizinische Organisation übernommen. Seine Verdienste füllen Bände. Sie haben sogar ein Krankenhaus nach ihm benannt, das Glyn Hughes Hospital, etwas abseits des Lagers. Caposi war seine rechte Hand.«

»War? Klingt, als arbeite dieser Doktor nicht mehr für den General«, sagte Lilya.

»Ja und nein. Eine längere Geschichte.«

»Die Kurzversion, Jonathan«, sagte Guggenheim. In seiner Stimme lag Ungeduld.

»Die Ärzte sind mit dem, was sie dort gesehen haben, unterschiedlich umgegangen. Jeder musste es auf seine Weise verarbeiten. Caposi hat fast ein Jahr wie alle anderen gut funktioniert. Hat mit ganzer Kraft geholfen, die Überlebenden wieder ins Leben zurückzuführen. Bis irgendeine Sicherung bei ihm durchbrannte ...«

»Etwas genauer, bitte.«

»Er wurde, wie soll ich sagen, wunderlich. War nicht mehr belastbar. Er hätte zurück nach England gehen können. Müssen. Er war hoch angesehen, bei den Truppen, bei den Bewohnern des Camps. Aber er weigerte sich. General Hughes hat ihm zu Hause alle erdenkliche medizinische Hilfe in Aussicht gestellt. Vergebens. Es wurde von Befehlsverweigerung gemunkelt, aber keiner wagte es, offen darüber zu sprechen. Caposi stand unter dem Schutz von Glyn Hughes, niemand wollte dem verdienten Offizier zu nahe treten.«

»Und jetzt?«

»Caposi wird geduldet, das Kommando und er belauern sich gegenseitig. Er ist von Hohne nach Lüneburg gezogen. Lebt dort in einem großen Haus. Er hat Zeit und kennt sich vor Ort gut aus.«

Guggenheim sah Lilya an.

Lustig schien ein wenig verlegen, als er es bemerkte. »Ich weiß, ein eher ungewöhnlicher Vorschlag. Aber Caposi hat gleich nach der Befreiung den Überlebenden geholfen, die Listen der Lager-bewohner zu schreiben, nachdem die Deutschen alle Aufzeich-nungen vernichtet hatten ... jeden einzelnen Namen hat er no-tiert. Wenn jemand über Raphael Lind Bescheid wissen kann, dann er.«

»Die Wahrscheinlichkeit, dass sich der Name Lind auf dieser Liste findet, dürfte gering sein. Und selbst wenn, ist kaum anzu-nehmen, dass er immer noch am Leben ist«, sagte Lilya.

Guggenheim sah sie erstaunt an. »Sie werden doch jetzt nicht aufgeben?«

Lustig blickte sie beide an. »Überlegen Sie es sich, das Ange-bot steht.« Er sah auf die Uhr. »Ich bin seit zwei Stunden über-fällig. Sie entschuldigen mich – das Handwerk ruft.« Lustig nahm seine Zigaretten vom Tisch, tippte sich mit Zeige- und Mittelfinger kurz an die Schläfe und ging.

Guggenheim nahm Lilyas Hand. »Was ist los?«, fragte er.

»Ich versuche nur, realistisch zu bleiben und mir nicht zu viel von einer weiteren Etappe zu versprechen. Ich befürchte, Lind hat diesen sogenannten Evakuierungstransport nicht überlebt. Und ich laufe Gefahr, mich zu verrennen. Man muss wissen, wann es nicht mehr weitergeht.«

Guggenheim rückte dichter an sie heran.

»Wenn ich die Aussichten, meine Mutter zu finden, allein realistisch beurteilen würde, hätte ich meine Suche schon längst abbrechen müssen.«

»Was wollen Sie mir damit sagen?«

»Die Hoffnung ist ein zäher Begleiter.«

»Cowboykitsch«, sagte sie und musste fast lachen.

»Nein, Lilith, eher Guggenheim-Idealismus. Oder nennen wir es vagabundierenden Realismus. Der könnte auch Ihnen gefallen, und er gibt Kraft.«

GLYN HUGHES HOSPITAL

1

Der Jeep hielt am Markt von Lüneburg. Kaufmannshäuser aus rotem und brandbraunem Backstein umsäumten ihn, eine Reihe unzerstörter Treppen- und Schneckengiebel reckte sich wie eine Kulisse in den blauen Himmel. Eine große Kirche, deren Portal von wuchtigen Bäumen verdeckt war, gab dem ganzen Ensemble eine über Jahrhunderte gewachsene und zugleich durch ihre Selbstverständlichkeit berührende Gelassenheit, die Lilya auf Anhieb gefiel. Die Bauern aus der Gegend, die auf dem Marktplatz Kartoffeln und Gemüse anboten, bewegten sich langsamer als die in Berlin, bedächtiger, so kam es ihr vor.

Hier in der Nähe müsse es sein, sagte der Fahrer über einen Stadtplan gebeugt, den er auf das Lenkrad des Jeeps ausgebreitet hatte. Die beiden kanadischen Sergeants, Angehörige eines Musikkorps, hatten sie auf Vermittlung David Guggenheims nördlich von Kassel an der Zonengrenze aufgenommen. Er hatte ihr wieder einen Militärtransport verschafft. Die ganze Fahrt über hatte Lilya eingeklemmt zwischen den Instrumentenkästen der Kanadier gehockt und gefroren. Sie waren die Nacht hindurch gefahren, mit nur einer kurzen Schlafpause im Jeep, nachdem sie in einem Gasthaus zu Abend gegessen hatten.

Die Soldaten hatten nahezu ununterbrochen geredet, sie verstand kaum etwas. Es ging um Frauen, Nazis, Kriegserlebnisse. Noch immer hielten sich die Schurken in den Wäldern und

Dörfern versteckt, sagten sie und wiesen über die Felder. Himmler habe man hier gestellt und nach Lüneburg gebracht. Irgendwann, die Stadt war nicht mehr weit entfernt, fingen sie an, Nationalhymnen zu singen, die sie wohl zu Hause auf einem gewiss quadratischen, gut gefegten Exerzierplatz auf ihren Instrumenten geübt und danach nie gebraucht hatten. »Biladi, Biladi, Biladi«, »Heimatland, Heimatland«, die Hymne Ägyptens, setzte der Beifahrer an. Bei der »Hymno de Rapa Nui« stritten sie laut darüber, ob die Osterinseln überhaupt gekämpft hatten. Und wenn ja, auf welcher Seite?

Lilya kletterte aus dem Wagen. Der Jeep heulte auf und fuhr davon. Ihre Hüfte schmerzte, der »Unfall« in Berlin, schon fast vier Wochen her, noch immer saß er ihr in den Knochen. Ihr Aufenthalt in München war ohne Zwischenfälle verlaufen, ihr Plan, den Verfolger in die Irre zu führen, war offenbar aufgegangen. Würde er sie hier noch wiederfinden? Sie streckte sich. Ein Händler wies ihr den Weg und sah sie dabei neugierig, fast mitleidig an. Sie könne es nicht verfehlen, das Haus mit dem englischen Arzt und der – deutschen Frau. Uelzener Straße.

Es war aus rotem Backstein und hatte ein mit Teerpappe geflicktes Dach. An der linken Seite führte ein Weg am Eingang vorbei in den Garten. Auf einer Bank vor dem Haus saß eine Frau in einem blau-grau gestreiften Kittelkleid, ihre nackten Füße steckten in braunen Herrenschuhen. Auf dem Schoß hielt sie eine Schüssel und schälte Kartoffeln.

Lilya öffnete die Pforte.

Die Frau blickte kurz auf. »Alfred!«, rief sie in den Hausflur. Dann hielt sie einen Moment inne und lauschte. Sie stand auf, ging Lilya entgegen und gab ihr die Hand.

»Hockt wahrscheinlich wieder in den Bäumen«, sagte sie mit einem Schulterzucken und der Andeutung eines Lächelns.

Lilya stellte sich kurz vor, aber sie hatte den Eindruck, sie würde bereits erwartet.

»Mama, was ist?« Ein kleines barfüßiges Mädchen in einem kurzen, verdreckten Kleid war im Hausflur aufgetaucht.

»Onkel Alfred bekommt Besuch, Hella. Sag der Dame Guten Tag, sie kommt von weither.«

»Aus dem Lager?«

»Nein, Kleines. Nicht alle waren im Lager.«

Hella sauste aus dem Dunkel des Flurs in den Garten, wo ihr blondes Haar in der Sonne leuchtete, als hätte es Feuer gefangen.

»Gehen Sie ihr nach«, sagte die Frau, »Alfred wird ja doch nicht runterkommen.«

Sie trat in den Garten, der voller Obstbäume war. An einem der Bäume lehnte eine Holzleiter. Das Mädchen rüttelte daran.

»He, he, Vorsicht!«, drang es aus der Baumkrone.

»Doktor Caposi?«, rief Lilya hinauf. Zwischen den Zweigen entdeckte sie ein Gesicht.

»Kommen sie rauf, damit ich Sie sehen kann.«

Sie nahm die ersten Sprossen der Leiter.

Der Arzt saß rittlings auf einem Ast wie ein Reiter auf einem zu dürren Pferd und hielt eine kleine Gartenschere in der Hand. Er hatte rotblondes Haar, auf seiner Stirn standen Schweißperlen, und zu einer verwaschenen Uniformhose trug er ein Unterhemd, über dem sich ein Paar rote, fleckige Hosenträger spannten.

»Schnipp, schnipp, Schere, Pinzette, Tupfer, gleich ist es geschafft«, sagte er.

»Doktor Caposi …«

»Sie können bei uns wohnen. Lassen Sie den Doktor weg. Bin keiner mehr. Runter jetzt vom Gartenolymp. Die Vögel hier oben werden ja schon ganz närrisch.«

Lilya kletterte hinunter. Caposi griff nach einem großen Ast hinter ihm, schwang sich nach hinten und sprang aus großer Höhe hinunter. Er rollte sich ab, wischte sich die Hände an der Hose ab und gab ihr die Hand.

»Der Erdboden ist mir lieber als der schwankende Boden der Tatsachen. Perforierte Zeit, in der wir leben, finden Sie nicht?« Er brachte sie zum Haus.

Die Frau, die vor dem Haus gesessen hatte, hieß Alma, sie zeigte ihr das Zimmer unter dem Dach, das sie für Lilya vorbereitet hatte. Die Wände waren so schräg, dass sie nur in der Mitte des Raumes aufrecht stehen konnte. Zum Garten hin hatte es eine Gaube, die es überhaupt erst zu einem nutzbaren Raum machte. Durch das geöffnete Fenster hörte sie die Vögel.

»Solange es nicht regnet, geht es«, sagte Alma und tippte mit der Fingerspitze an die Wand, die von großen Wasserrändern gezeichnet war.

Der Arzt steckte seinen Kopf zur Tür herein, er hatte Späne auf den nackten, feuchten Unterarmen. »Morgen um acht«, sagte er. »Ich werde Sie begleiten. Auf der Fahrt können wir reden.«

Nach einem kurzen kargen Essen mit der Familie, es gab eine dünne Suppe und Brot, ging sie in ihr Zimmer. Bis tief in die Nacht saß sie am Fenster und starrte in den Garten. Hin und wieder sank ihr der Kopf auf die Brust.

Sie hatte kurzzeitig gehofft, so unsinnig es war, David Guggenheim werde sie hierher begleiten. Gehofft und es nicht zu sagen gewagt. Er musste das gespürt haben. Er sei leider unabkömmlich, hatte er gesagt, und in seiner Stimme lag ein Zögern. Täglich kämen aus dem Osten weitere Überlebende. Er müsse an Deck bleiben. Lisa könne das nicht allein bewältigen. Wenn »die Lage« es jedoch erfordere, werde er auf dem schnellsten Weg mit einem Militärtransport nachkommen. Unvermittelt war er in seinen sachlichen Vorgesetztenton verfallen, sie war sich sicher, er suchte dahinter vor irgendetwas Schutz. Vielleicht war sie ihm wieder zu nahe gekommen? Die Tage mit ihm in München waren schön gewesen, von ungeahnter Leichtigkeit, sie hatte fast vergessen, dass er sich auch wieder ganz plötzlich abwenden konnte.

Die kleine Hella sprach im Schlaf. Kirchenglocken läuteten zu jeder Stunde, beim Geräusch von Lastwagen und Jeeps schreckte Lilya immer wieder hoch. Sie hörte Alfred Caposi im Zimmer unter sich, er stöhnte, als müsse er etwas verscheuchen, sich zur Wehr setzen. Dann wieder vernahm sie die leise, sanfte Stimme Almas.

Am Morgen wirkte der Arzt wie ausgewechselt, er stand, frisch rasiert und mit ordentlich gezogenem Seitenscheitel, vor dem Haus. Alma richtete noch einmal seinen Schlips und wischte mit der Hand über seine Uniformjacke, die er wohl lange nicht mehr getragen hatte.

Caposi trat in den Garten, ging zu einem Schuppen und verschwand darin. Ein Motor sprang an, Qualm quoll aus der Tür.

»Er benutzt ihn kaum noch«, sagte Alma. »Sollte ausgemustert werden, da hat er ihn dem Quartierbüro abgeluchst.«

Caposi setzte zurück. Der offene Jeep war alt, ein Sprung durchzog die Frontscheibe, und der Auspuff hing gefährlich weit hinunter.

»Aufsitzen«, sagte Caposi.

Wälder und Wiesen öffneten sich hinter der Stadt, Lilya entdeckte Heidekraut, Kiefern und Wacholderbüsche. Nach ein paar Kilometern hielt Caposi am Straßenrand. Sie setzten sich auf einen Baumstamm und blickten über die Hügellandschaft. Der Arzt holte eine Schachtel Old Holborn hervor.

Er zündete sich eine Zigarette an, nahm einen tiefen Zug und starrte vor sich in den Sand. Dann bückte er sich, nahm einen Zweig und begann Striche zu ziehen. Längliche rechteckige Formen, eine Straße, ein Tor. Schließlich wischte er alles wieder weg.

»Ich bringe Sie zum Lager. Bin lange nicht mehr da gewesen. Wir werden sehen ...«

»Danke, dass Sie mir helfen, mich begleiten ...«

»Nun ...«

»Ich habe die ganze Zeit gegrübelt, wie wir vorgehen könnten«, sagte sie.

Ihr war nicht wohl dabei gewesen, einfach loszufahren und sich diesem seltsamen Arzt anzuvertrauen. Ohne Ziel und ohne mit ihm darüber gesprochen zu haben, wie sie vorgehen würden, sofern er denn überhaupt einen Plan hatte. Außerdem arbeitete die Zeit gegen sie.

»Wir machen uns auf die Suche«, sagte er.

»Gewiss, aber ...«

»Wir werden Listen durchsehen, Fragen stellen, Fragezeichen streuen wie Samen auf dem Feld.« Er machte eine ausladende Bewegung mit seinen Armen. »Geduld ist eine Tugend, Miss.«

Er trat die Zigarette mit der Stiefelspitze aus.

»Jonathan Lustig«, fuhr er fort. »Ich kann ihm schwer etwas ausschlagen. Er hat mich ins Bild gesetzt. Sollte der Mann, den Sie suchen, es bis hierher geschafft haben, dann war das nicht das Ende der Reise, sondern erst der Anfang ...«

Er zündete sich eine neue Zigarette an.

»Der Gestank. Keiner wird das je verstehen können. Ich habe Angst, er kommt wieder. Besonders in der Nacht. Bin mit dem RAMC, dem Royal Army Medical Corps, der Einheit von General Glyn Hughes, hier angekommen, April 45. Sie lagen hinter den Lagertoren. Zehntausende. Nur Tote, wohin man blickte. Auch die Lebenden glichen Toten. Wer Glück hatte, bekam eine Markierung auf die Stirn, für die Träger. Ihr Mann hat hoffentlich auch eine bekommen ... wie heißt er noch?«

»Raphael Lind.«

»Alles ausziehen, Kleidung verbrennen, so ging das. In Decken gewickelt, wie an ihrem ersten Tag, wurden sie ins Camp 2 getragen. Wehrmachtskasernen aus Stein. Wir hatten dort ein Lazarett eingerichtet. General Glyn Hughes und all die anderen.

In einem Pferdestall dann die Reinigung. Menschenreinigung. Hat Ihr Mann es bis hierher geschafft? Wer weiß. Haare ab, schrubben, den ganzen Körper, manche haben dabei laut geschrien. Dann DDT. Wie mit Mehl bedeckte Larven sahen sie aus. Erst dann wurde für jeden ein Bett gesucht. Die Zimmer waren überbelegt. Wir stellten immer mehr von den Betten nach draußen auf den Hof, in die Straße, die Häuser waren voll. Für jeden Block war ein Offizier verantwortlich, dazu Helfer aus England oder der Schweiz und anderen Nationen. Und Schwestern. Es waren viele.«

Er nahm einen tiefen Zug und scharrte mit der Stiefelspitze im Sand.

»Die Baracken in Lager 1, wir haben sie, nachdem alle raus waren, angezündet. Mit Flammenwerfern. Viele Häftlinge haben Angst bekommen, fast wäre Panik ausgebrochen. Vielleicht war auch Ihr Professor dabei. Die Flammen schlugen über dem Lager in die Höhe, eine schwarze Wolke stieg auf. Uns alle hatte das Grauen gepackt, wir hofften auf einen helleren Himmel. Irgendwo würde er sein, irgendwann würden wir ihn sehen. Nur wann und wo?«

Er räusperte sich.

»Wir gaben ihnen das Falsche gegen den Hunger. Viele starben unter unseren Händen, weil wir es nicht besser wussten. Wer Hunger hat, muss essen, dachten wir. Dann holten wir Spezialisten. Aber auch aus den Reihen der Befreiten gab es Rat und Hilfe. Wir mussten einen anderen Weg einschlagen.«

»Wie meinen Sie das?«

»Es gab Wissenschaftler und Ärzte unter den Häftlingen, sie haben uns geholfen die richtige Mischung zu finden. Wir nannten sie den Bengalischen Mix. Milchpulver, Mehl, Zucker und Melasse. Das war die Lösung.«

Ganz unvermittelt erhob sich Caposi, trat seine Zigarette aus und ging zurück zum Jeep. Lilya folgte ihm.

Sie fuhren schweigend weiter. Am Ende eines langen Wald-
stücks sah sie ein großes, auf ein Holzgerüst montiertes Schild.
Caposi bremste.

THIS IS THE SITE OF

THE INFAMOUS BELSEN CONCENTRATION CAMP

Liberated by the British on 15 April 1945

10,000 UNBURIED DEAD WERE FOUND HERE,
ANOTHER 13,000 HAVE SINCE DIED
ALL OF THEM VICTIMS
OF THE
GERMAN NEW ORDER IN EUROPE;
AND AN EXAMPLE OF NAZI KULTUR.

Im Schatten eines Baumes stellten sie den Wagen ab. Männer
der freiwilligen Lagerpolizei winkten sie durch das Tor. Caposi
war bleich, er hatte Schweißperlen auf der Stirn.

Wie in Föhrenwald waren die Häuser aus Stein, jedoch größer, und die Wege befestigt und sauber. Sie würden direkt in die
sogenannte amerikanische Zone gehen, sagte Caposi.

»Lagerjargon«, erklärte er. »Hier gibt es die russische, die
britische und die amerikanische Zone. Wir nannten sie einfach
so. Wer bei unserem Eintreffen noch gelebt hat, gehört heute zu
den Alteingesessenen. Erste Klasse. Amerikanische Zone. Die
anderen Zonen werden von denen behaust, die nach dem Ende
gekommen sind, aus dem Osten. Wann soll Ihr Mann gekommen sein?«

»Anfang April 1945, vermute ich.«

»Amerikanische Zone, wenn er bei seiner Ankunft hier noch
am Leben war«, sagte Caposi.

Er ging auf eines der lang gestreckten Häuser zu. »Wenn Sie
als Fremde in das Lager kommen, sollten Sie vorher wissen, mit

wem Sie reden wollen. UNRRA, JOINT, Jewish Relief Union, ORT, Jewish Agency, Komitee der befreiten Juden. Alle sind da, und alle reden durcheinander. Man versteht sein eigenes Wort nicht.«

»Was schlagen Sie vor?«

»Die Registratur. Zurzeit in den Händen der JRU. Da Sie das JOINT-Zeichen am Ärmel tragen, wird man Ihnen nicht gleich um den Hals fallen.«

Das Büro der Registratur lag im ersten Stock, die Tür stand offen. Ein Mann im Arztkittel saß auf der Kante eines Schreibtisches, auf dem Stuhl dahinter eine Frau in Uniform. Lilya hörte sie lachen.

Caposi klopfte an die geöffnete Tür. Die Frau sah auf, und der Arzt wandte sich um.

»Alfred!«, rief die Frau und erhob sich.

Sie hatte rotes, von einer großen Hornspange gebändigtes Haar und trug eine Uniform mit dem Abzeichen JRU. Lilya schätzte sie auf Mitte dreißig.

»Wieder zurück? Wie schön. Herzlich willkommen«, begrüßte sie Caposi, gab ihm die Hand und strahlte ihn an. Der Mann im Kittel musterte ihn aus freundlichen Augen.

»Wir haben uns Sorgen um Sie gemacht«, sagte die Frau, »man hat sich erzählt, Sie seien längst zurück in England, zur ...«

»... Behandlung, sprechen Sie es ruhig aus. Nein, ich bin noch hier, nun, wir werden sehen ...« Er zog ein Taschentuch heraus und wischte sich über die Stirn.

Erst jetzt schien die Frau Lilya zu bemerken; sie betrachtete ihre Uniform. »Wenn Sie noch einen Moment draußen warten würden, bitte«, sagte sie.

Caposi wies auf das Missverständnis hin und stellte Lilya den beiden vor. Er erklärte, sie suche jemanden, der als verschollen gelte, und würde gerne einen Blick in die Registratur werfen. Er sei nicht in seiner Eigenschaft als Arzt hier, sondern als Lilyas Begleiter.

»Ich habe viel von Ihnen gehört«, wandte sich der Arzt an Alfred und stellte sich als Doktor Persson aus Schweden vor. »Kaum einer kann sich hier mit Ihren Verdiensten messen, Doktor Caposi.« Caposis Blick flog hin und her, als suchte er nach einem Versteck.

»Alfred mag es nicht, wenn man von seinen Verdiensten spricht«, sagte die Frau, »und ich denke, wir lassen die beiden jetzt arbeiten.« Sie verabschiedete sich und verließ mit Dr. Persson den Raum.

Caposi ging, als hätte er es schon viele Male getan, an einen Schrank, dessen Schubladen jeweils einem Teil des Alphabets zugeordnet waren. Er öffnete die Lade $L - N$, holte eine dicke Mappe heraus und legte sie vorsichtig, fast wie eine heilige Schrift, auf den Schreibtisch. Er kramte eine Brille aus der Jackentasche, setzte sich und bat Lilya, ebenfalls Platz zu nehmen. Die SS habe kurz vor der Befreiung die gesamte Registratur des Lagers vernichtet, sagte er, und öffnete die Mappe. Sie hätten im Frühjahr 45 zusammen mit den Überlebenden bei null angefangen.

Er begann zu blättern, hielt inne, blätterte weiter und wieder zurück. So ging es eine ganze Zeit lang. Dann schlug er die Mappe zu, blickte zur Decke und schlug sie wieder auf. »L«, sagte er, legte den Finger wieder oben auf die Seite und wanderte damit erneut abwärts, als würde er eine Naht abtasten.

Lilya hielt es vor Spannung kaum aus. Bevor sie etwas sagen konnte, lehnte der Arzt sich mit einem Seufzer zurück.

»Nun ...«, sagte er.

Sie versuchte seine Miene zu deuten. Ohne Erfolg.

»Kein Eintrag. Andere Wege ... wir müssen andere Wege gehen«, sagte Caposi.

Lilya hatte versucht, sich auf dieses Ergebnis einzustellen. Es war ihr nicht gelungen. Jetzt spürte sie, wie alle Kraft von ihr wich. Durlacher, Westmann, Wartenberg, Guggenheim, Lustig, der Weg auf den Pleikershof. Alles umsonst? Sie hatte sich tatsächlich verrannt. Und nun auch noch Caposi, so hartnäckig wie verschroben. Ben Gedi hatte sie längst abgeschrieben, und wenn sie jetzt ohne ein Ergebnis zurückkäme, könnte sie nicht einmal mehr ihre Befehlsverweigerung rechtfertigen. Er würde sie nach ihrer Rückkehr hinter irgendeinem Schreibtisch verschimmeln lassen. Lachen würde er über sie.

»Sind Sie ganz sicher, Doktor Caposi?«, fragte sie.

Caposi rutschte auf seinem Stuhl hin und her.

»Nach Lage der Dinge müssen wir davon ausgehen, dass der Mann, den wir suchen, hier nie angekommen ist. Dies ist eine Liste – der Lebenden.«

Lilya spürte, dass Caposi noch etwas sagen wollte, aber zögerte. Jetzt hieß es nachsetzen. »Wenn wir den Fall seines Todes einmal ausschließen«, sagte sie, »gab es irgendeine Möglichkeit, als Überlebender nicht auf die Liste zu kommen?«

»Dafür gibt es keinerlei Anhaltspunkte«, sagte Caposi. »Wobei wir nie behaupten würden, dass diese Listen wirklich vollständig sind.«

Lilya wartete einen Moment, ob er weitersprechen würde.

»Nun«, sagte Caposi schließlich, »es gab in der Tat ab und zu den Fall, dass Überlebende nicht auf die Liste gekommen sind.«

Er hielt kurz inne. »Einige wenige haben sich geweigert, ich habe es selbst erlebt. Sie hatten Angst. Todeslisten, Listen der Deportation, der Verschleppung und Vernichtung. Nie wieder, haben sie gesagt.«

Lind war im Begriff gewesen, sich umzubringen, hatte Wartenberg erzählt. Vielleicht hatte er sich tatsächlich der Hilfe verweigert? Trotzdem, sie wollte es nicht dabei belassen. »Gibt es noch eine – weitere Möglichkeit?«

Caposi sah sie an. Lilya kannte diesen Blick, hatte ihn schon viele Male gesehen. Können Sie sich nicht mit dem Wahrscheinlichen abfinden, schien er zu sagen, wie jeder andere vernünftige Mensch?

»Es mag Fälle gegeben haben, da wussten die Überlebenden nicht mehr, wer sie waren«, räumte Caposi ein, »wussten nicht mehr, wie sie hießen, wo sie herkamen, was sie hierher gebracht hatte. Ihre Vergangenheit: ausgelöscht.«

»Auch nachdem Sie die Leute wieder einigermaßen kuriert hatten? Mit Medikamenten und dem Bengalischen Mix? Sie haben sich nicht mehr an ihre Identität erinnert?«

»Mir ist kein solcher Fall bekannt, doch es wäre durchaus möglich, denke ich. Die Befreiung des Lagers liegt noch nicht einmal anderthalb Jahre zurück, Traumata dieser Art brauchen oft Jahre, bis sie sich lösen. Und vielleicht tun sie es nie.«

Jetzt wollte sie nicht mehr lockerlassen. »Gibt es eine Möglichkeit, hier nach solchen Fällen zu suchen?«

»Nicht in der Registratur. Nur durch ...« Caposi brach ab, als hielte er den Gedanken, den er eben noch gehabt hatte, für undurchführbar. »Ich kann mich umhören«, sagte er schließlich. »Aber das kann dauern, und ich weiß nicht, ob Sie die Zeit haben ...«

»Würden Sie es für mich versuchen?«

Caposi seufzte. »Also gut. Wir werden sehen ... Aber setzen Sie nicht allzu viel Hoffnung darauf. Wahrscheinlich ist Ihr Mann tot. Bitter, ja, aber die Bitternis ist der Zwilling der Wahrheit.«

2

Sie hockte am weit geöffneten Fenster ihrer Dachkammer über dem Garten und hielt das Foto, das ihr Elias Lind mitgegeben hatte, ins Licht. Caposi hatte sie tags zuvor nach dem gemeinsamen Besuch in der Registratur des Lagers um Geduld gebeten, und sie wollte die Wartezeit nutzen, um sich ihrer Suche erneut von der anderen Seite zu nähern.

Wie oft hatte sie das Bild betrachtet. Das Haus am Waldrand mit dem hell erleuchteten Fenster. Auf der Rückseite stand die von Jehuda in Föhrenwald mit Bleistift nachgezogene Zeile:

Det bugter sig i bakke, dal

Sooft sie das Bild auch betrachtete, sie konnte darin keine Spur, keinen Hinweis entdecken. Es war einfach nur ein stummes, totes Bild, und dennoch als Erinnerungsstück eher ungewöhnlich.

Plötzlich stutzte sie. Es war ein Impuls, weit weniger als ein Gedanke, irgendetwas, das sie nicht benennen konnte. Sie hielt das Bild dicht unter ihre Augen. Wenn sie Glück hatte, gab es eine Lupe im Haus.

Im Garten fand sie Alma, sie arbeitete barfuß in einem der Beete, die Schuhe hatte sie auf dem Rasen abgestellt. Caposi war den ganzen Vormittag über nicht zu sehen gewesen. Er sei gleich am Morgen wieder ins Lager gefahren, hatte ihr Alma gesagt.

Alma schickte sie in die Küche, dort würde sie eine Lupe

finden. Tatsächlich entdeckte Lilya eine, in einer mit allerlei Krimskrams gefüllten Schublade. Sie setzte sich auf die Gartenbank unter einen von Caposis gestutzten Bäumen, legte das Foto auf ihren Schoß und beugte sich darüber.

Sie wusste, was sie nun tun musste: nein, nicht noch einmal das Bild ansehen, sondern in das Haus hinein, durch das geöffnete Fenster in das beleuchtete Zimmer schauen, sich das Regal vornehmen und seinen Inhalt, Buchrücken für Buchrücken, durchgehen.

Sie hielt die Lupe über das geöffnete Fenster auf dem Foto. Ja, sie war schon einmal hier gewesen, hatte diese Bücher, dieses Regal gesehen, aber nie näher betrachtet. Nur wo und wann war das gewesen? Sie biss sich auf die Lippen. Warum konnte sie keinen Zusammenhang herstellen zwischen dem, was sie sah, und dieser nicht greifbaren, formlosen Erinnerung, die sie nun nicht mehr loslassen wollte?

Sie kniff die Augen zusammen, starrte durch die Lupe. Es waren keine deutschen Bücher. Es war nicht *Alexandria*. Die Titel auf den Buchrücken waren in einer ihr fremden Sprache gedruckt. Noch einmal las sie die Rückseite.

Det bugter sig i bakke, dal

Sie drehte das Foto wieder um und betrachtete erneut die Bücher im Regal. Es war, wenn sie sich nicht täuschte, dieselbe Sprache.

Sie blickte auf. Caposi kam mit schnellen Schritten in den Garten. Seine Haare waren zerwühlt, und er hielt den Wagenschlüssel in der Hand. Er schien erregt. Aufbruch, sofort, schien sein Blick zu sagen. Er winkte sie herbei, rief über den Rasen, er habe jemanden gefunden, auf den ihre Beschreibung passen könnte. Sie solle ihre Sachen nehmen und ihn begleiten, schnell. Sie steckte das Bild in die Tasche, dankte Alma für die Lupe und ging mit Caposi zum Jeep, der abfahrtbereit vor dem Haus stand.

Sie fuhren schnell, und Caposi erzählte sprunghaft und verworren, wie er den Mann gefunden hatte, den sie gleich aufsuchen würden. Lilya hatte Mühe, ihm zu folgen.

Unter dem Baum nahe dem Lagertor stellte er den Wagen ab. Lilyas Herz begann zu pochen. War das der Tag, auf den sie so lange gewartet hatte? Würde sie noch heute Abend Elias Lind ein Telegramm zukommen lassen? *Ich habe ihn gefunden, Ihr Bruder lebt!*

Zum Lager IV war es nicht weit.

»Der Mann arbeitet in der Druckerei«, sagte Caposi. »Die Zeitung *Unzer Sztyme* gibt es seit bald einem Jahr, sie bereiten eine Jubiläumsausgabe vor.«

Die Druckerei war in einem Schuppen untergebracht, dessen Tür weit offen stand. Schon von ferne hörten sie das Rattern der Druckmaschine.

»Warten Sie hier«, sagte Caposi und ging hinein.

Wenig später setzte das Rattern aus, und Caposi erschien in der Tür und winkte sie zu sich. Ein jüngerer Mann im Arbeitsanzug stand mit ölverschmierten Händen neben der Maschine. Es roch nach Farbe. In einem Regal lagen Rollen mit Papier. An einem Tisch vor dem Regal saß ein weiterer Mann und kaute an einem Stück Brot. Er beachtete den Besuch nicht weiter. Die Krümel hatte er zu einem Haufen zusammengeschoben, den er nicht aus dem Blick ließ.

»Das ist Menachem«, erklärte der Mann im Arbeitsanzug. »Wir haben ihm diesen Namen irgendwann gegeben. Keine Papiere, keine Erinnerung, kein Name. Aber wir Menschen brauchen Namen, auch damit der Allmächtige, gepriesen sei er, uns auf dieser wirren Erde findet.«

»Perforierte Zeit«, hörte Lilya Caposi murmeln.

Sie trat an den Tisch, doch der Mann sah nicht auf. »Guten Tag, mein Name ist Lilya Wasserfall, ich komme aus Palästina«, sagte sie zu Menachem, doch der zeigte keine Reaktion. »Ich bin eine Freundin von Elias Lind«, versuchte sie es weiter. Vergebens. Menachem schien sie zu ignorieren.

Lilya wandte sich wieder an den jungen Mann im Arbeitsanzug. »Was arbeitet Menachem?«, fragte sie.

»Dies und das, er sortiert Druckpapier, reinigt die Maschine. Einmal hat er sie sogar repariert. Er weiß zwar nicht, wer er ist, aber seine Hände funktionieren wie gute Werkzeuge. Vermute, dass er Mechaniker war oder so etwas.«

»Wie lange ist er schon hier?«

»Er hat die Ankunft der Engländer erlebt. Mehr wissen wir nicht.«

Sie sah sich nach einem Stuhl um, fand einen Hocker und zog ihn an den Tisch heran.

Menachem war um die sechzig, groß und hatte wache Augen. Sie hatte wenige Männer im Lager gesehen, die so alt waren. Das Foto von Raphael Lind hatte sie in der Tasche, aber sie wollte sich zunächst allein auf ihre Wahrnehmung verlassen.

Mit den Fingerspitzen, die er an den Lippen anfeuchtete, las Menachem die restlichen Krümel auf. Er suchte den ganzen Tisch ab, bis er sicher war, keine übersehen zu haben. Dann sah er auf und wirkte mit einem Mal unruhig.

»Menachem führt ein überaus geregeltes Leben«, sagte der Drucker. »Seine innere Uhr ist untrüglich. Eine halbe Stunde, keine Minute mehr, dann ist die Pause vorbei. Er wird zurück an die Maschine wollen, um den Papiereinzug zu kontrollieren.«

»Ich möchte ihm nur noch eine Frage stellen.«

Menachem wurde nervös, er kniff die Augen zusammen. Offenbar empfand er Lilyas Anwesenheit jetzt als einen Übergriff, der seinen Zeitplan in Gefahr brachte.

»Kaiser-Wilhelm-Institut in Berlin.« Sie sprach den Namen aus, als wollte sie ihn langsam buchstabieren. »Haben Sie dort gearbeitet?«

Der Mann blickte zur Druckmaschine. Gleich würde er aufstehen und gehen.

Eine letzte Möglichkeit gab es, eine Frage noch, die vielleicht wie ein kleiner Stromstoß wirken könnte. »Karl Wilhelm Wartenberg. Sagt Ihnen der Name etwas?«

Mit leerem Blick sah er sie an.

Sie versuchte, in seinem Gesicht zu lesen. Gab es irgendeinen Anhaltspunkt für die Identität dieses Mannes? Bitte. Irgendetwas!

Dann sah sie es. Ja. Es gab etwas, das eindeutig war, warum hatte sie es nicht gleich bemerkt? Ohne das Foto bemühen zu müssen. Sie spürte, dass etwas in ihrem Körper sich veränderte, als fiele der Pegelstand irgendeiner Flüssigkeit rapide. Als hätte er ein Leck.

Sie stand auf, stützte sich auf den Tisch und ging zur Tür. Das Licht auf der Straße war gleißend und schmerzhaft. Caposi folgte ihr hinaus und sah sie fragend an. »Es ist eindeutig. Er ist es nicht«, sagte Lilya und ließ die Arme hängen.

»Geben Sie mir das Bild. Sie haben es ja gar nicht herausgeholt.« In seiner Stimme lag eine ungewohnte Kraft.

Lilya drückte es Caposi in die Hand. Er betrachtete es noch einmal kurz und verschwand wieder in der Druckerei.

Sie hörte Stimmen. Dann sprang die Maschine im Schuppen wieder an. Mit gesenktem Kopf kam Caposi zurück. »Die Narbe«, sagte er.

»Ja, es ist unübersehbar. Dieser Mann da drinnen hat keine Narbe. Es ist eindeutig«, sagte Lilya.

Sie gingen zurück zum Tor. Sie sah sich noch einmal um und stieg in den Wagen. Caposi ließ ohne etwas zu sagen den Motor an.

Sie ließen das Tor hinter sich, und Lilya wandte den Blick nach oben. Ein nicht enden wollendes Dach aus Baumkronen und Blattwerk wölbte sich über ihnen. Splitter von Licht fielen auf sie herab, aber sie spürte ihre Wärme nicht. Sie dachte an Elias Lind. Jetzt war es vorbei. Sie würde ihm schreiben müssen und wusste doch nicht, wie sie diese Nachricht formulieren sollte.

Caposi plauderte vor sich hin, es war offensichtlich, dass er versuchte, sie abzulenken. Er beschrieb ihr die Landschaft, erzählte Anekdoten aus seiner Zeit mit Glyn Hughes, machte Andeutungen Alma betreffend. Wie sehr er sie liebe und wie sehr man ihn deswegen beargwöhne. Immer wieder sah er zu ihr herüber und lächelte sie an.

Sie hörte nur mit halbem Ohr zu. Zusammengesunken saß sie auf dem Beifahrersitz. Sie fühlte sich kraftlos, wieder einmal, aber diesmal war es anders: Dieses Ergebnis war endgültig.

Ihre Gedanken gingen im Kreis, wieder und wieder. Und in dem Kreis war nichts als Leere. Sie hatte versagt, und sie würde es Elias Lind genau so schreiben müssen, bevor sie ihm irgendwann gegenüberstehen würde. Er selbst würde, wenn sie seinen Brief richtig gedeutet hatte, mit diesem Ergebnis leben können. Aber sie?

Als sie nach Lüneburg hineinfuhren, richtete sie sich wieder auf und wandte sich Caposi zu. »Bitte verzeihen Sie, Alfred, Sie werden verstehen, dass ich im Moment keine gute Zuhörerin bin. Aber ich danke Ihnen für alles, was Sie für mich getan haben.«

»Danken Sie mir, wenn es vorbei ist«, sagte er und bog mit einem heftigen Schwung in die Uelzener Straße ein.

Vor dem Haus stand ein Jeep, an seiner Tür war ein rotes Kreuz aufgemalt. Sie stiegen aus und gingen in den Garten.

Doktor Persson wirkte erleichtert, als er Lilya und Caposi sah. Alma saß steif auf einem Gartenstuhl. Die beiden schienen sich mit ihrem Gespräch schwergetan zu haben. Nach einer knappen Begrüßung begann Persson ohne Umschweife zu erzählen. Offensichtlich hatte er schon lange gewartet.

»Alfred sagte, Sie seien auf der Suche nach jemandem. Er hat mir Ihre Geschichte erzählt. Sie hat mir keine Ruhe gelassen.

Die Listen ... ich bin auf etwas gestoßen, das Sie interessieren könnte.«

Lilya wollte den Arzt unterbrechen, sie wollte nichts mehr hören von namenlosen Menschen, halbgaren Hinweisen oder zweifelhaften Spuren, die sich doch nur im Nichts verlieren würden.

Er musste ihren Blick gelesen haben. »Wenn Sie mögen, komme ich ein anderes Mal wieder«.

»Nein, bitte, erzählen Sie«, sagte sie matt.

»Es gibt da ein Gerücht«, begann Persson, »eine Schwester ... ich kenne sie nicht, aber es heißt, dass sie ...«

»Raus damit, Kollege, was haben Sie herausgefunden?«, sagte Caposi. Er klang entschieden wie nie zuvor und baute sich vor Persson auf. »Was ist mit dieser Schwester?«

»Sie pflegt jemanden, zu Hause ... gegen alle Regeln, aber keiner mag intervenieren. Es ist ein Mann, etwa Mitte fünfzig.« Er wandte sich Lilya zu. »Alfred sagte mir heute Morgen, Professor Lind, den Sie suchen, sei etwa in dem Alter.«

Lilya hatte Mühe, Doktor Persson zu folgen. Geschichten, Geschichten. So viele Geschichten hatte sie inzwischen gehört. Und nun eine weitere mit vielen losen Enden?

»Ich dachte mir, vielleicht wollen Sie der Sache nachgehen. Die Frau arbeitet im Glyn Hughes Hospital.«

»Wir danken Ihnen sehr, Doktor Persson«, sagte Caposi. »Ich war schon lange nicht mehr dort, dabei habe ich das Krankenhaus mit aufgebaut. Da sollte ich doch mal wieder vorbeischauen. Was meinen Sie, Lilya?«

Lilya atmete tief durch und warf Caposi einen ernsten Blick zu. Woher hatte er nur plötzlich diese fast unbeirrbare Entschlossenheit? Oder wusste er mehr als sie?

»In Ordnung«, sagte sie.

Doktor Persson sah auf die Uhr und machte Anstalten zu gehen. Lilya fiel das Foto ein, das Haus am Waldrand, die Bücher, die Titel in der fremden Sprache, der Satz auf der Rückseite.

Det bugter sig i bakke, dal

»Doktor Persson«, sagte sie, und blickte zu ihm auf. »Sie sind aus Schweden, wenn ich mich recht entsinne. Ich habe ein Bild, das ich Ihnen gern zeigen würde. Vielleicht können Sie mir helfen, es zu verstehen.«

Persson sah sie an, mit einem Zögern im Blick. »Gewiss«, sagte er, »nur, ich bin längst überfällig.«

»Es dauert nur wenige Minuten.« Sie erhob sich und ging rasch in ihr Zimmer, um das Foto zu holen.

»Mein Gott, wie schön«, sagte er, als er es wenig später in Händen hielt. »Eigentlich darf ich mir so etwas gar nicht ansehen. Es schmerzt. So etwas wie Heimat.«

»Bitte lesen Sie die Rückseite.«

Er drehte die Karte um. »Schwer zu entziffern ...«

»Benötigen Sie eine ...«

»Nein, es geht schon. *Det bugter sig i bakke, dal.*« Er lächelte. »Wollen Sie es hören? Aber singen werde ich es nicht.« Persson stellte sich aufrecht hin, räusperte sich und begann dann zu rezitieren:

»Es liegt ein lieblich Land,
Im Schatten breiter Buchen,
Am salz'gen Ostseestrand ...
Und dann:
Det bugter sig i bakke, dal.
An Hügelwellen träumt's, im Tal,
Dänemarks Hymne.«

»Könnte es sein, dass das Foto in Dänemark entstanden ist? Ich meine, die Bücher in dem Regal, bitte sehen Sie sich diese einmal an.«

Er hielt die Karte dicht vor seine Augen. »Dänische Bücher. Dänisches Haus. Kaum ein Zweifel.«

Jetzt war sie sich sicher. Es musste das Haus der Olsens sein. Viviens Elternhaus. Deswegen war das Bild für Lind von so großer Bedeutung. Es war wohl das Einzige, was ihm von Vivien geblieben war nach seiner Verhaftung und ihrem Tod.

Aber da war noch etwas: das Haus, der erleuchtete Raum, das Regal mit den Büchern. Wieder war er da, der Gedanke. Ihr Herz pochte. Es war das Haus der Olsens. Aber es konnte ebenso sein, dass es ... Der ferne, abwegig scheinende Gedanke, kaum mehr als eine Ahnung, er nahm wieder Gestalt an, zeigte sich in seiner ganzen verblüffenden Schönheit und – Verwegenheit.

Halt. Sie musste aufpassen, dass sie sich nicht wieder verrannte. Bevor sie etwas unternahm, musste sie ganz sicher sein. Vielleicht wusste Cordelia Rat? Sie würde versuchen, ein Telefon zu finden, um sie anzurufen. Bin ich verrückt? Ihre Freundin würde offen und ehrlich mit ihr sprechen, sie hatte ihr nach dem Unfall erzählt, warum sie hier war und was sie herausgefunden hatte.

»Ich danke Ihnen, Doktor Persson, Sie haben mir sehr geholfen. Mehr, als Sie vielleicht denken. Ich werde ins Hospital kommen. Morgen. Ich kann es kaum erwarten.«

3

Nicht weit vom Lager, auf einer großen Lichtung und vom Wald verdeckt, lag das Krankenhaus. Es war ein lang gestrecktes rotes Backsteingebäude, über dessen Eingang wie die Spitze einer unsichtbaren Kirche ein kleiner Turm aus dem Dach ragte. Eine eigenartige Stille lag über dem Ort.

Sie gingen auf den Eingang zu. Die meisten Fenster waren angelehnt oder einen Spalt geöffnet. Am Rande einer großen Wiese, dort, wo der Wald begann, sah sie Gestalten, die sich langsam bewegten. Manche waren auf Krücken gestützt oder saßen in altmodisch aussehenden Rollstühlen, einer wurde liegend geschoben. Dazwischen wippten die weißen Hauben der Schwestern wie in einer geisterhaften Pantomime.

Sie betraten das Gebäude. Alfred Caposi kannte den Weg. Er führte Lilya durch lange Flure. Ärzte und Schwestern kamen ihnen entgegen, manche von ihnen begrüßten Caposi erstaunt oder mit Überschwang. Immer wieder musste er erzählen, wie es ihm gehe und wann er zurückkomme.

»Sie wartet hier im Besprechungszimmer«, sagte Caposi. »Karen Dove ist eine der Besten hier, ich habe mich kundig gemacht. Sagen Sie ihr, dass Sie ihr helfen wollen.« Er öffnete die Tür zu einem kleinen, karg eingerichteten Raum.

Die Frau saß an einem Tisch. Sie hatte einen hellen, fast weißen Teint und große, grünblaue Augen. Ihr blondes Haar war kurz geschnitten, offenbar mit einer groben Schere. Sie sah fast jungenhaft aus und trug eine saubere, frisch gestärkte Schwesterntracht. Lilya schätzte, dass sie nur wenige Jahre älter war als sie selbst.

Lilya begrüßte sie, setzte sich zu ihr an den Tisch und stellte sich vor. »Ich danke Ihnen, dass Sie gekommen sind.«

»Ich greife nach allem, was mir weiterhelfen könnte. Immer wieder frage ich mich, wer der Mann wohl ist. Ob er von irgendwem vermisst wird. Ob er noch Familie hat. Ich setze genauso viel Hoffnung in Sie, wie Sie vielleicht in mich.« Die Schwester hatte eine junge, leicht metallische Stimme. »Sie werden sicherlich erst einmal wissen wollen, wie ich Doktor Chaim gefunden habe«, fuhr sie fort.

»Doktor Chaim?« Lilya sah sie fragend an.

Der Anflug eines Lächelns spielte um Karen Doves Mund. »Der Name, ja, natürlich. Ich habe ihn irgendwann so genannt. In den ersten Wochen hat er oft den Namen Chaim vor sich hin gesprochen, ich habe nie den Zusammenhang verstanden, aber er schien ihm etwas zu bedeuten. Er hat im Lager geholfen, unermüdlich, zusammen mit den Ärzten, daher der Doktor.«

Chaim – ein Hinweis auf den Vater von Raphael und Elias Lind?

»Er war mir aufgefallen, im Frühjahr 1945, als wir die Hölle betraten. Er war schwach, hatte aber – das sah ich sofort – keine Hungerödeme, wirkte sogar ungewöhnlich kräftig. Ich veranlasste, dass er ins Lager 2 gebracht wurde. Die ganze Prozedur, Sie werden davon gehört haben.«

Lilya erinnerte sich an Caposis Erzählung.

»Er kam schnell wieder zu Kräften. All das sprach dafür, dass er keine lange Lagerhaft hinter sich hatte, auch nicht einen der Todesmärsche. Nur wusste er nicht, wer er ist und woher er kommt. Kein Name. Keine Adresse. Keine Geschichte. Aber er hat bald bei der Versorgung der Kranken und der Verhungernden mitgeholfen.«

»Doktor Caposi hat mir vom Bengalischen Mix erzählt.«

»Sie haben eine Weile gebraucht, bis sie darauf kamen. Unermüdlich haben sie experimentiert. Oft hatte ich das Gefühl, er müsse ein Arzt sein. Jemand, der sich mit dem menschlichen Körper auskennt.«

Sie machte eine Pause und sah kurz aus dem Fenster, als hätte ein ferner Gedanke sie gestreift. »Irgendwann verließen ihn die Kräfte, das war im Februar dieses Jahres. Er wurde schwach, als wäre noch immer ein Stoff in ihm, der ihn krank machte, ihn zerfraß. Er kam hierher, ins Glyn Hughes Hospital. Aber wir konnten nichts finden, nicht mit unseren Möglichkeiten. Nach einigen Wochen stellten wir fest, dass sein Zustand sich nicht verschlechterte und auch nicht besserte. Zu Beginn haben sich noch viele um ihn gekümmert, ihn besucht, dann wurden es immer weniger. Schließlich kam keiner mehr.«

»Da haben Sie beschlossen, ihn bei sich aufzunehmen?«

Sie sah wieder zum Fenster hinaus.

»Alle hier haben mir abgeraten, meinten, ich würde mich übernehmen. Du machst dich unglücklich, du wirst das nicht durchhalten, haben sie gesagt. Aber ich hatte meinen Entschluss gefasst. Manchmal sind die ungewöhnlichen Mittel die richtigen, denken Sie nicht?«

Karen Dove hatte Tränen in den Augen. Lilya legte die Hand auf ihren Arm.

»Es muss Sie viel Kraft gekostet haben, und Sie haben bestimmt ein gutes Werk getan.«

»Das ist es nicht«, sagte Karen, zog ein Taschentuch aus dem Ärmel und schnäuzte sich. »Es geht ihm nicht gut. Er wird von Tag zu Tag schwächer. In den ersten Wochen hat er bei mir im Garten gearbeitet. Ein Junge aus der Nachbarschaft hat ihn immer wieder besucht, Jochen hieß er, er hat ihn behandelt wie einen Sohn oder Enkel. Da war so ein Einverständnis, obwohl er selten mit Jochen sprach. Sie haben gegraben, gepflanzt, Wege angelegt. Und Jochen hat nach ihm gesehen, wenn ich im Krankenhaus aufgehalten wurde und er mal länger alleine war.«

Wieder machte sie eine Pause. »Ich weiß nicht, wer jetzt vor wem flieht, das Leben vor ihm oder er vor dem Leben. Er ist über die Maßen schwach.«

Sie wischte sich mit dem Taschentuch die Tränen ab. »Ich fürchte mich vor dem Tag, an dem er geht, und manchmal sehne ich ihn herbei wie nichts anderes auf der Welt. Damit er Frieden findet. Einen Frieden, der ihm auf Erden nicht vergönnt war. Darf man das?«

Lilya drückte noch einmal sanft mit der Hand ihren Arm und zog sie dann zurück. Sie holte das Foto der beiden Brüder heraus. »Es ist eine alte Aufnahme«, sagte sie. »Aber ich wäre Ihnen dankbar, wenn Sie sich das Bild ansehen würden. Der Mann auf der linken Seite ist Professor Raphael Lind. Ihn suche ich. Hat er irgendeine Ähnlichkeit mit Doktor Chaim?«

Lilya gab Karen Dove das Foto. Sie nahm es in die Hand, sah es fast ängstlich an. Lilya beobachtete sie. Jemand schob einen quietschenden Wagen am Fenster vorbei. In der Ferne brummte ein Motor.

Das Gesicht der Schwester zeigte keine Regung. Sie legte das Bild auf den Tisch, den Blick immer noch darauf gerichtet. »Wenn Sie tatsächlich kommen wollen, dann kommen Sie bald«, sagte sie.

4

Die Ordonnanz wollte nicht gehen, bis Lilya die Einladung geöffnet hatte. Regungslos stand der Soldat an der zur Straße gelegenen Pforte vor dem Haus. Hella hatte sich vor ihm aufgebaut, als wollte sie das Haus bewachen. Alma lugte aus dem Küchenfenster. Doktor Caposi wirtschaftete im Garten.

In Palästina hätten die Engländer sie am liebsten eingebuchtet, hier wurde ihr von denselben Leuten eine mit einem Umschlag versehene, persönliche Einladung überbracht. Sie hatte längst verstanden, dass im Britischen Empire zwischen einer Einladung und einer Vorladung nur eine dünne Grenze verlief. Das hier war Letzteres. Es war an der Zeit, den jungen Soldaten zu erlösen. Sie überflog die Zeilen.

»Ich nehme die Einladung an«, sagte sie.

Der Soldat grüßte und ging.

Es war nicht weit zum britischen Offizierskasino. Sie trug ein frisches, von Alma gebügeltes Uniformhemd, und sie hatte sich auf das Gespräch vorbereitet. Am Abend vor dem Schlafengehen hatte sie sich Notizen gemacht, um ihrem Gastgeber alle Neuigkeiten sortiert und abgewogen auftischen zu können. Sie war gespannt, was er ihr im Gegenzug zu berichten hatte. Dass er hier früher oder später auftauchen würde, war ihr klar gewesen. Sie befanden sich in der britischen Zone, und der kleine Major hatte seine Quellen.

Eine Ordonnanz brachte sie in den Saal des Kasinos, das unweit des Marktes lag. Major Terry hatte einen Tisch abseits der anderen ausgewählt. Als er Lilya erblickte, erhob er sich und lächelte sie schon von Weitem an. Sie sah ihn zum ersten Mal in Uniform, die ihn größer zu machen schien.

»Ich hoffe, Sie haben ordentlich Hunger. Unsere Kasinos können vielleicht nicht mit denen in der französischen Zone mithalten, aber es ist mehr als redliches Bemühen, was hier auf den Tisch kommt. Bloß koschere Speisen haben wir nicht im Angebot.«

Terry zog einen der Stühle vom Tisch weg und bedeutete Lilya, Platz zu nehmen. Sie setzte sich.

»Ich denke, Schwein werden Sie mir wohl kaum anbieten.«

»Lamm. Aus der Heide.«

Terry saß ihr gegenüber, lehnte sich in seinem Stuhl zurück, verschränkte die Arme vor der Brust und strahlte sie an wie eine Trophäe. »Wir haben Sie gefunden«, sagte er.

»Ich habe mich auch nicht versteckt. Aber ich hielt es zu meiner eigenen Sicherheit für angebracht, aus Berlin zu verschwinden, ohne mich bei Ihnen abzumelden. Sie sagten ja selbst bei meinem Anruf in der Botschaft, nun wüssten alle über uns Bescheid.«

Terry lachte leise, schüttelte den Kopf und schaute ihr in die Augen.

»Immer einen Schritt voraus. So jemand wie Sie ist mir tatsächlich noch nicht untergekommen. Jedenfalls ist es mir eine Ehre, Sie in unserer Zone begrüßen zu dürfen – nun also ganz offiziell. Ich hoffe, Sie fühlen sich wohl.«

Ein uniformierter Kellner stellte Wasser auf den Tisch. Terry forderte ihn auf, jetzt ganz Soldat und Offizier, mit dem Auftragen zu warten, bis der »operative Teil« des Gesprächs zu Ende sei.

»Ihre Zone – und die wollen Sie den Deutschen irgendwann besenrein übergeben? Ohne Schatten und Unrat«, sagte Lilya.

Terry goss ihr wortlos Wasser ein, sein Strahlen war einem schiefen Lächeln gewichen. Er wechselte das Thema. »Sie haben bei einem Engländer Quartier genommen, habe ich gehört. Das freut mich. Auch wenn uns Caposi eher Sorgen bereitet. Er sollte das Land verlassen, bevor er noch völlig verrückt wird. Und dann noch eine deutsche Frau. Ich denke, es liegt kein Segen auf der Sache.«

»Sie haben mich nicht etwa eingeladen, um über meinen Gastgeber zu plaudern? Caposi hat mir sehr geholfen. Mehr als jeder andere Engländer.«

Terry lehnte sich wieder zurück und betrachtete sie. »Ich habe gehört, Sie sind der Lösung Ihres Falles deutlich näher gekommen?«, sagte er nach einer kurzen Pause. »Es gibt tatsächlich Hinweise, dass Lind lebt?«

»Es gibt eine Spur, ja.«

»Im Lager?«

»Nein, außerhalb«, sagte sie.

Terry sah sie überrascht an.

Ein Offizier mit seinem Adjutanten ging am Tisch vorbei. Terry grüßte kurz, fast ohne aufzublicken. Es war deutlich, dass er nicht gestört werden wollte.

»Und hat sich unser Schatten schon blicken lassen?«

»Nein, bislang nicht. Ich weiß, dass Sie das enttäuscht. Aber so liegen die Dinge. Und wenn ich Lind finden sollte, nur von Ihnen und Ihren Leuten beschattet, könnte es zu Hause mit dem Orden schwierig werden.«

Lilya gefiel der Gedanke, und fast hätte sie gelacht. Warum hatte sie diese Möglichkeit bisher noch nicht erwogen: dass die Engländer mit leeren Händen dastehen könnten, weil sie den Mann, den sie doch so sehr suchten, geschickt abgeschüttelt hatte.

Der kleine Major schien etwas zusammengesunken und schaute

sie an, leise Verachtung im Blick. Die Offiziere am Nachbartisch sahen verstohlen zu ihnen herüber. Terry war die Situation sichtlich unangenehm.

»Ich bin mir sicher, dass er in Kürze hier auftauchen wird«, sagte er und richtete sich wieder auf. »Sie mögen den Gedanken, dass es anders kommen könnte, erheiternd finden. Aber das Vergnügen wird da draußen auf der Straße enden.«

»Vielleicht haben Sie recht. Immerhin haben sogar Sie es hinbekommen, mich zu finden. Und mein Schatten war bisher – das werden Sie einräumen müssen, Major – immer einen Zacken schneller als Sie.«

Terry beugte sich vor und griff nach ihrer Hand. »Lilya, bitte«, sagte er und senkte die Stimme. »Wenn Sie eine heiße Spur zu Lind haben, ist es nur eine Frage der Zeit, bis Harp, oder wer auch immer Ihnen auf den Fersen ist, hier auftaucht. Und dann sind nicht nur Sie in Gefahr, sondern auch Lind – so er denn noch lebt – und vielleicht sogar Caposi. Deswegen habe ich Sie hergebeten. Sie mögen zwar unser Lockvogel sein, wie Sie es in Berlin genannt haben, aber dazu gehört auch Verantwortung. Unsere Verantwortung. Ich will und muss verhindern, dass Ihnen etwas zustößt. Auch wenn es Ihnen nicht passt: Sie brauchen uns. Sie brauchen unseren Schutz. Und wir zusammen brauchen jetzt einen Plan.«

Lilya wurde wieder ernst. Für alles gab es eine Lösung, hatte sie bislang gedacht, eine politische Lösung, eine große Lösung, ein Telos, ein Ziel, dem sie alles unterordnen musste. Darin war sie sich mit Yoram immer einig gewesen, auch wenn sie, was die Methoden betraf, völlig unterschiedlicher Meinung waren. Vielleicht würde Yoram, wenn er noch leben würde, sie jetzt auslachen, weil sie sich zu einem Instrument der Engländer gemacht, sich mit ihnen an einen Tisch gesetzt hatte, und sagen: Verloren, Lilya. Sie haben dich!

Und wenn schon. Sollte er doch! Sollte er sie doch auslachen. So einfach und klar war der Gedanke – und so befreiend neu.

Sollten sie alle, die Theoretiker, Ideologen, Debattenredner, Tribune und Kämpfer, sollten sie alle über sie lachen! Die Verbohrten und die Unwissenden. Sie würde die Sache hier zu Ende bringen, und wenn es sein musste, auch zusammen mit den Engländern.

Terry hatte eine Zigarette aus seinem Etui geholt, saß zurückgelehnt in seinem Stuhl und schien zu beobachten, wie es in ihr arbeitete.

»Ich habe nahe Erding einen Mann mit dem Namen Karl Wilhelm Wartenberg gefunden«, sagte Lilya. »Er hat veranlasst, dass Lind 1941 aus seiner Wohnung in Dahlem abgeholt wurde. Und: Er hatte zuvor einen Anruf bekommen ...«

Terry horchte auf. »Wie meinen Sie das?«

»Der Anrufer hatte einen leichten, kaum merklichen britischen Akzent. Es war im Herbst 1941, er wollte ganz offensichtlich Informationen verkaufen. Er wusste, dass Wartenberg für das Heereswaffenamt arbeitete und an Linds Forschung interessiert sein könnte.«

»Im Herbst 1941, sagen Sie? Kurz nachdem Harp von der Bildfläche verschwunden ist?«

»Richtig. Und alles, was Wartenberg über diesen anonymen Informanten herausfinden konnte, entspricht ziemlich genau dem, was Sie mir über Harp erzählt haben.«

Terry beugte sich über den Tisch. »Hat er Wartenberg auch von der geplanten Entführung erzählt?«

»Ja. Zu dem Zeitpunkt hatten Wartenbergs Leute Lind aber bereits abgeholt. Wartenberg ließ sich nicht erpressen und sich auch nichts anbieten. Er sagte, er sei auf die Informationen des Mannes nicht angewiesen gewesen.«

»Das heißt, Harp wollte Lind und das von ihm gesammelte Wissen den Nazis gegen Bezahlung anbieten?«

»Ja. Und Wartenberg behauptet auch, er hätte es später bei den Russen probiert, und die hätten angebissen.«

Terry stieß einen Pfiff aus. »Ich bin beeindruckt, Miss Wasserfall.«

Er schien eine Weile zu überlegen. Dann legte er ihr mit ruhiger Stimme seinen Plan dar, Bewachung rund um die Uhr, diskret und effektiv.

»Wir werden Ihnen ab jetzt nicht mehr von der Seite weichen«, sagte Terry, sein Lächeln war auf sein Gesicht zurückgekehrt, und er winkte dem Kellner. »Und jetzt stärken Sie sich erst einmal.«

Das Fleisch war gut, Terry hatte nicht zu viel versprochen. Nach dem Kaffee war es Zeit zu gehen. Sie stand auf, dankte und wandte sich zum Gehen. Nach ein paar Schritten drehte sie sich noch einmal um. »Richten Sie Ihrem Mr. Honeywell in Whitehall meine Grüße aus«, sagte sie, »er soll sich schon mal überlegen, welches Angebot er mir machen will. Ich hätte da ein paar Ideen. Ich schicke ihm eine Liste. Aus Jerusalem. Ich hoffe, er erinnert sich dann noch an mich.« Sie lächelte, nickte Terry zu und verließ den Raum.

Immer wieder lauschte sie zum nächtlichen Fenster und warf sich im Bett hin und her. Im Haus war es still. Nur ab und zu hörte sie, wie Caposi im Schlaf stöhnte oder sprach, und gleich darauf Almas samtene Stimme, die fast klang wie ein Gesang.

Gleich am Morgen würde sie zu Karen Dove fahren. Nur wusste Caposi nichts von ihrer Verabredung mit dem britischen Major, nichts von der Gefahr, in die sie ihn möglicherweise brachte, nichts von dem Mann, dessen Hand wie eine Drahtschlinge war, dem Unfall, dem Verräter, den Terry mit hinter diplomatischer Contenance verborgener Abscheu Everett Harp genannt hatte, nichts von ihrer Abmachung mit Whitehall. Wenn sie den Lockvogel spielte, brachte sie auch Caposi ins Visier des Fremden, der alles daransetzen würde zu verhindern, dass sie Lind fanden.

Ein Wagen schien sich zu nähern. Der Motor verstummte, eine Tür klackte leise. Nicht direkt vor dem Haus, irgendwo weiter unten an der Straße, vernahm sie gedämpfte Stimmen, fast ein Wispern. Sie versuchte, die Geräusche zu ignorieren. Aber von Ben Gedi hatte sie gelernt, ihrem Instinkt zu folgen. Sie schlug die Decke zurück. Vorsichtig setzte sie die Füße auf den Boden, griff nach der Hose, zog sie an und streifte sich ein Hemd über. Mit den Schuhen in der Hand schlich sie die Treppe hinunter. Langsam setzte sie einen Fuß vor den anderen, ohne abzurollen. Mühelos fand sie im Dunkeln die Eingangstür. Ein Schlüssel steckte. Sie bekam ihn zu fassen und drehte ihn langsam herum. Sie hörte die Mechanik des Schlosses, wie es sich löste und mit einem leisen *Schnapp* entspannte.

Es war gänzlich unvernünftig, allein und ohne Caposi zu wecken hinauszugehen. Sie öffnete die Tür einen Spalt weit und lugte hinaus. Der Mond stand hinter den Wolken, aber die Nacht war lau. Sie zog die Schuhe an und ging die Stufen vor der Haustür hinunter. Ihre Augen gewöhnten sich schnell an die Dunkelheit. Sie konnte nun die Konturen des Gartens erkennen und entdeckte einen Klappspaten, den Caposi neben dem Eingang in den Boden gesteckt und dort vergessen haben musste. Sie packte den Griff, zog ihn lautlos heraus, reinigte ihn vorsichtig von der Erde und öffnete die zur Straße hin gelegene Pforte.

Jetzt sah sie den Wagen, er parkte keine hundert Meter entfernt. Die Scheinwerfer waren erloschen, und niemand war zu sehen. Auch die Stimmen waren verstummt.

Noch einmal sah sie sich um, dann ging sie, dicht an eine Hecke geduckt und mit dem Spaten vor der Brust, auf den Wagen zu. Eine Katze huschte über den Weg, sie fuhr zusammen. Aber sie wollte Gewissheit, wollte die Scheinwerfer des Wagens sehen. Wollte wissen, ob es der Wagen war, der ...

Wieder hörte sie Stimmen, konnte aber nicht ausmachen,

wie viele es waren. Die Männer sprachen mit englischem Akzent. Sie hielt am Ende der Hecke inne und hob den Spaten über den Kopf. Wenn sie sich dem Haus nähern wollten, würde sie sich zu wehren wissen.

Sie hörte auf der anderen Seite der Hecke Schritte, dann schien einer der Männer stehen zu bleiben. Lilyas Herz pochte. Ein Ratschen, als würde ein Reißverschluss geöffnet, dann ein Plätschern. Lilya bewegte sich nicht.

»Okay, Bill. Wir gehen besser noch mal zum Haus.«

»Gib mir noch eine Minute.«

Sie hörte, wie der Mann an seiner Hose nestelte, sich entfernte und wieder auf die Straße ging. Lilya ließ den Spaten sinken. Jetzt konnte sie im Mondlicht sehen, dass die Männer Uniformen trugen. Das also sollten ihre Beschützer sein! Sie löste sich von der Hecke und stellte sich auf die Straße neben das Auto. »Guten Abend, Gentlemen«, sagte sie mit fester Stimme.

Der eine der beiden fuhr herum, das Hemd hing ihm noch aus der Hose, er griff nach dem Pistolenholster. Der andere schaltete eine Taschenlampe an, sein Lichtkegel irrte suchend umher.

»Hier«, sagte sie und hielt den Spaten in die Höhe.

Die Männer starrten zu ihr herüber.

Noch einmal strich das Licht über den Boden, dann kletterte es an ihrem Körper hoch. Sie musste die Augen schließen.

»Hätte schiefgehen können, junge Frau«, sagte der, der Bill hieß.

»Ich hatte es so verstanden, dass Sie mich bewachen, und nicht ich Sie. Hätte jemand mich im Haus besuchen wollen, Sie hätten ihm fast noch Geleitschutz gegeben.«

»Wohl kaum. Aber entschuldigen Sie, Miss. Ich hoffe, Sie werden von unserer kleinen Begegnung hier nicht gleich Major Terry ...«

Bill unterbrach ihn und wies auf den Spaten, den sie noch immer in der Hand hielt

»Sie glauben aber doch nicht im Ernst, dass Ihnen dieser Wurzelheber im Ernstfall hätte helfen können.«

»Immer noch wirkungsvoller als die Vertreter der britischen Armee«, sagte sie und wandte sich zum Gehen. Die beiden Soldaten begleiteten sie zur Haustür und warteten, bis sie hineingegangen war.

»Gute Nacht, Miss. Sie täten besser daran, noch ein paar Stunden zu schlafen. Und wir wären Ihnen wirklich dankbar, wenn dieser kleine Vorfall unter uns bleiben könnte.«

Zurück in ihrer Dachkammer, ließ sie sich aufs Bett fallen und rollte sich unter der Decke zusammen. Noch immer pochte ihr Herz. Sie sehnte sich nach Schlaf und wusste, dass sie in dieser Nacht keinen mehr finden würde. In ihrem Kopf kreisten die Gedanken, und wieder spürte sie Angst. Was, wenn es nicht ihre Beschützer gewesen wären? Wenn ihr Verfolger ihr hinter der Ecke aufgelauert, sie von hinten gepackt hätte mit seinem Drahtschlingengriff, so fest, dass sie den Spaten nicht mehr hätte halten können? Sie zog sich die Decke über den Kopf und lauschte regungslos in die nächtliche Stille.

Die Bilder jener Nacht stiegen wieder vor ihr auf, als sie schon einmal von Schritten erwacht war: Über das Treppenhaus ihrer Wohnung kamen sie näher. Sie richtete sich auf und maß die Entfernung zum hinteren Teil der Wohnung. Ein Sprung durch das Küchenfenster in den Innenhof, mit etwas Geschick könnte es klappen. Die Straßen meiden, durch Gärten und Hinterhöfe, Haken schlagen. Sie kannte Jerusalem wie kaum ein anderer. Leise zog sie die Schuhe an und griff nach ihrem Rucksack, der stets gepackt neben ihrem Bett stand.

Noch einmal lauschte sie. Es schien nur ein Mann zu sein.

Vielleicht wartete ein zweiter unten auf der Straße? Oder hinter dem Haus. Es mussten Engländer sein.

Sie zögerte. Jemand klopfte an die Tür. Dreimal. Pause. Zweimal. Es war das gelernte und verabredete Zeichen.

Wenn es Yoram war, kam er ohne Ankündigung. Es war eine Regel, ein Treffen anzukündigen. Er selbst hatte sie festgelegt.

Sie öffnete ganz langsam die Tür. Vor ihr stand Ofer Kis. Er kam grußlos herein, blickte sich um und zog die Tür leise hinter sich zu.

»Bist du allein?«, fragte er. Sie nickte, und er ging an ihr vorbei in das Zimmer, das zur Straße hin lag.

Er hielt eine Mütze in der Hand. Man müsste sie einmal waschen, dachte sie, und ausbessern. An der einen Seite klaffte ein großer Riss, und sie war übersät mit schwarzen Flecken. Vielleicht war sie auch hinüber, nicht mehr zu retten.

Sie folgte Ofer in das Zimmer, spürte einen Schwindel und hielt sich am Tisch fest.

Die Mütze. Einweichen. Man sollte es versuchen. Sie blickte zum Waschbecken.

Ofer ging zum Fenster und spähte hinaus. »Du hast nicht auf mich gewartet, ich weiß«, sagte er so leise, dass sie ihn kaum verstehen konnte. Er wandte sich ihr zu. Die Muskeln in seinem Gesicht waren hart.

Ob er noch Geige spielt?, dachte sie, weil man in solchen Situationen Unsinniges denkt.

Sie sollten jetzt besser einen Plan machen. »Mit Bedacht«, sagte er und lugte wieder aus dem Fenster.

Einen Plan. Wozu?

Die Mütze. Wieso hatte er sie dabei? Seine hatte immer Flecken mit Salzrändern.

Sie hörte die Worte »Norden«, »Versteck«, »besser so ...«, »Nein!«, sagte sie. Mitten in seine Worte hinein.

Er lügt. Es ist nicht wahr. Es ist ein Spiel, ein bitteres, böses, sie spielten gegen sie. Wenn Yoram wüsste, was sie hier trieben, in seinem Namen, hinter seinem Rücken. Sein Freund Ofer!

»Eine Bombe«, sagte Ofer und blickte sie kurz an, »ihn und zwei Weitere von uns hat sie getötet, im Keller. Du weißt, wie erfahren sie waren. Ein Fehler, irgendeine Unachtsamkeit, ein technisches Problem, wir wissen es nicht.« Seine Stimme brach, er schüttelte den Kopf und sah zu Boden.

Sie würde sich auf dieses Spiel nicht einlassen, niemals. Plötzlich hielt sie die Mütze in der Hand. Er musste sie ihr gegeben haben. Hart und brüchig war sie, man hätte ein Stück herausbrechen können. Sie hielt sie vor dem Bauch.

»Warum erzählst du so etwas, Ofer?«, hörte sie sich sagen.

Er antwortete nicht. Seine Hand lag auf ihrer Schulter.

»Komm, Lilya«, sagte er, »der Wagen wartet unten.« Er schulterte ihren Rucksack und führte sie zur Tür.

Norden.

Die Mütze.

Yorams Mütze.

Auf der Straße versagten ihr die Beine. Sie kauerte vor dem Wagen, griff mit den Händen in den Staub, rieb ihn sich ins Gesicht, in die Haare. Zwei Männer, einer links, einer rechts, packten sie, zogen sie hoch und schoben sie durch die geöffnete Tür hinein.

»Du lügst!«, schrie sie, »Ich will ihn sehen!«

Der Wagen setzte sich in Bewegung. Ofer saß auf der Rückbank neben ihr. Er drehte den Kopf zum Fenster und starrte hinaus.

Die Häuser zogen sich zurück, und karge Hügel tauchten auf, Gestrüpp, dürres Land. Die Straße führte bergab, als ein britischer Posten auftauchte, legte Ofer einen Revolver auf den Schoß. Doch sie wurden durchgewinkt.

»Es ist besser so«, sagte Ofer erneut und wandte sich wieder dem Fenster zu. »Wenn all das vorbei ist, kommst du zurück.«

»Ben Gedi. Ich muss ihm ...« Ihre Stimme war ihr mit einem Mal fremd.

»Er wird es erfahren«, sagte Ofer, »und auf dich warten.«

Sie drehte sich auf die Seite. Draußen war jetzt alles still. Als die ersten Vögel anfingen zu singen, sank sie in einen kurzen, traumlosen Schlaf.

5

Das Haus lag am Ende einer unbefestigten Straße. Unmittelbar dahinter begann der Wald, sodass es nur von der vorderen Seite einsehbar war. Der Garten um das Haus herum war verwildert, aber die Spur einer ordnenden Hand noch erkennbar. Die Beete waren von Steinen eingefasst, ein breiter Weg führte bis zur Tür, ein paar kleinere schienen sich im Garten zu verlieren. Ein Gewächshaus stand verwaist zwischen den Beeten, einige seiner Scheiben waren zerbrochen. Drinnen standen gesprungene Töpfe mit vertrockneten Pflanzen. Eine Schwalbe kam herausgeflogen.

Lilya musste daran denken, was ihr Karen Dove erzählt hatte wie Doktor Chaim in seinen ersten Wochen zusammen mit dem Jungen namens Jochen unermüdlich hier gearbeitet hatte, irgendeinem nicht erkennbaren Ordnungsprinzip folgend. Es gab keine rechten Winkel, die Wege verliefen in einer komplexen, fast formelhaften Struktur.

Sie spürte die Stille. Caposi wollte beim Wagen warten. Doch sie bat ihn, mit ins Haus zu kommen. Er zuckte mit den Schultern und folgte ihr.

Sie sah sich um. Niemand war zu sehen. Irgendwo da draußen könnte er sein. Irgendwo waren auch Terry und seine Leute.

Karen Dove war blass und sah übermüdet aus. Sie rieb sich die Hände an ihrer Schürze ab. »Er ist sehr schwach heute, ich hatte schon überlegt, ob wir das Treffen nicht besser verschieben sollten.«

Sie bat sie hinein. »Sein Zimmer liegt zur Gartenseite hinaus, dort weckt ihn die Morgensonne«, sagte sie, als sie den Flur betraten. »Er kann das Bett nicht mehr verlassen.«

Karen Dove bat Lilya und Caposi, im Wohnzimmer zu warten.

In dem Zimmer standen zwei Sessel, ein Bett, eine Waschschüssel und ein Schrank, durch dessen Glasfenster Medikamente zu sehen waren. Auf dem Tisch lag ein aufgeschlagenes Buch, *Stamboul Train*. Es sah so aus, als bewohne Karen Dove nur dieses eine Zimmer. Lilya spähte kurz durch eines der Fenster hinaus.

Nach wenigen Minuten kam die Schwester zurück, sie schien mit sich zu ringen. »Wenn wir es kurz halten, sollte es gehen«, sagte sie.

Für einen Augenblick war Lilya abgelenkt, sie hatte draußen etwas gehört, ein Knacken von Zweigen.

»Ich bringe Sie jetzt zu ihm«, sagte Karen.

»Ist die Haustür verschlossen?«

Karen Dove sah Lilya erstaunt an. »Gewiss, warum?«

»Ich möchte sicher sein, dass wir nicht gestört werden.«

Karen Dove führte sie durch den Flur und öffnete dann leise eine Tür. In dem Zimmer war es hell, durch eines der halb geöffneten Fenster kam Vogelgezwitscher. Irgendwo weiter weg arbeitete ein Specht. Das Bett stand mit der Fußseite zum Fenster hin ausgerichtet. Noch einmal atmete sie durch. Dann ging sie hinein.

Dr. Chaim saß halb aufrecht, von zwei großen Kissen gestützt, im Bett, sein Blick war aufs Fenster gerichtet. Er hatte einen weißen, sorgsam geschnittenen, dichten Bart. Nur an einer Stelle schimmerte die Haut durch, eine dünne Linie an der linken Wange. Sein Schopf war noch voll, aber fast weiß wie Papier, sein Oberkörper kräftig. In seinen Augen schien ein fernes Feuer zu brennen, und doch wirkte er, als würde er nichts wahrneh-men, als würde alles, was er sah, von diesem Feuer verschluckt.

Regungslos saß er da, nur die Hände spielten mit der Decke, als würden sie diese erfühlen, erkunden, nach irgendetwas ab-suchen.

Lilya ging näher an das Bett heran. Es war überwältigend. Die Ähnlichkeit mit dem Mann, dessen Bild sie seit Wochen bei sich trug, war unabweisbar. Und ebenso die mit Elias Lind.

»Sprechen Sie mit ihm«, sagte Karen. Sie schob Lilya einen Stuhl neben das Bett.

Sein Atem war flach, ging kurz und stoßweise.

»Professor Lind«, sagte sie.

Er sah sie regungslos an.

Sie versuchte es erneut. »Ich bin auf der Suche nach Raphael Lind. Aus Berlin.«

Seine Augenbrauen hoben sich. Seine Hände hielten inne.

Sie spürte, dass etwas in ihm arbeitete. »Elias, Ihr Bruder, schickt mich zu Ihnen. Elias Lind. Er lebt in Jerusalem.«

Die Hände begannen wieder die Decke zu kneten, diesmal heftiger.

»Es scheint ihn irgendwie aufzuregen, was Sie sagen. So habe ich ihn noch nie gesehen«, sagte Karen. Sie war ans Bett getre-ten und blickte auf ihn herunter. Er schien Lilya nicht mehr aus den Augen lassen zu wollen.

»Erzählen Sie ihm ein wenig von sich.«

Wo sollte sie anfangen? Eine große Leere tat sich in ihr auf. Wie lange hatte sie auf diesen Tag hingearbeitet. Und jetzt fand sie keine Worte. »Ich habe Sie gesucht ... wochenlang ... ich habe fast nicht mehr daran geglaubt ...«

»Erzählen Sie von seinem Bruder ...«, sagte Karen.

»Ich habe Elias mehrmals in Jerusalem getroffen ... Er würde Sie gerne wiedersehen ... es geht ihm gut ...«

Aus dem Augenwinkel nahm Lilya vor dem Fenster eine

Bewegung wahr. Vielleicht war Caposi nach draußen gegangen, und sie musste aufstehen und ihn warnen. Aber was wollte er hinter dem Haus?

Doch Caposi kam mit einer Kamera ins Zimmer. Jetzt sah sie es, britische Soldaten schlichen geduckt durch den Garten, das Gewehr im Anschlag.

»Es wäre gut, wenn wir ein Foto von ihm machen könnten«, sagte sie, kurz Karen Dove zugewandt, etwas zu laut und nachdrücklich, weil sie die Schwester von den Geschehnissen vor dem Fenster ablenken wollte.

Während Caposi die Kamera auf Doktor Chaim richtete, erzählte sie wirr weiter, wie sie ihn gefunden hatte, von den Wochen der Suche. Namen purzelten durcheinander, Durlacher, Wartenberg, Terry und Green, Desirée von Wallsdorff, Ben Gedi, Guggenheim. Immer wenn sie den Namen Lind erwähnte, kam Regung in den sonst teilnahmslos wirkenden Mann.

Plötzlich merkte sie, dass er eingeschlafen war. Seine Gesichtszüge wirkten entspannt. Die Hand der Schwester lag jetzt auf ihrer Schulter.

»Kommen Sie, für heute ist es gut«, sagte Karen.

In diesem Moment hallte ein Ruf durch den Garten, schneidend wie ein Befehl. Dann fiel ein Schuss. Und noch einer. Caposi stieß sie zur Seite, vom Fenster weg. Sie hörte Schritte hinter dem Haus, ein Mann brüllte. Erneut fielen Schüsse. Nebenan im Wohnzimmer zersprang eine Scheibe, und in der Wand hinter ihr machte es klack, dann noch einmal, als schlüge jemand Nägel ein.

Caposi riss sie zu Boden. Karen Dove kauerte in einer Ecke an der Fußseite des Bettes, die Arme fest um den Körper geschlungen.

»Wir müssen ihn vom Fenster wegbekommen«, sagte sie zu Caposi, der jetzt neben ihr auf dem Boden lag. Erneut zersplitterte Glas. Vor Linds Bett lagen Scherben.

Klack, klack. Da war es wieder. Sie sah, wie Karen Dove den Kopf einzog und sich nicht mehr regte. Lilya robbte über den Boden, griff nach dem Bettgestell, das auf Rollen stand, und zog, Caposi kam von der anderen Seite und packte ebenfalls zu. Gemeinsam versuchten sie, es zu bewegen, aber es war zu schwer.

Sie rief Karen Dove, die sich immer noch nicht rührte, und kroch zu der Schwester hinüber. Mit weit aufgerissenen Augen lehnte sie an der Wand. Ihre Haut war weiß wie Schnee, an der Schläfe traten ihre Adern hervor, und ihr Atem ging schnell. Lilya berührte ihr Bein, und Karen Dove sah sie erstaunt an, sie schien unverletzt zu sein.

Plötzlich war es still. Lilya hob den Kopf und lauschte. Irgendjemand brach mit einem Krachen die Haustür auf und rief in den Flur hinein. »Keine Gefahr. Sie können herauskommen. Die Sache ist abgeschlossen.«

Die Schwester erhob sich, strich das Kleid glatt, trat vor das Bett und legte Raphael Lind die Hand auf die Stirn. Auch er schien unverletzt zu sein.

Lilya setzte sich auf und lehnte sich gegen die Wand. Sie sah, wie Alfred Caposi zum Fenster ging, unter seinen Schritten knirschte das zersprungene Glas. Sie wollte aufstehen, doch ihr Körper war schwer wie Blei. Caposi kam zu ihr herüber, reichte ihr seine Hand und zog sie hoch. Sie stand etwas wackelig auf den Beinen und hielt sich an seiner Schulter fest.

»Alles in Ordnung?«, fragte er.

Sie atmete tief durch und nickte. »Danke, ja.«

Caposi hakte sie unter und brachte sie aus dem Haus. In der Einfahrt parkten Jeeps. Soldaten der britischen Armee standen an die Motorhaube gelehnt da, die Gewehre zwischen die Beine geklemmt, und gaben sich gegenseitig Feuer. In einem der Jeeps entdeckte Lilya einen Mann, der mit nach vorne gebeugtem Oberkörper auf dem Beifahrersitz saß und sich den blutenden

Arm hielt. Es war Major Terry. Ein Sanitäter stand neben ihm und entrollte einen Verband.

»Halb so wild«, sagte Terry mit zusammengebissenen Zähnen, als Lilya auf ihn zuging, und richtete sich auf. »Wir haben ihn, das ist die Hauptsache. Everett Harp, er ist tatsächlich alleine gekommen.«

Er schrie auf. »Nicht so fest«, herrschte er den Sanitäter an.

Als sein Arm verbunden war, kletterte er vom Sitz und zeigte in Richtung Gewächshaus. »Da hinten«, sagte er, »kommen Sie, sehen Sie ihn sich an.«

Aus dem Gewächshaus ragten Füße, überall lagen Glasscherben. Ein Sergeant stand mit einem Karabiner unter dem Arm neben dem Toten.

Der Mann lag auf der Seite, ein Arm war ausgestreckt, der andere unter seinem Körper verborgen. Neben ihm entdeckte Lilya einen Armeerevolver. Terry berührte den Toten mit dem Stiefel, sodass er auf den Rücken rollte. Jetzt sah Lilya sein Gesicht und den linken Arm, der eben noch von seinem Körper verdeckt gewesen war. Über der Hand trug er einen braunen, dünnen Lederhandschuh, und unter dem etwas zu weiten grauen Jackett lugte ein Futteral mit dem scharfzackigen Messer hervor.

»Und? Kennen Sie ihn?«, sagte Terry.

»Ich fürchte, ja«, sagte sie. »Er war mit mir auf dem Schiff.«

»Der Mann, der sich O'Madden nannte?«

»So ist es.«

Terry schüttelte den Kopf. Ernst Hartmann, Everett Harp, Colm O'Madden, Major Turntide, mochte er denken, die Wahrheit ist ein amphibisches Wesen.

»Ich möchte Ihnen noch etwas zeigen«, sagte Terry und griff nach ihrem Ellbogen. »Ein Stück weiter im Wald parkt ein Auto. Ein Wanderer, schmuckes Fahrzeug. Cabriolet, Baujahr 1932 und in bestem Zustand. Nur die Scheinwerfer sind ein wenig zu groß und zerstören gänzlich die Proportionen dieses Gefährts. Mich würde interessieren, ob Sie den Wagen wiedererkennen.«

Sie gingen um das Haus herum auf den Waldrand zu. Zwei Soldaten standen an einem schmalen Pfad, der sich zwischen den Tannen öffnete und zu einer kleinen Lichtung führte, die an einer Schotterstraße lag. Hier stand der Wagen. Einer der Scheinwerfer war zerbeult und das Glas gesprungen.

»Offenbar hat er das Auto hier abgestellt und Ihnen dann vom Waldrand aus aufgelauert.«

Ja, das war der Wagen. Sie ging näher heran und berührte den beschädigten Scheinwerfer.

»Wir werden das Kennzeichen überprüfen und den Wagen nach Berlin bringen. Doktor Durlacher wird ihn vielleicht auch wiedererkennen. Major Turntide! Ich bin gespannt, ob es noch einen ganz anderen Vorbesitzer gibt. Hatten Sie nicht erwähnt, Lind hätte seinen Wagen vor seiner Verschleppung verkaufen müssen?«

Als sie wieder vor dem Haus standen, wartete Caposi bereits in seinem Jeep. Sie stieg ein und sah, dass der Tacho zerstört war. Ein fingerdickes Einschussloch machte die Fünfzig-Meilen-Marke unlesbar.

Caposi wollte ihn starten, aber Terry nahm vor ihm Haltung an. »Ich danke Ihnen, Doktor Caposi. Wir stehen in Ihrer Schuld. Ohne Ihren Einsatz wären wir ... Ich werde das an höherer Stelle hinreichend kommunizieren.«

Caposi hob den Arm. »Schon gut, ja. Perforierte Zeit ist das, so ist es wohl ...«

»Gewiss«, sagte Terry, schüttelte den Kopf und wandte sich an Lilya. »Und Sie? Ich vermute, Sie sind nun am Ende Ihrer Reise angekommen?«

»Noch nicht ganz«, sagte sie, »aber ich war noch nie so weit wie jetzt.«

6

Das Telefon schien sie mit seinen zehn Augen anzustarren. Major Terry hatte ihr nach einigem Hin und Her in der Kommandantur einen Apparat zur Verfügung gestellt, hinter ihr die Tür geschlossen und sie allein gelassen.

Den Film mit den Bildern, die Caposi von Raphael Lind gemacht hatte, wollte Terry einer Maschine der RAF mitgeben, sie flog von Hannover nach London. Von dort würde ein Transport sie mit nach Palästina nehmen. Elias Lind sollte telegrafieren, sobald die Bilder vor Ort mithilfe der Armee entwickelt worden waren. Terry hatte ihr zudem zugesagt, auch für ihren Transport zu sorgen, dieses Mal mit einer Maschine der Air Force.

Sie nahm den Telefonhörer ab und zögerte. »Bitte vergib mir, falls ich mich irre«, sagte sie leise zu sich selbst. Dann wählte sie die Nummer in München, die sie bereits auswendig konnte. Er musste ihr am Telefon nur eine Frage beantworten.

»David, können Sie mich hören?«

»Ja, gut. Wie geht es Ihnen, Lilya?« Es war offensichtlich, dass er sich über ihren Anruf freute.

»Ich habe ihn gefunden, er lebt«, sagte sie und spürte, dass sie es vor Freude hätte herausschreien wollen. All die Anspannung und Angst der letzten Wochen und Monate war endlich von ihr abgefallen.

»Sind Sie sicher?«

»Nahezu gänzlich, auch die anderen sagen es, kaum ein Zweifel.«

»Das ist ja wunderbar! Meinen Glückwunsch, Lilya. Was für ein Erfolg!«

»Danke, aber ich rufe noch aus einem anderen Grund an ...« – Lilya hoffte, die Leitung würde sie nicht im Stich lassen und die Verbindung halten –, »es geht um das Foto Ihrer Mutter.«

»Ich bin gerade dabei, mich damit abzufinden, dass ...«

»Bitte holen Sie das Foto.«

»Jetzt gleich?«

»Ja.«

Er schien zu zögern, dann seufzte er und bat sie, einen Moment zu warten.

»So, ich habe es vor mir.«

»Dann hören Sie mir bitte zu und sehen Sie sich das Bild genau an. Sie müssen mir nicht gleich antworten ...«

Als sie den Hörer auflegte, zitterte sie, und ihr Herz pochte. »Ja«, hatte er gesagt, »jetzt sehe ich es auch ... Das Regal hinter ihr, die Bücher ...« Dann war es am anderen Ende der Leitung still gewesen.

»David?«, hatte sie gefragt, »sind Sie noch da?« Er hatte sich geräuspert und gesagt, er wollte die Sache noch einmal überschlafen, und sich für den kommenden Tag erneut mit ihr zum Telefonieren verabredet.

Am Abend, als sie wieder in ihrer Dachkammer saß und durchs Fenster auf den Garten hinausschaute, sauste Hella ohne anzuklopfen mit einem Telegramm herein. Lilya riss den Umschlag auf.

++*Überschlafe die Sache im Auto* ++*stop* ++*Ankunft gegen Mittag. D.*

Am Morgen hatte Regen eingesetzt, und durch ihr Fenster drang ein würziger Geruch von Erde, Gras, Blüten, Blättern und Rinde. Die ganze Welt schien zu duften. Gegen Mittag zogen die Wolken ab. Die Luft war von samtener Reinheit, der Rasen vor dem Haus leuchtete. Immer wieder lauschte sie auf ein Motorengeräusch.

Schließlich hielt ein Auto vor dem Haus. Sie spähte durch das Küchenfenster hinaus und sah, wie David Guggenheim aus dem Jeep stieg. Er trug eine Pilotenmütze und einen Schal aus Fallschirmseide. An seinem Gang erkannte sie, dass er müde war. Lev stieg nach ihm aus dem Wagen, nahm einen Armeerucksack vom Rücksitz, hängte ihn sich über die Schulter und folgte Guggenheim durch die Gartenpforte.

»Das also ist der Mann«, sagte Caposi, der hinter Lilya am Fenster Stellung bezogen hatte, »dann werden wir mal sehen ...«

Sie gingen nach draußen, um beide zu begrüßen. Alfred salutierte und nahm Lev den Rucksack ab. »Willkommen, meine Herren«, sagte er.

Guggenheim strahlte, als er Lilya sah. Er betrachtete sie kurz, dann nahm er sie in den Arm.

Lev stand daneben und trat von einem Fuß auf den anderen. »Ich bin schließlich der weit ältere Freund«, sagte er, als David sie losgelassen hatte, packte Lilya an den Schultern und zog sie ungelenk an sich.

In der Küche stand Kaffee bereit, Alma hatte sogar Kuchen auftreiben können. Caposi bat sie, sich zu setzen. »Bitte greifen Sie zu«, sagte er, »wir haben nicht allzu viel Zeit. In einer halben Stunde sollten wir aufbrechen.«

Lev nahm am Tisch Platz, ließ sich von Alma Kaffee einschenken und fing sofort eine Unterhaltung mit der kleinen Hella an, die sich neben ihm aufgebaut hatte. Guggenheim warf Lilya einen Hilfe suchenden Blick zu. Bitte spann mich nicht weiter auf die Folter, schien er sagen zu wollen.

Sie bat ihn ins Wohnzimmer und schloss hinter ihnen die Tür. »Das Foto, haben Sie es dabei?«, fragte sie.

Er nahm die Mütze ab und holte den Umschlag aus der Tasche.

»Ich möchte, dass Sie sich das Bild Ihrer Mutter noch einmal genau ansehen.«

»Die Bücher? Ich habe es am Telefon schon gesagt. Nur erklären kann ich es mir nicht.«

»Warten Sie ...« Sie legte das Foto mit dem Haus im Wald daneben, das Raphael Lind so viel bedeutet und sie auf ihrer Reise nun ohne Unterbrechung begleitet hatte. »Ich möchte von Ihnen wissen, ob Sie das Gleiche sehen wie ich.«

Er sah sie prüfend an, beugte sich über die Bilder, berührte sie, schob sie auf dem Tisch hin und her, legte sie wieder nebeneinander, schob das eine halb über das andere.

Keiner der beiden sagte etwas, nur sein Atem war zu hören. In der Küche räumte Alma das Geschirr weg, und an der Haustür vernahm sie Stimmen. Lev und Caposi waren wohl nach draußen gegangen, um vor der Abfahrt noch eine Zigarette zu rauchen. Sie sah Guggenheim von der Seite an. Er stand da, vornübergebeugt und die Hände auf den kleinen Tisch gestützt, und fixierte noch immer die Bilder. Seine Oberlippe hatte sich ein bisschen nach vorne geschoben, und zwischen seinen Augenbrauen war eine kleine Falte aufgetaucht. Sie betrachtete sein Profil, seine Ohren, seine Schultern, den dunkelblonden Schopf, der heute nicht mit Brillantine gebändigt worden war und sich kräuselte. War eine Ähnlichkeit zu erkennen oder bildete sie sich das alles nur ein?

»Gibt es eine Lupe im Haus?«, fragte er ohne aufzublicken.

Sie reichte sie ihm. Über das Glas gebeugt, starrte Guggenheim wieder auf die Bilder. Dann nahm er nacheinander die Fotos vom Tisch, hielt sie auf Armeslänge von sich weg und schob mit der anderen Hand die Lupe darüber. Schließlich legte er alles wieder auf den Tisch.

»Ich habe zwar keine Ahnung, was das bedeutet, was es mit

dem Bild von diesem Haus auf sich hat. Aber erstaunlich ist es schon. Die Bücher.«

»Es sind dänische Bücher«, sagte sie.

»Und das Haus? Was ist das für ein Haus? Wem gehört es?«

»Was genau haben Sie gesehen?«, fragte sie.

Er schien einen Moment zu zögern, als verstünde er die Frage nicht oder als sei die Antwort so klar, dass sie eigentlich keiner Erklärung bedurfte. »Es sind die gleichen Bücher in dem Regal«, sagte er langsam und sah sie Hilfe suchend an. »Auf beiden Bildern.«

»Es sind dieselben«, sagte sie und legte ihm die Hand auf den Oberarm. »Das Bild von diesem Haus gehört Raphael Lind. Es hat ihn viele Jahre begleitet und ihm viel bedeutet. Es ist aller Wahrscheinlichkeit nach das Elternhaus von Vivien Olsen. In Dänemark. Dort ist sie aufgewachsen, und dorthin ist sie immer wieder zurückgekehrt. Auch zur Geburt ihres ...«

»Wer ist Vivien Olsen?«, fragte er, nun fast ungehalten.

»Raphael und Vivien haben sich 1921 kennengelernt. Sie war aus Dänemark nach Berlin gekommen, um sich mit einem jungen Mann namens Bert von der Lohe zu verloben, verliebte sich aber auf unwiderrufliche Weise in Lind. Sie konnten nicht voneinander lassen, das hat mir eine alte Freundin der Linds in Berlin erzählt, aber Raphael konnte und wollte sich nicht binden. Auch nicht, als Vivien schwanger wurde. Als das Kind auf der Welt war, nannte sie es Hans, nach ihrem Vater – und ...«

»Lilith«, unterbrach er sie. »Ich glaube, ich kann Ihnen nicht mehr folgen. Was ist das für eine Geschichte? Was hat das alles mit mir zu tun?«

»... und gab es zur Adoption frei«, fuhr Lilya mit fester Stimme fort. »Das Kind kam zu einem Paar, das nach Amerika auswandern wollte.«

Guggenheim horchte auf und sah Lilya an. Er schien etwas sagen zu wollen, brachte aber kein Wort heraus.

»David, wenn all das stimmt, was ich herausgefunden habe …
Es spricht einiges dafür, dass die Frau auf Ihrem Foto Vivien Olsen ist. Das Bild von dem Haus in Dänemark, dieselben Bücher,
derselbe Raum. Ihre Mutter ist dort fotografiert worden.«

Er zögerte, als sei dieser Satz zu groß, zu unhandlich zu – absurd. »Und dass Raphael Lind Ihr Vater sein könnte«, sagte sie
sanft. »Sprechen Sie es ruhig aus.«

David Guggenheim zeigte keine Regung. Vielleicht war alles
zu schnell gegangen.

Sie nahm seine Hand. »Wir sollten versuchen, es herauszubekommen«, sagte sie.

Wortlos folgte David ihr zum Wagen. Caposi stand schon
bereit.

»Wohin fahren wir?«, wollte Guggenheim wissen.

Lilya lächelte ihn an. »Zum Vater des kleinen Hans Olsen.«

7

David Guggenheim schien nach seinem Platz in dieser neuen Geschichte zu suchen. Anstatt Lilya tausend Fragen zu stellen, saß er stumm da, den Blick geradeaus gerichtet, als müsste er sich auf irgendeinen Punkt in der Ferne konzentrieren. Er hatte neben Caposi auf dem Beifahrersitz Platz genommen, und Lilya legte ihm die Hand auf die Schulter. Er griff sie mit der Rechten und hielt sie fest. Seine Finger waren kalt.

Karen Dove hatte Raphael Lind nach der Schießerei und den turbulenten Ereignissen ins Glyn Hughes Hospital bringen und dort untersuchen lassen. Zwei Militärpolizisten sollten ihn von nun an rund um die Uhr bewachen. Alle gingen davon aus, dass Harp allein gehandelt hatte, aber keiner wollte ein Risiko eingehen.

Karen Dove erwartete sie am Eingang. In ihrer Stimme hörte Lilya keine Bitternis über die Vorfälle, in die Lilya sie hineingezogen hatte, lediglich Erleichterung. Die Schwester berichtete, Dr. Chaim sei gänzlich unversehrt, und sie sei nicht einmal sicher, ob er überhaupt etwas von dem Tohuwabohu mitbekommen habe.

Lilya stellte ihr David Guggenheim vor, dessen fragenden Blick sie bei der Erwähnung des Namens »Doktor Chaim« aufgefangen hatte, und erklärte ihm, wie es zu dieser Namensgebung gekommen war.

Das Krankenzimmer, in dem Lind untergebracht war, lag im zweiten Stock und war von außen nicht einsehbar. Einer der Wachsoldaten saß vor der Tür auf einem Stuhl, der andere ging, den Karabiner über der Schulter, den Flur auf und ab.

Raphael Lind lag, den Rücken durch zwei große Kissen abgestützt, in einem blendend weißen Bett. Jemand hatte ihm einen großen Blumenstrauß ans Bett gestellt. Das Fenster war halb geöffnet, warme, nach frischem Gras duftende Luft kam herein.

David Guggenheim hatte das Foto seiner Mutter dabei, der Frau, die vielleicht Vivien Olsen war. Er stand vor dem Bett dieses Fremden, was mochte in ihm vorgehen? Lilya hatte diesen sonst so entschlossenen Mann noch nie so vorsichtig und zögerlich erlebt. Sein Blick schien sie zu fragen, ob sie vielleicht den Anfang machen könnte. Tatsächlich, als sie sich zur Begrüßung über Raphael Lind beugte, hatte sie den Eindruck, dass er sie wiedererkannte. Seine Gesichtszüge wirkten entspannt, und aus seinen Augen sprach so etwas wie freundliche Neugier. Seine Finger hielten wie beim letzten Mal den Rand der Bettdecke fest, blieben aber ruhig.

»Professor Lind«, sagte sie, »das ist Lieutenant David Guggenheim, ein guter Freund von mir.«

Was sollte er mit dieser Nachricht anfangen?, schoss es ihr in den Sinn, aber ihr war nichts Besseres eingefallen. Lind schien ihr aufmerksam und mit weltabgewandter Milde zuzuhören. Sie erklärte ihm in kurzen Sätzen, dabei die wichtigsten Wörter – *Frage, Bitte, Ansehen, Suche, Foto, Name, Frau, Mutter, Hoffnung* – betonend, warum sie gekommen waren.

Guggenheim trat einen Schritt vor und reichte ihr das Foto. Lilya hatte sich auf die Bettkante gesetzt. »Das ist die Frau, die wir suchen«, sagte sie und hielt es ihm hin. Den Namen würden sie erst später nennen.

Lind warf einen kurzen Blick auf das Bild und wandte den Kopf dann zum Fenster. Jetzt abwarten, nicht gleich aufgeben.

Lilya sah zu Guggenheim und griff nach seiner Hand. Ein leichter Windstoß kam durchs Fenster und blähte den Vorhang. Auf dem Gang hörte sie die Stimmen von Karen Dove und den beiden Wachsoldaten.

Dann heftete Lind seinen Blick auf das Bild der jungen Frau und schien darauf zu verharren. Plötzlich öffnete er den Mund, als wollte er sprechen, aber es kamen keine Töne. Er bewegte die Lippen und formte lautlos Wörter. Lilya versuchte zumindest die Anzahl der Silben von seinen Lippen abzulesen. Später versicherten sich David und sie, dass es drei Silben gewesen sein mussten. *Vi-vi-en*. Aber auch *Sonnenschein* bestand aus drei Silben, *Kenn ich nicht* und *Was sagen Sie* und *Ich weiß nicht* oder *Gehen Sie*.

Aber nun hatte auch seine Hand wieder angefangen an der Decke zu arbeiten. Ein Zeichen?

Lilya holte Karen Dove ins Zimmer, vielleicht würde sie verstehen, was Lind sagen wollte. Die Schwester stellte sich neben Linds Bett und legte ihm die Hand auf die Schulter. Jetzt nannte Lilya den Namen Vivien Olsen, doch Lind starrte nur weiter das Foto an, ohne eine weitere Regung zu zeigen. Auch Karen Dove konnte sein Verhalten nicht deuten.

Lilyas Blick wanderte von David zu Lind, und sie versuchte erneut auszumachen, ob es eine Ähnlichkeit zwischen den Männern gab. Sie hatten einen ähnlichen Körperbau, das gleiche wellige Haar, vielleicht war da auch ein verwandter Zug um den Mund? Einen letztgültigen Beweis würde es nicht geben. Vivien war tot. Sie würde es David sagen müssen.

Sie verließen das Krankenhaus und gingen zurück zum Wagen. Karen war zurückgeblieben, um Lind noch ein wenig Gesellschaft zu leisten. Sie würde ihnen sofort eine Nachricht zukommen lassen, wenn ihr Patient sich noch irgendwie äußern sollte.

Plötzlich blieb David stehen. »Sie ist tot, oder?«, sagte er. »Vivien Olsen. Sonst hätten Sie vielleicht auch sie gefunden.«

Er sah sie an, und sie konnte nicht ausmachen, ob er böse war, verletzt, oder was in ihm vorging.

»Vielleicht hätte ich es Ihnen sagen sollen. Gleich nach Ihrer Ankunft. Aber ich dachte, nicht alles auf einmal. Es ist so viel geschehen! Und wir wussten ja nicht, vor unserem Besuch hier, ob überhaupt ...« Sie brach ab. David stand regungslos da. Sacht berührte sie seinen Oberarm und fuhr in ihrer Erklärung fort. »Sie hat sich das Leben genommen, als sie erfuhr, dass Lind von der Gestapo abgeholt wurde. Sie konnte nicht wissen, dass sie ihn nicht umbringen, sondern für ihre Zwecke nutzen wollten. Sie musste davon ausgehen, dass sie ihn nie wiedersehen würde.«

Sie hielt kurz inne. »So wie ihren Sohn.«

David schob seine Hände in die Hosentaschen und richtete den Blick in die Ferne.

»David, es tut mir leid.«

Er wandte sich ihr wieder zu und holte Luft. »Ich kann Ihnen gar nicht böse sein. Wie sollte ich? Sie haben mir so sehr geholfen. Ich weiß jetzt, wer diese Frau auf meinem Foto wirklich war, wie sie hieß, wen sie liebte, was mit ihr geschehen ist. Das ist mehr, als ich je zu hoffen gewagt hätte.«

Lilya sah ihn an und kniff die Augen zusammen. »Ich habe jemanden kennengelernt in Berlin, eine bewundernswerte, ungewöhnliche Frau. Ich bin sicher, sie wird Ihnen von Vivien Olsen erzählen wollen. Nehmen Sie das Foto mit, Sie wird Ihnen sagen können, ob wir mit all dem recht haben.«

Sie hakte sich bei David unter und erzählte ihm auf dem Weg zurück zum Wagen von Desirée von Wallsdorff und ihrer Freundschaft mit Lind und Vivien. Wenn sie auf dem Foto zweifelsfrei Vivien Olsen erkennen würde, wäre ihre Bücherregal-Theorie bestätigt und sie wüssten dann auch, dass der Mann, den er gerade kennengelernt hatte, tatsächlich sein Vater war.

»Außerdem habe ich mit Viviens Vater in Dänemark korrespondiert«, fuhr Lilya fort. »Hans Olsen ist alt und krank, aber vielleicht finden Sie eine Möglichkeit, ihn aufzusuchen. Es gibt also noch immer eine Menge zu tun ...«, sagte sie.

David Guggenheim blieb wieder stehen, fasste Lilya bei den Schultern, gab ihr einen Kuss auf die Wange. »Dann sehen wir mal, was wir mit diesen tausend Möglichkeiten ausrichten können«, sagte er, hakte sie unter und zog sie mit sich.

8

Sie legte alle Papiere zusammen. Die Mappe, die ihr Elias Lind mit auf die Reise gegeben hatte, ihre eigenen Notizen, den Brief von Hans Olsen und schließlich einen Zettel mit der Adresse von Desirée von Wallsdorff in Berlin. Ganz obenauf legte sie den Brief, den sie an David geschrieben hatte – als Begleitschreiben zu den anderen Papieren, als Resümee, als Abschiedsgruß. Sie war sich selbst nicht sicher, was er sein sollte.

Lieber David,
die ganze Geschichte ist so lang, und vielleicht ist sie noch nicht zu Ende. Wollte ich sie Dir in allen Einzelheiten erzählen, ich müsste wohl einen Roman mit vielen Kapiteln schreiben.

Und doch, all das, was ich weiß, sollst auch Du wissen. Deswegen überlasse ich Dir alle Unterlagen, die ich auf meiner Reise gesammelt habe, dazu die Adresse von Desirée von Wallsdorff in Berlin, Augenzeugin der Liebe von Raphael und Vivien, die Dir abschließende Gewissheit geben wird, da bin ich mir ganz sicher.

Die Geschichte von Raphael und Elias Lind, von Vivien Olsen und ihrem Sohn, sie ist in den vergangenen Monaten auch meine Geschichte geworden. Zuerst hatte ich mich gewehrt, meine Mission verflucht, wollte bleiben, wo ich war, in den Hügeln am Rande des Libanon, in meinem Versteck. Oder kämpfen, aber nicht nach mir fremden Menschen suchen, meine Zeit mit »Einzelfällen«

verschwenden, wo es doch galt, das Große und Ganze zu verändern. Jetzt habe ich verstanden, und das mit Deiner Hilfe, dass sich das Große und Ganze doch aus nichts anderem zusammenfügt als aus dem, was man tut. Mag es groß sein oder klein. Das ganze Leben ist ein Einzelfall und ein ganzer Kosmos zugleich.

Du hast einmal gesagt, es ist nicht die richtige Zeit und der richtige Ort für uns beide, jeder von uns gehört in seine Welt. Und doch hoffe ich, dass auch Suchende sich selbst und einander wiederfinden können. Ich habe gelernt und verstanden, auch durch Dich, schmerzhaft und befreiend zugleich, dass es auch für mich einen neuen Anfang geben kann. So soll es nun sein.

Ich danke Dir, in Liebe, Deine Lilith

PS. Meine Adresse in Palästina habe ich beigefügt. Und die von Elias Lind, der es sicher nicht erwarten kann, mich wiederzusehen.

Alma hatte David eine weitere Dachkammer auf der anderen Seite des Flurs überlassen. Lilya legte das Bündel Dokumente vor seine Tür, klopfte behutsam und ging leise davon, bevor David öffnete.

Am Tag vor ihrer Abreise – Terry hatte einen Platz in einem britischen Militärtransport für sie gebucht – hatte Alma im Garten unter einem der Bäume eine Tafel gedeckt, mit allerlei Speisen, Kuchen und Getränken aus dem britischen Offizierscasino, die Terry hatte liefern lassen.

Der Major war noch zusammen mit David Guggenheim in der Kommandantur, um den Transport Raphael Linds in ein Krankenhaus nach England vorzubereiten. Von England aus sollte Raphael Lind, sobald sein Zustand dies zuließe, nach Palästina gebracht werden. Zu seinem Bruder. So war der Plan.

Terry hatte sich mit Honeywell in London verständigt, der

nach einigem Zögern grünes Licht für die »Einreise jenseits des Kontingents« gegeben hatte, nicht ohne zu betonen, wie großzügig man in Whitehall sei.

Allerdings müssten sie mit der Überführung noch auf die Bestätigung von Elias Lind warten, den Caposis Fotos noch nicht erreicht hatten. Denn nur er konnte seinen Bruder zweifelsfrei identifizieren.

Schnell erledigt war jedoch die Überprüfung des Wagens, den Everett Harp am Waldrand geparkt hatte. Die britische Botschaft in Berlin hatte Terry darüber in Kenntnis gesetzt, dass der Wagen 1932 auf einen Raphael Lind in Berlin Dahlem zugelassen worden war. Offensichtlich hatte Harp nicht nur dessen Wissen gestohlen.

Aus dem Garten drangen Stimmen in Lilyas Dachkammer herauf. Alma gab Caposi Anweisungen und lief zwischen Küche und Garten hin und her. Im Nebenzimmer schimpfte Hella mit ihrer Puppe, dann lachte sie wieder. Durch das Fenster strich warme Luft.

Lilya hatte ihre Sachen auf dem Bett ausgebreitet. Bevor sie für die Abreise alles in den Rucksack packte, griff sie hinein. Sie hatte die Mütze in einem Stoffbeutel verwahrt. Jetzt holte sie sie heraus, hob sie an den Mund und küsste sie. Dann steckte sie die Mütze wieder in den Beutel, band ihn zu und ließ ihn im Rucksack verschwinden.

Jetzt hörte sie, dass unten aus dem Garten jemand nach ihr rief. Sie ging zum Fenster und winkte hinaus. Dann wandte sie sich wieder dem Bett zu, schloss die Schnallen ihres Rucksacks und wischte sich eine Träne von der Wange. Vor dem Spiegel blieb sie kurz stehen, nahm Haltung an und atmete tief durch. »Eine weitere Regel, Lieutenant Guggenheim«, sagte sie: »Weinen gilt nicht.«

Alle saßen bereits auf ihren Plätzen, als sie in den Garten kam. Caposi berichtete zum wiederholten Mal von ihrem abenteuer-

lichen Besuch bei Karen Dove, der Schießerei und seiner Über-
raschung darüber, in was er da hineingeraten war.

Während sie aßen, tranken, allerlei Anekdoten erzählten und
lachten, legte sich ein anderes Licht über den Garten. Noch einmal brach kurz die Sonne durch, als wollte sie sich von ihnen
verabschieden, dann verschwand sie hinter dem Haus. Lampions
wurden herbeigeschafft.

Alfred Caposi klopfte an sein Glas und brachte einen Toast
auf Lilya aus. Er dankte ihr, weil sie ihm gezeigt habe, dass es
auch in dieser »perforierten Zeit« noch Hoffnung gab. Alle
standen von ihren Plätzen auf und hoben das Glas.

Ihre Blicke waren auf sie gerichtet. Sie sah kurz in die strah-
lenden, vom Schein der Lampions erhellten Gesichter.

David Guggenheims Blick wollte sich jedoch nicht wieder
von ihr lösen. Er sah ihr in die Augen und hob sein Glas. Sie sah,
wie sich seine Lippen bewegten und er lächelte. Morgen würde
er mit Lev nach Föhrenwald aufbrechen. Dort würde er ein paar
Dinge regeln und dann nach Berlin fahren, um Desirée zu treffen. Hatte er gefunden, was sie ihm vor die Tür gelegt hatte?

Für den Nachtisch musste noch einmal neu gedeckt werden.
Sie nutzte die Situation, um allein zu sein, stand auf und schlen-
derte durch den Garten, bis dorthin, wo er endete und eine
Wiese begann. In ihrem Rücken hörte sie das Klappern des Ge-
schirrs und die Stimmen der anderen, der Duft von Zigaretten
hing in der weichen Nachtluft. Caposi musste ein Grammofon in
den Garten geschafft haben, Fetzen eines Walzers wehten zu ihr
herüber. Die ersten Sterne waren zu sehen.

»Ich würde gern noch einmal ...«

Sie wandte sich um. Gegen das in den Bäumen aufgehängte
Licht konnte sie seine Silhouette sehen.

»Tanzen?«

Er griff nach ihrer Hand, zog sie an seine Lippen und küsste
sie. »Lilith«, sagte er. In seiner Stimme lagen Wärme und

Ungeduld. »Ich weiß gar nicht, wo ich beginnen soll. Ich habe alles gelesen. Alles. Nicht nur ein Mal. Und das meiste, hoffe ich, auch verstanden …«

Sie blieb dicht vor ihm stehen und rührte sich nicht. Er zog sie näher an sich heran.

»Lilith, ich wünschte, du könntest mich auf meiner Reise zu Desirée begleiten und vielleicht sogar weiter nach Dänemark.« Er sah sie mit einem Lächeln an. »Das hätte doch schon eine gewisse Tradition.«

Sie sah ihn mit gespieltem Tadel an. »Traditionen machen faul und bequem«, sagte sie. »Und ich muss und will zurück nach Palästina.«

»Lilith Tova Wasserfall, die stärkste Waffe Ben Gedis, und nun gewiss mit einem neuen Auftrag?«

Lilya lachte und schüttelte den Kopf. »Nein, ich möchte Elias Lind endlich alles erzählen, was ich herausgefunden habe. Es war sein Wunsch, dass ich nach Deutschland fahre. Er hat einen Anspruch auf meinen Bericht. Und ich vermisse meine Eltern.«

»Wann fährst du?«

»Morgen«, sagte sie. »Alfred bringt mich nach Hannover zum Flughafen. Militärtransport. Ich habe unser Land noch nie von oben gesehen, aus der Luft …«

»Es muss atemberaubend sein.«

»Ich werde berichten«, versprach sie.

»Berichtspflicht auch bei schönen Dingen. Sollten wir in unser Regelheft aufnehmen«, sagte er.

»Aufgenommen«, sagte sie.

Er drückte sie fest an sich, als wollte er sie nicht mehr loslassen, und sie presste ihr Gesicht an seine Brust. Sie hörte sein Herz pochen. Seine Lippen berührten ihre Haare, und er atmete tief ein.

Lev kam durch den inzwischen fast gänzlich dunklen Garten gelaufen. »Kuchen!«, rief er. »Alles steht bereit. Wo seid ihr?«

»Wo sind wir, Lilith?«, fragte David. Sie spürte seinen Atem an ihrem Ohr.

»Ich weiß es nicht«, sagte sie.

»Vielleicht finden wir es heraus.«

»Bestimmt. Wir sind ja schon auf dem Weg.«

Sie löste sich von ihm und griff nach seiner Hand. »Na los, Lieutenant Guggenheim, bevor uns Lev den ganzen Kuchen wegisst.«

Epilog

Nach der Hitze der Mittagsstunden kehrte das Leben in die Jaffa Road zurück. Rollläden flogen nach oben, Hocker wurden vor die Geschäfte gestellt. Die Schatten begannen, sich zu dehnen. Händler, die hinter ihren Tischen oder im Schatten einer Mauer gedöst hatten, ordneten ihre Ware neu. Jungen trugen runde silberne Tabletts mit Kaffee durch die Straße. Andere boten Brot an, das sie zum Transport auf Stangen gesteckt hatten. Auf den Dächern der Häuser wachten englische Soldaten. Busse und überfrachtete Lastwagen schoben sich zwischen Karren, Kamelen und schwer beladenen Eseln durch die Stadt.

Elias Lind hatte sie zu sich nach Hause eingeladen. Irgendetwas führte er im Schilde. Nur was?

Seit ihrer Rückkehr hatte Lilya viele Abende bei ihm zugebracht, war ohne Verabredung oder Einladung einfach bei ihm aufgetaucht. Sie hatte sich entschlossen, nicht wieder in den Norden zurückzugehen, wohnte im »Caidal« ihrer Eltern. Sie wollte allein sein, sich darüber klar werden, wie ihre Zukunft aussehen könnte und sollte. Zweimal war sie nach Tel Aviv gefahren, um Ben Gedi zu treffen. Er hatte ihr nicht verraten, was er mit ihr vorhatte, nur gesagt, sie solle sich bereithalten. Sie hatte erwartet, dass er ihr Vorwürfe machen, sie maßregeln würde, weil sie sich ihm widersetzt hatte. Stattdessen sprach aus seinen Worten Respekt. Alles, was er ihr anzutragen beabsichtigte, hatte sie ihm beim letzten Treffen eröffnet, würde sie zunächst als Angebot betrachten, nicht mehr. Er hatte gelächelt und gesagt: »Die stärkste Form des Befehls ist immer noch die Bitte.« Er habe verstanden und werde von sich hören lassen.

An ihren Abenden hatte Elias Lind immer wieder ihre Geschichten aus Deutschland hören wollen. Bei jedem ihrer Treffen fragte er nach weiteren Details, sie musste Gerüche beschreiben, Landschaften, die Orte der Zerstörung, Farben von Holz, Stein und Mauern, das Aussehen von Autos und Straßenschildern, Kleidung, Schuhwerk. Er wollte wissen, was sie im Abendland gegessen und getrunken hatte, den Klang von Stimmen, Eigenarten all der Menschen, denen sie auf ihrer Reise begegnet war. Gestik, Haarfarbe, Sprechweise, irgendwelche Ticks? Als wollte der Schriftsteller in ihm all das festhalten und, nachdem sie gegangen war, zu Papier bringen.

Sie hatte ihn irgendwann gefragt. »Hat unser Buch schon einen Titel?«

Er wirkte verlegen und schien zu erröten. »Ein Versuch, ich taste mich heran. Ich muss und will wieder anfangen. Sie haben es mir selbst gesagt. Ich spüre wieder die Kraft dazu – und den nötigen Leichtsinn.«

Sein Bruder war bei all ihren abendlichen Treffen zugegen, schien sie vom Schreibtisch aus zu beobachten. Das Foto, das Alfred Caposi von ihm gemacht hatte, war in einen schlichten hölzernen Rahmen gefasst.

Noch bevor die Vorbereitungen für seinen Transport nach England abgeschlossen waren, war Raphael Lind gestorben. Ohne Kampf sei er aus dieser Welt gegangen, hatte man Elias berichtet. Als Lilya vom Tod Linds erfuhr, dachte sie an Wartenberg. Sein Plan war nun nicht aufgegangen. Ein paar Tage später las sie in der Zeitung eine Notiz über die Nürnberger Prozesse, und fand unter den Verurteilten seinen Namen.

Er werde damit leben lernen, dass er seinen Bruder nicht

mehr wiedergesehen habe, sagte Elias Lind, vielleicht habe es so sein sollen.

Einmal hatte er das Bild in die Hand genommen. »Haben Sie gesehen, was für einen außerordentlichen Schlafanzug Raphael trägt? Fein. So war er. Fehlt nur noch die Uhrkette. Wo hatte er dieses Ding bloß her, in diesen Zeiten?«

Er stellte es zurück an seinen Platz. »Nur dass wir ihn auf alle Zeit in ein Bett gesteckt haben, würde ihm nicht gefallen. Was macht denn das für einen Eindruck! Kinder! Ein Katheder oder Labor wäre ihm lieber gewesen.«

David Guggenheim hatte sich vor Ort um alles gekümmert, dank der schnellen Hilfe Major Terrys konnte Raphael Lind in Berlin beigesetzt werden. In Weißensee, bei seinen Eltern. Desirée von Wallsdorff hatte David bestätigt, dass die Frau auf dem Foto tatsächlich Vivien Olsen war. Der Brief, den er seinem Großvater in Kopenhagen geschickt hatte, um seinen Besuch anzukündigen, hatte diesen nicht mehr erreicht. Der alte Olsen war wenige Tage zuvor gestorben.

Desirée hatte Elias brieflich davon berichtet und ein Foto von Raphaels Grab beigelegt. Es sei ein besonderer Friedhof, schrieb sie, nahezu unversehrt bei all der Zerstörung in der Stadt. Auch einen Dr. Durlacher habe sie dort angetroffen, der, wie er ihr sagte, schon mehrfach hier gewesen sei. Einmal habe er sie gar zum Kaffee eingeladen. Seither standen Elias und Desirée wieder in Briefkontakt, und sie hatte bereits angekündigt, ihn in seinem »Morgenland« zu besuchen, sobald sie die für die Reise nötigen Papiere beisammen hätte.

»Alte Liebe vergeht nicht«, sagte Elias Lind und schmunzelte, »wer weiß, vielleicht gefällt es ihr ja bei uns.«

Das Haus von Elias Lind lag auf halber Strecke zwischen Jaffa Tor und Mahane-Jehuda-Markt. Im Treppenhaus war es kühl, Lilya stieg die Treppen hinauf und klopfte.

Er öffnete, und in dem Schwung seiner Bewegung lag eine gewisse Feierlichkeit. Elias Lind lächelte und führte sie durch den Korridor ins Wohnzimmer.

»Den Weg kennen Sie ja.«

Die halb zugezogenen Vorhänge bewegten sich im Wind. Auf dem Tisch im Wohnzimmer standen zwei Teller und zwei Tassen. Es roch nach frischem Kaffee.

Er bat sie, sich zu setzen. Dann sah er sie an, ohne dass sie seinen Blick hinter den dicken Brillengläsern deuten konnte. Er schien zu lauschen.

»Ah, ja«, sagte er in die Stille hinein. Er legte den Finger auf den Mund und bedeutete ihr, sitzen zu bleiben. Dann verschwand er im Flur und öffnete die Wohnungstür. Sie hörte seine Stimme und die eines anderen Mannes im Treppenhaus. Sie sprachen Hebräisch, dann Arabisch, schienen miteinander vertraut zu sein und einander zugetan. Sie kannte die fremde Stimme und beugte sich vor, um von ihrem Stuhl aus in den Flur zu spähen. Elias Lind ging voran, hinter ihm kam Mahmut Harouni. Abdul, der Diener und Fahrer, folgte in gemessenem Abstand.

Als er eingetreten war, öffnete Mahmut die Arme und hielt für einen Moment inne. »Wenn der Prophet nicht zum Berg kommt, dann kommt der Berg zum Propheten«, sagte er mit gespielter Strenge und lächelte. »Willst du mich nicht begrüßen, deinen alten Onkel, hast du vergessen, was er dir bedeutet. Und du ihm?«

Lilya erhob sich, spürte die Wärme seiner Hand und den Kuss auf ihrer Stirn.

Er trat einen Schritt zurück und betrachtete sie. »Ein Mädchen hat mich verlassen, und eine Frau ist zurückgekommen.«

Elias zog einen Stuhl vom Tisch und bat Mahmut, Platz zu nehmen.

»Ein anderes Mal, lieber Elias«, winkte er ab, »ich muss

weiter und möchte euren Abend nicht mit meiner Anwesenheit belasten.«

Elias wollte protestieren, doch Mahmut Harouni hob abwehrend die Hand. Noch einmal wandte er sich Lilya zu. »Nicht nur aus Zuneigung kann Freundschaft entstehen, auch aus Sorge. Um uns, um dieses Land und eine seiner hübschesten Töchter.«

»Mahmut war es, der mich gefunden und aufgesucht hat«, erklärte Elias. »Ihm hat die ganze Sache von Anfang an nicht gefallen.«

»Dann warst wahrscheinlich du es, Onkel Mahmut, der mir den Brief geschrieben hat, ich solle meine Suche aufgeben und zurückkehren.«

»Wir haben ihn, wenn du so willst, gemeinsam geschrieben«, sagte er und blickte zu Elias. »Aber wir wussten, selbst wenn wir daraus eine öffentliche Petition gemacht, sie in allen Zeitungen der Welt abgedruckt hätten, Lilya Wasserfall hätte ihr keine Beachtung geschenkt.«

Elias lachte verschmitzt.

Mahmut gab Abdul ein Zeichen. Der Diener war bereit.

Beide Männer nahmen sich etwas ungelenk in den Arm, und Elias brachte seinen Gast zur Tür.

Ins Zimmer zurückgekehrt, ließ er sich auf den Stuhl fallen, den er eben noch Mahmut angeboten hatte. »So manchen Tag, als wir so gar nicht wussten, wie es um Sie steht, hat er mir sogar Vorwürfe gemacht. Warum ich Sie in diese Familienangelegenheit hineingezogen hätte! Er war drauf und dran, Ben Gedi zur Rede zu stellen. Wie ein Vater hat er gesprochen.«

Er nahm die Brille ab und putzte sie umständlich mit einem großen Taschentuch, das er aus der Hosentasche gezogen hatte. »Und nun zu uns. Ich weiß, ich hätte längst etwas verlauten lassen sollen. Ich durfte es nicht. Nicht bevor es sicher war.«

Lilya richtete sich auf.

»Heute ist es so weit. Ich wollte, dass Sie dabei sind. Nur Sie. Nur wir beide.«

Er blickte auf eine Uhr an der Wand, die fast so groß war wie eine Bahnhofsuhr. Vor dem Haus rangierte ein Lastwagen. Der Motor verstummte mit einem Schnaufer, Türen schlugen.

Lilya trat ans Fenster und schob den Vorhang zur Seite.

»Engländer«, sagte sie.

Elias Lind zeigte sich nicht interessiert.

Sie verstand nicht, was hier vorging. »Ich gehe nachsehen.«

»Bitte, und berichten Sie.«

Der Wagen stand direkt vor der Eingangstür, das Führerhaus war leer. Auf der Ladefläche machte sich jemand zu schaffen. Die Plane war halb hochgerollt. Sie hörte Stimmen.

Als sie um den Lastwagen herum zur Ladefläche ging, sprang ein Soldat heraus. Fast hätte er sie umgerissen.

Er hielt sie am Arm fest. »Ich bitte um Nachsicht«, sagte er und ließ sie los. »Ich hätte besser aufpassen sollen.«

Ein zweiter Soldat sprang von der Ladefläche. Fünf Kisten aus Holz stapelten sich im Inneren des Lastwagens. OAD/LIND/PALESTINE/JAFFA ROAD stand mit Kreide an der Seite.

»Uns wurde gesagt, dass uns jemand vor dem Haus erwartet.«

Die Soldaten zogen die Kisten an die Ladekante. »Vielleicht sollten Sie dem berühmten Mann ankündigen, dass wir ihm jetzt die Bude zustellen.«

Lilya ging voraus, um Elias zu informieren, und hörte die Soldaten hinter sich keuchen. Sie stellten nach und nach die Kisten im Flur ab. Lind musste den Erhalt der Lieferung aus der amerikanischen Zone unterzeichnen.

»Captain Bernstein hat die Fracht freigegeben«, vermeldete der Soldat, »sind hoffentlich keine Waffen oder zionistisches Propagandamaterial.« Er zwinkerte Lilya zu.

Die Männer salutierten und wandten sich zum Gehen. Der Sergeant blieb noch einmal stehen. »Sie sind Lilith Wasserfall?«

Sie nickte. Elias sah sie verblüfft an.

»Dann ist dieser Brief hier für Sie.« Er zog einen Umschlag aus der Uniformjacke, gab ihn ihr und ging. Mit schweren Stiefeln polterte er die Treppen hinunter, während sie den Brief unschlüssig hin und her wendete.

Elias Lind legte eine Hand auf eine der Kisten. »Doktor Westmann in Offenbach hat sich sehr für unsere Sache eingesetzt. In einer Scheune in Lobenberg am See waren die Sachen eingelagert. *Alexandria*. Offenbach hat sich der Bibliothek angenommen. Westmann wollte sie auf dem schnellsten Weg nach Palästina reisen lassen ...« Er hielt inne und sah sie an. »Sie hören mir ja gar nicht zu!«

»Doch, doch ...« Sie fühlte den Brief in ihrer Hand. Er hatte ihr tatsächlich geschrieben. Kaum ein Tag war seit ihrer Rückkehr vergangen, an dem sie nicht auf ein Lebenszeichen von ihm gehofft hatte. In Lüneburg hatte sie, nach dem letzten gemeinsamen Tanz im Garten, in ihrer Kammer wach gelegen und auf Schritte im Flur und ein Klopfen gehofft. Sie starrte den Brief an und spürte ihr Herz pochen.

»Werden Sie mir beim Sortieren helfen? Sie lesen laut die Titel vor, und ich trage unsere Schätze zu ihrem Platz im Regal? Es soll ein Festtag für uns sein.«

Lilya fuhr hoch. »Natürlich ... gerne.«

Er schüttelte den Kopf. »Nun machen Sie ihn schon auf, damit wir wieder reden können.«

Sie riss den Umschlag auf und las.

Elias sah sie erwartungsvoll an und schmunzelte. »Wird er kommen?«

»Ja«, sagte sie, ohne vom Text aufzublicken.

»Ist das gut oder nicht gut?«

»Er will Sie kennenlernen ...«

»Ich werde ihn wie Zedernholz beschnuppern und ihm sagen, ob er mein Neffe ist. Wann erwarten wir ihn?«

»Bald«, sagte sie. »Lev wird ihn begleiten. Mit britischer Genehmigung. Er hat es geschafft!«

»Der Mann, der ständig sagt ... was sagte er noch?«

»Nein, das war Alfred Caposi.«

»So viele Männer«, sagte er, schüttelte erneut den Kopf und begann behutsam, die oberste Kiste zu öffnen.

Dann sah er noch einmal auf. »Er kommt Ihretwegen, nicht meinetwegen, oder?«

»Nun, wir werden sehen«, sagte sie.

Dank

Viele Menschen haben mich begleitet, haben mir zugehört, wussten Rat, haben mir Quartier zum Schreiben angeboten, hoch oben am Hang und unten am Meer, waren Partner dieses Abenteuers. Einigen wenigen möchte ich in besonderer Weise danken:

Bettina Abarbanell, meiner Frau und immer wieder ersten Leserin, bevor es irgendeinen ersten Leser gab und geben sollte.

Alexander Fest, für seinen Rat, seine nicht nachlassende Ermutigung und Kritik.

Jan-Philipp Sendker, Berater, Kritiker, Freund, den ich auf dem langen Weg an meiner Seite wusste und der mir immer wieder neue Wege und Horizonte eröffnet hat.

Ulrich Genzler, Verleger der Heyne-Gruppe bei Random House, der mich aufgenommen und mir vertraut hat.

Holger Kuntze, Leiter des Blessing Verlags, Ermöglicher, Ermutiger, Korrektiv und ein mir ganz wichtiger Gesprächspartner.

Und ganz besonders:

Katrin Sorko, meiner Lektorin im Blessing Verlag, ohne die es dieses Buch nicht geben würde. Dank ihr für die Umsicht, Präzision, Fantasie, Geduld und auch Empathie mit den Figuren des Romans – und immer wieder auch dem suchenden Autor selbst.

Nachwort

Deutschland im Sommer 1946: Eine Zeit zwischen den Zeiten. Displaced. Nichts ist an seinem Ort. Die Wunden des Krieges wie der Gewaltherrschaft sind tief und überall sichtbar und spürbar. Durch diese Welt im Schatten, die gekennzeichnet ist von vagabundierenden Hoffnungen, Ängsten, Traumata, Schuld und Verwundungen, begleiten wir eine junge Frau aus Palästina nach Deutschland.

Als ein Autor, der in Deutschland lebt und wenig mehr als zehn Jahre nach den hier beschriebenen Ereignissen geboren ist, und der zudem um seine jüdischen Wurzeln weiß, wollte ich dieses Land im Schatten der Katastrophe, diese Zeit zwischen der Zeit, gleichsam von außen beschreiben, wollte mich ihm neu und tastend nähern, mit dem fremden und klugen Blick einer jungen Frau, die auf unentwirrbare Weise von all dem, was sie erfährt, betroffen – und wiederum nicht betroffen ist.

Lilya, Kind deutsch-jüdischer Eltern, 1924 in Palästina geboren, ist eigentlich ganz ihrem Projekt hingegeben, der Gründung eines eigenen Staates für die Juden. Sie weiß um die Ambivalenzen dieses Vorhabens, ein Riss geht sogar durch ihre eigene Familie. Aber sie erhält einen ganz anderen Auftrag, der sie, die doch Heimat sucht, ebenfalls ortlos macht.

Damit ist sie wie viele Menschen in diesem Buch ein Kind ihrer Zeit. So auch die im Mittelpunkt stehenden, so ungleichen jüdischen Brüder Raphael und Elias Lind, die nach dem Zerfall des Kaiserreiches und dem kurzen, sie prägenden Aufbruch in den 1920er Jahren in Berlin nur noch Getriebene sind. Stets auf der Suche nach gültigen Lebensentwürfen, nach Verortung, Zukunft, Rettung und – Heimat. Jeder auf seine ganz eigene Weise. Und beide um einen hohen Preis.

Aber nicht nur die Menschen in diesem Buch, und hier ganz explizit die Überlebenden des Holocaust, sind »displaced«, auch Gegenstände und persönliches Eigentum, Gefühle, Hoffnungen, alte Sicherheiten – kaum etwas ist dort, wo es hingehört. Auch nicht die Liebe, wie Lilya schmerzhaft erfährt.

Morgenland ist ein Buch über Verlust, Ortlosigkeit, Suche nach Heimat und so etwas wie Erlösung.

Es spielt vor vielen Jahren und reicht doch, so hoffe ich, weit ins Heute hinein. Denn die Suche nach Beheimatung nimmt in Zeiten der Krisen, der Gewalt und Umbrüche, der Desintegration und des Zerfalls von Gemeinschaften und Staaten zu. Dies wird uns gegenwärtig in einer Welt der asymmetrischen Kriege, religiös verbrämten Ideologien und staatlicher Handlungsunfähigkeit täglich vor Augen geführt. Menschen nehmen viel auf sich, um einen neuen Ort zum Leben zu finden, weil sie in ihrer Heimat heimatlos geworden sind.

Auch davon handelt *Morgenland*. Und ebenso von Hoffnung, Eigensinn und Mut.

JERUSALEM

Der Zweite Weltkrieg liegt gut ein Jahr zurück, die Zukunft Palästinas ist weiter ungewiss. Während im zerstörten Europa Holocaust-Überlebende auf ein Visum für die Einreise warten, hält die britische Mandatsregierung, die nach dem Ersten Weltkrieg ein Völkerbundsmandat für Palästina erhalten hat, an ihren harschen Einwanderungsbeschränkungen fest. In dem Land,

das zerrissen ist zwischen Orient und Okzident, nimmt die Gewalt mehr und mehr zu. Sowohl jüdische als auch arabische Widerstandsgruppen kämpfen um Palästinas Unabhängigkeit.

1946 erreichen die Aktivitäten des Untergrunds gegen die britische Mandatsmacht einen neuen Höhepunkt. Ende Juli sprengen jüdische Untergrundaktivisten einen Seitenflügel des King David Hotels in die Luft . Neunzig Menschen kommen ums Leben.

LILYAS ERSTE STATION:
LONDON

England hat den Krieg gewonnen, aber es ist erschöpft. Der Kriegs-Premier Winston Churchill ist zugunsten Clement Attlees abgewählt worden. Das Empire scheint zu zerbrechen, Indien strebt wie viele andere Länder in die Unabhängigkeit, und die Palästina-Frage ist und bleibt ungelöst. Lavierend zwischen arabischen und jüdischen Interessen, dem öffentlichen Druck mehr und mehr ausgesetzt, sucht die britische Regierung einen Weg. 1947 beschließt die neu gegründete UNO die Teilung Palästinas, 1948 wir der Staat Israel ausgerufen und die Briten verlassen das Land.

LILYAS ZWEITE STATION:
DAS DISPLACED PERSONS (DP)
CAMP FÖHRENWALD IN BAYERN

Die Lage in den Displaced-Persons-Lagern, viele von der US Army im Süden Deutschlands und unter Verwaltung der UN-RRA eingerichtet, verschlimmert sich ein Jahr nach Kriegsende Tag für Tag. Immer mehr jüdische Überlebende strömen aus den Ländern des Ostens nach Deutschland und suchen Schutz in der US-Zone.

Eines der größten Camps ist *Föhrenwald* bei Wolfratshausen, bis 1945 eine Siedlung für (Zwangs-)Arbeiter einer geheimen deutschen Munitionsfabrik. Für viele Juden ist *Föhrenwald* rettender Hafen und Durchgangsstation zugleich, und schließlich ein überfüllter Wartesaal. Bis 1957 sollte das Lager bestehen. Gebil-

det hat sich hier wie an anderen Orten mitten in Südbayern ein jüdisches Schtetl, mit Läden, einem Kino, Synagogen, Schulen, Cafés, einer Lagerbücherei und einem Markt. Und einem Fußballverein, Teil einer jüdischen DP-Liga.

Aber die Lage ist explosiv, die Lager sind überfüllt, die Menschen wollen auswandern. Visa für Palästina oder die USA zu bekommen ist jedoch ein schwieriges Unterfangen.

LILYAS DRITTE STATION:
OFFENBACH UND DAS OFFENBACH ARCHIVAL DEPOT
(OAD) DER US ARMY

In Offenbach hat die US Army auf einem am Main gelegenen Fabrikgelände der IG Farben, mit Verladerampe, Schienen und Anleger, 1945 das größte Depot für die von den Nazis geraubten und nach dem Krieg geretteten Bücher aus jüdischem Besitz eingerichtet.

The initial step in the Depot operations.
Books and other archival material as they arrive in the Depot.

Das Depot ist ein sogenannter Central Collecting Point, hier warten Millionen von Büchern auf ihre Besitzer, die zumeist nicht mehr am Leben sind. Was soll mit diesen kulturellen Werten geschehen, die im Auftrag Hitlers vom Einsatzstab Reichs-

leiter Rosenberg (ERR) in ganz Europa geraubt worden sind?
Oder findet das OAD die Menschen, denen das geraubte Gut
gehört?

LILYAS VIERTE STATION:
BERLIN

Berlin ist zerstört, in Sektoren aufgeteilt und schon jetzt Spiel-
ball im heraufziehenden Kalten Krieg. Die Stadt sieht einer un-
gewissen Zukunft entgegen. Der Schwarzmarkt floriert und im
Tiergarten pflanzen die Berliner Gemüse an. Für alle, ob Opfer,
Täter, Mitläufer, Schuldige und Unschuldige, heißt es in diesen
Zeiten vor allem: überleben, irgendwie.

Doch Berlin ist auch eine gefährliche Stadt, denn wo Mächte aufeinander stoßen, sind Geheimdienste am Platz und jeder ist darauf aus, seine Interessen durchzusetzen.

LILYAS FÜNFTE STATION:
DER PLEIKERSHOF BEI NÜRNBERG/FÜRTH:
KIBBUZ NILI (DER EHEMALIGE »STREICHER-HOF«)

Der Pleikershof bei Nürnberg war einst das Gut des Hetzers und Gauleiters von Nürnberg, Julius Streicher, Herausgeber des »Stürmer«. Nach dessen Verhaftung 1945 hat die US Army dort einen Kibbuz für Überlebende eingerichtet. Nili nennen ihn die Bewohner, die sich hier auf ein Leben in Palästina vorbereiten wollen.

LILYAS SECHSTE UND LETZTE STATION
VOR IHRER RÜCKKEHR NACH JERUSALEM:
BERGEN-BELSEN

Die Apokalypse. So muss es den britischen Befreiern vorgekommen sein, als sie im April 1945 die Lagertore öffneten. Bis 1944 ein sogenanntes Austauschlager, wurde Bergen-Belsen kurz vor Kriegsende Konzentrationslager und Anlaufstelle auch für die sogenannten Evakuierungstransporte aus dem Reich. Todesmärsche, Todeszüge. Typhus, Hunger, Enge, zehntausend Tote hinter den Toren: Auch nach der Ankunft der Engländer und ihrer medizinischen Einheiten unter Glyn Hughes hörte das Sterben nicht auf. Krankenbetten wurden auf die Wege und Straßen gestellt, Kasernen und Hospitäler der SS requiriert und das verseuchte Barackenlager mit Flammenwerfern niedergebrannt. Doch die große schwarze Rauchsäule entfachte mehr

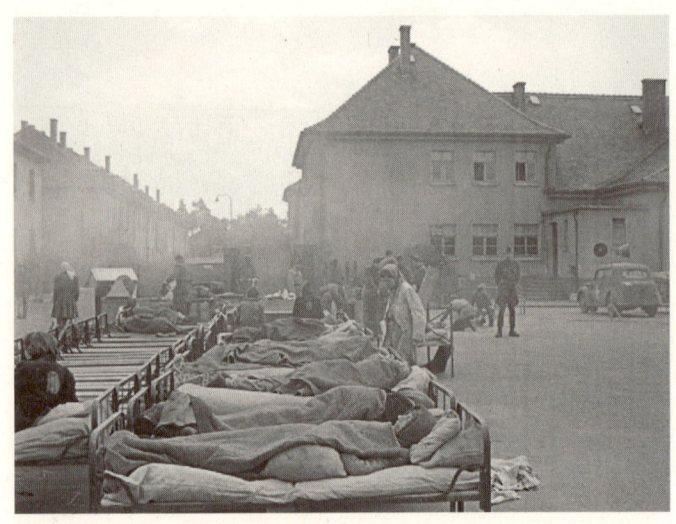

Angst als Hoffnung. 1946 war Bergen-Belsen ein Lager der Überlebenden, getragen von der UNRRA, zahlreichen Hilfsorganisationen und dem Zentralkomitee der befreiten Juden.

Bildnachweis

Alamy, Abingdon, Oxon: 452 o., 452 u., 453 (War Archive)
Bundesarchiv, Koblenz: 449 (Bild 183-H0813-0600-009/
Fotograf: Dreyer)
Haus der Bayerischen Geschichte, Augsburg: 447 o.
jgt/nurinst-archiv (www.nurinst.org): 450, 451 (Repro)
Library of Congress, Washington, DC: 443 (G. Eric and Edith
Matson Photograph Collection/PD)
United States Holocaust Memorial Museum, Washington,
DC: 446, 447 u.
Yad Vashem, Jerusalem: 448

Alle weiteren Abbildungen sind gemeinfrei.

Buchhinweise

Eine Vielzahl von Büchern haben mich beim Schreiben begleitet, haben mir wertvolle Einblicke gegeben. Hier eine
Auswahl:

Zur Geschichte Israels und Palästinas:

Ari Shavat: Mein gelobtes Land – Triumph und Tragödie Israels,
München 2015.
Göran Rosenberg: Das verlorene Land Israel – Eine persönliche
Geschichte, Frankfurt 1998.
Sari Nusseibeh (mit Anthony David): Es war einmal ein Land –
Ein Leben in Palästina, München 2008.
Tom Segev: Die siebte Million – Der Holocaust und Israels
Politik der Erinnerung, Reinbek 1995.
Tom Segev: Es war einmal ein Palästina – Juden und Araber vor
der Staatsgründung Israels, München 2005.

(Auto-)Biografien, Briefe, Tagebücher:

Abraham Sutzkever: Wilnaer Getto 1941–1944, Zürich 2009.
Amos Oz: Eine Geschichte von Liebe und Finsternis, Frankfurt
2004.
Asher Ben-Natan/Susanne Urban: Die Bricha – Aus dem Terror

nach Eretz Israel – Ein Fluchthelfer erinnert sich, Düsseldorf 2005.

Betty Scholem, Gerschom Scholem: Mutter und Sohn im Briefwechsel 1917–1946, München 1989.

Der Briefwechsel, Hannah Arendt und Gerschom Scholem, Berlin 2010.

Fritz Stern: Fünf Deutschland und ein Leben – Erinnerungen, München 2008.

Gershom Scholem: Von Berlin nach Jerusalem, Frankfurt 1994.

Hannah Arendt: Besuch in Deutschland, Berlin 1993.

Hans Sahl: Memoiren eines Moralisten, München 2009.

Max Frisch: Tagebuch 1946–1949, Berlin 2011.

Richard Willstätter: Aus meinem Leben, Weinheim 1949.

Gerschom Scholem: Briefe Bd. 1, 1914–1947, München 1994.

Ruth-Andreas-Friedrich: Schauplatz Berlin – Ein deutsches Tagebuch, München 1962.

W. Michael Blumenthal: Die unsichtbare Mauer, München 2001.

Buch- und Kunstraub:

Inka Bertz/Michael Dorrmann (Hrsg.): Raub und Restitution – Kulturgut aus jüdischem Besitz von 1933 bis heute, Göttingen 2008.

Lynn H. Nicholas: The Rape of Europa, New York 1995.

Michael J. Kurtz: America and the Return of Nazi Contraband, Cambridge 2006.

Regine Dehnel (Hrsg.): Jüdischer Buchbesitz als Raubgut, Zweites Hannoversches Symposium, Frankfurt am Main 2006.

Naturwissenschaftler im Dritten Reich:

Florian Schmaltz: Kampfstoff-Forschung im Nationalsozialismus – Zur Kooperation von Kaiser-Wilhelm-Instituten, Militär und Industrie, Göttingen 2005.
Ute Deichmann: Flüchten, Mitmachen, Vergessen – Chemiker und Biochemiker in der NS-Zeit, Weinheim 2001.

Über die Lage der jüdischen Überlebenden:

Angelika Königseder/Juliane Wetzel: Lebensmut im Wartesaal – Die jüdischen Displaced Persons im Nachkriegsdeutschland, Frankfurt am Main 2005.

Und:

Noam Zadoff hat am Anfang meines Weges gestanden mit seinem erhellenden Aufsatz: Reise in die Vergangenheit, Entwurf einer neuen Zukunft – Gerschom Scholems Reise nach Deutschland im Jahre 1946 (Münchner Beiträge zur Jüdischen Geschichte und Kultur, Heft 2 2007).

Als das Manuskript bereits abgeschlossen war, erschien das bemerkenswerte Buch von Miriam Zadoff: Der rote Hiob – Das Leben des Werner Scholem, München 2014.
Die Biografie zweier Brüder im Nationalsozialismus und zugleich jüdischer Existenz im 20. Jahrhundert, auf gültige Weise erzählt.

Titus Müller

»Titus Müller ist der Meister der spannenden
Verbindung geschichtsträchtiger Themen
mit fiktiven Schicksalen.«
Wiesbadener Kurier

»Eine fesselnde Zeitreise.«
Gießener Anzeiger über *Tanz unter Sternen*

978-3-453-40997-2

978-3-453-43776-0

Steffen Kopetzky

»Kopetzky ist ein brillant geschriebener Roman gelungen, ein Roman über fast alles.« *Stern*

»Mich hat *Risiko* in einen regelrechten Leserausch versetzt.« *Denis Scheck, ARD Druckfrisch*

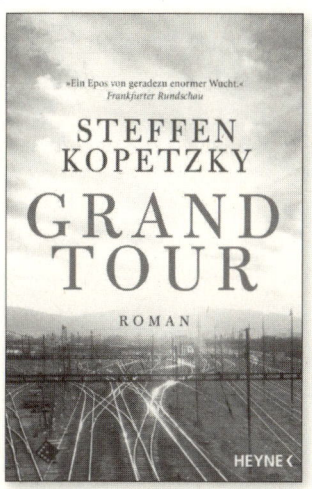

978-3-453-41978-0

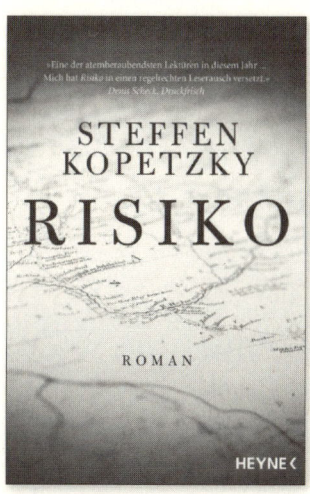

978-3-453-41956-8